Michelle Raven · Riskante Nähe

Michelle Raven

Riskante Nähe

Roman

Moments Premia

Die Autorin ist Mitglied bei DeLiA, der ersten Vereinigung Deutschsprachiger Liebesromanautorinnen und -autoren: www.delia-online.de

Besuchen Sie auch die Homepage von Michelle Raven: www.michelleraven.de

Michelle Raven: Riskante Nähe

Dieses Werk wurde vermittelt durch die Literarische Agentur
Thomas Schlück GmbH, 30827 Garbsen.

Einbandgestaltung: agilmedien, Köln
Einbandabbildung: Mauritius / Zefa
Satz & Layout: Andreas Paqué, Ramstein
Druck und Bindung: Ueberreuter GesmbH, Korneuburg
Printed in Austria 2004
ISBN 3-937670-06-8

www.moments-verlag.de

I

Diamond Bar Ranch, Montana, Juli 1998

Der Tag fing schlecht an, und von da an ging es steil bergab. Clint Hunter, Captain des Alpha Squads vom Navy-SEAL-Team 11 stand gerade auf der Ranch seiner Eltern bis zu den Hüften in einem mit Morast gefüllten Loch, in das sich eine der Kühe verirrt hatte, als sich sein Pager meldete. Das fremdartige Geräusch erschreckte die panische Kuh derart, dass sie durch ihr Gezappel noch tiefer in den Schlamm gezogen wurde.

»Shit.« Mit Fingern, die ebenso dreckig waren wie der Rest von ihm, zog er vorsichtig den Pager von seinem Gürtel. Bevor er die Nummer richtig erkennen konnte, rutschte das Gerät durch seine schlammigen Finger und fiel in den Matsch.

»Verdammt.« Hastig bückte sich Clint, um ihn zu retten. Er zog den Pager aus dem Morast und wischte mit den Fingern über das Display. Gott sei Dank war es die wasserdichte Variante. Die Nummer gehörte zum Naval Special Warfare Command in Coronado. Clint seufzte. Wer sollte ihn auch sonst anpagen? Im Prinzip hatte er außerhalb der Navy kein Leben. Sein Pager war nur für Notfälle reserviert. Und kaum gönnte er sich seit Jahren das erste Mal wieder mehr als ein paar Tage Erholung, schon wurde er wieder von seinem Arbeitgeber gerufen. Er übergab das Seil, mit dem er versucht hatte, die widerspenstige Kuh einzufangen, dem Vorarbeiter der Ranch. »Versuch du dein Glück, Shep. Ich muss zum Telefon.

Falls wir uns nicht mehr sehen sollten, Petri Heil!« Mit dieser Bemerkung entfernte er sich rasch aus der Reichweite von Sheps schlammigen Fingern. Es tat ihm gut nach all den Monaten im Dienst der Elite-Spezialeinheit der Navy, mal wieder für einige Zeit zu Hause zu sein und sich mit seiner Familie und den Ranch-Arbeitern um die Arbeiten auf der Ranch kümmern zu können. Man bekam bei der Navy nicht viel von Viehzucht zu sehen, auch wenn die SEALs nicht nur im und am Wasser operierten, sondern auch auf dem Land und in der Luft. Gegründet nach dem Zweiten Weltkrieg aus den UDTs, den Underwater Demolition Teams, die noch weit gehend im Wasser beziehungsweise unter Wasser arbeiteten, waren die SEALs (SEaAirLand) inzwischen auch durchaus in der Wüste, in der Arktis oder bei Fallschirmsprüngen aus Flugzeugen und Helikoptern zu finden. Natürlich hielten sie sich auch noch weiterhin im Training oder bei der Arbeit oft im Wasser auf, aber ein hoher Prozentsatz der Arbeit eines SEALs fand heutzutage an Land statt. Vor allem bei seinem Team 11, das für Terrorismusbekämpfung und Geiselbefreiungen eingesetzt wurde. Bisher war das Jahr eigentlich recht ruhig verlaufen, es waren keine größeren terroristischen Vorkommnisse gemeldet worden. Deshalb hatte er ja auch gedacht, sich einen kleinen Urlaub leisten zu können. Während er auf schnellstem Wege auf seinem Hengst Devil den Weg zum Ranch-Haus zurücklegte, sann er über die verschiedenen Gründe, die diesen Anruf bewirkt haben konnten, nach. Wahrscheinlich wurde er wieder nach Coronado zurückbeordert, aber ob es sich um einen Ernstfall oder um eine Übung zur Schnelligkeit der Teamsammlung handelte, war nicht zu ersehen. Er hoffte nur, dass er nicht des Trainings halber von seinem Urlaub zurückbeordert wurde. Seine Mundwinkel verzogen sich nach unten. Oder vielleicht wäre das doch besser. Ein Ernstfall bedeutete immer Gefahr – Gefahr für die Menschen, zu deren Rettung sie geschickt wurden, und auch für sein Team. In seinem Team waren nur die Besten der Besten, aber auf einer Mission konnte immer etwas schief gehen. Bisher hatte er immer sein ganzes Team zurückgebracht, manchmal zwar mit Verletzungen, aber besser verletzt als tot. Hoffentlich würde das noch lange so bleiben.

Fünf Minuten später war er beim Haus angelangt. Adrenalin hatte sich in seinem Körper ausgebreitet, als er sein Pferd im Stall an einen Arbeiter weitergab und den Hügel zum Haus hinaufjoggte.

Sein Vater kam ihm in der Tür zum Arbeitszimmer entgegen. Seine sonst so ruhige Miene verzog sich, als er Clints Gesichtsausdruck sah. »Ich lasse dich alleine.« Er schloss leise die Tür hinter sich. George Hunter sah trotz seiner 62 Jahre seinem Sohn noch sehr ähnlich. Sein Körper war immer noch schlank und fit, in seinem schwarzen Haar waren nur wenige graue Strähnen. Selbst die sherryfarbenen Augen hatte Clint von ihm geerbt. Sein Vater war der Einzige in seiner großen Familie, der wusste und verstand, dass Clint ein SEAL war. Kein Wunder, war er doch im Vietnamkrieg ein UDT gewesen. Kurz danach entstanden dann die ersten SEAL-Teams. Doch zu dieser Zeit war George bereits aus dem Militärdienst ausgeschieden und hatte sich hier in Montana zusammen mit seiner Frau Angela das Land gekauft und die Ranch aufgebaut.

Clint wählte eilig die Nummer, die sich ihm von Hunderten Anrufen ins Gedächtnis eingebrannt hatte.

In der Einsatzzentrale in Kalifornien nahm Matt Colter, sein XO (Executive Officer) und Swim-Buddy aus der Zeit des Basic Underwater Demolition / SEAL-Training (BUD/S), schon nach dem ersten Klingeln den Hörer ab. »Jo.«

»East hier, was gibt's?«

»Das wurde aber auch langsam Zeit. Wo hast du denn gesteckt?«

Clint schnitt eine Grimasse. »In einem Schlammloch, wenn du es genau wissen willst.«

Matt lachte. Dann wurde seine Stimme ernst. »Wie schnell kannst du hier sein? Wir haben einen Notfall: eine Geiselnahme. Wir müssen so schnell wie möglich nach Washington, D. C., alles Weitere erfahren wir dann dort. Und es handelt sich nicht um eine Übung.«

»Shit.« Clint strich durch seine kurzen schwarzen Haare. »Es würde zu lange dauern, wenn ich zu euch komme. Ich werde mir von Salt Lake City einen Flug nach Washington nehmen. Könnt ihr meine Ausrüstung mitnehmen?«

»Kein Problem. Sollte noch etwas fehlen, können wir es uns noch am Standort Little Creek besorgen.«

»Warum kann denn deren Team die Sache nicht übernehmen? Virginia ist doch viel näher.«

»Weil das Geiselteam gerade in Europa unterwegs ist, zu Übungen im Kosovo. Außerdem ist unter den SEALs dort gerade die Grippe ausgebrochen.«

»Okay, gib mir ein paar Minuten, ich buche schnell einen Flug. Schick mir alle vorhandenen Informationen zur Situation bitte als Fax.«

»Wird gemacht, Boss.«

»Ich gebe dir dann nachher noch die Fluginformationen durch, damit mich in Washington jemand abholen kann.«

»Gut. Bis später.«

Clint drückte die Gabel und wählte gleich darauf die Nummer des Flughafens in Salt Lake City. Innerhalb von wenigen Minuten hatte er einen Flug nach Washington gebucht, der in zwei Stunden abflog. Deshalb musste er sich in West Yellowstone ein Flugzeug besorgen, mit dem er sofort losfliegen konnte, wollte er es noch pünktlich schaffen. Erstaunlicherweise gelang ihm das auch ohne größere Probleme.

Danach gab er die Flugdaten an Matt weiter und legte auf. Als er durch den Raum ging, blickte er entsetzt auf seine schlammigen Stiefel herunter. Verdammt, er hätte sie wirklich vor der Tür ausziehen sollen. Seine Mutter würde ihn lynchen. Er zog sie schnell aus, um nicht noch mehr Dreck zu machen, und öffnete die Tür des Arbeitszimmers. Dort traf er seinen Vater an, der bereits mit einem Wassereimer und einem Wischmob bewaffnet auf ihn wartete.

»Musst du weg?«

»Ja. Tut mir Leid wegen des Drecks, ich habe einfach nicht daran gedacht.«

George lächelte. »Kein Problem, das kenne ich. Pack du ruhig deine Sachen, ich mache das hier schon. Wann fährst du los?«

»Sowie ich geduscht und die Kleidung gewechselt habe. Ich wäre wirklich gerne länger geblieben, aber ...«

George unterbrach ihn. »Die Pflicht ruft. Ich weiß.« Er tauchte den Wischmob ins Wasser. »Pass auf dich auf.«

Clint drückte ihm die Schulter. »Das tue ich doch immer. Und sag Mom bitte ...«

»Keine Sorge.«

Nach einem letzten Blick lief Clint die Treppe hinauf und verschwand in seinem Zimmer, eine Spur aus Kleidung zurücklassend. Zehn Minuten später war er bereits wieder auf dem Weg nach unten, in seinem Seesack nur das Allernötigste.

Nach einem kurzen Abstecher ins Arbeitszimmer, wo er den gefaxten Situationsbericht einsammelte, sprang er in den Jeep, mit dem ihn ein Ranch-Arbeiter zum Flughafen in West Yellowstone fahren würde. »Los geht's!«

Staub aufwirbelnd fuhr der Jeep die lange Ranch-Auffahrt hinunter. Fünf Minuten später stieg er auf dem Flugplatz aus dem Auto. Er zog seinen Seesack vom Rücksitz und blickte den Fahrer kurz an. »Danke für die Fahrt.«

Der Arbeiter lächelte. »Kein Problem. Bis bald.« Damit gab er Gas.

Clint schulterte seinen Seesack und lief zu der auf ihn wartenden Cessna Turbo Stationair, einem recht schnellen Kleinflugzeug. Der Pilot war schon dabei, die Checkliste durchzugehen, als Clint zu ihm ins Cockpit stieg.

»Hallo, Pete. Alles bereit?«

Pete grinste ihn an. »Aber klar doch. Schnall dich an, dann können wir los.«

Clint tat, wie ihm geheißen, und lehnte sich zurück. Er war schon öfter mit Pete geflogen. Die Ranch war ziemlich abgelegen von den größeren Städten mit Flughafen, und er hatte nicht immer Lust gehabt, sich ein Auto zu mieten. Einige Male war er auch schon selbst die Strecke geflogen, denn er hatte einen Pilotenschein. Genau genommen hatte er in seiner militärischen Laufbahn schon so gut wie alles geflogen. Doch diesmal musste er so schnell wie möglich nach Salt Lake City kommen, um seinen Flug nach Washington zu erwischen. Daher war es günstiger für ihn, ein Flugzeug mit Piloten zu mieten. Er blickte auf die Uhr. In einer Stunde und vierzig Minuten startete die Linienmaschine nach Washington. Das würde knapp werden.

»Pete, drück auf die Tube.«

»Okay.«

Doch auch bei Höchstgeschwindigkeit konnte er nicht mehr als zehn Minuten vor Abflug ankommen. Wenn der Wind mitspielte. Clint schüttelte den Kopf. Es brachte nichts, jetzt darüber nachzugrübeln. Er sollte sich lieber schon einmal mit dem Auftrag bekannt machen. Er streckte seine langen Beine aus und vertiefte sich in die Papiere. Natürlich wurden aus Gründen der Geheimhaltung keine Namen und sensiblen Daten genannt, aber eine grundlegende Zusammenfassung der Ereignisse war beigefügt. Während Clint las, strich er sich über sein von Bartstoppeln raues Kinn. Scheinbar war heute Morgen eine für die Regierung an einem geheimen Waffenprojekt arbeitende Wissenschaftlerin nicht bei der Arbeit erschienen. Eine Kollegin hatte sich Sorgen gemacht und versucht, sie telefonisch zu erreichen. Als sich niemand bei ihr zu Hause meldete und sie nach Stunden immer noch nicht aufgetaucht war, wurde der Regierungsapparat tätig und ein bewaffnetes Team zu ihrem Haus geschickt, das sie zusammen mit ihrem Ehemann bewohnte. Das Haus war leer, aber man konnte Spuren eines Kampfes entdecken. Möbel waren umgestürzt, einzelne Blutspritzer auf Boden und Wänden verteilt. Sofort rückte ein Team zur Spurensicherung an. Man machte auch ihren Mann ausfindig, der natürlich völlig geschockt war und nur berichtete, sie hätte sich morgens ganz normal für die Arbeit fertig gemacht. Er war dann zu seiner Arbeitsstelle, einer Buchhaltungsfirma, gefahren. Seitdem hatte er nichts mehr von ihr gehört. Die Nachbarn waren befragt worden, ebenso wie Arbeitskollegen, Freunde, Bekannte und Familienangehörige. Gegen Mittag war dann eine Lösegeldforderung eingegangen. Darin hieß es, die Wissenschaftlerin würde für ein Lösegeld in Höhe von $ 5.000.000 freigelassen werden. Fünf Millionen Dollar – Clints Mund verzog sich. Anscheinend wussten die Entführer, wen sie da in ihrer Hand hatten. Andererseits war ihnen wohl entgangen, dass die amerikanische Regierung nicht mit Terroristen und Geiselnehmern verhandelte. Die Frau hatte nur Glück, für die Regierung von einigem Wert zu sein, sonst wäre sie jetzt auf sich gestellt. Einem bestimmten Umstand, Näheres war in dem Fax nicht genannt, war es zu verdanken, dass ihr derzeitiger Aufenthaltsort ermittelt werden konnte und somit ein Rettungsteam bestehend aus SEALs angefordert wurde. Clint lehnte sich zurück und schloss die Augen. Hoffentlich standen bei der Besprechung in Washington schon mehr Informationen zur Verfügung. Geiseln hatten es nie leicht, aber Frauen waren dabei besonders bedroht. Nicht selten benutzten die Entführer sexuelle Gewalt, um die Geiseln zu unterdrücken und gefügig zu machen, manchmal allerdings auch nur zum Spaß. Wenn sie Glück hatte, legten die Täter mehr Wert auf das Geld als auf die Befriedigung ihrer Bedürfnisse. Clint zog sich der Magen zusammen. Er sah in seinem Beruf viel Gewalt und übte sie auch selbst aus, aber an Gewalt gegenüber Frauen würde er sich nie gewöhnen können. Er blickte auf die

Uhr. Sein Team würde nicht vor dem Abend in Washington ankommen, dann folgten Lagebesprechungen und vielleicht, wenn bis dahin der Aufenthaltsort der Geisel bekannt war, würden sie bereits diese Nacht einen Rettungseinsatz durchführen können. Wenn die Geisel wichtig genug für die Regierung war, um sein Team aus Coronado einfliegen zu lassen, dann bestand vielleicht die Hoffnung, dass auch die Entführer den Wert ihrer Geisel kannten und sie wenigstens für einige Tage am Leben und unversehrt ließen. Andererseits konnten sie aber auch versuchen, geheime Informationen durch Folter aus ihr herauszubekommen. Clint schluckte und schloss die Augen. Als er sie wieder öffnete, hatte sich sein Gesichtsausdruck verhärtet und ein gefährliches Glitzern lag in seinen sherryfarbenen Augen.

Pete blickte ihn kurz an. Er hatte Clint schon öfter so gesehen, er war nur froh, dass er selbst nicht der Auslöser und Grund für diesen Blick war. »Wir werden in zwanzig Minuten landen. Reicht doch noch für deinen Anschlussflug, oder?«

Clint blickte auf seine Uhr mit den unzähligen Anzeigen. Ein grimmiges Lächeln breitete sich auf seinem Gesicht aus. »Perfekt. Ich hatte wirklich Glück, dass du noch mit deiner Cessna da warst.«

Pete grinste. »Ja, weißt du, da ist dieser süße Käfer, der die Funküberwachung übernommen hat …«

Clint lachte. Pete war ein echter Schwerenöter, und die Frauen schienen ihn zu lieben, obwohl er nur noch einen kleinen Kranz brauner Haare hatte, übergewichtig und nicht über 1,70 Meter groß war. Es musste an seinen großen braunen Augen liegen oder einfach daran, dass er ein wirklich netter Kerl war.

»Was ist denn aus der Kassiererin im Supermarkt geworden, von der du neulich so begeistert warst?«

Pete schnitt eine Grimasse. »Wir kamen gut miteinander aus, bis ich merkte, dass sie mehr Wert auf mein Bankkonto legte als auf mich.«

Clint zuckte zusammen. Er vergaß immer wieder, dass Pete nicht nur ein guter Pilot und Freund war, sondern auch über Unmengen an Vermögen verfügte. Vor Jahren hatte er noch an der Wallstreet spekuliert, war dann ausgestiegen und hatte sich in West Yellowstone niedergelassen, wo er Jobs als Pilot übernahm. In seinem eigenen Flugzeug. Clint schüttelte den Kopf. Er verdiente nicht schlecht als Captain in der Navy, und er hatte auch schon einiges in den Jahren zusammengespart, aber er konnte sich einfach nicht vorstellen, über unerschöpfliche Mittel zu verfügen. Er wüsste auch gar nicht, was er damit anfangen sollte. Im Prinzip hatte er alles, was er brauchte: eine Wohnung in San Diego, ein Auto, ein Pferd auf der Ranch seiner Eltern. Er hatte auch keine teure Freundin. Genau genommen hatte er momentan gar keine. Er war zufrieden mit seinem Leben.

»Dann wünsche ich dir viel Glück mit deiner neuen Flamme.«

Pete blickte nachdenklich. »Ich denke, diesmal könnte ich vielleicht wirklich Glück haben.«

Clint schwieg dazu. Pete dachte jedes Mal, er hätte die Richtige gefunden. Er hoffte, diesmal wäre es wirklich so.

Kurz darauf landeten sie auf dem Flughafen von Salt Lake City, und Clint bereitete sich auf den Sprint zu seinem Flugsteig vor. Er betrat die Maschine fünf Minuten vor dem Abflug, streckte die Beine aus, soweit es die engen Sitzreihen zuließen, schloss die Augen und war Sekunden später eingeschlafen. Es sollte sein letzter erholsamer Schlaf für die nächsten Tage werden.

II

Clint wurde in der Ankunftshalle bereits von einem Rekruten der Navy erwartet, der ihn ohne große Kontrollen weiter zu einem Militärfahrzeug führte, das vor dem Flughafen in der Ausladezone stand. Er ließ sich in den Beifahrersitz sinken und stellte seinen Seesack zwischen seine Füße. Der junge Soldat, Marrick stand auf seinem aufgenähten Namensschild, war merklich nervös. Ob das an Clint lag oder an seiner wichtigen Aufgabe, einen Offizier und/oder SEAL zu fahren, war nicht festzustellen. Wahrscheinlich an beidem.

»Ich kann Ihre Tasche in den Kofferraum stellen, Sir.«

Clint blickte ihn an. »Danke, das geht schon so. Ich behalte meine Sachen lieber bei mir.« Als der Rekrut ihn weiterhin ansah, versuchte er seinen Offiziersblick. »Fahren Sie los, Soldat.«

Das ließ dieser sich nicht zweimal sagen und fuhr mit quietschenden Reifen los.

Clint schnitt eine Grimasse und bemühte sich, den jungen Mann nicht weiter zu verunsichern. Schließlich wollte er lebend ankommen, wo immer er auch hingebracht wurde.

»Wohin fahren wir?«

Marrick blickte ihn erstaunt an. »Das wissen Sie nicht?« Er wurde bleich, als Clint ihn lediglich anblickte. »Tut mir Leid, Sir. Wir sind auf dem Weg zum Pentagon.«

Clint zog die Augenbrauen hoch. Pentagon. Die entführte Wissenschaftlerin musste wirklich an etwas sehr Wichtigem arbeiten. Das hieß natürlich auch für ihn und seine Männer, dass sich die Aufgabe möglicherweise schwieriger gestalten würde. Und gefährlicher. Aber dafür lebten sie schließlich. Sie waren dafür ausgebildet, solche Situationen zu lösen. Langsam begann das Adrenalin in ihm zu pumpen, wie immer vor einer Mission. Es war schon einige Zeit her, seit sein Team auf einer echten Mission war. Natürlich trainierten sie viel, aber das war einfach nicht dasselbe. Scheinbar die Washingtoner Umgebung durch sein Fenster betrachtend, sah er frühere Missionen vor seinem geistigen Auge ablaufen. Sämtliche Erfolge und Misserfolge waren in seinem Gedächtnis gespeichert. Er hätte aus dem Kopf jedes Detail jeder Operation, bei der er jemals beteiligt war, wiedergeben können – samt Datum und Uhrzeit. Wenn man sich in gefährlichen Situationen befand, lebte man einfach intensiver und das Gedächtnis speicherte jede einzelne Sekunde davon. Clint schüttelte den Kopf. Er musste sich auf die neue Aufgabe konzentrieren. Seine Augen blickten das erste Mal seit Antritt der Fahrt wirklich auf die Landschaft. Er konnte bereits den Potomac River sehen, der in geringer Entfernung am Pentagon vorbeifloss.

Sie waren etwa vier Kilometer gefahren, als sie in den stark bewachten Parkplatz des Pentagon einbogen. An einem Wachthaus kontrollierte ein Soldat der Army ihre Ausweise, während ein zweiter mit Maschinenpistole im Anschlag die Sicherheit gewährleistete. Clint wurde mit einem gewissen Maß an Army-Navy-Rivalität gemustert. Doch da seine Papiere in Ordnung waren und sein Name bereits auf der Besucherliste stand, mussten sie ihn passieren lassen. Clint grinste den Wachtposten an; er konnte es sich einfach nicht verkneifen. Dieser starrte zurück.

Kurze Zeit später kamen sie beim Riverside-Eingang des Pentagons an. Marrick ließ ihn vor der Tür aussteigen und fuhr dann weiter. Etwas unwohl fühlte sich Clint schon, als er alleine vor dem riesigen Gebäude des amerikanischen Verteidigungsministeriums stand. Energisch straffte er die Schultern, griff seinen Seesack fester und ging durch die Tür zum nächsten Wachtposten. Auf seinem Weg zu der in den Tiefen des riesigen fünfeckigen Gebäudes stattfindenden Missionsbesprechung wurde er noch an unzähligen Wachtposten gecheckt, einmal wurde er sogar nach Waffen durchsucht. Natürlich hatten sie keine gefunden, als SEAL kannte er schließlich sämtliche Tricks, wie Waffen am Körper verborgen werden konnten. Irgendwann wurde er von einem Assistenten des Verteidigungsministers in Empfang genommen und an sämtlichen Posten vorbeigeführt. Der Assistent öffnete eine stark gesicherte Tür und winkte ihm voranzugehen. Clint betrat den Raum und ließ seinen Blick über die versammelten Männer schweifen. Neben seinem sechsköpfigen Team waren einige hohe Vertreter der Regierung, ein Admiral und mehrere höhere Offiziere sowohl von der Army als auch von der Navy vertreten. Einige in Anzüge gekleidete Männer konnte man leicht als Angehörige von FBI und Secret Service erkennen. Außerdem befand sich ein etwa 45-jähriger dürrer Mann mit Brille darunter, den Clint keiner der genannten Gruppen zuordnen konnte. Er fragte sich immer noch, wer er sein könnte, als Admiral Tanner, Clint kannte ihn bereits von früheren Operationen, das Wort ergriff.

»Wie ich sehe, sind wir jetzt vollzählig. Schön, dass Sie es auch noch geschafft haben, Captain Hunter.«

Clint zuckte innerlich zusammen. »Sir.«

Alle Blicke wandten sich ihm zu. Diejenigen, die ihn nicht kannten, erwarteten jetzt irgendeine Art von Entschuldigung von ihm, doch auf die konnten sie lange warten. Er war so schnell gekommen, wie es ging, und damit basta! Admiral Tanner wusste das auch. Es war nur seine Art, ihn aufzuziehen.

»Bitte setzen Sie sich, meine Herren. Wir haben keine Zeit zu verlieren.«

Clint ließ sich neben seinen Teammitgliedern nieder. Diese grinsten ihn an, hatte er doch genau so reagiert, wie sie es erwartet hatten. Clint beugte sich zu Matt hinüber. »Schon etwas durchgesickert?«

Matt schüttelte den Kopf. Seine graublauen Augen blitzten. »Nein, wir sind auch eben erst eingetroffen.« Er lehnte sich näher zu Clint. »Übrigens ...«, er verstummte, als Admiral Tanner erneut das Wort ergriff.

»Special Agent Rick Cranton vom FBI wird Ihnen jetzt die Situation erläutern.« Tanner setzte sich, während sich einer der Anzugträger erhob. Er war groß und schlank, und der Anzug saß wie maßgeschneidert. War er wahrscheinlich auch, mutmaßte Clint.

Cranton hielt sich nicht mit langen Vorreden auf. »Wir haben es mit Folgendem zu tun: Dr. Karen Lombard arbeitet als Waffenexpertin an einem Geheimprojekt der Regierung. Weitere Details zu dem Projekt werden Ihnen nicht mitgeteilt, da es der höchsten Geheimhaltungsstufe unterliegt. Nur so viel: Sollte das Wissen von Mrs Lombard in die falschen Hände geraten, könnte eine höchst brisante Krise ausgelöst werden. Das ist nun genau unser Problem: Mrs Lombard ist entführt worden. Von wem genau, können wir noch nicht sagen, aber es ist eine Lösegeldforderung von $ 5.000.000 eingegangen. Es war ein anonymes Schreiben, doch unsere Experten arbeiten daran, den oder die Täter zu ermitteln.« Cranton gab einem Assistenten ein Zeichen, die für jeden zusammengestellten Informationsmappen zu verteilen. »Mr Lombard war so nett, uns mit Fotos und Daten seiner Frau zu versorgen.« Er nickte kurz zu dem dürren, nervösen Mann hin.

Clint warf einen Blick in seine Mappe. Zuoberst lag ein Foto der Geisel, wahrscheinlich aus ihrem Personalausweis. Clint konnte ein Zucken seiner Mundwinkel nicht unterdrücken. Das Bild sah fast so schlimm aus wie sein Führerscheinfoto. Da es ein Schwarz-Weiß-Foto war, konnte man keine Farben erkennen. Das Gesicht wirkte sehr blass, die dunklen Augen halb geschlossen, Nase und Mund viel zu groß für den kleinen Kopf. Und obenauf saß ein zerzauster Wischmob als Frisur. Clint wechselte schnell zum nächsten Foto, er wollte nicht den Anschluss in der Besprechung verpassen. Die nächsten Fotos waren eindeutig Privatfotos und wesentlich angenehmer anzuschauen. Hierauf sah man den im Passfoto strengen Mund entspannter, auf einem Foto sogar lachend. Und genau dieses Bild war es, das ihn mitten im Magen traf. Dr. Lombard sah darauf aus wie eine Frau, die das Leben genoss, ihre dunkelbraunen Augen funkelten, ihre dunkelblonden Haare hatte sie zu einem Pferdeschwanz gebunden. Sie war nicht wirklich schön, aber sie strahlte etwas aus ... Clint schüttelte den Kopf. Wie hatten seine Gedanken in diese Richtung abdriften können? Sie war nicht nur verheiratet, sondern außerdem noch entführt und in höchster Gefahr. Er musste sich auf seine Aufgabe konzentrieren, ihr Leben hing davon ab. Schnell überflog er ihre biografischen Daten: geboren 1968 – sie war also 30 Jahre alt – in Apache, Oklahoma, 1,67 Meter groß, 70 Kilo schwer. Also täuschte das rundliche Gesicht auf den Fotos doch nicht. Clint hatte damit kein Problem, seine Frauen konnten ruhig ein bisschen mehr auf die Waage bringen ... Stopp – nicht *deine* Frau. Okay, weiter im Bericht. Haarfarbe: dunkelblond, Augenfarbe: dunkelbraun. Besondere Kennzeichen: nierenförmiges Muttermal auf der rechten Hüfte. Clint fragte sich gerade, bei welcher Gelegenheit sie das wohl jemals überprüfen könnten, als Cranton wieder das Wort ergriff. Clint schaltete sofort wieder auf seinen Missionsmodus, den er für den Rest der Besprechung eisern beibehielt.

Der FBI-Agent berichtete noch einmal, wie die Entführung Dr. Lombards wahrscheinlich abgelaufen war und welche Erkenntnisse das Spurensicherungsteam gesammelt hatte. Doch keine der gefundenen Spuren hatte Aufschluss darüber gegeben, wer die Entführer waren, noch wohin Dr. Lombard entführt worden war. Dann jedoch enthüllte Agent Cranton den Grund für die Anwesenheit des SEAL-Teams. »Aufgrund der nationalen Wichtigkeit von Dr. Lombards Arbeit wurden gewisse Vorsichtsmaßnahmen getroffen, die uns jetzt hilfreich sind. Für den Fall einer Entführung wurde ihr ein Minisender gegeben, den sie in einer Kette um den Hals trägt, um jederzeit ihren Aufenthaltsort ermitteln zu können.« Man hörte ein Stöhnen von ihrem Ehemann. Sein Adamsapfel hüpfte im Hals auf und ab wie ein Jojo. Cranton blickte ihn kurz an, entschied sich dann aber, in seiner Erklärung fortzufahren. »Durch diesen Sender konnten wir nun ihren derzeitigen Aufenthaltsort ermitteln. Sie scheinen sich noch in Bewegung zu befinden, aber das Ursprungsland des Signals ist klar: Costa Rica.« Gemurmel erhob sich im Raum.

Clint runzelte die Stirn. Costa Rica war eigentlich kein Ort, an dem er Entführer einer amerikanischen Wissenschaftlerin vermuten würde. Die USA standen mit der Regierung von Costa Rica auf freundschaftlichem Fuß, und auch Terrorismus war dort nur sehr selten zu beobachten. Es gab vielleicht Probleme mit Drogen und auch Streitigkeiten an der Grenze zum benachbarten Nicaragua, aber sonst …

»Sind Sie sicher, dass sie in Costa Rica bleiben werden? Oder werden sie die Reise weiter nach Südamerika fortsetzen?« Einer der Politiker hatte sich erhoben.

»Ganz sicher ist nichts, aber sie scheinen inzwischen mit einem Auto oder etwas Ähnlichem unterwegs zu sein. Dadurch sind sie leichter zu entdecken. Also werden sie vermutlich in den nächsten Stunden einen Unterschlupf suchen, in dem sie die Nacht verbringen können. Und das ist unsere – oder vielmehr Ihre –«, er nickte zum SEAL-Team, »Möglichkeit, Mrs Lombard zu orten und zu befreien.« Danach sprach er noch einige allgemeine Fakten an und führte schließlich die nicht an der direkten Operationsplanung beteiligten Männer aus dem Raum mit dem Versprechen, sofort den jeweils aktuellen Aufenthaltsort der Geisel weiterzuleiten. Als sich die schwere Tür hinter ihnen schloss, herrschte einen Moment tiefe Stille.

Admiral Tanner blickte Clint an. »Nun, was sagen Sie dazu?«

Clint kaute nachdenklich auf seiner Lippe. »Irgendetwas gefällt mir an der Sache nicht. Costa Rica passt nicht richtig ins Bild. Und dass sie sie in ihrem Haus überfallen haben, obwohl es doch viel einfacher gewesen wäre, sie auf dem Weg zur Arbeit auf der Straße aufzusammeln.« Er zuckte die Schultern. »Aber natürlich macht es unsere Aufgabe leichter, wenn sie in Costa Rica ist, dort können wir mit der Regierung kooperieren und ...«

Tanner schüttelte bereits den Kopf. »Der Präsident möchte die ganze Aktion geheim halten. Die Sicherheit des Landes steht auf dem Spiel. Und obwohl Costa Rica ein mit uns freundschaftlich verbundenes Land ist, schließlich sind wir wichtigster Handelspartner, und gerade laufen Verhandlungen über ein Abkommen zur Bekämpfung des Drogenhandels, könnte es immer Gruppen oder Individuen geben, die gerne eine hochrangige Wissenschaftlerin mit Wissen um unsere Waffensysteme in ihre Hände bekommen würden. Außerdem, je weniger Menschen über diese Sache Bescheid wissen, desto besser. Dies liegt auch im Interesse Ihres Teams, nehme ich an.« Clint nickte zustimmend. »Wir haben natürlich eine Überflugserlaubnis beantragt, aber wir haben als Grund angegeben, dass eine wichtige Persönlichkeit eingeflogen wird.«

»Okay, dann machen wir uns mal an die Arbeit. Welche Informationen haben wir über Costa Rica? Beschaffenheit des Terrains, Bevölkerung, Politik, alles ist wichtig.«

Sie arbeiteten die nächste Stunde konzentriert an einem generellen Befreiungsplan, ein Transportflugzeug wurde angefordert, das sie in kürzester Zeit nach Costa Rica fliegen konnte. Es würde sie auf dem amerikanischen Flugzeugträger USS Enterprise absetzen, der zurzeit im Karibischen Meer vor der Küste Nicaraguas unterwegs war. Die Enterprise wurde angewiesen, mit voller Kraft auf die Küste Costa Ricas zuzusteuern und einen Black-Hawk-Hubschrauber für die SEALs bereitzuhalten. Dieser konnte sich besonders schnell und leise fortbewegen, sodass sie relativ schnell und vor allem unbemerkt an ihr Ziel kommen konnten. Für den Rückweg mussten sie sich noch etwas überlegen, sobald sie wussten, wo genau ihr Ziel lag. Sie überprüften ihre Ausrüstung und ließen Fehlendes aus dem hiesigen Ausrüstungslager der Navy heranschaffen.

»Es tut mir Leid, wir haben deinen Glücksbringer nicht gefunden.« Matt ließ sich neben ihm auf einen Stuhl fallen.

Clint rieb sich die Stirn. »Verdammt. Ich habe auf der Ranch noch eine in Reserve, aber leider nicht daran gedacht, sie mitzunehmen.« Es war ihm zwar etwas peinlich, abergläubisch zu sein, aber besser sich ein bisschen lächerlich zu machen, als dass eine Mission schief ging, nur weil er nicht seine Regeln beachtet hatte. Seit eine Freundin ihm einmal eine Boxershorts mit Seehundmuster geschenkt und er damit eine fast unlösbare Operation erfolgreich beendet hatte, war sie oder eines der Duplikate auf jeder Mission mit dabei. Und bisher hatte ihn das Glück nie verlassen, wenn er in der »Wirklichen Welt«, so der SEAL-Slang für eine Mission, unterwegs war. Es machte ihn nervös, diesmal auf seinen Glücksbringer verzichten zu müssen. Er zuckte mit den Achseln. Jetzt konnte er nichts mehr daran ändern, und sein Team war so gut trainiert, dass es die Geiselbefreiung eigentlich fast im Schlaf durchführen konnte. Trotzdem wurde jede mögliche Vorsichtsmaßnahme ergriffen, um den Erfolg der Mission zu sichern. Sämtliche Waffen wurden mehrfach überprüft, genauso wie die elektronische Ausrüstung, GPS-Empfänger und kleine Mikrofone mit Kopfhörern, ein Laptop und weitere nützliche technische Geräte. Natürlich durften auch Blend- und Handgranaten sowie Tränengas nicht fehlen.

Kurze Zeit später kam Agent Cranton zurück und wedelte mit einem Blatt Papier. »Wir haben einen festen

Punkt. In der letzten Viertelstunde hat sich das Signal nicht mehr bewegt.«

Clint breitete die Karte von Costa Rica erneut auf dem Tisch aus.

Cranton konsultierte seine Notizen und tippte dann auf eine Stelle mitten in Costa Rica. »Sie befinden sich in Monteverde, direkt am Monteverde Cloud Forest. Inzwischen existiert dort eine recht gute Infrastruktur für die Touristen, aber trotzdem gibt es nur eine einfache Schotterpiste als Straße, und die Wildnis fängt an, sobald man aus dem Ort herauskommt. Das Klima ist feuchtwarm, und derzeit herrscht Regenzeit. Was das in einem Regenwald bedeutet, muss ich Ihnen ja nicht extra erklären, oder?« Clint ließ sich nicht zu einer Reaktion herab. »Die Position wurde bis auf einen Meter eingegrenzt. In den Vergleichen mit Satellitenbildern konnten wir erkennen, dass es sich bei dem Gebäude vermutlich um eine Hütte am Rande des Dorfes handelt. Leider haben wir keinen Grundriss, den wir Ihnen zur Verfügung stellen könnten. Ich gehe nicht davon aus, dass überhaupt jemals eine Baugenehmigung vorgelegen hat. Vermutlich hat die Hütte mehr als ein Zimmer, soweit man das aus dem Weltall überblicken kann. Sie müssten genauere Erkenntnisse dann vor Ort sammeln. Was Ihre Abreise nach erfolgreicher Mission betrifft, sollten Sie mit einem Hubschrauber einen Treffpunkt verabreden, denn die Straßen in der Gegend sind in der Regenzeit teilweise nicht passierbar, und zu Fuß durch den Regenwald zu laufen, würde ich mit Dr. Lombard nicht wagen. Wir wissen nicht, in welchem Zustand sie sich befindet. Das Blut in ihrem Haus … Es waren verschiedene Blutgruppen, aber eine davon war die von Mrs Lombard.«

Clint verzog den Mund. »Besorgen Sie uns die Satellitenfotos, eine Straßenkarte der Gegend und auch sämtliche Informationen, die Sie im Internet finden können, egal ob für Touristen oder Ökologen, wir nehmen alles.« Er blickte auf die Uhr. »Diese Nacht können wir nicht mehr zuschlagen, bis wir da sind, ist es schon fast wieder hell. Aber wir werden Stellung beziehen und die Situation beobachten. Wenn sie weiterhin in dieser Hütte bleiben, werden wir die Gegend auskundschaften und unseren Eingriff vorbereiten. Sollten sie weiterfahren, werden wir eine Möglichkeit finden, einzugreifen und Dr. Lombard zu befreien. Schicken Sie eine Nachricht an das Flugzeug, dass wir in einer halben Stunde losfliegen.«

Cranton blickte ihn mit hochgezogenen Augenbrauen an. Dann schüttelte er den Kopf. »Wäre das dann alles? Wird erledigt, Sir!« Damit verließ er den Raum.

Tanner gluckste vergnügt. »Wie immer sehr diplomatisch. Ich habe nichts anderes von Ihnen erwartet.«

Clint zuckte die Schultern. »Wenn er mir meinen Job erklären will, kann ich auch darauf reagieren.«

Tanner wurde ernst. »Die Situation ist nicht einfach, passen Sie gut auf sich auf. Viel Glück.«

»Danke, Sir.«

Tanner verließ den Raum.

»Sind wir bereit, Jungs?«

»Allzeit bereit!«

III

Die dunkel gekleideten Männer seines Teams waren kaum zu erkennen, als sie sich lautlos in dem dichten Regenwald rund um die zweigeschossige Hütte verteilten. Sie hatten es gerade noch geschafft, ihr Ziel vor Sonnenaufgang zu erreichen. Durch die relative Nähe zum Äquator ging die Sonne hier viel schneller auf und unter, als sie es von zu Hause gewohnt waren. Der Black Hawk hatte sie ein paar Kilometer westlich der Hütte auf einer Lichtung abgesetzt. Den Rest des Weges hatten sie im Laufschritt durch unwegsamen Regenwald zurückgelegt. Ohne ihre Nachtsichtbrillen wäre die Strecke in dem Tempo nicht zu bewältigen gewesen. Mehr als einmal hatte einer von ihnen im letzten Moment noch den Zusammenstoß mit einem Ast oder einer Baumwurzel verhindern können.

Clint zog die Brille vom Kopf. In der eintretenden Dämmerung konnte er die Umgebung besser ohne Hilfsmittel erkennen. Er zog das an seinem Kopfhörer befestigte winzige Mikrofon vor seinen Mund. »In Position?« Seine Frage war ein tonloses Flüstern.

»Jo.« Das war Matt. Als XO hatte er die Aufgabe, die Mannschaft zusammenzuhalten und wenn nötig, Clints Befehle durchzusetzen. Außerdem war er aufgrund seiner freundlichen Natur Ansprechpartner für alle Mitglieder des Teams.

»Alles bereit.« Petty Officer Second Class John MacPhearson war für die Technik zuständig. Besonders mit Computern war er ein wahres Genie, daher auch sein

Spitzname I-Mac. Er hatte die Wärmebildkameras aufgebaut, mit denen sie Menschen innerhalb des Gebäudes anhand ihrer Körperwärme aufspüren konnten. Außerdem überwachte er mit einem leistungsstarken Abhörgerät die aus der Hütte kommenden Geräusche. Sie hofften, damit den genauen Aufenthaltsort der Geisel sowie der einzelnen Entführer feststellen zu können.

»Klar.« Ensign Tom »Doc« Marten, mit 25 Jahren der Jüngste in seinem Team, war für die medizinische Versorgung zuständig, wenn er nicht gerade die Rückendeckung seiner Kollegen übernahm. Seine Fähigkeit, auch die bestgetarnten Feinde zu entdecken, war geradezu unheimlich.

»Alles ruhig hier.« Senior Chief Roderic Basilone war für den Sprengstoff und die Waffen zuständig. Meist wurde er einfach nur Chief genannt, aber schon früh war ihm der Spitzname »Rock« verpasst worden, teilweise aufgrund seiner massiven Statur und des ewig finsteren Gesichtsausdrucks, aber auch als einfache Abkürzung seines Namens. Es gab keine Waffe, die er nicht kannte.

»Bin oben. Guter Blick auf die Umgebung. Keine direkte Sicht auf die Rückseite.« Lieutenant T. C. Jordan hatte sich mit der für ihn typischen Geschmeidigkeit auf einen der höchsten Bäume in Sichtweite der Hütte geschwungen. Die Tatsache, dass er nahezu alles erklettern und dann stundenlang in der gleichen Position regungslos verharren konnte, hatte ihm den Spitznamen »Cat« eingetragen. Durch seine dunkle Hautfarbe, die grüne Tarnbemalung von Gesicht und Händen und die grünbraune Tarnkleidung war er absolut unsichtbar.

Von Seaman Ramon »Ghost« Gomez hörte man nur ein leises bestätigendes Klicken. Er saß direkt im Gebüsch neben der Hüttentür und konnte es sich nicht leisten, auch nur das leiseste Geräusch zu machen. Er war der Kleinste des Teams, nur 1,78 Meter, und gebaut wie ein Marathonläufer. Er konnte sich bewegen, ohne den geringsten Laut zu verursachen, und hatte das Talent, nicht aufzufallen, auch wenn er sich unter Menschen bewegte. Er sprach selten, doch sah er alles mit seinen dunklen Augen, die mit ihrer Intensität beinahe glühten. Erstaunlicherweise war er auch der Einzige im Team, der verheiratet war.

Clint gab das vereinbarte Zeichen zum Warten und Stillhalten und schaltete sein Mikrofon ab. Er selbst saß in einer kleinen Mulde, gut versteckt durch die Wurzeln eines umgestürzten Baumriesen. Um ihn herum raschelte es im Unterholz. Der sich nähernde Sonnenaufgang lockte die Tiere wieder aus ihren Verstecken. Er hoffte nur, es waren keine Ratten darunter. Ein Schauder überlief ihn. Einmal hatte er während einer Mission stundenlang bewegungslos in einem rattenverseuchten Keller ausharren müssen. Die Ratten waren die ganze Zeit um ihn herumgewuselt und hatten versucht, in seine Hosenbeine zu kriechen. Er war nur froh, dass er wie immer die Hose in die Stiefel gesteckt hatte. Nicht auszudenken, was sie ihm sonst alles hätten abknabbern können … Angewidert schüttelte er den Gedanken ab. Er konnte es sich nicht leisten, jetzt über seine Unbehaglichkeit nachzudenken, er musste sich voll auf seine Aufgabe konzentrieren. Wenn sich die Entführer den Tag über nicht rührten, würde er noch einige Stunden in dieser Mulde sitzen müssen, auch wenn sie vom gestrigen Regen feucht war und es vor Ungeziefer nur so wimmelte. Das war eine der ersten Lektionen, die man im SEAL-Training lernte: durchhalten, egal was passiert. Im Training wurden die SEAL-Anwärter so lange in die kalte Brandung geschickt, bis sie ihren Körper vor Kälte nicht mehr spürten; sie mussten sich im Sand wälzen, bis der Sand in wirklich jede Ritze vorgedrungen war, und dabei wurden dann auch noch körperliche Höchstleistungen gefordert. Der Höhepunkt des Trainings war die einwöchige Hell Week, bei der bei gleichzeitigem Schlafentzug die Leistungsfähigkeit der Kandidaten getestet wurde. Über 80 Prozent der jungen Soldaten gaben dabei auf. Es war dem Namen entsprechend wirklich die Hölle. Clint erinnerte sich nicht an Einzelheiten, nur noch an Kälte, Schmerz und alles überwältigende Müdigkeit. Er wusste nicht, ob er die Tage ohne Matt durchgestanden hätte. Als Swim-Buddies hatten sie gegenseitig auf sich aufgepasst und ihre Stärken und Schwächen kompensiert. Was Clint allerdings immer noch nicht verstehen konnte und was Matt den Spitznamen Mad eingebracht hatte, war, dass er während der Hell Week scheinbar wirklich Spaß gehabt hatte. Er hatte es geschafft, die ihm zugewiesenen Männer so zu motivieren und von ihren Schmerzen abzulenken, dass fast seine gesamte Gruppe die Woche überstand und alle Männer zu SEALs wurden. Nur einer musste aufgeben und das auch nur, weil er sich die Hand gebrochen hatte und einfach die Ruder in dem kleinen Boot nicht mehr fassen konnte, mit dem sie an den Klippen von Coronado anlanden sollten. Seine Mannschaft versuchte ihn zu decken, aber es wurden regelmäßig medizinische Tests an den Männern durchgeführt und dabei war er aufgefallen. Er hatte das Training dann im nächsten Jahr erfolgreich absolviert.

Verflucht, was war nur heute mit ihm los, immer wieder versank er in seinen Gedanken, anstatt sich eine Befreiungsstrategie auszudenken. Entschlossen richtete er sich auf, so weit es die kleine Höhle erlaubte, und öffnete sein Mikro. »I-Mac, Bericht.«

Er hatte anscheinend nur darauf gewartet, berichten zu dürfen. »Drei Wärmepunkte im Haus. Zwei bewegen sich frei, einer bleibt stationär. Vermutlich die Geisel.«

»Lage?«

»Geisel auf zwei Uhr.«

Also von der Haustür aus gesehen im hinteren rechten Raum. Das war nicht schlecht, auf der rechten Seite des Hauses war ein dichtes Gestrüpp, durch das sie sich anschleichen konnten.

»Auf der Seite gibt es ein Fenster, das groß genug scheint.« Mad saß bereits in genau diesem Gebüsch und hatte deshalb auch eine gute Sicht auf das Fenster. Es war nicht zu hoch in der Wand, aber etwas schmal. Mad besah es sich genauer. Das würde eng werden. Er war zwar nicht so groß wie Clint, aber dafür um einiges breiter. »Die Aufgabe überlasse ich dir, East, bin zu breit. Aber sonst, Kinderspiel.«

Clint grinste. Sie hatten Mad schon öfter geneckt, dass er einfach zu viel Gewichtstraining betrieb und bald nicht mehr für engere Durchgänge eingesetzt werden konnte. »Roger. I-Mac, irgendwelche Gespräche?«

»Nichts Konkretes. Sind gerade erst aufgestanden, meckern über das Frühstück.« Er lachte leise. »Gut, dass ich diesen Kurs in spanischer Umgangssprache gemacht habe, unsere Gastgeber sind in ihrer Meinung sehr ... deutlich.«

Clint entspannte sich etwas. Wenn die Entführer nur über ihr Essen redeten, dann waren sie sich der Anwesenheit des SEAL-Teams nicht bewusst. Eine Operation klappte immer am besten, wenn die Gegenseite nicht ahnte, dass sein Team in der Nähe war. Ein Überraschungseffekt war häufig ein wichtiger Bestandteil einer SEAL-Mission. Sie operierten am besten heimlich und im Dunkeln, häufig sogar ohne je überhaupt bemerkt zu werden. Waffen benutzten sie nur, wenn es sich überhaupt nicht vermeiden ließ. Zu den Waffen gehörte auch sein Körper, denn jeder SEAL beherrschte unzählige Kampftechniken, mit denen er einen Menschen außer Gefecht setzen oder sogar töten konnte. Im Moment schliefen allerdings gewisse Körperteile gerade ein, da er zu lange in einer Stellung gekauert hatte. Vielleicht wurde er doch langsam zu alt für diesen Job. Er war inzwischen schon fast zehn Jahre dabei. Gleich nach dem Studium war er in die Navy eingetreten und hatte sich dann bis zum SEAL hinaufgearbeitet. Dabei hatte ihm seine hohe Intelligenz genauso geholfen wie sein leistungsfähiger Körper. Mit 32 Jahren war er nun an der Spitze im aktiven Dienst angekommen. Man hatte ihn einfach immer zu schnell befördert. Die meisten SEALs im Rang eines Captains waren im »Innendienst« tätig, als Ausbilder oder Platoonleiter. Sein Vorgesetzter war bereits an ihn herangetreten, ob er bereit wäre, als Ausbilder in einigen seiner Fachgebiete tätig zu werden. Das war eine Sache, über die er sich eigentlich während seines Urlaubs auf der Ranch hatte klar werden wollen. Doch nun saß er wieder hier in einem fremden Land, umgeben von unwirtlicher Natur, und wartete darauf, dass er sein Leben für eine Person aufs Spiel setzen durfte, die ihm unbekannt war. Nicht dass ihn das störte, es war besser, wenn man die Person nicht kannte, die man rettete, man reagierte einfach professioneller. Sicher, sein Job war unbequem und gefährlich, aber er war ein wichtiger Teil seines Lebens. Er wusste nicht, ob er ihn einfach würde aufgeben können. Wahrscheinlich war er adrenalinsüchtig. Mit einem leisen Lachen schob er den Gedanken beiseite. »Mad, Rollentausch.«

Matt klickte einmal mit der Zunge.

Langsam und völlig lautlos erhob Clint sich und machte sich auf den Weg zu Matts Versteck. Er verschmolz mit der Umgebung und war nur noch für seine Männer hin und wieder zu erkennen, die genau wussten, wo er herkam und wohin er ging. Ein Vorteil der alltäglichen Regengüsse war feuchtes Holz, das selbst dann kein Geräusch verursachte, als er versehentlich auf einen Zweig trat. Er verhielt sich ganz still und lauschte angespannt. Niemand schien den leisen, dumpfen Laut gehört zu haben. Noch langsamer schlich er vorwärts, sorgfältig den Boden und die Umgebung überprüfend. Er erwartete jederzeit entdeckt zu werden, Schreie, Schüsse, doch nichts passierte. Kurze Zeit später traf er bei Matts Unterschlupf ein, etwa zehn Meter von dem Fenster entfernt, das ihn zur Geisel führen würde.

Sein Freund stand bereits mit seiner Ausrüstung auf dem Rücken in den Büschen und blickte ihm entgegen. Sie verständigten sich kurz mit Handzeichen, dann verschwand Matt lautlos im Unterholz. Er würde nun Clints vorherigen Standort einnehmen. Damit wäre dann der Ring um die Hütte wieder geschlossen. Niemand würde sich nähern können, ohne dass sein Team es bemerkte. Natürlich könnte jemand versuchen sich anzuschleichen, doch seine Männer würden jeden bemerken, der nicht gerade eine sehr gründliche militärische Spezialausbildung genossen hatte. Außerdem hatten sie Cat im Baum sitzen, zumindest auf drei Seiten würde sich niemand nähern können, ohne dass er es bemerken würde. Deshalb war auf der vierten Seite Doc stationiert, etwa 50 Meter von der Hütte entfernt. So blieb genug Vorwarnzeit, sollte sich jemand von dort nähern.

»East in Position. I-Mac?«

»Nichts Neues. Weitere Bewegungen der zwei Personen, aber nicht in Richtung dritter Person oder Tür. Keine aufschlussreichen Gespräche.«

»Okay. Noch etwas?«

MacPhearson schwieg kurz. »Dritte Person hat sich weder bewegt noch irgendeinen Laut von sich gegeben.«

Clints Augenbrauen zogen sich zusammen. Es war nicht normal, wenn sich eine Person über Stunden überhaupt nicht bewegte und keinen Ton von sich gab. Entweder war die Geisel bewusstlos, sei es wegen einer Verletzung oder Betäubung, oder …

»Normales Wärmebild?«

»Etwas kühl vielleicht, aber das kann auch durch die lange Untätigkeit verursacht worden sein.«

»Gut. Sofortiger Bericht, wenn sich irgendetwas ändert.«

»Logo.«

Clint hatte sich unter einer gewaltigen, großblättrigen Pflanze niedergelassen, deren Namen er nicht kannte, die aber einen wirklich furchtbaren Geruch verströmte. Erst hatte er gedacht, in der Nähe läge ein Kadaver, doch nachdem ihm ein Blatt unter die Nase gekommen war, erkannte er den Ursprung des Leichengeruchs. Mad hätte ihn wirklich warnen können. Misstrauisch beäugte er das Fenster. Wenn dies keine Mission wäre, würde er es Mad nicht absprechen, extra darauf hingewiesen zu haben, dass er nicht durch das Fenster passte, nur um aus der Nähe dieses Busches herauszukommen. Nun, lieber nach Leiche riechen als eine Leiche sein. So ignorierte er den Geruch, bis er ihn nicht mehr wahrnahm. Vermutlich, weil er inzwischen genauso roch. Er zuckte im Geiste mit den Schultern. Er wollte schließlich keinen Duftwettbewerb gewinnen.

In regelmäßigen Abständen klickte Clint in sein Mikrofon, sein Team antwortete ebenfalls mit Klicks. I-Mac berichtete ein paar Mal von Bewegungen im Haus, doch immer nur die zwei Personen und auch nicht weiter als von einem Zimmer in ein anderes. Nach den Geräuschen zu urteilen, dem Badezimmer. Die dritte Person hatte sich immer noch nicht gerührt, aber dafür schien sie jetzt etwas mehr Körperwärme auszustrahlen, was aber auch durchaus an der gestiegenen Außentemperatur liegen konnte. Mit den dunklen Schindeln heizte sich die Hütte im Sonnenschein bestimmt gewaltig auf. Bald würde sie vermutlich auch die Anzeige der Wärmebilder behindern. Die Außentemperatur war mit 24°C noch zu ertragen, nur die hohe Luftfeuchtigkeit machte ihm etwas zu schaffen. Bisher hatte das Wetter mitgespielt, doch am frühen Nachmittag türmten sich bereits dunkle Wolken auf, es wurde dunkler. Clint war das nur recht, je früher es dunkel wurde, desto eher konnten sie eingreifen. Er machte sich langsam wirklich Sorgen um Karen – die Geisel, ermahnte er sich. Er durfte sich jetzt nicht ablenken lassen von dem Gedanken an honigblonde Haare, glatte Haut und strahlende Augen. Shit. Er war abgelenkt. Mit Gewalt holte er sich in die Gegenwart zurück. Ein dicker Tropfen, der das schützende Blätterdach über ihm durchbrach, half ihm dabei. Er landete direkt in seinem Nacken und lief kalt seinen Rücken hinunter. Clint schauderte. Der Nebel kam durch den Regenwald gekrochen und reduzierte erheblich die Sicht. Vielleicht konnte man ihn nutzen, um die Geisel früher zu befreien.

»Irgendwelche Gründe, warum wir nicht jetzt eingreifen sollten?«

»Ich wäre dafür. Diese verdammte Feuchtigkeit scheint mein Gerät zu beeinträchtigen. Kann die Wärmepunkte kaum noch erkennen.«

Der Rest des Teams stimmte zu, nirgends war etwas Ungewöhnliches zu entdecken. Rock gab noch zu bedenken, dass der Black Hawk sie eventuell nicht sofort evakuieren könnte, sollten der Regensturm und der Nebel noch stärker werden, doch Clint entschied sich, das Risiko einzugehen. Sie hatten sowieso die Aufgabe, mindestens einen der Entführer lebend zu fassen und für eine Befragung mitzunehmen, daher gab es bei nur zwei Entführern keinen Grund anzunehmen, dass sie nach erfolgter Geiselbefreiung nicht ein paar Stunden im Regenwald ausharren konnten, bis der Helikopter sie abholte. Es gab zwar noch gewisse Risiken, aber es war sein Job, die Vor- und Nachteile abzuwägen. Er entschied sich dafür, die Aktion sofort durchzuführen. Er gab letzte Anweisungen, vor allem an Ghost, der die Tür überwachte und die Aufgabe hatte, Fluchtversuche der beiden Entführer notfalls mit Gewalt zu verhindern. Clint erhob sich lautlos und verschmolz mit der Umgebung.

IV

Da er kein Geräusch verursachen durfte, benötigte er für die kurze Strecke einige Minuten. Kein vom Haus aus sichtbares Blatt durfte sich bewegen, keine Tiere aufgescheucht werden. Eine große Erleichterung waren das Dämmerlicht und der starke Regen, schluckte er doch fast jeden Laut. Mit angehaltenem Atem presste er sich neben das Fenster an die Hauswand. Vorsichtig schob er sich Zentimeter für Zentimeter vor, bis er einen Blick in das Haus werfen konnte. Der Raum lag im Dunkeln, Clint konnte nur den schwachen Umriss einer auf dem Boden liegenden Matratze erkennen. Darauf lag ein dunkles Knäuel, aber ob es sich um einen Menschen oder etwas anderes handelte, konnte er nicht erkennen. Soweit er das sehen konnte, bewegte sich nichts in dem Zimmer. Außer der Matratze schien es leer zu sein. Clint betrachtete das verschlossene Fenster genauer. Es war nur mit einem einfachen Riegel gesichert. Mit oft geübten Bewegungen holte er die nötige Ausrüstung aus den Taschen seiner Weste und machte sich an die Arbeit. Innerhalb von Sekunden hatte er die Verriegelung gelöst. Er hoffte nur, das Fenster öffnete sich lautlos, sonst hätte er ein großes Problem. Er überprüfte, ob er seine Waffe leicht erreichen konnte, dann schob er langsam das Fenster in die Höhe. Ein kratzendes Geräusch ertönte. Clint zuckte zusammen und lauschte. Nichts rührte sich. Er schob das Fenster nur so weit hoch, bis er sich hindurchzwängen konnte. Sein Kampfmesser in der Hand, kletterte er mit dem Oberkörper voran durch die schmale Öffnung. Das

Fenster war ziemlich eng, Mad hätte wirklich nicht durchgepasst, ohne sich ein paar Knochen auszurenken. In dem Zimmer herrschte totale Stille. So bemerkte er auch erst im letzten Moment die Figur, die an die Wand gepresst im Schatten kauerte. Dank seines guten Reaktionsvermögens konnte Clint sich noch ein wenig zur Seite drehen und den Schlag mit seiner Schulter abfangen, der eigentlich auf seinen Kopf gezielt war. Er geriet dadurch aus dem Gleichgewicht und fiel wenig elegant auf den Boden der Hütte. Noch im Fallen hakte er seinen Arm um das Knie seines Angreifers und riss diesen mit sich. Automatisch rollte er sich herum, sowie er den Boden berührte, und begrub den Angreifer unter sich. Einen Arm drückte er gegen den Kehlkopf, die zweite Hand legte sich über den Mund. Er wollte nicht riskieren, dass der zweite Entführer alarmiert wurde und ebenfalls in das Zimmer gestürmt kam. Clint runzelte die Stirn. Irgendetwas konnte hier nicht stimmen. I-Mac hätte ihn doch gewarnt, wenn einer der Entführer in seine Richtung gekommen wäre. Entweder hatte der Wärmescanner jetzt völlig den Geist aufgegeben oder … Er schnüffelte. Jetzt wusste er, was bei ihm die Alarmglocken ausgelöst hatte. Der Mann unter ihm roch nach … Frau. Ein Blitz zeigte ihm wütend zusammengekniffene Augen in einem Gesicht, das von seiner großen Hand fast verdeckt wurde. Himmel, er hatte die Geisel angegriffen. Genauer gesagt, sie hatte ihn zuerst attackiert. Er beugte seinen Kopf nach unten, bis er gefahrlos in ihr Ohr flüstern konnte. »Captain Clint Hunter, US Navy SEALs. Verhalten Sie sich ganz ruhig und kommen Sie mit, wir bringen Sie nach Hause.« Sein tonloses Wispern schien sie nicht wesentlich zu beruhigen. Sie nickte zwar einmal kurz, um ihm zu zeigen, dass sie ihn verstanden hatte, aber er hatte das Gefühl, sie hätte ihm am liebsten etwas über den Kopf gezogen. Natürlich konnte er sich auch irren, es war dunkel, und er war noch nie ein Spezialist in Sachen Körpersprache von Frauen gewesen. Langsam entfernte er seine Hand von ihrem Mund und betrachtete sie wachsam. Sollte sie einen Laut von sich geben, würde er sie notfalls auch außer Gefecht setzen und aus dieser verdammten Hütte tragen.

»Könnten Sie Ihr Tonnengewicht von mir entfernen?«

Clint zuckte zusammen. Er hatte sich nicht geirrt, was ihre Stimmung anging. Obwohl sie nur kaum hörbar geflüstert hatte, gab es keinen Zweifel. Sie war stinksauer. Wortlos erhob er sich in einer fließenden Bewegung. Seine angebotene Hand ignorierte sie, während sie sich mühsam aufrappelte. Clint zuckte mit den Schultern. Tonlos sprach er in sein Mikrofon. »Paket gefunden. Kommen jetzt raus.«

Die Planung sah vor, erst die Geisel aus der Hütte zu entfernen, bevor der Rest des Teams sich um die Entführer kümmerte. Er hätte auch alles auf einmal erledigen können, aber so war es einfach sicherer. Für die Geisel und für das Team. Ein bestätigendes Klicken sagte ihm, dass der Weg frei war.

Als er sich umdrehte, hatte sich Karen vor ihm aufgebaut. Es war nur gut, dass sie die Notwendigkeit der völligen Stille einsah, sonst hätte sie ihm vermutlich schon ihre Meinung gesagt. So sagte sie nur das Naheliegendste: »Können Sie sich ausweisen?«

Der große Fremde, der gerade in dem Moment durch das Fenster in ihr Gefängnis gekommen war, als sie durch eben jenes verschwinden wollte, blickte sie sprachlos an. Sein Mund öffnete und schloss sich wieder. Ein bisschen sah er aus wie ein Fisch, dachte sie befriedigt. Schließlich schien er genug graue Zellen gesammelt zu haben, um eine Antwort zu formulieren. »Nein.« Nicht sehr ausführlich.

»Woher soll ich dann wissen, ob Sie sind, wer Sie behaupten zu sein?« Im Prinzip glaubte sie ihm ja, dass er ein Amerikaner war, sein Akzent aus dem Westen verriet ihn. Außerdem seine Größe, sie glaubte nicht, dass es viele Ticos, der landesübliche Ausdruck für Costa Ricaner, wie sie gelernt hatte, gab, die 1,90 Meter überragten. Sie war es einfach satt, hilflos zu sein. Schon von klein auf hatte sie es gehasst, wenn sie etwas tun sollte, ohne vorher nach ihrer Meinung gefragt worden zu sein. Und seit gestern Morgen war sie jeder Entscheidungsfreiheit beraubt gewesen. Sie hoffte, sie würde nie wieder in eine solche Situation kommen. Natürlich war sie nicht so blöd, die Hilfe abzulehnen, die ihr geboten wurde. Sie hatte nur ihren angestauten Frust loswerden müssen. Jetzt tat es ihr schon fast wieder Leid, dass sie ihren Ärger an ihm ausgelassen hatte. Mit einem Seufzer raffte sie ihre zerrissene Kleidung zusammen und straffte dann entschlossen die Schultern. »Ich bin bereit.«

Clint war erleichtert. Eine ausführliche Diskussion hätten sie sich jetzt wirklich nicht leisten können. Je länger sie hier herumstanden, umso größer war die Gefahr, entdeckt zu werden. Und das wollte er eigentlich vermeiden, solange sich die liebreizende Mrs Lombard noch in seiner Nähe befand. Er beäugte kritisch ihre Figur. Wenn er durch das Fenster gepasst hatte, würde sie vermutlich ebenfalls ohne Schwierigkeiten hindurchklettern können.

Karen hatte seinen Blick bemerkt und verschränkte abwehrend die Arme vor der Brust. Sie hob ihr Kinn und forderte ihn wortlos auf, eine Bemerkung zu wagen.

Clint schüttelte den Kopf. Er hoffte, der Black Hawk würde trotz des schlechten Wetters fliegen können, denn er wollte nicht unbedingt länger als nötig in ihrer Gesellschaft bleiben. Er ging zum Fenster und gab ihr nach sorgfältiger Prüfung der Umgebung ein Zeichen, vor ihm hinauszuklettern. Vor dem Fenster zögerte sie und blickte sich nach ihm um. Zum ersten Mal sah Clint etwas wie Angst in ihren Augen. Sofort wurde seine Miene weicher. »Keine Angst, meine Männer haben das Gebäude umstellt, und ich bin genau hinter Ihnen.«

Sofort kehrte das vertraute wütende Funkeln in ihre Augen zurück. Sie straffte die Schultern und tauchte durch die Fensteröffnung.

Clint blickte ihr ungläubig hinterher. Sie hätte nun wirklich keinen Kopfsprung aus dem Fenster zu machen brauchen. Er folgte ihr etwas umsichtiger mit den Füßen zuerst. Suchend blickte er sich um. Wo war sie hin?

»Rechts von dir im Gebüsch.« Cats Stimme drang durch seinen Kopfhörer.

Clint klickte einmal und wandte sich dann in die angegebene Richtung. Es war kein Laut zu hören, scheinbar hatte sie noch genug Verstand, sich still zu verhalten und ihr Verschwinden den Entführern nicht vorzeitig kundzutun. Wahrscheinlich war er mit seinen früheren Geiseln verwöhnt gewesen, aber bisher war noch niemand vor ihm geflüchtet. Schon gar nicht eine Frau. Wäre es nicht um Leben und Tod gegangen, hätte er es vielleicht sogar amüsant gefunden. Er konnte sich jetzt schon vorstellen, was er in den nächsten Tagen von seinem Team an Neckereien würde ertragen müssen, hatten sie doch alle über Kopfhörer mitgehört. Clint duckte sich lautlos ins Gebüsch, griff Karen am Arm und zog sie mit sich in den tieferen Regenwald. Wenn es zum Angriff kam, wollte er nicht, dass sie durch eine verirrte Kugel getroffen wurde. Wenn überhaupt Waffen abgefeuert wurden. Wahrscheinlicher war, dass seine Männer sich anschleichen würden und die beiden Entführer überraschen und nahezu gewaltlos überwältigen konnten. Er führte Karen schnell und lautlos durch Gestrüpp und um gefallene Baumstämme herum, bis er den sicheren Platz fand, den er sich schon vorher dafür ausgesucht hatte. Dort waren sie von drei Seiten geschützt und nicht zu sehen. Karen zog sich gehorsam in die kleine Erdhöhle zurück, während Clint seinen Männern das Zeichen für die Durchführung des zweiten Teils der Mission gab. Er nahm seinen flachen Rucksack ab und hockte sich auf den Waldboden. Mit einigen schnellen Handgriffen hatte er ihn geöffnet und seine Trinkflasche und einen Energieriegel herausgenommen. Diese bot er nun Karen an, die sich in den hintersten Winkel des Erdlochs zurückgezogen hatte.

Erst reagierte sie nicht, doch dann kroch sie zu ihm und nahm die angebotenen Gegenstände aus seinen Händen. »Danke.« Sie setzte die Flasche an ihre Lippen und trank gierig. Nachdem der erste Durst gestillt war, öffnete sie den Riegel. Normalerweise machte sie einen weiten Bogen um diese Dinger, waren sie doch nicht gerade für ihren guten Geschmack berühmt, doch diesmal machte sie eine Ausnahme. Sie hatte einfach zu großen Hunger.

Clint beobachtete sie wachsam, doch sie schien ihn überhaupt nicht mehr wahrzunehmen. Das ärgerte ihn auf unerklärliche Weise. Schließlich hielt er die Stille nicht mehr aus. »Wurden Sie gut behandelt?«

Karen schreckte auf. Sie hatte beinahe vergessen, dass er noch in der Nähe war. Kein Wunder, wenn sie das erste Mal seit wer weiß wie vielen Stunden in die Nähe von Essen, oder zumindest etwas halbwegs Essbarem, gekommen war. Die ganze Zeit hatte er völlig reglos am Eingang der Höhle gekauert, nur seine Augen hatten sich von ihr zur Umgebung und wieder zurück bewegt. Karen fühlte seinen Blick fast wie ein Brennen auf ihrer Haut. Sie schluckte hastig den letzten Bissen hinunter. »Nachdem ich den Widerstand aufgegeben hatte, ja.« Der forschende Blick des riesigen Fremden war auf ihre zerrissene Bluse gerichtet. Karen errötete. Sie wusste, dass die einzelnen Fetzen kaum ihre großen Brüste bedeckten. Gott sei Dank hatte sie gestern Morgen einen Sport-BH gewählt, sodass sie gerade noch halbwegs dezent bekleidet war. Trotzdem fühlte sie sich unter seinem Blick fast nackt.

»Sind Sie sicher?«

Die tiefe, raue Stimme des Mannes erweckte in ihr das verrückte Bedürfnis, sich anzulehnen und auszuweinen. Sie schüttelte den Kopf. Sie musste schlimmer angeschlagen sein, als sie gedacht hatte. Sie weinte niemals. Und schon gar nicht vor anderen Leuten, und am allerwenigsten vor einem großen, kräftigen Soldaten, dessen Namen sie noch nicht einmal wusste. »Ich bin sicher.« Sie zupfte an den Fetzen ihrer Bluse. »Ich hatte nicht damit gerechnet, dass fremde Männer in meinem Haus auftauchen, aber ich habe ihnen ihre Aufgabe so schwer wie möglich gemacht.«

Clints Mundwinkel bogen sich nach oben. »Das kann ich mir vorstellen.« Er wurde wieder ernst. »Es wurden Blutspuren in Ihrem Haus gefunden. Sind Sie verletzt?«

Karen lächelte schief. »Das war nicht mein Blut. Ich war gerade in der Küche, als ich im Wohnzimmer ein Geräusch hörte. Ich hatte noch eine große Pfanne in der Hand und damit habe ich sie ein paar Mal erwischt. Die Nase ist immer ein gutes Ziel.«

Clint rieb über seine Schulter. »Womit haben Sie mich eigentlich geschlagen?«

»Mein Ellbogen, etwas anderes war in dem Raum ja nicht vorhanden.« Sie blickte ihn verlegen an. »Ich habe Sie doch nicht verletzt, Mr ...«

»Hunter. Clint Hunter. Ich werde es überleben.«

Karen lächelte. »Wenn nicht, hätten Sie sich den falschen Beruf ausgesucht. Sie sind SEAL?«

Er hatte Recht behalten, ihr Lächeln war tatsächlich wunderschön. »Ja.«

»Ich habe viel über Ihre Einheit gehört. Sind Sie in Virginia oder Kalifornien stationiert?«

»Wenn ich Ihnen das sage, muss ich Sie hinterher töten.«

Karen lachte. »Ich habe Autorisation für Geheiminformationen, Sie könnten es mir also sagen. Aber ich kann auch raten: Kalifornien.«

»Wie kommen Sie darauf?«

Karen zuckte die Schultern. »Ihr Akzent hört sich nach Westen an.«

»Ich habe keinen Akzent, Sie haben einen.«

Grinsend legte sie die Arme um ihre Beine. »Okay. Wo kommt nun Ihr nicht vorhandener Akzent her?«

»Montana.«

»Aha. Da gibt es aber nicht so richtig viel Wasser.«

»Stimmt.«

»Könnten Sie das auch näher ausführen?«

Clint zog die Augenbrauen hoch. »Wollen Sie vielleicht meine Lebensgeschichte hören?«

»Ja, bitte.«

Clint stöhnte. »Geboren und aufgewachsen in West Yellowstone, Montana, auf der Ranch meiner Eltern. Danach Studium, dann Navy. Seit fast zehn Jahren SEAL. Heimatbasis ist Coronado, Kalifornien.« Er blickte sie durchdringend an. »Reicht das?«

Karen legte ihre Hand auf seine und drückte sie dankbar. »Ja. Tut mir Leid, wenn ich aufdringlich war, aber irgendwie brauchte ich das Gefühl, wieder unter Menschen zu sein.«

Seine langen Finger schlossen sich um ihre Hand. »War mir ein Vergnügen.«

Genau in diesem Moment meldete sich Mad über Kopfhörer. »Alle in Position.«

Clint befreite sanft seine Hand. Seine Stimme war nicht mehr freundlich. »Ausführen.«

Bestätigende Klicks folgten. Cat und Doc würden weiter die Gegend beobachten, während I-Mac sich bereits auf dem Weg zum Sammelpunkt befand. Clint würde bei Dr. Lombard bleiben und sie notfalls mit seinem Leben verteidigen, sollten sie angegriffen werden. Rock sollte mit einem neuen, fast lautlosen Sprengstoff die Tür der Hütte öffnen und dann gleich eine Blendgranate hinterherschicken. Mad und Ghost bewachten die beiden Fenster, um eine Flucht der Entführer zu vereiteln.

Rock drückte sich an der Hauswand entlang, damit er nicht von innen gesehen wurde. Seinen vorbereiteten Sprengstoff bereits in der Hand, hockte er sich vor das Türschloss und schob die kaugummiartige Masse in den Schlitz. Einige schnelle Schritte brachten ihn aus der Gefahrenzone. Und genau in die nächste hinein. »Shit.«

Clint sprang auf. »Bericht.«

»Reporter. Dutzende. Auf direktem Weg zur Hütte.«

Clint fluchte unterdrückt. »Wo kommen die denn her? Cat?«

»Ich habe nichts gesehen. Bin schon auf dem Weg nach unten. Bei diesem verdammten Nebel kann ich Menschen nicht von Affen unterscheiden.«

Rock meldete sich. »Tür ist offen. Soll ich fortfahren?«

Nach kurzer Überlegung stimmte Clint zu. Wenn eine Horde Reporter vor der Hütte eintraf, dann würden die Entführer garantiert aufmerksam werden, und wenn sie anfingen, in eine Menschenansammlung zu schießen ...

»Mad, Ghost. Wickelt das so schnell wie möglich ab und verschwindet dann im Wald.« Zweifaches Klicken.

Doc meldete sich. »Von hinten kommt eine Gruppe bewaffneter Männer. Ich zähle sieben. Kann sie nicht alleine aufhalten, ziehe mich zur Hütte zurück.«

Diesmal war Clints Fluchen lauter. »Wie weit entfernt?«

»Es würde mich wundern, wenn Rock die beiden rechtzeitig herausbekommt.«

»Okay. Abbruch. Ich wiederhole: Abbruch.«

Karen war aufgesprungen und blickte ihn mit aufgerissenen Augen an. »Was ...?«

Clint brachte sie mit einer kurzen Handbewegung zum Schweigen. Normalerweise wäre es für sie kein Problem, die Gegner auszuschalten, doch wenn Zivilisten, auch wenn es Reporter waren, im Schussfeld waren, hielt er einen Rückzug für die bessere Lösung.

»Bin auf dem Rück...« Schüsse zerrissen die Stille. Rocks Stimme verklang im Lärm. Schreie der Reporter wurden selbst bis zu Clints Standort getragen.

Er ballte die Hände zu Fäusten. Seine Stimme klang dennoch ruhig. »Rock?«

Nur Rauschen drang durch den Kopfhörer.

»Diese Schweine schießen einfach in der Gegend herum. Komme jetzt zum Treffpunkt.«

Cat meldete sich. »Soll ich euch zu Hilfe kommen?«

»Nein, geh zum Treffpunkt, wir sind gleich aus der Gefahrenzone.«

»I-Mac, ruf die USS Enterprise, sie sollen sofort den Black Hawk schicken.«

»Okay.«

»Mad?«

»Jo.«

»Stell sicher, dass euch keiner folgt.«

»Kein Problem.«

Es sah so aus, als hätten sie die Situation überstanden, als Clint ein Stöhnen über seinen Kopfhörer hörte.

V

Clints Herzschlag setzte aus, um eine Sekunde später in erhöhtem Tempo wieder einzusetzen. »Was ist passiert? Team-Rapport.« Mit angehaltenem Atem wartete er auf die Meldungen seiner Männer. Sein Blick wanderte kurz zu Karen. Er merkte erst jetzt, dass er ihre Hand fast zerquetschte. Sofort ließ er sie los.

»Cat. Kein Problem.«

»I-Mac. Alles ruhig hier.«

»Mad. Die Kugeln schwirren hier nur so um uns herum. Liege derzeit auf dem Boden, kann daher nicht viel sehen. Habe einen kleinen Kratzer abbekommen, nichts Dramatisches.«

»Doc. Bin schon fast am Treffpunkt.«

»Rock. Mir geht's wie Mad. Ohne den Kratzer.«

Stille. Dann erneut ein Stöhnen.

»Ghost? Melde dich.«

Stille.

»Mad, Rock, könnt ihr Ghost sehen?«

Man hörte nur angespanntes Atmen, dann: »Shit. Ja, ich sehe ihn. Liegt etwa zehn Meter von hier. Sieht aus, als wäre er angeschossen. Mehr kann ich in der Dunkelheit nicht erkennen.« Rocks Stimme klang ruhig, doch alle wussten, dass ihm das nur durch langes Training gelang. »Ich gehe zurück und hole ihn.«

»Mad, gib ihnen Rückendeckung.«

»Roger.«

Clint schloss kurz die Augen. Bitte …

Einen Moment später ertönte erneut Rocks Stimme. »Ich habe ihn. Es sieht nicht gut aus, die Kugel ist unter der schusssicheren Weste in den Bauch eingedrungen. Doc, wir brauchen dich, sofort. Sind jetzt auf dem Weg zum Treffpunkt.«

»I-Mac, Cat, begleitet ihn.« Verdammt. Verdammt. Verdammt. Clint hieb mit seiner Faust auf einen Baumstamm ein. Einmal. Zweimal. Dreimal. Eine Hand legte sich auf seinen Arm und drehte ihn herum. Clint blickte in Karens weit aufgerissene Augen.

»Was ist passiert?«

Clint bemühte sich, seine übliche Ruhe wiederzuerlangen. »Einer meiner Männer wurde angeschossen. Es sieht nicht gut aus.« Er holte seinen Rucksack aus der Höhle und setzte ihn auf. »Kommen Sie, wir gehen zum Treffpunkt.« Es machte ihn wahnsinnig, dass er hier war und nicht bei seinen Männern, aber er war für die Sicherheit der ehemaligen Geisel zuständig, und das ging vor. »I-Mac, wie sieht es mit dem Black Hawk aus?«

»Sie sind gestartet, es könnte allerdings einige Zeit dauern, bis sie hier sind. Der Nebel ist extrem dicht und sie müssen das Gewitter umfliegen.«

Clint knirschte mit den Zähnen. »Sag ihnen, sie sollen so schnell kommen, wie sie können.«

»Habe ich bereits.«

Karen musste fast laufen, um mit dem Tempo Schritt halten zu können, das Clint anschlug. Doch sie beschwerte sich nicht. Sie konnte verstehen, dass er so schnell wie möglich zu seinen Männern wollte. Mein Gott, ihretwegen war ein Mann verletzt, würde vielleicht sogar sterben. Sie schluckte mühsam. Gott, bitte das nicht. Sie würde sich das nie verzeihen können. So wich sie den Ranken und Zweigen aus, so gut es ging, ignorierte ihren schmerzenden Körper und den Regen, der bereits in der ersten Minute ihre Kleidung durchweicht hatte, und lief weiter. Irgendwann verlor sie einen ihrer für den Regenwald eher ungeeigneten Pumps. Daraufhin zog sie den zweiten Schuh ebenfalls aus und folgte Clint, ohne etwas zu sagen. Zu Hause lief sie auch häufiger barfuß, doch dem Waldboden waren ihre Fußsohlen nicht gewachsen. Als sie endlich am vereinbarten Treffpunkt angekommen waren, ließ sie sich dankbar auf einen Baumstamm sinken. Ihre Füße brannten wie Feuer. Doch sie vergaß ihre eigenen Schmerzen sofort, als ein riesiger Mann einen zweiten, kleineren in die Lichtung trug. Ein anderer Mann drückte die ganze Zeit ein Stück Tuch auf den Bauch des Verletzten. Die restlichen drei Teammitglieder hatten sich mit Maschinengewehren um sie herum verteilt. Clint war mit drei Schritten bei Ghost und ließ sich neben ihm auf die Knie nieder. Diesmal machte Ghost seinem Spitznamen alle Ehre, seine sonst braune Hautfarbe war unter der Tarnbemalung gespenstisch blass. Seine Augen waren geschlossen, sein Mund geöffnet zu einem Stöhnen.

Clint blickte Doc bittend an, doch dieser schüttelte stumm den Kopf. Heftig schluckend bemühte sich Clint um eine feste Stimme. »Hey, Ghost, ich dachte, du bist unsichtbar, wie konnte dich da einer treffen?«

Gomez stieß ein Lachen aus, das rasch in Husten überging. »War ein … Querschläger … Wussten gar nicht, dass ich da war. Sonst alle … okay?«

Clint ließ seinen Blick über die versammelten Männer wandern. Er stoppte bei Mad, der sich gerade von Mrs Lombard einen Verband über einer Gesichtshälfte anlegen ließ. Ihre Augen trafen sich und Matt nickte ihm zu. »Ja, alle sind gesund und munter. Gleich kommt der Hubschrauber und dann bringen wir dich hier heraus. Kein Problem.«

I-Mac schüttelte den Kopf und hielt zwei Finger hoch, mit der anderen Hand formte er mit Daumen und Zeigefinger einen Kreis. Zwanzig Minuten. Zu spät. So lange würde Ghost nicht durchhalten. Am liebsten hätte Clint irgendetwas zerschlagen oder sein Maschinengewehr gegriffen und die Geiselnehmer zur Hölle geschickt. Er hatte jedoch Verantwortung für seine Männer und für Dr. Lombard, er konnte nicht einfach Amok laufen. Also blieb ihm nichts anderes übrig, als seinem Freund die Hand zu halten, während er zusehen musste, wie dieser unter Qualen starb. Doc hatte ihm zwar Morphium gespritzt, aber hundertprozentig wirkte das auch nicht gegen die starken Schmerzen, die er verspüren musste. Inzwischen hatten sich alle um das provisorische Krankenlager herum versammelt. Auch Karen war da und sah aus, als würde sie jeden Moment anfangen zu weinen. Doch sie kämpfte tapfer dagegen an. In jeder anderen Situation hätte er versucht, sie zu trösten, doch im Moment war er dazu nicht in der Lage. Seine eigenen Gefühle waren zu stark. Außerdem zog Ghost gerade schwach an seiner Hand, damit er sich zu ihm herunterbeugte.

»Sag Rose … dass ich … sie liebe.«

Clint schloss kurz die Augen. Verdammt. Er hatte Gomez' Frau ganz vergessen. Warum musste es von ihnen allen genau das Teammitglied treffen, das verheiratet war? »Das weiß sie doch, Kumpel. Aber ich werde es ihr natürlich ausrichten.«

Ghost blickte ihn mit seinen dunklen Augen dankbar an. Dann schlossen sie sich langsam. Mit einem leisen Seufzer atmete er ein letztes Mal aus. Stille breitete sich aus.

Karen hatte ihren Kampf gegen die Tränen endgültig verloren. Lautlos liefen sie über ihre Wangen. Als sie Clints Blick auf sich spürte, wischte sie sie hastig mit ihren zerfetzten Ärmeln fort.

Clint spürte selbst einen Kloß im Hals, doch konnte er seinen Gefühlen jetzt nicht nachgeben. Stattdessen richtete er sich auf. »I-Mac, frag den Black Hawk, wo zum Teufel er bleibt.«

»Klar, Boss.« Kurze Zeit später kam er wieder. »Sie landen auf einer Lichtung fünf Meilen von hier. Die Wolken sind hier einfach zu dicht.«

Clint blickte die Gesichter seiner Männer der Reihe nach an. Alle wirkten wütend und bedrückt, doch als Profis waren sie trotzdem in der Lage, ihre Aufgaben zu erledigen. »In Ordnung. Mad, du führst uns. I-Mac, gib ihm die genauen Koordinaten. Rock, würdest du …« Rock nickte grimmig und lud sich Ghost auf die breite Schulter, nachdem er Ghosts Rucksack an Clint weitergegeben hatte. »Mrs Lombard, Sie bleiben bei mir. Cat, schlag dich in die Büsche und achte darauf, dass uns keiner von diesen Bastarden über den Weg läuft. Doc, du bist das Schlusslicht.«

Damit machten sie sich in völliger Stille auf den Weg. Karen bemühte sich zwar, keinen Laut zu verursachen, doch hatte sie damit einige Probleme. Sie war dafür nicht ausgebildet, außerdem war sie dermaßen müde und erschöpft, dass sie immer öfter stolperte. Nachdem er sie zum x-ten Mal davor bewahrt hatte hinzufallen, hielt Clint an. Da er immer noch Karens Arm festhielt, war sie gezwungen, ebenfalls zu stoppen.

Hoffnungsvoll blickte sie ihn an. »Sind wir da?«

Clint schüttelte den Kopf. Er blickte auf den Boden und sah etwas aufblitzen. Er sah genauer hin, dann fluchte er. »Wo sind Ihre Schuhe?«

Karen zuckte die Schultern. »Verloren. Außerdem hätte ich in meinen Pumps Ihr Tempo nie mithalten können.«

Clint zuckte zusammen. Sie hatte Recht. Er hätte etwas mehr Rücksicht nehmen können. Aber er war in Gedanken bei Ghost gewesen … Ruckartig löste er die Riemen seines Rucksacks. Danach schnallte er ihn auf seine Brustseite. Er drehte ihr den Rücken zu und ging leicht in die Knie. »Springen Sie.«

Karen blickte ihn verständnislos an. »Wie bitte?«

»Ich trage Sie den Rest des Weges. Wenn ich Sie huckepack nehme, kann ich immer noch meine Waffen benutzen. Also hüpfen Sie rauf.«

Karen schaute ungläubig. Seit ihrer Kindheit war sie nicht mehr getragen worden. Kein Wunder, sie war inzwischen auch ein bisschen auf der dicklichen Seite. Protestierend hob sie die Hände. »Ich bin viel zu schwer!«

Clint knurrte ungeduldig. »Lady, ich habe schon wesentlich Schwereres getragen. Und jetzt kommen Sie, der Hubschrauber wartet auf uns. Oder wollen Sie lieber hier bleiben?«

Karen schüttelte den Kopf. Nein, das wollte sie ganz und gar nicht. Sie wollte nach Hause. Sie nahm einen kleinen Anlauf und sprang. Leider nicht hoch genug, sodass sie an Clints hartem Körper wieder herunterrutschte. Röte stieg in ihre Wangen.

Doc wartete hinter ihnen. »Soll ich Ihnen helfen, Ma'am?«

In seinem texanischen Akzent glaubte sie einen Hauch von Belustigung zu hören. Karens Rücken versteifte sich. »Nein, danke. Ich schaffe das schon.«

Beim zweiten Versuch klappte es. Mit Clints tatkräftiger Hilfe. Er griff ihre Schenkel und zog sie das letzte Stück nach oben, sodass sie seine Taille umklammerten.

Karen war froh über die Dunkelheit, verdeckte sie doch die heiße Röte ihrer Wangen. Clints Körper strahlte eine Hitze aus, die durch seine feuchte Kleidung in sie sickerte. Noch kein Mann hatte sie so getragen. Sie war sich der Intimität ihrer Situation durchaus bewusst. Clint korrigierte noch einmal die Stellung ihres Armes, der ihm die Kehle zugedrückt hatte, dann nahm er sein Maschinengewehr in die rechte Hand und setzte seinen Weg in schnellem Tempo fort. Beeindruckt merkte Karen, dass sich trotz ihres zusätzlichen Gewichts scheinbar nichts an Clints leichtem Gang geändert hatte. Sie kamen jetzt wirklich viel schneller voran als vorher. Vermutlich hatte sie die ganze Mission dermaßen verzögert, dass der Tod des Teammitglieds, wie war noch sein Name – Ghost, auf ihr Konto ging. Sie schloss die Augen und sah wieder das blasse Gesicht des Mannes vor sich. Seine letzten Worte hatten einer Frau gegolten. Seine Freundin, Ehefrau? Gott. Erneut liefen Tränen über ihre Wangen. Wütend wischte sie sie weg. Sie weinte nie! Sie fühlte, wie Clint tröstend ihr Bein drückte. Irgendwie hatte er gemerkt, wie ihr zumute war. Seltsamerweise hatte die Geste dieses ihr weit gehend fremden Mannes wirklich etwas Tröstendes.

Clint zerriss es fast das Herz, als er die Erschütterungen von Karens stummen Schluchzern spürte. Bisher hatte sie sich wirklich gut gehalten für das, was sie durchgemacht hatte. Er hoffte, sie würde noch die letzten zehn Minuten durchhalten, bis sie im Black Hawk waren. Dort konnte sie ohne Gefahr zusammenbrechen. Er hatte schon mit einigen weiblichen Geiseln zu tun gehabt und eine gewisse Erfahrung mit deren Reaktionen, doch aus Karen wurde er nicht so richtig schlau. Sie hatte ihn bekämpft, dann war sie ihm ohne zu murren durch den Regenwald gefolgt. Sie hatte Matt verbunden, ohne mit der Wimper zu zucken. Erst als Ghost ... Verdammt. Er würde sich ernsthaft mit ihr unterhalten müssen, sobald sie in Sicherheit waren.

Kurze Zeit später kamen sie auf der Lichtung, die als Treffpunkt ausgemacht war, an. Der Black Hawk war gelandet, die Rotorblätter drehten sich aber weiter, damit sie sofort starten konnten, nachdem das Team an Bord war. Mad war bereits im Innern und nahm nun von Rock Ghosts Leichnam entgegen. Clint befreite sich sanft von Karens Würgegriff. Ihr hatte der erneute Anblick des Toten scheinbar ebenso zugesetzt wie ihm. Er ließ sein Team vorangehen und reichte dann Karen in den Hubschrauber. Karen ließ sich dankbar hineinziehen, sie glaubte nicht, dass sie es allein geschafft hätte. Die Rotoren waren zwar fast völlig lautlos, aber der Luftzug hätte sie bestimmt umgeworfen. Mad führte sie zu einer freien Stelle, an der sie sich niederlassen konnte. Er reichte ihr noch eine Decke, dann verschwand er. Karen wickelte sich dankbar darin ein. Trotz der Wärme fror sie. Außerdem war sie in ihrer zerrissenen Kleidung nicht wirklich dezent gekleidet. Aber das interessierte hier außer sie niemanden. Als der Black Hawk abhob, herrschte eine merkwürdige Ruhe in der Maschine. Niemand sprach, niemand bewegte sich und alle bemühten sich, nicht zu ihrem toten Kollegen zu schauen. Karen eingeschlossen. Ein Zittern durchfuhr sie. Sie legte den Kopf auf ihre angezogenen Knie und schloss die Augen. Eine Weile später, ihr kam es wie Stunden vor, aber wahrscheinlich waren es nur Minuten gewesen, legte sich eine warme Hand auf ihre Schulter. Mit schweren Lidern blickte sie auf.

Clint hockte vor ihr und blickte sie mitfühlend an. »Sie können gleich weiterschlafen, ich wollte mir nur erst Ihre Füße anschauen.« Als sie protestieren wollte, legte er seinen Zeigefinger auf ihre Lippen. »Zeigen Sie her.«

Widerstrebend streckte Karen ihre Beine aus. Sie war selbst erschrocken, in welchem Zustand sich ihre Füße befanden.

Clint kniff seine Lippen zusammen. Er hätte früher merken müssen, dass sie gar keine Schuhe anhatte. Andererseits hatte er wirklich größere Probleme gehabt als blutige Füße. Auf der anderen Seite des Black Hawks lag der Beweis dafür. Er bemühte sich, das Zittern seiner Hände zu verbergen, als er Karens Füße eingehend betrachtete. »Nichts wirklich Schwerwiegendes. Vielleicht hier und da ein paar Stiche, sobald wir auf der USS Enterprise sind. Ich hoffe, Sie hatten eine Tetanusimpfung?« Als Karen nickte, wickelte Clint ihre geschundenen Füße sanft wieder in die Decke ein. »Sie werden keinen Schritt mehr auf diesen Füßen gehen, bis ein Arzt sie geflickt hat. Ist das klar?«

Karen versuchte ein schwaches Lächeln. »Aye, aye, Sir.«

Clint nickte befriedigt.

Als er sich entfernen wollte, legte Karen ihre Hand auf seinen Arm. »Könnten Sie noch einen Moment bei mir bleiben? Ich könnte ein wenig menschliche Nähe gebrauchen …« Als sie sah, dass Clint ablehnen wollte, sprach sie schnell weiter. »Ich weiß, Sie müssen sich um Ihre Männer kümmern. Tut mir Leid, ich war selbstsüchtig.« Damit ließ sie ihren Kopf wieder auf ihre Knie sinken und schloss die Augen.

Clint blickte sich unsicher um. Nein, seine Männer brauchten ihn nicht, sie waren alle mit sich selbst beschäftigt. Und wenn es Mrs Lombard nicht gäbe, würde er wahrscheinlich jetzt genauso dasitzen. Natürlich konnte er ihre Bitte ablehnen, aber war es wirklich so schlimm, sich neben sie zu setzen und zu versuchen, ihr die ganze Situation etwas leichter zu machen? Sie hatte schließlich nicht darum gebeten, entführt zu werden. Wortlos schlüpfte er neben sie und legte seinen Arm um ihre schmalen Schultern. Karen versteifte sich erst, doch dann lehnte sie sich an ihn, ihren Kopf an seiner Schulter vergraben. Innerhalb von Sekunden war sie wieder eingeschlafen. Clint zog sie enger an sich und starrte mit brennenden Augen auf Ghosts regungslosen Körper.

VI

Es war ein strahlender, über 35° C heißer Sommertag, als Seaman Ramon Gomez auf dem Arlington National Cemetery, Washington, D. C., mit militärischen Ehren beigesetzt wurde. Die vom Himmel knallende Sonne und die feuchte Hitze machten Clint seine Pflicht auch nicht gerade angenehmer. Er trug zusammen mit seinen Männern in ihren weißen, mit Reihen von Orden und dem SEAL-Anstecker geschmückten Ausgeh-Uniformen samt Handschuhen und weißer Uniformkappe den mit der amerikanischen Flagge bedeckten Sarg den kurzen Weg vom Leichenwagen zum ausgehobenen Grab. Es hatte sich eine ansehnliche Menschenmenge versammelt, neben vielen ebenfalls in Uniform gekleideten Kollegen waren auch nahezu alle Mitglieder von Ghosts weit verzweigter Verwandtschaft angereist. In der Mitte der Gruppe stand Rose, sehr aufrecht, doch man sah ihre Schultern zucken. Clint blickte schnell zu den restlichen Trauernden. Ein paar wenige Freunde waren angereist. Wahrscheinlich die einzigen Freunde, die Ghost gehabt hatte, war er doch auch im Privatleben eher zurückhaltend gewesen. Ein Stück entfernt stand eine einzelne schwarz gekleidete Person. Clint erkannte sie sofort: Karen Lombard. Ihre Körperhaltung ließ eine extreme Anspannung erkennen. Er nickte ihr kurz zu, dann musste er sich auf seine Aufgabe konzentrieren. Der Sarg war nicht wirklich schwer für sechs gut trainierte SEALs, daher war er innerhalb von Sekunden neben dem Erdloch abgestellt. Sie traten zurück und stellten sich in einer Reihe neben den Sarg, ihre Kappen in den Händen. Ein schwerer Druck lastete auf Clints Brust, als er den Sarg betrachtete und den Worten des Pfarrers lauschte. Er war schon auf mehreren Beerdigungen gewesen, aber noch nie auf der eines Teamkollegen, der in einer von ihm geleiteten Mission gestorben war. Zu seiner Trauer kam ein alles überwältigendes Schuldgefühl. Er hatte die vergangenen zwei Tage wieder und wieder gegrübelt, was er hätte anders machen können, machen müssen, um sein gesamtes Team heil aus einer einfachen Geiselbefreiungssituation herauszubringen. Irgendetwas war schief gegangen. Woher waren die Reporter gekommen? Wie hatten sie von der Operation erfahren? Hatten die Entführer von selbst einen Hinterhalt gelegt oder waren sie gewarnt worden? Er hatte die letzte Nacht kaum geschlafen, hatte stundenlang an die Decke gestarrt und versucht, Antworten auf seine Fragen zu finden. Einmal war er eingeschlafen und kurz darauf zitternd und verschwitzt aus einem Albtraum hochgeschreckt. Danach hatte er es aufgegeben, schlafen zu wollen. Um der ergreifenden Rede zu entgehen, wanderten seine Gedanken zwei Tage zurück.

Der kurze Flug mit dem Black Hawk war ereignislos verlaufen, sanft hatten sie auf dem Landedeck der USS Enterprise aufgesetzt. Die Türen waren aufgerissen worden und hilfreiche Hände nahmen den Toten und Mrs Lombard entgegen, während der Rest des Teams aus eigener Kraft aus dem Helikopter kletterte. Nach einem kurzen Stopp auf der Krankenstation, wo alle untersucht und Mads Gesicht sowie Karens Füße genäht und verbunden worden waren, hatte sie ein Flugzeug samt der nun in einem provisorischen Sarg steckenden Leiche von Ghost nach Washington zurückgeflogen. Dieser Flug war ebenso ruhig verlaufen wie der vorige, alle hatten versucht zu schlafen oder zumindest die Augen geschlossen. Bei ihrer Ankunft auf dem Flughafen in Washington wurden sie in Limousinen zum Pentagon gefahren und dort getrennt. Das SEAL-Team kam sofort zu einer Missionsbesprechung zusammen, in der der Ablauf der Mission besprochen sowie mögliche Fehler aufgedeckt werden sollten. Außerdem wurde eine Untersuchung in Gang gesetzt, wie die Reporter an Informationen über die Mission gekommen waren. Währenddessen wurde Karen von ihrem Ehemann in die Arme geschlossen und danach befragt, wahrscheinlich um herauszufinden, ob sie irgendwelche Geheimnisse verraten hatte. Das war das letzte Mal gewesen, dass Clint sie gesehen hatte. Bis heute.

Im Moment hielt eine von Ramons Schwestern eine kurze Rede, aber die konnte Clint erst recht nicht ertragen. Deshalb schweiften seine Gedanken wieder ab. Jemand vom Stützpunkt Coronado war am nächsten Morgen zu Ghosts Frau gefahren und hatte sie von dessen Tod unterrichtet. Erstaunlicherweise hatte sie es schon gewusst, als sie die Tür aufmachte. Scheinbar war sie nachts mit dem Gefühl aufgewacht, dass ihr Mann tot war. So konnte sie recht gefasst die Nachricht entgegennehmen, ihre Familie und Freunde informieren und dann ihren Flug nach Washington buchen. Ghost hätte auch in Kalifornien beigesetzt werden können, doch seine Frau bestand darauf, dass er das ihm zustehende Heldenbegräbnis in Arlington erhielt. Sie war der Meinung, Amerika wäre ihm wenigstens ein ordentliches Begräbnis schuldig, nachdem er Jahre seines Lebens und schließlich sogar sein Leben selbst dafür gegeben hatte, Amerika zu dienen. Clint konnte ihren Standpunkt verstehen, aber er persönlich würde lieber in seiner Heimat begraben werden, wenn es bei ihm so weit war. Clint hatte selbstverständlich als kommandierender Offizier ihres Mannes persönlich mit ihr telefoniert.

Als er versuchte, sich zu entschuldigen, war sie ihm fast an die Gurgel gesprungen. »Clint, du bist doch sonst ein so vernünftiger Mensch, führ dich jetzt bitte nicht wie ein Idiot auf. Niemand ist schuld an seinem Tod außer den Männern, die die Waffen abgefeuert haben. Ramon wusste, wie gefährlich sein Job war. Aber er hat ihn trotzdem erledigt, weil er seinem Land und den Menschen etwas Gutes tun wollte. Und ihr habt die Geisel befreit, also hat er gesiegt.«

Sein Verstand wusste, dass Rose Recht hatte, doch trotzdem konnte er sich nicht von seinen Schuldgefühlen befreien. Er hätte irgendetwas tun müssen, um den Tod seines Teammitglieds zu verhindern. Irgendetwas …

Sämtliche Reden waren gehalten, die amerikanische Nationalhymne wurde angestimmt, während die Flagge zu einem kleinen Dreieck zusammengefaltet und der Witwe übergeben wurde. Diese nahm den Stoff und drückte ihn an ihre Brust. Clint war froh, als die Salutschüsse das Ende der Beerdigung ankündigten. Ein Soldat stand Wache, bis der Sarg in die Grube abgesenkt und mit Sand bedeckt worden war. Die meisten Trauergäste blieben auch danach noch in Grüppchen stehen, bevor sie dann langsam zu Rose und Ramons Familie gingen, um erneut ihr Beileid auszudrücken. Clint blickte noch einmal zu Dr. Lombard. Sie stand immer noch am gleichen Fleck, ihre Augen starr auf das Grab gerichtet. Clint seufzte. Erst musste er zu Rose, dann würde er mit ihr sprechen. Zögernd ging er auf die Menschenansammlung zu. Gerade ging Mad zu Rose und umarmte sie. Clint beneidete ihn um seine Fähigkeit, auf andere Menschen zuzugehen und in jeder zwischenmenschlichen Situation genau zu wissen, was er tun musste. Clint hatte zwar eine große Familie, immerhin fünf Brüder und Schwestern, hatte sich aber immer ein bisschen von allen abgesondert. Warum, wusste er selbst nicht. Es war einfach seine Art. Natürlich fühlte er deshalb nicht weniger, aber er konnte seine Gefühle einfach nicht gut ausdrücken. Und er hasste Beerdigungen und Friedhöfe. Sein Blick streifte über die Reihen von weißen Grabsteinen. Es waren Abertausende, die meisten der hier Beerdigten hatten irgendwann in ihrem Leben ihrem Land gedient und viele waren dabei gestorben. Derzeit gab es hier mehr als 260.000 Gräber, und wie er an einer Tafel gelesen hatte, kamen jede Woche 100 dazu. In Kriegszeiten waren es wahrscheinlich wesentlich mehr. Ein Schauder kroch über seinen Rücken. Er musste hier weg. Entschlossen bahnte er sich seinen Weg zu Rose. Sie blickte mit geröteten Augen zu ihm auf. Sie war schon immer sehr zierlich gewesen, aber heute sah sie geradezu zerbrechlich aus.

Er umfasste ihre eiskalten Finger vorsichtig mit seinen großen Händen. »Es tut mir so Leid, Rose.«

Sie lächelte ihn durch ihre Tränen an. »Ich weiß, Clint. Danke.«

»Wenn ich dir bei irgendetwas helfen kann ...«

Sie unterbrach ihn. »Werde ich mich bei dir melden. Im Moment ist ja meine Familie da, die mir hilft.«

Clint räusperte sich. »Ramons letzte Worte galten dir. Er bat mich dir zu sagen, dass er dich liebt.«

Rose schluchzte auf und presste ihre Hand auf ihren Mund. Hilflos musste Clint zusehen, wie ihre mühsam aufrechterhaltene Kontrolle zerbröckelte. Rose sah den panischen Ausdruck in seinen Augen und riss sich zusammen. Sie stellte sich auf ihre Zehenspitzen und küsste ihn auf die Wange. »Danke.«

Clint erwiderte ihren Kuss. »Wir bleiben doch in Kontakt?«

»Aber natürlich.«

Aber so natürlich war es gar nicht. Der einzige Grund, warum sie überhaupt je zusammengetroffen waren, lag jetzt etwa fünfzehn Meter entfernt unter einer zwei Meter hohen Erdschicht. Die erste Zeit würden sie wahrscheinlich noch in Kontakt bleiben, aber irgendwann würde die Beziehung einschlafen. Was vielleicht auch besser war, würde sie durch ihn und die Teammitglieder doch immer daran erinnert werden, was sie verloren hatte und an wen. Nach einer letzten Umarmung wandte Clint sich ab. Eigentlich war er im Moment nicht in der

Verfassung, sich mit anderen Menschen abzugeben, doch irgendetwas zog ihn unwiderstehlich zu Karen Lombard hin. Es war ihm klar, dass sich nie etwas zwischen ihnen entwickeln konnte, weil sie verheiratet war. Deshalb traf ihn der eifersüchtige Stich völlig unerwartet, als er sah, wie Matt sie umarmte. Er schüttelte den Kopf. Was war nur mit ihm los? Sie war die Frau eines anderen, außerdem lebte und arbeitete sie hier in Washington und er in Kalifornien. Und überhaupt, sie hatten bisher nicht mehr als drei halbwegs freundliche Sätze miteinander gewechselt. Er wusste außer den in dem Bericht genannten Fakten nichts über sie oder ihr Leben. Außer vielleicht, dass sie erfinderisch, stark, belastbar und mitfühlend war und einen gewissen Sinn für Humor hatte. Und sie roch gut. Diesmal hätte er sich fast selbst getreten. *Ver – hei – ra – tet:* Tabu. Sie war nicht für ihn. Aber auch nicht für Mad.

Sein finsterer Gesichtsausdruck veranlasste Matt zu einem schnellen Rückzug. »Ich komme gleich nach.« Matt tippte kurz an den Rand seiner Mütze und setzte die Flucht fort.

Clint erschrak, als er Karens Gesicht aus der Nähe sah. Ihre Haut wirkte bis auf die rote Nase grau, unter den geröteten Augen hatte sie dunkle Ringe. Zusammen sahen sie aus wie ein Paar Waschbären, dachte Clint mit einem kurzen Anflug von Humor. Wahrscheinlich hatte sie genauso schlecht geschlafen wie er. Karen musterte ihn ebenso aufmerksam wie er sie. Sie hatte ihn bisher nur im Dunkeln gesehen, mit Tarnfarbe und Schmutz im Gesicht. Und sie war froh darüber, denn sie hätte sich noch minderwertiger gefühlt, wenn sie gewusst hätte, dass ihr Retter aussah wie ein gottverdammtes Pin-up-Model. Seinen hoch gewachsenen, muskulösen Körper hatte sie schon bei ihrem Ritt auf seinem Rücken aus nächster Nähe kennen gelernt. Sein kurz geschnittenes schwarzes Haar war dicht und ohne eine Spur von Grau, die merkwürdig sherryfarbenen Augen mit dem dunklen Ring um die Iris blickten sie durchdringend an. Die Gesichtsform war kantig, die Nase perfekt und der Mund zum Küssen geschaffen. Nicht zu voll und nicht zu schmal. Sie bemerkte, dass sie bereits viel zu lange auf seinen Mund gestarrt hatte, und riss hastig die Augen hoch.

Seine Augen blickten nicht weniger intensiv, dafür aber wesentlich heißer als noch vor einem Moment. Er sprach jedoch mit ruhiger Stimme. »Wie geht es Ihnen?«

Tief und rau strich seine Stimme über ihre aufgeriebenen Nerven. Seltsamerweise beruhigte sie seine Anwesenheit. Ihre steife Haltung lockerte sich. »Gut, danke. Meine Füße wurden noch einmal untersucht und dürften in einigen Tagen wieder so gut wie vorher sein.«

Clint blickte auf ihre in weichen Mokassins steckenden Füße. »Das ist schön. Ich meinte allerdings nicht unbedingt Ihre Füße. Haben Sie Albträume?«

Karen wollte ihm schon sagen, dass ihn das nichts anginge, doch sie hielt sich im letzten Moment zurück. Er war dabei gewesen, er würde es verstehen. Außerdem sah er so aus, als hätte er auch nicht gut geschlafen. Sie blickte zu Boden. »Ja, unter anderem.«

Mit seinem Zeigefinger hob Clint ihr Kinn an, bis sie ihm in die Augen sah. »Das ist ganz normal unter diesen Umständen. Sie haben in den letzten Tagen viel durchgemacht. Wir alle werden noch ziemlich lange an dieser Sache zu knabbern haben, aber irgendwann geht auch das vorbei.«

Karen versuchte ein zittriges Lächeln. »Ich weiß. Die Entführung selbst wäre nicht so schlimm gewesen, aber dass meinetwegen ein Mann gestorben ist …«

Clints Augen wurden dunkler. Also hatte er Recht gehabt. »Er ist nicht Ihretwegen gestorben. Verbrecher haben ihn getötet. Sie haben nicht darum gebeten, entführt zu werden. Sie waren sogar extrem vorsichtig und hatten eine Alarmanlage installiert. Mehr hätte wirklich niemand von Ihnen verlangen können. Und bei der Rettungsaktion haben Sie kooperiert und niemanden gefährdet. Nicht Sie haben die Befehle gegeben, die ihn überhaupt in diese Situation gebracht haben.«

Karen blickte in sein kantiges Gesicht und erkannte die Wahrheit. »Sie geben sich selbst die Schuld daran.«

Clint zuckte zusammen. »Ich war sein kommandierender Offizier, ich habe ihn dorthin geschickt und ich habe den Zeitplan geändert.«

Karen nickte. »Ja, aber Sie haben nicht die Verbrecher angeheuert und Sie haben auch nicht die Kugel abgefeuert. Um genau zu sein, haben Sie sogar keine einzige Waffe benutzt, habe ich Recht?«

Clint war immer noch nicht überzeugt. »Vielleicht hätten wir kämpfen sollen. Wenn ich nicht den Rückzug befohlen hätte ...«

Karen unterbrach ihn. »Und unbewaffnete Zivilisten gefährdet? Ich denke nicht.«

Ihr Vertrauen wärmte ihn, auch wenn er sich weiterhin schuldig fühlte. Doch er würde bestimmt nicht ihre letzten gemeinsamen Augenblicke mit einer Diskussion vergeuden.

»Was ...«

»Wie ...«

Sie sprachen gleichzeitig.

»Sie zuerst.«

»Nach Ihnen.«

Langsam wurde es lächerlich. Diesmal hielt er den Mund und gab Karen ein Zeichen fortzufahren.

»Danke. Wie lange bleiben Sie noch hier in Washington?«

Clint blickte auf seine Armbanduhr. »Wir fahren gleich von hier aus zum Flughafen.«

Karens Miene verdüsterte sich. »Oh.« Sie schluckte. »Was wollten Sie sagen?«

»Ich wollte fragen, was Sie jetzt vorhaben, ob Sie Ihr bisheriges Leben so fortsetzen oder etwas ändern?«

Karen dachte kurz nach. »Ich denke, ich werde alles so lassen. Vielleicht sollte ich eine bessere Alarmanlage installieren lassen, aber sonst werde ich wohl nicht viel machen können. Mein Projekt ist zu wichtig, als dass ich es einfach abbrechen könnte, nur damit so etwas nicht noch einmal passiert. Die Regierung wird mir vermutlich ein paar Bewacher zukommen lassen. Doch nach ein paar Wochen wird sich das wohl auch wieder geben.« Hoffte sie zumindest. Paul würde sich über diesen Eingriff in sein Leben bestimmt nicht freuen. Tatsächlich hatte er ihr bereits kurz nach ihrer glücklichen Heimkehr Vorwürfe gemacht, dass sie entführt worden war. Als sie versucht hatte, von ihren Schuldgefühlen zu berichten, hatte er nur verächtlich geschnaubt und gesagt, der SEAL wäre selbst schuld gewesen, schließlich wäre es sein Job zu kämpfen. Und wenn er dazu zu blöd wäre, hätte er halt Pech gehabt. Karen war über diese Gefühlskälte geschockt gewesen. So kannte sie ihren Mann noch gar nicht.

Als hätte Clint ihre Gedanken erraten, kam er auf das gleiche Thema zu sprechen. »Wo ist denn Ihr Mann?«

Karen wurde noch blasser. »Er musste heute arbeiten. Wissen Sie, er hat da diesen wichtigen Termin ...«

Clint unterbrach sie. »Mich müssen Sie nicht überzeugen. Ich hätte nur gedacht, dass er in Anbetracht der Umstände nicht von Ihrer Seite weichen würde.« Ich würde es jedenfalls nicht tun. Doch das sagte er nicht laut.

»Das sollte man annehmen.« Ihr Mund verzog sich bitter.

Clint nahm aus den Augenwinkeln Mads Winken wahr. »Ich muss jetzt gehen.« Er wollte Karen die Hand schütteln, doch sie durchbrach seine Abwehr und umarmte ihn. Wie von selbst schlossen sich seine Arme um ihre Taille. Er zog sie eng an sich und spürte ihr Zittern. Er drückte ihr einen Kuss auf die Stirn, dann löste er sich von ihr. »Ich wünsche Ihnen ein schönes Leben, Karen

Lombard.« Damit drehte er sich um und ging schnellen Schrittes zu seinem Team.

»Ich dir auch, Clint Hunter.« Doch Karens Erwiderung war zu leise, als dass er sie hören konnte. Sie blickte ihm nach, bis er nicht mehr zu erkennen war, dann schlug sie die Hände vors Gesicht und weinte. Merkwürdigerweise war es ihr gelungen, während der ganzen Trauerfeier die Tränen zurückzuhalten, doch jetzt gab es kein Halten mehr.

VII

Diamond Bar Ranch, Montana, Juli 2002

Clint fuhr aus dem Schlaf hoch. Schwitzend und verwirrt blickte er um sich. Langsam nahm er seine Umgebung wieder wahr. Aus dem Regenwald Costa Ricas wurde langsam das vertraute Schlafzimmer in seiner Hütte auf der Ranch seiner Eltern. Mit zitternden Händen wischte er sich über das schweißnasse Gesicht. Langsam legte er sich zurück. Verdammt. Diesen Traum hatte er nun schon einige Zeit nicht mehr gehabt. Eigentlich müsste er die Sache nach vier Jahren so verarbeitet haben, dass er keine Albträume mehr bekam. Und dies war nur einer der Träume gewesen. Ein anderer handelte von der Beerdigung und endete stets damit, dass er am Schluss anstelle von Ghost im Sarg lag. Während der Sarg langsam mit Sand bedeckt wurde, versuchte Clint sich bemerkbar zu machen, zu sagen, dass er noch lebte, aber niemand hörte ihn. Ein dritter wiederkehrender Traum war nicht direkt ein Albtraum. Er handelte von Karen Lombard. Sie saßen wieder zusammen in der kleinen Höhle im Monteverde Cloud Forest, diesmal allerdings redeten sie nicht über ihn, sondern sie blickten sich einfach nur an, ihre Körper kamen sich immer näher, bis sie sich schließlich berührten. Ihre Küsse wurden immer heißer und verzweifelter. Sie rissen sich gegenseitig ihre Kleidung vom Leib und dann …

Clint sprang fluchend aus dem Bett. Nackt und erregt marschierte er in das angrenzende Bad und stellte sich unter die eiskalte Dusche. Nach einigen Minuten hatte er sich so weit unter Kontrolle, dass er wieder halbwegs klar denken konnte. Wie seine Träume über Ghost und den Tod zustande kamen, das wusste er, doch Karen hatte keinen Anlass dazu gegeben, etwas Derartiges zu träumen. Sie war verheiratet! Sie hatte mit keinem Wort und keiner Geste zu verstehen gegeben, dass sie sich von ihm körperlich angezogen fühlte. Er schüttelte den Kopf. Zum Träumen brauchte man auch nicht zwei Leute, es reichte scheinbar, dass er so empfand. Es war für ihn unerklärlich, warum er sie nicht vergessen konnte. Sie hatten sich nur für kurze Zeit und unter denkbar ungünstigen Umständen kennen gelernt, aber es war ihm in über drei Jahren nicht gelungen, sie aus seinem Kopf zu verbannen. Immer, wenn er eine Frau sah, verglich er sie mit Karen und seltsamerweise schienen alle anderen Frauen nicht an sie heranzureichen. Es waren zwar durchaus schönere Frauen in seinem Bekanntenkreis, aber keine, die genau ihre Mischung aus Intelligenz, Mut und Mitgefühl besaß. Clint seufzte. Wahrscheinlich war sie immer noch glücklich verheiratet und hatte seit vier Jahren keinen Gedanken mehr an ihn verschwendet. Was wahrscheinlich auch besser für sie war. Die letzten Jahre war er keine angenehme Gesellschaft gewesen. Seit er seinen Rücktritt aus der Navy bekannt gegeben hatte, schien er überhaupt keine Freude mehr im Leben finden zu können. Er war mit seiner Arbeit auf der Ranch zufrieden, aber ein wichtiges Stück seiner Persönlichkeit schien zu fehlen. Das hatte er besonders deutlich gemerkt, als er vor zehn Monaten seinem Bruder Shane zu Hilfe geeilt war. Dessen Freundin Autumn war damals von ihrem verrückten Exfreund in die Felsenlandschaft des Arches National Park verschleppt worden. So furchtbar die ganze Geschichte auch gewesen war, denn sowohl Shane als auch Autumn trugen Verletzungen davon, er selbst hatte sich seit langer Zeit nicht mehr so lebendig gefühlt wie in diesen Stunden. Er mochte seine Arbeit mit den Tieren, doch war es genug für den Rest seines Lebens? Diese Frage ging nun schon seit diesem Tag in seinem Kopf herum, doch er war einer Antwort immer noch nicht näher gekommen. Besonders hart war es gewesen, nach Kalifornien zu fahren, um Matt die Ausrüstung wiederzubringen, die dieser ihm für die Rettungsaktion geliehen hatte. Er hatte das erste Mal seit den Ereignissen in Costa Rica wieder Matts Haus betreten. Früher war er dort ein oft gesehener Gast, denn Matt war sein einziger richtiger Freund gewesen. Doch nachdem er nach Montana zurückgezogen war, waren die Kontakte immer seltener geworden, bis sie schließlich ganz aufhörten. Clint musste zugeben, dass ihn die Schuld daran traf. Er hatte es einfach nicht ertragen können, mit den anderen SEALs zusammenzutreffen, nachdem er keiner mehr war. Es hielt ihm vor Augen, was er alles verloren hatte. Aber er schien langsam darüber hinwegzukommen. Als Matt ihn in sein Wohnzimmer führte, war bereits sein gesamtes ehemaliges Team, bis auf Ghost natürlich, dort versammelt gewesen. Nach einem kurzen Stich hatte es ihn wirklich gefreut, sie wiederzusehen. Und er war stolz darauf gewesen, wie sie sich entwickelt hatten, wie weit sie in ihrem Dienst als SEALs gekommen waren. Alles in allem war es ein sehr schöner Tag gewesen, den er lange nicht vergessen sollte. Genauso wenig wie Karen Lombard. Da die Dusche seinen Körper doch beträchtlich heruntergekühlt hatte, konnte er jetzt an sie denken, ohne gleich wieder in Schweiß auszubrechen. Viel beunruhigender als die erotischen Träume waren die Träume gewesen, in denen sie Opfer von Unfällen wurde. Jedes Mal versuchte er sie zu retten, aber der Traum endete immer, bevor er wusste, ob er es geschafft hatte. Bisher waren es drei oder vier Träume dieser Art gewesen. Clint konnte sich wirklich nicht erklären, woher diese Träume kamen. Es war nicht etwa so, als wünschte er ihr ein Unglück.

Eher das Gegenteil. So konnte er nur spekulieren, dass sein Unterbewusstsein ihm signalisierte, dass sie in Gefahr schwebte. Er hatte überlegt, ob er sie anrufen sollte, aber er hatte es nie getan. Vielleicht hatte er Angst davor, überhaupt nicht mehr von ihr loszukommen, wenn er noch einmal ihre Stimme hörte. Obwohl es dafür wahrscheinlich sowieso schon zu spät war. Kopfschüttelnd stieg er aus der Dusche. An Schlaf war wohl nicht mehr zu denken. Er kehrte in sein Schlafzimmer zurück und zog sich rasch eine Jeans und ein weiches Baumwollhemd an. Die Arme vor der Brust verschränkend, blickte er aus seinem Fenster in die Dunkelheit. Er konnte von seiner leicht erhöht stehenden Hütte aus weite Teile der Ranch überblicken – zumindest tagsüber. Im Dunkeln sah man nur die Umrisse vom Haupthaus, den anderen Hütten, den Bäumen und den Rindern. In einer der Hütten war Licht. Sein Mundwinkel zuckte amüsiert. Seine Schwester Shannon war gerade zu Besuch auf der Ranch und hatte sich eben diese Hütte geben lassen, um ihre Ruhe beim Schreiben zu haben. Sie war eine aufstrebende Autorin von Liebesromanen und ihre Helden waren SEALs. Nur gut, dass sie nicht wusste, dass er ein SEAL war, sonst würde er nie mehr Ruhe vor ihr haben. Meistens ging er ihr aus dem Weg, wenn sie gerade an einem ihrer Bücher schrieb. Doch heute Nacht war er rastlos und brauchte eine Ablenkung. Deshalb schlüpfte er schnell in seine Schuhe und lief die kurze Strecke bis zu Shannons Hütte. Bevor er klopfte, warf er einen kurzen Blick durch das Fenster, um sicherzugehen, dass er sie nicht wirklich bei etwas Wichtigem störte. Shannon hatte ihren Kopf über ihren Laptop gebeugt, der vor ihr auf dem Couchtisch stand. Ihre rotbraunen Haare hatte sie mit zwei Bleistiften in einer wüsten Masse auf ihrem Kopf hochgesteckt, ihre nackten Beine hatte sie im Schneidersitz auf der Couch verschränkt. Clint lächelte liebevoll. Wie oft hatte er seine Schwester genau so sitzen sehen, in eines ihrer Werke vertieft und völlig ohne Bewusstsein, dass draußen tiefste Nacht herrschte und sie eigentlich schon längst im Bett liegen sollte. Leise klopfte er an ihre Tür, um nicht die in den anderen Hütten schlafenden Gäste zu wecken. Schließlich wollte er nicht die zahlenden Gäste seiner Eltern verärgern. Ihre Eltern hatten die Ranch in eine Gast-Ranch umgewandelt, nachdem auch Chloe, seine jüngste Schwester, ausgezogen war, um aufs College zu gehen. Und die Sache lief sehr gut. Durch die Nähe zum Yellowstone National Park waren das ganze Jahr über Gäste einquartiert. Im Winter natürlich etwas weniger als im Sommer, aber es war doch eine recht lukrative Nebeneinkunft.

Shannon riss die Tür auf. »Clint, was machst du denn hier?«

»Was für eine nette Begrüßung. Vielleicht wollte ich sehen, was meine berühmte Schwester so treibt?«

Shannon errötete. Es machte ihr immer noch zu schaffen, dass sie sich in der Öffentlichkeit sehen lassen musste, wenn sie ihre Schriftstellerei weiterführen wollte. Werbung war zwar nicht alles, aber doch ein großer Teil des Geschäfts. Und Clint, dieser elende Kerl, wusste das genau.

»Dann komm halt rein.« Damit öffnete sie die Tür weiter und überließ es Clint, sie hinter sich zu schließen. »Ich bin gerade dabei, meine Homepage zu aktualisieren. Willst du sie mal sehen?«

Die Hände in den Hosentaschen vergrabend, schlenderte Clint hinter ihr her. »Klar. Wurde sie nicht gerade erst erneuert?«

Shannon ließ sich wieder auf das Sofa plumpsen. »Das ist schon ein paar Monate her. Ich habe ein paar neue Rezensionen von meinen Büchern hinzugefügt, dann noch den Inhalt von meinem neuesten Buch, das nächsten Monat erscheint. Dafür habe ich dann auch einen Countdown eingerichtet, in dem ich jeden Tag Wissenswertes zum Buch, zum Schreiben von Romanen und zu SEALs veröffentliche. Außerdem schiebe ich alle paar Tage eine Seite aus dem Buch hinein, damit die Leser einen Vorgeschmack bekommen und es sich dann am Erscheinungstermin gleich kaufen.«

Clint klickte sich durch die Homepage. Sie war wirklich sehr schön und informativ geworden. Es beeindruckte ihn, was Shannon alles auf die Beine gestellt hatte. Auf der Seite mit persönlichen Informationen war auch ein Foto von Shannon.

Shannon verzog den Mund. »Ich wollte eigentlich kein Foto von mir veröffentlichen, aber mein Verlag und meine Agentin haben mich dazu gezwungen. Sie meinten, die Leser wollten wissen, wer die Bücher schreibt.«

Clint blickte sie an. »Es sieht doch gut aus, genau wie die ganze Seite. Ich denke, deine Fans können sich nicht beschweren, dass du dich nicht um sie kümmerst.« Er blätterte weiter.

»Danke. Das ist ein Forum, in dem die Leser sich miteinander und auch mit mir unterhalten können. Es wird zurzeit sehr gut genutzt. Natürlich schicken sie mir auch sehr viele E-Mails, ich komme mit dem Beantworten kaum nach. Zumindest nicht, wenn ich gerade versuche, ein Buch zu schreiben.«

Clint zog die Augenbrauen hoch. »Schreibst du schon wieder an einem neuen? Wovon handelt es diesmal?« Bei Shannons Lächeln winkte er ab. »Lass mich raten. SEALs?«

Shannon nickte. »Ja, die Leser lieben sie einfach, und ich muss meine Serie ja auch fortsetzen. Außerdem macht es mir einfach Spaß, darüber zu schreiben.«

»Ich weiß zwar nicht, was du an SEALs so toll findest, aber solange es dir gefällt und du damit auch noch Geld verdienst, werde ich nichts dagegen sagen.«

Shannon salutierte ironisch. »Vielen Dank.«

Clint lächelte. »Bitte schön.« Er blickte wieder auf den Bildschirm des Laptop. Sein Lächeln verging ihm. Er zeigte auf ein Kästchen. »Was soll denn das?«

Shannon wurde rot.

»Ich suche dringend einen Navy-SEAL, der mir Fachfragen zu seiner Arbeit beantworten kann. Bitte melden unter: shannon.hunter@... Wozu soll das denn gut sein?« Seine Stimme hatte einen scharfen Klang angenommen.

Shannon blickte ihn verwundert an. »Das steht da doch. Ich brauche jemanden, den ich nach Fachlichem fragen kann. Vor allem auch danach, wie ein SEAL auf bestimmte Situationen reagieren würde. Hast du etwas dagegen?«

»Auf jeden Fall. Wer weiß, wer sich da meldet. Kann ja jeder behaupten, ein SEAL zu sein, wie willst du das nachprüfen?«

Shannon wurde nachdenklich. Dann zuckte sie mit den Schultern. »Ich weiß es nicht. Aber das Risiko muss ich einfach eingehen. Ich werde ihn ja auch nicht treffen oder so, sondern nur über E-Mail Kontakt mit ihm haben. Da kann mir eigentlich nicht viel passieren, außer dass sich jemand auf meine Kosten einen Scherz erlaubt.«

Clint war sich da nicht so sicher, aber er hielt sich zurück. Eine Idee begann sich in seinem Kopf zu bilden. »Ich bin mir da nicht so sicher. Aber du wirst schon wissen, was du tust.«

»Ja, das weiß ich.«

Clint küsste sie entschuldigend auf die Stirn. »Tut mir Leid. Ich wollte dich nicht bevormunden. Ich mache mir nur Sorgen um dich.«

Damit nahm er Shannon den Wind aus den Segeln. Sie seufzte auf. »Ich weiß das zu schätzen. Trotzdem bin ich schon seit einigen Jahren erwachsen und lebe mein eigenes Leben. Ohne Probleme, möchte ich hinzufügen.«

Clint stand auf und streckte sich. »Du hast Recht. Warum gehst du jetzt nicht ins Bett und schläfst etwas?« Damit war er auch schon aus dem Raum und hatte die Tür hinter sich zugeschlagen, bevor Shannon genug Luft fand, um ihre Empörung auszudrücken.

Sie blickte kopfschüttelnd auf die Tür, dann lachte sie auf. Es war doch schön, eine Familie zu haben, die sich immer um sie kümmerte, auch wenn es ihr manchmal auf den Geist ging.

Clint schloss leise seine Hüttentür hinter sich. Ohne das Licht anzumachen, durchquerte er den Raum, bis er vor dem Fenster stand. Im Osten war bereits ein leichter Schimmer der kommenden Dämmerung zu sehen. Er blickte auf seine Uhr. Das Digitaldisplay leuchtete im Dunkeln. Viertel vor fünf. Spät genug, um Matt anzurufen, bevor er zum Dienst fuhr. Er ging zum Telefon und wählte aus dem Gedächtnis Matts Nummer. Ein Klingeln. Zwei. Drei.

»Jo?« Anscheinend war er doch noch im Bett gewesen.

»Mad, ich bin es, East.«

Schlagartig war Matt wach. »Clint? Was ist los? Brennt es irgendwo?«

Clint grinste. »Nein, nein. Ich wollte dich nur erwischen, bevor du zur Arbeit fährst.«

Matt grunzte. »Und dafür weckst du mich mitten in der Nacht?«

»Du müsstest doch sowieso gleich aufstehen.« Er machte eine Pause. »Du musst mir einen Gefallen tun.«

»Muss ich? Was denn diesmal? Brauchst du einen Panzer? Ein U-Boot?«

Clint lachte. »Nein, nichts dergleichen. Es geht um meine Schwester Shannon.«

»Shannon? Welche war das noch? Die Schriftstellerin? Ist sie in Gefahr?«

Clint wiegelte ab. »Ja, die meine ich. Sie ist nicht in Gefahr, jedenfalls glaube ich das nicht. Sie hat auf ihrer Homepage einen Aufruf gestartet. Sie sucht einen SEAL, der ihr Fragen beantwortet. Ich habe Angst, dass sie auf einen Schwindler hereinfällt.«

»Ein schwerwiegendes Problem. Warum antwortest du nicht darauf, anonym natürlich?«

»Weil sie das wahrscheinlich merken würde. An den Ausdrücken, am Satzbau oder etwas anderem. Vergiss nicht, dass sie mit Wörtern ihr Geld verdient. Außerdem kennt sie meine E-Mail-Adresse.«

Matt schwante bereits Böses. »Und wie soll ich dir nun helfen?«

»Ich möchte, dass du ihr E-Mail-Buddy wirst. Möglichst ohne deinen richtigen Namen zu nennen, falls sie ihn schon mal irgendwo von mir gehört oder gelesen hat.«

Matt stöhnte. »Das dachte ich mir. Glaubst du wirklich, das ist nötig?«

»Ich hoffe nicht, aber ich möchte kein Risiko eingehen. Würdest du das für mich tun?«

»Okay. Weil du es bist. Wie komme ich an die Adresse?«

Clint atmete erleichtert auf. »Danke. Ich schulde dir was. Du gehst auf ihre Homepage. www.shannonhunter.com. Da findest du gleich auf der ersten Seite den Aufruf.«

Man hörte Papier rascheln.

»...hunter.com. Okay, habe ich notiert. Es steht jetzt 2:0, ich hoffe, du revanchierst dich dann auch mal.«

»Kein Problem, wie wäre es mit einem Urlaub auf einer Ranch in Montana?«

Matt lachte. »Das muss ich mir überlegen. Ich bin ja eigentlich mehr am Wasser in meinem Element.« Er wurde ernst. »Ich kann dir allerdings nicht versprechen, dass es klappt. Könnte ja sein, dass sie mich nicht sympathisch findet oder sich bereits jemand anders gemeldet hat.«

»Mir reicht es, wenn du es versuchst. Da sie ihre Seite heute gerade erst neu gestaltet hat, nehme ich an, dass sich in der kurzen Zeit noch niemand gefunden hat. Deshalb habe ich ja auch gleich bei dir angerufen. Jedenfalls nochmals danke für deine Hilfe.«

»Ja. Ich gehe jetzt erst noch mal ins Bett. Ich melde mich dann bei dir, wenn ich weiß, ob es geklappt hat.«

»Okay. Und grüß die Jungs von mir.«

»Mach ich.« Damit legte Matt auf.

Clint lächelte befriedigt. Wenn sich Matt erst einmal in etwas verbiss, ließ er nicht mehr los. Shannon hatte keine Chance.

VIII

Stöhnend begutachtete Shannon am nächsten Morgen die Liste der noch ungelesenen E-Mails: 54 Stück. Sie kam langsam wirklich nicht mehr hinterher. Aber sie weigerte sich, die Arbeit an jemand anderen weiterzugeben. Sie mochte den engen Kontakt zu ihren Fans, manchmal kamen ihr schon beim Lesen der Mails Ideen zu neuen Büchern. Sie fand es falsch, den Fans vorzugaukeln, persönlich mit ihnen zu kommunizieren, wenn es in Wirklichkeit ein anderer tat und sie die Meinung ihrer Leser nie zu Gesicht bekam. Deshalb las sie jetzt also Massen von Zuschriften, anstatt an ihrem neuesten Buch weiterzuarbeiten. Seufzend vertiefte sie sich in den nächsten Text. Meist waren es sehr enthusiastische Mails, so wie diese hier, die ihre Bücher in den Himmel lobten und sie drängten, schnell das nächste Buch zu veröffentlichen. Sie war darüber natürlich erfreut, aber es setzte sie auch stark unter Druck. Zurzeit brachte sie jedes Jahr mindestens zwei neue Bücher heraus. Sie wusste nicht, wie sie noch schneller schreiben sollte. Außerdem waren da auch noch die Lektoren und Verlage, die auch einen nicht unwesentlichen Zeitaufwand für jede Buchproduktion beanspruchten. Dann kamen noch die Signierstunden, Lesungen und sonstige Werbemaßnahmen hinzu, und sie wunderte sich, wie sie überhaupt so viel schaffte. Sie war wirklich übernächtigt und erschöpft. Deshalb hatte sie sich auch auf die Ranch ihrer Eltern geflüchtet, um von allem ein bisschen Abstand zu gewinnen und sich wieder auf ihre eigentliche Arbeit, das Schreiben, zurückzubesinnen. Und jetzt saß sie hier und beschäftigte sich wieder seit zwei Tagen nur mit Zweitrangigem. Kopfschüttelnd klickte sie auf die nächste Nachricht und erstarrte. Ihr Herz klopfte zum Zerspringen in ihrer Brust. Vor Aufregung bekam sie feuchte Finger. Sollte wirklich jetzt schon jemand ihren Aufruf gelesen haben? Mit zitternden Fingern scrollte sie durch die Nachricht. Wie gebannt starrte sie auf den Bildschirm. Ihren Kaffee hatte sie inzwischen völlig vergessen, er wurde langsam lauwarm.

From: *MadDog@yahoo.com*
To: *Shannon.hunter@hotmail.com*
Subject: *SEAL wanted …*
Date sent: *13-07-2002*

Hi Shannon,

ich habe den Aufruf auf deiner Homepage gelesen. Ich bin Navy-SEAL und würde dir gerne bei deinen Fragen zum Thema SEALs zur Verfügung stehen, sofern deine Fragen nicht Dinge betreffen, die der Geheimhaltung unterliegen. Außerdem kann es öfter mal passieren, dass ich über Wochen nicht zu erreichen bin. Ich denke, du verstehst das. Ansonsten bin ich ganz für dich da. Würde mich freuen, wenn ich dir helfen kann.

M.

Nachdenklich stützte Shannon ihr Kinn auf ihre verschränkten Hände. Er klang sehr nett. Sofern es überhaupt ein »Er« war, es könnte schließlich jeder ihren Aufruf gelesen haben und sich einen Spaß mit ihr erlauben. Sie hoffte allerdings, es wäre nicht so, denn sie brauchte wirklich einen SEAL, mit dem sie ihre vielen Fragen besprechen konnte. Gut, gehen wir einmal davon aus, dass es wirklich ein Mann war, wer sagte ihr, dass er auch wirklich ein SEAL war und nicht ein 50-

jähriger Axtmörder? Oder vielleicht eine 80-jährige lilahaarige Großmutter aus Florida? Gott, langsam wurde es lächerlich. Anhand einer Mail konnte sie sowieso nicht entscheiden, ob er »echt« war. Sie würde ihm einfach antworten und sehen, was dabei herauskam. Sie richtete sich auf, straffte ihre Schultern und tippte drauflos.

Matt nahm sein Essen wie gewöhnlich vor seinem Computer sitzend zu sich. Um ihn herum klapperten weitere Tastaturen, ein Teil seines Teams verbrachte ebenfalls seine Mittagspausen in der Einsatzzentrale. Zentrale war eigentlich kein guter Ausdruck, der Raum war eher eine bessere Abstellkammer. Dafür war es hier allerdings wesentlich ruhiger und gemütlicher als im Speisesaal der Basis. Wenn man von den üblichen Computergeräuschen und dem Lärm von Docs Computerspiel absah. Doch er war bereits so daran gewöhnt, dass er es gar nicht mehr wahrnahm. Außerdem war er gerade völlig von Shannons Internetseite in Anspruch genommen. Er hatte noch nie einen Liebesroman gelesen, aber nun war er fast versucht, es einmal auszuprobieren. Er war einfach neugierig, wie Clints kleine Schwester die SEALs darstellte. Und wie sie es schaffte, aus dem wirklich sehr harten und schmutzigen Job der SEALs eine Romanze zu machen. Natürlich fielen viele Frauen über sie her, sowie sie erfuhren, dass sie SEALs waren. Aber er hatte es noch nie erlebt, dass sich daraus eine wirkliche Beziehung entwickelt hätte. Von der Wirklichkeit wollten ihre Leser vermutlich auch nichts lesen, das Leben war so schon hart genug. Was ihn aber wirklich am meisten dazu bewegt hatte, sich für Shannon und ihre Bücher zu interessieren, war ihr Foto gewesen. Sie sah Clint nicht wirklich ähnlich, hätte er nicht gewusst, dass er ihr Bruder ist, wäre er nie darauf gekommen. Sie hatte ein ovales Gesicht, mit hohen Wangenknochen, einer schmalen, geraden Nase und einem erotischen Mund. Wie gebannt blickte er auf ihren Mund. Die Unterlippe war etwas schmaler als die Oberlippe. Er stellte sich vor, wie es wäre, sie zu küssen.

»Irgendetwas Interessantes da drüben?«

Matt schreckte bei I-Macs Frage auf. Mit roten Wangen schloss er schnell die Seite. Dann drehte er sich zu ihm um. »Nein, nicht wirklich. Bei dir?«

I-Mac betrachtete ihn mit hochgezogenen Augenbrauen. »Hey, Doc. Komm mal hier rüber, ich glaube, der Boss ist krank. Sieht aus wie Fieber.«

Bevor Matt protestieren konnte, war Doc schon von seinem Stuhl aufgesprungen. Er baute sich vor Matt auf und blickte ihn aufmerksam an. »Sieht etwas erhitzt aus.« Er legte eine Hand auf seine Stirn. »Etwas wärmer als normal. Und die Augen sind etwas glasig.« Matt kam sich langsam vor wie ein Kind. »Ich hole ein Thermometer ...«

Matt sprang auf. »Stopp. Das reicht jetzt. Alle wieder an ihre Plätze. Wenn ich krank bin, werde ich es schon sagen, also beruhigt euch.«

In dem Moment fing Cat an zu lachen. Alle blickten ihn verwundert an.

»Ich denke nicht, dass Mad krank ist. Wenn das, was ihm fehlt, eine Krankheit ist, dann haben wir sie alle schon öfter in unserem Leben durchgemacht.«

Manchmal hatte es wirklich Nachteile, wenn man bei der Arbeit Cargoshorts trug. Abrupt setzte sich Matt auf seinen Stuhl und drehte sich mit ihm zum Computer zurück. Hinter ihm erklang Gelächter, als die anderen Cats Andeutung verstanden. Der Mann war einfach zu aufmerksam. Wahrscheinlich wäre niemandem sonst aufgefallen, was mit ihm los war. Matt fluchte stumm. Wieder etwas, was er sich über Monate hinweg würde anhören können.

»Hast du eine neue Freundin, Mad?« I-Mac konnte es einfach nicht lassen.

Matt funkelte ihn drohend an. »Habt ihr nichts Besseres zu tun?«

Die anderen blickten sich grinsend an. »Nein.«

Matt schaltete seinen Computer aus und stand auf. »Okay, dann werden wir jetzt noch ein paar Runden laufen. Sagen wir zehn Kilometer?«

Protestierendes Gemurmel erhob sich. »Muss das sein?«

Matt grinste. »Jo. Wenn ihr noch genug Muße habt, euch in mein Leben einzumischen, dann war das heutige Training anscheinend nicht anstrengend genug. Auf geht's.«

Murrend folgten ihm alle nach draußen. Matt hoffte, dass er dabei selbst auf andere Gedanken kam. Er konnte ja schlecht hinter Clints Schwester herhecheln. Er glaubte nicht, dass Clint das im Sinn gehabt hatte, als er ihn bat, sich um sie zu kümmern. Matt schlug ein mörderisches Tempo über den weißen Strand von Coronado an. Hinter sich hörte er hin und wieder unterdrückte Flüche, was seine Laune durchaus besserte.

Eine halbe Stunde später war Matt wieder zurück vor seinem Computer. Frisch geduscht fühlte er sich schon wesentlich besser als noch vor wenigen Minuten. Er grinste, als er an die Seifenstücke dachte, die über seine Duschabtrennung geflogen waren. Es war doch immer wieder schön, seinen Männern eine Freude zu machen. Gut gelaunt machte er sich wieder an die Arbeit. Erst würde er seine E-Mails checken und dann einen neuen Trainingsplan mit verschiedenen anderen Spezialeinheiten und Behörden ausarbeiten. Seit den Anschlägen vom 11. September in New York und Washington wurden neue Möglichkeiten und Wege gesucht, die Absichten der Terroristen von vornherein zu unterbinden, bevor Anschläge verübt wurden. Denn ihre gut ausgebildeten Antiterrorgruppen hatten dabei nichts ausrichten können. Gegen Flugzeuge, die in Hochhäuser rasten, konnte eine Gruppe SEALs oder auch Marines oder FBI-Spezialkräfte nicht kämpfen. Und es war diese Hilflosigkeit, die ihnen am meisten zu schaffen gemacht hatte. Ohnmächtig mussten sie zuschauen, wie Tausende von Menschen innerhalb von ein paar Stunden ums Leben kamen. Dieses Gefühl war in den vergangenen Monaten immer wieder aufgekommen, als trotz aller Versuche die schuldige Terroristengruppe nicht gefasst oder eliminiert werden konnte. Er war mit seinem Team ein paar Mal in Afghanistan gewesen und hatte dort einige Terroristennester ausgeräuchert und Waffenlager zerstört. Aber ein wirklicher Erfolg war ihnen nicht geglückt. Wie immer, wenn er an die Misserfolge der letzten Monate dachte, verdüsterte sich seine Stimmung. Auch die Streitkräfte hatten inzwischen einige Tote zu beklagen, und ein Ende war nicht abzusehen. Als er vor zehn Monaten gehört hatte, dass auch das Pentagon getroffen war, wäre ihm fast das Herz stehen geblieben. So schnell wie es ging hatte er sich eine Liste der Toten und Verletzten besorgt und darauf nach Bekannten, unter anderem auch Karen Lombard, Ausschau gehalten. Gott sei Dank hatte er keinen bekannten Namen entdecken können. Er schüttelte den Kopf. Wer wusste, wie viele Menschen das nicht von sich behaupten konnten. Die Momente, in denen er an diese Menschen dachte, verschafften ihm immer einen Druck in seiner Brust. Er musste sich dringend ablenken, sonst konnte er nicht vernünftig weiterarbeiten. Entschlossen öffnete er sein E-Mail-Programm und loggte sich ein. Die arbeitsrelevanten Nachrichten hob er sich bis zum Schluss auf und öffnete die Mail seiner Schwester. Sie schrieben sich und telefonierten in regelmäßigen Abständen, um nicht ganz den Kontakt zu verlieren, da sie auf der anderen Seite des Landes wohnte. Hin und wieder ließ sie auch ihre achtjährige Tochter ein paar Sätze schreiben. Sie schafften es immer, ihn zum Lachen zu bringen.

Immer noch lächelnd, öffnete er die nächste Mail. Seine Handflächen wurden feucht.

From: *Shannon.hunter@hotmail.com*
To: *MadDog@yahoo.com*
Subject: *SEAL found?*
Date sent: *13-07-2002*

Hi M. (M wie in Mysteriös?),

danke für deine Antwort. Ich muss zugeben, dass ich Probleme damit habe, einfach jemandem zu vertrauen, den ich nicht kenne. Wäre es vielleicht möglich, mir irgendeinen Beweis zu liefern, dass du wirklich ein SEAL bist? Vor allem würde mich auch interessieren, wie du darauf gekommen bist, dir meine Homepage anzugucken. Das mit der Geheimhaltung verstehe ich, ich bin auch mehr an den Gedanken und Gefühlen eines SEALs oder vielleicht an gewissen Prozeduren interessiert. Du hättest natürlich jederzeit das Recht, nicht zu antworten, wenn eine Frage zu gefährlich oder persönlich ist.

Auf eine produktive Verbindung,
Shannon Hunter

Ungläubig starrte Matt auf den Bildschirm. Erst machte sie sich über ihn lustig, dann zweifelte sie ihn an und zum Schluss wurde sie gönnerhaft. Er war fast versucht, sie einige Tage zappeln zu lassen, doch er hatte Clint sein Versprechen gegeben, und außerdem war er auch neugierig auf sie. Spontan ergriff er den Hörer und wählte Clints Nummer. Er blickte auf die Uhr und hielt den Finger auf der Gabel. Nein, Clint war jetzt wahrscheinlich irgendwo auf der Ranch unterwegs, es war schließlich mitten am Tag. Er würde bis heute Abend warten. Zu Hause konnte er auch in Ruhe telefonieren, ohne dass jemand mithörte. So begnügte er sich damit, eine Antwort an Miss Shannon zu tippen. Von Zeit zu Zeit blickte er hinter sich, um sicherzustellen, dass ihm keiner seiner Kameraden über die Schulter guckte und mitlas. Mit einem befriedigten Grinsen klickte er auf den Sendeknopf. Sie würde schon merken, dass er sich nicht von ihr manipulieren ließ. Bedauernd wandte er sich seinen Geschäftsmails zu: Die Arbeit wartete.

Shannon saß mit ihrem Laptop unter einem Schatten spendenden Baum. Es war in der Hütte einfach zu heiß geworden, und bei dem ständigen Dröhnen der Klimaanlage konnte sie nicht vernünftig arbeiten. Es waren über 30° C, aber im Schatten und mit einer leichten, kühlen Brise war es gut auszuhalten. Sie hatte in den letzten Stunden auch schon einiges geschafft. Sämtliche Mails waren beantwortet, und im Moment schrieb sie gerade an dem nächsten Kapitel ihres Buches. Die Geschichte floss ihr heute geradezu aus den Fingerspitzen. Sie kam kaum mit dem Tippen hinterher. Shannon hatte den Verdacht, es lag daran, dass sie scheinbar einen echten SEAL kennen gelernt hatte. Natürlich glaubte sie nicht alles einfach unbesehen, aber wenn dieser M. wirklich ein echter SEAL war ... Sie musste unbedingt noch daran denken, eine Liste von Fragen zusammenzustellen, die sie ihm schicken konnte. Sie wollte so viele Informationen aus dieser Bekanntschaft herausziehen wie möglich. Wer wusste schon, wie lange der Kontakt halten würde. Mit diesem Gedanken speicherte sie ihr Dokument ab, um erneut ihre neuen E-Mails zu überprüfen. Das ganze Prozedere hatte sie in den letzten Stunden schon einige Male gemacht, und jedes Mal hatte sie einen Stich gefühlt, wenn kein Mail von Mister M. auf ihrem Server war. Welcher normale Mensch hatte eigentlich eine E-

Mail-Adresse wie MadDog? Außer natürlich es war sein Spitzname im Team. Bei diesem Gedanken wurde sie ganz aufgeregt. Sie konnte ihn danach fragen, ob er wirklich so genannt wurde und wie er den Namen bekommen hatte. Langsam, ermahnte sie sich. Sie durfte sich nicht so sehr hineinsteigern, sonst wäre die Enttäuschung umso größer, wenn er sich als Betrüger herausstellte. Aus ihren Gedanken auftauchend, blickte sie auf ihre neu geladenen Nachrichten. Neben zahlreichen Fanzuschriften war auch eine von MadDog dabei. Mit einem Lächeln fing sie an zu lesen.

From:	*MadDog@yahoo.com*
To:	*Shannon.hunter@hotmail.com*
Subject:	*SEAL oder nicht SEAL, das ist hier die Frage …*
Date sent:	*14-07-2002*

Hi Shannon,

ich werde weder dir und noch sonst jemandem beweisen, wer ich bin und was ich tue. Ich könnte dir natürlich ein Foto von meinem Budweiser schicken, aber ich denke, das wäre auch kein Beweis, kann man ihn doch inzwischen an jeder Ecke kaufen. Entweder wir vertrauen einander oder wir können die ganze Sache gleich vergessen.

So, nachdem wir das geklärt haben, kommen wir zur Sache … Deine Homepage habe ich entdeckt, als ich routinemäßig das Internet nach Seiten über SEALs durchkämmt habe. Ich wäre bereit, dir gewisse persönliche Fragen zu beantworten, wenn ich dir dafür auch Fragen stellen kann. Abgemacht? Freue mich besonders auf die produktive Phase,

M. (Du kannst mich auch Marc nennen.)

Shannon entfuhr ein zorniger Schrei. Was dachte der Knilch, wer er war? Sie hatte es gar nicht nötig, auf so etwas einzugehen. Sie hatte den Mauszeiger schon auf der Löschen-Taste, als sie zögerte. Nein, sie brauchte wirklich die Hilfe eines SEALs. Und vielleicht war es für ihn auch beleidigend, wenn sie anzweifelte, dass er ein SEAL war. Nachdenklich lehnte sie sich an den Baum zurück.

»Bist du schon fertig?« Abrupt drehte sie ihren Kopf zur Seite. Clint lehnte neben ihr am Baum. Seine Jeans und das Baumwollhemd waren verschwitzt und mit einer braunen Masse beschmiert.

Shannon rümpfte die Nase. Nach dem Geruch zu urteilen, hatte er sich wieder mit den Rindern gewälzt. »Clint, versuch doch bitte, dich nicht immer so anzuschleichen. Irgendwann bekomme ich einen Herzinfarkt.«

Clints Mund verzog sich reuevoll. »Tut mir Leid.«

Das nahm sie ihm nicht ab.

Er setzte sich neben sie. »Wie läuft's?« Neugierig blickte er auf den Bildschirm. Als er den Absender der E-Mail sah, musste er sich ein Lachen verkneifen. Er bemühte sich um eine ausdruckslose Miene.

»Ganz gut. Es hat sich sogar jemand auf meinen SEAL-Aufruf gemeldet. Aber ich weiß nicht, was ich von ihm halten soll.« Sie drehte ihm den Laptop zu. »Hier, lies mal.«

Clint überflog schnell die Nachricht und bemühte sich, das Zucken seiner Mundwinkel zu unterdrücken. Original Matt. Anscheinend hatten sie ihre Beziehung gleich mit einem Feuerwerk gestartet. Da er Shannon geraten hatte, vorsichtig zu sein, trug er wahrscheinlich einen Teil der Schuld an ihrem Misstrauen. Jetzt musste er irgendwie versuchen, Matt den Weg zu ebnen, ohne aufzufallen. »Klingt als wäre er ganz in Ordnung. Hast du ihn etwa offen angezweifelt?«

Shannon wurde rot. »Nun ja, du hattest ja gesagt, ich sollte vorsichtig sein.«

»Schon, aber du solltest ihm so etwas nicht ins Gesicht sagen, sondern nur darauf achten, dass du ihm nicht zu viele Informationen über dich in die Hände gibst.«

»Ich weiß. Also werde ich versuchen, ihn wieder zu besänftigen, aber weiterhin ein Auge darauf werfen, dass er nicht doch nur vorgibt, ein SEAL zu sein.«

Clint legte die Hand auf ihre Schulter, bevor er aufstand. »Du wirst das schon machen.«

Shannon blickte ihm hinterher. »Das hoffe ich doch …«

IX

Dr. Karen Lombard stieg empor aus ihrem in den Tiefen des Pentagon liegenden Labor und verließ das Gebäude durch den oberirdisch liegenden Ausgang, der in geringer Entfernung zur U-Bahn-Station Pentagon lag. Früher war sie meistens mit dem Auto zur Arbeit gefahren. Doch dann hatte sie festgestellt, dass es bei der furchtbaren Verkehrssituation in der ganzen Stadt viel stressfreier war, mit der U-Bahn zu ihrem Haus zu fahren, das in der Nähe des Smithsonian Instituts lag. Während sie früher im Berufsverkehr durchaus bis zu einer Stunde gebraucht hatte, kam sie jetzt schon in zehn Minuten Fahrzeit an. Es lohnte sich bei der kurzen Fahrt fast nicht, ihre Unterlagen oder ein Buch herauszuholen. Außerdem musste sie dadurch nicht mehr so oft in ein Auto steigen. Sie hatte früher nie Probleme mit dem Autofahren gehabt, aber seit sie vor zehn Monaten mit ihrem Auto von einem rücksichtslosen Fahrer von der Straße gedrängt worden war und sich dabei schwer verletzt hatte, mochte sie einfach nicht mehr gerne fahren. Zumindest nicht alleine. Sie hatte in den vergangenen vier Jahren noch ein paar andere beinahe fatale Unfälle gehabt. Irgendwie schien ihr Leben in den letzten Jahren aus der Bahn geraten zu sein. Genauer gesagt, seitdem sie entführt worden war. Immer, wenn sie sich gerade eingeredet hatte, dass alles nur dumme Zufälle gewesen waren, geschah wieder etwas. Ihre Nerven und ihre Gemütslage hatten doch sehr darunter gelitten. Und demzufolge war auch ihre Ehe nicht mehr besonders gefühlvoll. Sie hatten inzwischen sogar schon getrennte Schlafzimmer. Paul meinte, er könnte ihre ewigen Albträume nicht mehr ertragen. Er brauchte auch seinen Schlaf. Sie konnte ihm seine Haltung nicht ganz verdenken, aber andererseits hätte er auch etwas verständnisvoller sein können.

Schnell schob Karen diesen Gedanken von sich, sie mochte jetzt nicht über ihre Ehe nachdenken. Sie richtete ihr Gesicht in die Sonne. Nach zehn Stunden in ihrem Kellerloch sehnte sie sich nach etwas Wärme und Sonnenschein. Für ein paar Sekunden blieb sie einfach so stehen und saugte die Wärme in sich auf. Als sich dann auch die hohe Luftfeuchtigkeit bemerkbar machte, öffnete sie seufzend die Augen und machte sich auf ihren Weg zur U-Bahn-Station. Sie war die Schwüle gewohnt, schließlich kam sie aus Oklahoma, aber sie mochte trotzdem lieber trockene Hitze. So wie es aussah, würde sie wohl den Rest ihres Lebens unter der Schwüle zu leiden haben. Schließlich war ihre Arbeit hier. Und ihr ganzes Leben bestand in den letzten Jahren nur noch aus Arbeit. Sie steckte automatisch ihr Ticket in den Schlitz des Drehkreuzes und ging hindurch. Wie üblich blieb ihre voll gestopfte Umhängetasche daran hängen. Grummelnd zog sie die Tasche aus der Gefahrenzone und stapfte weiter. Jeden Tag das Gleiche. Vielleicht musste sie doch irgendwann ihre Tasche ausräumen und nur noch die wichtigsten Gegenstände wieder hineintun. Paul sagte immer Müllschlucker dazu. Und irgendwie hatte er damit Recht. Sie machte sich wie üblich eine geistige Notiz, die sie dann zu Hause sowieso wieder vergessen hätte. Wenn sie nicht so bequem wäre, hätte sie sich vielleicht auch schon längst scheiden lassen. Ruckartig hob sie den Kopf. Wo war dieser Gedanke hergekommen? Sie wollte nicht geschieden werden. Es ging ihr doch gut mit Paul. Er könnte vielleicht etwas aufmerksamer sein und an den letzten Sex konnte sie sich schon nicht mehr erinnern, aber ihr Leben lief in ruhigen Bahnen. Liebte sie ihn noch oder war es einfach nur noch Gewohnheit, die sie zusammenhielt? Sie wusste es nicht. Und das entsetzte sie wirklich. Vielleicht sollte sie in nächster Zeit einmal in aller Ruhe darüber nachdenken. Sie hatte bei ihren Eltern gesehen, wie es war, wenn man 30 Jahre lang nebeneinander her lebte. Jeder hatte seine Nische gefunden und kümmerte sich nicht mehr viel um den anderen. Nur bei sozialen Anlässen traten sie noch zusammen auf. Und man merkte ihr und ihren beiden Geschwistern die Lieblosigkeit an, mit der sie erzogen worden waren. Sie glaubte nicht, dass einer von ihnen wusste, was wirkliche Liebe überhaupt war. Auch untereinander gab es keine echte Beziehung, meistens waren sie schlicht desinteressiert, wenn sie nicht gerade aufeinander eifersüchtig waren. Vielleicht war sie auch einfach zu sensibel, aber sie wünschte sich trotzdem ein besseres Verhältnis zu ihrer Familie. Als sie ihren Eltern damals erklärt hatte, sie wollte studieren, hatte ihre Mutter gesagt, sie sollte doch lieber eine Ausbildung als Sekretärin machen. Nicht, dass Sekretärin nicht ein ehrenhafter Beruf wäre, aber sie wollte nun einmal etwas anderes machen. Das hatte sie auch ihren Eltern gesagt, aber wirklich geholfen hatte ihr dann das Stipendium, das sie auf Grund ihrer guten Noten in Yale bekommen hatte. Daraufhin war sie nach New Haven, Connecticut, gezogen und hatte das erste Mal in ihrem Leben so etwas wie Freiheit verspürt. Sie hatte sich in ihren Studienfächern, unter anderem Technik und Computertechnik, so weit spezialisiert, dass sie bereits während des Studiums vom Pentagon für den Bereich Waffentechnologie angeworben wurde. Und der Rest war Geschichte, wie es so schön heißt.

Sie blickte auf ihre Armbanduhr. Die U-Bahn müsste jede Minute eintreffen. Die Station war wie immer gut besucht. Sie bemühte sich, einen Platz nahe der Kante zu erhaschen. Sich durch die Menschenmassen schiebend, erreichte sie schließlich kurze Zeit später ihr Ziel. Das leise Surren der Schienen kündigte bereits die nahe Ankunft des Zuges an. Mit beiden Händen hielt sie ihre Umhängetasche an ihrem Körper, damit sie ihr im Gedränge nicht abhanden kam. Langsamer werdend fuhr der Zug in die Station ein. Das Geschiebe wurde stärker. Das war jeden Tag die Situation, die ihr am meisten missfiel. Sie könnte natürlich auch weiter hinten stehen, aber bei ihrer geringen Größe bekam sie jedes Mal Platzangst, wenn sie in einer Menschenmenge stand und keine Luft bekam. So blieb ihr nichts anderes übrig, als ihr Körpergewicht dazu einzusetzen, sich gegen die drängenden Massen zu stemmen. Auf einmal spürte sie einen starken Stoß im Rücken. Sie verlor das Gleichgewicht und stürzte mit einem Schrei auf die Gleise. Das Quietschen des Zuges, als der Fahrer eine Notbremsung einleitete, war ohrenbetäubend. Karen blickte auf und sah, dass der Zug bereits fast über ihr war. Menschen schrien, die Gleise vibrierten. Karen blieb keine Möglichkeit, dem Zug zu entkommen. So schnell es ging, rollte sie sich in die Mitte des Gleiskörpers und blieb dort, mit den Armen den Kopf bedeckend, regungslos liegen. Den Bruchteil einer Sekunde später fuhr der Zug über sie hinweg. Das Kreischen der Bremsen gellte in ihren Ohren, der Fahrtwind zerrte an ihren Haaren und ihrer Kleidung. Kleinere Gegenstände wurden hochgewirbelt und prasselten gegen ihre Arme. Dann wurde es dunkel um sie.

»Miss! Miss, hören Sie mich?«

Stöhnend öffnete Karen die Augen. Warum war es so dunkel?

»Ich sehe sie nicht. Siehst du etwas?« Verschiedene Stimmen sprachen miteinander. »Nein, nichts zu sehen.«

Karen versuchte etwas zu sagen, doch ihre Stimmbänder gehorchten ihr nicht. Nur ein leiser Kiekser kam heraus.

»Sie muss hier irgendwo sein, ich habe genau gesehen, dass sie direkt vor den Zug gefallen ist.«

Der Zug! Mit Grauen wurde sich Karen bewusst, dass sie unter dem Wagen liegen musste. Vorsichtig bewegte sie alle Glieder. Sie taten zwar weh, aber es schienen noch alle vorhanden zu sein. Ein Licht bewegte sich langsam auf sie zu.

»Da ist sie, ich sehe sie!«

Karen bedeckte ihre Augen mit dem Arm. Gott, ihr tat alles weh.

»Miss, können Sie mich verstehen?«

Zögernd blickte sie zu dem Licht. »Ja.« Ihre Stimme war rau, kaum zu verstehen.

»Können Sie mir sagen, was für Verletzungen Sie haben?«

»Ich denke, nichts Ernsthaftes, soweit ich das feststellen kann.«

Der Mann lachte. »Das ist ja toll! Kleinen Moment, ich komme zu Ihnen.«

Karen fragte sich immer noch, wie jemand freiwillig unter einen U-Bahn-Zug kriechen konnte, als er auch schon bei ihr ankam. Den Strahl der Taschenlampe hatte er netterweise in eine andere Richtung gedreht. Trotzdem musste sie die Augen zusammenkneifen. Wahrscheinlich hatte sie einen Schock. Das war vermutlich normal, wenn man gerade von einem tonnenschweren Zug überrollt worden war. Sie blinzelte und blickte den Mann vor ihr an.

Sein Gesicht konnte man aufgrund der dunklen Hautfarbe kaum erkennen, aber das Weiß seiner Augen und seiner Zähne leuchtete. »Ich werde Sie jetzt kurz nach Verletzungen untersuchen, und dann machen wir, dass wir hier rauskommen, okay?«

Karen nickte stumm.

Seine Finger glitten über ihre Arme, dann über den Rest ihres Körpers. »Sie scheinen ein echtes Glückskind zu sein, keine sichtbaren Verletzungen.« Er blickte ihr wieder ins Gesicht. »Natürlich außer diesem wirklich hässlichen Kratzer im Gesicht.« Erstaunt wollte Karen danach fassen, doch der Mann hielt ihre Hand fest. »Möglichst nicht anfassen, wer weiß, was da schon alles in der Wunde steckt.«

Karen ließ die Hand sinken. »Okay.«

Der Mann ließ wieder sein schimmerndes Lächeln sehen. »Wie heißen Sie?«

»Karen Lombard.«

»Ich bin Thomas Dalton. Schaffen Sie es, das kurze Stück hinter mir herzukriechen?«

Skeptisch beäugte Karen die Entfernung. Es war nicht weit, vielleicht drei Meter, aber ihr kam es endlos vor. Inzwischen machte sich ein wirklich gemeiner Schmerz in ihren Knien und Handballen bemerkbar. Energisch drängte sie jeden Gedanken an Schmerzen zurück. »Ich werde es versuchen.«

Thomas lächelte wieder. »Toll. Wir haben Sie gleich hier raus und dann können Sie sich ausruhen.«

Karen seufzte. Ausruhen klang nett. Vorsichtig richtete sie sich so weit auf, dass sie auf Händen und Knien über das Gleisbett kriechen konnte. Sie biss sich auf die Lippen bei dem Schmerz, der durch ihre Knie fuhr, doch sie kämpfte sich, ohne einen Ton von sich zu geben, weiter. Sie wollte hier nur noch raus. Thomas bewegte sich rückwärts vor ihr, wahrscheinlich, weil es unter dem Zug einfach zu eng war, um sich umzudrehen. Oder er wollte sie im Auge behalten, falls sie zusammenbrach. Er richtete sich halb auf, als er zu der Stelle kam, an der zwei Wagons zusammengekoppelt waren. Sie kroch hinter ihm hinaus. Plötzlich war sie wieder von Licht und Stimmengewirr umgeben.

»Darf ich?« Ohne ihre Antwort abzuwarten, schob er einen Arm um ihren Rücken und den anderen unter ihre Knie und hob sie hoch. Erschöpft lehnte sie ihre Schläfe an seine Schulter. Thomas legte sie vorsichtig auf eine Trage, die am Bahnsteig auf sie wartete. Sofort war sie von mehreren Menschen umgeben. Irgendwie kam ihr die ganze Situation unwirklich vor. Thomas

Dalton war in diesem Moment der einzige Fixpunkt in ihrem Dasein.

»Würden Sie noch etwas bei mir bleiben?«

Thomas beugte sich lächelnd über sie. »Aber natürlich. Wir werden Sie jetzt erst einmal in ein Krankenhaus bringen ...«

Karen zog an seiner Hand. »Bitte, kein Krankenhaus. Ich hasse Krankenhäuser!«

Thomas runzelte die Stirn. »Aber ...«

»Bitte! Ich bin erst vor zehn Monaten aus einem entlassen worden. Sofern mir nichts weiter fehlt, würde ich gerne nach Hause fahren.«

Thomas dachte kurz nach. Dann nickte er. »Okay. Ich weiß, was wir machen.« Damit ließ er sie allein und sprach mit einem Sanitäter. Dieser nickte widerstrebend nach einem Seitenblick auf sie.

Thomas kam zu ihr zurück. »Geben Sie mir Ihre Tasche, ich trage sie für Sie.«

Erstaunt blickte Karen an sich herunter. Tatsächlich, sie hatte weder bei ihrem Sturz noch bei ihrer Kriechtour unter dem Zug heraus ihre Umhängetasche verloren. Ein gutes Zeichen. Dankbar übergab sie die Tasche an Thomas. Im letzten Moment fürchtete sie sich davor, sie wegzugeben. Ihre Hände verkrampften sich in dem Stoff.

Thomas spürte ihre Anspannung. »Keine Angst, ich bleibe genau neben Ihnen.«

Karen lehnte sich beruhigt zurück. Sie wollte nur noch hier raus. Langsam bekam sie neben ihren anderen Schmerzen auch noch stechende Kopfschmerzen. Sie schloss die Augen und bemühte sich, die ganzen Menschen um sie herum zu ignorieren. Einige Minuten später wurde sie in einen kühlen Raum getragen. Widerwillig schlug sie ihre Augen auf. Sie befand sich in einer kleinen Erste-Hilfe-Station.

Thomas beugte sich zu ihr herunter. »Ich lasse Ihre Tasche hier und warte kurz draußen.«

»Okay. Und danke.«

Thomas drückte noch einmal aufmunternd ihre Hand und verließ dann den Raum.

Eine Frau beugte sich über sie. »Hallo, ich bin Faith Trahern. Ich werde Sie jetzt kurz untersuchen und verarzten. Wenn Ihre Verletzungen allerdings zu schwerwiegend sind, müssen Sie sofort in ein Krankenhaus. Auf jeden Fall sollten Sie sich heute noch röntgen lassen, um zu sehen, ob Sie innere Verletzungen haben. Draußen wartet auch schon ein Polizist, der mit Ihnen sprechen will.«

Karen lächelte matt. »Hallo. Karen Lombard. Bis auf ein paar Schmerzen fühle ich mich eigentlich ganz in Ordnung.«

Faith leuchtete ihr mit einer kleinen Stabtaschenlampe in die Augen. »Wir werden sehen. Mit Ihrem Kopf scheint bis auf die Platzwunde alles in Ordnung zu sein.« Danach untersuchte sie Karens Hände und Knie und wickelte leichte Verbände darum, nachdem sie sie gesäubert hatte. Eine Untersuchung ihres restlichen Körpers brachte nur einige Prellungen zum Vorschein, aber scheinbar keine gravierenderen Verletzungen.

Karen stieg vorsichtig von der Liege und richtete ihre Kleidung.

Faith wusch sich die Hände. »Mir wäre wirklich wohler, wenn ich wüsste, dass Sie sich noch in einem Krankenhaus durchchecken lassen.«

»Ich möchte jetzt erst nach Hause, dann kann mich mein Mann in ein Krankenhaus fahren, wenn es nötig wird.«

»In Ordnung. Ich hole jetzt den Polizisten.«

»Vielen Dank für Ihre Hilfe.«

Faith drehte sich noch einmal um. »Gern geschehen. Und lassen Sie es die nächsten Tage ruhig angehen.«

Karen schnitt eine Grimasse, als sie aufstand. »Das werde ich. Zwangsläufig.« Sie setzte sich wieder auf die Liege, ihre Tasche neben sich.

Die Tür öffnete sich und ein Polizist kam herein. In seiner Uniform samt Mütze wirkte er sehr geschäftig. Sanft schloss er die Tür hinter sich. »Guten Tag. Ich bin Officer Bennett. Wie geht es Ihnen?«

»Ganz gut, danke.«

»Schön. Sind Sie in der Lage, mir einen kurzen Bericht der Ereignisse zu geben? Das ist eine Standardprozedur.«

Karen gab ihren Namen und ihre Anschrift zu Protokoll und berichtete dann, wie sie am Rand des Bahnsteigs gestanden hatte und ein Stoß sie über die Kante beförderte.

Der Officer zog die Augenbrauen zusammen. »Glauben Sie, der Stoß war Absicht? Oder doch eher ein Versehen?«

Karen schüttelte den Kopf. Dann zuckte sie zusammen. »Ich kann es wirklich nicht sagen. Der Stoß kam von hinten, und ich habe niemanden gesehen. Und ich bezweifle, dass in dieser Menschenansammlung jemand anders etwas beobachtet hat.«

Bennett seufzte. »Das befürchte ich auch. Vor allem ist wahrscheinlich keiner der Zeugen des Vorfalls mehr hier in der Station.« Er klappte seinen Block zu und steckte den Kugelschreiber wieder in die Brusttasche. »Ich werde mich hier noch ein bisschen umhören, und wenn ich noch etwas herausfinde, melde ich mich bei Ihnen.« Er tippte an seine Mütze. »Gute Besserung.«

»Danke. Auf Wiedersehen.«

»Leben Sie wohl.« Damit verließ er den Raum und Thomas steckte den Kopf durch die Tür.

»Sind Sie so weit?«

Karen wollte schon nicken, überlegte es sich dann aber im Hinblick auf ihre Kopfschmerzen anders. »Ja.« Dann kam ihr ein Gedanke. »Wie komme ich denn jetzt nach Hause? Ich glaube nicht, dass ich heute noch einmal mit der Bahn fahren möchte.«

Thomas nickte mitfühlend. »Das kann ich mir vorstellen. Wie wäre es, wenn wir Ihnen ein Taxi bestellen?«

Karen war inzwischen alles recht, solange sie nur nach Hause kam. »Das wäre schön.«

Thomas zog sein Mobiltelefon aus seiner Hosentasche und gab einem Taxiunternehmen den Auftrag, sie direkt am Hinterausgang der Station Pentagon abzuholen. Danach nahm er Karens Arm und führte sie aus dem Zimmer. Der Weg durch die Station war beschwerlich, aber mit Thomas' Unterstützung kam Karen schließlich wohlbehalten, wenn auch schwitzend und unter Schmerzen am Ausgang an. Das Taxi stand bereits vor der Treppe im Halteverbot und wartete auf sie. Thomas führte sie hin und öffnete ihr die Beifahrertür. Der Fahrer wollte schon protestieren, doch nach einem Blick auf Karens Zustand schloss er den Mund wieder.

Karen drehte sich zu ihrem Retter um und reichte ihm ihre Hand. »Vielen Dank für alles, was Sie getan haben. Ohne Ihre Hilfe würde es mir jetzt nicht so gut gehen.«

Thomas lächelte. »Das habe ich gerne getan. Außerdem, helfen ist mein Job.«

»Sind Sie Arzt?«

Er lachte. »Nein, ich bin bei der Feuerwehr. Ich war gerade auf dem Weg zum Dienst, als ich sah, wie Sie unter den Zug rutschten.«

Karen schlug eine Hand vor den Mund. »Oh Gott, Sie werden doch wohl keinen Ärger kriegen, wenn Sie zu spät zur Arbeit kommen?«

Thomas schüttelte den Kopf. »Nein, kein Problem. Ich habe angerufen und die Situation erklärt. Ich wünsche Ihnen alles Gute, Mrs Lombard.«

»Vielen Dank. Und ich hoffe, Ihr Tag wird jetzt ruhiger werden.«

Thomas schüttelte den Kopf. »Nicht sehr wahrscheinlich, irgendwo brennt es immer. Aber ich liebe meinen Job.«

»Das ist schön. Auf Wiedersehen.« Sie beugte sich schnell vor und küsste ihn auf die Wange, dann stieg sie mühsam in das Auto. Thomas winkte, als das Taxi abfuhr, dann kehrte er in die U-Bahn-Station zurück. Kein schlechter Beginn für einen Freitag.

X

Karen stemmte sich mühsam aus dem Auto.

Der Taxifahrer lehnte sich über ihren Sitz. »Soll ich Sie wirklich nicht zur Tür bringen?«

Karen schüttelte den Kopf und zuckte zusammen. »Nein, danke. Das schaffe ich schon, es sind ja nur ein paar Meter. Auf Wiedersehen.«

»Bis dann.« Der Fahrer zog die Tür von innen zu und fuhr los.

Stöhnend schob Karen den Riemen ihrer Tasche auf der Schulter zurecht. Gott, ihr tat alles weh. Alles, was sie sich jetzt noch wünschte, waren ein heißes Schaumbad, ein paar Schmerztabletten und ein weiches Bett. Ein Mann, der sie verwöhnte, wäre auch nicht schlecht. Bei diesem Gedanken humpelte Karen etwas schneller auf die Haustür zu. Das kleine, gemütliche Haus hatten sie und Paul sich vor fünf Jahren gekauft, davor hatten sie in einer kleinen Wohnung gehaust. Paul hatte eigentlich ein größeres, prachtvolleres Haus haben wollen, doch sie hatte sich durchgesetzt. Schließlich bezahlte sie ja auch einen Großteil der Raten. Das zweigeschossige, weiß getünchte Gebäude hatte mehrere Balkone, auf denen große Töpfe mit Grünpflanzen standen. Auch im Haus waren in allen Zimmern grüne Oasen verteilt, manchmal wirkte es fast wie ein Treibhaus. Sie liebte es einfach, sich mit Natur zu umgeben. Wenn man in einer Großstadt wohnte, konnte man davon nie genug haben. Washington war im Verhältnis zu anderen Städten zwar noch recht grün, aber sie brauchte trotzdem für ihr

Wohlbefinden ein gemütliches Zuhause. In ihrer Freizeit musste sie sich von ihrer Arbeit ablenken können. Es war nicht immer einfach, für den Bau von Massenvernichtungswaffen verantwortlich zu sein beziehungsweise aktiv daran mitzuwirken. Meistens beruhigte sie ihr Gewissen mit dem Gedanken, dass die Waffensysteme, die sie entwickelte, nur zur Abwehr von Angriffen gedacht waren und somit dazu beitrugen, Menschenleben zu retten. Aber das half an manchen Tagen nicht. Mühsam humpelte sie die Treppenstufen zur Eingangstür hoch. Ihre Knie fühlten sich an, als hätte ihr jemand mit einem Vorschlaghammer darauf geschlagen. Wahrscheinlich war sie bei ihrem Sturz genau auf die Schienen geprallt. Hoffentlich wurde derjenige, der ihr den Stoß verpasst hatte, von einem entsetzlich schlechten Gewissen geplagt. Falls er es überhaupt gemerkt hatte. Ihre Hände zitterten, als sie den Schlüssel ins Schloss schob. Bei dem dritten Versuch gelang es ihr endlich, die Tür zu öffnen. Mit Mühe schob sie die schwere Tür gerade so weit auf, dass sie hindurchschlüpfen konnte. Ein Schwall kalter Luft schlug ihr entgegen. Zitternd drückte sie die Tür hinter sich zu und lehnte sich schwach dagegen. Paul übertrieb im Sommer immer mit der Klimaanlage, das Haus wurde dann jedes Mal zu einem Eiskeller. Eine tolle Möglichkeit, sich eine dicke Erkältung zuzuziehen, wenn man verschwitzt aus der Hitze hereinkam. Aber heute war das wirklich ihr geringstes Problem.

»Paul?« Was eigentlich als lauter Ruf geplant war, kam nur als Flüstern heraus. Der Schock schien jetzt wirklich durchzukommen. Ihr Zittern wurde immer stärker. Tränen traten in ihre Augen. Mit beiden Armen umschlang sie ihren Körper und wiegte sich vor und zurück. Sie musste Paul finden und in ihr Bett kriechen. Nicht unbedingt in dieser Reihenfolge. Entschlossen richtete sie sich auf. Wenn sie sich nicht zusammenriss, würde sie noch in einigen Stunden hier in der Diele stehen und nie in ihr Zimmer kommen. Ihre Schritte wurden von einem flauschigen cremefarbenen Läufer gedämpft, der den Holzboden teilweise bedeckte. Paul schien zu Hause zu sein, schließlich war die Alarmanlage ausgestellt gewesen. Im Flur konnte sie den Lichtschein sehen, der aus der einen Spaltbreit geöffneten Tür zu Pauls Arbeitszimmer drang. Gedämpft war seine Stimme zu hören. Scheinbar telefonierte er. Karen hob ihre Hand, um an die Tür zu klopfen, und erstarrte.

Pauls wütend erhobene Stimme drang durch den Spalt. »Verschwunden? Was soll das heißen? Erst vermasseln Sie Ihre Aufgabe und sie wird lebend geborgen, und dann erzählen Sie mir, Sie hätten sie verloren?« Er schwieg kurz und hörte sich die Ausführungen seines Gesprächspartners an.

»Es ist mir völlig egal, wie viele Menschen um diese Uhrzeit auf den Bahnsteigen sind, Sie hatten eine Aufgabe, und Sie haben versagt. Ich habe die fette Kuh geheiratet, weil Sie es wollten. Ich habe inzwischen schon neun Jahre meines Lebens an sie verschwendet, Ihnen die Daten geliefert, die Sie haben wollten. Ich verlange, dass die Bruderschaft des Lichts endlich ihren Teil des Handels einlöst. Sie haben die Entführung verbockt und in den letzten vier Jahren zahlreiche Möglichkeiten verpasst, sie ein für alle Mal zu beseitigen. Was haben Sie jetzt vor?«

Karen presste ihre Hand vor ihren Mund. Das konnte nicht wahr sein! Paul würde doch nie jemanden dazu anstiften, sie zu töten.

»Es ist toll, dass Sie gesehen haben, wie sie verletzt auf einer Trage weggebracht wurde, aber wohin? Haben Sie sämtliche Krankenhäuser angerufen?«

Karens Knie zitterten immer stärker, sie konnte sich kaum noch aufrecht halten. Es war wahr. Paul wollte sie tot sehen! Aber warum? Was hatte sie ihm getan?

»Und sie ist nirgends eingeliefert worden? Merkwürdig. Haben Sie sich im Bahnhof umgehört?« Er schwieg wieder. »Okay. Finden Sie sie und erledigen Sie Ihren

Job. Ich möchte danach einen eindeutigen Beweis für ihren Tod in meinen Händen halten. Vermasseln Sie es nicht wie die letzten vier Male.«

Karen hatte genug gehört. Mit plötzlicher Klarheit wurde ihr bewusst, dass sie in Lebensgefahr schwebte, wenn Paul sie hier entdeckte. Sie musste hier verschwinden. Sofort. Langsam wich sie zur Haustür zurück, ihren angstvollen Blick auf die Tür zum Arbeitszimmer gerichtet. Wenn Paul jetzt aus dem Raum kommen würde, hätte sie keine Chance. Endlich hatte sie die Haustür erreicht. Mit einer Hand fasste sie nach der Türklinke und drückte sie vorsichtig herunter, während sie mit der anderen Hand immer noch ihre Tasche umklammert hielt. Sie öffnete die Tür einen Spaltbreit und schlüpfte schnell hindurch. Ihre Tasche kratzte dabei am Türrahmen entlang. Karen zuckte zusammen. Verdammt. Eilig zog sie die Tür hinter sich ins Schloss und lief schnell die Stufen hinunter. Sie hatte zwar immer noch starke Schmerzen, aber ihr waren Schmerzen lieber als der Tod.

Paul trat aus seinem Arbeitszimmer heraus. Hatte er eben ein Geräusch gehört? Unruhig blickte er sich in der Diele um. Niemand zu sehen.

»Karen?« Seine Frage durchbrach die Stille des Hauses. Niemand antwortete. Konnte es sein, dass sie nach Hause gekommen war und sein Telefongespräch gehört hatte? Nein, sein Kontakt hatte gesagt, sie war verletzt gewesen und abtransportiert worden. Da konnte sie noch nicht hier sein. Trotzdem würde er zur Vorsicht die Alarmanlage anstellen und dann das Haus vom Keller bis zum Dachboden durchsuchen. Er ging schnell zur Haustür und riss sie auf. Ein Blick in beide Richtungen versicherte ihm, dass Karen nicht im Haus gewesen sein konnte. Es war niemand zu sehen. Schulterzuckend ging er wieder ins Haus. Sie würden Karen schon finden, entweder war sie in einem der Krankenhäuser oder sie würde nach Hause kommen. Woanders konnte sie ja auch nicht hin, ihre ganzen Sachen und ihr liebender Ehemann waren schließlich hier. Ein Lächeln überzog seine Lippen, als er in den Keller ging.

Karen richtete sich stöhnend wieder auf. Einem Gefühl folgend, war sie auf die andere Straßenseite gelaufen und hatte sich hinter die parkenden Autos gebückt. Und tatsächlich hatte Paul nur Sekunden später die Tür zu ihrem Haus aufgerissen. Es war erschreckend, wie normal er aussah. Überhaupt nicht wie ein Mann, der seit Jahren versucht hatte, seine Frau ermorden zu lassen. Und was war diese Bruderschaft des Lichts? In ihrem Kopf wirbelte alles durcheinander. Vielleicht hatte sie doch eine Gehirnerschütterung abbekommen.

Langsam und unauffällig ging sie die Straße hinunter und versuchte sich darüber klar zu werden, was sie jetzt tun konnte. Zur Polizei gehen? Nein, da würde man ihr sowieso nicht glauben. Und wenn doch, hatte sie keinerlei Beweise. Sie könnte natürlich zu ihrer Familie fahren, doch erstens konnten die ihr auch nicht helfen und zweitens wollte sie sie auch nicht in Gefahr bringen. Und sie hatte auch keine Lust, sich von ihnen anzuhören, dass sie ja gleich gewusst hätten, dass Paul nichts taugte. Wahrscheinlich sollte sie erst einmal zu einer Bank gehen und genug Geld für die nächsten Tage abheben. Sie hatte außer ihrer Umhängetasche nichts bei sich, und sie konnte nicht zum Haus zurückgehen. Außerdem musste sie aus der Gegend verschwinden und sich irgendwo ein Hotelzimmer besorgen, in dem sie sich ihre nächsten Schritte überlegen konnte.

Eine Stunde später betrat Karen mit $ 10.000 in ihrer Tasche ihr Motelzimmer. Nach ihrem Bankbesuch war sie wahllos in einen Bus gestiegen und aus der Stadt herausgefahren. Sie wollte wenigstens eine gewisse Entfernung zwischen sich und ihre Verfolger bringen. Sie war schließlich in Oakton, Virginia, gelandet. Die Kleinstadt war groß genug, um als Fremder nicht weiter aufzufallen und einige Motels und Hotels zu besitzen. Karen hatte sich ein Motel einer großen Kette ausgesucht, in dem sie anonym sein würde, und hatte bar bezahlt. Dankbar schloss sie die Tür hinter sich, schob den Riegel vor und legte die Tüte mit ihren Einkäufen auf den billigen Holztisch. Neben dem Busbahnhof war ein Walmart gewesen, in dem sie die wichtigsten Gegenstände, wie Zahnbürste, Shampoo, Wäsche zum Wechseln und etwas zu essen, gekauft hatte. Die Verkäuferin hatte sie merkwürdig angesehen, aber ob das an ihrer Auswahl lag oder an ihrem Aussehen, wusste sie nicht. Sie tippte auf Letzteres, als sie sich jetzt im Spiegel betrachtete. Die Haut um ihren Stirnverband herum war bereits bläulich verfärbt und leicht angeschwollen, außerdem hatte sie diverse blaue Flecken an ihren Armen und die Verbände an ihren Handgelenken trugen auch nicht gerade zu einem »normalen« Aussehen bei. Seufzend wandte sie sich ab. Sie musste wirklich so schnell wie möglich aus der Nähe von Washington verschwinden, sie fiel in ihrem momentanen Zustand auf wie ein bunter Hund. Aber erst einmal musste sie ein paar Stunden schlafen. Sie war einfach zu müde, um noch klar denken zu können. Nach einer Schnellwäsche kroch sie in T-Shirt und Slip in das weiche Hotelbett. Vorsichtshalber stellte sie sich den Radiowecker auf vier Uhr morgens. Sie wollte möglichst früh aufbrechen, damit nicht so viele Menschen auf den Straßen waren. Nachdem sie sich einige Male herumgewälzt hatte, um eine möglichst bequeme Position zu finden, schloss sie die Augen und schlief augenblicklich ein.

Schrilles Geplärre riss Karen aus ihrem Schlaf. Entsetzt blickte sie sich um. Was war das? Das war ja nicht auszuhalten! Sie konnte sonst schon kaum Countrymusic ertragen, aber frühmorgens war ihre Toleranzgrenze extrem niedrig. Mit Wucht schlug sie auf einen der Knöpfe, und dankbarerweise stoppte die Musik. Dafür tat ihr die Hand wieder weh. Und mit den Schmerzen kamen ihr in voller Wucht die gestrigen Geschehnisse in Erinnerung. Ein großer Druck breitete sich in ihrer Brust aus. Fast Opfer eines Unfalls zu werden, war schlimm genug, aber zu erfahren, dass ihr eigener Mann seit Jahren plante, sie zu töten, tat weh. Tränen schossen in ihre Augen, doch sie blinkte sie entschlossen fort. Sie musste jetzt dringend einen Plan entwickeln, wohin sie gehen und was sie gegen ihren Mann und diese Brüder des Lichts unternehmen konnte. Entschlossen stand sie auf und setzte sich an den Tisch. In ihrer Tüte suchte sie nach Essbarem und fand einen Beutel mit Backwaren. Sie wählte einen Donut aus. Er war noch von gestern und daher etwas trocken, doch sie hatte Hunger. Kein Wunder, hatte sie doch seit über sechzehn Stunden nichts mehr zu sich genommen. Nachdenklich biss sie hinein.

Zurück zu ihrem Plan: Sie hatte niemanden, den sie um Hilfe bitten konnte oder bei dem sie sich wenigstens verstecken konnte. Seit sie aus Apache, Oklahoma, weggezogen war, hatte sie sich ausschließlich um ihr Studium und später dann ihre Arbeit gekümmert. Soziale Kontakte hatte es für sie kaum gegeben. Wenn sie nicht irgendwann im Einkaufszentrum Paul angerempelt und von den Füßen geholt hätte, wäre sie jetzt wahrscheinlich immer noch allein. Falsch, sie war allein. Vollständig, absolut allein. Energisch stemmte sie sich in die Höhe und humpelte ins Badezimmer. Sie würde jetzt versuchen, ihr Aussehen etwas zu verbessern, und dann abreisen. Wohin, wusste sie zwar immer noch nicht, aber ihr würde schon etwas einfallen. Nach einer kurzen Wäsche am Waschbecken, sie wollte ihre Verbände nicht nass machen, bändigte sie ihre langen blonden Haare in einem ordentlichen Zopf und legte eine leichte Schicht Make-up auf, um ihre Blässe zu vertreiben und den Bluterguss im

Gesicht zumindest teilweise zu überdecken. Als Nächstes wechselte sie den Verband an ihrem Kopf gegen einen wesentlich kleineren. Noch ein bisschen Lippenstift aufgetragen und sie sah wieder halbwegs menschlich aus. Den Rock vom Vortag tauschte sie gegen eine weite schwarze Hose ein, die sie im Walmart erstanden hatte. Nicht besonders schick, aber immerhin waren so ihre verbundenen Knie verdeckt. Dazu trug sie ein dunkelrotes T-Shirt. Karen schnitt eine Grimasse, als sie sich betrachtete. Sie sah aus wie eine wandelnde Litfaßsäule. Sofort schob sie den Gedanken beiseite. Es war viel wichtiger, heil aus diesem Staat herauszukommen, als dabei eine gute Figur zu machen. Das war bei ihr sowieso nicht möglich. Also, wo sollte sie hinfahren? Einfach in der Gegend herum und hoffen, dass niemand sie fand? Nein, sie konnte nicht den Rest ihres Lebens auf der Flucht sein. Außerdem hatte Paul von Daten gesprochen. Die einzigen Daten, die sie sich im Zusammenhang mit ihrem Namen denken konnte, waren hoch sensible Geheimprojekte, die ihrem Land großen Schaden zufügen konnten, wenn sie in die falschen Hände gerieten. Ein kalter Schauer rann über ihren Rücken. Sie musste einfach jemandem berichten, was sie gehört hatte. Diese Verbrecher mussten gestoppt werden, was immer sie auch vorhatten.

Karen kehrte in den Wohnraum zurück und nahm sich noch einen Donut. Sie konnte einfach besser denken, wenn sie etwas aß. Und prompt schoss ihr beim zweiten Bissen ein Gedanke durch den Kopf. Clint Hunter! Er hatte ihr schon einmal geholfen. Außerdem war sein Beruf ein großes Plus in ihrer jetzigen Situation. Er würde bestimmt wissen, was zu tun war. Wo war er noch stationiert? Ach ja, Coronado Naval Base. Schnell schlug sie im Telefonbuch die Nummer der Auskunft nach. Diese schrieb sie auf einen Zettel und legte ihn neben das Telefon. Sie wollte gerade wählen, als ihr bewusst wurde, dass sie das Telefongespräch am Empfang würde bezahlen müssen. Es wäre wahrscheinlich besser, das Zimmer zu verlassen, ohne noch einmal gesehen zu werden, und sich unterwegs ein öffentliches Telefon zu suchen. Sie legte den Hörer wieder auf. So schnell es ging, packte sie ihre Sachen ein und verließ das Zimmer. Ihre Schlüsselkarte für das Zimmer ließ sie auf dem Tisch liegen. Karen blickte auf ihre Uhr, die wie durch ein Wunder bei ihrem Sturz heil geblieben war. Bereits kurz nach fünf Uhr. Ein Blick auf den Himmel zeigte ihr, dass es schon dämmerte. Entschlossen packte sie ihre Umhängetasche und die Tüte fester und marschierte stark hinkend los. Eine Straße weiter fand sie an der Außenwand einer geschlossenen Kneipe ein funktionierendes Telefon. Sie warf einen Vierteldollar ein und wählte die Nummer der Auskunft. Der Operator verband sie gleich an das Naval Special Warfare Command weiter, nachdem sie noch einmal einen Dollar für das Ferngespräch in den Schlitz geschoben hatte.

»NavSpecWarCom.«

Karens Herz klopfte zum Zerspringen. »Guten Morgen. Mein Name ist Karen Lombard, ich hätte gerne Clint Hunter gesprochen. Er ist bei SEAL-Team 11. Captain, glaube ich.«

Ominöse Stille am anderen Ende. »Können Sie mir den Grund Ihres Anrufes nennen?«

Was sollte sie jetzt sagen? »Es ist eine private Angelegenheit. Ich muss dringend mit ihm sprechen.«

»Tut mir Leid, ohne Autorisation kann ich Sie nicht weiter verbinden.«

Verdammt. »Können Sie mir denn wenigstens sagen, ob er noch bei Ihnen arbeitet?«

»Tut mir Leid, Miss. Ich kann keine Informationen über unser Personal herausgeben.«

Karens Stimme wurde verzweifelt. »Aber es ist wirklich äußerst wichtig!«

»Es …«

Karen unterbrach ihn. »Tut Ihnen Leid, ja, das sagten Sie bereits. Das hilft mir allerdings auch nicht weiter. Auf

Wiederhören.« Damit knallte sie den Hörer auf die Gabel. Was sollte sie jetzt tun? Sie hatte gehofft, zu Clint durchzukommen, obwohl ihr klar gewesen war, dass es vermutlich schwierig werden würde. Sie straffte ihre Schultern. Da gab es nur eins, sie musste nach Kalifornien fliegen. Zu Fuß legte sie den Weg zur Busstation von Oakton zurück. Dort fand sie einen Bus, der vierzig Minuten später nach Richmond abfahren würde. Sie kaufte sich ein Ticket und die neueste Ausgabe der *Washington Post* und setzte sich in den Wartesaal, die Zeitung als Tarnung vor dem Gesicht. Die Zeit zog sich in die Länge, bis sie dachte, sie müsste verrückt werden. Gerade als sie es nicht mehr aushielt, kam die Durchsage, dass der Bus nun bestiegen werden konnte. Dankbar klemmte sie sich die Zeitung unter den Arm, griff ihre Tüte und ging nach draußen zum Bussteig. Inzwischen war es schon fast hell und die ersten Pendler liefen herum. Karen bemühte sich, möglichst unauffällig den Bus zu besteigen. Eine schwierige Aufgabe, wenn man so aussah wie sie und noch dazu Schwierigkeiten hatte, die zwei Stufen zu erklimmen. Sie suchte sich einen Platz im hinteren Drittel des Busses und ließ sich dankbar dort nieder. Sofort versteckte sie sich wieder hinter ihrer Zeitung und legte sie erst nach neunzig Minuten Fahrtzeit am Endpunkt Flughafen in Richmond zur Seite. Sie wartete, bis die übrigen Fahrgäste ausgestiegen waren, und folgte ihnen dann.

XI

Matt war genervt. Den ganzen Vormittag saß er schon in Besprechungen mit Vertretern sämtlicher Gruppen der Spezialkräfte des Militärs sowie FBI und CIA. Die Idee, eine gemeinsame Einsatzgruppe zur Terrorbekämpfung zu gründen, war zwar sehr gut, aber die Ausführung ließ noch sehr zu wünschen übrig. Das Problem waren, wie immer, der gewaltige Verwaltungsapparat und die unterschiedlichen Dienstvorschriften. Das war auch einer der Gründe, warum es seiner Meinung nach überhaupt möglich gewesen war, derartige Terroranschläge auf amerikanischem Boden zu verüben. Die verschiedenen Dienststellen arbeiteten einfach nicht effektiv genug zusammen. Informationen wurden geheim gehalten und nicht weitergeleitet, die Einsatzgruppen belauerten sich gegenseitig eifersüchtig. Es wurde Zeit, daran etwas zu ändern. Doch erst einmal wünschte er sich eine Mittagspause. Er war müde, hungrig, und es wurde für ihn immer schwieriger, den Ausführungen der Bürokraten zu lauschen, ohne in Gedanken abzuwandern. Er brauchte nicht lange, um wieder bei Shannon Hunter zu landen. Seit er vor zwei Wochen ihre erste Nachricht bekommen hatte, wartete er ungeduldig auf jede neue Mail von ihr. Nach ihrem Konflikt am Anfang verstanden sie sich jetzt richtig gut. Shannon stellte Tausende von Fragen über seine Arbeit und seine Gefühle dabei, die er mehr oder weniger langatmig beantwortete, bevor er dann seinerseits Fragen zu ihrer Arbeit als Schriftstellerin und ihrem Leben stellte. Zuerst hatte sie noch etwas zurückhaltend geantwortet, aber über die Wochen war sie aufgetaut und erzählte inzwischen Anekdoten aus ihrem Familienleben und von verschiedenen Lesungen und Autogrammstunden. Sie hatte ihn sogar einige Male geneckt. Eine 80-jährige, lilahaarige Großmutter aus Florida, also wirklich. Auch jetzt noch verzog sich sein Mund zu einem Grinsen.

»Ich wüsste nicht, was daran so witzig sein sollte, Captain Colter.«

Abrupt kehrte Matt in die Wirklichkeit zurück. Er wischte sich das Grinsen vom Gesicht und stand auf. »Tut mir Leid, Agent Mulholland. Ich glaube, wir sollten eine Pause machen und uns dann in einer Stunde wieder hier treffen. Ich weiß nicht, wie es Ihnen geht, aber eine kleine Mahlzeit könnte jetzt nicht schaden.« Ein Blick in die Runde zeigte ihm zustimmendes Nicken.

Die auswärtigen Besucher wurden in die Kantine eingeladen und schon kurze Zeit später war der Raum wie leer gefegt. Matt atmete erleichtert auf. Endlich frei! So schnell er konnte, verließ er das Besprechungszimmer und ging über den Hof zu der Baracke, die als Mannschaftszentrale diente. Es waren zwar nur etwa hundert Meter, aber er war doch froh, in die klimaanlagengekühlte Zentrale zu kommen. August in Coronado war wirklich eine heiße Angelegenheit. Er lockerte den Kragen seines Uniformhemdes und ließ sich in seinen Sessel sinken.

»Wie ist es gelaufen?« Als Senior Chief war Rock zwar kein Offizier, aber er wusste doch über alle Angelegenheiten seines Teams Bescheid. Einerseits wurmte es ihn, dass er nicht in eine solch wichtige Besprechung mit einbezogen wurde, andererseits war er doch froh, nicht stundenlang in einem Zimmer mit all den sich viel zu wichtig nehmenden Personen sitzen zu müssen. Er hatte für so etwas wirklich keine Geduld. Das war auch einer der Gründe dafür, dass er keine Offizierslaufbahn eingeschlagen hatte, als er damals in die Navy gekommen war.

Matt schnitt eine Grimasse. »Wie zu erwarten. Ich denke, wir haben noch viel Arbeit vor uns, wenn diese Zusammenarbeit funktionieren soll.«

Rock grunzte zustimmend. »Das dachte ich mir. Wie soll das Ganze auch klappen, wenn jeder seine eigenen Bedingungen durchsetzen will und denkt, dass seine Abteilung die wichtigste ist, und alle anderen für unfähige Idioten hält?«

»Obwohl wir natürlich die Besten sind.« I-Macs Einwurf brachte alle zum Lachen.

Rock blickte ihn mit hochgezogenen Augenbrauen an. »Viel, viel Arbeit.«

Nach einem weiteren Heiterkeitsausbruch kehrte jeder wieder an seine Arbeit zurück. Matt war heilfroh, dass er ein so gutes Team hatte. Alle verstanden sich und in einem Einsatzfall ergänzten sich ihre individuellen Fähigkeiten zu einem homogenen Ganzen. Er war sehr gerne der Teamführer dieser Gruppe, doch auch nach all den Jahren fehlte ihm Clint immer noch. Er war nicht nur sein bester Freund gewesen, sondern auch ein hervorragender Captain. Es war wirklich ein Verlust für die SEAL-Teams gewesen, als er seinen Abschied genommen hatte. Dadurch hatten sie zwei unersetzliche Team-Mitglieder in einem Monat verloren. Ghosts Tod war eine Tragödie und nicht zu verhindern gewesen, aber Clint hätte durchaus noch einige Jahre im Team bleiben können. Jetzt benutzte er seine Fähigkeiten nur noch zum Rinderfangen. Grinsend schüttelte er den Kopf. Er konnte sich immer noch nicht vorstellen, wie Clint bis zu den Knien in der Jauche stand. Vermutlich sollte er ihn wirklich mal auf der Ranch besuchen. So könnte er auch Shannon mal in natura kennen lernen. Nachdenklich rieb er sich über das Kinn. Gar kein schlechter Gedanke, Matt. Er schaltete seinen Computer an und wartete ungeduldig, bis er hochgefahren war. Seit er mit Shannon korrespondierte, kontrollierte er mit wesentlich mehr Elan als früher sein E-Mail-Verzeichnis. Eilig blätterte er durch die E-Mails. Da war eine! Er war jedes Mal wieder überrascht über die Aufregung und Freude, die er verspürte, wenn er eine Nachricht von Shannon bekam.

From: *Shannon.hunter@hotmail.com*
To: *MadDog@yahoo.com*
Subject: *Fragen über Fragen …*
Date sent: *02-08-2002*

Hi M – M – Marc,

danke für die aufschlussreichen Antworten aus deiner letzten Mail. Du bist eine wahre Quelle nützlicher Informationen. Mal ehrlich, woher sollte jemand wie ich wissen, dass SEALs auf M&Ms fliegen? ;-) Ich denke, diese Information wird bestimmt in einem meiner nächsten Bücher Verwendung finden. Bist du inzwischen dazu gekommen, mein Buch zu lesen, das ich dir empfohlen habe? Ich wäre wirklich an deiner Meinung als Mann und SEAL interessiert … natürlich nur, wenn du nicht doch die 80-jährige, lilahaarige Großmutter aus Florida bist. Diesmal habe ich auch nur eine Frage: Warum gibt es in den SEAL-Teams so wenige Angehörige von Minderheiten? Zumindest ist das mein letzter Informationsstand. Vielleicht kannst du mir Genaueres zur jetzigen Situation sagen, jetzt muss ich aber zurück zu meinem neuesten Buch, Held und Heldin befinden sich gerade in einer sehr pikanten Situation …

Ich freue mich schon auf deine Antwort,
Shannon

Lächelnd lehnte sich Matt zurück. Ja, er würde definitiv seinen Urlaub auf der Ranch verbringen. Natürlich undercover. Er hatte sich letzte Woche tatsächlich ein Buch von Shannon gekauft und es auch angefangen zu lesen. Er musste zugeben, er war gleich von der ersten Seite an in die Geschichte hineingezogen worden. Natürlich war Shannons Vorstellung von SEALs und ihren Missionen etwas zu romantisch, aber im Großen und

Ganzen war das schon in Ordnung so. Der Leser sollte schließlich auch noch seinen Spaß haben. Und die Sexszenen hatten ihm fast ein Loch ins Kopfkissen gebrannt. In der Erinnerung daran beschleunigte sich sein Pulsschlag. Das Klingeln des Telefons riss ihn aus seinen heißen Tagträumen.

Karen ergatterte gerade noch einen Platz in einer Linienmaschine nach San Diego. Für stolze 460 Dollar bekam sie ein einfaches Ticket über St. Louis mit einstündiger Wartezeit. Sie würde also in vier Stunden in San Diego eintreffen. Natürlich wurden dabei die drei Stunden Zeitverschiebung zwischen Ost- und Westküste eingerechnet. Karen blickte auf ihre Uhr. Hoffentlich war Clint überhaupt in Coronado und nicht gerade auf einer Mission unterwegs oder im Urlaub oder einfach nur zur Mittagspause. Dankbar ließ sie sich in den Sitz sinken. Die Busfahrt hatte sie ganz steif werden lassen. Doch nach ihrem Marsch durch den Flughafen war sie froh, wieder sitzen zu können. Und einen Vorteil hatte ihre geringe Größe: Sogar in der Touristenklasse hatte sie im Flugzeug noch genügend Beinfreiheit. Sie atmete auf, als das Flugzeug über die Rollbahn fuhr. Paul würde sich jetzt wirklich anstrengen müssen, wenn er sie finden wollte. Sie hatte ihr Ticket extra bar bezahlt, damit er nicht über die Kreditkartenabrechnung ihren Aufenthaltsort erfuhr. Natürlich konnte er immer noch sämtliche Fluggesellschaften anrufen oder ihren Arbeitgeber informieren und hoffen, dass eine der Regierungsagenturen sie fand. Früher oder später würde sie sowieso verfolgt werden. Vielleicht hätte sie wirklich im Pentagon anrufen sollen, aber irgendwie hatte sie zu dem Zeitpunkt überhaupt nicht daran gedacht. Nun gut, das würde sie auf ihrem Zwischenstopp in St. Louis erledigen.

Beruhigt blickte sie auf die weißen Wolken, durch die das Flugzeug hindurchstieg. Sie hatte Fliegen immer gemocht. Man war so losgelöst von der Erde, alle Probleme ließ man – zumindest für kurze Zeit – hinter sich. Keine Telefone klingelten, man war unerreichbar für den Rest der Welt. Die Anschläge am 11. September hatten ihr jedoch gezeigt, dass die grausame Wirklichkeit auch in ein Flugzeug eindringen konnte. Sie seufzte auf. Ihre Zeitung hatte sie schon im Bus ausgelesen, daher schloss sie nun die Augen und ruhte sich aus.

Etwas über zwei Stunden oder eine Stunde Ortszeit später landeten sie in St. Louis. Karen ging schwerfällig die lange Gangway hinunter. Ihre Odyssee war hoffentlich bald zu Ende, ihr Körper konnte ein paar Tage Ruhe wirklich dringend gebrauchen. Bitte, Clint, sei da! Aber zuerst musste sie jetzt ein Telefon finden und sich bei ihrer Arbeitsstelle melden. An der Wand in geringer Entfernung zu den Sitzreihen entdeckte sie eines. Sie humpelte schnell darauf zu, damit ihr nicht noch jemand zuvorkam. Sie warf einen Dollar in den Schlitz und wählte aus dem Kopf die Nummer ihrer Kollegin Gina. »Geh ran, geh ran, geh ... Oh, hallo Gina. Ich bin es, Karen.«

Ein Aufschrei drang durch den Hörer. »Karen, Gott sei Dank! Wir haben dich schon überall gesucht. Wo bist du? Wie geht es dir?«

Karen lachte. »Es geht mir gut, zumindest den Umständen entsprechend. Hör zu, Gina, ich möchte gerne ein paar Tage Urlaub nehmen, ab sofort.«

»Aber wieso? Was ist passiert?«

Karen seufzte. Gina würde sich nicht ohne Erklärung abspeisen lassen. »Ich hatte gestern einen kleinen Unfall.« Ginas erneuter Ausruf unterbrach sie. »Es geht mir so weit ganz gut, aber ich bin etwas angeschlagen und möchte gerne freinehmen. Würdest du das bitte weiterleiten?«

»Aber wo bist du? In einem Krankenhaus?«

»Nein. Ich fahre für einige Zeit weg.«

Gina schwieg. Dann räusperte sie sich. »Wieso weiß Paul dann nicht, wo du bist? Er hat hier heute Morgen angerufen und gefragt, ob du da bist. Was geht hier vor?«

Karen wurde kalt. »Paul soll nichts davon erfahren. Bitte sag ihm nicht, dass ich mich gemeldet habe, okay?« Als Gina weitere Fragen stellen wollte, schnitt Karen ihr das Wort ab. »Bitte, Gina, es ist wirklich wichtig. Ich kann es dir jetzt nicht erklären, aber Paul darf einfach nicht wissen, dass ich mich gemeldet habe. Bitte, Gina!« Sie fuhr beschwörend fort. »Ich erzähle dir alles, sobald ich kann. Im Moment ist es lebensnotwendig, dass niemand erfährt, wo ich bin. Machst du das für mich?«

Gina seufzte. »Okay. Ich werde einen Urlaubsantrag für dich unterschreiben und abgeben. Und ich weiß von nichts. Pass auf dich auf.«

Karen traten Tränen in die Augen. »Danke, Gina, das werde ich. Bis bald!« Damit legte sie auf. Erschöpft ließ sie ihre Stirn an das Telefon sinken.

»Geht es Ihnen nicht gut?«

Erschrocken wirbelte Karen herum. Hinter ihr stand ein älterer Mann, der sie besorgt ansah. Sie brachte ein wackeliges Lächeln zustande. »Doch, es geht mir gut. Danke.« Damit hob sie den Rucksack auf, den sie auf dem Flughafen Richmond gekauft und gegen die Plastiktüte getauscht hatte, und verschwand im Gedränge.

Als sie an einem Buchladen vorbeikam, ging sie spontan hinein. Sie war in den letzten Jahren nicht mehr viel zum Lesen gekommen, jedenfalls nichts, was nicht zu ihrem Fach gehörte. Sie musste sich eingestehen, dass sie vieles nicht mehr getan hatte. Wo war der Spaß in ihrem Leben geblieben? Sie kannte nur noch ihre Arbeit. Ratlos stand sie vor dem gut gefüllten Bücherregal. Welches Buch war gut? Ein Blick auf die Uhr zeigte ihr, dass sie nicht mehr viel Zeit hatte, wollte sie ihren Anschlussflug nicht verpassen. Sie ging am Regal entlang und scannte über die Namen und Titel. Da! Sie nahm das Buch herunter und blickte es genauer an. Shannon Hunter. An dem Namen konnte sie wirklich nicht vorbeigehen. Ein leichtes Lächeln überzog ihr Gesicht. Sie drehte das Buch um und las den Text auf der Rückseite. SEAL-Team, Mission, Gefahr, Attentat. Ja, das klang nicht schlecht. Kurz entschlossen nahm sie das Buch mit zur Kasse und bezahlte es. Immer noch lächelnd, steckte sie es in ihren Rucksack. Dann machte sie sich auf den Weg zu ihrem Flugsteig.

Unterwegs widmete sie sich auf der Damentoilette noch einmal ihrem Make-up. Trotzdem sah sie mehr als krank aus. Es war erstaunlich, dass sie überhaupt in ein Flugzeug gelassen wurde. Seufzend fuhr sie mit der Bürste durch ihre zerzausten Haare. Dabei blieben die Noppen in ihrer Halskette hängen. Verdammt! Ungeduldig machte sie sie los. Im Spiegel fiel ihr Blick auf das Medaillon. Sie wurde kalkweiß. In all der Aufregung hatte sie den Sender vergessen, der in ihrer Kette versteckt war. Solange sie den Sender trug, wussten alle ganz genau, wo sie sich gerade befand. Ohne Zögern löste sie den Verschluss und warf die Kette in eine Toilette. Mit grimmiger Miene betätigte sie die Spülung und beobachtete, wie das Medaillon verschwand. Ihr war klar, dass die Regierung jetzt noch fieberhafter nach ihr suchen würde, doch sie musste das Risiko eingehen. Sie wusch sich noch einmal die Hände und ging dann in den Wartebereich ihres Fluges.

Kurze Zeit später wurden die Passagiere aufgerufen, das Flugzeug zu besteigen, und bald darauf war sie wieder in der Luft, auf dem Weg nach San Diego und zu Clint Hunter. Karen vertiefte sich die restlichen vier Stunden in ihr neues Buch. Shannons mitreißende Art zu schreiben zog sie total in ihren Bann. Sie glaubte fast, sich zusammen mit der Heldin in einem ungemütlichen Dschungel zu befinden und von einem SEAL-Team gerettet zu werden. Der einzige Unterschied zu ihren Erlebnissen in Costa Rica war, dass in dem Buch das gesamte Team mehr oder weniger heil nach Hause kam. Das lag vermutlich daran, dass Leserinnen von Liebesromanen ungern vom Tod eines ihrer Helden lesen. Oder weil es sich, wie sie vorn im Buch gelesen hatte, um eine Serie über das SEAL-Team handelte. Neugierig hatte sie auch die Biografie der Autorin gelesen. Dort stand, dass sie auf einer Ranch in Montana aufgewachsen war. Hatte Clint nicht dasselbe gesagt? Sie würde ihn fragen müssen, wenn sie ihn traf. Dann kam ihr wieder der Grund ihrer Reise in den Sinn – nein, sie hatte momentan wirklich andere Probleme.

XII

Karen verließ den Flughafen San Diego mit einem Taxi. Der Fahrer hatte ihr versichert, dass es nicht weit bis zur Naval Base in Coronado war. Höchstens eine Viertelstunde mit dem Auto. Während der kurzen Fahrt hing sie ihren Gedanken nach. Wie würde sie an Clint herankommen? Man würde sie bestimmt nicht auf den Stützpunkt lassen. Sie würde erst einmal fragen, ob sie mit ihm sprechen konnte, und wenn ihr das nicht erlaubt wurde, würde sie zur Not vor dem Ausgang ausharren, bis er herauskam oder hineinfuhr, je nachdem.

»Wir sind da.«

Sie schreckte aus ihren Gedanken auf und blickte sich um. Der Taxifahrer hatte am Straßenrand angehalten, nicht weit von dem kleinen verglasten Wachthaus zwischen der Zu- und Ausfahrt des Stützpunktes. Sie bezahlte den Fahrer und stieg aus, ihren Rucksack an sich gedrückt. Eine Nervosität überkam sie, die sie sich nicht erklären konnte. Himmel, sie war eine anerkannte Wissenschaftlerin und garantiert nicht auf den Mund gefallen. Es konnte ja nicht so schwer sein, auf den Wachtposten einer Militärbasis zuzugehen. Karen drückte ihre Schultern durch und zwang sich, langsam und gleichmäßig auf den Posten zuzugehen.

Der junge Soldat blickte ihr wachsam entgegen. Je näher sie ihm kam, desto erstaunter wurde seine Miene. »Kann ich Ihnen helfen, Miss?«

Karen versuchte ein Lächeln. »Ja, in der Tat. Ich möchte zu Captain Clint Hunter, Navy-SEAL-Team 11.«

»Haben Sie einen Passierschein?«

»Nein.«

»Dann kann ich Sie auch nicht hineinlassen.« Dabei lächelte er sie entschuldigend an.

»Bitte, es ist wirklich wichtig. Könnten Sie mir wenigstens sagen, ob Captain Hunter zurzeit da ist?«

»Eigentlich nicht ...«

Karen unterbrach ihn. »Bitte. Ich arbeite für das Pentagon, und es ist wirklich wichtig, dass ich ihn spreche.«

»Können Sie sich ausweisen?«

Karen kramte in ihrer Tasche. Triumphierend hielt sie ihm ihren Pentagon-Ausweis entgegen. »Hier, bitte.«

Der Soldat blickte erst auf die Plastikkarte, dann auf ihr Gesicht. Dann nickte er kurz. »In Ordnung. Warten Sie hier.«

Gehorsam blieb Karen einige Meter von dem Wachthaus entfernt stehen.

Zwei Minuten später kam der Soldat wieder. »Es tut mir Leid, ein Captain Hunter taucht nicht in meinen Unterlagen auf. Sind Sie sicher, dass er hier arbeitet?«

Karens Schultern sackten nach unten. »Nein. Ich weiß, dass er vor vier Jahren SEAL-Team 11 geleitet hat und in Coronado stationiert war.« Resigniert wollte sie sich abwenden, dann kam ihr ein Gedanke. »Aber SEAL-Team 11 ist noch hier stationiert?«

»Das dürfte ich Ihnen eigentlich auch nicht sagen.«

Karen hielt den Atem an. »Haben Sie vielleicht einen anderen Ansprechpartner im Team, den ich anrufen könnte?«

»Ja!«

Karen wurde nachdenklich. »Das heißt, eigentlich weiß ich nur einen Vornamen, der Rest ist mir entfallen.«

Der Soldat beäugte noch einmal ihre Erscheinung, dann seufzte er. »In Ordnung, ich schaue noch einmal nach. Wie lautet der Name?«

Karen strahlte ihn an. »Matt. Er war XO unter Captain Hunter.«

Der Soldat ging mit ihrem Ausweis in die Hütte. In seinem Computer fand er unter SEAL-Team 11 und dem Vornamen Matt nur einen Eintrag. Er wählte die aufgeführte Nummer und lauschte dem Freizeichen.

»Colter.«

»Seaman Haynes, Sir. Ich habe hier am Tor eine Frau stehen, die mit Captain Hunter sprechen wollte. Als ich ihr sagte, dass es hier niemanden mit diesem Namen gibt, nannte sie Ihren Namen. Nun ja, zumindest den Vornamen. Aber da es in SEAL-Team 11 nur ein Mitglied Ihres Namens gibt …«

Matt unterbrach ihn. »Wie heißt sie?«

Soldat Haynes konsultierte den Pentagon-Ausweis. »Dr. Karen Lombard aus Washington. Sie arbeitet im Pentagon.«

Karen Lombard! Damit hatte er jetzt nicht gerechnet. »Lassen Sie sie herein.«

»Tut mir Leid, Sir, das ist gegen die Vorschriften. Sie hat keine ausreichende Sicherheitsprüfung durchlaufen, außerdem sieht sie etwas … nun ja, abgerissen aus.«

»Ich kenne die Vorschriften, vielen Dank, Seaman.« Als dieser eine Entschuldigung stotterte, lenkte er ein. »In Ordnung, ich komme zum Tor.«

»Vielen Dank, Sir.«

Matt warf den Hörer auf die Gabel. Was wollte Karen Lombard von Clint? Abgerissene Erscheinung? Seine Neugier war entfacht. Fünf Minuten später kam er bei dem Wachtposten an.

Dieser nickte ihm zu und deutete auf eine einsame Figur, die auf der Straße vor der Schranke stand.

Er ging schnell auf sie zu. »Dr. Lombard, was machen Sie denn hier?«

Karen drehte sich zu ihm um. »Ich bin so froh, dass Sie gekommen sind. Ich wollte eigentlich zu Captain Hunter, aber der Wachtposten sagte, es gäbe hier keinen Clint Hunter.« Sie erblasste. »Oh mein Gott, er lebt doch noch, oder?«

Matt legte ihr beruhigend einen Arm um die Schultern. »Natürlich. Warum setzen wir uns nicht auf die Bank dort drüben und Sie erzählen mir, was Sie hierher geführt hat?«

Langsam kehrte die Farbe in Karens Gesicht zurück. »Danke, das wäre gut.« Vorsichtig ließ sie sich auf die Bank sinken. Dann wandte sie sich Matt zu. Erschrocken riss sie die Augen auf. »Oh, Ihre Wange!« Mit den Fingerspitzen strich sie über die Narbe, die vom Kinn bis zu seinem Wangenknochen reichte. »War das die Wunde, die Sie bei meiner Befreiung davongetragen haben?«

Matt lächelte beruhigend. »Ja. Aber sie tut nicht mehr weh, außerdem sehe ich dadurch noch viel männlicher aus, finden Sie nicht?«

Karen lachte. Sie bewunderte offen seinen muskulösen Oberkörper. »Ich denke nicht, dass Sie dafür noch eine Narbe brauchten, aber ich bin froh, dass Sie nicht darunter leiden.« Sie wurde ernst. »Schlimm genug, dass wegen meiner Entführung ein Mann gestorben ist. Mehr möchte ich nicht verantworten müssen.«

Matt drückte beruhigend ihre Hand. »Sie trifft überhaupt keine Schuld, an keinem der Ereignisse.« Er lehnte sich behaglich auf der Bank zurück. »Nun erzählen Sie mal, was Sie hier tun.«

Karen nickte. »Es würde zu weit führen, Ihnen die ganze Geschichte zu erzählen, aber seit der Entführung damals hatte ich noch einige Unfälle, die sich leicht als tödlich hätten herausstellen können. Gestern Nachmittag bin ich vor einer einfahrenden U-Bahn auf die Gleise gestoßen worden.« Matt fluchte unterdrückt. »Ich hatte Glück und bin bis auf einige Kratzer und Prellungen unverletzt entkommen. Ich bin danach mit einem Taxi nach Hause gefahren und habe dort zufällig ein Telefongespräch meines Mannes mitbekommen, in dem er jemanden anwies, mich wieder zu finden und endlich zu beseitigen. Anscheinend hatte er es schon einige Male probiert. Außerdem hatte er offensichtlich auch etwas mit meiner Entführung zu tun.« Der Kloß in ihrem Hals hinderte sie am Weitersprechen. Matt drückte mitfühlend ihre Hand. Karen fuhr zögernd mit ihrer Erklärung fort. »Er nannte auch noch eine Bruderschaft des Lichts. Keine Ahnung, wer oder was das sein soll. Jedenfalls wusste ich nicht, an wen ich mich wenden sollte, und bin einfach aus der Stadt geflüchtet. Ich hatte gehofft, Captain Hunter würde mir vielleicht helfen können.«

Matt versuchte die Geschichte zu verdauen. Sie klang unglaublich, aber als er Karen ansah, glaubte er ihr. Sie war völlig erschöpft, zerschunden und verängstigt. Und das mit gutem Grund. Er hatte bereits von der Bruderschaft des Lichts gehört. Eine völlig fanatische Gruppe amerikanischer Terroristen, die in den Bergen Utahs ihr Nest hatten. Wenn sie Karen verfolgten ... »Clint ist nach dem Vorfall mit Ghost bei Ihrer Entführung aus dem Dienst ausgeschieden. Er lebt jetzt in Montana auf der Ranch seiner Eltern.«

»Die in West Yellowstone?«

Matt zog die Augenbrauen hoch. »Ja. Woher wissen Sie davon?«

Verlegen zuckte Karen die Schultern. »Er hatte mir erzählt, dass er dort aufgewachsen ist, als wir zusammen im Regenwald saßen.«

»Aha.« Clint erzählte sonst nie jemandem etwas über sich, schon gar nicht einer Fremden und dann auch noch mitten auf einer Mission. Sehr merkwürdig. Karen schien etwas Besonderes zu sein. Vielleicht würde es Clint gut tun, sie wiederzusehen und ihr zu helfen. »Ich würde Ihnen gerne helfen, aber da wir keinen öffentlichen Auftrag bekommen werden, Sie zu schützen, kann ich Ihnen auf dem Dienstweg nicht weiterhelfen. Ich denke, Sie sollten nach Montana zu Clint fahren. Er ist jetzt Zivilist und kann tun und lassen, was er will. Er wird Ihnen helfen, da bin ich ganz sicher. Ich werde mir inzwischen Informationen zu der Bruderschaft des Lichts beschaffen und mich dann bei Ihnen und Clint melden. Leider kann ich Sie nicht hinfahren, ich muss gleich zu einer wichtigen Besprechung zurückkehren. Am besten kehren Sie zum Flughafen zurück und mieten sich dort ein Kleinflugzeug, das in West Yellowstone landen kann. Haben Sie genug Geld dabei?«

Karen wurde ein wenig schummrig. Sie hatte gehofft, endlich am Ziel zu sein, und jetzt sollte sie noch ganz bis nach Montana reisen? Aber wenn sie zu Clint wollte und einem Platz, an dem sie sicher vor Verfolgern war, dann musste sie die lange Reise wohl auf sich nehmen. Dankbar blickte sie Matt an. »Ja, ich habe genug Geld. Danke, dass Sie für mich herausgekommen sind.« Sie stemmte sich in die Höhe und setzte ihren Rucksack auf. »Dann mache ich mich wohl besser auf den Weg, damit ich heute noch in Montana ankomme.« Karen schwankte leicht.

Matt ergriff ihren Arm. »Wann haben Sie eigentlich das letzte Mal etwas gegessen?«

Sie blickte ihn merkwürdig an. »Heute Morgen. Sagen Sie jetzt bitte nicht, ich bestände nur noch aus Haut und Knochen.«

Matt lachte. »Nein, das nicht unbedingt, aber Sie brauchen jetzt viel Kraft, und die bekommt man durch Nahrung.« Er blickte auf die Uhr. »Ich habe noch eine halbe Stunde Pause, kommen Sie, wir gehen schnell zu dem Imbiss am Strand und holen uns einen Hotdog.«

»Ich kann …«

Matt unterbrach sie. »Keine Widerrede. Ich lasse Sie nicht aus meinen Augen, bevor Sie nicht etwas gegessen haben. Dabei können Sie mir erzählen, was Sie in den vergangenen vier Jahren so gemacht haben.«

Widerwillig ließ sich Karen zu dem Stand ziehen. Als sie den Geruch wahrnahm, merkte sie, dass er Recht hatte: Sie musste etwas essen, um nicht zusammenzuklappen. Jeder einen Hotdog in der Hand, ließen sie sich schließlich in den heißen Sand sinken. Der Senf tropfte ihr durch die Finger, aber das war egal. Sie hatte sich schon lange nicht mehr so gut gefühlt. Mit einem gut aussehenden, netten Mann am Strand sitzen und essen, besser ging es schon gar nicht mehr. Sie lächelte Matt dankbar an. »Sie hatten Recht.«

Matt grinste. »Ich weiß.«

Karen lachte. »Können Sie mir sagen, warum Captain Hunter nicht mehr bei den SEALs ist?«

Er wurde ernst. »Ich weiß es selbst nicht so genau. Auf jeden Fall hing es mit Ihrer Mission zusammen. Er schien sich nicht mehr von seinen Schuldgefühlen lösen zu können, obwohl die natürlich unsinnig waren.« Er zuckte mit den Schultern. »Wie gesagt, ich kann es nicht erklären.«

»Aber ihn traf doch überhaupt keine Schuld, oder?«

»Ich weiß das. Und der Rest des Teams und die Vorgesetzten auch. Nur er hatte ein Problem damit. Vielleicht hatte er aber auch einfach genug von dem Leben als SEAL und wollte sich irgendwo niederlassen.«

Karen blickte ihn erschrocken an. »Hat er geheiratet?«

Matts Augenbrauen schossen in die Höhe. »Nein. Mit niederlassen meinte ich nur, dass er das rastlose Leben eines SEALs aufgegeben hat.«

Karen errötete. Es war wirklich peinlich, wie sehr es sie gestört hätte, wenn Clint verheiratet gewesen wäre. Schließlich war sie selbst verheiratet. Wenn auch nicht mehr lange. »Ach so. Und jetzt arbeitet er bei seinen Eltern auf der Ranch? Wie heißt sie überhaupt?«

»Diamond Bar Ranch. Sie liegt etwas außerhalb des Ortes West Yellowstone, genau in der entgegengesetzten Richtung zum Yellowstone National Park. Clint kümmert sich dort um die Rinder und Pferde. Außerdem beaufsichtigt er die Gäste, während diese versuchen mitzuarbeiten.«

»Gäste?«

Matt lachte. »Ja, seine Eltern haben vor ein paar Jahren die Ranch in eine Gast-Ranch umgewandelt. Jetzt kommen aus den Städten unzählige Besucher und versuchen ihr Glück in der Ranch-Arbeit. Haben Sie den Film

City Slickers gesehen? So ähnlich müssen Sie sich das vorstellen.«

Karen kicherte. »Stelle ich mir sehr lustig vor.« »Ist es bestimmt auch. Ich wollte immer mal hinfahren, aber ich bin nie dazu gekommen. Vielleicht demnächst, wenn meine Besprechungen hier zu Ende sind.«

Karen leckte sich den letzten Senf von den Fingern. »Danke, das hat gut getan.«

Matt lächelte sie an. »Kein Problem. Sie haben genug durchgemacht, da mussten Sie nicht auch noch länger hungern. Kommen Sie, wir rufen Ihnen ein Taxi zum Flughafen.«

Karen wollte ungern diesen Ort der Ruhe verlassen, doch Matt hatte Recht, sie musste los, wenn sie heute noch in Montana eintreffen wollte. Seufzend ließ sie sich von ihm hochziehen.

Matt blieb noch bei ihr, bis das Taxi eintraf, das er vom Wachtposten hatte rufen lassen. Er half Karen beim Einsteigen und beugte sich dann zu ihr hinunter. »Ich hoffe, dass Sie schnell nach Montana kommen und Clint Ihnen helfen kann. Sollte das durch irgendeinen Umstand nicht möglich sein, melden Sie sich bei mir.« Er reichte ihr einen Zettel mit seiner Telefonnummer und E-Mail-Adresse.

»Danke, ich hoffe, das wird nicht nötig sein.« Sie küsste ihn auf seine narbige Wange. »Vielen Dank für alles.«

Matt grinste. »Schönen Frauen in Not helfe ich immer gerne. Grüßen Sie Clint von mir!«

Damit warf er die Autotür zu, ohne ihr die Möglichkeit zu einer Antwort zu lassen. Er winkte noch einmal kurz und marschierte dann auf den Stützpunkt zu.

Karen blickte ihm nach, während das Taxi langsam davonfuhr. Warum konnte ihr Mann nicht so sein wie Matt? Seufzend wandte sie sich wieder der vor ihr liegenden Aufgabe zu. Wie kam man an einen Flug nach West Yellowstone?

Wie Karen kurze Zeit später feststellte, recht einfach, vorausgesetzt, man war bereit, längere Zeit zu warten. So verbrachte sie den Rest des Tages auf San Diegos ungemütlichem Flughafen, während sie darauf wartete, dass das Kleinflugzeug, das sie mitnehmen sollte, ankam, aufgetankt und neu beladen wurde. Immerhin hatte sie genug Zeit, ihr Buch auszulesen. Wenn sie irgendwann mal wieder viel Zeit hatte und nicht mehr in unmittelbarer Gefahr schwebte, musste sie unbedingt die anderen Teile der Serie kaufen.

Stunden später konnte sie endlich die kleine Propellermaschine besteigen und die letzte Strecke ihrer Reise zurücklegen. Sie hatte sich auch dieses Mal mit dem Besitzer der Maschine geeinigt, bar zu zahlen, damit wirklich keinerlei Papiere auf ihre Anwesenheit deuteten. Kaum saß sie in der Maschine, fielen ihr schon die Augen zu. Sie erwachte erst wieder, als das Flugzeug mit einem Ruck auf der Landebahn in West Yellowstone aufsetzte. Die Augen reibend, blickte sie hinaus. Der Flugplatz war wirklich nur ein besserer Parkplatz, ringsum von Wiesen und Wäldern umgeben. Vorsichtig stieg sie die Treppe auf die Rollbahn hinunter und atmete tief die frische, kühle Luft ein. Sie kam sich vor, als wäre sie an einem Tag einmal um die Erde geflogen. Die Dämmerung hatte bereits eingesetzt, bald würde es ganz dunkel werden. Zögernd ging sie auf das kleine Gebäude zu das an einem Ende des Flugplatzes stand. Von der Kaugummi kauenden Frau am Computer ließ sie sich den Weg zur Diamond Bar Ranch beschreiben. Da sie nicht von vielen Menschen gesehen werden wollte, entschied sie sich, die fünf Meilen zu Fuß zu gehen, auch wenn es sie fast umbringen würde. Zehn Minuten später bereute sie die Entscheidung bereits. Ihre Knie schmerzten mit jedem Schritt stärker und sie taumelte bereits vor Müdigkeit und Erschöpfung. Trotzdem ging sie immer weiter, sie konnte so kurz vor dem Ziel nicht aufgeben, und zurück zum Flugplatz wollte sie auch nicht gehen. Sie war so in ihrer Aufgabe versunken, dass sie das Auto zuerst gar nicht bemerkte. Es überholte sie langsam und kam dann ein paar Meter vor ihr zum Stehen. Vorsichtig ging sie darauf zu. Sie wollte heute nicht auch noch überfallen werden.

Ein Mann lehnte sich aus dem offenen Beifahrerfenster. »Wo wollen Sie denn hin, Ma'am?«

Karen kannte ihn nicht, aber er sah freundlich genug aus. Und er war eindeutig älter als 60 Jahre. »Zur Diamond Bar Ranch.«

Der Mann grinste. »Das trifft sich gut, da wollte ich auch gerade hin. Sind Sie ein Gast?«

Karen schüttelte den Kopf. »Nein, ich suche Clint Hunter. Ist er gerade auf der Ranch?«

Der Mann blickte sie neugierig an. »Vor ein paar Stunden habe ich ihn jedenfalls noch gesehen. Ich bin Shep Muir, Vorarbeiter der Ranch. Hüpfen Sie rein.«

Karen stieg behutsam in die Kabine des Trucks. Dann lächelte sie ihn an. »Karen Lombard. Danke, dass Sie mich mitnehmen.«

»Das mache ich doch gerne für Freunde von Clint.«

Karen öffnete den Mund, um zu protestieren, schloss ihn dann aber wieder. Vielleicht war es besser, wenn er glaubte, sie wäre eine Freundin von seinem Boss.

Wenige Minuten später waren sie am Ziel. In der Dunkelheit konnte sie nicht viel von der Ranch erkennen, aber was sie sah, beeindruckte sie. Gemütliches Licht strahlte aus dem Haupthaus und einer Gruppe von Hütten. Shep zeigte ihr, welche der Holzhütten Clint gehörte, und verschwand dann mit einem kurzen Gruß in eine andere Richtung.

XIII

Leise klopfte Karen an die solide Holztür. Aufregung machte sich in ihr breit, während sie auf Clints Erscheinen wartete. Wie würde er reagieren, wenn er sie auf seiner Türschwelle vorfand? Würde er ihr helfen? Sie war so in ihren Gedanken verloren, dass sie erst gar nicht merkte, dass niemand auf ihr Klopfen reagierte. Dieses Mal klopfte sie lauter. Vielleicht hatte er sie einfach nicht gehört. Wieder erschien niemand. Sie drückte auf die Türklinke. Die Tür war offen! Schuldbewusst blickte sie sich um. Sollte sie einfach hineingehen und drinnen auf ihn warten? Eine Gruppe von Gästen, die auf den Kiesweg einbog, nahm ihr die Entscheidung ab. Sie wollte von möglichst wenigen Menschen hier gesehen werden. Schnell schlüpfte sie in das dunkle Innere der Hütte. Nur langsam gewöhnten sich ihre Augen an die Dunkelheit. In dem wenigen Licht, das von draußen durch die kleinen Fenster hereindrang, konnte sie die Umrisse von einem Sofa, Sesseln und einem kleinen Tisch wahrnehmen. Auf der rechten Seite war schwach eine Küche zu erkennen, während auf der gegenüberliegenden Seite ein Durchgang in einen kleinen Flur zu führen schien. Karen konnte keine Lampe anschalten, es würde bestimmt jemandem auffallen, wenn in der Hütte das Licht brannte, obwohl Clint überhaupt nicht zu Hause war. Und ein Zusammentreffen mit der Polizei konnte sie im Moment nicht gebrauchen. Sie setzte sich auf das bequeme Sofa und stellte sich auf eine lange Wartezeit ein.

Kurze Zeit später sprang sie wieder auf. Sie hielt es nicht mehr aus. Seit mittags war sie nicht mehr in der Nähe einer Toilette gewesen, und jetzt musste sie einfach. Es war ihr zwar peinlich, durch ein fremdes Haus zu schleichen, noch dazu das von Clint Hunter, aber immer noch besser, als eine Pfütze auf seinem guten Sofa zu hinterlassen. Auf Zehenspitzen schlich sie den kleinen Flur entlang. Sie konnte sich nicht erklären, warum sie sich bemühte, leise zu sein. Es musste wohl an der Dunkelheit liegen. Es war fast das gleiche Gefühl wie früher, wenn sie als Kind die knarrende Holztreppe heruntergeschlichen war, um sich etwas zu essen in der Küche zu stibitzen. Ein Lächeln überzog ihr Gesicht, als sie an diese unbeschwerten Tage ihrer Kindheit dachte.

Am Ende des Flurs sah sie sich zwei Türen gegenüber. Welche war die richtige? Sie zuckte die Achseln und stöhnte dann auf. Sie hatte nicht mehr an ihre Verletzungen gedacht. Zögernd berührte sie eine Türklinke und drückte sie vorsichtig hinunter. Sie öffnete die Tür einen Spaltbreit und blickte in das Zimmer. Verdammt! Es war wirklich gut, dass sie nicht Lotto spielte. Selbst bei einer fünfzigprozentigen Chance traf sie zielsicher die falsche Wahl. Es schien sich um das Schlafzimmer zu handeln, der Raum wurde von einem riesigen Bett dominiert. Peinlich berührt wollte sich Karen schnell wieder zurückziehen, als sie eine Beule unter der Bettdecke bemerkte. Konnte es sein, dass Clint schlief und sie einfach nicht gehört hatte? Sie hatte immer gedacht, dass Angehörige von Spezialkommandos einen sehr leichten Schlaf hatten. Aber das schien bei Clint nicht der Fall zu sein. Sie stieß die Tür vollständig auf und schlich zur Fensterseite des Bettes. Im Mondlicht konnte sie Clints verstrubbelte schwarze Haare sehen. Er schlief auf dem Bauch, einen Arm unter dem Kopfkissen vergraben, der andere hing vom Bett auf den Boden. Die Bettdecke war nach unten gerutscht und gab einen großen Teil des gebräunten Rückens und der helleren Hüfte frei. Seine tiefen Atemzüge füllten den Raum. Karen schluckte trocken. Alle Gedanken an eine Toilette waren vergessen. Sie hatte ihn bisher nur in seiner Tarnkleidung und in Uniform gesehen, aber ganz ohne …

Abrupt wandte sie den Blick ab. Sie war hierher gekommen, weil sie Hilfe brauchte und nicht, um Clint Hunters straffen, muskulösen, wunderschönen Körper zu bewundern. Sie legte die Hand auf seine warme Schulter und schüttelte ihn vorsichtig. Clint brummte und wälzte sich auf die ihr abgewandte Seite. Dabei zog er die Bettdecke mit sich, sodass sich Karen ein sehr interessanter Anblick bot. Warum schliefen manche Männer eigentlich nackt? Sie spürte, wie sich Hitze in ihr ausbreitete. Gott, das war schwerer, als sie es sich ausgemalt hatte. Sie kniete sich auf die Matratze und beugte sich über Clint. Mit einer Hand stützte sie sich neben seinem Oberkörper ab, mit der anderen tätschelte sie seine Wange. Clints Augen öffneten sich zu Schlitzen, und er stieß ein Schnurren aus. Blitzartig zog er Karens Stützarm unter ihr hinweg und rollte sich über sie. 180 Pfund erregter Mann pressten Karen in die weiche Matratze. Erschrocken riss sie die Augen auf. Sie öffnete den Mund, um zu protestieren, doch schon senkte sich ein hungriger Mund auf ihre Lippen. Die Hitze breitete sich weiter in ihr aus. Fast gegen ihren Willen antwortete sie mit einem ebenso verlangenden Kuss. Ihre Arme wanderten von der Brust, gegen die sie sich protestierend gestemmt hatten, um seinen Nacken. Ihre Finger vergruben sich in seinem kurzen Haar. An ihren Oberschenkel drückte sich seine eisenharte Erektion, seine Finger machten sich an ihrem T-Shirt zu schaffen.

Plötzlich ging ein Ruck durch seinen Körper. Seine Augen öffneten sich ganz und er blickte entsetzt auf sie hinunter. Abrupt machte er sich von ihr los und rollte sich zur Seite, die Decke mit sich ziehend. »Verdammt noch mal!«

Karen zuckte zusammen. Schwer atmend richtete sie sich im Bett auf.

»Sie sind echt?«

Verwirrt blickte sie ihn an. »Was?«

Diesmal zuckte Clint zusammen. Verdammt. Er saß wirklich mit Dr. Karen Lombard in seinem Bett. Er hatte gedacht, es wäre ein Traum gewesen. Fast hätte er mit ihr geschlafen! Hatte sie sich gewehrt? Er meinte sich zu erinnern, dass sie ihn ebenfalls geküsst hatte, aber vielleicht hatte er sich das nur eingebildet.

Schnell wickelte er sich die Decke um seine Hüften und sprang vom Bett. »Es tut mir Leid. Ich habe Sie hoffentlich nicht verletzt, oder?« Besorgt blickte er sie an. Ihre Haare umrahmten wild ihr erhitztes Gesicht. Ein Verband verdeckte einen Teil ihrer Stirn. Gott, sie war verletzt und er fiel über sie her. Von sich selbst angewidert, bekämpfte er seine Erregung. Seine Decke bauschte sich vor ihm auf wie ein Zelt, doch dagegen konnte er jetzt nichts machen. Erst musste er wissen, was sie hierher geführt hatte.

Als Karen schließlich verneinend den Kopf schüttelte, wich er erleichtert noch ein Stück zurück, um ihr das Aufstehen aus dem Bett zu ermöglichen. »Was machen Sie hier?«

Karen zuckte zusammen. Dann richtete sie sich auf und zog ihre Kleidung zurecht. »Ich habe geklopft, aber es hat niemand geöffnet. Die Tür war offen, deshalb bin ich einfach hereingekommen. Ich wollte im Wohnzimmer warten, aber ...« Ihr Gesicht wurde noch eine Spur dunkler. »Ich hatte ein dringendes Bedürfnis. Auf der Suche nach dem Badezimmer bin ich hier gelandet und sah Sie im Bett liegen. Ich habe versucht, Sie zu wecken, aber Sie scheinen einen äußerst gesunden Schlaf zu haben.«

Clint nickte. Das erklärte zumindest, was sie hier in der Hütte tat. »Ich meinte eigentlich, was Sie hier in Montana auf der Ranch tun.«

Karen schluckte. »Ach so. Matt hat mich hierher geschickt. Aber das ist eine lange Geschichte, vielleicht sollten Sie erst …« Sie fuchtelte in Richtung seines provisorischen Zeltes. Clint zog eine Augenbraue hoch, sein Mundwinkel zuckte. Karen drehte sich um. »Ich warte im Wohnzimmer.« Damit stolzierte sie hinaus.

Clint wartete, bis sie die Tür hinter sich ins Schloss zog, dann warf er die Decke auf das Bett. Ein kurzer Blick nach unten zeigte ihm, dass seine Jeans gleich sehr unbequem sein würde. Seufzend zog er eine frische Boxershorts aus seiner Kommode und streifte sie über. Es folgten seine Jeans und ein weiches Baumwollhemd. Er zuckte zusammen, als er den Reißverschluss der Jeans hochzog. Verdammt, das war ihm seit Jahren nicht mehr passiert.

Er wusste immer noch nicht, warum er nicht aufgewacht war. Normalerweise riss ihn schon das kleinste Geräusch aus dem Schlaf. Aber er hatte gerade einen sehr erotischen Traum von Karen gehabt und einfach überhaupt nicht registriert, dass er Karen Lombard in Fleisch und Blut in den Armen hielt. Eigentlich hätte es ihm auffallen müssen, da es sich besser anfühlte als alles, was er je geträumt hatte. Auch im wirklichen Leben hatte er einen Kuss noch nie so genossen. Karen war warm und weich und willig gewesen. Bei dem Gedanken runzelte er die Stirn. Was machte sie hier? Wo war ihr Mann? Und was hatte Matt mit der ganzen Sache zu tun? Er spürte bereits wieder, wie ihn die Eifersucht überkam. Was war an dieser Frau, das ihn zu derartig heftigen Gefühlen hinriss? Er schüttelte den Kopf und machte sich auf den Weg ins Wohnzimmer. Er konnte es kaum erwarten, die ganze Geschichte zu hören.

Karen lief hinter dem Sofa auf und ab. Das tat zwar ihren Knien weh, aber sie konnte jetzt einfach nicht still sitzen. Was hatte sie sich dabei gedacht, mit Clint ins Bett zu sinken? Gut, sie war nicht unbedingt freiwillig unter ihm gelandet, aber danach hatte sie durchaus munter mitgewirkt. Erneut schoss die Röte in ihre Wangen. Sie hatte sich noch nie so verhalten. Und es war auch noch nie so erregend gewesen. Sie hatte sich mit Paul zwar im Bett ganz gut verstanden, aber es war immer eher gemütlich als erotisch gewesen. Der Gedanke an Paul kühlte ihren erhitzten Körper schnell wieder ab. Ihre Hände begannen zu zittern. Als Clint ins Wohnzimmer trat, war Karens Gesicht totenbleich, und sie schwankte hin und her. Mit drei großen Schritten war er bei ihr und führte sie sacht zum Sofa. Schwach ließ sie sich darauf sinken.

»Kann ich Ihnen etwas zu trinken bringen? Kaffee, Wasser, Cola, Whiskey?«

»Ein Wasser wäre nett, danke.« Jetzt, wo sie saß, fühlte sie ihre Kräfte langsam zurückkehren.

Clint reichte ihr ein Glas und ließ sich dann vorsichtig in die andere Ecke des Sofas sinken. »Also, was ist mit Ihnen passiert?« Sein wachsamer Blick glitt über ihren Stirnverband, die verbundenen Handgelenke zu den von den Verbänden verursachten Beulen an ihren Knien.

Karen rückte in eine bequemere Stellung, schloss kurz die Augen und begann dann zu erzählen. »Gestern Nachmittag hat jemand versucht, mich umzubringen ...« Karen erzählte die ganze Geschichte ihrer Flucht und ihres Treffens mit Matt.

Clints Augen wurden dabei immer dunkler. Verdammt! Er hatte Recht gehabt, dass etwas an der Entführung nicht richtig gewesen war. Und wegen dieses falschen Klappergestells von Ehemann war ein guter Mann seines Teams gestorben. Die Wut, die er in den letzten Jahren immer unterdrückt hatte, kochte wieder in ihm hoch. Seine Miene wurde absolut ausdruckslos, nur seine Augen brannten.

Karen war am Ende ihrer Berichterstattung angelangt. Sie warf einen Blick auf sein Gesicht und wartete auf eine Reaktion von ihm, doch er saß nur stumm da, sein Gesicht eine steinerne Maske. Sie wurde unsicher. Sie kannte diesen Mann kaum, wie konnte sie da von ihm erwarten, dass er ihr in dieser Situation half? Langsam kam sie auf die Füße. »Es tut mir Leid, ich hätte meine Probleme nicht bei Ihnen abladen sollen.« Sie hob ihren Rucksack vom Boden auf, wo sie ihn vorher hingestellt hatte, und ging zur Tür.

Als sie die Hand nach der Türklinke ausstreckte, legte sich eine größere darüber. »Setzen Sie sich wieder hin.«

Karen versteifte automatisch den Rücken. Auf Befehle hatte sie noch nie gut reagiert.

Clints Stimme wurde sanfter. »Bitte, setzen Sie sich.«

Karen blickte Clint unsicher in die Augen. Die Wut, die sie dort lodern sah, erschreckte sie. »Ich glaube, ich gehe lieber. Es war eine schlechte Idee, hierher zu kommen.«

Clint legte seine Hand auf ihre Schulter und drehte sie zu sich herum. »Bleiben Sie. Ich weiß zwar noch nicht wie, aber ich werde Ihnen helfen. Ich musste nur erst einmal alles verarbeiten.«

Karen blickte ihn forschend an. »Dann hat Matt Sie anscheinend nicht auf mein Kommen vorbereitet?«

Clint schüttelte den Kopf. »Nein. Wahrscheinlich hat er mich einfach nicht erreicht, ich war letzte Nacht und heute den ganzen Tag im Stall. Eine unserer Stuten war krank und musste die ganze Zeit bewacht werden.«

»Deshalb waren Sie so müde! Dann tut es mir erst recht Leid, dass ich Sie gestört habe.«

Clints Mundwinkel zuckte erneut. »Mir nicht.« Er führte sie zum Sofa zurück. »Setzen Sie sich und ruhen Sie sich aus. Ich beziehe schnell mein Bett neu und dann können Sie schlafen.«

»Aber ich kann doch hier auf dem Sofa …«

Clint unterbrach sie. »Unsinn. Sie sind verletzt, also bekommen Sie das Bett. Wenn Sie Hunger haben sollten, bedienen Sie sich.« Er deutete auf den Kühlschrank und verließ dann den Raum, ohne auf ihre Antwort zu warten.

Karen blieb auf dem Sofa sitzen und blickte sich aufmerksam um. Die Hütte war sehr rustikal und gemütlich eingerichtet. Decke und Wände bestanden aus Holzbalken, die nur teilweise mit weißem Putz bedeckt waren. Auch der Boden bestand aus Holzbohlen. Zu dem cremefarbenen Sofa gab es einen passenden Sessel und einen kleinen Holztisch, in den in Tiffany-Technik das Bild eines schwarzen Pferdes eingearbeitet war. Fasziniert betrachtete Karen es genauer. Sie hatte noch nie etwas Derartiges gesehen. Nun stand sie doch auf und ging im Raum umher, um sich alles genau anzugucken. Neben weiteren Möbelstücken mit delikaten Mustern entdeckte sie in einer Ecke auch eine Puppe, die an Fäden von der Decke hing. Es war eine Frauenfigur, die auf einem Stück Baumwurzel saß.

Sie starrte immer noch wie verzaubert auf die Figur, als Clint lautlos hinter sie trat. »Die ist von meiner Mutter.«

Erschrocken wirbelte Karen herum. »Schleichen Sie sich doch nicht immer so an!« Sie presste eine Hand auf ihr wild klopfendes Herz.

»Tut mir Leid. Sie können jetzt ins Bett gehen, es ist alles fertig.«

Karen lächelte ihn entschuldigend an. »Ich wollte Sie nicht anfauchen. Derzeit sind meine Nerven wohl etwas überlastet.«

Clint blickte sie ruhig an. »Kein Problem. Das Bad ist hinter der zweiten Tür im Flur.«

Karen nickte und humpelte langsam zum Durchgang. »Danke für alles. Ich wusste nicht, an wen ich mich sonst hätte wenden sollten.«

Clint nickte ihr zu und drehte sich dann wieder zur Puppe um.

Karen Lombard halb nackt in seinem Bett. Schon allein der Gedanke ließ ihn in Schweiß ausbrechen. Er war fast froh darüber, dass er auf der zu kurzen Couch liegen musste, andernfalls hätte er gar nichts gehabt, das ihn von seinen erotischen Fantasien ablenkte. Außer natürlich seine düsteren Gedanken über Entführung, Tod, Unfälle und ein verdammtes Schwein von Ehemann. Wie konnte er überhaupt daran denken, Karen auch nur ein Haar zu krümmen? Wenn sie seine Frau gewesen wäre ... Ruckartig drehte er sich herum. Woher kamen nur immer wieder diese Gedanken? Er sollte lieber schlafen oder sich zumindest einen Plan überlegen, wie er Karen helfen konnte.

Als der Morgen dämmerte, lag er immer noch wach da und dachte an weiche Lippen und einen anschmiegsamen Körper. Sein Körper war steif wie ein Brett – alles an seinem Körper. Übellaunig beschloss er aufzustehen und im Stall nach dem kranken Pferd zu sehen, bevor Karen erwachte. Lautlos zog er sich an, hinterließ Karen eine kurze Nachricht, wo er zu finden war, und verließ die Hütte.

XIV

Leise ging Clint die Reihe der Pferdeboxen entlang. Er liebte den Geruch und die Geräusche in einem Pferdestall. In den mit frischem Stroh gefüllten Boxen schliefen einige Pferde, andere scharrten mit den Hufen über den Boden. Clint tätschelte einige neugierige Köpfe, während er den langen Gang hinabging. Devil erkannte seinen Schritt genau und begrüßte ihn bereits schnaubend. Leise lachend holte Clint einen Buttermilchbonbon aus seiner Hemdtasche. Er strich Devil sanft über die Nüstern, während er genüsslich kaute. Heute setzte er sich allerdings nicht zu ihm in die Box, sondern ging nach einem letzten Tätscheln weiter, um nach der kranken Stute zu sehen. Devil wieherte protestierend.

»Jetzt nicht, Devil. Vielleicht später.«

Die Krankenbox war etwa doppelt so groß wie eine normale Box und mit viel frischem Stroh gepolstert. Die Stute stand erschöpft an eine Holzwand gelehnt. Sie sah schon wesentlich besser aus als gestern. Clint ging zu ihr und sprach beruhigend auf sie ein. Dabei bemerkte er Shannon. Sie saß in einer Ecke und blickte starr vor sich hin.

»Shannon? Was machst du denn hier?«

Verwirrt blickte sie auf. Dann klärte sich ihr Blick. »Ach, du bist es. Ich warte darauf, dass mich die Muse wieder küsst.«

Clint ließ sich neben ihr nieder. »Hast du eine Schreibblockade?«

Shannon schüttelte den Kopf. »Nein. Ich bin nur gerade mit einem Kapitel fertig und weiß noch nicht genau, wie das nächste weitergehen soll. Das passiert mir öfter. Ich muss dann nur eine Zeit lang abschalten, und dann kommen mir von selbst neue Ideen.«

»Dann ist es ja gut. Wie lange sitzt du schon hier?« Er legte einen Arm um ihre Schultern.

»Ich habe keine Ahnung.«

Er schüttelte den Kopf. »Ich weiß nicht, wie du überhaupt arbeiten kannst, wenn du dir ständig die Nächte um die Ohren haust.«

Shannon zuckte die Schultern. »Das tue ich ja nicht ständig. Ich bin im Moment nur so ... rastlos.«

»Gibt es dafür einen bestimmten Grund?«

»Eigentlich nicht. Ich wüsste jedenfalls keinen. Ich bin beruflich erfolgreich, kann machen, was ich will, habe genug Geld, und meine Familie ist immer für mich da.«

Clint konnte sich vorstellen, was ihr fehlte, nämlich das Gleiche wie ihm. Ein Mensch, der zu einem gehörte, egal was passierte. Aber er würde sich bestimmt nicht in ihr Liebesleben einmischen, er wollte schließlich auch nicht, dass ihn dazu jemand ausfragte. »Willst du noch länger hier auf der Ranch bleiben?«

»Im Moment habe ich keine anderweitigen Verpflichtungen. Und es ist schön, ab und zu einmal verwöhnt zu werden. Außerdem habe ich hier genug Ruhe zum Schreiben.« Ein Geräusch im Gang ließ sie aufblicken.

»Clint?«

Verdammt, er hatte Karen ganz vergessen! Sie konnte seine ganze Tarnung gegenüber der Familie auffliegen lassen. Blitzschnell war er auf den Beinen und mit drei langen Schritten im Gang. Dort stieß er mit Karen zusammen, die gerade in die letzte Box gucken wollte. Er fing sie auf, als sie ihr Gleichgewicht verlor, und legte ihr gleichzeitig seine große Hand über den Mund.

»Was ...?« Ihre gemurmelte Frage wurde von ihm abgewürgt.

»Bitte spielen Sie mit. Und erwähnen Sie auf keinen Fall, dass ich ein SEAL war und wir uns von einem Einsatz kennen, okay?«

Karen nickte zögernd. Clint ließ seine Hand sinken, behielt sie aber weiterhin im Arm. Es war ein so gutes Gefühl, ihren weichen Körper an sich zu spüren. Seine sherryfarbenen Augen verdunkelten sich. Fast automatisch senkte sich sein Kopf zu ihrem.

»Clint, was ist hier los?«

Wie ein ertappter Schuljunge zuckte er zurück. Fast hätte er Karen geküsst, wenn Shannon nicht gerade noch rechtzeitig aufgetaucht wäre. Er musste wirklich seine Hormone in den Griff kriegen.

Er drehte sich zu Shannon um, behielt aber gleichzeitig einen Arm um Karen und zog sie an seine Seite. »Shannon, das ist eine Freundin von mir, Karen.« Er blickte kurz zu Karen. »Karen, meine Schwester Shannon.«

Shannon blickte neugierig die Frau an der Seite ihres großen Bruders an. Sie entsprach nicht unbedingt dem gängigen Schönheitsideal und sie war wahrlich nicht modisch angezogen, aber sie strahlte eine unbändige Lebendigkeit aus. Auch wenn sie scheinbar gerade eine Pechsträhne hatte. Sie schüttelten einander die Hände, während sie sich gegenseitig taxierten.

»Freut mich.«

»Ebenfalls. Ihr neuestes Buch hat mir sehr gut gefallen, ich habe es gerade im Flugzeug gelesen.«

Karen war gerade wieder eingefallen, woher sie den Namen und das Gesicht kannte. Schließlich war in dem Buch ein Foto von Shannon gewesen.

Shannon lächelte. »Danke. Woher kommen Sie denn?«

Clint drückte warnend Karens Taille.

»Ich bin gerade aus Kalifornien eingeflogen. Ich wollte endlich einmal die Ranch sehen, von der Ihr Bruder gesprochen hat.« Und damit hatte sie mit keinem Wort gelogen.

Clint entspannte sich etwas. »Wir kennen uns schon seit über vier Jahren, da wurde es Zeit, dass Karen mal hierher kommt.« Auch das war nichts als die Wahrheit. Sie waren gar kein schlechtes Team.

»Nun, dann wünsche ich Ihnen noch viel Spaß hier auf der Ranch. Bleiben Sie länger?«

Karen blickte Clint unsicher an. »Das weiß ich noch nicht.«

Shannon zog eine Augenbraue hoch, sagte aber nichts dazu. »Dann sehen wir uns bestimmt noch.« Mit einem Winken verließ sie den Stall.

Karen blickte Clint mit großen Augen an. »Was sollte das alles?«

Clint lehnte sich an die Stallwand und verschränkte die Arme über der Brust, um sie nicht anzufassen. »Danke, dass Sie mitgespielt haben. Meine Familie weiß nichts über meine Zeit als SEAL, und ich möchte es auch gern dabei belassen. Vor allem Shannon würde mich wohl lebendig auseinander nehmen und dann in Stückchen in ihren Büchern verarbeiten.«

Karen nickte bedächtig. Das konnte sie sich vorstellen. Clint in Liebesromanen war eine wirklich nette Idee. Ihr Mund verzog sich zu einem breiten Grinsen. »Oh nein, das wollen wir nun wirklich nicht.«

Clint blickte sie gespielt grimmig an. »Ich warne Sie, wenn ich herausfinden sollte, dass Sie mich verpetzt haben, wird das üble Folgen haben.«

»Ja? Ich zittere schon!«

Clint ging drohend einen Schritt auf sie zu, hielt aber inne, kurz bevor er sie berührte. Was taten sie hier eigentlich? Flirten? Er musste verrückt sein. Sie hatten momentan wirklich andere Probleme. Er wurde ernst. »Außerdem wäre es gut, wenn keiner weiß, wer Sie wirklich sind und was Sie hier tun. Solange alle Sie für meine Freundin halten, wird keiner tiefer nachbohren.«

Karen wurde blass. »Sie haben Recht. Ich hatte es für einen Moment vergessen.«

Clint strich ihr mit einem Finger über die Wange. »Bald werden Sie die ganze Sache für immer hinter sich lassen können. Wir werden eine Lösung finden, das verspreche ich.«

Karen nickte zögernd. »In Ordnung. Wie gehen wir jetzt weiter vor?«

Clint überlegte kurz und führte sie dann am Arm aus dem Stall. »Als Erstes werden wir damit anfangen, uns zu duzen, sonst glaubt kein Mensch, dass du meine Freundin bist.« Karen nickte. »Wir kehren jetzt in meine Hütte zurück und nehmen ein nahrhaftes Frühstück zu uns, bevor wir weitere Schritte überlegen. Einverstanden?«

Karen lächelte ihn an. »Das klingt gut. Ich habe noch nie viel von Nulldiäten gehalten.«

Immer noch lächelnd, setzte sich Shannon mit einer Kaffeetasse und einem frischen Muffin, den sie der Haushälterin Martha aus der Küche stibitzt hatte, auf das bequeme Sofa und schaltete ihren Laptop an. Clint hatte noch nie eine Freundin hier auf die Ranch eingeladen, zumindest nicht soviel sie wusste. Und irgendwie hatte sie sich seine Freundinnen auch immer anders vorgestellt. Schöner, oberflächlicher. Sie hatte Karen zwar nur kurz gesehen, aber dumm kam sie ihr nicht vor. Schließlich hatte sie auch ein Buch von ihr gelesen. Shannon grinste, während sie ihr E-Mail-Programm öffnete. Ein weiterer Arbeitstag hatte begonnen. Als sie Marcs Adresse erkannte, entschied sie sich kurzerhand für das Vergnügen vor der Arbeit.

From: *MadDog@yahoo.com*
To: *Shannon.hunter@hotmail.com*
Subject: *Hier spricht Oma Eliza aus Florida …*
Date sent: *03-08-2002*

Hi Sha – ha – non,

ich verrate dir noch ein Geheimnis, wir mögen nicht nur M&Ms, sondern nahezu alles, was Schokolade beinhaltet. Und du kannst dir gar nicht vorstellen, was wir alles mit Schokoladensirup anfangen können … Ich hoffe, du kannst das ebenfalls in deinen Büchern verwenden. ;-)

Ich habe schon einige Kapitel deines Buches gelesen und bewundere wirklich deine Fantasie. Oder schreibst du aus deinem Erfahrungsschatz heraus? Wenn ja, würde ich mich gerne als Versuchsobjekt zur Verfügung stellen. Ganz unentgeltlich natürlich. ;-) Als Mann (ja, ich bin tatsächlich einer, auch wenn du mir das immer noch nicht glauben willst) finde ich die Geschichte spannend und an einigen Stellen HEISS. Männer sind da sehr empfänglich …

Zu deiner Frage: In den letzten Jahren sind vermehrt Angehörige von Minderheiten in die Teams gekommen. In meinem Platoon haben wir Schwarze, Latinos und Asiaten. Natürlich ist die Gruppe der Minderheiten prozentual immer noch gering, aber es steigert sich langsam. Seit drei Jahren gibt es ein Programm, das sich damit beschäftigt, speziell Angehörige von Minderheiten in die Teams zu bekommen. Derzeit liegt der Prozentsatz von Minderheiten in den Teams bei 13 %, Tendenz steigend. Du hast mich natürlich mit deiner Bemerkung neugierig gemacht. Welche pikante Situation? Held und Heldin eingelegt in Chili-Sauce? ;-)

Übrigens werde ich für einige Zeit nicht erreichbar sein, aber sowie ich wieder in der Nähe eines Internetanschlusses bin, werde ich mich bei dir melden.

Bis bald,

M.

PS: Ich werde deine Mails vermissen …

Shannon schluckte schwer. Sollte er etwa auf eine Mission gehen? Würde er in Gefahr sein? Sie sprang auf und ging mit langen Schritten im Raum auf und ab. Wer hätte gedacht, dass er ihr so wichtig werden würde, dass sie sich Sorgen machte, wenn er seinen Job ausübte? Dabei kannte sie ihn noch nicht einmal persönlich, sondern hatte nur für ein paar Wochen mit ihm korrespondiert. Und wenn es ihr schon so erging, wie mussten sich dann die Angehörigen und Freunde eines SEALs fühlen? Sie schrieb jetzt schon seit einigen Jahren über dieses Thema, aber selbst hatte sie das Gefühl noch nie erlebt. Jetzt konnte sie die Sorgen und Ängste wirklich nachvollziehen. Einerseits freute sie sich über die Einsicht und damit die Möglichkeit, ihre Bücher noch wirklichkeitsnäher zu schreiben, andererseits fürchtete sie sich jedoch davor, so viel für einen Fremden zu empfinden. Was wusste sie schon wirklich von ihm? Er konnte genau derjenige sein, der er behauptete zu sein, aber er konnte auch ein Axtmörder oder Perverser oder weiß Gott was sein. Shannon schüttelte den Kopf. Marc mochte alles Mögliche sein, aber pervers bestimmt nicht. Seine Mails waren immer humorvoll und freundlich, gespickt mit kleinen Neckereien und Andeutungen. Schokoladensirup ... Shannon grinste. Keine schlechte Idee. Man konnte die pikante Szene sicher noch ein bisschen ausbauen. Voller Elan setzte sie sich wieder vor ihren Laptop. Sie würde noch schnell eine Mail an Marc schicken und sich dann ihrem Manuskript zuwenden. Alle anderen Nachrichten mussten warten.

Matt beendete die Besprechungen der Antiterrorkräfte mit dem unguten Gefühl, überhaupt nichts erreicht zu haben. Die nächsten Gespräche würden erst in zwei Wochen in Quantico stattfinden. Er hatte sich Urlaub genommen, damit er nach Montana und dann von dort aus nach Virginia weiterfahren konnte. Das würde ihm einige Tage einbringen, die er bei Clint und vor allem bei Shannon verbringen konnte. Natürlich musste er unter falschem Namen und Beruf operieren, um Clints und seine eigene Tarnung nicht zu verraten, aber immerhin würde er Shannon so von Angesicht zu Angesicht gegenübertreten können. Auch wenn sie nicht wirklich wissen würde, wer er war. Es gefiel ihm nicht, sie hintergehen zu müssen, aber es war einfach nicht anders machbar. Außerdem hatte I-Mac im Internet beunruhigende Nachrichten über die Bruderschaft des Lichts gefunden. Die wollte er Clint lieber persönlich überbringen. Er sollte wohl besser vorher anrufen und sich anmelden, damit Clint nicht so davon überrascht wurde wie von Karen. Er hätte zu gerne seinen Gesichtsausdruck gesehen, als Karen auf seiner Türschwelle stand.

Seine Reisetasche mit den wichtigsten Utensilien hatte er bereits von zu Hause mitgebracht, er brauchte jetzt nur noch seine E-Mails überprüfen, dann konnte er losfahren. Aber zuerst wählte er Clints Nummer.

»Hunter.«

»Hi, Mad hier. Gibt es dich auch noch?«

Clint brummte etwas Unverständliches.

»Dann ist Karen wohlbehalten bei dir angekommen?«

Clint räusperte sich. »Ja. War eine nette Überraschung. Aber nächstes Mal schick doch bitte ein Fax, wenn du mich telefonisch nicht erreichst.«

Matt lachte. »Du hattest ja wohl hoffentlich nicht gerade eine Freundin bei dir?«

»Nein. Ich lag schon im Bett. Eines unserer Pferde hatte eine Darmdrehung. Der Tierarzt sagte, es sollte bewegt werden, deshalb war ich die ganze Nacht und den Tag auf den Beinen.«

Matt schnalzte mitfühlend. »Bist du wohl gar nicht mehr gewöhnt, was?«

»Wolltest du etwas Bestimmtes?«

Matt grinste. »Ja. Ich habe mir Urlaub genommen und werde morgen bei euch eintreffen. Habt ihr vielleicht ein Zimmer für mich frei?«

»Natürlich. Was hast du herausgefunden?«

»Wie kommst du auf die Idee, dass ich dich nicht einfach mal besuchen will?«

Clint schnaubte. »Vielleicht, weil du nie freiwillig in die Nähe von Pferden und Rindern gehen würdest? Oder weil du seit Jahren keinen Urlaub mehr gemacht hast?«

»Da könntest du Recht haben. Und denk dran, ich reise inkognito ...«

Clint brummte zustimmend. »Gut. Ich werde dich als Matt Coleburn anmelden.«

Matt verzog das Gesicht. »Muss das sein?«

»Jo.«

Matt seufzte.

»Ich schicke dir per Fax eine Wegbeschreibung, damit du uns auch findest.«

»Okay. Danke. Bis irgendwann morgen dann.«

»Bis dann.«

XV

Mit dem Fax in der Hand ließ sich Matt auf seinen Stuhl sinken. Da würde er heute noch eine ganz schöne Strecke zurücklegen müssen, mit vermutlich einer Übernachtung zwischendurch. Es war schließlich schon mittags, und er musste eine Strecke von über tausend Meilen hinter sich bringen. Gut, dass Clint die einzelnen Hütten gekennzeichnet hatte, so konnte er sich schon mal eine gewisse Übersicht verschaffen. Über eine etwas abseits liegende Hütte hatte er »Clint« gekritzelt, eine andere hieß »Shannon«. Und direkt daneben lag seine. Oder genauer gesagt die von Matt Coleburn. Wie überaus nett von Clint, ihn genau neben Shannon einzuquartieren. Er hätte allerdings eher gedacht, dass Clint ihn möglichst weit von Shannon entfernt würde halten wollen. So konnte man sich täuschen. Er legte das Fax zur Seite und rief ein letztes Mal sein E-Mail-Programm auf. Lächelnd öffnete er Shannons Nachricht.

From:	*Shannon.hunter@hotmail.com*
To:	*MadDog@yahoo.com*
Subject:	*Nur eine kurze Mail …*
Date sent:	*04-08-2002*

Hi Marc,

hmmm, Schokoladensirup. Ich werde deine Anmerkung bestimmt aufgreifen. Ich hoffe, irgendwann noch mal einen genauen Bericht von deinen Erfahrungen damit zu hören.

Ich freue mich, dass dir mein Buch gefällt. Meine Geschichten sind eine Mischung aus Erfahrungen, Recherche und Fantasie. Für welche Art der Recherche würdest du dich denn zur Verfügung stellen? Entführungsopfer, Verletzter ... Oder hattest du etwas anderes im Sinn? ;-) Spaß beiseite, es ist wirklich gut, auch mal von einem Mann zu hören, was er von dem Buch hält. Bisher habe ich immer nur Rückmeldungen von weiblichen Lesern bekommen. Aber scheinbar fühlen Männer und Frauen beim Lesen doch ungefähr das Gleiche ...

Danke für deine Einsicht zum Thema Minderheiten, ich werde es in meinen nächsten Büchern berücksichtigen.

Mit pikant meinte ich natürlich nicht Chili-Sauce! Lass mich nur so viel sagen: die Situation, in der sie sich befanden, war eigentlich viel zu heikel, um das zu tun, was sie dann getan haben. ;-)

Ich weiß, du kannst mir nicht sagen, was du tust und wohin du gehst, aber ich hoffe, du kommst bald und vor allem gesund wieder. Deine E-Mails haben mir immer viel bedeutet, und ich würde mich freuen, wenn du dich bei mir meldest, sobald du wieder da bist. Ich werde an dich denken.

Bis hoffentlich bald,
Shannon

Matt lehnte sich nachdenklich auf seinem Stuhl zurück. Er hatte das Gefühl, ihre lockere E-Mail-Bekanntschaft entwickelte sich langsam zu einer richtigen Freundschaft. Es hörte sich so an, als wäre sie besorgt um ihn. Wirklich bemerkenswert. Dabei hatten sie sich noch nicht einmal gesehen. Okay, er hatte geschummelt, aber sie hatte zumindest keine Möglichkeit gehabt, sich ein Bild von ihm zu machen. Sie lagen anscheinend einfach auf einer Wellenlänge, ihr Humor war ähnlich, und sie neigten beide zu kleinen harmlosen Flirtereien. Obwohl er es tatsächlich ernst meinte. Er würde gerne einmal mit ihr den Schokoladensirup ausprobieren ... und noch einige andere interessante Sachen.

Seufzend beendete er das E-Mail-Programm und schaltete den Computer aus. Er musste jetzt wirklich langsam losfahren, wenn er noch ein paar Meilen schaffen wollte, bevor es dunkel wurde. Er stopfte das Fax zu den Unterlagen über die Bruderschaft des Lichts in seine Reisetasche und wandte sich an Rock. »Du hast ab jetzt die Brücke, Chief.«

Rock nickte. »Viel Spaß auf der Ranch. Und schöne Grüße an East.«

»Wenn etwas Wichtiges aufkommt …«

Rock unterbrach ihn. »Wissen wir, wo du zu erreichen bist.«

Matt grinste. »Okay. Ich sehe schon, ihr wollt mich loswerden. Wir sehen uns dann in drei Wochen.«

Innerhalb weniger Minuten war er aus dem Stadtverkehr heraus und fuhr auf dem Highway in nördlicher Richtung. Er hielt nur einmal kurz hinter Las Vegas an einem Supermarkt, um sich für ein paar Tage mit Lebensmitteln einzudecken, und fuhr dann ohne weitere Unterbrechung bis abends durch. Als er am Rande des Highways an einem Best Western Motel hielt, hatte er über 700 Meilen des Weges bereits hinter sich. Todmüde streifte er nur noch seine Kleidung ab und fiel kopfüber auf das Bett. Er erwachte am nächsten Vormittag vom Geschrei des Zimmermädchens, das nicht damit gerechnet hatte, in einem ihrer Zimmer einen nackten Mann im Bett zu erblicken.

Karen erwachte langsam vom Duft frischen Kaffees. Mit geschlossenen Augen drehte sie sich um und kuschelte sich noch einmal tiefer in die Kissen. Ihre Prellungen schmerzten zwar immer noch, aber in Clints weichem Bett konnte sie das fast vergessen. Er hatte zwar das Bettzeug gewechselt, aber irgendwie roch es immer noch nach ihm. Genießerisch rieb sie ihre Wange an dem Bezug. Als sie an Stelle von weichem Stoff auf warme Haut traf, riss sie die Augen auf. Clint blickte amüsiert auf sie hinunter. Zumindest glaubte sie das an dem Zucken seines Mundwinkels zu erkennen. Ihr fiel auf, dass sie ihn noch nie wirklich hatte lächeln sehen. Von lachen ganz zu schweigen. In seinen sherryfarbenen Augen war wieder die inzwischen vertraute Hitze zu sehen, die immer dann aufflackerte, wenn er sie länger anblickte.

Entschieden wandte Karen ihren Blick wieder seinem Mund zu, das war sicherer. »Lächelst du eigentlich nie?«

Selbst wenn Clint von ihrer Frage überrascht war, zeigte er es nicht. »Nein.« Gleichzeitig vertiefte sich die Aufwärtsbewegung seiner Mundwinkel, und um seine Augen bildeten sich Lachfältchen.

»Warum nicht?«

Er zuckte die Schultern. »Meistens lohnt es nicht den Aufwand. Außerdem gibt es nicht viel, worüber ich lächeln könnte.«

»Das ist schade.« Aber eigentlich war sie ganz froh, dass er nie lächelte. Sollte er es trotzdem einmal tun, wäre sie wahrscheinlich völlig verloren. Und das konnte sie sich nicht leisten. Jetzt nicht und auch nicht später. Ihre Wohnorte und Lebensweisen waren einfach zu weit entfernt. Das hatte sie gemerkt, als Clint sie gestern über die Ranch geführt hatte. Man spürte, wie sehr er das Landleben, die Tiere und die Landschaft liebte. Er würde sich in einer Stadt wie Washington bestimmt nicht wohl fühlen. Und sie hatte ihre Arbeit nun einmal dort. Entsetzt schüttelte sie ihren Kopf. Wie hatten ihre Gedanken so abwandern können? Es gab überhaupt keine Veranlassung, über so etwas überhaupt nachzudenken. Bis auf den einen, zugegebenermaßen fantastischen, jeden Rückhalt schmelzenden Kuss hatte er sie nur noch freundschaftlich berührt. Und bei dem Kuss war er sogar halb im Schlaf gewesen. Wie viel besser wäre es erst, wenn er wach war?

»Kaffee?« Clints Stimme riss sie aus ihren Träumereien.

Errötend setzte sie sich hastig auf. »Ja, vielen Dank.«

Er saß immer noch viel zu nah bei ihr auf der Bettkante, seine Hüfte an ihren Oberschenkel gepresst. Aber er konnte sich einfach nicht dazu aufraffen, ihre Nähe zu verlassen. Vor allem nicht, nachdem sie mit derart heißen Blicken über sein Gesicht gewandert war. Und schon gar nicht, seit sie sich aufgesetzt hatte. Sein altes T-Shirt, das sie als Nachthemd benutzte, weil sie keins dabeihatte, war ihr über die Schulter gerutscht. Beim Anblick der nackten, zarten Haut lief ihm das Wasser im Mund zusammen. Zu gerne würde er sich vorbeugen und an ihr knabbern … Entschieden riss Clint sich zusammen. Wenn er jetzt nicht an etwas anderes dachte, würde er auch in drei Stunden nicht aufstehen können, ohne dass Karen sah, in welchem Zustand er war.

Er räusperte sich. »Matt wird heute im Laufe des Tages eintreffen. Er wird hier ein paar Tage Urlaub machen und uns gleichzeitig über die Bruderschaft des Lichts informieren.« Er sah, wie Karen blass wurde. »Es ist immer besser, über seine Feinde so gut wie möglich informiert zu sein. Matt wird sich hier ebenfalls inkognito aufhalten. Er ist zahlender Gast einer Hütte unter dem Namen Matt Coleburn. Tu einfach so, als würdest du ihn nicht kennen, okay?«

Karen nickte.

Clint hob ihr Kinn mit einem Finger an. »Wir werden das schon schaffen.« Als Karens Hautfarbe weiterhin grau wirkte, strich er mit seinem Daumen über ihre Unterlippe. »Ich werde mich um dich kümmern.«

Als Karen den Mund öffnete, um ihm zu antworten, berührte ihre Zunge seinen Finger. Beide erstarrten. Ihre Blicke versanken ineinander. Wortlos nahm Clint ihr den Kaffeebecher aus der Hand und stellte ihn auf den Nachttisch. Karens Augen wurden riesig, als er immer näher rückte und sie gezwungen war, wieder in eine liegende Position zurückzukehren. Die Berührung seiner heißen Hand auf ihrer nackten Schulter entlockte ihr einen zischenden Laut. Ein Blick in seine lodernden Augen ließ sie wohlig erschauern. Scheinbar fand er sie auch begehrenswert, wenn er nicht schlief und wenn sie völlig zerschunden und mit schlafzerzausten Haaren, ungeschminkt und eher unvorteilhaft gekleidet vor ihm lag. Ihre Hände wanderten wie von selbst zu seiner Brust. Die Muskeln unter seinem einfachen Baumwollhemd zuckten bei ihrer Berührung. Plötzlich wollte sie unbedingt seine Haut spüren. Mit zitternden Fingern knöpfte sie die obersten Knöpfe seines Hemdes auf und schob ihre Hand hinein.

Als ihre kalten Finger auf seine heiße Haut trafen, überlief ihn ein Zittern, und er schloss kurz die Augen. Es fühlte sich einfach zu gut an. Karen strich über seine glatte Schulter, dann wanderten ihre Finger tiefer in den Ausschnitt. Seine angespannte Brustmuskulatur zeigte ihr, wie sehr er ihre Berührung genoss. Verträumt spielte sie mit dem Dreieck schwarzer Haare, das nach unten hin immer schmaler wurde und schließlich im Bund seiner Jeans verschwand. Ihre braunen Augen waren halb geschlossen, ihre Lippen in Erwartung eines Kusses durchblutet. Selbst wenn Clint gewollt hätte, hätte er ihr nicht widerstehen können. Er senkte seinen Mund auf ihren und strich sanft darüber. Ihre Hände strichen weiterhin über seine Brust, ihre Lippen öffneten sich zu einem Seufzer. Clint fuhr mit der Zunge den Umriss nach, dann knabberte er vorsichtig an ihrer vollen Unterlippe. Karen bewegte sich unruhig unter ihm, sie versuchte seinen Körper näher zu sich zu ziehen, doch Clint ließ das nicht zu. Er musste zumindest einen Rest von Kontrolle bewahren, sonst wären sie beide verloren. Karens Zunge berührte seine, lockte sie in ihre feuchte Mundhöhle. Clint war machtlos gegen die Gefühle, die sie in ihm weckte. Ihre Stärke drohte ihn zu überwältigen. Er vertiefte den Kuss, während seine Finger über ihre Schulter in den Ausschnitt des T-Shirts wanderten. Ihre weiche

Haut verlockte ihn, immer weiter vorzudringen. Mit den Fingerspitzen streichelte er bereits über ihren Brustansatz. Karen erschauerte, ihr Kuss wurde heftiger. Clint versuchte sich zurückzuziehen, doch es gelang ihm einfach nicht, sich von ihr zu lösen. Gierig plünderte er ihren Mund, seine Hand umschloss ihre Brust. Karen ihrerseits fuhr mit ihren Fingernägeln über seine Brustwarzen. Clint stöhnte auf. Wenn nicht gleich etwas passierte, würde er sich in ihr vergraben und nie wieder herauskommen.

Wie auf Befehl ertönte von der Hüttentür ein lautes Klopfen.

Clint hob den Kopf und blickte in Karens glasige Augen. Die Leidenschaft, die er darin sah, erschütterte ihn. Seufzend legte er seine Stirn an ihre. »Ich muss zur Tür gehen.«

Seine Worte drangen nur langsam in Karens benebeltes Gehirn. Oh Gott, was hatte sie getan? Sie hatte sich Clint ja förmlich an den Hals geschmissen! Abrupt zog sie ihre Hände aus seinem Hemd und wandte ihr Gesicht ab.

Clint richtete sich langsam auf, seinen Blick weiterhin auf ihr Gesicht gerichtet. »Ich denke, wir sollten uns unterhalten, sowie ich den Menschen an der Tür abgewimmelt habe.«

»Ich wüsste nicht, was wir zu besprechen hätten.«

Aus Clints Stimme sprach grimmige Entschlossenheit. »Ich schon.« Damit stand er endgültig auf, bemühte sich um einen bequemeren Sitz seiner engen Jeans und verließ lautlos das Zimmer.

Clint riss die Tür auf, gerade als Shannon noch einmal klopfen wollte. Sprachlos ließ sie die Hand sinken und blickte ihn mit offenem Mund an. Sie hatte ihren großen Bruder noch nie in einem solchen Zustand gesehen.

Seine Augen loderten, seine Haut war gerötet, genauso wie seine Lippen. Die Haare waren zerzaust, das Hemd war bis zum Bauchnabel aufgeknöpft und hing teilweise aus der Hose. »Was ist?«

Seine barsche Frage riss sie aus ihren Betrachtungen. Sie konnte ein Grinsen einfach nicht unterdrücken. »Störe ich?«

Seine Antwort bestand aus einem Knurren.

»Ich nehme an, das bedeutet ja. Tut mir wirklich Leid. Mom lässt fragen, ob ihr heute Mittag zum Essen kommt.«

Clint strich sich verlegen über die Haare. Er war froh, dass seine Mutter Shannon geschickt hatte und nicht etwa selbst gekommen war. »Nur im Familienkreis?« Shannon nickte. »Okay, dann kommen wir gerne.«

Shannon konnte sich ein letztes Sticheln nicht verkneifen. »Vielleicht solltest du dich dann aber vorher noch ein bisschen zurechtmachen ...« Damit drehte sie sich um und lief den Weg hinunter zu ihrer Hütte.

Clint schüttelte den Kopf. Manchmal waren kleine Schwestern wirklich kein Vergnügen. Langsam ging er in die Hütte zurück und schloss die Tür hinter sich. Wahrscheinlich würde die Aussprache mit Karen auch nicht wesentlich angenehmer verlaufen.

Als er ins Schlafzimmer zurückkam, war das Bett ordentlich gemacht und Karen nirgends zu sehen. Dafür drang aus dem Badezimmer das Geräusch der Dusche. Insgeheim erleichtert über den Aufschub, ging Clint mit Karens Kaffeebecher ins Wohnzimmer. Er schüttete den kalten Kaffee in das Spülbecken und lehnte sich dann mit der Hüfte gegen die Arbeitsplatte. Er hatte noch bei keiner Frau so die Kontrolle über sich verloren. Und dann auch noch bei einer verheirateten Frau. Gut, wahrscheinlich war sie das nicht mehr lange, nach dem, was ihr Mann getan hatte. Aber er vergriff sich prinzipiell nicht an den Frauen anderer Männer. Oder zumindest hatte er das bis heute nicht getan.

Nachdem Karen zur Strafe eiskalt geduscht hatte, zog sie widerwillig erneut ihre schreckliche neue Kleidung an. Sie musste dringend einkaufen gehen, überlegte sie, während sie sich die Haare kämmte. Allerdings wollte sie auch nicht unnötig ihr Versteck verlassen aus Angst, gesehen zu werden. Vielleicht hatte Clint eine Idee, wie sie zu neuer Kleidung kommen konnte, ohne aufzufallen.

Clint. Es war wunderschön gewesen, ihn zu küssen und zu berühren und natürlich von ihm geküsst und berührt zu werden. Noch nie in ihrem Leben war sie so von ihrer Leidenschaft überwältigt worden. Wenn es nicht an der Tür geklopft hätte, hätte sie ihn ohne zu zögern ins Bett gezogen und mit ihm geschlafen. Und das, obwohl sie ihn, wenn man es genau nahm, erst drei Tage kannte. Wahrscheinlich lag es auch daran, dass im Moment durch die ganzen Ereignisse gerade ein völliges Chaos in ihrem Leben herrschte und dadurch ihre Gefühle aufgewühlt waren. Oder sie versuchte sich unbewusst zu bestätigen, dass sie für einen anderen Mann begehrenswert war, auch wenn ihr eigener Ehemann sie lieber tot sehen wollte.

Tränen der Wut und des Verrats traten in ihre Augen. Wie konnte er nur! Entschlossen wischte sie die Tränen weg und straffte die Schultern. Sie würde sich von diesem Parasiten in Menschengestalt nicht unterkriegen lassen. Tief Luft holend, öffnete sie die Badezimmertür und begab sich auf die Suche nach Clint.

Im Wohnzimmer traf sie ihn dann tief in Gedanken versunken an. Sein Hemd stand immer noch weit offen und auch sonst sah er so aus, als hätte er gerade erst ihr Bett verlassen. Sofort breitete sich wieder Wärme in ihr aus. Er sah aber auch zum Anbeißen aus mit seinen zerzausten schwarzen Haaren, dem rot geküssten Mund und der muskulösen gebräunten Brust, die aus seinem offenen Hemd hervorblitzte.

»Wer war das?«

Verwirrt blickte er auf. Er hatte nicht bemerkt, dass Karen ins Zimmer gekommen war. Wahrscheinlich wurde er doch langsam alt. »Shannon. Meine Mutter lädt uns zum Mittagessen ein.«

»Ich weiß nicht …«

Clint unterbrach sie. »Ich habe zugesagt. Die Familie ist ganz unter sich.«

Karen sträubte sich. »Eben. Ich möchte nicht in deine Familie eindringen. Und schon gar nicht unter falschen Voraussetzungen.«

Clints Stimme wurde sanfter. »Das tust du nicht. Wir haben nur gesagt, dass du meine Freundin bist, und ich würde sagen, nach dem, was vorhin im Schlafzimmer passiert ist, ist das keine Lüge mehr.«

Karens Wangen röteten sich. »Du ...«

»Ich weiß, es wird nicht wieder vorkommen.«

Karen guckte ihn verdutzt an. »Nicht?«

»Nein. Es war nicht richtig von mir, deine jetzige Situation auszunutzen.«

Karen stotterte fast. »Aber ... Du hast mich ausgenutzt? Und ich dachte, ich hätte mich auf dich gestürzt. Da bin ich aber beruhigt.«

Clints Mundwinkel zuckte nach oben. »Sagen wir einfach, es war eine beiderseitige Angelegenheit, okay? Jedenfalls werde ich dich nicht mehr in der Art anfassen, solange wir deine momentane Situation nicht geklärt haben.« Als sie schwieg, wurde er unsicher. »Das ist es doch, was du willst, oder?«

Karen nickte langsam. »Das wird wohl am besten sein. Es wird dir wohl auch kaum Mühe bereiten, meinen wenigen Reizen zu widerstehen.« Sie spürte Clints durchdringenden Blick bis in die Zehenspitzen.

»Hast du eine Ahnung ...«

XVI

Paul Lombard war äußerst unglücklich. Schwitzend saß er in Agent Crantons kleinem Büro und bemühte sich, besorgt auszusehen. Das war er auch, aber mehr um seine eigene Sicherheit als um Karens Wohlergehen. Diese Schlampe hatte ihn ausgetrickst. Irgendwie musste sie herausgefunden haben, dass er hinter ihren »Unfällen« steckte. Er hatte ihrer Kollegin Gina auf dem Parkplatz aufgelauert und ihr den verzweifelten Ehemann vorgespielt. Anscheinend sogar überzeugend, denn sie hatte sich erweichen lassen und ihm erzählt, dass Karen sie angerufen und Urlaub genommen hatte. Und nach einigem Bohren hatte sie zögernd berichtet, dass Karen sie eindringlich gebeten hatte, ihm, Paul, nichts davon zu sagen. Außerdem hatte sie bei dem Telefonat Hintergrundgeräusche eines Flughafens gehört. Karen konnte also inzwischen überall sein, außer im Ausland, ihr Reisepass lag nämlich noch im Haus. Aber auch so gab es in den USA genügend Plätze, an denen sie sich verstecken konnte. Er hatte bereits sämtliche Verwandten, Bekannten und Freunde informiert und sie gebeten, sich sofort zu melden, sobald Karen auftauchte. Bisher hatte sie noch niemand gesehen.

Wo konnte sie nur abgeblieben sein? Mit den Fingern trommelte er nervös auf der Armlehne seines Stuhls. Er wusste nicht, ob es positiv oder negativ war, dass sich das FBI in der Sache ihres Verschwindens eingeschaltet hatte. Natürlich hatten sie bessere Möglichkeiten, sie zu finden, als er. Allerdings bezweifelte er, dass es gut für ihn wäre, wenn sie Karen finden und sich mit ihr unterhalten würden. Es musste ihm einfach gelingen, sie vorher zu erreichen und zu beseitigen. Warum stellte sich auch die Bruderschaft des Lichts so bescheuert an? Eigentlich sollte es sich bei ihr doch um die am besten organisierte Terrorgruppe Amerikas handeln. Bisher hatte er davon noch nicht so viel bemerkt. Sie hatten immer nur Informationen von ihm verlangt, aber ihren Teil der Vereinbarung nie gehalten. Seit vier Jahren wartete er jetzt schon darauf, endlich von Karen befreit zu werden. Aber es sah so aus, als müsste er sich auch darum selbst kümmern. Agent Crantons lautes Räuspern riss ihn aus seinen dunklen Gedanken.

»Es tut mir Leid, was haben Sie gesagt?«

Cranton betrachtete Paul Lombard durch zusammengekniffene Augen. Irgendetwas an diesem Typen behagte ihm gar nicht. Aber er konnte nicht seinen Finger drauflegen. Vielleicht war er ihm auch einfach nur unsympathisch. Achselzuckend schob er den Gedanken beiseite. Es war jetzt wichtiger, Dr. Lombard zu finden. Normalerweise wäre er bei dieser Sache gar nicht informiert worden, aber irgendetwas an der Art ihres Verschwindens stank zum Himmel. Es schien, als wäre sie freiwillig verschwunden, aber derart plötzlich und zu einem Zeitpunkt, an dem es äußerst verdächtig wirkte. Ihre Abteilung war gerade am Ende ihrer Arbeiten an einem neuen Waffensystem angekommen, erste Tests hatten ergeben, dass es äußerst leistungsfähig sein würde. Die Waffe war unter absoluter Geheimhaltung entwickelt worden, aber es schien, als wären Informationen darüber schon nach draußen gesickert. Sowohl im In- als auch im Ausland wurde verstärkt versucht, die Pläne und Codes zu bekommen, natürlich auf illegalem Wege. Und jetzt verschwand die Leiterin des Projekts spurlos. Nein, diese ganze Sache gefiel ihm gar nicht.

»Hatten Sie Streit mit Ihrer Frau?«

Paul lief rot an. »Nein! Wie kommen Sie denn auf die Idee? Wir führen eine vorbildliche Ehe, aufgebaut auf Respekt und Freundschaft.«

Cranton fand, Lombard protestierte etwas zu heftig. Es konnte durchaus sein, dass Karen Lombard einfach nur eine Auszeit von ihrem Mann genommen hatte. Was er persönlich auch verstehen konnte. »Ich versuche lediglich einen Grund dafür zu finden, dass Ihre Frau ohne ein Wort verschwunden ist. Möchten Sie nicht herausfinden, wo sie sich aufhält?«

Paul ließ sich zurücksinken. »Doch, natürlich. Deshalb bin ich ja auch hier.«

»Und wir wissen das zu schätzen. Sie haben sämtliche Verwandten und Freunde kontaktiert?«

Paul nickte. »Niemand hat sie gesehen. Sie scheint wie vom Erdboden verschluckt.«

»Amerika ist ein großes Land.«

Paul kam ein Gedanke. »Könnten Sie sie nicht über diesen Sender finden, wie beim letzten Mal?«

Cranton rieb sich über das Kinn. »Das haben wir bereits versucht. Der Sender hat uns nach St. Louis geführt. Genauer gesagt zum Flughafen. Wir haben ihn schließlich in der Kanalisation gefunden. Scheinbar hat Ihre Frau die Kette mit dem Sender dort entsorgt.« Was sie ebenfalls mehr als schuldig aussehen ließ.

»Verdammt!« Paul war erregt aufgesprungen. Seine Reaktion gab Agent Cranton kein gutes Gefühl. »Haben Sie herausgefunden, wohin sie von dort aus geflogen ist?«

»Wir arbeiten noch daran.«

»Geht das denn nicht schneller?«

Cranton blickte ihn mit hochgezogenen Augenbrauen an.

Paul merkte, dass er sich nicht klug verhielt, und versuchte den Schaden zu beheben. »Tut mir Leid. Ich möchte einfach nur wissen, wo Karen steckt.« Er ließ ein paar Tränen in seine Augen treten. »Meine Frau soll einfach bei mir zu Hause sein, wo sie hingehört.«

Dem Agenten war diese Zurschaustellung von Gefühlen peinlich. Er räusperte sich erneut und blickte Hilfe suchend zur Decke. »Wir werden sie finden. Es mag zwar vielleicht ein paar Tage dauern, aber wir werden sie finden.« Er öffnete die Tür des Raumes. »Ich hoffe, Sie stehen uns auch weiterhin zur Verfügung, sollten wir noch Fragen haben.« Er formulierte es als Tatsache, nicht als Frage.

Paul ging schnell zur Tür. »Natürlich. Sie informieren mich doch, wenn Sie eine Spur von ihr gefunden haben?«

»Aber sicher.«

Paul nickte und flüchtete aus dem Zimmer.

Agent Cranton blickte ihm mit gerunzelter Stirn hinterher. Irgendetwas war hier nicht so, wie es zu sein schien. Schulterzuckend kehrte er in sein Büro zurück. Er hatte im Moment wirklich andere Probleme, als sich um Paul Lombard zu kümmern.

Paul verließ auf schnellstem Wege das FBI-Gebäude. Es machte ihn einfach nervös, in einem Gebäude mit Hunderten von Agenten eingesperrt zu sein. Vor dem Gebäude blieb er erst einmal stehen und holte tief Luft. Er war für so etwas einfach nicht geschaffen. Er verfluchte den Tag, an dem er von der Bruderschaft des Lichts angesprochen worden war. Es war zwar wirklich sehr nett, ein geheimes Konto mit Tausenden von Dollars zu haben, aber dafür neun Jahre seines Lebens an eine hässliche, fette Frau zu verschwenden, die dachte, sie wäre etwas Besseres, nur weil sie studiert hatte und im Pentagon arbeitete, damit hatte er nicht gerechnet. Und jetzt diese ganze Aufregung, er war einfach nicht dafür geschaffen. Wenn die Situation nicht bald zu seiner Zufriedenheit gelöst wurde, würde er am Ende noch ein Magengeschwür bekommen. Und er hatte gehört, das konnte sehr schmerzhaft sein.

Warum hatte der Typ auch nicht besser zielen können, als er Karen vor die Bahn schubste? Wie konnte es für einen Profi so schwer sein, einen Menschen zu töten, ohne dass es wie Mord aussah? Er hätte es ja auch selbst getan, aber er konnte einfach kein Blut sehen. Außerdem hatte er sich immer möglichst weit entfernt aufgehalten, um für ein Alibi zu sorgen, sollte in dem Todesfall ermittelt werden. Doch das war ja nie nötig gewesen, da diese Deppen einfach unfähig waren. Vielleicht musste er jetzt doch seinen Abscheu überwinden und sich einen eigenen Plan ausdenken, wie er Karen beseitigen konnte. Und wenn er sie eigenhändig in einen Canyon stoßen musste. Oder ein kleiner Jagdunfall. Es würde ihm schon etwas Passendes einfallen, wenn er sie erst einmal gefunden hatte. Zuerst würde er aber die Bruderschaft kontaktieren und sie dazu drängen, ihre Kontakte in Regierungskreisen zu nutzen, um Karen ausfindig zu machen. Manchmal war die Gruppe ja ganz nützlich, vor allem durch die vielen Informanten in höheren Positionen.

Das Essen verlief sehr angenehm. Zu siebt saßen sie im Garten um einen langen Tisch herum, der mit allen möglichen Schüsseln und Platten übersät war. Die Haushälterin Martha hatte sich wirklich selbst übertroffen. Und da sie fast mit zur Familie gehörte, saßen sie und ihr Mann Joseph auch mit am Tisch. Neben Karen und Clint waren noch Shannon und ihre Eltern Angela und George versammelt. Sie hatten Karen sehr freundlich aufgenommen und die Erklärung, dass sie eine Freundin von Clint war, akzeptiert. Aber man konnte doch erkennen, dass sie noch einige Fragen hatten, die sie nur aus Höflichkeit nicht stellten. Karen schob ihre leere Eisschüssel auf den Tisch. Seufzend stellte sie fest, dass sie mal wieder viel zu viel gegessen hatte. So konnte sie nie ihre überflüssigen Pfunde verlieren, das war sicher. Sie bemerkte Clints intensiven Blick auf sich und sah auf.

»Hat es dir geschmeckt?«

Karen lächelte verlegen. »Ja. Wie man gesehen hat.«

Clints Mundwinkel zuckte. »Ich mag es, wenn Frauen ordentlich essen.«

Karen blickte ihn aufmerksam an und suchte nach einem Zeichen, dass er sich über sie lustig machte. Sie fand keines. »Dann bin ich wohl genau die Richtige für dich.« Sowie der Satz aus ihrem Mund war, riss sie die Augen auf. Sie hatte das nicht laut sagen wollen.

Die anderen am Tisch lachten. Clints Augen hatten sich verdunkelt, auch der zweite Mundwinkel begann zu zucken. Gleich würde er lächeln. Doch auch diesmal reichte es nicht. Was würde sie darum geben, ihn einmal richtig lächeln zu sehen.

»Wer weiß?«

Clints Erwiderung ließ sie auf seinen Mund starren. In jedem Detail erinnerte sie sich an seine Küsse, das Gefühl seiner Hände auf ihrer Haut, auf ihrer Brust. Eine heiße Röte stieg in ihr Gesicht und sie wandte sich abrupt ab.

Shannon beobachtete fasziniert das Zwischenspiel von Clint und Karen. Da sie ja nun schon lange kein eigenes Liebesleben hatte, musste sie die Anregungen für ihre Bücher aus ihren Beobachtungen nehmen. Und was sie bei ihrem Bruder und seiner Freundin sah, gab ihr einen schmerzhaften Stich. Warum konnte sie nicht jemanden kennen lernen, der sie so anblickte wie Clint Karen? Man konnte die Hitze, die zwischen ihnen entstand, förmlich spüren. Funken sprangen zwischen ihnen hin und her, alles andere war ihnen in diesem Moment egal. Shannon seufzte und wandte den Blick ab. Wie es Marc wohl ging? Abrupt setzte sie sich auf. Wie kam sie in diesem Moment auf ihren SEAL-Freund? Gut, er war im Moment der einzige Mann in ihrem Leben, aber bisher hatten sie nur ein wenig per E-Mail geflirtet, nichts Ernsthaftes.

Von der Auffahrt drang leises Motorengeräusch herauf.

Clint blickte dem Auto entgegen und stand auf, als er es erkannte. »Das wird der neue Gast sein. Bleibt ihr ruhig sitzen, ich kümmere mich darum.« Damit überquerte er die Rasenfläche und traf kurze Zeit später beim Besucherparkplatz ein. Matt hatte seinen knallroten Chevrolet bereits geparkt und war dabei, seine Reisetasche aus dem Kofferraum zu nehmen.

Clint schob die Hände in die Hosentaschen und betrachtete kopfschüttelnd das Auto. »Ich hatte eigentlich angenommen, du hättest dir inzwischen ein richtiges Auto gekauft.«

Matt grinste ihn an. »Das ist ein richtiges Auto, East. Und die Frauen lieben es!«

»Gehst du damit etwa immer noch auf Brautfang?«

Matt zuckte mit den Schultern. »Ein schönes Hobby. Solltest du auch mal probieren.«

Clint verzog den Mund. »Nein danke, ich habe auch so genug zu tun. Schön, dass du gekommen bist.«

Matt wurde ernst. »Ich wünschte bloß, es hätte einen anderen Hintergrund.«

»Ich auch, Mad, ich auch. Aber lass mich dir erst einmal deine Hütte zeigen, dort können wir unbeobachtet reden.« Mit einem unmerklichen Nicken seines Kopfes deutete er auf die Gruppe am Tisch. »Ein Familienessen.«

Matt lachte. »Mit Karen? Wie nett.«

Clint stieß seinen Ellbogen in Matts Rippen. »Halt dich zurück.«

Immer noch lachend, folgte Matt ihm zu den Holzhütten.

Clint öffnete die Tür und ließ Matt vorangehen. »Der Schlüssel steckt innen. Die Hütte ist mit kleinem Badezimmer und Kochnische ausgestattet. Bettwäsche und Handtücher sind auch vorhanden. Wenn du noch irgendetwas brauchst, kannst du dich an mich oder irgendeinen anderen aus meiner Familie wenden.«

Matt blickte aus dem kleinen Fenster. »Das ist Shannons Hütte, oder?«

Clint runzelte die Stirn. »Ja. Leider war dies die einzige leere Hütte, sonst hätte ich dir eine andere gegeben.«

Matt grinste. »Das habe ich mir schon gedacht. Aber weißt du, wir verstehen uns eigentlich recht gut ...«

»Der SEAL M. mit der Schriftstellerin Shannon. Sonst kennt ihr euch doch gar nicht.«

»Also weißt du ... wir haben uns nicht nur über die Arbeit eines SEALs unterhalten.«

Clint blickte ihn grimmig an. »Denk dran, du bist hier nicht der SEAL Matt Colter, sondern Matt Coleburn. Hast du dir schon ein Cover überlegt?«

»Wie findest du Versicherungsvertreter?«

Diesmal musste Clint doch grinsen. »Klingt spannend. Ich denke, damit wird Shannon kein weiteres Interesse an dir zeigen.«

Matt blickte ihn seltsam an. »Glaubst du?«

Clint entschied, dass er sich den Unterton in Matts Stimme nur eingebildet hatte. »Ja. Sie interessiert sich für SEALs und andere heldenhafte Männer, nicht für Schuhverkäufer oder Versicherungsvertreter.«

»Hey, Schuhverkäufer ist auch keine schlechte Idee!«

Clint schüttelte den Kopf. »Das wäre wohl doch etwas zu auffällig. Ich habe noch keinen Schuhverkäufer gesehen, der so aussah wie du.« Er nahm Matts Shorts, sein buntes Hawaiihemd und die Turnschuhe zur Kenntnis. Zusammen mit seinem überaus muskulösen Oberkörper, den im Nacken zum Zopf gebundenen hellbraunen Haaren und der langen Narbe im Gesicht wirkte die Aufmachung sehr merkwürdig. »Allerdings auch noch keinen Versicherungsverkäufer in dieser Ausstattung. Meinst du nicht, dass du etwas übertrieben hast?«

Matts Grinsen ließ seine Narbe stärker hervortreten. »Nein. Es ging ja darum, dass ich so lächerlich aussehe, dass Shannon, oder irgendwer anders, mich niemals für einen SEAL halten würde. Und ich denke, das wird mir gelingen.«

Belustigt schüttelte Clint den Kopf. »Da könntest du Recht haben.«

»Ich weiß, das habe ich immer.«

Clint lachte. »Es ist wirklich schön, dich wiederzusehen.«

»Dito.«

»Ich muss dann jetzt zu meiner Familie zurück, sonst werden sie noch misstrauisch. Mach du es dir hier schon mal bequem, ich komme dann später mit Karen noch einmal wieder.«

Matt gähnte. »In Ordnung. Ich denke, ich werde noch eine Runde schlafen. Das Zimmermädchen heute Morgen hat mich wirklich geschafft.«

»Ich frage jetzt lieber nicht, was du damit meinst. Bis nachher!«

»Hey, es war ganz unschuldig!«

»Sicher.« Lachend trat Clint aus der Hütte.

XVII

Karen blickte sich unruhig um. Wo blieb Clint bloß? Sie hatte gar nicht gemerkt, wie sicher sie sich in seiner Gegenwart fühlte. Zumindest nicht, bis er sie im Schoß seiner Familie allein gelassen hatte. Ihr war klar, dass ihr hier keinerlei Gefahr drohte, trotzdem wünschte sie sich, er würde endlich wiederkommen. Sie hatte in dem Gast Matt erkannt, auch wenn sein schreiend buntes Hemd sie etwas aus der Bahn geworfen hatte. Wenn er unter einer Tarnung verstand, mit seiner Kleidung auf sich aufmerksam zu machen, dann konnten sie sich sicher noch auf einiges gefasst machen. Ein Lächeln huschte über ihr Gesicht.

»Wie haben Sie und Clint sich eigentlich kennen gelernt?«

Vor Schreck hätte sie beinahe ihr Glas fallen gelassen. Sie hätten sich wirklich vorher gemeinsam eine Geschichte überlegen sollen. »Ich habe ihn während seiner Zeit in Kalifornien kennen gelernt. Ich war gerade im Urlaub, als er mir über den Weg lief.«

Clints Mutter Angela lächelte sie an. »Dann war es ja Glück, das euch zusammengeführt hat.«

Karen verzog den Mund. »So kann man es auch nennen.«

George schaltete sich ein. »Wo kommen Sie ursprünglich her?«

»Aus einem kleinen Ort namens Apache in Oklahoma. Ich bin dann ziemlich bald an die Ostküste geflüchtet.« Sie hoffte, die Fragestunde wäre bald vorbei. Wo war

Clint? Sie wusste, Clints Eltern meinten es nicht böse, aber je mehr Fragen sie stellten, desto unwohler wurde ihr. Sie hasste Lügen.

»Möchten Sie ein Gästezimmer im Haus haben? Wenn wir gewusst hätten, dass Sie kommen, wäre natürlich etwas vorbereitet gewesen.«

Stumm blickte Karen Angela an. Sie wusste wirklich nicht, was sie darauf antworten sollte. Die Schlafsituation in Clints Hütte war wirklich nicht ideal, aber andererseits mochte sie auch nicht allzu weit von ihm entfernt sein. Sie öffnete den Mund, um das Angebot abzulehnen.

»Das wird nicht nötig sein. Karen bleibt bei mir.«

Ruckartig drehte sie sich um. Clint stand hinter ihr und legte seine Hand auf ihre Schulter. Seine Geste wirkte sehr besitzergreifend, was wahrscheinlich auch so von ihm beabsichtigt war.

Da Karen vor seiner Familie keine Szene veranstalten wollte, nickte sie nur zähneknirschend. »Danke für das Angebot.«

Angela zog eine Augenbraue hoch. Clint zeigte das erste Mal in 36 Jahren öffentlich gegenüber einer Frau mehr als nur eine oberflächliche Zuneigung. Seine Familie natürlich ausgenommen. Sie hatte sich bisher noch kein abschließendes Urteil über Karen gebildet, aber was sie bis jetzt gesehen hatte, gefiel ihr. Sie war nicht eines von diesen ultraschlanken, dummen Püppchen, die ihr jüngster Sohn Jay hin und wieder mitbrachte. Sie seufzte. Hoffentlich erlebte sie es noch, dass alle ihre Kinder Familien gründeten und sesshaft wurden. Ein paar Enkelkindern gegenüber war sie auch nicht abgeneigt. Aber das würde wahrscheinlich noch einige Zeit dauern. Bisher war ihr Sohn Shane der Einzige, der eine ernsthafte Bindung eingegangen war. Er hatte sich mit seiner Lebensgefährtin Autumn ein kleines, gemütliches Haus in Moab am Rande des Arches National Park gemietet, wo sie beide als Ranger arbeiteten. Sie schienen überaus glücklich zu sein, aber eine Hochzeit und Kinder waren noch in weiter Ferne. Vielleicht konnten ja Clint und Karen … Sie schüttelte den Kopf. Sie hatte es schon lange aufgegeben, das Leben ihrer Kinder planen zu wollen. Es kam sowieso immer anders, als man dachte.

Lächelnd blickte sie ihren Mann George an. Bei ihnen war es damals genauso gewesen. George nahm ihre Hand und drückte einen Kuss darauf. Wie immer, hatte er genau ihre Gedanken gelesen. Das tat er jetzt schon seit über 37 Jahren, aber es war für sie immer wieder ein Wunder. Sie hatte wirklich Glück gehabt in ihrem Leben. Ein wunderbarer, immer noch äußerst attraktiver Mann, sechs gut geratene Kinder und eine lukrative Ranch in einem der schönsten Landstriche dieser Welt. Das Gleiche wünschte sie auch ihren Kindern. Angela war aber auch schlau genug, sich nicht in das Leben ihrer Kinder einzumischen. Sie mussten ihr Glück alleine finden.

Als Matt Stunden später aufwachte, fand er auf seinem Nachttisch einen Zettel von Clint vor. Der Kerl konnte sich immer noch leiser anschleichen als jeder andere, den er kannte. Normalerweise hatte er einen so leichten Schlaf, dass er auch das kleinste Geräusch wahrnahm. Entweder war er doch kaputter, als er gedacht hatte, oder er verlor langsam seinen Biss. Kein angenehmer Gedanke bei seinem Beruf. Eine Grimasse ziehend schwang er seine Beine aus dem Bett. Sein verschwommener Blick ruhte auf dem Zettel.

Hallo Dornröschen,
ich wollte dich nicht aus deinem Schönheitsschlaf wecken.
Bin mit Karen auf der Ranch unterwegs.
Wir kommen dann heute Abend zu deiner Hütte, okay?
East

Grinsend zerknüllte Matt das Blatt. Es schien, als wäre Clint in wirklich guter Stimmung. Nach Ghosts Tod und seinem Ausscheiden aus der Navy hatte er sich ganz zurückgezogen und niemanden mehr richtig an sich herangelassen. Doch scheinbar war er jetzt, nach vier Jahren, wieder in der Lage, seine Gefühle ein wenig nach außen dringen zu lassen. Gut so, denn er hatte den alten Clint wirklich vermisst. Und wie er sich um Karen kümmerte, wirklich rührend.

Immer noch vor sich hin lachend, zog Matt wenig später die Hüttentür hinter sich zu. Er war bereit für eine erste Erkundungstour über die Ranch. Er hatte zwar schon einige Ranches gesehen, aber er war noch nie wirklich mittendrin gewesen. Bisher hatte er sein ganzes Leben lang immer irgendwo am Wasser gewohnt. Hier, zwischen Wäldern, Bergen und Rindern, fühlte er sich etwas fern seines Elements. Aber ein SEAL fand sich schließlich überall zurecht, oder etwa nicht? Entschlossen ging er auf die umzäunte Weide zu, auf der einige Pferde grasten. Von dem friedlichen Bild angelockt, ließ er seine Arme über den obersten Balken des Holzzaunes baumeln und stützte einen Fuß auf dem untersten Balken ab. Der Wind strich durch seine Haare, während er die Tiere beobachtete.

Kurze Zeit später wurde auf der zum Stall liegenden Seite eine Pforte geöffnet. Eine zierliche Reiterin lenkte ihr Pferd auf die Weide, lehnte sich dann gefährlich weit zur Seite und schloss das Tor wieder hinter sich. Mit einer fließenden Bewegung richtete sie sich wieder auf und trieb das Pferd dann mit einem Schenkeldruck in die Mitte der Wiese. Matt kniff die Augen zusammen. Sie war zu weit weg, um sie richtig erkennen zu können, aber es konnte durchaus Shannon sein. Ihre langen, lockigen Haare hatten den gleichen rotbraunen Ton wie das Fell des Pferdes unter ihr. Das Foto auf ihrer Homepage sah der Reiterin zumindest ziemlich ähnlich. Wenn die Frauen ihrer Familie nicht alle gleich aussahen, musste es sich bei ihr um Shannon handeln. Ein Lächeln breitete sich auf seinem Gesicht aus, als er zusah, wie sie sich behände vom Pferd schwang. Es war merkwürdig, dieses Bild mit der Frau in Verbindung zu bringen, mit der er in den letzten Wochen Mails ausgetauscht hatte. Sein Herz begann schneller zu schlagen. Er konnte es kaum erwarten, sie von nahem zu sehen, in Fleisch und Blut. Die Frau auf der Weide streichelte ein letztes Mal über die Nüstern des Pferdes und wandte sich dann dem Tor zu.

Auf halbem Wege erblickte sie den Mann, der am Zaun lehnte und sie beobachtete. Nach einem kurzen Zögern ging sie auf ihn zu. Es schadete nie, zu den Gästen der Ranch freundlich zu sein, schließlich zahlten sie ja dafür. Als sie nah genug heran war, um ihn deutlicher zu sehen, hätte sie beinahe kehrtgemacht. Von weitem wirkte er wesentlich harmloser als von nahem. Seine halblangen hellbraunen Haare waren im Nacken zu einem Zopf zusammengebunden, eine lange Narbe durchzog vom Wangenknochen bis zum Kinn sein Gesicht. Sein freundliches Lächeln konnte nicht über das Blitzen in seinen graublauen Augen hinwegtäuschen. Für seinen Körper hätte er eigentlich einen Waffenschein beantragen müssen. Sein Oberkörper sah aus, als würde er regelmäßig in ein Fitnessstudio gehen. Auch seine Beine waren, durch die kurzen Shorts sehr gut sichtbar, überaus muskulös. Direkt vor ihm stehend, bemerkte sie, dass er auch bestimmt dreißig Zentimeter größer war als sie. Sie kam sich direkt zwergenhaft in seiner Gesellschaft vor.

»Hi, reiten Sie immer ohne Sattel?« Seine sanfte, tiefe Stimme verursachte ein Vibrieren in ihrem Magen.

»Hallo. Normalerweise reite ich mit Sattel, aber ich hatte heute keine Lust, Flower für den kurzen Weg extra einen Sattel anzulegen. Sind Sie der neue Gast?« Sie begann über den Zaun zu klettern. Als sie auf der anderen Seite herunterspringen wollte, reichte ihr der Mann seine schwielige Hand. Zögernd ergriff sie sie und sprang schnell herunter.

»Matt Coleburn.« Sein Lächeln wirkte belustigt.

»Shannon Hunter. Ich wünsche Ihnen hier einen angenehmen Aufenthalt. Wie lange werden Sie bleiben?«

»Leider nur zehn Tage, dann muss ich weiterfahren. Beruflich.«

Nun wurde sie neugierig. »Ich hoffe, ich bin nicht zu aufdringlich, aber was machen Sie beruflich?«

Matt grinste. »Aber nein. Ich bin Versicherungsvertreter.«

Ungewollt entfuhr Shannon ein Lachen. Sie errötete. »Tut mir Leid. Ich lache nicht über Sie. Sie wirken nur so gar nicht wie ein ... Versicherungsvertreter.«

Matts Grinsen wurde breiter. »Das habe ich schon öfter gehört. Aber kennen Sie überhaupt einen Versicherungsvertreter?«

»Nun, nein. Aber so ...«, mit der Hand wedelte sie in Richtung seines Körpers, »... stelle ich ihn mir nicht unbedingt vor.«

Matt lachte. »Ausgleichssport.«

»Verstehe.« Shannon wurde erst jetzt bewusst, dass Matt immer noch ihre rechte Hand umfasst hielt. Hastig riss sie sie los. Fieberhaft suchte sie nach einem unverfänglichen Thema. »Wollen Sie reiten? Dann lasse ich Ihnen ein Pferd satteln.«

»Nein, danke. Ich gucke Pferde lieber aus sicherer Entfernung an.«

»Sie können nicht reiten?«

»Nein.«

»Sie sollten es wirklich einmal ausprobieren. Es gibt nichts Schöneres, als auf einem Pferderücken hier durch die Gegend zu reiten.«

»Ich weiß nicht.« Zweifelnd betrachtete er die friedlich grasenden Tiere. Dann kam ihm die Erleuchtung. »Wenn Sie sich natürlich bereit fänden, mir das Reiten beizubringen ...«

Shannon war sich der Falle bewusst, doch ihr fiel so schnell nicht ein, wie sie da wieder herauskommen konnte. »Wir haben hier einige qualifizierte Leute auf der Ranch, die Ihnen bestimmt besser als ich das Reiten beibringen könnten.«

Matt schüttelte schon den Kopf. »Nein, wenn ich schon im Staub liege, möchte ich dabei wenigstens etwas Nettes anzuschauen haben.« Dabei blickte er sie viel sagend an.

Shannon errötete. »Nun ja ...«

Matt blickte sie flehend an. »Geben Sie sich einen Ruck. Stellen Sie sich vor, wie viel Sie zu lachen haben werden.«

Shannon musste lächeln. »Das ist natürlich ein Anreiz. In Ordnung, ich werde versuchen, etwas Zeit für Sie in meinen vollen Terminplan zu quetschen.«

»Was tun Sie denn hier so? Ställe ausmisten, Gäste bei Laune halten, Rinder kastrieren?«

Shannon lachte. »Bedaure, alles falsch. Eigentlich mache ich hier einen Arbeitsurlaub. Ich bin Schriftstellerin und versuche gerade mein neuestes Buch auf die Beine zu stellen.«

Matts Lächeln verschwand. »Ich verstehe. Dann sollten wir die Reitstunden besser ausfallen lassen. Ich möchte Sie nicht bei Ihrer Arbeit stören.«

Shannon grinste. »Keine Chance. Jetzt will ich auch sehen, wie Sie aus dem Sattel fliegen.«

Matt stöhnte gespielt auf. »Oh Gott, was habe ich mir nur dabei gedacht.« Hoffnungsvoll blickte er sie an. »Könnte ich Sie nicht stattdessen lieber zum Essen einladen?«

»Nein. Sie können mit mir reiten oder mit jemand anderem essen gehen. Ihre Wahl.«

»Die ist dann ja nicht besonders schwer. Wann haben Sie Zeit?«

Etwas überrascht blickte Shannon ihn an. Sie hätte gedacht, er würde die Gelegenheit ergreifen und sich vor dem Reiten drücken. So konnte man sich täuschen.

Sein intensiver Blick bohrte sich in ihre Augen. »Nun?«

»Nun was?«

Ein Lächeln breitete sich auf Matts Gesicht aus. Shannon beobachtete fasziniert, wie seine Augen sich von stürmischem Grau zu strahlendem Blau wandelten. Lachfältchen bildeten sich, während die Narbe stärker in seinem gebräunten Gesicht hervortrat. Sie fragte sich, wie er wohl an eine solche Verletzung gekommen war. In seinem Beruf als Versicherungsvertreter wohl kaum.

Matt beobachtete Shannons Reaktion, während sie wie gebannt auf sein Gesicht blickte. Was sie dort wohl so Faszinierendes sah? Viele Leute starrten auf seine Narbe, aber eher mit Abscheu. Shannon dagegen sah aus, als wollte sie mit den Fingern darüber streichen und ihm den Schmerz nehmen. »Wann geben Sie mir die erste Reitstunde?«

Ihr Blick klärte sich. »Ach so. Wie wäre es mit morgen früh?«

Wie wäre es mit heute Nacht? Aber Matt sprach seinen Gedanken nicht laut aus. Zumindest noch nicht. Aber er hatte ja zehn Tage Zeit, Shannon näher kennen zu lernen. Da konnte noch viel passieren. So lächelte er nur freundlich und ließ sich seine wahren Gefühle nicht anmerken. »In Ordnung. Kann ich Sie irgendwo abholen?«

»Am besten treffen wir uns einfach am Stall. Gegen neun Uhr, okay?«

Matt konnte es nicht lassen, noch einmal ihre Hand zu berühren. Sanft strichen seine rauen Finger darüber. »Gut. Ich freue mich schon, Sie wiederzusehen.«

Schweigend betrachtete sie ihn und beschloss dann, seinen Kommentar zu ignorieren. »Bis morgen.« Damit wandte sie sich ab und ließ ihn am Zaun stehen.

Er blickte sehnsüchtig ihrem knackigen Hinterteil und den schwingenden rotbraunen Locken hinterher. Was gäbe er darum, das alles berühren zu dürfen.

Seufzend wandte er sich wieder den Pferden zu. »Ich hoffe, ihr nehmt morgen ein bisschen Rücksicht. Meine Knochen sind auch nicht mehr die jüngsten.« Wie als Antwort wieherte das ihm am nächsten stehende Pferd. Es hörte sich fast an, als würde es ihn auslachen.

XVIII

Clint klopfte leise an Matts Hüttentür. Wenn es ging, wollte er vermeiden, dass Shannon in der Hütte nebenan mitbekam, wie Karen und er mit Matt sprachen. Er blickte auf Karen hinunter, die nervös neben ihm von einem Bein auf das andere trat. Beruhigend legte er seine große Hand auf ihre Schulter. Mit einem wackeligen Lächeln sah sie zu ihm auf. Die Tür öffnete sich. Matt hatte darauf geachtet, vorher sämtliche Lichter zu löschen und die Vorhänge zuzuziehen, damit nicht irgendein neugieriger Mensch zur Kenntnis nahm, was in der Hütte passierte. Shannon hatte wirklich eine wunderbare Aussicht in sein Wohnzimmer, hatte er vorhin zu seinem Vergnügen bemerkt. Er selbst hatte nämlich denselben Blick aus seinem Fenster in ihre Hütte. Er konnte sich nicht entscheiden, ob das positiv oder negativ war. Wahrscheinlich würde er furchtbar leiden, wenn er sie mehr oder weniger bekleidet in ihrer privaten Umgebung sah, aber andererseits war er auch kein Mensch, der einem geschenkten Gaul ins Maul schaute.

Nach einem letzten vorsichtigen Blick in die Umgebung schob er seine Gäste vor sich her in die Hütte. »Nehmt Platz. Kann ich euch etwas anbieten? Wasser, Wein, Whiskey?«

Clint grunzte. »Du bist hier aber schon bemerkenswert gut ausgestattet.«

Matt grinste. »Was willst du? Ich habe schließlich Urlaub.«

Amüsiert erinnerte sich Clint an frühere Zeiten. Matt war immer ein Mann für Wein, Weib und Gesang gewesen.

Sie hatten so manche Nacht in den Kneipen rund um Coronado verbracht. Clint eigentlich eher, um dafür zu sorgen, dass seine Männer auch einsatzbereit blieben und es nicht übertrieben. Er fragte sich, ob sich das mit Matt als kommandierendem Offizier geändert hatte oder ob er seinem früheren Lebensstil treu geblieben war.

Achselzuckend wandte er sich den weitaus wichtigeren Problemen zu. »Für mich nichts. Du?« Fragend blickte er Karen an.

»Vielleicht etwas Wasser. Danke.«

Matt verzog das Gesicht, goss aber das gewünschte Getränk ein und stellte es vor sie auf den kleinen Glastisch. Dann ließ er sich in dem gegenüberliegenden Sessel nieder.

Clint saß in einiger Entfernung zu Karen auf dem Sofa, die Arme auf die Knie gestützt, die Hände locker baumelnd. »Was hast du herausgefunden?«

Matt wurde schlagartig ernst. »Um es kurz zu machen: Die Bruderschaft des Lichts ist eine sehr gefährliche, wenn nicht sogar die gefährlichste amerikanische Terrorgruppe. Sie sind völlig fanatisch in ihrem Hass auf die Regierung in diesem Land, gleichzeitig aber so geschickt, sich nie bei irgendwelchen Straftaten erwischen zu lassen. Es wird vermutet, dass sie in Zusammenhang mit dem Mann standen, der das Attentat in Oklahoma City begangen hat. Welches übrigens laut dem Täter eine Vergeltung für den Tod der Koresh-Anhänger sein sollte. Und es geht ebenfalls im Internet das Gerücht um, dass sie mit der Al-Kaida-Organisation in Verbindung stehen und bei dem Attentat auf das World Trade Center geholfen haben. Alles natürlich nicht bewiesen. FBI und andere Regierungsorganisationen sind der Gruppe schon länger auf den Fersen, aber bisher haben sie keine handfesten Beweise gefunden.«

Karen war ganz blass geworden. Ihre Finger gruben sich in die Polster der Couch. Was hatte Paul mit einer solchen Gruppe zu tun? Es gab eigentlich nur einen

Grund, warum die Bruderschaft des Lichts an ihr interessiert sein könnte: ihre Arbeit als Waffenexpertin für die Regierung. Doch was wollten sie erreichen, indem sie Paul halfen, sie zu töten?

Clint löste ihre verkrampften Finger aus dem Stoff und hielt sie locker zwischen seinen Händen. Merkwürdig getröstet wandte sie sich ihm zu. Seine Augen waren zu schmalen Schlitzen verengt, seine Gesichtszüge wie aus Stein gemeißelt. In diesem Moment war sie wirklich froh, dass er ihr Freund und nicht ihr Feind war.

»Hat I-Mac irgendetwas gefunden, was mit neuen Waffensystemen und der Bruderschaft in Verbindung steht?« Clint schien ihre Gedanken erraten zu haben.

»Das nicht direkt. Aber auf ihrer Homepage kündigen sie einen ganz großen Schlag an, größer als die Anschläge auf das WTC vom letzten September. Wortwörtlich stand dort: ›Wir werden die Regierung dieses Landes mit ihren eigenen Waffen schlagen.‹« Ernst blickte er Karen an. »Gibt es irgendetwas, das wir wissen sollten?«

Clint richtete sich abrupt auf. »Jetzt hör mal zu …«

Matt unterbrach ihn. »Mir gefällt das Ganze auch nicht. Aber wir müssen genau wissen, woran wir sind, wenn wir diese Bastarde bekämpfen wollen. Und Karen scheint nun mal irgendwie da mit drinzuhängen. Ich sage nicht, dass sie sich etwas zuschulden kommen lassen hat, aber es scheint, als wäre sie von ihrem Mann benutzt worden. Werden Sie uns helfen?«

Karen nickte. Clints augenblickliche Verteidigung hatte sie gewärmt. »Ich werde es versuchen. Aber eigentlich weiß ich nicht mehr, als ich bereits erzählt habe. Bevor ich das Gespräch belauschte, habe ich nie den Namen Bruderschaft des Lichts gehört oder gelesen. Zumindest nicht bei uns im Haus. Ich hätte mir auch nicht in meinen kühnsten Träumen vorgestellt, dass Paul mit einer Terroristengruppe in Verbindung stehen könnte. Mir kam er immer vor wie ein einfacher ... nun ja, Buchhalter. Das Einzige, was mich je an ihm wirklich gestört hat, war sein Hang, zu viel Geld auszugeben. Wenn ich es zugelassen hätte, hätten wir weit über unsere Verhältnisse gelebt.« Sie zuckte mit ihrer unverletzten Schulter. »Das war im Prinzip auch unser einziger Streitpunkt.«

»Haben Sie ihm je etwas von Ihrer Arbeit erzählt?«

»Er wusste, dass ich für die Regierung Waffensysteme entwickle, aber weiter hat er sich nie dafür interessiert. Und selbst wenn, hätte ich ihm nicht mehr erzählt. Ich habe auch keine Unterlagen mit nach Hause genommen. Sensible Daten habe ich immer im Safe im Pentagon aufbewahrt. Wie ihr ja sicher wisst, kommt da kein Unbefugter hinein.«

Matt strich sich über sein stoppeliges Kinn. »Aber wie sollten sie sonst an Daten über von der Regierung entwickelte Waffen gekommen sein? Natürlich könnte es auch sein, dass die Mordversuche überhaupt nichts mit den Plänen der Terroristen zu tun haben. Oder sie haben sich jetzt vorgenommen, wichtige Regierungsangestellte zu eliminieren.«

Karen wurde noch bleicher. »Ein tröstlicher Gedanke.«

Matt lächelte entschuldigend. »Tut mir Leid. Ich versuche nur gerade, eine Verbindung zwischen Ihnen, Ihrem Mann ...«

»Baldigen Exmann und Häftling.«

»... und der Bruderschaft des Lichts zu finden, die einen Sinn ergibt.«

Clint konnte ein befriedigtes Funkeln in seinen Augen nicht ganz unterdrücken. Wenn sie diese ganze Geschichte unbeschadet überstanden, und er hatte vor, das zu tun, dann wäre Karen bald frei für ihn. Er wusste nicht, wie sie das sah, aber es interessierte ihn, wohin ihre Beziehung wohl führte. Doch im Moment hatten sie andere Sorgen. »Wenn jemand eine Verbindung zwischen Paul Lombard und der Bruderschaft finden kann, dann ist es I-Mac. Meinst du, er wäre bereit, ein paar Nachforschungen für uns zu betreiben?«

»Sicher. Und wenn er weiß, dass die Information für dich bestimmt ist, wird er sich sogar beeilen. Ich werde ihn heute Abend noch anrufen.«

Clint nickte dankbar. Er hätte I-Mac zwar auch selbst fragen können, aber dann hätte er ihn um einen persönlichen Gefallen bitten müssen und das war ihm unangenehm, nachdem er sein Team vor vier Jahren im Stich gelassen hatte. »Danke. Ich denke, wenn da eine Verbindung besteht, dann ist garantiert auch Geld geflossen. Hattet ihr ein gemeinsames Konto?« Seine Frage schreckte Karen aus ihren Gedanken.

»Ja.«

»Hast du da je auffällige Einzahlungen gesehen?«

Karen schüttelte langsam den Kopf. »Nichts, was mir aufgefallen wäre.«

»Dann hat er vielleicht irgendwo ein geheimes Konto. Vielleicht haben wir Glück und I-Mac findet etwas Nützliches. Obwohl das natürlich fast wie die Suche nach der Stecknadel im Heuhaufen ist. Wer weiß, unter welchem Namen er ein Konto anlegen würde, wenn er nicht will, dass es jemand findet? Vielleicht kannst du uns eine Liste machen mit sämtlichen Namen von Verwandten und Freunden, die er benutzt haben könnte.«

Mit zusammengepressten Lippen nickte Karen. »Ich versuch's.«

»Als Sie hierher gekommen sind, haben Sie da irgendwann eine Kreditkarte oder etwas Ähnliches benutzt?«

»Nein. Allerdings musste ich am Flughafen meinen Personalausweis vorlegen. Bei dem Flug nach West Yellowstone genauso. Mein Name taucht also garantiert in irgendwelchen Unterlagen auf. Die Regierung wird mich wahrscheinlich sehr schnell finden. Und vermutlich werden sie dann auch Paul verständigen.«

»Mist. Dann werden wir wohl in ein paar Tagen Besuch bekommen. Clint, ich habe ein paar Spielzeuge mitgebracht, ich denke, die sollten wir uns nachher mal anschauen.« Plötzlich kam ihm ein Gedanke. »Karen, tragen Sie eigentlich noch den Sender bei sich?«

»Nein, den habe ich in St. Louis auf dem Flughafen in der Kanalisation versenkt.«

»Schade. Sonst hätten wir ihn einfach irgendwelchen Gästen mit ins Gepäck geschmuggelt und sie hätten die Ermittler in die Irre geführt.« Sein Lächeln war grimmig. »Egal, sollten irgendwelche FBI-Leute hier eintreffen, können wir mit ihnen reden. Viel mehr Sorgen mache ich mir um die Fanatiker.«

»Wer nicht?« Clint erhob sich und hielt Karen seine Hand hin. »Wir sollten jetzt lieber früh schlafen gehen, wer weiß, wann wir wieder dazu kommen.«

Matt beobachtete mit hochgezogenen Augenbrauen, wie Karen schweigend aufstand und hinter Clint zur Tür ging. Wer würde an Schlaf denken, wenn eine solche Frau in derselben Hütte übernachtete? Er bemühte sich nicht, sein Grinsen zu verbergen, und erhielt dafür von seinem Freund einen finsteren Blick.

Karen bekam von dem Zwischenspiel nichts mit, dafür war sie zu sehr von ihren Gedanken in Anspruch genommen. Sie war froh, als Matt wieder die Lichter ausmachte, bevor sie hinausgingen. Im Dunkeln kam sie sich irgendwie weniger verletzlich vor. Fast als wäre sie unsichtbar und niemand könnte sie finden. Natürlich entsprach das nicht der Wahrheit, aber sie konnte es sich immerhin einbilden. Und wie immer gab Clints Anwesenheit ihr ein Gefühl der Sicherheit. Er hielt immer noch ihre Hand, während sie dem schmalen Kiesweg zu seiner Hütte folgten. Karen genoss es, sich an ihm festhalten zu können, während sie durch die Dunkelheit gingen. Paul hatte schon kurz nach ihrer Hochzeit aufgehört, ihre Hand oder sonst etwas zu halten. Damals hatte sie es einfach für ein Zeichen von Gewöhnung gehalten, jetzt fragte sie sich, ob er überhaupt jemals etwas für sie empfunden hatte – etwas anderes als Gleichgültigkeit oder Hass. Wütend drängte sie die drohenden Tränen zurück. Auf keinen Fall würde sie wegen ihres Schweins von Ehemann anfangen zu weinen. Eigentlich war es auch nicht der Verlust von Paul, der ihr so wehtat, sondern das Ende ihrer Illusionen von einer guten Ehe. Wie hatte sie sich so in ihm täuschen können? Entweder war er ein wirklich begnadeter Schauspieler oder sie war tatsächlich so auf sich selbst fixiert, wie er ihr das manchmal vorgeworfen hatte. So ganz konnte sie den Gedanken nicht von sich weisen. Sie war immer einfach ihren Weg gegangen, ohne viel nach links und rechts zu gucken. Vielleicht hatte sie Paul wirklich das Gefühl gegeben, nichts wert zu sein. Natürlich war das noch lange kein Grund für ihn, einen Mörder auf sie anzusetzen, aber immerhin konnte sie sich so ein bisschen seine Motivation erklären. Wodurch sie sich natürlich nicht unbedingt besser fühlte. Sie seufzte tief auf.

»Denk jetzt nicht darüber nach.«

Erstaunt blickte sie Clint an. »Woher willst du wissen, worüber ich nachdenke?«

»Denkst du etwa nicht über deinen Mann nach und ob du nicht vielleicht doch die Schuld an allem trägst?«

Diesmal blieb sie stehen. »Woher ...«

Clint drehte sich zu ihr um und umfasste mit seinen Händen ihr Gesicht. »Du hast dir schon damals bei der Entführung gerne die Schuld an allem gegeben. Ich denke nicht, dass sich das inzwischen geändert hat.«

Mit brennenden Augen schaute sie ihn an. »Du hast Recht, ich habe wirklich darüber nachgedacht. Kannst du mir erklären, welcher Ehemann Mörder auf seine eigene Frau hetzt?« Sie schluckte schwer. »Er muss doch irgendeinen Grund dafür gehabt haben.«

»Nicht jeder braucht einen Grund, etwas Schlechtes zu tun. Aber der häufigste Grund ist Geld. Oder Hass. Oder Rache. Oder um eine andere Straftat zu verdecken. Da ich jedoch nicht davon ausgehe, dass du etwas getan hast, was dein Mann als Grund sehen könnte, dich umzubringen, außer er ist irre, würde ich auf Geld tippen. Vor allem nachdem du vorhin erzählt hast, dass er gerne über seine Verhältnisse gelebt hat.«

Karen verstand das, doch konnte sie nichts gegen die Niedergeschlagenheit tun, die sie bei dem Gedanken überlief. »Alles, was ich immer nur haben wollte, war meine Arbeit und jemand, auf den ich mich verlassen konnte.« Sie lachte bitter auf. »Nun, zumindest der erste Teil hat geklappt.«

Clint ließ seine Hand über ihre Haare zu ihrer Schulter wandern. »Du kannst dich auf mich verlassen.«

Mit Tränen in den Augen lächelte sie ihn an. »Ja, ich weiß. Aber wo warst du die letzten zehn Jahre meines Lebens?«

»An so vielen verschiedenen Orten, dass ich mich kaum noch erinnern kann. Dafür bin ich jetzt ganz für dich da.«

Karen stellte sich auf ihre Zehenspitzen und gab ihm einen sanften Kuss. »Danke.«

Bevor er wieder seinen Verstand verlieren konnte, schob er Karen sanft von sich, legte einen Arm um ihre Schultern und setzte den Weg zu seiner Hütte fort. »Wir werden dich jetzt ins Bett stecken. Ich gehe dann noch einmal zu Matt zurück, um mir seine Ausrüstung anzuschauen und unser Vorgehen zu besprechen.«

»Aber ...«

»Nichts aber. Du bist in der Hütte völlig sicher. Ich schließe hinter mir zu, und neben dem Bett steht ein Telefon, damit kannst du mich auf meinem Mobiltelefon erreichen, sollte etwas sein. Aber ich werde sowieso nur etwa eine halbe Stunde weg sein.«

»Ihr braucht mich nicht dazu?«

Clints Mundwinkel zuckten. »Nein, diesmal nicht.«

Karen sah rot. »Du erinnerst dich doch hoffentlich noch daran, dass ich Waffenexpertin bin und kein Hausmütterchen?«

Clint versuchte sie zu besänftigen. »Natürlich. Aber uns geht es im Moment mehr um die Anwendung der Waffen und um eine Taktik als um die Zusammensetzung der AK-47.« Karen zog nur die Augenbrauen hoch. »Bitte. Ich berichte dir dann auch morgen früh alles Wichtige. Du brauchst den Schlaf.«

Seufzend erkannte Karen, dass sie nicht gegen Clint gewinnen würde. Wenn er dachte, die Planung ihrer Verteidigung wäre Männersache, dann würde ihn niemand davon abbringen können. Erstaunlich, wie gut sie ihn nach diesen paar Tagen kannte. »In Ordnung.«

Sie folgte ihm in die dunkle Hütte.

Clint schaltete das Licht ein und sah sich gründlich in der Hütte um. Sie war noch genauso, wie sie sie verlassen hatten. Mit einem Ruck zog er die Vorhänge zu. In einer Schublade kramte er nach seinem Ersatzschlüssel und händigte ihn Karen aus. Sie blickte ihn ratlos an.

»Ich möchte nicht, dass du ohne Schlüssel in der abgeschlossenen Hütte bist. Falls ein Feuer ausbricht oder etwas Ähnliches.« Er legte den Schlüssel in ihre ausgestreckte Hand und strich dabei mit seinen rauen Fingern über ihre empfindliche Handfläche. Ein wohliger Schauer lief über Karens Rückgrat.

»Bis gleich.« Damit löschte er das Licht und verschwand in der Dunkelheit.

Sie hörte, wie die Tür sanft ins Schloss gezogen wurde und das Klicken, als der Schlüssel umgedreht wurde. Sofort knipste sie das Licht wieder an. Die Dunkelheit fühlte sich nur sicher für sie an, wenn Clint bei ihr war. Energisch riss sie sich zusammen und ging ins Bad. Kurze Zeit später kroch sie in das weiche Bett und rollte sich unter der Decke zusammen. Kaum hatte ihr Kopf das Kissen berührt, schlief sie auch schon ein.

Eine Dreiviertelstunde später schlich sich Clint leise in das Schlafzimmer. Als er den unförmigen Haufen unter seiner Bettdecke sah, musste er lächeln. Karen schlief wie ein kleines Kind. Verlangen machte sich in ihm breit, doch er unterdrückte es konsequent. Er würde nicht hier neben ihr im Bett schlafen können, wenn er darüber nachdachte, wie sie sich an ihn geschmiegt und ihn geküsst hatte. Und das musste er, wenn er sie beschützen wollte. Vorsichtig ließ er sich neben ihr nieder und zog ein Stück der Decke über sich. Obwohl er nur seine Boxershorts trug, fror er kein bisschen.

In der ersten Morgendämmerung erwachte er und fand Karen halb auf ihm liegend, ihr Bein über seine Hüfte geschoben, den Kopf auf seine Schulter gebettet. Ihre Hand bedeckte sein Herz. Sein Magen krampfte sich zusammen. Was würde er dafür geben, wenn er sie jetzt einfach wachküssen und sich langsam in ihr vergraben könnte. Aber das war im Moment nicht möglich und deshalb war es besser, wenn er jetzt ganz schnell aus dem Bett verschwand. Lautlos befreite er sich vorsichtig von ihren Armen und Beinen und stand auf. Er schob den Vorhang ein Stückchen zur Seite und blickte aus dem Fenster. Draußen schien noch alles ruhig zu sein. Aber wer wusste, wie lange die Ruhe halten würde?

XIX

Fluchend knallte Paul Lombard die Haustür hinter sich zu. In letzter Zeit klappte aber auch gar nichts! Gestern das völlig nutzlose Gespräch mit diesem FBI-Lackaffen, dann war ihm heute jemand beim Ausparken ins Auto gefahren und hatte eine Beule hinterlassen. Sein Kontaktmann von der Bruderschaft des Lichts hatte ihm gesagt, dass er noch keine nützlichen Informationen über Karens Aufenthaltsort gefunden hatte. Und zu guter Letzt war sein Haus auch noch ein einziger Schweinestall. Anscheinend hatte Karen doch gewisse nützliche Eigenschaften gehabt, die jetzt fehlten. Unbeeindruckt zuckte er die Schultern. Dann schaffte er sich eben eine Putzfrau an, wenn diese Sache mit Karen erledigt war. Hatte er wahrscheinlich sowieso weniger Ärger mit. Einen tiefen Seufzer ausstoßend, ging er in sein Arbeitszimmer, legte seine Tasche auf den großen Holzschreibtisch und lockerte seine dezent gestreifte Krawatte. Sein Blick fiel auf das blinkende Lämpchen des Anrufbeantworters. Eine Nachricht von Karen? Mit leicht zitternden Fingern drückte er auf den Knopf, der das Band zurückspulte, und rief dann die Nachrichten ab.

»Hier spricht Special Agent Richard Cranton vom FBI. Wir haben den Aufenthaltsort Ihrer Ehefrau ermittelt. Sie hält sich derzeit in Montana auf. Im Laufe des nächsten Tages schicken wir Agenten zu ihr, die sie zu einem Verhör abholen. Ich melde mich dann, wenn es Neuigkeiten gibt.«

Eisige Schauer rannen seinen Rücken hinunter. Verdammt! Wenn sie mit dem FBI redete, war er verloren. Bebend ließ er sich in seinen Ledersessel sinken. Warum war er auch nicht zu Hause gewesen, als Cranton angerufen hatte? Vielleicht hätte er dann das genaue Versteck aus ihm herausbekommen. Ein weiteres Beispiel dafür, dass sein Tag heute wirklich nicht besonders gut lief. Hoffentlich hatte die Bruderschaft wirklich die richtigen Beziehungen in der Regierung, um ein paar geeignete Informationen zu bekommen. Wenn ihnen Karen erst einmal durch die Hände geschlüpft war, würde es viel schwerer werden, sie zu töten. Hastig wählte er seine Kontakttelefonnummer. Ungeduldig lauschte er dem Freizeichen. Seine Finger trommelten auf die polierte Schreibtischplatte.

»Ja?«

»Hier ist Paul Lombard. Das FBI hat meine Frau gefunden. Leider haben sie nicht den genauen Ort erwähnt, nur dass sie in Montana ist. Finden Sie sie.«

Stille dröhnte durch den Hörer. »Kein Problem.«

»Und informieren Sie mich sofort, wenn Sie den Ort haben, diesmal will ich dabei sein. Egal, um welche Zeit, ist das klar?«

Ohne eine Antwort beendete sein Gesprächspartner die Verbindung.

»Unhöflicher Kerl! Ich bin froh, wenn ich mit euch nichts mehr zu tun haben muss.« Entschlossen schob er seinen Stuhl zurück und erhob sich. Er würde schon mal eine Tasche packen, damit er sofort losfahren konnte, wenn der Anruf kam.

Matt wurde langsam wach. Blinzelnd stützte er sich auf einen Ellbogen und fokussierte den Wecker. Aufstöhnend sank er zurück. In weniger als einer Stunde würde er auf einem dieser Gäule sitzen und sich jeden Knochen im Leib durchschütteln lassen. Und das nur, weil er ein wenig Zeit mit Shannon verbringen wollte. Er war ein echter Märtyrer. Grinsend schwang er die Beine aus dem Bett. Er war ein SEAL, er hatte schon ganz andere Hindernisse überwunden. Immer noch lächelnd, ging er zum Fenster und zog den Vorhang zurück. Und blickte direkt auf Shannon, die eben in ihrer Hütte genau das Gleiche tat. Der einzige Unterschied bestand darin, dass sie wenigstens ein T-Shirt trug, während er völlig nackt war. Nur gut, dass die Fenster in der Hütte recht hoch lagen. Shannon starrte ihn aus riesigen Augen an. Sie schien die Sprache verloren zu haben. Matt winkte und grinste sie an. Shannon zögerte und zog dann ruckartig ihren Vorhang wieder zu. Matt lachte laut, wandte sich vom Fenster ab und ging gemächlich durch das Zimmer zum Schrank, in dem er seine Kleidung verstaut hatte. Er hätte nicht gedacht, dass Shannon so empfindlich war, wenn es um nackte Haut ging. Schließlich brachte sie Liebesszenen zu Papier, die fast durch das Buch brannten. Und bestimmt hatte sie in ihrem Leben auch schon die eine oder andere Männerbrust gesehen. Okay, vielleicht nicht mit ganz so vielen Narben, aber bisher hatte er noch keine Frau erlebt, die wegguckte, wenn sie die Möglichkeit hatte, ihn nackt zu sehen. Schulterzuckend schlüpfte er in seine Boxershorts. Wenn er Glück hatte, würde sie sich an seinen Anblick gewöhnen und ihn sogar anfassen wollen. Dieser Gedanke hob seine Stimmung beträchtlich.

Shannon strich sich mit zitternden Fingern über die Stirn. Sie hatte Recht gehabt, Matt Coleburn brauchte wirklich einen Waffenschein für seinen Körper. Gestern hatte das schreiend bunte Hawaiihemd noch für Ablenkung gesorgt, aber so völlig nackt konnte nichts von der schieren Perfektion seines Körpers ablenken. Sie hätte nicht gedacht, dass sie übermäßig muskulöse Männer mochte, aber sie musste zugeben, zu Matt passte es perfekt. Zusammen mit seiner Größe, den muskulösen Beinen, dem markanten Gesicht mit der Narbe, den blitzenden blaugrauen Augen und dem Pferdeschwanz bildete es eine homogene Einheit. Es war ein Wunder, dass ihr nicht die Zunge aus dem Mund hing, als sie ihn so am Fenster hatte stehen sehen. Viel hatte jedenfalls nicht gefehlt. Deshalb hatte sie auch schnell den Vorhang wieder zugezogen, um der Versuchung zu entgehen, sich auf das Fensterbrett zu stützen und ihn in aller Ruhe zu beobachten, während er unangezogen durch seine Hütte ging. War er völlig nackt gewesen oder hatte er noch eine Hose angehabt? Diese Frage würde ihr jetzt wahrscheinlich den ganzen Tag nicht mehr aus dem Kopf gehen. Stöhnend ließ sie sich am Tisch nieder und bedeckte ihr Gesicht mit den Händen. Wie sollte sie mit ihm ausreiten, wenn sie solche Gedanken hatte? Vielleicht sollte sie besser absagen. Andererseits hatte sie seinem Grinsen angesehen, dass er genau wusste, was er ihr antat. Sie würde ihm nicht die Genugtuung geben zu kneifen. Entschlossen wandte sie sich ihrem Frühstück zu. Mal sehen, wer zuletzt lachte …

Wohlweislich entschied sich Matt heute nicht für seine »Tarnkleidung«, sondern für normale Jeans und ein schlichtes schwarzes T-Shirt. Es erschien ihm ungefährlicher, als mit seinem bunten Hawaiihemd die Pferde scheu zu machen. Er würde auch so schon genug Arbeit damit haben, sich überhaupt auf einem Pferd halten zu können, ohne dass das Tier an jeder Ecke aufstieg. Wahrscheinlich sollte er schon mal einen Krankenwagen alarmieren, er würde ihn bestimmt brauchen. Seufzend beendete er sein Frühstück, das nur aus einem Donut und Kaffee bestand, und erhob sich schwerfällig. Es würde ihm bestimmt noch Leid tun, dass er sich darauf eingelassen hatte, nur um etwas Zeit mit Shannon verbringen zu können. Sein Mobiltelefon und den Pager steckte er sich hinten an den Gürtel, den Schlüssel zur Hütte in die Hosentasche, nachdem er die Tür hinter sich abgeschlossen hatte. Er warf einen Blick auf Shannons Hütte, doch sie war nicht zu sehen. Wahrscheinlich stand sie hinter dem Vorhang und wartete darauf, dass er endlich verschwand. Grinsend zwinkerte er ihrer Hütte zu und lief den schmalen Pfad zu den Ställen hinab.

Shannon zuckte zurück, als hätte sie einen Stromstoß abbekommen. Woher hatte er gewusst, dass sie ihn beobachtete? Sie hatte sich extra große Mühe gegeben, nicht gesehen zu werden. Sie seufzte. Es war sowieso albern, was sie hier trieb. Warum konnte sie nicht wie ein normaler erwachsener Mensch reagieren und einfach aus der Hütte gehen, wenn sie fertig war? Weil sie feige war. Und Matt Coleburn ein faszinierender Mann, der ein gewisses Interesse an ihr zeigte, wenn sie sich nicht völlig irrte. Sie war zwar, als sie aufwuchs, von großen, gut aussehenden Männern umgeben gewesen, aber das waren ihre Brüder, und Matt war ein … Mann.

»Sieh es einfach als Recherche an, Shannon. Stell dir vor, Matt wäre einer der Helden in deinen Büchern.« Das Problem war, es war viel zu einfach, sich Matt als einen der SEALs vorzustellen, über die sie schrieb. Zumindest vom Äußerlichen her konnte sie sich ihn gut in Uniform oder Tarnkleidung vorstellen. Und die Narbe wirkte auch sehr authentisch. Vielleicht sollte sie ihn einmal fragen, wie er dazu gekommen war. Oder besser nicht, er war ein Versicherungsvertreter auf der Durchreise, nur eine flüchtige Bekanntschaft. Im Moment schien sie immer nur flüchtige oder virtuelle Bekanntschaften mit Männern zu schließen. Erst Marc, jetzt Matt …

Wie es Marc wohl ging? War er gerade in Gefahr, womöglich sogar verletzt? Sie hatte die Berichte über den SEAL, der in Afghanistan aus einem Hubschrauber gefallen und von den Taliban getötet worden war, nicht vergessen. Oder die ganzen anderen Soldaten, die nicht mehr lebend aus diesem Krieg zurückgekehrt waren. Hoffentlich hatte Marc nur ein Training zu absolvieren und war in relativer Sicherheit. Ungläubig schüttelte sie den Kopf. Was war es an Marc, das sie immer wieder in Gedanken zu ihm führte? Sonst dauerte es Monate, wenn nicht sogar Jahre, bevor sie jemanden so an sich heranließ. Aber er war von Anfang an durch ihren Schutzschild gedrungen. Sie konnte noch nicht einmal sagen, woran es lag, es war einfach so. Energisch schob sie ihre Gedanken beiseite und machte sich auf den Weg zum Stall. Sie konnte Matt schlecht warten lassen, wenn er doch genau wusste, dass sie bereits wach war und ihn gesehen hatte.

Matt lehnte an der Stallwand, seine Arme über der Brust verschränkt. Dadurch traten seine Muskeln wie ein Relief hervor und ließen Shannon das Wasser im Munde zusammenlaufen. Sein eng anliegendes schwarzes T-Shirt trug auch nicht dazu bei, seinen Körperbau zu verbergen, genau wie die enge Jeans. War sie schon in dem lächerlichen Aufzug von gestern von ihm beeindruckt gewesen, so konnte sie jetzt kaum ihren Blick von ihm losreißen. Als sie schließlich bei seinem Gesicht ankam, erwartete sie sein belustigtes Grinsen. Shannon wurde rot. Dieser Mistkerl wusste genau, wie er auf Frauen wirkte, und genoss es auch noch!

Sie blitzte ihn wütend an. »Sind Sie fertig?«

Matt lachte sie einfach nur an. »Auch Ihnen einen schönen guten Morgen. Haben Sie gut geschlafen?«

Shannon presste die Lippen zusammen und ging ihm voraus in den dunklen Stall.

»He, was habe ich Ihnen getan? Ich war pünktlich hier, bin bereit, mich Ihnen zuliebe durchschütteln zu lassen, und Sie reden nicht mehr mit mir?«

Shannon wirbelte zu ihm herum. »Was Sie getan haben? Ich werde Ihnen sagen, was Sie ...« Shannon verstummte und strich sich über die Augen. Ruhiger fuhr sie fort: »Sie haben nichts getan. Es tut mir Leid, ich bin heute Morgen anscheinend ein wenig gereizt. Ich hätte es nicht an Ihnen auslassen dürfen.«

»Schließlich bin ich zahlender Gast?«

Shannon verzog den Mund. »So ein Unsinn. Ich behandele jeden gleich, egal ob er zahlt oder nicht. Und Sie habe ich nicht korrekt behandelt und dafür entschuldige ich mich.« Sie schaffte es, Matt dabei in die Augen zu blicken. So konnte sie miterleben, wie ein Teil der Belustigung in seinen Augen durch Wärme ersetzt wurde.

Er nahm ihre Hand und führte sie an seine Lippen. »Danke.«

Shannon hörte das Wort kaum, weil sie unentwegt in seine wunderschönen graublauen Augen blickte, während sein warmer Mund über ihren Handrücken strich. Lange Sekunden verstrichen, bevor sich einer von ihnen wieder bewegte. Mit Gewalt riss sich Shannon schließlich aus ihrer Verzauberung. Sie würde jetzt ja wohl nicht vor dem Mann auf die Knie sinken, nur weil er ihre Hand geküsst hatte. Oder doch? Ihre Beine waren zumindest genauso weich wie der Rest ihres Körpers. Vorsichtig befreite sie ihre Hand aus Matts Griff und lächelte ihn schief an. »Damit kommen Sie auch nicht um das Reiten herum.«

Matt grinste breit. »Ich dachte, ich versuche es einfach mal. Hätte ja auch klappen können.«

Oh ja, Shannon konnte sich sehr gut vorstellen, dass Matt Coleburn, Versicherungsvertreter, reihenweise Frauen mit seinem Charme überwältigte. Oder mit seinen körperlichen Vorzügen. Grimmig ermahnte sie sich, nicht in dieselbe Falle zu geraten wie vor ihr wahrscheinlich Hunderte von Frauen.

Mit mehr Gewalt als nötig schob sie Matt einen der schweren Sättel in die Arme. »Hier. Halten Sie den.« Neidisch sah sie zu, wie er ihn ohne mit der Wimper zu zucken hielt. Anscheinend hatte er wirklich nicht nur Luft in den Armen. Grunzend hob sie einen weiteren Sattel vom Balken und ging voran zu einer der Boxen. »Ich werde Ihnen Flower satteln. Wie Sie ja gestern gesehen haben, ist sie ein sehr friedliches und leicht zu lenkendes Tier.«

Shannon trat in die Box und redete freundlich auf die Stute ein, während sie sie liebevoll tätschelte. Dankbar ließ sie den schweren Sattel auf den Boden sinken. Sie breitete eine kleine Decke über dem Rücken des Pferdes aus, dann winkte sie Matt heran. »Legen Sie jetzt den Sattel auf die Decke.«

Mit Leichtigkeit hob Matt ihn in die Höhe. Dann senkte er ihn auf Rückenhöhe.

Shannon kicherte. »Anders herum. Oder wollen Sie während des ganzen Ausritts einen Pferdehintern angucken?«

Matt grinste. »Wenn Sie hinter mir reiten würden, hätte ich damit kein Problem.«

Kopfschüttelnd machte sich Shannon daran, den Sattel unter dem Bauch zu befestigen. Er ließ sich anscheinend durch nichts aus der Ruhe bringen. Sie mochte es, wenn Leute über ihre Fehler lachen konnten. Sehr sogar. Sie wartete, bis Flower ausatmete und zog dann den Riemen fester.

Matt zuckte zusammen. Armes Pferd. Er würde das überhaupt nicht mögen, wenn ihm jemand einen Riemen um den Bauch schnallen würde. Das musste doch drücken! Misstrauisch beäugte er die grazilen Beine der Stute. Ob sie wohl sein Gewicht tragen konnten? »Wäre es nicht besser, wenn Sie ein kräftigeres Pferd für mich satteln würden? Ich möchte dieses hier ungern zu Schanden reiten.«

Shannon lachte. »Keine Angst, Pferde halten sehr viel schwerere Lasten aus als einen Menschen. Wie viel wiegen Sie, 120 Kilo?«

»Nicht ganz.«

Hörte sie da etwa einen leicht pikierten Unterton heraus? »Dann haben Sie überhaupt kein Problem, unsere Pferde hatten schon sehr viel schwerere Gäste als Reiter. Und Flower nehmen wir besonders gern für unsere etwas ... ungelenkigeren Besucher, weil sie besonders sanftmütig ist.«

Diesmal war Matt doch das Grinsen vergangen, wie sie mit einem kurzen Blick feststellte.

»Ungelenkig?« Drohend rückte er näher. »Ich treibe regelmäßig Sport, ich denke nicht, dass man mich so bezeichnen kann.«

Kichernd wich Shannon in eine Ecke der Box zurück. »Ich habe ja auch nicht behauptet, dass Sie ungelenkig sind. Aber wer sich den Schuh anzieht …«

Knurrend machte er einen weiteren Schritt und kesselte sie effektiv in der Ecke ein. »Ich würde Ihnen gerne beweisen, wie gelenkig ich sein kann. Darf ich?«

Shannon wurde warm. Matts prächtiger Körper war nur eine Handbreit von ihrem entfernt, sie konnte seine Hitze spüren. Er ragte turmhoch über ihr auf, seine Hände waren zu beiden Seiten ihres Kopfes an die Wand gestützt. Auf seinem Gesicht lag ein beinahe gefährlicher Ausdruck. Mit glitzernden Augen blickte er sie unverwandt an. »Nun?«

Shannon leckte sich über die trockenen Lippen. Atemlos beobachtete sie, wie sich seine Augen verdunkelten, während er auf ihren Mund blickte. Sein Kopf bewegte sich langsam auf sie zu. Sie hatte jede Zeit der Welt, ihm auszuweichen, aber sie konnte sich nicht rühren. Ihr Atem stockte. Flower bewegte sich unruhig, gerade als sich sein Mund über ihrem befand. Einen Moment noch konnte sie die Hitze seiner Lippen spüren, im nächsten war er herumgewirbelt, und sie starrte erstaunt auf seinen breiten Rücken. Sie hätte nicht gedacht, dass sich jemand mit Matts Statur derart schnell und lautlos bewegen konnte.

»Was ist?« Sie konnte beobachten, wie sich sein Körper sichtlich entspannte, bevor er sich wieder zu ihr herumdrehte.

»Ich dachte, ich hätte jemanden gehört.«

Shannon grinste. »Ja, ein Pferd.« Sein schiefes Lächeln wärmte ihr Herz. »Kommen Sie, bringen wir es hinter uns. Der Tag ist viel zu schön, um ihn im Stall zu verbringen.«

Ohne weitere Zwischenfälle führten sie die Pferde aus dem Stall. Mit Leichtigkeit schwang sich Matt nach ihren Anweisungen auf Flower, auch wenn er beinahe auf der anderen Seite wieder herunterfiel, weil er zu viel Schwung genommen hatte. Shannon erklärte ihm die Grundzüge des Reitens. Da er ein guter und wissbegieriger Schüler war, konnten sie nach einer halben Stunde seine neu gewonnenen Fähigkeiten im Gelände testen.

XX

Paul Lombard erwachte ruckartig aus einem totenähnlichen Schlaf. Verwirrt blickte er sich in dem dunklen Zimmer um. Was war das für ein Geräusch? Mit angehaltenem Atem lauschte er in die Stille hinein. Außer dem Ticken seines altmodischen Weckers war nichts zu hören. Aber irgendetwas musste ihn aus seinem Schlaf gerissen haben. Da! Ein leises Kratzen ertönte aus der Nähe seines Fensters. Mit klopfendem Herzen schob er langsam seine Bettdecke beiseite und erhob sich. Wie gebannt blickte er auf das Fenster. Da war das kratzende Geräusch wieder. Schweiß trat ihm auf die Stirn. Vorsichtig bückte er sich zu seinem Nachttisch, um die Pistole, die er dort bereits seit einiger Zeit aufbewahrte, aus der obersten Schublade zu holen. Wenn man sich mit Leuten wie der Bruderschaft des Lichts abgab, war es immer besser, vorbereitet zu sein. Und er hing zu sehr am Leben, um jemand anderem als sich selbst zu vertrauen. Seine schweißnassen Finger bogen sich um den Griff der kleinen 22-mm-Pistole. Mit der Waffe in der Hand schlich er leicht gebückt auf das Fenster zu. Was immer dort draußen war und ihn in panische Angst versetzte, würde gleich den Schreck seines Lebens bekommen. Inzwischen am ganzen Körper zitternd, schob Paul vorsichtig den Vorhang ein Stück zur Seite. Es war nichts zu sehen.

»Nun reiß dich schon zusammen. Wahrscheinlich stößt nur ein Ast an den Balkon und verursacht das Geräusch.« Etwas mutiger geworden, riss er den Vorhang ganz zurück. Gerade, als er sich davon überzeugt hatte, sich das Ganze nur eingebildet zu haben, bewegte sich ein Schatten auf ihn zu. Normalerweise glaubte er nicht an Fantasiegestalten, doch in dem Moment war er überzeugt, einen Dämon vor sich zu haben. Der schattenhafte Umriss wurde immer größer und größer, während Paul mit aufgerissenen Augen und Mund stolpernd zurückwich. Dabei übersah er den Blumenständer, der hinter ihm stand. Er stieß dagegen, verlor das Gleichgewicht und fiel samt Blume und Ständer mit einem lauten Krach zu Boden. Splitter des Porzellans bohrten sich in seine Hände, Arme und Gesicht. Schmerzerfüllt schrie er auf. Für einen kurzen Moment vergaß er den Schatten auf seinem Balkon und schimpfte vor sich hin. Er hatte Karen schon tausendmal gesagt, dass dieser Blumenständer mitten im Weg stand und irgendwann jemand darüber fallen würde. Da hatte er also wieder einmal Recht gehabt! Während er vorsichtig seine Hände begutachtete, erinnerte er sich plötzlich daran, was ihn überhaupt erst hierher gebracht hatte. Ruckartig hob er den Kopf und bemühte sich, die Dunkelheit hinter seinem Fenster mit den Augen zu durchdringen. Er musste nicht lange suchen, um die riesige Gestalt zu sehen, die immer noch vor seiner Balkontür stand. Schaudernd meinte Paul den Blick der Figur körperlich zu spüren. Aber das war Unsinn. Wenn jemand da draußen stand, dann war das ein Mensch. Und Menschen konnte man mit einer Pistole erschießen, wenn es denn sein musste. Rasch fuhr er mit den Händen über den flauschigen Teppich, um die Waffe wiederzufinden, die ihm beim Sturz aus der Hand gefallen war. Dabei zog er sich weitere Wunden an den messerscharfen Porzellansplittern zu, die er fluchend ignorierte. Er brauchte seine Pistole. Sofort! Erleichtert atmete er auf, als seine von Schweiß und Blut nassen Fingerspitzen auf den stählernen Lauf des Revolvers trafen. Mit einem schraubstockartigen Griff schlossen sich seine Finger um die Waffe. Noch einmal würde er sie bestimmt nicht verlieren, so viel war sicher! Er richtete sich vorsichtig auf, konnte aber nicht verhindern, dass sich gleich beim ersten Schritt mehrere Scherben in seine nackte Fußsohle bohrten. Mit zusammengebissenen Zähnen machte er einen großen Sprung zur Seite, um weiteren Verletzungen zu entgehen. Inzwischen war seine Wut größer als seine Angst. Wer auch immer dort auf der anderen Seite der Glasscheibe war, musste damit rechnen, erschossen zu werden. Erst schießen, dann fragen, das war hier die Devise. Bevor er die Balkontür öffnete, entsicherte er die Waffe und richtete sie auf die Brust der Gestalt. Mit einem Ruck zog er die Tür auf. Und hätte sich vor Erleichterung fast in die Hose gemacht. Vor ihm stand sein Kontaktmann der Bruderschaft des Lichts.

Schlagartig überfiel ihn eine ungeheure Wut. »Was zum Teufel tun Sie hier? Sind Sie verrückt geworden?« Seine Stimme wurde mit jedem Wort lauter.

Der schwarz gekleidete, groß gewachsene Mann drängte sich rücksichtslos an ihm vorbei ins Schlafzimmer. Ohne Rücksicht auf Pauls Finger zu nehmen, die noch in der Türöffnung steckten, schob er die Schiebetür zu. Pauls Schmerzensschrei war wahrscheinlich noch drei Straßen weiter zu hören.

Ruckartig zog der Mann die Vorhänge vor und schaltete dann die kleine Lampe an, die auf einem Beistelltisch stand. »Reißen Sie sich zusammen, oder wollen Sie unbedingt die FBI-Agenten alarmieren, die in einem Auto vor Ihrer Haustür sitzen?«

Pauls Augen weiteten sich, sein Adamsapfel hüpfte auf und ab. »FBI?« Seine Stimme war nur noch ein heiseres Krächzen.

»Nein, der Weihnachtsmann!« Abrupt schob der Eindringling die Kapuze nach hinten, die sein hellblondes Haar verdeckt hatte. »Was dachten Sie denn, was passieren würde, wenn Ihre Frau, eine von der Regierung hoch geschätzte Waffenexpertin möchte ich betonen, einfach so verschwindet? Es war doch klar, dass sie jemanden hier stationieren würden, um zu sehen, ob sie zurückkommt oder ob Sie sich auffällig verhalten und sie womöglich noch zu ihrem Versteck führen.« Seine eisblauen Augen funkelten geringschätzig. »Uns war es zumindest klar. Es ist offensichtlich, dass Sie noch nicht so weit gedacht haben.« Ohne auf Pauls Aufforderung zu warten, ließ er sich auf das weiche, beige und blau gemusterte Sofa fallen und streckte die langen Beine aus.

Paul schluckte ein paar Mal, bevor er den Mund öffnete. »Warum sind Sie gekommen?«

Der Mann seufzte. Sein Blick bohrte sich in Pauls. »Um dafür zu sorgen, dass das FBI Sie nicht erwischt.«

Paul blinzelte. War das gut oder schlecht? Gott, er hätte sich nie mit diesen Verrückten einlassen sollen! Wie betäubt ließ er sich auf das zerwühlte Bett sinken. Mit zitternden Händen wischte er sich über das Gesicht.

Der Mann verzog angewidert das Gesicht. »Nun waschen Sie sich schon. Ich will gleich aufbrechen.« Aufbrechen?

»Wohin wollen Sie denn?«

Ein kaltes Lächeln überzog das auf eine harsche, kantige Art gut aussehende Gesicht des Kontaktmannes. »Nicht ich, wir.« Paul wurde noch blasser. »Wir wissen jetzt, wo Ihre Frau sich befindet. Wir werden sie dort abholen und dann für immer verschwinden lassen.«

Das war es, was Paul immer gewollt hatte, aber jetzt, wo dieser Mörder sich auf seiner Couch räkelte und es wie nebenbei aussprach, fragte sich Paul, ob es nicht ein Fehler gewesen war, sich mit dieser Organisation einzulassen. Bestimmt hätte es auch noch eine andere Möglichkeit gegeben, an Geld heranzukommen. Und er war sich auch nicht sicher, ob er wirklich dabei sein wollte, wenn dieser Hüne Karen kaltmachte. Er wollte sie tot sehen, ja. Zumindest im übertragenen Sinne. Aber jetzt war es zu spät. Der Kontaktmann, er nannte sich Packard, zumindest hatte er das Paul am Anfang erzählt, würde bestimmt nicht allzu sanft mit Karen umgehen. Paul konnte sich vorstellen, dass es Packard sogar richtig Spaß machen würde, eine Frau zu töten. Tief einatmend befahl er sich, seine Skrupel beiseite zu schieben. Er hatte es so gewollt, also durfte er jetzt, wo er der Erfüllung all seiner Träume so nahe war, nicht kneifen.

Entschlossen stemmte er sich vom Bett hoch und ging in das angegliederte Badezimmer. An der Tür drehte er sich um. »Zehn Minuten.«

Mit einem spöttischen Lächeln nickte Packard. Als sich die Tür schloss, grinste er. Gott, was für ein Würstchen! Es würde ihm eine Freude sein, ihn zu erledigen. Aber zuerst war die Frau dran. Er freute sich schon lange darauf, ihren runden, weichen Körper in seine Finger zu bekommen. Was er noch alles mit ihr tun konnte, bevor er sie dann schließlich tötete …

Als Paul aus dem Bad herauskam, hatte er sich wieder beruhigt. Er würde mitfahren, um sicherzustellen, dass Karen auch wirklich tot war. Dann würde er seine Beziehungen zu der Bruderschaft des Lichts ein für alle Mal beenden und sich irgendwohin zurückziehen, wo es warm und sonnig war und ihn niemand fand. Das hatte er wirklich verdient, nach allem, was er die letzten Jahre durchgemacht hatte.

Nach einem ausgiebigen Frühstück in der Familienküche des Haupthauses machten sich Clint und Karen daran, die Weiden im hinteren Teil der Ranch zu inspizieren. Er hatte sich zwar von einem großen Teil seiner Arbeit befreit, um immer bei Karen sein zu können, aber einige Sachen konnte er auch erledigen, wenn sie dabei war. Deshalb saßen sie jetzt in dem alten Ranch-Jeep und fuhren langsam den steilen, von Löchern übersäten Weg entlang, der zu den oberen Weiden führte. Clint war klar, dass er damit ein gewisses Risiko einging, denn hier waren sie nicht geschützt. Aber er war sich sicher, dass er jeden Eindringling früh genug erkennen würde. Außerdem war er gut bewaffnet, zusätzlich zu der Pistole, die er in einem Halfter unter seinem Hemd trug, und einigen anderen gut versteckten Waffen hatte er auf dem Rücksitz des Jeeps unter einer Decke versteckt ein kleines Maschinengewehr liegen. So war er ziemlich zuversichtlich, Karen im Notfall gegen eine überschaubare Menge von Gegnern verteidigen zu können. Außerdem hatte er für den Fall eines Angriffs auch sein Mobiltelefon dabei und konnte Hilfe herbeirufen. Prüfend blickte er Karen an. Sie sah nicht übermäßig beunruhigt aus, wie er erleichtert feststellte. Vielmehr schien sie die holperige Fahrt durch die frische Luft Montanas zu genießen. Sie sah auch schon wesentlich besser aus als vorgestern. Den Verband um die Stirn hatte sie abgemacht, die verschorfte Wunde war von lilafarbener Haut umgeben. Aber immerhin war ihre Hautfarbe wieder gesund, und die schwarzen Balken unter ihren Augen waren verschwunden. Ihre Knie schienen langsam auch wieder abzuschwellen, sie bewegte sich schon viel leichter.

Als Karen bemerkte, dass Clint sie musterte, lächelte sie ihn an. »Es ist wunderschön hier!«

Clints Mundwinkel hob sich. Unverwandt blickte er sie an. »Ja, finde ich auch.«

Amüsiert schüttelte Karen den Kopf. »Ich rede von der Landschaft. Obwohl, du siehst heute auch nicht schlecht aus.«

Diesmal zuckten beide Mundwinkel. »Danke. Denke ich. Geht es dir inzwischen besser?«

Karen wurde ernst. »Ja. Inzwischen bin ich so wütend, ich könnte Paul und seine Kumpane eigenhändig in Stücke zerreißen.«

Clint zog die Augenbrauen hoch. »Das überlass lieber mir, du willst dir doch wohl nicht die Hände an diesem Abschaum schmutzig machen, oder?«

Karen tat, als würde sie schmollen. »Immer wollt ihr Männer den ganzen Spaß für euch haben!«

Dichter hatte sie Clint nie an einem wirklichen Lächeln gesehen. In seinen Augenwinkeln bildeten sich Lachfältchen, seine sherryfarbenen Augen strahlten vergnügt. Er nahm eine Hand vom Lenkrad und strich sanft über ihre Wange. »Ich glaube, ich mag dich wirklich, Karen Lombard.«

Seine leise, raue Stimme ging ihr durch und durch. Sie legte ihre Wange an seine Hand und drückte einen Kuss auf seine Handfläche. »Ich mag dich auch, Clint Hunter. Sehr sogar.«

Clint zog seine Hand von ihrem Gesicht, umklammerte das Lenkrad und trat kräftig auf die Bremse.

Karen stemmte erschrocken die Hände an die Konsole. »Was ist passiert?« Ihr Schrei ging in dem Geräusch der quietschenden Bremsen unter. Panisch blickte sie sich zu allen Seiten um. Hatte Clint irgendwen entdeckt, der sie töten wollte?

Als der Wagen endlich zum Stehen kam, umfasste er mit beiden Händen ihr Gesicht. »Du bist passiert.« Damit senkte er seinen heißen Mund auf ihre Lippen.

Karen war viel zu erstaunt, um zu reagieren. Endlich realisierend, dass ihnen gar keine Gefahr drohte, stemmte sie sich mit aller Kraft gegen seinen muskulösen Brustkorb.

Widerwillig rückte Clint ein Stück von ihr ab. »Was ist?«

Karen schlug mit der Faust auf seinen Oberschenkel. »Was ist? Du erschreckst mich halb zu Tode und das nur, um einen Wiederbelebungsversuch bei mir zu starten? Bist du wahnsinnig?«

Erstaunt blickte Clint auf Karen hinunter. Er war gar nicht auf die Idee gekommen, dass sie sich fürchten könnte, wenn er wie ein Irrer auf die Bremse stieg. Eine leichte Röte überzog seine Wangenknochen. »Tut mir Leid. Ich hatte gerade ein ganz dringendes Bedürfnis, dich zu küssen.«

Karen zog eine Augenbraue hoch. »Und da konntest du nicht langsam abbremsen oder mich zumindest vorwarnen?« Seufzend blickte sie in Clints Gesicht. »Also, wo warst du gerade stehen geblieben?«

Als sich Clint wieder zu ihr herunterbeugte, glaubte sie für einen kurzen Moment, seine Zähne in einem Lächeln aufblitzen gesehen zu haben, aber er war einfach zu dicht dran, um es richtig zu erkennen. Seine Zungenspitze berührte ihre Oberlippe und wanderte dann über die gesamte Fläche ihres Mundes. Heiße Sehnsucht erwachte in Karen, als er sanfte Küsse auf ihre Nasenspitze und ihre Augenlider verteilte. Warum küsste er sie nicht endlich richtig? Ihr Hunger verstärkte sich noch, als Clint an ihrem Ohr zu knabbern begann. Bisher war ihr noch nie aufgefallen, was für eine empfindliche Stelle das war. Sie könnte ihn mit Haut und Haaren auffressen, so erregt war sie inzwischen. Ihre Hand grub sich in seine kurzen schwarzen Haare, mit Kraft zog sie seinen Mund zurück zu ihren Lippen. Clint zögerte nicht anzunehmen, was ihm angeboten wurde. Tief drang seine Zunge in ihre Mundhöhle vor und lieferte sich ein Duell mit ihrer. Unwillkürlich zog er sie näher an sich heran, bis sie halb auf seinem Schoß lag. Eine seiner Hände wühlte sich in ihre Haare, die andere hatte sich unter ihr T-Shirt geschoben und wanderte ihren Rücken hinauf. Karen bekam eine Gänsehaut, als seine rauen Fingerspitzen ihr Rückgrat nachfuhren.

Der Kuss wurde immer verzweifelter, sie klammerten sich aneinander, als würden sie am liebsten vollständig ineinander eintauchen. Ungeduldig zerrte Karen an den Knöpfen seines Baumwollhemdes. Sie musste seine Haut an ihrer spüren. Ihr Gehirn setzte vollständig aus, als ihre Hände auf seine krause Brustbehaarung trafen. Sein

Herz hämmerte gegen ihre heiße Handfläche, während er im Gegenzug ihr T-Shirt nach oben schob und seine Hände über ihre mit einem Spitzen-BH bekleideten Brüste gleiten ließ. Rasendes Verlangen schoss durch ihn. Am liebsten hätte er sie ganz ausgezogen und sich hier und jetzt in ihr vergraben, aber ein letzter Rest von Vernunft sagte ihm, dass das keine gute Idee war. Nicht hier im Auto, auf der Ranch seiner Eltern, während jederzeit jemand versuchen könnte, sie zu töten. Aber das hieß nicht, dass er den Kuss nicht genießen konnte, so lange er dauerte. Sie mussten noch früh genug in die reale Welt zurückkehren, da waren ihnen ein paar Minuten Pause doch wohl zu gönnen. Sämtliche rationalen Gedanken verschwanden aus seinem Kopf, als Karens Finger der Linie schwarzer Haare auf seiner Brust bis hinunter zum Bund seiner Jeans folgten. Mit einer Drehung des Handgelenks öffnete sie den Knopf, bevor sie langsam den Reißverschluss nach unten zog. Clint hob beinahe vom Sitz ab.

Er sollte sie wirklich stoppen, aber er konnte sich einfach nicht dazu durchringen. Im Gegenzug schob er die Körbchen ihres BHs zur Seite und rieb ihre steifen Brustwarzen zwischen seinen Fingern. Karen stieß einen atemlosen Laut aus. Mit erneuerter Energie wandte sie sich dem steinharten Stück zu, dass sie eben aus Clints Jeans befreit hatte. Durch seine eng anliegende Boxershorts hindurch umfasste sie seinen glühend heißen Schaft. Clint zuckte zusammen und vertiefte den Kuss noch, soweit das überhaupt möglich war. Karen hatte noch nie dieses Gefühl atemloser Erwartung verspürt wie jetzt in diesem Moment. Alles andere um sie herum war unwichtig, sie existierte nur noch hier, in Clints Armen, halb über seinem Schoß liegend, ihre Hand fest um sein pulsierendes Glied geschlossen.

Ein penetrantes Klingeln riss sie aus ihrer Erregung. Abrupt zog Karen ihre Hand aus seiner Hose. Mit geschlossenen Augen lehnte sie sich schwer atmend gegen die Lehne ihres Sitzes. Clint atmete zischend ein, während er versuchte, das Telefon aus seiner Hosentasche zu ziehen. Vielleicht sollte er doch mal auf weitere Hosen umsteigen, in manchen Situationen waren enge Jeans einfach eine Qual.

Bevor Clint das Gespräch annahm, blickte er auf das Display. Die Nummer war vom Ranch-Haus. Was war so wichtig, dass sie ihn bei der Arbeit unterbrechen mussten? War etwas passiert? Ungeduldig drückte er auf den Knopf. »Clint.«

»Hier ist Dad. Du solltest mit deiner Freundin besser sofort zum Haus kommen. Hier sind eben ein paar FBI-Agenten eingetroffen, die Karen sprechen wollen.«

Clint schloss kurz die Augen. »Shit. Hast du dir die Marken zeigen lassen?«

George murmelte etwas Unverständliches. »Hältst du mich für blöd? Natürlich habe ich nachgeprüft, ob sie wirklich vom FBI sind. Ich habe sogar in ihrem Büro in Bozeman angerufen und mir bestätigen lassen, dass sie auch wirklich von da kommen.«

Clint zog eine Grimasse. »Okay, tut mir Leid. Es ist nur wirklich wichtig, dass niemand anders erfährt, dass Karen hier ist. Lebenswichtig.«

Sein Vater schwieg kurz. »Kommt erst mal zurück und dann wirst du mir ganz genau erklären, was hier vor sich geht. Verstanden?«

»Ja, Sir!«

Karen blickte ihn resigniert an, als er das Telefon in seine Tasche zurückstopfte. »Sie haben mich also schon gefunden.«

Clint nickte grimmig. »Ja. Das war zu erwarten. Aber vielleicht ist es nicht schlecht, wenn zusätzlich noch ein paar FBI-Agenten über dich wachen. Das FBI hat auch ganz andere Möglichkeiten, gegen die Bruderschaft des Lichts vorzugehen. Wenn du erst mal die ganze Geschichte erzählt hast, werden sie zweifellos alles tun, um dich und ihre Waffentechnologie zu schützen.«

Karen blickte skeptisch. »Glaubst du wirklich?«

Nein, eigentlich nicht. Aber es war besser, wenn Karen das nicht mitbekam. Es reichte, wenn sich einer von ihnen Sorgen machte. »Ja.«

Karen blickte ihn eine Weile schweigend an. Dann seufzte sie. »Okay. Ich hoffe nur, ich habe deine Familie nicht in Gefahr gebracht, indem ich hierher gekommen bin.« Karen sank in ihren Sitz zurück.

Schweigend brachten sie beide ihre Kleidung in Ordnung und schnallten sich an, bevor sie den Berg wieder hinunterfuhren.

XXI

Zwanzig Minuten später hielten sie vor dem Haupthaus an. Karen klammerte sich mit weißen Fingern an der Konsole und dem Griff fest, obwohl sie schon längst standen. Wenn Clint nicht schon vorher gewusst hätte, wie viel Angst sie hatte, wäre es ihm spätestens jetzt aufgefallen.

Sanft löste er ihre Hände von dem Plastik und nahm sie in seine. »Komm schon, Karen. Sie wollen nur mit dir sprechen. Es wird dir keiner den Kopf abreißen.«

Langsam löste sie sich aus ihrer Erstarrung. Mit großen, dunklen Augen blickte sie ihn an. »Darauf baue ich. Ich habe in meinem Beruf schon viel mit Sicherheitsleuten und Überprüfungen zu tun gehabt, aber noch nie bin ich als Verdächtige befragt worden. Vermutlich ist das wesentlich … unangenehmer.«

Clint drückte ihr einen schnellen Kuss auf die Handfläche, bevor er ihre Hände freigab. »Das mag sein, aber diesmal bin ich bei dir. Und ich werde bestimmt nicht von deiner Seite weichen, bevor nicht die ganze Angelegenheit restlos aufgeklärt ist.«

Karen lächelte ihn schwach an. »Danke.«

Clint nickte und stieg schnell aus dem Auto. Die beiden FBI-Agenten, leicht erkennbar an ihren makellosen Anzügen, waren aus dem Haus getreten, als sie den Jeep gehört hatten, und kamen nun auf den Wagen zu. Ihre Hände waren dabei immer in der Nähe ihrer Waffen, die sie in Holstern unter ihren Jacketts trugen. Clint beobachtete sie aufmerksam, während er langsam um das Auto herumging und Karen die Tür öffnete. Die nackte Angst, die er in ihren Augen sah, gab ihm einen Stich ins Herz. Er nahm ihre Hand und half ihr aus dem hohen Jeep auszusteigen, ohne dabei wieder ihre Knie zu verletzen. Verstohlen drückte er sie, bevor er sie losließ und sie mit seiner großen Hand an ihrem Rücken zu den Agenten führte. Mit hoch erhobenem Kopf ging sie auf die Männer zu, und nur wer sie gut kannte, hätte jetzt noch bemerkt, dass sie fast außer sich vor Angst war.

Was war, wenn sie ihr nicht glaubten? Würden sie ihr hinterher vorwerfen, gemeinsame Sache mit der Bruderschaft zu machen und die Pläne des von ihr entwickelten Waffensystems gestohlen zu haben?

Ihre Stimme hatte einen kühlen Klang, als sie die beiden Agenten begrüßte. »Guten Tag, meine Herren. Was kann ich für Sie tun?«

»Sind Sie Dr. Karen Lombard?«

Karen zuckte mit keiner Wimper. »Ja.«

»Dann haben wir den Auftrag, Sie zu einer Vernehmung in unsere FBI-Zentrale in Bozeman zu bringen.«

Karens Augen weiteten sich. »Wollen Sie mich verhaften?« Clint drückte beruhigend ihre Hüfte.

»Nein, im Moment noch nicht. Wie gesagt, wir sollen Sie nur nach Bozeman bringen. Alles Weitere entscheidet sich dort.«

»Aber warum können Sie nicht einfach hier mit ihr sprechen?« Clint konnte nicht anders, er musste sich einfach einmischen.

Die scharfen Augen der Agenten richteten sich auf ihn. »Und wer sind Sie?«

»Clint Hunter. Ich glaube, ich habe Ihre Namen nicht verstanden.«

Erstaunlicherweise schienen die Agenten ein wenig verlegen zu sein. »Federal Bureau of Investigation, Agent Madock und Agent Waters.«

Clint ließ sich jedoch nicht so schnell beschwichtigen. »Könnte ich Ihre Ausweise sehen?«

Wortlos klappten die Agenten ihre Marken auf und hielten sie Clint vor das Gesicht.

Dieser betrachtete sie lange schweigend. Unruhig wechselten die Agenten einen Blick. Schließlich blickte er die FBI-Agenten hart an. »In Ordnung. Ich wiederhole meine Frage: Warum können Sie nicht hier mit Karen sprechen?«

»Wir sollen sie nach Bozeman bringen, wo in Kürze einige Sicherheitsleute und höhere Regierungsbeamte aus Washington, D. C., eintreffen werden. Agent Cranton sagte, wir sollten Mrs Lombard so schnell wie möglich dorthin bringen.«

Clints Mund verzog sich abfällig. Cranton! Er konnte nicht sagen, dass er unbedingt gute Erinnerungen an den Special Agent hatte.

»Wenn Sie jetzt bitte einsteigen würden, Dr. Lombard?«

Panisch blickte Karen Clint an. Sie wollten sie alleine mitnehmen!

Clint umfasste ihren Arm mit seiner großen Hand. »Nein.«

Verwirrt blickten ihn die Agenten an. »Wie meinen Sie das?«

Clint fletschte die Zähne. Die Agenten wichen automatisch einen Schritt zurück. Gut, er hatte also in den letzten vier Jahren seinen Todesblick nicht verlernt. »So wie ich es sage: nein. Karen erklärt sich bereit, von Ihnen zu einem Gespräch nach Bozeman geleitet zu werden. Aber da sie nicht verhaftet ist, wie Sie ja eben selbst gesagt haben, werden wir mit einem eigenen Auto hinter Ihnen herfahren.« Mit einer knappen Handbewegung schnitt er den Protest des einen Agenten ab. »Diese Bedingung ist nicht verhandelbar. So sind wir nicht auf einen Transport angewiesen, wenn die Vernehmung beendet ist.«

»Aber …«

Clint unterbrach ihn. Seine tiefe, raue Stimme hatte Kommandoqualität angenommen. »Also ich sehe das so:

entweder wir fahren in separaten Autos und Sie bekommen Ihr Gespräch mit Dr. Lombard oder Sie kehren alleine zu Ihren Vorgesetzten zurück und erklären ihnen, warum Sie Ihren Auftrag nicht ausführen konnten.« Er verschränkte die Arme vor der Brust und blickte die Agenten abwartend an.

Erwartungsgemäß taten sie das einzig Mögliche, sie gaben nach.

Agent Madock sammelte trotz Clints stechendem Blick den Mut für eine letzte Warnung. »In Ordnung. Sie können Ihr eigenes Auto nehmen. Aber ich warne Sie, sollte Mrs Lombard versuchen zu fliehen, werden wir Sie mit aller Härte verfolgen.«

Clint quittierte den Versuch mit einer hochgezogenen Augenbraue, sagte aber nichts.

Der Agent brach das unangenehme Schweigen. »Können wir dann jetzt losfahren?« Sein Blick wanderte zu Karens etwas zerzauster Erscheinung.

Errötend fuhr sie mit ihrer Hand durch ihre chaotische Frisur. »Vielleicht sollten wir uns vorher noch ein wenig frisch machen.«

Clint nickte. »Wir packen auch noch schnell eine Tasche, falls wir in Bozeman übernachten müssen.« Karen schauderte bei der Vorstellung. Clint bemerkte es und schlang einen Arm um ihre Schultern, während sie zu seiner Hütte gingen, die Agenten immer ein paar Schritte hinter ihnen. »Vielleicht haben wir ja auch Zeit, in der Stadt gleich einen kleinen Einkaufsbummel für dich zu machen. Hattest du nicht gesagt, du hättest gerne neue Kleidung?«

Karens Miene hellte sich beträchtlich auf. Endlich wieder vernünftiges Zeug, das wäre schon fast ein Gespräch in der FBI-Zentrale wert. Sie verzog den Mund – aber nur fast.

Während Karen nach einem kurzen Besuch im Bad hastig einige lebenswichtige Utensilien in ihren Rucksack warf, holte Clint sein Mobiltelefon aus der Hosentasche und drückte auf die Schnellwahltaste mit Matts Handynummer. Nachdem er es mindestens zwanzig Mal hatte klingeln lassen, gab er auf. Was trieb Mad nur wieder? Er hinterließ ihm eine kurze Mitteilung auf der Mailbox mit der Bitte, ihn sofort zurückzurufen, sobald er die Nachricht abhörte. Er überlegte, ob er es noch einmal mit dem Pager versuchen sollte, entschied dann aber, dass es nicht so wichtig war und noch warten konnte. Nachdem er ebenfalls das Notwendigste eingepackt hatte, waren sie zum Aufbruch bereit.

Clint berichtete seinem Vater in kurzen Zügen, weshalb das FBI Karen suchte und sie nach Bozeman fahren mussten. Mit der Bitte, sich mit Matt in Verbindung zu setzen, sobald der wieder auftauchte, und mit ihm zusammen die Sicherheit auf der Ranch zu verstärken, verließ Clint das Haus mit einem Paket voll Essbarem. Nach einem kleinen Umweg über den alten Jeep, aus dem er die Decke samt Maschinengewehr holte, ging er zu dem Mittelklassewagen, den er für die Fahrt nach Bozeman gewählt hatte. Er schlüpfte auf den Fahrersitz und fuhr, nach einem kurzen beruhigenden Blick zu Karen, hinter dem FBI-Wagen her vom Ranch-Gelände.

Gemächlich ritten Shannon und Matt über die Sandwege der Ranch. Erstaunlicherweise hielt sich Matt recht gut auf dem Pferd, auch wenn er wahrscheinlich ein wenig wie Popeye der Seemann wirkte, oder besser gesagt sein großer Gegenspieler Brutus, natürlich ohne Bart und mit helleren Haaren. Grinsend betrachtete er Shannons schlanken Rücken und ihren appetitlichen strammen Po, der vor ihm im Rhythmus des Pferdes auf und ab wippte. Was würde er dafür geben, in diesem Moment das Pferd zu sein! Er verzog den Mund, als er merkte, dass reiten mit einer Erektion nicht gerade angenehm war. Noch ein

Grund mehr, in Zukunft einen großen Bogen um Pferde zu machen. Aber die Landschaft war wirklich atemberaubend. Alles war viel grüner und saftiger als in Südkalifornien. Trotzdem sehnte er sich nach zwei Tagen im Landesinnern schon wieder nach dem Meer. Wahrscheinlich hatte er einfach Meerwasser im Blut. Außerdem war es hier so still. Man hörte die Vögel zwitschern, kleinere Tiere im Unterholz nach Nahrung suchen, aber sonst war da nur Stille. Für Matts Geschmack ein bisschen zu ruhig. Nicht zu glauben, er war jetzt 34 Jahre alt und hatte Heimweh wie ein Schuljunge. Und das nach nur zwei Tagen! Wenn er auf einer Mission war, hatte er das Problem nicht. Seine ganze Konzentration richtete sich dann auf seine Aufgabe und er hatte gar keine Zeit, seine Heimat zu vermissen. Wahrscheinlich fehlte ihm hier auch die Aufregung. Seufzend ließ er seinen Blick wieder über Shannons Körper gleiten. Vielleicht sollte er sich von ihr ablenken lassen …

Bevor er danach handeln konnte, brach die Hölle los. Sein Mobiltelefon klingelte schrill, was dazu führte, dass Flower die Augen verdrehte, aufstieg und wie von Hunden gehetzt losrannte. Matt, der nicht damit gerechnet hatte, verlor die Zügel und schaffte es gerade noch mit Mühe und Not, sich an der Mähne festzuklammern, bevor sie im Galopp den Weg hinunterpreschte. Aus den Augenwinkeln sah er noch Shannons erschrockenen Gesichtsausdruck, bevor er sich ganz darauf konzentrierte, auf der Stute zu bleiben. Es war ihm egal, ob er aussah wie ein überdimensionierter Bettvorleger, er wollte nur lebendig aus dieser Sache herauskommen. Und danach würde er nie wieder freiwillig auf ein Pferd steigen. Auch nicht, um ein paar Stunden mit der interessanten Shannon Hunter zu verbringen. Hör auf zu jammern, Matt, du bist ein SEAL! Denk dir lieber etwas aus, wie du dieses Teufelswesen zum Stehen bringst. Leichter gesagt als getan. Was wusste er schon von Pferden? So ein Kurs fehlte noch in der SEAL-Ausbildung: Reiten 101.

Wo war hier die Bremse? Was sagten noch die Cowboys immer in den alten Western? »Ho, ho, ho.« Oder war das der Weihnachtsmann gewesen? Egal, es wirkte sowieso nicht. Wenigstens hatte endlich das elende Telefon aufgehört zu klingeln. Wo war Shannon eigentlich abgeblieben? Sollte sie nicht Gäste vor solchen Erlebnissen schützen? Ein schriller Pfiff ertönte hinter ihm. Abrupt blieb das Pferd stehen. Matt war darauf nicht vorbereitet und vollführte einen wenig eleganten Abgang über den Kopf des Tieres. Durch jahrelanges Training geschult, ließ er seinen Körper schlaff werden und rollte geschmeidig ab.

»Oh mein Gott! Sind Sie verletzt?« Als Shannons Stimme näher kam, ließ er sich schnell wieder ins Gras zurückfallen und schloss die Augen.

Shannon sprang behände von ihrem Pferd und rannte auf Matt zu. Oh Gott, was hatte sie sich nur dabei gedacht zu pfeifen? Ihr hätte klar sein müssen, dass Flower sofort anhalten würde, vor allem, da endlich dieses verdammte Telefon still war. Mit weißem Gesicht ließ sie sich neben Matts reglosem Körper auf die Knie fallen. Mit zitternden Fingern berührte sie seinen Arm. Sie wusste nur über erste Hilfe, was sie in den Recherchen für ihre Bücher gelesen hatte. Wenn er wirklich ernsthaft verletzt war, musste sie zur Ranch zurückreiten und Hilfe holen, alleine würde sie seinen riesigen Körper nie bewegen können. Langsam strich sie mit beiden Händen nach offensichtlichen Verletzungen suchend über seinen Körper. Als Letztes untersuchte sie seinen Schädel. Seine schulterlangen, hellbraunen Haare hatten sich aus dem Zopf gelöst und hingen ihm nun wirr ins Gesicht. Vorsichtig fuhr Shannon hindurch, während sie mit den Fingern über seine Kopfhaut strich. Aufatmend stellte sie fest, dass zumindest äußerlich keine Verletzung zu erkennen war. Natürlich konnte er immer noch innere Verletzungen haben oder, Gott!, ein verletztes Rückgrat. Mit zwei Fingern überprüfte sie seinen Puls an der Halsschlagader. Er war kräftig, wenn auch etwas schnell. Aber was wusste sie schon davon. Krankenhaus-Serien im Fernsehen waren da bestimmt keine Qualifikation.

Sanft strich sie über seine stoppeligen Wangen. »Matt, können Sie mich hören?« Er rührte sich nicht. Diesmal klopfte sie etwas fester. »Matt!« Panik überkam sie, als Matt immer noch nicht reagierte. Vorsichtig schob sie mit je einem Finger seine Augenlider hoch. Seine Augen blickten sie eindeutig wach und noch eindeutiger amüsiert an. Mit einem leisen Aufschrei zog sie die Finger zurück und robbte von ihm weg.

Blitzschnell umfasste Matt ihre Handgelenke und zog sie zurück. »Hör nicht auf, das war so gut.«

Shannon war so wütend, dass es fast aus ihren Ohren rauchte. »Ich habe eine Todesangst, dass Ihnen etwas passiert sein könnte, und Sie spielen mir etwas vor?«

Matt zog eine Augenbraue hoch. »Ich denke nicht, dass ich nur gespielt habe, als ich von diesem verrückten Gaul geflogen bin. Fühlte sich ziemlich echt an.«

Sofort überwog wieder Shannons Besorgnis. »Ich weiß. Es war meine Schuld, ich hätte vorher sagen sollen, dass das Einzige, was Flower aus der Ruhe bringt, klingelnde Telefone sind.«

Matt verzog das Gesicht. »Wäre gut gewesen, das zu wissen.«

Shannon ignorierte seine Bemerkung. »Sind Sie verletzt? Können Sie aufstehen?«

Grinsend streckte Matt seine Hände nach ihr aus. »Probieren wir es aus. Ziehen Sie mal.«

Shannon rappelte sich auf und zog kräftig an seinen Händen. Nichts rührte sich.

»Kräftiger!«

Shannon zog so fest sie konnte, aber Matt war einfach zu schwer. Mit einem leisen Aufschrei fiel sie der Länge nach auf ihn. Matt grunzte.

Aus geweiteten Augen blickte Shannon ihn an. »Habe ich Ihnen wehgetan?«

Matt grinste schief. »Zumindest nicht an irgendwelchen lebenswichtigen Organen.«

In seinen graublauen Augen war ein Ausdruck, den Shannon nicht deuten konnte. Vorsichtig versuchte sie sich zu erheben, ohne ihm weitere Schmerzen zuzufügen. Blitzschnell schlang er seine Arme um ihre Taille und hielt sie auf sich fest. Mit einem erschreckten Keuchen sank Shannon zurück. Ihre Nasen berührten sich fast, ihr Atem vermischte sich.

»Was ...?«

Weiter kam sie nicht. Matt presste seinen Mund auf ihre Lippen, seine Hände wanderten von der Taille zu ihren Haaren. Während er die langen Strähnen um eine Faust wickelte, umfing die andere Hand ihren Hinterkopf. Derart gefangen tauchten Shannons dunkle Augen tief in Matts hellere ein. Jetzt wusste sie, was sie dort vorhin gesehen und nicht erkannt hatte: Leidenschaft. Matts Umklammerung löste sich etwas, er gab ihr die Gelegenheit, den Kuss zu beenden und aufzustehen. Wollte sie das? Shannon verdrehte die Augen. Ein großer, gut aussehender, charmanter Mann wollte sie küssen und sie überlegte, ob sie das zulassen sollte? War sie krank? Mit großem Enthusiasmus stürzte sie sich in den Kuss. Matts Griff wurde wieder fester, er drückte sie von Kopf bis Fuß an sich, während seine Zunge ihren Mund plünderte. Shannons Brüste pressten sich an seinen harten Oberkörper, ihre Beine umschlangen seine Hüfte. Ihre gierigen Hände wühlten sich in seine zerzauste Mähne, zogen ihn noch dichter zu sich heran. Einige Minuten später ließen sie schwer atmend voneinander ab. Matts Wangen waren gerötet, seine Augen glänzten leidenschaftlich. Er blickte Shannon aufmerksam an. Zuerst hatte er gedacht, sie würde nicht auf seinen Vorstoß reagieren, aber dann war sie derart leidenschaftlich auf ihn losgegangen, dass er kaum noch Luft bekommen hatte. Nicht, dass ihn das in dem Moment gestört hatte. Er hätte noch stundenlang so mit ihr hier liegen können.

Doch erstens tat ihm sein Rücken langsam weh und zweitens sollte er vielleicht mal nachprüfen, wer ihn angerufen hatte, sofern sein Handy noch funktionierte.

Er lächelte sie an. »Das war … fantastisch. Wollen wir das demnächst noch einmal wiederholen?«

Shannons Augen klärten sich langsam. Jetzt grinste sie ihn an. »Jederzeit!«

XXII

Paul Lombard war übel. Furchtbar übel. Erst wurde er mitten in der Nacht in ein winziges Propellerflugzeug gezerrt, wo er neben zwei wirklich widerlich stinkenden »Gorillas« sitzen musste. Natürlich gab es kein bisschen Beinfreiheit und auch keine Stewardess, die ihm wenigstens einen Snack brachte, den er bei den Turbulenzen wohl kaum hinunterbekommen hätte. Außerdem schmerzten die unzähligen Schnitte, die er sich bei seinem Unfall mit dem Blumentopf zugezogen hatte, und er war todmüde. Drei Stunden Schlaf waren einfach zu wenig für ihn. Im Flugzeug hatte er wegen der Gesellschaft und des Lärms kein Auge zugetan. Von dem Gewackel ganz zu schweigen. Er war schon froh, dass er keine der bereitliegenden Papiertüten hatte benutzen müssen. Erleichtert aufatmend war er am Flughafen von Bozeman in ein Auto umgestiegen. Aber er hatte sich zu früh gefreut. Im Auto auf dem Rücksitz eingepfercht von den gleichen Typen, auf kurvenreicher Straße, war ihm prompt wieder übel geworden. Und hier gab es keine Tüten.

»Was haben Sie eigentlich vor?«

Packard drehte sich auf dem Beifahrersitz zu ihm herum. »Wir wissen, dass sie diese Straße nehmen werden, wenn sie Ihre Frau von West Yellowstone nach Bozeman in die FBI-Zentrale bringen. Wir werden sie abfangen.«

Abfangen? Paul schluckte. Er wollte lieber nicht wissen, wie das genau vonstatten gehen sollte. »Und wenn sie denen schon was erzählt hat?«

»Unser Kontakt sagte, die beiden Agenten, die sie abholen, hätten nur die Aufgabe, sie nach Bozeman zu bringen, nicht sie zu befragen. Aber selbst wenn, wir kümmern uns schon darum.«

Paul wurde heiß und kalt. Seine Frau töten zu lassen war eine Sache, aber sich mit FBI-Agenten einzulassen eine ganz andere. Er wusste jedoch genau, dass sein Protest nichts bringen würde, außer vielleicht, dass sie sich entschlossen, ihn ebenfalls zu beseitigen. Und das wollte er unter allen Umständen vermeiden. Also schloss er seinen Mund und konzentrierte sich darauf, seinen Mageninhalt nicht zu verlieren.

In geringem Abstand zu dem unscheinbaren Auto der beiden FBI-Agenten fuhren Clint und Karen schweigend den Highway 191 entlang. Karen schaute tief in Gedanken versunken aus dem Fenster, seit sie auf der Ranch ins Auto gestiegen war. Der 191 führte durch ein landschaftlich sehr reizvolles Gebiet, doch Clint bezweifelte, dass Karen überhaupt etwas wahrnahm. Er machte sich Sorgen um sie. Bisher hatte sie mit viel Kraft und auch Humor alles, was passiert war, überstanden. Doch jetzt zog sie sich von ihm und allen anderen zurück. Das störte ihn gewaltig. Immer wieder warf er verstohlene Blicke auf ihr Profil. Zwischen ihren Augenbrauen und an ihren Mundwinkeln hatten sich tiefe Falten gebildet, ihre Lippen waren fest zusammengepresst. Es war eine ganz andere Karen als die Frau, die er in dem alten Jeep geküsst hatte. Er hatte das tiefe Bedürfnis, Karen aus ihrer Melancholie zu reißen. Wie schon so oft zuvor wünschte er sich, ein bisschen mehr von Matts lockerer Art zu haben. Aber er war schon als Kind ruhig gewesen, und das hatte sich mit den Jahren noch verstärkt. Seit er die Teams verlassen hatte, war er sogar zu einer

Art Einsiedler geworden, der das Leben nur noch beobachtete und nicht mehr direkt daran teilnahm. Dass etwas Wesentliches in seinem Leben fehlte, hatte er spätestens gemerkt, als er Shane geholfen hatte, Autumn aus der Hand ihres Entführers zu befreien. Es hatte ihm gut getan, wieder einmal Action zu erleben und einen Unterschied bewirkt zu haben. Wirklich schmerzhaft war es gewesen, Shane und Autumn zusammen zu erleben, die Liebe in ihren Augen zu sehen. Zuzusehen, wie glücklich sie waren, wieder vereint zu sein. Natürlich hatte er sich für sie gefreut, er gönnte ihnen ihr Glück, sie hatten es verdient. Aber es war ihm äußerst schwer gefallen, wieder auf die Ranch zurückzukehren, in seine kleine Hütte, sein kaltes, leeres Bett. Niemand hatte ihn freudig begrüßt, ihm gesagt, dass er vermisst worden war, von seiner Familie einmal abgesehen. Früher hatte er immer gedacht, er brauchte keine Liebe, niemanden, der immer für ihn da war. Theoretisch gesehen hatte er Recht gehabt, er konnte auch überleben ohne eine Frau an seiner Seite, ohne Liebe, ohne Glück. Doch irgendetwas fehlte …

Das Klingeln seines Mobiltelefons unterbrach seine trüben Gedanken. Karen schreckte sichtbar zusammen. Ihre großen braunen Augen blickten ihn an.

Clint zuckte mit den Schultern. »Das wird wahrscheinlich Matt sein. Hunter.«

»Jo. Was liegt an?«

Richtig geraten. Er nickte Karen zu. »Wo warst du denn? Ich habe es bestimmt zwanzig Mal klingeln lassen!«

Matt stöhnte. »Das habe ich gemerkt. Flower ist wahrscheinlich weiter gerannt als jemals in ihrem Leben, bevor ich mit einem doppelten Salto abgestiegen bin.«

Clint zuckte zusammen. »Ups, tut mir Leid. Ist alles in Ordnung?«

Matt lachte. »Ja, kein Problem. Außerdem war Shannon eine sehr fähige Krankenschwester.«

»Shannon … Okay, lassen wir das. Wir haben im Moment ein dringenderes Problem.«

Sofort wurde Matt ernst. »Und das wäre?«

»Zwei FBI-Agenten kamen zur Ranch, um Karen nach Bozeman zu bringen. Sie ließen sich nicht davon abbringen, aber ich habe durchgesetzt, dass wir ein eigenes Auto nehmen konnten.«

»Shit!«

Clint nickte grimmig. »Stimmt. Aber immerhin haben uns die Guten zuerst gefunden. Ich denke nicht, dass wir große Probleme mit ihnen haben werden. Es könnte aber sein, dass wir in Bozeman übernachten müssen. Könntest du für mich ein Auge auf die Ranch haben? Dad habe ich auch schon instruiert.«

»Logo. Mach dir keine Sorgen, wir werden das Kind schon schaukeln.«

Clint atmete erleichtert aus. »Okay. Danke.«

»Clint?«

»Ja?«

»Seid vorsichtig. Mir gefällt die ganze Sache nicht.«

Clints Hand umklammerte das Telefon etwas fester. »Mir auch nicht. Aber mach dir keine Sorgen, ich habe ein paar deiner Babys mitgenommen.«

»Na dann … Melde dich, wenn du Hilfe brauchst.«

»Werde ich. Bis bald.« Clint klappte das Telefon zusammen und steckte es wieder in seine Tasche. Sein Blick traf Karens. »Auf der Ranch ist alles in Ordnung, Matt wird dafür sorgen, dass es auch so bleibt.« Um Karen aufzumuntern, fügte er noch hinzu: »Der Arme hat gerade einen sehr unglücklichen Abgang vom Pferd hinter sich.«

Wie erwartet erschien ein schwaches Lächeln auf Karens Lippen. »Es geht ihm doch gut?«

Clint verzog einen Mundwinkel. »Klar, Unkraut vergeht nicht. Außerdem wird er jetzt von Shannon gepflegt. Ich denke, wenn wir wieder zurück auf der Ranch sind, werde ich mich mal mit ihm unterhalten müssen. Er scheint es irgendwie auf meine Schwester abgesehen zu haben.«

Karen lachte. »So wie ich Shannon kennen gelernt habe, kann sie sich bestimmt selbst wehren. Wenn sie es denn will.«

Clints Mund verzog sich nach unten. »Das ist es, was ich befürchte.« Er freute sich, Karen wieder lachen zu sehen, ein lebendiges Funkeln in den Augen. Ein großer Fortschritt zu der Teilnahmslosigkeit, die sie vorhin ergriffen hatte. Er machte sich auch nicht wirklich Sorgen um Matt und Shannon. Er kannte seinen Freund schließlich gut genug, um zu wissen, dass er sich nie einer Frau aufdrängen würde. Allerdings war er für seinen Erfolg bei Frauen bekannt. Doch Shannon war erwachsen, sie wusste selbst ganz genau, was sie wollte. Clint würde sich dort bestimmt nicht einmischen, er hatte zurzeit genug andere Probleme. Eins davon beschäftigte sich mit der Tatsache, dass ihnen schon seit geraumer Zeit kein Auto mehr entgegengekommen war. Auf dieser beliebten und viel befahrenen Strecke war das sehr ungewöhnlich. Hinter sich sah er nur von Zeit zu Zeit einen japanischen Mittelklassewagen auftauchen, wahrscheinlich einen Mietwagen. Egal wie schnell oder langsam Clint fuhr, das Auto behielt immer den gleichen Abstand zu ihnen. Seine Nackenhaare richteten sich auf. Irgendetwas stimmte hier nicht.

Matt legte sein Mobiltelefon zur Seite und stemmte seine Fäuste in seine Hüften. Verdammt! Warum hatte er gerade zu dem Zeitpunkt unerreichbar sein müssen, als gerade etwas passierte? Er hätte natürlich sowieso nichts gegen die FBI-Agenten ausrichten können, zumindest nichts Legales. Außerdem war es auch besser, wenn hier jemand auf der Ranch die Augen offen hielt. Trotzdem hatte er das Gefühl, als wäre er ein Zuschauer in einem Drama und konnte nichts anderes tun, als die Hände in den Schoß zu legen und abzuwarten.

Die Tür öffnete sich und Shannon kam herein. Seinen Gesichtsausdruck wahrnehmend, lief sie schnell zu ihm. »Tut dir doch etwas weh?«

Sie hatte ihn vor ein paar Minuten in seine Hütte gebracht und war dann schnell in ihre hinübergegangen, um eine Salbe gegen die Prellungen zu holen, die er sich sicher bei dem Sturz zugezogen hatte. Sie konnte sich nicht vorstellen, dass jemand von einem Pferd fallen konnte, ohne sich zu verletzen, und sein Gesichtsausdruck gab ihr Recht. Natürlich versuchte er sofort wieder zu vertuschen, dass er verletzt war, aber diesmal würde sie sich davon nicht ablenken lassen.

Matt überspielte seine Sorgen mit einem strahlenden Lächeln. »Ich hatte dir doch schon gesagt, dass ich nicht verletzt bin. Bis auf meinen Stolz natürlich.«

Shannon überging ihn einfach, indem sie die Tube auf den Tisch legte und ihre Ärmel hochkrempelte. »Dann hast du ja sicher nichts dagegen, wenn ich es mir einmal angucke.«

Matts Lächeln wurde unsicher. »Was willst du dir angucken?«

Shannon grinste. »Deinen Körper natürlich. Oder hast du etwas gegen Doktorspiele?«

In Matts graublaue Augen trat ein gefährlicher Glanz. »Aber nein, überhaupt nicht. Ich hoffe, du weißt, worauf du dich da einlässt.«

Ein heißer Strahl schoss durch Shannons Körper, doch sie schaffte es, äußerlich ruhig zu wirken. »Durchaus. Nun zieh dein Hemd aus und leg dich mit dem Gesicht nach unten auf das Sofa.«

Ein kleines amüsiertes Lächeln überzog Matts Gesicht, während er langsam sein T-Shirt über den Kopf zog, seine Augen mit Shannons verhakt. Sie ballte ihre Hände zu Fäusten, während es sie heiß und kalt überlief. Großer Gott, was hatte sie sich dabei gedacht? Trocken schluckend betrachtete sie mit großen Augen die muskulöse, gebräunte Brust, die zum Vorschein kam. Aus der Entfernung ihres Hüttenfensters war sie schon völlig fasziniert gewesen, doch jetzt war sie viel näher und konnte sich kaum davon abhalten, ihre Finger über die glatte Haut wandern zu lassen. Ruckartig kehrte ihr Blick zu Matts Gesicht zurück. Das Lächeln war verschwunden und hatte einem intensiven Blick Platz gemacht, der Shannon tief unter die Haut ging. Matts Augen waren jetzt von einem turbulenten Blau. Er machte einen Schritt auf sie zu, doch Shannon wehrte mit heiserer Stimme ab.

»Auf die Couch!«

Nach einem letzten intensiven Blickwechsel, der ihr fast die Schuhe auszog, gehorchte er. Mit zwei langen Schritten war er beim Sofa und legte sich bäuchlings darauf. Seine Jeans rutschte nach unten und offenbarte einen Streifen hellerer Haut. Anscheinend kam seine Bräune nicht aus dem Solarium, sondern von einer Beschäftigung im Freien. Ein unsinniger Gedanke. Was interessierte es sie, woher Matt seine Bräune hatte? Sie sollte sich lieber an die Arbeit machen, damit sie möglichst schnell aus dieser Hütte verschwinden konnte, bevor sie sich völlig lächerlich machte. Zögernd ging sie auf ihn zu. Matt hatte seinen Kopf auf die Arme gelegt und die Augen geschlossen. Erleichtert atmete sie aus. Sie wusste nicht, ob sie es ertragen hätte, wenn seine glühenden Augen sie beobachtet hätten, während sie ihn berührte. Nicht nach dem Kuss, den sie vorhin geteilt hatten. Vorsichtig ließ sie sich neben dem Sofa auf die Knie sinken. Matt war so lang, dass seine Beine ein gutes Stück über die Couch hinausragten, und so breit, dass neben ihm keine Maus mehr Platz gefunden hätte. Nur an seiner Hüfte war noch ein Stück frei. Doch es war ihr lieber, wenn sie ihm nicht so nahe kam.

Sanft ließ sie ihre Finger über seinen Rücken wandern. »Sag mir, wenn es irgendwo wehtut.«

Matt grunzte. Er hätte ihr genau sagen können, wo es ihm im Moment wehtat, aber er bezweifelte, dass ihre Salbe an dieser speziellen Stelle helfen würde. Damit sie nicht so schnell fertig wurde, stöhnte er bei manchen Berührungen auf und wurde von ihr mit vorsichtigem Einreiben der Salbe belohnt.

Viel zu schnell waren alle vermeintlichen Verletzungen verarztet, und Shannon lehnte sich zögernd zurück. »Fertig. Du kannst dich wieder anziehen.«

Matt blickte schläfrig zu ihr auf. »Und wenn ich nun sagen würde, dass durch den Sturz mein Nacken ganz steif geworden ist?«

Shannon lächelte. »Ist er das denn?«

»Nein, um ehrlich zu sein, ist er das schon seit Tagen. Diese viele Fahrerei ...«

Lachend legte Shannon wieder ihre Finger auf seine heiße Haut. »Okay, schon überredet. Aber höchstens zehn Minuten.«

Matt schloss wieder die Augen. »Danke.« Als ihre Finger sich in seine verhärteten Muskeln gruben, stöhnte er genüsslich auf. Gott, tat das gut.

Kurz darauf merkte Shannon, dass es nahezu unmöglich war, eine ordentliche Massage von der Seite her durchzuführen, deshalb kletterte sie kurzerhand auf ihn. Sie platzierte ihre Knie zu beiden Seiten seiner Hüfte und hatte so gleich einen viel besseren Zugriff auf seinen breiten Rücken und die muskulösen Oberarme. Jetzt sah sie auch die zahlreichen Narben, die seinen Rücken und die Arme überzogen. Die Narbe auf seiner Wange passte sehr gut zu seinen übrigen. »Der Beruf eines Versicherungsvertreters muss ziemlich gefährlich sein.«

Matt klappte ein Auge auf. »Wieso?«

Shannon deutete auf seinen Rücken. »Die Verletzungen.«

Matt schloss das Auge wieder und grinste. »Das kann man so sagen.«

»Aber wie ...?«

»Bist du sicher, dass du das wissen willst?«

»Nein, aber erzähl es trotzdem.«

Lachend begann Matt mit seiner Aufzählung. »Also, die Narbe am rechten Oberarm: Stacheldraht. Schulter: Betonpfeiler. Seite: Operation. Gesicht: Splitter einer Hauswand. Linker Arm: Messer.« Das Letzte sagte er so normal, dass Shannon es erst gar nicht mitbekam.

Ruckartig setzte sie sich auf. Messer? »Es hat dich jemand mit einem Messer verletzt?«

Matt hob sie hoch und drehte sich auf den Rücken. Ohne Vorwarnung saß Shannon plötzlich rittlings auf einem sehr gefährlichen Körperteil, das, wie sie bemerkte, ungefähr die gleichen riesigen Ausmaße hatte wie der ganze Körper.

»Oh.«

Seine Augen funkelten belustigt, während er ihre Hände auf seine Brust legte. »Hier bin ich auch ein bisschen verspannt.«

Als sie sich nicht rührte, seufzte er. »Ja, ein Messer. Du glaubst gar nicht, mit was für Sachen die Leute auf einen Vertreter losgehen. Einmal hat mich eine Hausfrau mit einem Staubsauger bedroht, hätte mir fast die edelsten Teile eingesogen.«

Shannon fing an zu lachen. Die Vorstellung war einfach zu lustig. Obwohl sie sich nicht vorstellen konnte, dass das, was sich da unter ihr regte, überhaupt durch das Staubsaugerrohr gepasst hätte.

Matts Augen verengten sich bedrohlich. »Wie, du lachst darüber? Das hätte wirklich fatal ausgehen können.«

Shannon lachte nur noch stärker.

»Na warte.« Mit einem Ruck rollte er sich herum und katapultierte Shannon damit auf den Boden. Doch das störte sie gar nicht, sie rollte sich zu einer Kugel zusammen und lachte weiter. Kopfschüttelnd setzte sich Matt auf und blickte auf Shannon hinunter. Woher sollte er denn auch wissen, dass sein Seemannsgarn so eine Wirkung auf sie haben würde? Schließlich sank er neben ihr zu Boden, zog ihren vom Lachen entkräfteten Körper auf seinen Schoß und schloss sie fest in seine Arme.

XXIII

Unruhig rutschte Paul auf dem Sitz des Mietwagens hin und her. Die beiden »Gorillas« waren vor kurzer Zeit aus dem Wagen gestiegen und im Unterholz verschwunden. Das Auto war etwas versteckt auf einem kleinen Parkplatz am Straßenrand abgestellt. Außer ihm waren noch der Fahrer und sein Kontaktmann Packard im Wagen.

»Ist das nicht etwas gefährlich, sie so in aller Öffentlichkeit abzufangen?«

Packards Lächeln war eisig. »Keineswegs. Wir haben die Straße vor einiger Zeit auf beiden Seiten abgesperrt. Hier kommt garantiert kein Auto durch.«

»Und was ist, wenn sie einfach umdrehen, sobald sie die Falle bemerken?«

Das Glitzern in Packards eisblauen Augen zeigte, wie viel Vergnügen ihm die ganze Sache bereitete. »Dafür haben wir noch eine Gruppe hinter ihnen. Wir nehmen sie ins Sperrfeuer. Da entkommt keine Maus.«

Paul schluckte kräftig. Warum hatte er bloß seine Magentabletten zu Hause gelassen? Es sah so aus, als würde er sie auf dieser Fahrt gut gebrauchen können. Es war alles Karens Schuld. Wenn sie in der U-Bahn-Station gestorben wäre, so wie es geplant gewesen war, dann hätte das FBI nie von dieser ganzen Sache erfahren und sich nicht eingemischt. Er, Paul, hätte eine letzte Zahlung von der Bruderschaft des Lichts genommen, das Haus verkauft, Karens Erbe eingesackt und wäre dann einfach und ohne Probleme verschwunden. Hätte, hätte, hätte … Stattdessen saß er hier auf einer verlassenen Landstraße mitten im Nirgendwo und wartete darauf, dass FBI-Agenten, seine Frau und wer weiß wer noch getötet wurden. Er schloss die Augen und zählte bis zehn, um seine Nerven und seinen Magen zu beruhigen.

Obwohl er es erwartet hatte, blieb Clint kaum Zeit, angemessen zu reagieren. Eben noch fuhr der Wagen mit den FBI-Agenten vor ihnen durch eine Engstelle der Straße, im nächsten Augenblick fielen Schüsse aus dem Unterholz am Straßenrand. Von mehreren Kugeln auf der Fahrerseite getroffen, schlingerte das Auto nach rechts, auf die Schlucht zu. Clint trat sofort auf die Bremse und kam mit quietschenden Reifen zum Stehen. In Sekundenschnelle warf er den Rückwärtsgang ein und schoss rückwärts die Straße entlang. Mit weißem Gesicht klammerte Karen sich an Griff und Armaturenbrett fest, gab aber keinen Laut von sich.

»Shit!« Mit Wucht trat Clint auf die Bremsen, als er das Auto hinter sich sah. Sein schlechtes Gefühl vorhin war also richtig gewesen. Sein Gehirn arbeitete rasend, während er versuchte, einen Ausweg aus dieser Situation zu finden. Leider fiel ihm nichts anderes ein, als sich zu ducken und Gas zu geben. Er hatte zwar ein Maschinengewehr und eine Pistole, aber gegen diese Übermacht war er machtlos, zumindest bei Tageslicht auf offener Straße.

Neben ihm schrie Karen auf. »Oh mein Gott!«

Ruckartig blickte Clint nach vorne und sah gerade noch, wie der Wagen der FBI-Agenten kopfüber in die Schlucht stürzte. Ein lautes krachendes Geräusch war vom Aufprall zu hören, gefolgt vom Dröhnen der Hupe. Verdammt! Was konnten sie tun? Wenn sie sich ergaben, waren sie so gut wie tot, wenn sie versuchten zu fliehen ebenso.

Clint blickte mit zusammengepressten Lippen auf Karen, die in ihrem Sitz zusammengeschrumpft war. »Okay, versuchen wir es. Bist du angeschnallt?«

Karen nickte.

»Gut. Duck dich so tief es geht. Und bleib die ganze Zeit unten, egal was passiert. Okay?«

»Aber …«

Clint unterbrach sie. »Wir müssen hier weg. Das ist unsere einzige Chance. Aber sie werden auf uns schießen und uns mit allen Mitteln zu stoppen versuchen. Also, halt dich gut fest und rühr dich nicht.«

Karen nickte ernst. »Danke für alles.«

Unglaublicherweise grinste Clint sie an. »Ich habe zu danken. Und denk dran: Kopf unten halten.«

Damit wandte er sich der vor ihm liegenden Aufgabe zu, während Karen verwirrt den Kopf schüttelte. Sie waren in Lebensgefahr und jetzt grinste Clint? Es war nicht zu glauben. Wenn sie das überlebten, würde sie mal ein Wörtchen mit ihm reden müssen. In diesem Moment gab Clint Vollgas und sie schossen mit quietschenden Reifen auf die bewaffneten Männer zu. Karen hatte alle Hände voll damit zu tun, sich festzuklammern. So nahm sie den lauten Knall und Clints saftigen Fluch nur nebenbei wahr. Der Wagen schlingerte wild hin und her, was es Karen noch schwieriger machte, auf ihrem Platz zu bleiben.

»Festhalten!« Clints Schrei kam fast zeitgleich mit dem Moment als der Wagen ins Leere sackte.

Karen rutschte nach vorne und knallte mit dem Kopf an die Konsole. Bewusstlos merkte sie nichts mehr von dem harten Aufprall.

Clint hob vorsichtig den Kopf und verzog den Mund, als ein scharfer Schmerz hindurchfuhr. Immerhin bewies der Schmerz, dass er noch lebte. Karen! Seine eigenen Verletzungen waren vergessen, als er sich abrupt zum Beifahrersitz umdrehte. Karen lag wie eine zerbrochene Puppe halb auf dem Sitz und halb im Fußraum. Leblos. Clints Herz zog sich vor Schreck zusammen. Nein! Sie durfte nicht tot sein. Vorsichtig tastete er an ihrem Hals nach einem Puls. Ja, da war er!

Aufatmend machte er sich daran, sie zu wecken. Sanft strich er mit zitternden Fingern über ihr Gesicht. »Karen?« Sie reagierte nicht. Diesmal schlug er leicht auf ihre Wangen. »Komm schon, Karen, wach auf.« Ein Stöhnen entfuhr ihr. Clint wertete das als gutes Zeichen und verdoppelte seine Bemühungen. »Karen! Mach die Augen auf. Wir müssen hier weg!«

Langsam öffnete Karen die Augen und blickte ihn verständnislos an. »Sei so gut und lass mich noch ein wenig schlafen, ja?« Damit schlossen sich ihre Lider wieder.

Das würde Clint unter anderen Umständen ja auch gerne tun, aber sie wurden aller Wahrscheinlichkeit nach immer noch gejagt und er hatte eben festgestellt, dass nicht mehr viel fehlte, dass das Auto von dem baumbewachsenen Vorsprung, auf dem es hing, hinunter auf den Boden der Schlucht stürzte. Und er wollte ungern noch darin sein, wenn das passierte.

Erneut klopfte er auf Karens Wangen. »Du kannst später weiterschlafen, jetzt müssen wir los, Karen.«

Durch seinen eindringlichen Tonfall nun doch vollends wach, kroch Karen auf den Sitz zurück. Zumindest versuchte sie das, wurde aber vom Sicherheitsgurt behindert. Was machte sie auf dem Boden des Autos? Sie erblickte Clints Gesicht über sich, das Blut, das ihm aus dem Haaransatz über die Stirn lief und von der Nasenspitze tropfte, und plötzlich fiel ihr alles wieder ein. Panisch versuchte sie sich zu befreien, aber Clints Hände hinderten sie daran.

»Langsam und vorsichtig, bitte. Ich möchte nicht auch in der Schlucht enden, wenn es geht.«

Karen biss sich auf die Lippen, beruhigte sich aber. Dankbar ließ sie sich von ihm vom Gurt befreien und auf den Sitz zurückziehen. Dort angekommen, blickte sie aus dem Fenster. Ins Nichts. Mit einem leisen Schrei zog sie sich so weit wie möglich in Clints Richtung zurück, weg von dem Abgrund.

Clint nahm ihr Gesicht in seine großen Hände und blickte ihr ernst in die Augen. »Ich werde jetzt meine Tür öffnen und aussteigen. Ich möchte, dass du mir den Rucksack und alles andere, was wir gebrauchen können, herausreichst. Danach ziehe ich dich dann heraus. Okay?«

»Okay. Sei vorsichtig.«

Wieder blitzte Clints Grinsen auf. »Bin ich doch immer.«

Ja, sicher. Mit angehaltenem Atem verfolgte Karen, wie Clint sich langsam und mühsam Stück für Stück aus dem Wrack befreite.

Schließlich stand er schwer atmend, mit leicht verzerrtem Gesicht über dem Auto auf einem Felsblock. »Gib mir jetzt die Sachen an.«

Karen hatte sich bereits im Auto umgesehen und außer dem Rucksack, der Decke, einem Taschenmesser und Feuerzeug aus dem Handschuhfach nichts Nützliches entdecken können. Diese Sachen gab sie Clint nun nach und nach durch die offene Fahrertür nach draußen.

»Wo ist das Maschinengewehr?«

»Ich habe keins gesehen.«

Clint fluchte. »Es lag unter der Decke, auf dem Rücksitz.«

Karen schaute noch einmal nach, konnte aber nichts entdecken. »Ich finde es nicht.«

Ein lang gezogenes Knacken ertönte.

Clint beugte sich plötzlich vor und streckte Karen seine Hände entgegen. »Halt dich an mir fest, ich ziehe dich jetzt raus.«

Das ließ Karen sich nicht zwei Mal sagen. Mit festem Griff umklammerte sie seine Hände, während er sie mit einem kraftvollen Zug nach oben beförderte.

Er setzte sie neben sich ab, griff sich den Rucksack, in den er zuvor schon Taschenmesser und Feuerzeug gesteckt hatte, und warf ihr die Decke zu. »Komm, nichts wie weg hier.«

Über sich hörte er schon die lauten Stimmen ihrer Verfolger. In der einen Hand seine Pistole, zog er mit der anderen Karen hinter sich her, von dem wackeligen Vorsprung weg, der weitere knackende Geräusche von sich gab. Nachdem sie eine Felsnase umrundet hatten, legten sie eine kurze Pause ein. Ein Blick zurück zeigte ihnen, dass die Verfolger ihnen schon sehr nahe waren. Es lag nur noch die mit dem zerstörten Auto verunzierte Kante zwischen ihnen. Einer der Männer trat nach vorne, um in den Wagen hineinzuschauen, als plötzlich der Fels unter ihm wegbrach. Mit einem lauten Schrei stürzte er in die Tiefe, zusammen mit dem Auto, Geröll und Bäumen. Karen presste eine Hand vor den Mund, um keinen Laut von sich zu geben. Wenn sie nur etwas länger auf dem Felsvorsprung geblieben wären, lägen sie jetzt auch dort unten in der Schlucht. Entsetzt blickte sie Clint an.

Dieser zuckte mit den Schultern. »Schade, dass nicht alle schon darauf standen.« Von seiner Kaltherzigkeit verunsichert, schaute sie ihn mit großen Augen an. »Entweder sie oder wir, denk daran, Karen.«

Sie wusste, dass Clint Recht hatte, aber irgendwie konnte sie einem Menschen nicht den Tod wünschen. Selbstverständlich hatte Clint sich diese Einstellung während seiner Arbeit als SEAL angeeignet. Anscheinend hatten sich, seit sie in Gefahr schwebten, seine primitiveren Instinkte wieder durchgesetzt. Wenn er sie damit am Leben hielt, würde sie sich bestimmt nicht darüber beschweren. So folgte sie ohne zu zögern, als Clint ihr und sich vorsichtig einen Weg in die Schlucht bahnte. Nur einmal legte er eine kurze Pause ein und betrachtete prüfend den Hang über ihnen.

»Warum gehen wir nach unten anstatt nach oben?«

Clints sherryfarbene Augen waren dunkler als gewöhnlich. »Weil oben wahrscheinlich die Bösen auf uns warten. Zumindest der Teil von ihnen, der nicht gerade hinter uns herklettert. Und da sie scheinbar die Straße gesperrt haben, ist auch die Wahrscheinlichkeit sehr gering, dass jemand vorbeikommt, der uns mitnehmen könnte. Ganz davon abgesehen, dass wir damit einen Unbeteiligten in Gefahr bringen würden. Am besten verschwinden wir in den Wald und machen uns auf den Rückweg zur Ranch.«

Karen riss die Augen auf. »Zur Ranch zurück? Aber die ist doch bestimmt schon fünfzig Meilen entfernt!«

Clints Mundwinkel zuckte. »Nicht ganz, ich tippe eher auf zwanzig Meilen. Aber das schaffen wir schon, wir haben ja Zeit. Außerdem hatte ich vor, Matt anzurufen und einen Treffpunkt mit ihm auszumachen.« Mit diesen Worten zog er sein Mobiltelefon aus der Tasche.

Karen seufzte erleichtert auf. Sie waren gerettet!

Clint klappte das Telefon auf. Eine Taste drückend, hielt er es an sein Ohr. Sein Gesichtsausdruck verdüsterte sich. Er schlug das Telefon ein paar Mal gegen seine Handfläche, aber außer einem ominösen Klappern gab es kein Geräusch von sich. »Mist. So viel zu der einfachen Lösung.« Er steckte das Handy zurück in die Tasche und nahm Karens Hand. »Komm, wir müssen weiter.«

Karen folgte ihm stolpernd. Natürlich hatte sie wieder einmal nicht die richtigen Schuhe für einen Wanderausflug an. Irgendwie kam ihr die ganze Situation wie eine Wiederholung ihrer Erlebnisse in Costa Rica vor. Mit dem Unterschied, dass sie diesmal ganz auf sich gestellt waren und nur leicht bewaffnet. Außerdem schien Clint, wenn man von seinem etwas unsicheren Gang ausging, auch schwerer verletzt zu sein, als er zugab. Das Blut lief weiterhin über sein Gesicht, sie hatten noch keine Zeit gehabt, etwas dagegen zu unternehmen. Das musste einfach warten, bis sie einen etwas sichereren Ort gefunden hatten. Genau wie einige andere Bedürfnisse. Während der schwierigen Kletterei den Abhang hinunter schürfte sich Karen mehrmals ihre Hände und Arme auf, zog sich Kratzer und Beulen von tief hängenden Zweigen und Ästen zu und einmal knickte sie mit ihrem Knöchel um, aber sie lief weiter. Angetrieben von dem Wunsch, den Verfolgern zu entkommen und Clint nicht mehr zur Last zu fallen als absolut notwendig. Nur ihretwegen war er jetzt in einer solchen Situation. Wenn Karen daran dachte, was ihm passieren konnte, ihnen beiden, traten ihr die Tränen in die Augen. Das durfte einfach nicht geschehen. Sollte sie sterben, dann war das nicht zu ändern, aber Clint hatte mit der ganzen Sache nichts zu tun, er war nur ihretwegen mit hineingezogen worden. Flüchtig dachte sie daran, hier zu bleiben und Clint allein weiterlaufen zu lassen, aber sie verwarf den Gedanken schnell wieder. Sie wollte nicht sterben. Zumindest jetzt noch nicht. Außerdem schien Clint mal wieder ihre Gedanken gelesen zu haben.

Ruckartig drehte er sich herum und blickte sie finster an. »Denk nicht mal daran!«

Erstaunt blickte sie ihn an. »Woher willst du wissen, was ich gedacht habe?«

Clint zog den Riemen des Rucksacks fester und drehte sich wieder herum. »Ich konnte es bis hierher hören.«

Karen stand mit offenem Mund da. Er konnte ihre Gedanken hören?

»Ja.«

Ein Schauer lief über Karens Rücken. Das war ja gruselig. Schnell schulterte sie die Decke und folgte ihm, bevor er hinter dem nächsten Vorsprung verschwand. Sie würden sich wirklich einmal darüber unterhalten müssen, wenn sie etwas Zeit hatten.

»Später.«

Karen ballte die Fäuste. »Hör jetzt endlich auf damit.«

Sie hörte in seiner Stimme ein Lächeln, als er ihr antwortete: »Okay. Wir sind bald unten. Dort müssen wir eine Stelle suchen, wo wir den Fluss gefahrlos überqueren können.«

Zweifelnd blickte sie auf den Fluss, der zwar schmal war, aber viele Stromschnellen hatte. Wie sollten sie da hinüberkommen, vor allem ohne von ihren Verfolgern entdeckt und einfach erschossen zu werden?

Paul stand mit bleichem Gesicht hinter Packard, der gerade einen seiner Männer anschrie.

»Was soll das heißen, ihr denkt, dass sie mit ihrem Auto in die Schlucht gestürzt sind? Entweder sie sind es oder nicht! Also, saßen sie noch im Auto, als es samt der Klippe hinuntergestürzt ist, oder nicht?«

Der »Gorilla« trat von einem Fuß auf den anderen. »Ich wüsste nicht, wie sie da wieder herausgekommen sein sollten. Das Auto war völlig zerstört. Außerdem haben wir George verloren.«

Packard trat auf ihn zu und zog ihn am Kragen hoch. »Was interessiert mich George? Ihr werdet jetzt sofort einen Weg nach unten finden und in dem Wrack nachschauen. Und wenn ihr schon mal dabei seid, könnt ihr auch gleich den FBI-Agenten einen Gnadenschuss verpassen, sollten sie wider Erwarten noch am Leben sein.«

»Aber ...«

Packards eisblaue Augen bohrten sich in ihn. »Habe ich mich etwa nicht deutlich genug ausgedrückt? Oder sollte ich dich durch einen der anderen Männer ersetzen? Du bist nämlich nicht unersetzlich.« Er hob die Stimme. »Keiner von euch ist es.«

Murrend, aber ohne weitere Widerworte machten sich die bis an die Zähne bewaffneten Männer erneut an den beschwerlichen Abstieg. Paul versuchte sich möglichst klein zu machen, aber natürlich ohne Erfolg.

»Nun, wie fanden Sie die Vorstellung bisher? Zwei haben wir erledigt, und mit ein bisschen Glück sind die anderen beiden auch hinüber.«

Paul schauderte unwillkürlich, als er sich an den Anblick der Autos erinnerte, die über den Abhang gesegelt waren. Nicht unbedingt eine Todesart, die er einmal ausprobieren wollte. »Wäre schön, wenn die ganze Angelegenheit schon erledigt wäre. Ich habe noch einiges vor.«

Packard kicherte. »Ich auch, ich auch.«

XXIV

Heftig schnaufend kam Karen unten am Fluss an. Besorgt betrachtete sie Clint, in dessen Gesicht sich harte Linien gebildet hatten. Er musste wirklich starke Schmerzen haben, wenn man sein Humpeln mit dem scheinbar mühelosen Laufschritt verglich, den er in Costa Rica vorgeführt hatte. Oder er war einfach nur älter und weicher geworden. Karen schüttelte den Kopf über ihre Gedanken. Sie wandte sich dem Fluss zu. Zweifelnd betrachtete sie das rauschende Wasser. Wie sollten sie da hinüberkommen?

Clint drehte sich zu ihr um. »Kein Problem. Es ist schon August, da ist der Fluss ziemlich flach.«

Karen funkelte ihn an. »Du hattest doch versprochen, das zu lassen!«

Clint lachte. »Tut mir Leid, ich konnte nicht widerstehen. Du hast ein so ausdrucksvolles Gesicht, dass ich ohne Schwierigkeiten die meisten deiner Gedanken erraten kann.« Er wurde wieder ernst. »Aber jetzt sollten wir langsam zusehen, dass wir hier verschwinden.« Mit dem Finger zeigte er auf eine Stelle im Fluss, wo das Wasser besonders temperamentvoll floss. »Dort können wir leicht hinüberkommen. Ich hoffe, du hast nichts gegen nasse Füße.«

Karen verzog den Mund. »Doch, habe ich. Aber immer noch besser als eine Kugel im Körper.« Als sie die Stelle erreichten, blieb Karen stehen. »Sollten wir nicht lieber eine Stelle nehmen, an der der Fluss ruhiger fließt?«

Clint schüttelte den Kopf. »Nein, ruhiger heißt in diesem Fall auch tiefer. An den turbulenteren Stellen gibt es Felsen dicht an der Wasseroberfläche, die werden wir nutzen.«

Karen war zwar nicht überzeugt, folgte Clint aber trotzdem ins Wasser.

Noch waren sie durch einen Vorsprung der Sicht ihrer Verfolger verborgen, aber je weiter sie den Fluss überquerten, desto sichtbarer würden sie werden. Clint bemühte sich trotz der starken Strömung ein schnelles Tempo beizubehalten. Wenn sie erst einmal im Wald waren, würden es die Verfolger viel schwerer haben, ihnen zu folgen. Er gab Karen ein Zeichen vorauszugehen. Das Einzige, was er tun konnte, um Karen vor den Kugeln zu schützen, die ihnen jeden Moment um die Ohren pfeifen konnten, war, sie mit seinem Körper zu decken. Ohne schusssichere Weste kam er sich zwar ziemlich nackt und ausgeliefert vor, aber mehr war im Moment nicht drin. Vorsichtig bahnte Karen sich ihren Weg durch das schnell fließende Wasser. Clint hatte Recht gehabt, sehr tief war das Wasser an dieser Stelle wirklich nicht. Es reichte ihr gerade bis zu den Knien. Aber da sie bereits ein paar Mal auf den glitschigen Steinen ausgerutscht war, klebte ihre nasse Hose fast bis zur Hüfte an ihren Beinen. Ihre Füße konnte sie in dem Eiswasser kaum noch spüren. Dafür erreichte Clints Wärme ihren Rücken, so dicht ging er hinter ihr. Zuerst hatte sie sich gewundert, warum sie vorgehen sollte, bis ihr irgendwann klar geworden war, dass er als menschlicher Schutzschild für sie fungierte. Seine Bereitschaft, im Notfall sogar für sie zu sterben, verursachte ein warmes Gefühl in ihrer Herzgegend. Sosehr sie die gegenwärtige Situation auch hasste, so froh war sie auch, dass Pauls miese Machenschaften sie mit Clint Hunter zusammengeführt hatten. Sie wäre ihm sonst wahrscheinlich nie in ihrem Leben begegnet und hätte so viel verpasst: seine Hilfsbereitschaft, seine Freundlichkeit, seine Kampfbereitschaft, seine Küsse … Oh Gott, Karen, denk jetzt bloß nicht daran, sonst kommst du hier nie lebend heraus. Mit einem wenig eleganten Sprung erreichte sie endlich das rettende Ufer. Clint war dicht hinter ihr und schob sie sofort ohne Pause weiter in Richtung des baumbewachsenen Steilufers. Sich der Gefahr, in der sie schwebten, durchaus bewusst, sprintete Karen unter die rettenden Bäume. Glücklicherweise war die Böschung nicht so steil wie die gegenüberliegende, die sie heruntergeklettert waren. Innerhalb kürzester Zeit hatten sie die Felswand erklommen und tauchten in das grüne Dickicht ein. Karen kippte ihren Oberkörper vornüber und stützte sich nach Luft ringend mit den Händen an ihren Knien ab. Clint atmete lediglich etwas schwerer als sonst, trotzdem hatte er sich auf einen Baumstumpf gesetzt.

Sich aufrichtend schob Karen sich die Haare aus der schweißfeuchten Stirn. »Also gut. Wo bist du verletzt?«

Clint schob die Augenbrauen zusammen. »Woher willst du das wissen?«

Karen schnaubte. »Ich habe Augen im Kopf. Außerdem habe ich dich schon im Einsatz gesehen, wenn du dich erinnerst.«

Ein Mundwinkel zuckte. »Vielleicht bin ich einfach nicht mehr in Form?«

»Ja, und ich bin Bugs Bunny. Lass den Quatsch und sag mir, wo es wehtut.«

Clint seufzte. »Mein Oberschenkel. Bei unserer unsanften Landung wurde das Lenkrad heruntergedrückt und hat mein Bein eingeklemmt. Nicht weiter schlimm, wahrscheinlich nur eine Prellung oder ein Muskelfaserriss.«

Erleichtert atmete Karen aus. Sie hatte schon fast eine Schusswunde oder etwas Ähnliches befürchtet.

Nach einer viel zu kurzen Pause erhob er sich wieder. Sie mussten zusehen, dass sie noch ein Stück weiterkamen, bevor es dunkel wurde und sie sich ausruhen konnten. Es würde bestimmt nicht lange dauern, bis ihre Verfolger merkten, dass sie nicht in dem Autowrack gestorben waren, und nach Spuren suchten. Das Ufer des Flusses bestand zwar weitgehend aus Steinen, aber wenn sie lange genug suchten, würden sie bestimmt Blutstropfen von seiner Kopfwunde finden. Mit den Fingern befühlte er seine Stirn. Sie war immer noch nass, und es sah nicht so aus, als würde die Wunde in nächster Zeit aufhören zu bluten.

»Hast du …?« Ein ratschendes Geräusch ließ ihn zu Karen blicken.

Sie hatte tatsächlich ein Stück von ihrem langen T-Shirt abgerissen. Mit geröteten Wangen kam sie auf ihn zu. »Gott, ich komme mir vor wie die Heldin in einem Liebesroman, die ihre Kleidung verstümmelt, um für den Helden Bandagen zu basteln.« Sie zuckte die Schultern. »Leider habe ich nichts anderes zur Hand, daher wirst du damit vorlieb nehmen müssen.«

Schweigend setzte er den Rucksack ab und holte ein paar Papiertücher heraus, die sie unter dem Stoffstreifen auf die Wunde legen konnte. Während er sich bückte, um Karen das Anlegen des Verbandes zu erleichtern, fing er an zu grinsen. Seine Karen war wirklich etwas Besonderes. Seine? Wann war aus Karen Lombard seine Karen geworden? Egal, es war eben so. Er bewunderte ihre Kraft, ihren Mut, ihre Ausdauer. Genauso wie ihre Fähigkeit, mit anderen mitzufühlen und das Beste aus einer schlimmen Situation zu machen. Wie jetzt gerade, als sie, ihre Augen konzentriert zusammengekniffen, die Zunge zwischen den Zähnen hervorschauend, sich bemühte, ihm möglichst wenig Schmerzen zuzufügen, während sie den provisorischen Verband befestigte. Ihre Gesichter waren sich so nahe, dass sich ihre Nasen fast berührten.

Karen zog einen letzten Knoten fest und trat dann einen Schritt zurück, um ihr Werk zu begutachten. »Nicht schön, aber selten. Vermutlich müsste die Wunde genäht werden, aber dazu wirst du mich nicht bringen. Und

Desinfektionsmittel habe ich auch nicht dabei. Wenn ich das nächste Mal eine Tasche packe, weiß ich, was ich bestimmt mitnehme.«

Clint zuckte zusammen. »Ich hoffe, es wird kein nächstes Mal geben. Wenn diese Sache vorbei ist, werde ich jede erdenkliche Maßnahme ergreifen, um dich nie wieder in eine solche Situation kommen zu lassen.«

Karen zog eine Augenbraue hoch, kommentierte seine Bemerkung aber nicht. Hatte er damit sagen wollen, dass er ihr auch dann noch zur Seite stehen wollte, wenn sie lebend hier herausgekommen waren, oder hatte er nur angedeutet, dass er Paul, die Bruderschaft des Lichts und jeden, der sonst noch mit in diese Sache verwickelt war, außer Gefecht setzen würde? Ihretwegen konnte er gerne beides tun, dann war sie in Sicherheit und hatte Clint, um sich die Stunden zu vertreiben. Aber das war wahrscheinlich zu viel verlangt. Sie konnte nicht von ihm erwarten, dass er zu ihr in die Stadt zog und dort Däumchen drehte. Seine freie Lebensart, seine Naturliebe und die Wildheit, die manchmal in seinen Augen aufleuchtete, waren ja genau die Eigenschaften, die sie besonders an ihm mochte. Sie wollte das nicht zerstören, genauso wenig wie sie nach Montana ziehen konnte. Sie hätte zwar nichts dagegen, hier in dieser Landschaft zu leben, aber ihre Arbeit war nun einmal sehr wichtig für sie und die konnte sie hier nicht ausüben. Karen schüttelte den Kopf. Was war nur wieder mit ihr los? Sie standen nur einige Hundert Meter von ihren Verfolgern entfernt, und sie malte sich schon wieder ihre Zukunft aus, beziehungsweise sie trauerte um eine Zukunft, die es wahrscheinlich überhaupt nicht gab.

Clint legte einen Finger unter ihr Kinn und hob ihr Gesicht ihm entgegen. »Denk jetzt nicht darüber nach, wir haben noch alle Zeit der Welt.«

Karen öffnete ihren Mund, um zu widersprechen, doch Clint brachte sie mit einem sanften Kuss zum Schweigen. Danach schob er sie energisch von sich. »Bist du fertig? Wir müssen jetzt weiter, bevor sie unsere Spur entdecken.«

Wortlos hob Karen die Decke vom Boden auf und gab ihm das Zeichen voranzugehen. Der Kuss ging ihr nicht mehr aus dem Sinn. Clint hatte sie schon einige Male geküsst, aber diesmal hatte etwas anderes darin gelegen als Verlangen. Er war … liebevoll gewesen. Nur eine sanfte Liebkosung, aber dafür viel bindender als ein sexuell animierter Kuss. Immerhin hatte er ihr jetzt etwas gegeben, worüber sie die nächsten Stunden nachdenken konnte, während sie immer tiefer in den Wald eindrangen.

Matt war unruhig. Ob das daran lag, dass Clint sich noch nicht wieder gemeldet hatte oder an dem kleinen Zwischenspiel mit Shannon, konnte er nicht sagen. Wahrscheinlich an beidem. Er erwartete Clint und Karen nicht wirklich jetzt schon zurück, aber er hatte gedacht, sie würden sich vielleicht zwischendurch melden, um zu sagen, dass alles in Ordnung wäre. Oder eben nicht in Ordnung. Er hatte bei der Sache ein ganz schlechtes Gefühl. Clints Vater George hatte ihm zwar versichert, dass die Marken der FBI-Agenten in Ordnung gewesen waren, aber irgendetwas war schief gelaufen. Er fühlte es bis in seine Knochen. Das war auch der Grund, warum er eben versucht hatte, Clint auf seinem Handy zu erreichen, aber es war nur die Ansage gekommen, dass der Teilnehmer zurzeit nicht erreichbar war. Wahrscheinlich waren sie gerade in einem Verhör im FBI-Quartier in Bozeman, und Clint hatte es einfach ausgeschaltet, um nicht gestört zu werden. Seufzend wandte sich Matt dem Fenster zu. Es gab viele Möglichkeiten, warum Clints Telefon ausgeschaltet war. Aber durch seinen Beruf hatte Matt gelernt, immer das Schlimmste anzunehmen. So konnte man wenigstens nie böse Überraschungen erleben. Dafür jedoch viele angenehme. Zum Beispiel als Shannon in seine

Hütte gekommen war und von ihm verlangt hatte, sein T-Shirt auszuziehen. Grinsend spulte er die ganze Episode noch einmal in seinem Kopf ab. Himmel, es war wirklich gut gewesen, dass das Sofa so weich gepolstert war, sonst hätte er sich etwas Wichtiges abgebrochen, als Shannons sanfte Hände seine nackte Haut berührten. Er hatte immer viel Spaß mit Frauen gehabt, aber dass er schon fast an die Decke ging bei einer einfachen, freundschaftlichen Berührung seines Rückens, hatte er noch nie erlebt. Und die ganze Zeit war ihm immer der Schokoladensirup im Kopf herumgegeistert. Er hatte sich in aller Ausführlichkeit vorgestellt, wie es wäre, Shannon nach und nach sämtliche Kleider auszuziehen, ihren wunderschönen nackten Körper mit dem Sirup zu verzieren und hinterher jeden Zentimeter ihrer Haut abzulecken. Von Kopf bis Fuß. Stöhnend blickte er nach unten. Seit Tagen lief er jetzt schon mit einer Erektion herum. Er brauchte nur an Shannon zu denken und schon wurde seine Hose zu eng. Nie hätte er gedacht, dass er von einer einzigen Frau einmal so fasziniert sein und alles andere aus seinem Gehirn weichen würde, wenn er sie vor sich sah. Selbst als er sie noch nicht persönlich gesehen hatte, sondern sie nur durch die E-Mails kannte, war er ihr schon verfallen gewesen. Fast lächerlich war es, wie er jeden Tag als Erstes seinen virtuellen Briefkasten öffnete, um nachzusehen, ob sie ihm vielleicht geschrieben hatte. Sogar seine Teammitglieder hatten gemerkt, dass irgendetwas nicht mit ihm stimmte, und angefangen, ihn aufzuziehen. Wenn sie ihn jetzt so sehen könnten, würden sie sich vor Lachen wahrscheinlich nicht mehr auf den Beinen halten können. Matt Colter, notorischer Schürzenjäger, war nur an einer einzigen Frau interessiert, die die jüngere Schwester seines Freundes und früheren Chefs und zufällig auch noch eine bekannte Autorin von Liebesromanen war. Jep, sie würden definitiv am Boden liegen. Ein Grund mehr, niemandem davon zu erzählen, bis er dieses Fieber aus seinem Blut vertrieben hatte. Er stützte sich mit beiden Händen am Fensterrahmen ab und ließ seine Stirn an die kühle Scheibe sinken. Was sollte er tun? Er wollte nicht Clints Vertrauen missbrauchen und hinter seinem Rücken ein Verhältnis mit seiner Schwester anfangen. Außerdem hatte er sie von vornherein die ganze Zeit belogen. Sollte sie jemals die Wahrheit erfahren, würde sie ihm wahrscheinlich lebendig das Fell abziehen. Oder nie wieder ein Wort mit ihm wechseln, was fast noch schlimmer war.

Ein Klopfen an der Tür ließ ihn herumfahren und mit drei langen Schritten den Raum durchqueren. Shannon! Er riss die Tür auf und sah sich ihrem Vater gegenüber. Schnell sein bestes SEAL-Pokerface überstreifend, hielt er ihm wortlos die Tür auf.

Nach einem letzten Blick in die Umgebung schloss George die Tür leise hinter sich. »Tut mir Leid, wenn ich gerade störe, aber ich dachte, Sie sollten erfahren, dass eben ein Agent Cranton angerufen hat.«

Matts Gesicht verhärtete sich zusehends, sein Körper war zum Zerreißen gespannt. »Was wollte er?«

George zerraufte seine schwarzen Haare. »Er wollte wissen, ob und wann seine beiden Agenten hier waren und wann sie losgefahren sind. Scheinbar sind sie nie in Bozeman angekommen.«

Matt ballte seine Hände zu Fäusten. »Verdammt! Ich habe gewusst, dass etwas nicht stimmte! Ich hätte hinterherfahren sollen.«

George blickte ihn ruhig an. »Und was hätte das gebracht? Dass Sie auch noch verschwunden wären?«

»Nein. Ja. Ich weiß nicht. Hat Cranton eine Suchmannschaft losgeschickt?«

George nickte. »Ja, sie sind gerade eben losgefahren. Sie werden die ganze Strecke abfahren und sofort berichten, wenn sie etwas entdecken. Special Agent Cranton wird uns sofort informieren, wenn er etwas Genaueres weiß. Er war nicht sehr erfreut, als er erfuhr, dass Karen mit Clint zusammen ist.«

Matt schnaubte. »Das kann ich mir vorstellen. Aber er wird sich noch freuen, denn Clint ist die beste Chance, die Karen im Moment hat.«

Mit tiefen Sorgenfalten auf der Stirn ging George langsam zur Tür. Dort blickte er noch einmal hoch. »Ach ja, ich habe meiner Familie bisher noch nichts davon gesagt, ich will sie nicht unnötig beunruhigen. Es reicht, wenn sie es erfahren, sobald es irgendwelche gesicherten Informationen zu Clints und Karens Verbleib gibt.«

Matt nickte zustimmend. »Von mir erfahren sie nichts.«

»Gut. Ich melde mich dann, wenn ich etwas Neues erfahre.«

»Okay. Danke.« Nachdem George gegangen war, drehte sich Matt wieder zum Fenster um. Die Haut über seinen Fingerknöcheln färbte sich weiß, so fest presste er sie zusammen. Verdammt! Er hatte es doch gefühlt, warum hatte er nichts unternommen? War er so mit seinen Gedanken an Shannon und seine Gefühle beschäftigt gewesen, dass er die Möglichkeit verpasst hatte, seinem Swim-Buddy zu helfen? Was konnte er jetzt noch tun, außer hier auf Nachrichten zu warten? Außerdem hatte er Clint versprochen, auf die Ranch und seine Familie aufzupassen. Vielleicht sollte er diese Aufgabe jetzt einmal ernster wahrnehmen, als er es bisher getan hatte. Ein Erkundungsgang würde ihm vielleicht auch ein paar neue Ideen bringen, wie er Clint und Karen helfen konnte, wenn sie erst einmal gefunden waren. Wenn ihnen dann noch zu helfen war. Matt schluckte schwer. Sollten sie tot sein, wüsste er nicht, was er tun würde. Er schüttelte den Kopf. Sie konnten nicht tot sein, Clint wüsste bestimmt einen Ausweg … Vielleicht sollte er diesmal doch eine Ausnahme machen und nicht von dem schlechtesten aller möglichen Fälle ausgehen.

XXV

Schwer atmend kämpfte sich Paul Lombard hinter Packard und ihrem Führer den Abhang hinunter. Er schürfte sich die Knöchel auf, Zweige rissen an seinen Haaren und peitschten ihm ins Gesicht. Was machte er eigentlich hier? Er war Buchhalter, kein Bergsteiger! Packard schien das nicht zu stören. Wie eine Maschine ging er den schmalen Weg entlang und kümmerte sich überhaupt nicht darum, ob Paul mithalten konnte oder nicht. Paul hatte angeboten, oben beim Wagen zu bleiben, aber davon wollte Packard nichts hören. Er fragte sich langsam, ob er nicht wirklich einen schweren Fehler begangen hatte, sich mit der Bruderschaft des Lichts einzulassen. Kein Wunder, dass sie als Terroristen angesehen wurden, wenn alle so rüde und rücksichtslos waren wie dieser Packard. Schlimmer noch, es schien ihm sogar richtigen Spaß gemacht zu haben, Menschen umzubringen. Es war wirklich gut, dass die beiden FBI-Agenten schon tot gewesen waren, als die Männer unten bei dem Wrack angekommen waren, so mussten sie zumindest nicht noch länger von Hand dieser Barbaren leiden. Er drückte eine Hand auf seinen revoltierenden Magen. Gott, wo war er hier bloß hineingeschlittert? FBI-Agenten töten! Über kurz oder lang würde das FBI herausfinden, wer hinter dem Tod der beiden Männer steckte, und sie würden die Mörder bis ans Ende der Welt hetzen. Hoffentlich fand er bald eine Gelegenheit, sich abzuseilen. Inzwischen war es ihm sogar egal, dass Karen bei dem Sturz in die Schlucht anscheinend nicht gestorben war. Er wollte ihre Leiche gar nicht mehr sehen. Wenn sich eine Gelegenheit ergab, würde er so schnell es ging in die Zivilisation zurückkehren. Sollte sich Packard doch alleine darum kümmern, das war schließlich seine Aufgabe. In seine Gedanken vertieft, bemerkte er fast nicht, dass sie bereits am Grund der Schlucht angekommen waren. Unbehaglich sah er sich um. Halb auf der steinigen Uferzone, halb im Wasser lag das Wrack des FBI-Wagens nur etwa fünfzig Meter von ihrem derzeitigen Standort entfernt. Einer der Agenten hing mit dem Oberkörper aus dem Wagen, wahrscheinlich war er nicht angeschnallt gewesen und der Aufprall hatte ihn hinauskatapultiert. Paul schluckte krampfhaft den Mageninhalt hinunter, der ihm bei dem Anblick in die Kehle gestiegen war. Suchend blickte er sich um. Wo war das andere Auto? Wenig später entdeckte er es. Der olivfarbene Mittelklassewagen lag zerquetscht inmitten eines großen Haufens von Steinen und Vegetation direkt unterhalb der Felswand. Froh darüber, dass er hier wenigstens auf keinen Toten stoßen würde, schlenderte er zu dem Wrack hinüber. Wenn Karen bei dem Absturz noch auf dem Beifahrersitz gesessen hätte, wäre sie jetzt Hundefutter. Andererseits wäre damit auch seine Leidenszeit vorbei gewesen, und er hätte endlich nach Hause fahren können. Seufzend wandte er sich Packard zu, der das Auto untersuchte.

»Wer auch immer der Fahrer war, er ist auf jeden Fall verletzt. Im Auto und auch auf den umliegenden Felsen sind Blutstropfen. Es dürfte also nicht schwierig sein, sie aufzuspüren.« Damit wandte er sich ab und suchte die Umgebung nach einer Spur ab. Kurze Zeit später entdeckte er etwas beim Wasser. Sinnend betrachtete er das turbulente Wasser und die gegenüberliegende Böschung. »Vermutlich haben sie den Fluss überquert und sind uns bereits ein Stück voraus. Kommen Sie, gehen wir!« Er gab seinen Männern ein Zeichen voranzugehen und zog ein Mobiltelefon heraus.

»Packard. Wir werden hier unten eine Spur verfolgen. Lassen Sie die Sperrungen abbauen und patrouillieren Sie möglichst unauffällig auf der Straße. Achten Sie auf Fahrzeuge des FBI, die werden bestimmt bald ihre Männer suchen. Wenn Sie die Frau und ihren Begleiter finden, melden Sie sich.« Damit beendete er das Gespräch.

Paul, der immer noch unschlüssig am Ufer stand, am Ärmel packend und hinter sich herschleifend, ging er ohne zu zögern in das Wasser. Paul war zwar ziemlich groß, aber dadurch, dass er sich äußerst ungeschickt anstellte, schaffte er es im Handumdrehen, von Kopf bis Fuß nass zu sein. Packard verzog das Gesicht. Er war wirklich froh, wenn er den unfähigen Idioten endlich los war! Was hatte sich der Führer der Bruderschaft des Lichts bloß dabei gedacht, sich mit so einem Versager abzugeben?

Karen bemühte sich, nicht den Anschluss an Clint zu verlieren, der sich vor ihr einen Weg durch den Wald erkämpfte. Ihre warmen Gedanken hatten sich auf dem anstrengenden Treck durch den von Menschen unberührten Wald schnell verflüchtigt. Ihre Füße waren inzwischen schon von den Schuhen roh gescheuert, die zahlreichen Prellungen von ihrem gebremsten Fall in die Schlucht schmerzten mit jedem Schritt heftiger und zu allem Überfluss schwitzte sie auch noch wie ein Tier. Sie hatte bereits überlegt, ob sie einfach ihr T-Shirt ausziehen und in Unterwäsche weiterlaufen sollte, aber der Gedanke daran, was passieren würde, wenn ihre Verfolger sie einholten, hielt sie davon ab. Wenn sie schon sterben musste, wollte sie es nicht unbedingt in ihren Dessous tun. Auch wenn diese wirklich wunderschön waren, wie sie selbst zugeben musste. Wenigstens war sie, seit sie auf die Ranch gekommen war, dazu gekommen, ihre Kleidung zu waschen. So musste sie wenigstens nicht mehr in der billigen Unterwäsche herumlaufen, die sie in dem Supermarkt erstanden hatte. Obwohl das hier im Wald wahrscheinlich niemandem außer ihr selbst auffallen würde. Es musste wohl eine Art Schutzmechanismus sein, der sie dazu veranlasste, über so unwichtige Dinge wie ihre Kleidung nachzudenken, während sie jederzeit von ihren Verfolgern eingeholt und getötet werden konnten. Karen schauderte und blickte sich erneut um. Sie war in den letzten Jahren bereits einige Male fast gestorben, aber das war eine andere Situation gewesen. Damals hatte sie nicht gewusst, dass sie jemand verfolgte. Die Unfälle waren schnell und unerwartet eingetreten. Sie hatte nicht damit gerechnet und deshalb auch nicht stundenlang oder tagelang vorher darüber nachgedacht. Fast schien ihr das die bessere Todesart zu sein: Zack, und sie hatte keine Probleme mehr. Angewidert schüttelte Karen den Kopf. Sie war kein Mensch, der sich vor irgendetwas drückte. Und im Moment wollte sie leben, und sie würde im Notfall auch dafür kämpfen. Ebenso wie Clint, der ohne zu zögern einen Weg durch das Dickicht einschlug, den wohl nur er erkennen konnte.

»Gehen wir überhaupt in die richtige Richtung?« Karen fragte eigentlich mehr, weil sie seine Stimme hören wollte, als dass sie wirklich annahm, er führte sie in die Irre.

Mit hochgezogenen Augenbrauen blieb er stehen und wandte sich zu ihr um. »Das fragst du jetzt, nachdem wir schon stundenlang gegangen sind?«

Karen zuckte die Schultern. »Besser spät als nie.«

Clints Mundwinkel hob sich, und er streckte ihr sein Handgelenk entgegen. »In meiner Uhr ist ein Kompass, nur für den Fall, dass es zu dunkel und der Himmel zu bedeckt ist, um meinen Weg so zu finden.«

Karen nickte. »Ich habe nicht wirklich geglaubt, dass du den Weg nicht findest, ich wollte bloß …«

Als sie abbrach, wurde Clints Miene sanfter. Seine große Hand legte sich um ihre Wange. »Ich weiß. Es tut mir Leid, dass ich dich in diese Situation gebracht habe. Ich hatte versprochen, dich zu beschützen, und jetzt …«

Karen unterbrach ihn energisch. »So ein Unsinn, erstens sind wir durch mich in dieser Lage und zweitens wäre ich ohne dich höchstwahrscheinlich bereits tot.«

Clint verzog den Mund, widersprach aber nicht. Seine Hände bohrten sich in ihre Schultern. »Ich werde nicht zulassen, dass dir etwas passiert!«

Karen brachte ein schwaches Lächeln zustande. »Das weiß ich und ich bin wirklich froh, dich an meiner Seite zu haben.«

»Immer.« Clints tiefe Stimme war noch rauer als sonst.

Karen überlief ein weiterer Schauer, diesmal allerdings ein freudiger. Wieder klang es so, als beabsichtige Clint auch später noch für sie da zu sein, wenn sie erst einmal diese unmögliche Situation überstanden hatten. Karen weigerte sich, über den heutigen Tag hinauszudenken, sondern genoss jetzt einfach die Gefühle, die seine Worte in ihr entfachten. Es tat so gut, einmal nicht einsam zu sein, denn das war sie trotz ihrer Ehe in den letzten Jahren gewesen, einmal nicht alles vorausplanen zu müssen. Sie existierte nur im Hier und Jetzt. Auf der Flucht vor bewaffneten Männern, die sie töten wollten, aber mit einem starken, faszinierenden Mann zusammen, der sie gerade ansah, als würde er sie am liebsten verspeisen. Jetzt sofort, ohne Rücksicht auf ihre Umgebung. Sie erkannte in seinen Augen, dass er sie gleich küssen würde. Obwohl sie genug Zeit hatte, sich abzuwenden, tat sie es nicht. Im Gegenteil, mit einer für sie untypischen Direktheit griff sie in sein Hemd und zog ihn ungeduldig näher an sich heran. Was eigentlich als sanfter, freundlicher Kuss geplant war, entwickelte sich schnell zu einer wahren Lawine. Ihre Zungen duellierten sich, als gäbe es kein Morgen mehr. Nun, vielleicht stimmte das sogar. Dieser Gedanke brachte Karen dazu, sich mit wild klopfendem Herzen noch enger an Clint zu pressen, ihr ganzer Körper entflammte. Vielleicht war dies das letzte Mal, dass sie einen anderen Menschen umarmte, das letzte Mal, dass sie einen Mann küsste, das letzte Mal …

Clint beendete schwer atmend den Kuss und schob sie auf Armeslänge von sich. »Ich denke, wir sollten diese Aktivität besser auf später verschieben.«

Karen blickte ihn mit flehenden Augen an. »Aber …«

Clint umfasste ihr Kinn und platzierte noch einen schnellen Kuss auf ihrem Mund. »Wir werden dies fortsetzen, glaube mir. Aber ich hätte dabei gerne etwas Ruhe und die Gewissheit, dass nicht jeden Moment jemand hinter uns auftauchen könnte.«

Widerstrebend nickte Karen. Ihre Arme fühlten sich leer an ohne seinen großen, harten Körper an ihrem. Wie gern würde sie sich einfach in seiner Umarmung vergraben und nie wieder hervorkommen. Aber er hatte Recht, es war gefährlich, hier länger als nötig herumzustehen.

»Was glaubst du, wie lange brauchen wir noch, bis wir uns ausruhen können?«

Clint grinste. »Zu lange.« Danach blickte er auf seine Uhr. »In etwa drei Stunden wird es dunkel, dann können wir rasten.«

Karen stöhnte leise auf. Drei Stunden! Sie wusste nicht, ob sie noch so lange durchhalten würde. Entschlossen straffte sie die Schultern. Doch, sie würde durchhalten, und wenn es das Letzte war, was sie tat. Wenn Clint sogar mit seiner Verletzung weiterlief, dann würde sie das auch tun können. Da war es egal, dass ihre Füße wie Feuer brannten oder ihre Knie wieder bei jedem Schritt schmerzten. Sie war noch am Leben, das war die Hauptsache. Mit mehr Wut als Eleganz stapfte sie hinter Clint her durch den Wald. Sollte sie Paul jemals in ihre Finger bekommen, würde er sich wünschen, sie hätten sich nie getroffen. Der Gedanke beflügelte sie zumindest für einige Zeit.

Ihre Hosen waren gerade getrocknet, als sie erneut vor einem Fluss standen. Völlig erledigt ließ sich Karen auf einem Felsblock nieder. »Wo ist die Brücke?«

Clint grinste, während er den Rucksack absetzte und sich neben ihr niederließ. »Hier gibt es keine Brücken. In diesem Teil des Parks gibt es auch keine Wanderwege. Jeder, der hier wandern möchte, muss sich selbst einen Weg suchen.«

Karen stöhnte. »Das hatte ich fast befürchtet.«

Clint strich ihr die wirren Haare aus der Stirn. »So schlimm ist es nicht, der Grayling Creek ist einer der kleineren Flüsse, da werden wir beim Überqueren kaum Probleme haben.«

Suchend blickte Karen sich um. »Woher weißt du, welcher Fluss das ist? Habe ich ein Schild übersehen?«

Clint lächelte. »Nein, aber wir haben ihn vorhin im Auto überquert. Und ich habe mein Leben lang hier in der Gegend gelebt, ich weiß nicht, wie oft ich mir schon Karten vom Park angesehen habe. Keine Angst, ich weiß recht genau, wo wir uns im Moment befinden.«

Obwohl sie sein Lächeln heute schon öfter gesehen hatte, war sie immer noch überrascht, wie sehr es ihn veränderte. Die harten Linien seines Gesichts wurden weicher, seine von Lachfältchen umgebenen Augen verloren den durchdringenden Blick. Sie schluckte rasch.

»Okay, ich glaube dir. Was machen wir jetzt?«

»Du bleibst hier sitzen, während ich nach einer geeigneten, flachen Stelle suche.« Er hob die Hand, als er sah, dass sie protestieren wollte. »Es geht schneller, wenn ich es alleine mache, außerdem brauchst du eine Pause. Also bleib sitzen und erhol dich.«

Karen salutierte. »Jawohl, Sir!«

Grinsend stand Clint auf. »So ist es recht.« Er gab ihr den Rucksack. »Iss und trink etwas.«

Das ließ sie sich nicht zweimal sagen. Mit gierigen Fingern öffnete sie den Rucksack und zog die Verpflegungstüte heraus.

Clint strich mit einer Hand über ihren Kopf. »Lass aber noch etwas übrig, wir werden bestimmt zwei Tage unterwegs sein.« Damit ging er zum Fluss und prüfte mit einem Stock den Wasserstand.

Karen beobachtete ihn eine Weile und blickte dann auf das Essen hinunter. Seine Erinnerung an ihre missliche Situation hatte ihren Appetit fast verschwinden lassen.

Karen hatte ein halbes Sandwich gegessen und ein paar Schlucke von dem Eistee getrunken, den Martha ihnen in einer Thermoskanne mitgegeben hatte, als Clint wiederkam. Er lehnte ab, als sie ihm das Essen anbot. Er würde warten, bis sie einen sicheren Platz zum Übernachten gefunden hatten. Von seiner Zeit als SEAL war er es gewohnt, während einer Mission mit wenig Essen und noch weniger Schlaf auszukommen. Der einzige Grund, warum er für die Nacht eine Pause einlegen würde, war Karen. Sie hatte zwar versucht, sich nichts anmerken zu lassen, aber er wusste, dass sie Schmerzen hatte und natürlich völlig erschöpft war. Kein Wunder bei dem Tag, den sie hinter sich hatte.

Fragend blickte sie ihn an, als er den Rucksack einpackte und aufsetzte. »Hast du etwas gefunden?«

Mit einer Hand zog er Karen auf die Füße. »Ja. Eine recht flache Stelle keine zwei Minuten von hier.«

Recht flach erwies sich als Ansichtssache, wie Karen schnell herausfand. Das Wasser stieg schnell bis zu ihrem Bauchnabel, dabei war sie noch nicht einmal bei der Mitte des Flusses angekommen. Das eiskalte Flusswasser drang in ihre Kleidung ein und lähmte sie fast vor Schock. Unwillkürlich schrie sie auf.

Clint drehte sich zu ihr um. »Was ist?«

Karen feuerte einen wütenden Blick auf ihn ab. »Sagtest du nicht was von flach?«

Clint blickte nach unten, wo das Wasser lediglich seine Oberschenkel erreichte. Erfolglos versuchte er ein Grinsen zu unterdrücken. Sie sah einfach zu süß aus, wie sie da mit rotem Gesicht bis zum Bauch im Wasser stand.

»An anderen Stellen war er noch tiefer. Wir können es uns nicht leisten, stundenlang nach einer Furt zu suchen.«

Das nahm ihr etwas von ihrem Ärger, aber sie verfluchte trotzdem den Umstand, dass sie so klein war. Wenn nur ein bisschen was von ihrer Breite in die Höhe gewachsen wäre ... Seufzend schob sie den Gedanken beiseite. Sie konnte sowieso nichts daran ändern.

Am Ufer angekommen, zog Clint sich herauf und half dann Karen. Obwohl die Temperatur noch bei über 20°C lag, fröstelte sie. Ihre nasse Kleidung klebte an ihr wie eine zweite Haut, in ihren Schuhen hatte sich Sand zu dem Wasser gesellt. Karen stellte schnell fest, dass diese spezielle Mischung ihren wunden Füßen überhaupt nicht gut tat. Mit jedem Schritt rieb sich der Sand tiefer in die offenen Stellen. Mit zusammengebissenen Zähnen lief Karen weiter hinter Clint her.

Sie war so in ihr Elend vertieft, dass sie ihm fast in die Hacken trat, als er plötzlich stehen blieb. »Umpf. Was ist los?«

Aufmerksam ließ Clint seinen Blick über die Bäume schweifen. »Wir kommen jetzt in ein Gebiet, in dem es 1988 gebrannt hat. Das heißt, wir werden einige Zeit keine vernünftige Deckung haben. Die nachwachsenden Bäume sind noch zu klein, und von den alten ist kaum etwas erhalten.« Er blickte ernst auf sie hinunter. »Wir müssen uns beeilen, damit wir so schnell wie möglich hier herauskommen.«

Beeilen? Und was hatten sie die ganze Zeit getan? Doch Karen behielt diesen Gedanken für sich. Für Clint war es wahrscheinlich eher wie ein Sonntagsspaziergang gewesen, wenn man von seiner Verletzung einmal absah. So nickte Karen nur und bemühte sich um eine schnellere Gangart, obwohl ihr ganzer Körper dagegen protestierte. Den Blick ständig nach unten gerichtet, um den Stolperfallen aus verbrannten, umgestürzten Baumstämmen und kleinen Jungbäumen zu entgehen, lief sie scheinbar stundenlang hinter Clint her.

XXVI

Immer noch unruhig, schlich Matt durch die Bäume, die die Häuser und Hütten umgaben. Bisher hatte er nichts entdeckt, was auf die Anwesenheit von Beobachtern hindeutete. Hinter einer Hütte hatte er Zigarettenstummel gefunden, aber die hatte wahrscheinlich ein Gast dort geraucht, da in den Hütten ein Rauchverbot galt. In einem Gebüsch hatte er eine niedergetrampelte Stelle gesehen, aber die Reste von Kondomverpackungen überzeugten ihn, dass er auf ein Liebesnest und kein Versteck der Bruderschaft des Lichts gestoßen war. Der Gedanke, sich in ein ähnliches Nest mit Shannon zurückzuziehen, schoss durch seinen Kopf, aber er schob die Idee sofort beiseite. Es war jetzt wichtiger, Clint zu helfen, nicht seinen Liebesgelüsten nachzugehen. Obwohl diese sich in den letzten Tagen als drängender herausgestellt hatten, als er es je erlebt hatte. Wirklich erstaunlich, da er in den 34 Jahren seines Lebens nicht gerade wie ein Mönch gelebt hatte. Und dieses Verlangen war im Moment auf eine einzige Frau gerichtet: Shannon. Alle anderen Frauen verblassten im Vergleich zu ihr, zumindest in seinen Augen. Sie war klug, humorvoll, schlagfertig, mitfühlend und vor allem unabhängig. Keine Frau, die sich an einen Mann kettete und ihm keinen Freiraum gab, wie er es schon so oft erlebt hatte. Nein, Shannon würde ihr eigenes Leben weiterleben, auch wenn sie einen Geliebten an ihrer Seite hatte. Bei seinem Beruf war das von allergrößter Wichtigkeit. Es war einfach nicht gut, wenn er sich auf eine Mission konzentrieren und gleichzeitig immer fürchten musste, dass seine Frau nicht auch ohne ihn zurechtkam. Seine Frau? Scheinbar machte dieses Warten sein Gehirn mürbe. Er hatte noch nie eine seiner Freundinnen »seine Frau« genannt, noch nicht einmal in Gedanken!

Mit einem Ruck schüttelte er diese ganzen unnützen Überlegungen ab und konzentrierte sich auf seine Aufgabe. Obwohl diese wahrscheinlich völlig sinnlos war, wenn Karen sich vielleicht schon in den Händen der Bruderschaft des Lichts befand und in dem Fall so gut wie tot war. Ebenso wie Clint, denn Matt zweifelte nicht daran, dass sein Freund genau dort war, wo auch Karen sich aufhielt. Die Idee, dass Clint bereits tot sein könnte, schnürte sein Herz zusammen. East war einer der wenigen Menschen, mit denen er über alles hatte reden können, der ihn immer verstanden hatte. Matt schüttelte den Kopf. Nein, Clint konnte nicht tot sein. Aber er war in höchster Gefahr, denn er würde bei Karen bleiben, egal was passierte. Das war Matt sofort klar geworden, als er die beiden zusammen gesehen hatte. Schon damals bei Ghosts Beerdigung hatte er gemerkt, dass es zwischen seinem Teamführer und der Wissenschaftlerin irgendetwas gab, aber da sie verheiratet gewesen war und das Team gleich darauf nach Kalifornien zurückgerufen worden war, hatte er nicht weiter darüber nachgedacht. Nachdenklich strich er über seine Narbe. War das vielleicht einer der Gründe für Clints Rückzug aus der Navy gewesen? Hatte er sich während einer Mission in eine Geisel verliebt, noch dazu in eine verheiratete? Matt konnte schon verstehen, dass das zusammen mit Ghosts Tod Clint extrem belastet hatte. Er würde ihn auf jeden Fall danach fragen, sobald er ihn das nächste Mal sah. Matt redete sich ein, dass dieses eine Mal alles gut ausgehen würde.

Wieder im Einklang mit sich und seinen Gedanken, lehnte sich Matt an einen Baum und blickte über die Rasenfläche zu Shannon hinüber, die sich mit ihrem Laptop in den Schatten einer riesigen Eiche zurückgezogen hatte. Nach einigen Minuten reichte ihm das nicht mehr, er musste einfach näher an sie heran. Er vergrub die Hände in den Hosentaschen seiner weiten Bermudashorts und ging langsam über das Gras auf sie zu. Kein Geräusch verriet seine Annäherung, sodass Shannon sehr unsanft aus ihren Gedanken gerissen wurde, als in ihrem Blickfeld plötzlich kein grüner Rasen mehr zu sehen war, sondern kräftige, mit blonden Haaren übersäte Männerbeine. Ruckartig hob Shannon ihren Blick. Zu den grünen Shorts trug Matt ein rot und blau gemustertes Hawaiihemd. Von der Farbzusammenstellung überwältigt, blinzelte sie zu ihm hinauf.

»Hi.« Seine tiefe Stimme rief eine Gänsehaut auf ihren Armen hervor. Wie er es schaffte, selbst in diesem lächerlichen Aufzug noch eine solche Wirkung in ihr hervorzurufen, war ihr ein Rätsel. Was hatte dieser Mann an sich, das sie so faszinierte?

»Selber hi.«

Matt lächelte sie an. »Darf ich mich zu dir setzen oder störe ich gerade?«

Mit einer Hand deutete sie neben sich. »Keineswegs, setz, dich.« Sie drückte ein paar Tasten auf ihrem Laptop und wandte sich ihm dann zu. »Ich beantworte nur gerade ein paar E-Mails von meinen Lesern.«

»Machst du das immer selbst? Verlierst du dabei nicht viel Zeit?«

Shannon lachte. »Ja. Aber ich finde es wichtig, persönlich in Kontakt zu meinen Lesern zu bleiben. Es hilft mir, mich daran zu erinnern, dass ich ohne sie als Autorin gar nichts wäre. Außerdem bin ich schon öfter durch Mails inspiriert worden.«

Matt nickte. »Ich könnte mir vorstellen, dass es einen guten Eindruck auf deine Leser macht, dass du dir Zeit für sie nimmst.«

Shannon stimmte zu. »Ja, obwohl sie manchmal auch meinen, ich sollte lieber schneller schreiben und sie ignorieren.« Sie lachte. »Dabei schreibe ich schon so schnell ich kann. Außerdem muss ich für meine Bücher teilweise auch aufwändige Recherchen betreiben.«

»Wie machst du das?«

»Größtenteils im Internet. Für mich ist das die beste Erfindung nach dem Computer. Man kann heutzutage wirklich zu fast jedem Thema etwas im Internet finden. Von obskuren Kulten auf Neuguinea, über Züchtungen von englischen Rosen bis hin zu Informationen über die amerikanischen Streitkräfte.«

Matt zog die Augenbrauen hoch. »Aber doch sicher keine Geheiminformationen?«

Shannon verzog den Mund. »Nein, leider nicht. Den Ablauf von Missionen der Spezialeinheiten denke ich mir größtenteils aus oder lese sie in Sachbüchern nach. Aber immerhin habe ich seit ein paar Wochen E-Mail-Kontakt zu einem Navy-SEAL, der mir zumindest einige Fragen beantwortet, die nicht der Geheimhaltung unterliegen.«

Matt konnte es nicht lassen, ein bisschen näher auf dieses Thema einzugehen. »Das ist natürlich praktisch. Und wie ist dieser SEAL so? Ich habe gehört, das sollen ganz harte, schweigsame Typen sein.«

Shannon schüttelte den Kopf. »Aber nein, Marc ist offen und lustig, sehr nett und hilfsbereit.«

Matt biss sich auf die Zunge, um sich davon abzuhalten, ihr zu beichten, dass er ihr »Marc« war. Wenn sie je erfuhr, wer er wirklich war, würde sie wahrscheinlich nie wieder ein Wort mit ihm wechseln. Er hatte sie schließlich absichtlich hintergangen.

»Das freut mich.«

Shannon lächelte ihn an. »Tatsächlich ähnelt ihr euch von der Art her sehr.«

Matt lief rot an. Es war wirklich albern, was er hier trieb. Schließlich war es logisch, dass er sich selbst ähnelte!

»Ist das gut oder schlecht?«

Shannon lachte auf. »Fischst du etwa nach Komplimenten?«

Matt zuckte die Schultern.

»Okay, wenn du es unbedingt hören willst: natürlich ist das gut. Ich mag Marc sehr gern, und ich denke, dich könnte ich auch mögen.«

Matt grinste, während sich ein Hochgefühl in ihm ausbreitete. »Denkst du nur?« Damit senkte er seinen Kopf herab, bis sein Mund nur wenige Zentimeter von ihren Lippen entfernt war. »Soll ich dir bei der Entscheidung helfen?« Sein warmer Atem strich über ihren Mund.

Unwillkürlich hielt Shannon die Luft an. Es war ihr vorher nicht so aufgefallen, aber tatsächlich war Matt in ihren Gedanken immer mehr zu Marc geworden. Oder andersherum. Wenn sie an Marc dachte, dann hatte er jetzt Matts Gesicht, seine langen hellbraunen Haare, die funkelnden graublauen Augen. Und natürlich diesen sündhaft kraftvollen Körper. Es konnte natürlich durchaus sein, dass Marc eigentlich ein kleiner, schlanker Mann mit Schnurrbart war, aber Shannon zog es vor, ihn dem anzupassen, was ihr gefiel. Und das waren scheinbar große, muskulöse Männer. Selbstbewusste Männer, die nicht darauf warteten, dass ihnen etwas gegeben wurde, sondern die es sich manchmal auch einfach nahmen – wie Matt, als er sie endlich küsste. Seine raue Zunge zeichnete den Umriss ihres Mundes nach, bevor sie schließlich tief in die warme Mundhöhle tauchte. Zitternd vor Sehnsucht, stellte Shannon den Laptop neben sich, um mit beiden Händen in seine Haare greifen zu können. Innerhalb von Sekunden war das Haargummi verschwunden und sie konnte ihre Finger in die weichen Strähnen wühlen. Gierig zog sie ihn näher zu sich heran und vergaß dabei ihre übliche Zurückhaltung. Himmel, sie wollte diesen Mann, brauchte ihn fast so sehr wie die Luft zum Atmen. Was ihre Beziehungen zu Männern anging, war sie bisher immer sehr vorsichtig gewesen. Doch diesmal konnte sie es nicht. Nein, wollte es nicht. Sie stöhnte lustvoll auf, als Matts Hände ihren Rücken hinunterglitten und ihren Po umfassten. Sie drückte sich noch enger an ihn, ihre kleinen, festen Brüste an seinen Oberkörper gepresst. Plötzlich umfasste Matt ihre schmalen Hüften und schwang sie über seine Beine, sodass sie mit ihrem Gesicht zu ihm auf seinem Schoß saß. Der intime Druck seines Geschlechts entlockte ihr ein weiteres Stöhnen, was aber in dem Ansturm von Matts Kuss fast unterging. Seine Hände waren jetzt überall, in einem Moment in ihren Haaren, kurz darauf an ihren nackten Beinen, dann wieder auf ihren Schultern. Und endlich auch auf ihren vor Sehnsucht schmerzenden Brüsten. Als seine Finger ihre harten Brustspitzen fanden, stieß Shannon einen atemlosen Schrei aus. Ja! Mehr ...

Als Matt ihren Schrei hörte, kam er langsam wieder zur Besinnung. Großer Gott, was tat er hier? Mitten am Tag, auf einer von allen Seiten einsehbaren Wiese, mit der Tochter des Hauses. Er musste kurzzeitig den Verstand verloren haben. Und zwar genau in dem Moment, als er in Shannons dunklen Augen ihr wildes Verlangen gesehen hatte. Er war nicht stark genug gewesen, das abzulehnen, was sie ihm so großzügig anbot. Er ließ seine Hände von ihren Brüsten zurück zu ihrem Rücken wandern und zog sie eng an sich.

Nur widerwillig beendete er den Kuss. »Shannon, ich glaube, dieser Ort ist nicht gerade geeignet für das, was wir gerade machen.«

Shannon blickte ihn einen Moment verständnislos an, bevor sich ihre Augen abrupt klärten. »Oh, mein Gott!« Hastig machte sie sich von ihm los, sprang auf und glättete ihren Rock. Entsetzt blickte sie ihn an.

Matts Arme hatten sich noch nie so leer angefühlt wie in diesem Moment.

»Das hätten wir nicht tun sollen.«

Kälte ersetzte die Wärme, die er eben noch gefühlt hatte. Schon bedauerte Shannon, dass sie ihn geküsst hatte! Steif erhob er sich. Seine Erektion war immer noch unangenehm groß, als er Shannon prüfend betrachtete.

»Es tut mir Leid, ich hätte nicht so über dich herfallen sollen. Es wird nicht wieder vorkommen.«

Shannon blickte ihn erstaunt an. »Nicht?«

»Nein. Ich habe dich in eine unangenehme Situation gebracht.« Damit wandte er sich ab.

Nach ein paar Schritten hielt ihn ihre Stimme auf. »Das stimmt. Allerdings hatte ich gehofft, wir könnten dies … noch einmal wiederholen, in einer angemesseneren Umgebung.«

Matt wirbelte herum, seine Augen ungläubig auf ihr erhitztes Gesicht gerichtet. Er war sprachlos.

Unruhig wartete Shannon auf seine Antwort. Noch nie in ihrem Leben hatte sie einem Mann ein so deutliches Angebot gemacht. Und Matt stand immer noch da und blickte sie an, als wäre sie ein Marsmensch.

»Bitte, sag etwas.« Shannon zuckte zusammen, als sie den flehenden Ton in ihrer Stimme wahrnahm.

Endlich rührte sich Matt. Langsam kam er auf sie zu, seine Augen unverwandt auf ihr Gesicht gerichtet. Vorsichtig legte er seine Hände darum. »Ich bin sprachlos. Aber durchaus fasziniert von deinem Angebot. Was hattest du im Sinn?«

Shannon atmete erleichtert aus. Ihr erstes unmoralisches Angebot war nicht abgelehnt oder belächelt worden. Im Gegenteil, wenn sie von Matts heißem Blick ausging, hatte sie sogar voll ins Schwarze getroffen.

Sie lächelte leicht. »Wie wäre es mit einem Abendessen in meiner Hütte?«

Matt wackelte mit den Augenbrauen. »Klingt gut. Ich freue mich besonders auf das Dessert.«

Shannon errötete, konnte aber ein Grinsen nicht verkneifen. »Ich hatte eigentlich mehr an eine Vorspeise gedacht, aber ich richte mich natürlich gerne nach deinen Wünschen.« Befriedigt registrierte sie die Veränderung in seinen Augen.

Seine Hände spannten sich fester um ihren Kopf. Er beugte sich vor, bis sein Mund ihr Ohr streifte. »Wenn du nicht möchtest, dass ich dich hier an Ort und Stelle vernasche, solltest du mir so etwas nicht sagen. Zumindest jetzt noch nicht. Aber nachher komme ich gerne auf deinen Vorschlag zurück.«

Shannon zitterte vor Erregung, als er sie schließlich losließ und einen Schritt zurück trat. In ihrem geschwächten Zustand brachte sie nur ein Nicken hervor. Mit Genugtuung sah sie, dass der stets so coole Matt Coleburn ziemlich aufgewühlt war, als er sich schließlich mit langen Schritten über die Grasflache entfernte.

Ihre zitternden Beine trugen sie nicht länger und sie sank neben ihrem Laptop zu Boden. »Tja, Marc, sieht so aus, als müsste ich deinen Tipp mit dem Schokoladensirup ohne dich testen.«

Sie nahm ihren Laptop auf den Schoß, öffnete die Datei zu ihrem aktuellen Buch und fing in rasender Geschwindigkeit an zu tippen.

Richard Cranton lief im Besprechungsraum in der FBI-Zentrale in Bozeman auf und ab. Die Stirn in tiefe Falten gelegt, blickte er erneut auf die große Wanduhr. Bereits nach sechs Uhr und noch immer keine Spur von den beiden Agenten oder Karen Lombard. Ebenso wenig von dem Ex-SEAL Clint Hunter. Warum hatte sich Dr. Lombard an ihn gewandt und nicht an das FBI, wenn sie unschuldig war? Es müsste ihr doch klar sein, dass das FBI nach ihr suchen würde, wenn sie einfach so von ihrer Arbeit verschwand. Und gleichzeitig aus unterschiedlichsten Quellen Informationen über ihr eigentlich geheimes neues Waffensystem auftauchten. Nein, Karen Lombard sah eindeutig schuldig aus. Sollte sich herausstellen, dass sie Landesverrat begangen hatte, würde sie den Rest ihres Lebens im Gefängnis verbringen müssen. War das ein Grund dafür, die FBI-Agenten zu beseitigen, die sie abholen sollten, und zu flüchten? Vermutlich schon, wenn man kein Gewissen hatte. Grimmig überlegte Cranton, dass er doch lieber persönlich zur Ranch gefahren wäre, anstatt sie durch ein paar unerfahrene Provinzagenten hierher transportieren zu lassen. Anscheinend hatten sie ihr sogar erlaubt, ein eigenes Auto zu benutzen, wenn man der Aussage des Ranch-Besitzers trauen konnte. Aber warum sollte er lügen, schließlich hatte er eine Menge zu verlieren. Um seinen Sohn zu schützen? Cranton schüttelte den Kopf. Er fand bisher keinen Anhaltspunkt dafür, dass Clint Hunter überhaupt etwas mit der ganzen Sache zu tun gehabt hatte, bevor Karen Lombard bei ihm aufgetaucht war. Er hatte ihn zwar damals in Washington nicht gemocht, aber die Liste seiner Auszeichnungen für Verdienste für das Vaterland war beeindruckend gewesen. Wer ein Jahrzehnt lang für sein Land kämpfte, würde nicht plötzlich zum Verräter werden. Zumindest nicht ohne triftigen Grund.

Cranton hatte sämtliche Agenten, ebenso wie die hiesige Polizei, mobilisiert, alles nach den Vermissten abzusuchen. Sie konnten sich doch nicht einfach in Luft aufgelöst haben! Sie waren hier schließlich nicht in einer Großstadt, sondern mitten auf dem Land, verdammt. Es gab nur eine einzige Straße, die sie sinnvollerweise benutzt haben konnten, um von West Yellowstone nach Bozeman zu fahren. Und die hatten sie laut den letzten Angaben auch benutzt. Der Highway 191 war zwar eine kleine, aber trotzdem viel befahrene Straße. Irgendjemand musste gesehen haben, was mit ihnen passiert war. Aber bisher hatte er noch keinen Zeugen gefunden, ebenso wenig wie die kleinste Spur von seinen Agenten, Karen Lombard oder den Autos. Und so konnte er nichts anderes tun, als hier zu warten und zu hoffen, dass er bald Informationen erhielt, bevor die

Spur zu kalt wurde. Der Präsident hatte auch schon anfragen lassen, ob inzwischen Ergebnisse vorlagen. Sollte er nicht bald mit Dr. Lombard im Schlepptau in Washington auftauchen, konnte er wahrscheinlich sogar seinem Job Adieu sagen.

XXVII

Sie mussten noch zweimal Ausläufer des Grayling Creek überwinden, bevor sie wieder in ein unverbranntes, dicht bewaldetes Gebiet kamen. Zu Karens großer Erleichterung waren beide Bäche relativ flach gewesen, sodass sie ohne große Umstände hinübergelangten. Bevor sie sich allerdings darüber freuen konnte, baute sich ein Hügel vor ihnen auf.

Flehend blickte sie Clint an. »Wir müssen doch wohl nicht da rauf?«

»Ich fürchte schon, wenn wir nicht einen kilometerlangen Umweg machen wollen.«

Karen stöhnte. »Aber das ist so hoch!«

Clint lachte. »Nein, das sind nur etwa 150 Meter. Wir haben Glück, dass der gesamte Yellowstone Park auf einem Hochplateau liegt und deshalb recht wenige Steigungen hat. Zumindest hier, wo wir sind. Wenn wir etwas weiter östlich gestrandet wären, hätten wir einige Berge überqueren oder umlaufen müssen.«

»Also soll ich jetzt dankbar sein?«

»Das wäre nicht schlecht. Ich hatte vor, uns da oben eine gute Stelle zum Übernachten zu suchen. Von dort aus habe ich einen guten Überblick über die Umgebung und kann es frühzeitig erkennen, wenn uns die Verfolger näher kommen.«

Karen schob die Decke zurecht und stapfte los. »Warum hast du das nicht gleich gesagt? Kommst du?«

Grinsend folgte er ihr den Hügel hinauf. »Ich bin direkt hinter dir. Halte nach einer Stelle Ausschau, die sich als Schlafplatz eignet.«

Das ließ sich Karen nicht zweimal sagen. Doch es war Clint, der kurz vor dem Gipfel einen überhängenden Felsen entdeckte, unter dem sie ihr Nachtlager aufschlagen konnten und wenigstens ein bisschen geschützt waren. Und das war auch gut so, denn kaum hatten sie die Decke und den Rucksack in den Unterschlupf gelegt und waren hinterhergekrochen, als ein heftiger Regen einsetzte. Sofort ersetzte eine drückende Feuchtigkeit die bisher trockene Luft.

Karen blickte trübsinnig nach draußen. »Auch das noch. Irgendwer meint es nicht gut mit uns.«

Clint blickte vom Rucksack auf, dessen Inhalt er gerade überprüfte. »Doch, sehr gut sogar. Der Regen wird unsere Spuren verwischen und auch unsere Verfolger werden sich jetzt höchstwahrscheinlich einen trockenen Ort für die Nacht suchen.« Er lächelte sie an. »Außerdem sitzen wir hier ja im Trockenen.«

Karen verzog den Mund. »Mehr oder weniger. Meine Hose ist jedenfalls noch ziemlich nass.«

»Zieh sie aus.«

Karens Kopf ruckte herum. »Wie bitte?«

»Zieh die Hose aus und leg sie zum Trocknen hin. Dann wickelst du dich in die trockene Decke ein.«

Karen grinste schief. »Ach so.«

Ohne zu zögern begann sie unter Schwierigkeiten, die an ihren Beinen klebende Hose auszuziehen. Hin und wieder warf sie kurze Blicke in Clints Richtung, aber er schien sich ganz auf den Rucksack zu konzentrieren. An den Füßen angekommen, musste sie erst einmal ihre durchnässten Leinenschuhe loswerden. Um keinen Laut von sich zu geben, biss sie sich hart auf ihre Unterlippe. Bei jedem Ruck am Schnürband schoss ein scharfer Schmerz durch ihre Füße. Langsam und vorsichtig zog sie ihre Füße aus den Schuhen, konnte aber weder den Laut unterdrücken, der aus ihrer Kehle drang, noch die Tränen, die in ihre Augen schossen.

Clint war in Sekunden neben ihr. »Lass mich sehen.«

Karen schnappte sich die Decke und wickelte sie um ihre nackten Beine.

Clint murmelte etwas, das sie nicht verstehen konnte, als er ihre Füße sah. Er schob ihre Hände beiseite, ignorierte ihre Proteste und zog dann behutsam die Hose über ihre offenen Füße.

Als Karen zusammenzuckte, verzog er mitfühlend das Gesicht. »Was machst du bloß immer mit deinen armen Füßen? Erst in Costa Rica und jetzt hier. Hast du denn keine vernünftigen Schuhe?«

Karen blitzte ihn an. »Natürlich habe ich die. Zu Hause. Ich hatte leider keine Gelegenheit, einen Koffer zu packen, als ich vor meinem Ehemann geflohen bin, der gerade per Telefon meinen Tod geplant hat. Und heute Morgen dachte ich eigentlich, wir würden in eine Stadt fahren und nicht den halben Tag durch den Wald trampen. Ganz zu schweigen von den Flussdurchquerungen.«

Clint zuckte zusammen. Sie hatte Recht, das war eine blöde Frage gewesen. Aber es sah so aus, als fühlte sie sich jetzt wieder etwas besser, nachdem sie Dampf abgelassen hatte.

»Tut mir Leid, ich kann bloß kaum mit ansehen, was deinen Füßen angetan wurde.« Er holte ein Taschentuch und eine Wasserflasche aus dem Rucksack und begann ihre Füße vorsichtig zu säubern. Mit gerunzelter Stirn beugte er sich über sie, völlig auf seine Aufgabe konzentriert. Wie er schnell merkte, war er nicht besonders erfolgreich. Der feine Sand hatte sich unter ihre Haut gesetzt und war einfach nicht zu entfernen. Zumindest nicht hier mit ihren begrenzten Mitteln. Und verbinden würde auch nichts bringen, weil dann die Schuhe nicht mehr passen würden.

Hilflos ließ er sich auf seine Hacken zurücksinken. »Mehr kann ich nicht tun. Das Beste ist im Moment wahrscheinlich, die Wunden an der Luft trocknen zu lassen.«

Karen seufzte. »Das hatte ich mir fast gedacht. Aber trotzdem danke für den Versuch.« Sie blickte auf seine Beine. »Solltest du dir nicht auch die nasse Hose ausziehen?«

»Nachher, erst wollte ich noch einen kurzen Erkundungsgang in der Umgebung machen.«

Karen sah nach draußen. »Bei dem Wetter?«

Clint grinste. »Ich bin ja nicht aus Zucker und schnell zurück.« Damit verschwand er auch schon aus dem Schutz des Überhangs. Innerhalb von Sekunden war er im strömenden Regen nicht mehr zu sehen.

»Wie du willst. Solange ich nicht wieder aufstehen muss …« Damit zog Karen den Rucksack zu sich heran. Als Erstes packte sie die Nahrung aus, dann fischte sie den Beutel mit ihren wenigen Kosmetika heraus. Sie konnte die Zeit, die Clint draußen war, nutzen, um sich wieder ein bisschen frisch zu machen. Ein Glück, dass sie bei ihrem Flug aus Gewohnheit die Erfrischungstücher aus dem Flugzeug eingesteckt hatte, so konnte sie jetzt zumindest oberflächlich den größten Schmutz aus ihrem Gesicht und von ihren Händen entfernen. Man glaubte gar nicht, wie viel Dreck sich ansammelte, wenn man einen halben Tag in der Wildnis unterwegs war. Und natürlich vorher noch mit einem Auto in eine Schlucht fiel. Karen schauderte. Sie konnte immer noch nicht fassen, dass sie wirklich halbwegs intakt wieder aus dem Wagen herausgekommen waren. Die armen Agenten hatten wahrscheinlich nicht so viel Glück gehabt. Es war ihr zwar herzlos vorgekommen, die beiden Männer einfach ihrem Schicksal zu überlassen, aber sie mussten so handeln, um die Gelegenheit zu entkommen nicht zu vergeben. Den Kopf schüttelnd, versuchte sie die trüben Gedanken zu verdrängen. Immerhin hatten sie es bis hierhin geschafft, und sie hatte den besten Führer und Beschützer, den es gab: Clint. Er war nicht nur ein hoch qualifizierter Soldat, sondern auch hier in der Gegend aufgewachsen, kannte sie also besser als ihre

Verfolger. Und wenn der Regen wirklich ihre Spuren verwischte, wie Clint gesagt hatte, dann waren ihre Chancen noch einmal gestiegen. Karen legte die Salbe gegen Prellungen schon einmal beiseite, die sie eigentlich für ihre Knie und die Schulter mitgenommen hatte, die ihr jetzt aber auch bei Clints Beinverletzung nützlich sein konnte. Mit einem leichten Lächeln zog sie die Haarbürste heraus, die sie noch in ihrer Arbeitstasche gehabt und für die Reise nach Bozeman in den Beutel geworfen hatte. Vorsichtig zog sie die Haarspange aus ihren verknoteten Haaren und warf sie zu den anderen Kosmetika. Mit langsamen Bürstenstrichen entwirrte sie ihre gewellten blonden Haare, bis sie schließlich wieder halbwegs ordentlich ihr Gesicht umrahmten. Sie schraubte den Deckel der Thermoskanne ab und stellte ihn neben das schützende Dach des Überhangs, um in ihm Wasser aufzufangen, das sie dann für die Körperpflege benutzen konnten. Zuletzt suchte sie noch ihr Deospray heraus und versuchte zumindest den unangenehmen Geruch zu überdecken, der ihr anhaftete. So lautlos wie er gegangen war, kauerte Clint plötzlich wieder vor dem Eingang ihres Unterschlupfs. Karen stieß einen erschrockenen Schrei aus, als sie den Schatten entdeckte.

»Ich bin's nur. Entschuldige, ich wollte dich nicht erschrecken.«

Mit einer Hand über ihrem heftig pochenden Herzen rutschte sie hastig zur Seite, um dem tropfnassen Clint Platz zu machen. »Kein Problem, hat mich nur zehn Jahre meines Lebens gekostet. Aber das macht nach diesem Tag sowieso nichts mehr.«

»Ich hoffe, ich kann das später wieder gutmachen.«

Karen wurde warm, als ihr verschiedene Möglichkeiten der Wiedergutmachung durch den Kopf schossen. »Och, da finden wir schon was.«

Clints Lächeln blitzte im Halbdunkel der Höhle auf. »Bestimmt.«

Karen bemerkte erst jetzt, wie dunkel es schon geworden war. Im Dämmerlicht, das von draußen hereindrang, war kaum noch etwas zu erkennen.

»Können wir ein Feuer machen?«

Wie befürchtet schüttelte Clint den Kopf. »Nein, das wäre nicht ratsam. Außerdem ist das Holz jetzt sowieso feucht, das würde nur qualmen. Wenn uns kalt wird, schlüpfen wir einfach unter die Decke und schlafen.«

»Ich hatte eigentlich mehr an Licht gedacht.«

»Ach so.«

»Du hast nicht zufällig eine Taschenlampe dabei?«

Clint wühlte in seiner Hosentasche, bis seine Finger auf sein Schlüsselbund trafen. Triumphierend zog er es heraus. »Jetzt drück die Daumen …« Er berührte einen Knopf an einem zylinderförmigen Anhänger und ein kleiner Lichtstrahl erschien. Befriedigt verzog er den Mund. »Na bitte, funktioniert noch. Ist zwar nicht viel, aber für den Notfall reicht es wohl.«

Karen lachte. »Ich wage gar nicht zu fragen, was du sonst noch alles an deinem Schlüsselbund hast. Taschenmesser? Schraubenzieher? Trillerpfeife?«

Sie deutete seine verlegene Miene richtig. »Du warst früher sicher mal Pfadfinder, oder?«

Clint räusperte sich. »Ja. Und du wirst es nicht glauben, die eine oder andere Sache habe ich auch in meiner Zeit als SEAL gelernt.«

»Und das wäre?«

»Immer auf alles vorbereitet zu sein. Stets wachsam zu sein. Und nie einem Feind den Rücken zuzudrehen.«

Karen wurde ernst. »Das sind natürlich wichtige Regeln für einen SEAL, aber inwiefern treffen sie auf dein heutiges Leben als Rancher zu?«

Clint zuckte die Schultern. »Sie schaden zumindest nicht. Außerdem kann man ein Jahrzehnt des Trainings nicht einfach so abschütteln. Viele Verhaltensmuster sind so verinnerlicht, dass ich sie automatisch ausführe, ohne darüber nachzudenken.«

»Gehört dazu auch, immer die Hosen anzubehalten?«

Erstaunt blickte er sie an. »Was?« Er musste sich verhört haben.

»Deine Hose, zieh sie aus.«

»Warum?«

Karen lachte. »Dumme Frage, weil sie nass ist und weil ich mir dein verletztes Bein ansehen möchte.«

Wortlos öffnete Clint seinen schweren Gürtel, knöpfte die Hose auf und zog den Reißverschluss herunter. Dabei blickte er ihr unverwandt in die Augen. »Willst du dich nicht umdrehen?«

Die Röte auf Karens Wangen war sogar in der Dunkelheit zu sehen. »Nein. Aber ich tue es trotzdem.«

Damit drehte sie sich abrupt um und beschäftigte sich angelegentlich mit der Salbentube. Sie konnte Clints intensiven Blick durch ihr T-Shirt spüren. Sie spielte wirklich mit dem Feuer, ermahnte sie sich. Sie waren hier alleine, von der Außenwelt und sämtlichen Störfaktoren abgeschnitten, in einer kleinen Höhle, halb nackt und mit nur einer Decke. Vermutlich würde nicht viel fehlen, ein wahres Feuerwerk der Leidenschaft zu entfachen, das nicht mehr zu löschen sein würde. Eigentlich war sie noch nicht bereit, wieder eine Beziehung zu einem Mann einzugehen, doch wahrscheinlich würden das einfach ihre Hormone übernehmen ebenso wie ihre Gefühle für Clint, und sie würde ohne zu zögern mit ihm schlafen. In ihrer jetzigen gefährlichen Situation war es bestimmt besser, wenn sie beide einen kühlen Kopf bewahrten, anstatt sich gegenseitig die Kleider vom Leib zu reißen. Und was für einen schönen Körper Clint besaß, hatte sie ja bereits am ersten Abend gesehen, als die Bettdecke nur ein kleines Stück bedeckt hatte.

Entschieden schüttelte sie den Kopf. Sie würde sich jetzt einzig und allein um seine Verletzung kümmern, um nichts anderes. »Bist du bereit?«

Clints raue Stimme war wie eine Liebkosung, als er antwortete. »Ja.«

Sie würde stark sein. Sie würde nicht hingucken. Sie würde ganz professionell seine Wunde begutachten und den Rest des Körpers ignorieren. Ja, sicher. Langsam drehte sie sich um und stieß ein Japsen aus. Clint hatte nicht nur seine Hose, sondern auch sein Hemd entfernt und saß jetzt nur mit seiner Boxershorts bekleidet vor ihr.

Als er ihren entsetzten Blick bemerkte, zuckte er entschuldigend mit den Schultern. »Es war vom Regen alles klitschnass. Und bevor ich mir eine Erkältung hole oder die ganze Nacht in meinen nassen Klamotten schlafe …« Wieder zuckte er die Schultern.

Karen atmete tief durch. Ganz ruhig. Es war nur vernünftig, was er sagte …

Nach einem letzten vorsichtigen Blick auf seine gut ausgefüllte Shorts straffte sie ihre Schultern und wechselte in die Krankenschwester-Rolle.

»In Ordnung, zeig mal her.«

Clint grinste.

»Dein verletztes Bein natürlich!«

»Was denn auch sonst.« Vorsichtig streckte er das Bein aus, sodass sein Oberschenkel sich in Karens Reichweite befand. Leidenschaftslos betrachtete er den tellergroßen, tieflila gefärbten Bluterguss, der seinen Schenkel überzog. Er hatte schon schlimmere Verletzungen gehabt. Diese war zwar schmerzhaft, aber er konnte damit laufen und das war die Hauptsache. Karens geräuschvolles Einatmen zeigte ihm, dass sie anderer Meinung war. Nun gut, er hatte gegen ein bisschen liebevolle Pflege nichts einzuwenden.

Karen fing sich schnell wieder. Die Verletzung sah wirklich furchtbar aus, aber immerhin konnte sie mit ihrer Salbe vielleicht ein klein wenig dagegen tun. Wortlos hob sie die Tube hoch, schraubte sie auf und drückte einen dicken Strang weißer Salbe auf die Wunde.

»Was ist das?«

Sanft begann sie die Salbe zu verteilen. »Das ist die Salbe, die ich von der Ärztin in Washington für meine Prellungen bekommen hatte. Bei mir hat sie ganz gut gewirkt.«

Clint war alles recht, solange Karen weiter über seinen Oberschenkel gebeugt saß und mit sanften Fingern die kühlende Creme auf seiner Verletzung verrieb. Um nicht dem Verlangen nachzugeben, einen Kuss auf ihren gesenkten Kopf zu drücken, lehnte er sich auf die Ellbogen zurück. Seufzend schloss er die Augen und ließ seine Gedanken wandern. Früher als er es sich wünschte, verkündete Karen, dass sie ihre Verarztung beendet hatte. Enttäuscht setzte er sich wieder auf. Inzwischen war es ganz dunkel in ihrem Unterschlupf.

Mit den Fingern strich er über den Boden, bis er die kleine Taschenlampe fand, die er kurz beiseite gelegt hatte. Er knipste sie an und leuchtete durch die Höhle. »Wie wäre es mit etwas zu essen?«

Wie als Erwiderung fing Karens Magen an zu knurren. »Ich denke, das hieß ja.«

Clint lachte. »Kein Problem. Teilen wir uns ein Sandwich?«

Mit großem Appetit verspeiste Karen ihre Hälfte des Käsesandwichs. Ein Gutes hatte diese ganze Misere: sie würde danach bestimmt einige Kilos weniger wiegen. Auch den Eistee teilten sie sich gerecht. Danach putzten sie sich mit dem vor dem Unterschlupf gesammelten Regenwasser die Zähne, bevor Clint schließlich die Decke ausbreitete, damit sie nicht auf dem kalten Boden liegen mussten. Er bedeutete Karen sich in die Falten zu legen, kroch dann hinter ihr herein und zog die andere Hälfte der Decke über sie beide. So war Karen rundum warm, auf einer Seite die Decke und auf der anderen Clints heißer Körper. Sie wusste zwar nicht, wie er es anstellte, bei den kühlen Nachttemperaturen eine derartige Wärme auszustrahlen, aber sie war sehr dankbar dafür. Sie seufzte auf, als Clint die Taschenlampe ausschaltete und sie mit ihrer Rückseite dicht an seine Brust zog. Campen hatte ihr nie gefallen, aber mit Clint zusammen könnte es ihr vielleicht sogar Spaß machen. Mit diesem Gedanken schlief sie ein, während Clint, ihren gleichmäßigen Atemzügen lauschend, über sie wachte.

XXVIII

Sie schafften es nicht bis zum Dessert. Genau genommen nicht einmal bis zur Vorspeise. Shannon öffnete auf Matts Klopfen hin in ihrem langen hochgeschlitzten Kleid die Tür, ihre rotbraunen Haare hatte sie hochgesteckt, ihre feinen Gesichtszüge mit leichtem Make-up betont. Zufrieden stellte sie fest, dass ihre Anstrengungen mit ihrem Äußeren einen durchschlagenden Erfolg hatten. Matt stand einfach nur in der Tür und blickte sie unverwandt an.

Nervös lachte sie auf. »Willst du nicht hereinkommen?«

Seine Augen verdunkelten sich. »Aber ja.« Sein Blick blieb an der Oberkante des Schlitzes hängen. »Nichts lieber als das.«

Shannon errötete, während sich ein Kribbeln in ihrem Körper ausbreitete. Sie hatte bereits alles für das intime Abendessen vorbereitet: Die Vorhänge waren zugezogen, der Tisch gedeckt, hohe Kerzen flackerten sanft in der Abendbrise, die durch die geöffneten Fenster drang. Matt trat in den Raum und schloss langsam die Tür hinter sich. Die ganze Zeit, während er sich auf das Essen vorbereitete, hatte er sich vorgebetet, es langsam angehen zu lassen. Erst das Essen zu genießen und dann hinterher mit Shannon auf dem Sofa zu kuscheln oder zu tanzen oder mit ihr über ihre Arbeit zu diskutieren. Doch jetzt erkannte er, dass ihm das nicht gelingen würde. Er wollte sich in ihr vergraben, jetzt sofort, so tief wie es nur ging. Mit ihrem Aussehen und dem stimmungsvollen Ambiente, das sie geschaffen hatte, untergrub sie seine guten Vorsätze. Langsam ging er auf sie zu.

Shannon hatte noch nie in ihrem Leben eine Verführung geplant, doch wie es aussah, war ihr das durchaus gut gelungen. Matts Augen glitzerten, als er mit langen Schritten auf sie zukam. Ihr Blick glitt an ihm hinab. Er hatte sich ebenfalls umgezogen, an Stelle des Hawaiihemdes trug er nun ein schlichtes Baumwollhemd, die Bermudashorts waren einer schwarzen Jeans gewichen. Aber wie sie schon festgestellt hatte, es war egal, was er anhatte, er wirkte immer verführerisch auf sie. Ihr Puls stieg in ungeahnte Höhen, als er vor ihr stehen blieb und sie einfach nur ansah. Sie konnte förmlich spüren, wie ihr Körper sich vorbereitete, um ihn in sich aufzunehmen. Gott, was hatte dieser Mann an sich, dass sie bereit war, sämtliche Überzeugungen, die sie jemals gehabt hatte, einfach über Bord zu werfen? Es ging eine nahezu magnetische Anziehungskraft von ihm aus, die sie völlig in ihren Bann zog.

Atemlos bemühte sie sich, die Situation zu entschärfen. »Möchtest du …?«

Matt rückte dichter an sie heran, sodass sie automatisch einen Schritt zurücktat. Seine Stimme war ein tiefes Grollen. »Ja.«

Shannon blickte ihn mit großen Augen an. Das war ein ganz anderer Matt als der, den sie bisher kennen gelernt hatte. Ernster, intensiver, elementarer. Und, verdammt noch mal, viel erotischer, als er ihr sonst schon erschienen war. Sie wich einen weiteren Schritt zurück, sofort schloss er die Lücke zwischen ihnen wieder. Seine Körperwärme drang in Wellen durch ihr dünnes Kleid, sein heftiger Atem ließ ihre Haarfransen tanzen. Viel länger würde sie diese erotische Spannung nicht mehr aushalten, sie würde einfach zerschmelzen, eine Pfütze zu seinen Füßen bilden. Erneut einen Schritt zurück und sie stand mit dem Rücken zur Wand – buchstäblich. Ein inneres Fieber ließ Matts graublaue Augen erglühen, als er erkannte, dass sie in der Falle saß. Ihm hilflos ausgeliefert. Seine Arme zu beiden Seiten ihres Kopfes abstützend, beugte er sich zu ihr hinunter. Er traute sich nicht, sie jetzt schon anzufassen, sonst würde er ihr hier an dieser Stelle die Kleider vom Leib reißen. Die Idee hatte einen gewissen Reiz, aber er wollte sie nicht noch mehr erschrecken, als er es so schon tat. Mit äußerster Zurückhaltung berührte sein Mund ihre Lippen. Allein diese leichte Berührung zwang ihn fast in die Knie. Er konnte sich nicht erinnern, wann er das letzte Mal so erregt gewesen war. Vermutlich noch nie. Und dabei hatte er Shannon bisher nur angesehen und ihr einen kleinen keuschen Kuss gegeben. Was würde erst passieren, wenn … sie plötzlich ihre Arme um ihn warf, ihn ganz dicht an sich heranzog und ihre Zunge in seinen Mund schob? So wie sie es gerade tat. Seine starken Arme wickelten sich um sie und hoben sie hoch, bis sie zwischen seinem Körper und der Wand eingeklemmt war. Der Schlitz in ihrem Kleid erwies sich als sehr nützlich, als sie ihre Beine um seine Hüften legte. Das brachte seinen harten Schaft genau dorthin, wo er hinwollte, möglichst natürlich ohne Kleidung. Aufstöhnend rieb er sich an ihr, jegliche Kontrolle ging in seinen starken Gefühlen unter. Shannon ging es genauso, sie hatte nur noch einen Gedanken: sie wollte ihn so schnell wie möglich in sich fühlen. Während sie ihre Hacken in seine Schenkel grub, drängte sie sich näher an ihn, ihre feuchte Wärme konnte er durch seine dicke Jeans spüren. Längst jenseits der sanften Annäherung, schob er seine Hände unter ihren langen Rock und umfasste ihren strammen Po, ihren nackten, strammen Po. Kurz vor dem Wahnsinn ertastete er den schmalen Streifen ihres Tangas.

Stöhnend legte er seine Stirn an ihre. »Du bringst mich um!«

Shannon gluckste befriedigt auf. »Aber doch wohl jetzt noch nicht, oder?«

»Das werden wir ja gleich sehen.« Er hakte einen Finger unter den Stoffstreifen und zerriss ihn mit einem Ruck, denn er hatte nicht die Absicht, Shannon wieder herunterzulassen, nur damit sie ihn ausziehen konnte.

Aufkeuchend erschauerte sie. Sie stand so kurz vor der Erfüllung ihrer heimlichsten Fantasien, dass sie es fast schmecken konnte. Matt nahm in einem weiteren, endlosen Kuss ihren Mund, den eigentlichen Geschlechtsakt mit der Zunge imitierend.

Schließlich reichte es Shannon. Mit einem Ruck befreite sie ihre Lippen und blickte ihn mit verhangenen schwarzen Augen an. »Meinst du nicht, es wäre an der Zeit, deine Hose auszuziehen?«

Matt grinste. »Aber unbedingt. Halt dich fest.« Mit einer Hand griff er nach unten und hantierte mit Gürtel und Knöpfen. Dass dabei seine Fingerknöchel hin und wieder Shannons Fleisch berührten und sie dabei fast um den Verstand brachten, war eine nette Beigabe. Endlich hatte er seine Jeans geöffnet und ließ sie an seinen Beinen herunterrutschen. Zumindest so weit seine muskulösen Oberschenkel dies erlaubten. Weiterhin mit einer großen Hand Shannons Hinterteil umfassend, führte er das eingepackte Kondom, das er vorher aus seiner Hosentasche gezogen hatte, an seinen Mund und zerriss mit den Zähnen die Folie. Fasziniert sah Shannon ihm dabei zu. Sie hatte sich schon immer gefragt, wie Männer ein Kondom mit nur einer Hand auspackten … Dann war ihr auch das egal, denn Matt hatte sich das Kondom übergestreift und senkte sie auf seine riesige Erektion. Schon bei der ersten Berührung wäre Shannon fast explodiert, und Matt erging es nicht anders. Mit zusammengebissenen Zähnen bemühte er sich, seine Kontrolle wiederzuerlangen, zumindest so lange, bis er vollständig in ihr war.

Endlich waren sie komplett vereint, ihre Körper bewegten sich wie von selbst in einem harmonischen Rhythmus. Der immer schneller wurde, je näher sie dem Orgasmus kamen. Matt fühlte die ersten Zuckungen

Shannons Körper erfassen, während er immer heftiger in sie stieß. Schweiß bildete sich auf seiner Stirn und lief seinen Rücken hinab. Schließlich erreichte Shannon den Gipfel und stieß einen heiseren Schrei aus. Matt verließ die letzte Kontrolle und er hämmerte in sie, bis auch er kurz darauf den Höhepunkt erreichte. Minuten später noch drückte er sie mit dem Rücken an die Wand, während er sich bemühte, genug Kraft aufzubringen, um sich aus ihr zurückzuziehen, sie auf den Boden zu stellen und sich ein paar Schritte von ihr zu entfernen.

Immer noch spürte er Zuckungen in ihrem Leib und am liebsten wäre er für immer in ihr geblieben. Aber da das nicht ging, zog er sich schließlich widerwillig aus ihr zurück. Sanft setzte er sie auf ihre Füße und stützte sie, bis ihre Beine ihr Gewicht wieder trugen.

Mit riesigen schwarzen Augen blickte sie ihn benommen an. »Wow!«

Matt lachte. »Ja, so kann man das nennen.« Er entfernte das Kondom und zog seine Hosen hoch. Lächelnd blickte er auf den zerrissenen Tanga. »Tut mir Leid wegen der Hose.«

Shannon blickte nach unten und lachte. »Mir nicht. Um ehrlich zu sein, hatte ich sie genau dafür gekauft.« Erstaunt sah sie ihn an, als er stöhnte. »Was ist, geht es dir nicht gut?«

Matts Lippen verzogen sich zu einem selbstironischen Lächeln. »Es geht schon wieder los. Wie wäre es, wenn du mir jetzt etwas zu essen bietest, um mich abzulenken?«

Shannons geweitete Augen hefteten sich auf seine Hose. »Was? Ach so, ja, Essen. Komm mit!«

Sie ließen sich am Tisch nieder und genossen das Essen, auch wenn es inzwischen ein wenig kalt geworden war.

Das Dessert fand diesmal im Schlafzimmer statt und war nicht weniger intensiv als die Vorspeise, aber wesentlich ausführlicher.

Einige Stunden später stieg Matt aus dem Bett und zog sich im Dunkeln an, während Shannon ihn auf einen Ellbogen gestützt dabei beobachtete.

»Bist du sicher, dass du nicht bleiben möchtest?«

Matt legte seine Stirn an ihre. »Ich möchte schon, ich halte es nur für sinnvoller, hier auf dem Grundstück deiner Familie und mit den Gästen drum herum die Nacht in meiner Hütte zu verbringen.«

Shannon seufzte. »Wer hätte gedacht, dass du so altmodisch bist.« Sie küsste ihn. »Aber das gefällt mir an dir.«

Matt lachte leise. »Ist das alles, was dir an mir gefällt?«

Shannon gab ihm einen Klaps auf die Schulter. »Fischst du etwa schon wieder? Bis auf deine Hawaiihemden gefällt mir eigentlich so ziemlich alles an dir, was ich bis jetzt gesehen habe. Eine abschließende Wertung behalte ich mir vor, bis ich dich besser kenne.«

Matt zuckte innerlich zusammen. Wenn sie erst einmal über ihn Bescheid wusste, würde ihre Wertung bestimmt nicht gut ausfallen. Schon jetzt, so kurz nachdem sie sich geliebt hatten, fraß ihn sein schlechtes Gewissen fast auf. Einerseits war es richtig gewesen, Clints und seine Identität zu schützen, allein schon für Karen, aber er hätte Shannon erzählen sollen, wer er war. Wenn nicht von Anfang an, dann wenigstens bevor er mit ihr intim geworden war. Aber er hatte sich die Gelegenheit einfach nicht entgehen lassen können. Alle seine Wünsche waren in greifbare Nähe gerückt worden, da konnte er nicht einfach alles mit einem Schlag zerstören. Er fürchtete jedoch, dass er für seinen Egoismus bald die Quittung bekommen würde. Spätestens wenn die Familie über Clints Verschwinden informiert werden würde, wäre seine Tarnung so gut wie hinfällig. Seufzend erhob er sich von Shannons Bett.

Es brachte nichts, verpassten Gelegenheiten hinterherzujammem, er hatte sich die Suppe eingebrockt, also musste er sie auch auslöffeln.

»Schlaf schön.« Matt verabschiedete sich mit einem sanften Kuss.

Schläfrig blickte Shannon ihm nach. »Du auch. Bis morgen.«

Matt zog die Hüttentür leise hinter sich zu. Draußen atmete er tief die frische Nachtluft ein. Er hatte erwartet, nach einem solchen Abend ein absolutes Hochgefühl zu empfinden, und körperlich war das sicher auch so, aber geistig war er mit der Situation überhaupt nicht zufrieden. Er wollte Shannon als Matt Colter, Navy-SEAL, gegenübertreten können, mit all seinen Stärken und Schwächen. Er wollte, dass sie genau wusste, mit wem sie den intensivsten Sex gehabt hatte, den er je erlebt hatte. Es war klar, dass die ganze Geschichte abrupt beendet sein würde, wenn sie die Wahrheit erfuhr. Vielleicht waren diese wenigen Stunden das erste und einzige Mal gewesen, bei dem er Shannon sehen, schmecken und fühlen konnte. Sein Herz zog sich zusammen. Verdammt!

Tief in Gedanken versunken schloss er seine Hütte auf und trat hinein. Mit einem Fuß über der Schwelle hielt er inne. Irgendjemand war in der Hütte! Bevor er etwas unternehmen konnte, erklang aus dem Dunkeln eine Stimme. Rasch schaltete er das Licht an, bevor er sich dem Eindringling zuwandte.

»Ja, es ist jemand im Raum.« Georges Stimme kam vom Sofa her. »Tut mir Leid, dass ich hier so eingedrungen bin, aber ich muss mit Ihnen sprechen und wollte nicht, dass jemand anderes mich hier sieht.«

Matts Herz blieb stehen. »Wurde Clint gefunden?«

Schwerfällig erhob sich George. »Er nicht, aber sein Auto. Und das der FBI-Agenten. Sie sind beide tot.«

»Shit. Und Karen?«

George schüttelte den Kopf. »Auch von ihr keine Spur. Das eigentliche Wunder ist, dass beide Autos in einer Schlucht am Highway 191 gefunden wurden. Agent Cranton sagte, die beiden Agenten seien wahrscheinlich bereits bei dem Aufprall ums Leben gekommen. In unserem Auto wurden zwar Blutspuren gefunden, aber sonst nichts. Das heißt, dass die beiden entweder von dort aus zu Fuß weitergelaufen oder verschleppt worden sind.«

»Ich tippe auf Ersteres.«

George runzelte die Stirn. »Ich auch, aber in beiden Autos wurden Einschusslöcher gefunden. Wer auch immer das getan hat, ist wahrscheinlich in diesem Augenblick hinter Karen und Clint her oder hat sie bereits in seiner Gewalt.«

»Die Bruderschaft des Lichts.«

Clints Vater nickte. »Clint hat mir kurz die Situation erklärt, aber allein das Wenige reicht, um mir wirkliche Sorgen zu machen.«

Matt verzog den Mund. »Dann ist es wohl gut, dass Sie nicht den Bericht gelesen haben, den mir unser Computerexperte aus dem Internet heruntergeladen hat.«

George blickte ihn fragend an. »Haben Sie ihn dabei? Ich wäre gerne so gut wie möglich informiert, wenn es um das Leben meines Sohnes geht.«

»Aber sicher.« Matt ging zu seiner Tasche und zog die Mappe mit dem Bericht heraus. Er reichte ihn George. »Hier, bitte.«

Die Augen bereits auf die erste Seite geheftet, ließ sich George langsam wieder auf das Sofa sinken. Nach langer Zeit blickte er auf. »Verdammt! Er hätte mir wirklich früher sagen sollen, worum es ging.«

»Das hätte wahrscheinlich auch nichts gebracht. Ich wusste es schließlich auch und habe nichts getan, um die ganze Sache zu verhindern.« Sein Mund verzog sich. »Wer hätte auch gedacht, dass die Bruderschaft des Lichts so frech wäre, sie direkt unter den Augen des FBI anzugreifen.«

»Ich hatte mit Agent Cranton ein längeres Gespräch, habe ihm das erzählt, was ich wusste. Was natürlich nicht viel war. Er ist derzeit am 191 mit der Bergung der

Autos und Leichen und der Spurensuche beschäftigt. Wäre es möglich, dass Sie zu ihm fahren und mit ihm reden?«

»Natürlich, kein Problem.« Er blickte George ernst an. »Für Clint würde ich alles tun.«

George lächelte ihn schwach an. »Vielen Dank. Ich würde ja selbst hinfahren, aber ich muss die Familie informieren. Außerdem wollte ich ein Auge auf die Ranch haben, falls diese Schweinehunde hier auftauchen sollten.«

»Das verstehe ich. Ich bin schon unterwegs.«

George erhob sich und ging zur Tür. Dort drehte er sich noch einmal um. »Vielleicht sollten Sie aber vorher noch Ihr Hemd richtig zuknöpfen und den Lippenstift aus Ihrem Gesicht entfernen.« Damit verschwand er in der Nacht.

Röte breitete sich in Matts Gesicht aus, als er auf sein verkehrt geknöpftes Hemd herunterschaute. Er würde sich nicht wundern, wenn Shannons Vater genau gewusst hatte, woher er kam und was er dort getrieben hatte. Ein Wunder, dass er ihm nicht gleich einen Kinnhaken versetzt hatte. Wahrscheinlich hatte er es sich nur für später aufgehoben, wenn er seinen Sohn gesund wiedersah. Wer weiß, vielleicht würden sie dann gemeinsam auf ihn losgehen, weil er Tochter bzw. Schwester geschändet hatte. Kopfschüttelnd ging Matt ins Badezimmer, um sich wieder einigermaßen herzurichten, bevor er Agent Cranton einen Besuch abstattete. Er stützte sich mit beiden Händen auf das Waschbecken und blickte forschend auf sein Spiegelbild. Spuren von Shannons rostrotem Lippenstift waren um seinen Mund herum und auf seiner Wange verteilt. Seine Wangen und Ohren waren gerötet, seine Augen glitzerten.

Ja, keine Frage, George Hunter hatte genau erkannt, was Matt in den letzten Stunden gemacht hatte. Schnell wusch Matt sich das Gesicht und konzentrierte sich auf die vor ihm liegende Aufgabe. Er musste nicht nur Cranton berichten, was er wusste, sondern auch noch versuchen, so viele Informationen aus ihm herauszupressen wie irgend möglich. Noch besser wäre es, wenn er selbst die Schlucht begehen und Spuren suchen konnte, das war nämlich eines seiner Talente. In den meisten Fällen konnte er schon aus einer Vielzahl kleinster Indizien die Zusammenhänge erkennen und damit eine Lösung des Problems finden. Hoffentlich gelang ihm das auch diesmal, Clints und Karens Leben hingen davon ab.

XXIX

Eine halbe Stunde später erreichte Matt die mit Flutlichtern beleuchtete Stelle, an der die beiden Autos in die Tiefe gestürzt waren. Mit einem mulmigen Gefühl im Bauch stieg er aus seinem Wagen aus und blickte in die Schlucht hinunter. Wie hatte jemand einen Sturz aus dieser Höhe überlebt? Scheinbar waren Clint und Karen mit dem Leben davongekommen, denn egal ob sie aus eigenen Stücken verschwunden oder verschleppt worden waren, es machte nur dann Sinn, wenn sie noch lebten. Irgendjemand schien es gut mit ihnen gemeint zu haben.

Ein Polizist näherte sich ihm mit der Hand an der Waffe. »He, Sie da! Fahren Sie weiter!«

Matt drehte sich zu ihm um, die Arme etwas vom Körper abgewinkelt, damit der nervöse junge Polizist ihn nicht aus Versehen erschoss, weil er dachte, er hätte eine Waffe in der Hand. »Ich möchte zu Special Agent Cranton vom FBI. Ich habe Informationen für ihn, diesen Fall betreffend.«

Misstrauisch beäugte ihn der Cop. »Sind Sie auch vom FBI?«

»Nein, ich bin als Privatperson hier. Ich komme von der Diamond Bar Ranch. Cranton hat uns über diesen Unglücksfall hier informiert. Kann ich ihn jetzt sprechen?«

Der Polizist warf einen unruhigen Blick in die Schlucht. »Unglücksfall ist gut. Mord trifft es eher.« Er richtete sich auf und straffte die Schultern.

»Agent Cranton ist gerade unten beim Fluss und überwacht die Arbeiten. Ich denke nicht, dass er jetzt gestört werden will.«

Matt lächelte freundlich. »Doch, das denke ich schon. Also entweder bringen Sie mich jetzt zu ihm hinunter oder Sie lassen ihn heraufkommen, mir ist das gleich. Aber ich denke nicht, dass Agent Cranton es zu schätzen wüsste, wenn er erstens den anstrengenden Weg hinauf machen müsste, um mit mir zu sprechen, und zweitens die wichtigen Informationen nicht bekommen würde, die ich zu diesem Mord und Mordversuch habe.«

Der junge Mann schluckte, schien sich aber nicht entscheiden zu können, was er tun sollte.

»Nun?« Matt machte ein paar Schritte auf den Rand der Schlucht zu.

Endlich schien er zu einem Entschluss gekommen zu sein. »Folgen Sie mir. Aber vorsichtig, es ist glatt nach dem Regen.«

Es war dann eher der Polizist, der wieder und wieder ausrutschte, während Matt mühelos den Abstieg bewältigte. Er wusste zwar nicht, was die Polizei bei der Ausbildung lernte, aber Geländegängigkeit war es sicher nicht. Wenige Minuten später hatte er den Grund der Schlucht erreicht und ließ sich zu Agent Cranton führen. Dabei kam er an dem einen Auto vorbei, das halb im Wasser lag, völlig zertrümmert. Vermutlich das der Agenten, wenn er von den beiden schwarzen Leichensäcken ausging, die am Ufer lagen. Verdammt, das hätten genauso gut Karen und Clint sein können. Die Klippen waren hier zwar nicht besonders hoch, aber wenn man mit dem Auto dreißig Meter in die Tiefe stürzte, ohne dass der Fall gebremst wurde, dann war die Wahrscheinlichkeit sehr gering, dass man da lebend wieder herauskam. Wie man am Beispiel der beiden Agenten gut erkennen konnte. Schweigend ging er hinter dem Polizisten her auf den anderen Wagen zu, der direkt unterhalb der Klippen lag. Eingequetscht zwischen Steinbrocken, Geröll und Vegetation, konnte man nicht viel von dem Auto erkennen. Was war, wenn sie noch unter dem Schutt lagen?

Der Gedanke versetzte ihm einen Schock. Waren sie am Ende doch schon tot? Mit fest zusammengepressten Kiefern ging er auf Agent Cranton zu, der neben der Tür hockte und etwas untersuchte.

»Cranton.« Matt sprach, noch ehe der junge Polizist ihn ankündigen konnte.

Der Kopf des Agenten ruckte herum. Seine Augen verengten sich, als er Matt in dem gleißenden Flutlicht erkannte. »Mr ... leider habe ich Ihren Namen vergessen. Aber Sie waren damals in Washington bei dem SEAL-Team, nicht wahr?«

Matt blieb, die Hände in den Hosentaschen, neben ihm stehen. »Colter. Matt Colter. Und Sie haben Recht, ich war in Washington dabei. Können wir jetzt die Nettigkeiten beiseite lassen und zur Sache kommen?«

Cranton zog die Augenbrauen hoch. »Aber bitte. Zuerst eine Frage: Was tun Sie hier?«

»Ich will Karen Lombard und Clint Hunter lebend finden.«

»Ich meinte hier in Montana, auf dieser Straße.«

»Ich war zu Besuch auf der Diamond Bar Ranch.«

Cranton stand auf und zog die Gummihandschuhe von den Fingern. »Sie auch? Was haben Sie denn da alle gewollt? Ich versuche schon die ganze Zeit zu verstehen, warum Karen Lombard ausgerechnet hierher geflüchtet ist.«

»Weil ich sie zu Clint Hunter geschickt habe.«

Das erweckte Crantons ungeteilte Aufmerksamkeit. »Sie? Jetzt bin ich aber wirklich auf die Geschichte gespannt.«

Matt ging die überhebliche Art des FBI-Agenten zwar gehörig gegen den Strich, aber wenn er hier etwas erreichen wollte, musste er mit dem FBI kooperieren. Daher erklärte er nach und nach die ganze Situation.

Als er geendet hatte, blickte ihn Cranton scharf an. »Sie erwarten, dass ich das alles glaube?«

»Ja.«

»In Ordnung. Gehen wir einmal davon aus, dass Sie die Wahrheit sagen ...«

Matts Mund verzog sich spöttisch. »Ja, gehen wir davon einmal aus.«

»... dann haben wir es hier mit einem viel größeren Problem zu tun, als wir bisher angenommen hatten.« Gut kombiniert, Sherlock. »Die Bruderschaft des Lichts ist als eine der gewaltbereitesten Terrorgruppen in den USA bekannt geworden, wenn man das so überhaupt sagen kann, denn zur Gewaltanwendung bereit sind sie alle. Warum sind sie hinter Dr. Lombard her? Oder anders gesagt, welchen Vorteil hätten sie von ihrem Tod?«

»Nun, von dem, was Karen erzählte, hatte ich den Eindruck, dass es ihr Mann war, der sie unbedingt tot sehen wollte. Und das schon seit Jahren. Scheinbar hat er ein Abkommen mit der Bruderschaft getroffen, dass er ihnen Informationen besorgt und sie dafür seine Frau töten, sobald sie nutzlos geworden ist. Außerdem ist es ja allgemein bekannt, dass die Bruderschaft des Lichts gerne wichtige Mitglieder der Regierung oder des Umfeldes eliminiert oder es zumindest versucht, um die Regierung und damit auch das Land zu schwächen.«

»Ja, sie haben uns schon einige gute Männer und Frauen gekostet. Wer weiß, wo sie sonst noch ihre Finger im Spiel hatten.«

Dem konnte Matt nur zustimmen. Es gab zwar keine Beweise, aber wenn sie wirklich etwas mit den Anschlägen vom 11. September zu tun hatten, und sei es nur durch kleinste Hilfen für die Attentäter, dann hatten sie ihrem Land schweren Schaden zugefügt. Der Schock hatte sich zwar inzwischen weitestgehend gelegt, aber immer noch klafften tiefe Wunden in dem Land, sowohl wirtschaftliche als auch emotionale. Es würde wahrscheinlich noch ziemlich lange dauern, bis sich alles wieder auf einen »normalen« Stand eingependelt hatte.

Matts Blick fiel wieder auf das zertrümmerte Auto. »Sind Sie sicher, dass Clint und Karen nicht da drin sind?«

Cranton blickte ihn an. »Ja. Nach den Spuren zu urteilen, ist das Auto nicht gleich ganz nach unten gestürzt, sondern unterwegs erst gelandet.« Er deutete nach oben, wo eine hellere Kante zeigte, dass vor kurzem erst etwas abgebrochen war. »Wir nehmen an, dass das Auto wenigstens so lange dort oben hing, bis die Insassen herausklettern konnten, zwar verletzt, aber immerhin noch lebendig. Wenn sie gleich auf den Grund der Schlucht gefallen wären, hätten wir jetzt ein paar Tote mehr zu bergen.«

Exakt Matts Gedanken. »Haben Sie denn schon andere Spuren gefunden, die darauf hinweisen, wo sie abgeblieben sind?«

Agent Cranton zuckte die Schultern. »Ein paar. An einer Stelle sind anscheinend ganze Horden den Abhang heruntergetrampelt, jedenfalls mehr als zwei. Wir können also davon ausgehen, dass sie verfolgt wurden. Wenn es hier andere Spuren gab, wie zum Beispiel Blut, dann sind sie vom Regen längst fortgewaschen worden.«

Matt gab sich damit nicht zufrieden. »Könnte ich mich hier mal umsehen?«

Cranton wollte erst ablehnen, überlegte es sich aber noch einmal anders.

»Solange Sie dabei keine Spuren zerstören, meinetwegen.« Schließlich konnte ein Paar Augen mehr nie schaden.

Matt ignorierte den Seitenhieb und machte sich an die Arbeit. Er ging vom Auto aus die Klippenwand zu beiden Seiten ab, bis er eine Stelle fand, an der Steine und Vegetation ein wenig aufgewühlt waren. Nachdem er erfahren hatte, dass die größere Gruppe woanders herausgekommen war, war er sich recht sicher, dass er den Ort gefunden hatte, an dem Karen und Clint heruntergekommen waren, nachdem sie auf der Klippe das Auto verlassen hatten. Er verfolgte mit den Augen, um die Spuren nicht zu vernichten, den fast unsichtbaren Weg, der sich von seinem Ausgangspunkt aus die Felsen hinaufschlängelte. Er drehte sich um und blickte zum Fluss. Wäre er auf dieser Flussseite geblieben, oder hätte er ihn überquert? Wenn man davon ausging, dass auf dieser Seite die Männer mit den Waffen waren, war es wahrscheinlich sicher anzunehmen, dass Clint und Karen den Fluss überquert hatten, um Zuflucht im Wald zu suchen. Und wie er Clint kannte, hatte er diese Möglichkeit garantiert wahrgenommen, besonders da er zahlen- und waffenmäßig unterlegen war und eine Zivilperson beschützen wollte. Weil er hier aufgewachsen war, kannte er die Gegend bestimmt auch besser als seine Verfolger.

Matt blickte sich um. Cranton sprach gerade mit einem seiner Untergebenen.

Ohne zu zögern ging er auf ihn zu. »Gibt es hier eine Karte der Gegend?«

Cranton runzelte die Stirn über diese Unterbrechung. Mit einer Handbewegung schickte er den Agenten weg. »Ich denke, wir werden hier wohl irgendwo eine haben. Wofür brauchen Sie die denn?«

»Um zu sehen, wo Clint gelandet ist, als er den Fluss überquerte, und wohin er von da aus wohl gegangen sein könnte.«

Verwirrt blickte Cranton ihn an. »Woher wissen Sie, dass er den Fluss überquert hat?«

»Eine logische Annahme basierend auf Indizien. Ich hätte in seiner Situation das Gleiche gemacht.«

»Aha. Nun, wohin ist er denn danach gegangen?«

»Das sage ich Ihnen, wenn Sie mir eine Karte besorgen.«

Ohne ein weiteres Wort wandte Cranton sich ab und winkte einem seiner Agenten. Dieser hörte sich sein Anliegen an und verschwand dann gleich wieder.

»Sie glauben also, dass sie aus eigener Kraft entkommen sind, nach diesem Sturz?«

Matt nickte. »Ja. Jedenfalls sprechen die Spuren dafür. Es könnte natürlich auch sein, dass sie von den Männern der Bruderschaft des Lichts gefangen genommen wurden und den Weg hinaufgeführt wurden, das müssten Sie anhand der Spuren noch einmal überprüfen. Aber eigentlich glaube ich nicht, dass Clint sich einfach so ohne Gegenwehr ergeben hätte. Er wüsste, dass damit nicht nur er selbst, sondern vor allem Karen Lombard so gut wie tot gewesen wäre. Natürlich könnte er auch so schwer verletzt gewesen sein, dass keine Gegenwehr möglich war.« Er zuckte die Achseln. »Wie gesagt, überprüfen Sie die Spuren. Und lassen Sie auch gleich am anderen Flussufer suchen, vielleicht ist da im weicheren Waldboden etwas zu finden.«

Inzwischen stand der Agent mit der Karte bereits neben Cranton.

Matt nahm sie ihm aus der Hand. »Danke.«

Auf ein Nicken von Cranton hin verschwand er. Matt faltete die Karte auseinander und vertiefte sich in die Darstellung der Gegend. Cranton stellte sich neben ihn und tippte mit einem Finger auf eine Stelle der Karte. »Hier sind wir. Man kann die Stelle sehr gut erkennen, weil wir kurz vor dem Punkt sind, wo der Grayling River wieder die Straßenseite wechselt.«

Die Stirn runzelnd, betrachtete Matt die Umgebung. Außer der Straße gab es wirklich im Umkreis von Meilen nichts als Natur. Noch nicht einmal ein Wanderweg war vorhanden. Er fuhr mit dem Finger auf der Straße nach unten. Ja, da war West Yellowstone. Clint würde sicher das Risiko nicht eingehen, auf der Straße auf die Brüder zu treffen. Wenn man eine etwa gerade Linie von dem Fundort der Autos nach West Yellowstone zog, dann hatte man zwar einige kleinere Flüsse und Hügel zu überqueren, aber nur für etwa zehn Kilometer, danach fing dann das ziemlich flache Madison Valley an.

Natürlich war da noch das Problem, die offenen Wiesen zu überqueren, aber Clint würde wahrscheinlich einen Weg finden. Alles in allem also überhaupt keine Schwierigkeit für einen SEAL, solange er nicht wirklich schwer verletzt war. Und Karen mochte zwar nicht ganz so sportlich sein, aber sie hatte damals in Costa Rica eigentlich ganz gut mitgehalten, daher war das auch kein Problem.

»Ich denke, sie werden bei der Ranch wieder herauskommen, sofern sie nicht vorher von ihren Verfolgern eingeholt werden.«

»Aber das sind zwanzig Meilen!«

Matt blickte ihn mit hochgezogenen Augenbrauen an. »Ja, und?«

Cranton verkniff sich eine weitere Bemerkung zu der Entfernung. »Leider kann ich nur mit Vermutungen nicht arbeiten, ich brauche Beweise.«

»Ja, aber ich nicht. Vielleicht sehen wir uns ja irgendwann mal wieder.«

Cranton machte einen Schritt auf ihn zu, blieb aber ruckartig stehen, als ihn Matts harter Blick traf. »Wo wollen Sie denn jetzt hin?«

»Meinem Freund helfen natürlich.« Damit drehte er sich um. Er bewältigte den Weg, den er vorher mit dem Polizisten heruntergekommen war, in der Hälfte der Zeit. In seinem Kopf spielten sich verschiedene Szenarios ab, wie er zu Clint und Karen gelangen könnte. Hinter ihnen her brachte nicht viel, sie hatten schon einen zu großen Vorsprung. Also blieb nur noch die Möglichkeit, sie irgendwo abzufangen. Was natürlich große Risiken barg. Wie leicht konnte er einfach an ihnen vorbeimarschieren und sie verfehlen? Nun, dann musste er eben gut planen und sich danach auf seinen Instinkt verlassen.

Beinahe verpasste er die Ranch-Einfahrt, so war er in seine Gedanken vertieft. Er trat voll auf die Bremse und schlingerte im letzten Moment auf den Schotterweg, der zum Ranch-Haus führte. Puh, das war knapp gewesen. Er stellte sein Auto wieder auf dem Parkplatz ab und machte sich auf den Weg zu seiner Hütte. Dort angekommen, griff er als Erstes zum Telefon und wählte die Nummer zum Haupthaus.

Schon nach dem zweiten Klingeln nahm George den Hörer ab. Es schien fast, als hätte er bereits neben dem Telefon gewartet. »Hunter.«

»Hier ist Matt. Für mich sah es so aus, als wären Clint und Karen entkommen und in den Wäldern untergetaucht.«

George stieß erleichtert den Atem aus. »Gott sei Dank. Wie können wir ihnen jetzt helfen?«

»Wenn Sie mir eine geeignete topografische Karte geben könnten, werde ich einen Plan entwickeln, um zu ihnen zu gelangen. Morgen früh breche ich auf.«

George nickte. »Ich bringe Ihnen dann gleich eine Karte vorbei. Kann ich sonst noch etwas für Sie tun?«

»Nein. Oder doch, um meine Tarnung aufrechtzuerhalten, wäre es besser, wenn alle denken, ich müsste aus beruflichen Gründen dringend abreisen.«

George legte den Kopf schief. »Auch Shannon?«

Matts Ohren wurden heiß, aber er nickte. »Ja. Wenn ich Clint und Karen gefunden habe, werde ich wiederkommen und Shannon alles erklären.« Sein Gesichtsausdruck wurde finster. »Sofern sie mich lässt.«

Man hörte an seiner Stimme, dass George lächelte. »Ich habe keine dummen Kinder großgezogen.«

Matt verzog den Mund. »Das ist ja mein Problem.«

George legte auf und kam kurz darauf mit der gewünschten Karte zur Hütte. »Auf dieser Karte ist alles Wesentliche eingezeichnet: Straßen, Wege, Flüsse, Höhenmeter, sogar die Waldschäden durch die Brände sind eingezeichnet.«

Matt nahm sie entgegen. »Vielen Dank. Und falls wir uns morgen früh nicht mehr sehen, bin ich weiterhin über mein Handy erreichbar.« Er schrieb die Nummer auf einen kleinen Zettel und gab ihn George. »Hier. Sowie ich etwas finde, sage ich Ihnen sofort Bescheid.«

George reichte ihm seine Hand. »Seien Sie vorsichtig, und bringen Sie bitte meinen Sohn zurück.«

Matt lächelte mit einer Zuversicht, die nur halb gespielt war. »Das werde ich.«

XXX

Die leichte Aufhellung des Nachthimmels war für Clint ein Zeichen dafür, dass es Zeit war, Karen zu wecken. Ein kurzer Blick auf die leuchtende LED-Anzeige seiner Uhr bestätigte dies. Wenn er einen weiteren kleinen Vorsprung vor ihren Verfolgern herausarbeiten wollte, mussten sie bald aufbrechen. Ein letztes Mal steckte er seine Nase in ihre Haare und genoss ihren warmen, weichen Körper in seinen Armen. Er könnte die nächsten hundert Jahre in genau dieser Position verbringen, doch leider war das nicht möglich. Zumindest im Moment nicht. Wenn sie allerdings erst einmal diese ganze Angelegenheit hinter sich gebracht hatten …

Mit einem Ruck riss Clint sich aus seinen Träumereien. Sie mussten jetzt wirklich aufstehen! Er rüttelte Karen leicht an der Schulter. Sie murmelte etwas, wachte aber nicht auf. Clint grinste. Jetzt ging das schon wieder los!

Aber diesmal hatten sie keine Zeit für dieses Spiel, daher leuchtete er ihr mit der Taschenlampe in die Augen und beugte sich über ihr Ohr. »Aufstehen!«

Mit einem Ruck schoss Karen nach oben, Clint schaffte es gerade noch, seine Nase in Sicherheit zu bringen. »Wie, wo, was?«

Karen war eindeutig kein Morgenmensch. Zur Ehrenrettung konnte man natürlich noch anführen, dass sie körperlich und mental sehr erschöpft gewesen war und es noch nicht einmal hell war.

Clint umschlang ihre Arme, damit sie sich in der dunklen Höhle nicht verletzte. »Es ist alles in Ordnung.« Er reichte ihr ihre immer noch klamme Hose. »Hier, zieh dich an, wir müssen los.«

Langsam wurde Karen richtig wach. »Haben sie uns gefunden?« Ihre Stimme wackelte.

»Nein, aber damit das so bleibt, müssen wir jetzt langsam sehen, dass wir uns auf den Weg machen. Wir haben noch einen langen Marsch vor uns.«

Karen stöhnte. Als wenn sie das nicht wüsste. »Musst du mich denn immer daran erinnern? Mir tut noch alles von gestern weh.«

»Das ist jetzt leider nicht zu ändern, aber wenn wir zurück auf der Ranch sind, verspreche ich dir eine ausgiebige Massage. Wie hört sich das an?«

»Himmlisch. Ich hoffe, das Angebot gilt für den ganzen Körper.«

Obwohl Clints Lenden schmerzten, hielt er seine Stimme leicht. »Natürlich. Bist du fertig?«

Ein letzter Ruck, dann ertönte Karens Stimme. »Ja.«

Clint schaltete die Taschenlampe wieder an. Mit dem Strahl erfasste er den Rucksack. »Möchtest du noch was essen, bevor wir aufbrechen?«

»Etwas zu trinken wäre vielleicht nicht schlecht.« Sie holte die Thermoskanne aus dem Rucksack, schraubte sie auf und setzte sie an die Lippen. Nach ein paar tiefen Schlucken setzte sie sie ab. »Möchtest du auch?«

Wortlos nahm Clint den Behälter entgegen. »Wenn du noch ein dringendes Bedürfnis hast …« Damit wies er in die Dunkelheit.

Karen errötete, griff sich aber ihre Zahnbürste und Taschentücher und verschwand nach draußen.

Clint packte in der Zeit schon mal die Sachen zusammen. Seine Pistole, die er in der Nacht in Reichweite neben der Decke abgelegt hatte, schob er wieder hinten in seinen Hosenbund. Als Letztes hob er den Rucksack hoch und setzte ihn auf. Die Decke in der Hand, wartete er auf Karens Rückkehr.

Er musste nicht lange darauf warten, Karen hatte alles so schnell wie möglich erledigt, es war ihr einfach unheimlich allein im dunklen Wald.

Clint stand bei ihrer Rückkehr schon vor dem Unterschlupf. Er drückte ihr die Decke in die Hand, nahm ihr den Becher mit dem Regenwasser aus der Hand und verschwand in der Dunkelheit. »Warte hier.«

Na so was, anscheinend war Clint Hunter doch ein Mensch mit menschlichen Bedürfnissen. Karen konnte ein kleines befriedigtes Lächeln nicht unterdrücken.

Ihre Belustigung verging rasch, als Clint den Weg in genau demselben schnellen Tempo fortsetzte. Bereits nach drei Schritten taten ihre Füße wieder weh und die Vorstellung, wieder den ganzen Tag durch die Wildnis zu laufen, ließ ihr fast die Tränen kommen. Verdammt, wo war die Infrastruktur, wenn man sie einmal brauchte? Sie würde auch gerne mit einem Black-Hawk-Hubschrauber vorlieb nehmen. Aber da Clint kein SEAL mehr und daher auch auf keiner offiziellen Mission war, würde wohl niemand kommen und sie retten. War der Weg im Hellen schon schwierig gewesen, so war er im Dunkeln lebensgefährlich. Mehr als einmal sah sie ein Hindernis erst zu spät und lief dagegen oder stolperte darüber. Häufig kam Clint zurück und hob sie auf, bevor er den Weg fortsetzte.

Irgendwann wurde es ihm zu blöd, und er empfahl ihr, ihre Finger hinten durch seine Gürtelschlaufe zu schieben. »Wenn du dicht hinter mir bleibst, weißt du, dass dir nichts im Weg stehen kann.«

Damit hatte er zwar nur bedingt Recht, weil sie immer noch nicht sah, was auf dem Boden lag, aber es war besser als vorher. Sie waren etwa eine Stunde gegangen, als die Dunkelheit langsam der Dämmerung wich. Widerstrebend ließ Karen Clints Hose los, um sich ihren eigenen Weg zu suchen. Sie wollte ihm so wenig wie möglich zur Last fallen.

Wieder einmal schien er ihre Gedanken zu lesen. Er drehte sich zu ihr um und betrachtete sie prüfend. »Du kannst dich gerne noch weiter an mir festhalten, es stört mich nicht.«

Karen lächelte ihn dankbar an. »Das ist gut, aber ich versuche lieber, mich hier durchzuwurschteln. Es bringt ja nichts, wenn ich dich auch noch behindere.«

Clint wollte etwas sagen, zuckte dann aber nur die Achseln. »Wie du willst.« Damit drehte er sich um und ging weiter, allerdings in einem etwas gemäßigteren Tempo als vorher, damit Karen auch gut hinterherkam.

Er wusste nicht, wie nah die Verfolger bereits waren, aber dass sie nicht aufgegeben hatten, war ihm sonnenklar. Da Karen und er Zeugen ihrer Taten geworden waren, konnten sie sie gar nicht am Leben lassen. Wenn man ein bisschen nachforschte, würde man bestimmt auch noch weitere Beweise für die Machenschaften der Bruderschaft des Lichts finden. Aber die Ankläger hatten immer gerne auch Augenzeugen, um ihren Fall zu untermauern. Im Moment hatten sie noch welche, aber das konnte sich sehr schnell ändern. Wenn er an der Stelle der Jäger wäre, würde er verschiedene Trupps losschicken, einen hinterher und dann noch welche, die auf der Straße zurückfuhren und sie dann irgendwo abfingen. Und wenn sie richtig gute Männer hatten, dann gab es nicht viel, was er alleine dagegen ausrichten konnte. Wenn sie es gelernt hatten, sich ganz ruhig zu verhalten, dann würde er fast auf sie drauflaufen, bevor er bemerkte, dass es sich um eine Falle handelte. Er wünschte, sein Team wäre jetzt bei ihm. Aber natürlich war es schon lange nicht mehr »sein« Team, er hatte sie aus eigenem Antrieb verlassen. Dieser Gedanke trug auch nicht dazu bei, dass er sich besser fühlte. Aber seine Gefühle waren jetzt irrelevant. Es ging einfach nur darum, Karen unbeschadet nach Hause zu bringen. Und wenn möglich auch selbst lebend auf der Ranch anzukommen. Alles Weitere würde man dann sehen.

Wenn es nach Paul Lombard gegangen wäre, würde er nie wieder in seinem Leben einen Schritt außerhalb befestigter Wege machen. Nachdem sie den Fluss einmal überquert hatten, waren sie erst stundenlang durch den Wald gestapft, bevor Packard eingesehen hatte, dass das nichts bringen würde. Also schickte er ein paar seiner Kameraden weiter und war mit Paul und den beiden »Gorillas« querfeldein in Richtung Straße gegangen, um dort abermals durch den Fluss zu waten. Dort hatte wenigstens schon ein Auto auf sie gewartet, doch zu Pauls großer Enttäuschung wurden sie nur ein paar Meilen Richtung West Yellowstone mitgenommen, dann stiegen sie wieder aus, diesmal mit einigen Ausrüstungsgegenständen, die jemand irgendwo aufgetrieben hatte. Gott sei Dank hielten sie an einer Stelle, wo von dem Fluss nichts mehr zu sehen war und ein Wanderweg begann. Richtig glücklich war Paul damit zwar immer noch nicht, aber immer noch besser, als querfeldein über Stock und Stein laufen zu müssen. Nach etwa einer halben Stunde schlugen sie am Rande des Madison Valley unter einigen Bäumen ein Lager auf, um dort Karen und ihrem Begleiter aufzulauern. Packard war der Meinung, dass sie auf jeden Fall hier vorbeikommen mussten und im Tal leichter zu sehen wären. Außerdem hatte er noch einige andere Trupps losgeschickt, die die Wälder durchsuchten. Das einzige Problem, das sie hatten, war das FBI. Packards Männer hatten berichtet, dass sie mehrere Autos gesehen hatten, sowohl vom FBI als auch von der Staatspolizei von Montana und Wyoming, die die Gegend nach den Autos abgesucht hatten. Es war nur eine Frage der Zeit, wann sie auf die Wracks stoßen würden und von dort aus ebenfalls eine Suche starteten. Daher war es verständlich, als alle bei Einbruch der Dunkelheit fluchten und noch dazu ein ekelhafter Regen einsetzte, der sie alle in kürzester Zeit völlig durchnässte. Aber Packard bestand darauf, dass sie die Stellung hielten und auch nachts Wachen aufgestellt wurden, die die Gegend mit Nachtsichtgläsern absuchten. Es hatte gewisse Vorteile, wenn man für unfähig gehalten wurde, so konnte Lombard sich auf einer Decke zusammenrollen und eine Runde schlafen, während die anderen Wache hielten.

Am nächsten Morgen wurde er unsanft durch einen Tritt in den Rücken geweckt.

»Los, aufstehen!«

Paul setzte sich auf und blinzelte. Langsam erkannte er Packards gut aussehendes Gesicht. »Was ist? Sind sie schon hier?«

Es war immer noch ziemlich dunkel, aber im Osten war schon ein roter Schimmer zu sehen.

Packard zog ihn unsanft am Arm hoch. »Nein, aber sie werden bestimmt schon losgegangen sein. Ich rechne allerdings nicht vor dem Nachmittag mit ihnen. Aber Sie werden sich jetzt hier nützlich machen. Ich habe nicht die Absicht, Ihnen alles vorzusetzen.«

Paul schluckte seinen Protest hinunter. Es würde sowieso nicht helfen, im Gegenteil, wahrscheinlich würde er Packard damit nur noch mehr gegen sich aufhetzen. Also half er bei den Aufräumarbeiten und der Zubereitung einer kalten Mahlzeit und hielt sich so weit wie möglich im Hintergrund. Vielleicht konnte er irgendwann einfach in den Büschen verschwinden und den Fängen der Bruderschaft des Lichts entkommen. Er beschloss, wachsam zu bleiben und die erstbeste Möglichkeit zu nutzen.

Clint und Karen kamen gut voran. Sie hielten sich im Bereich unverbrannter Bäume solange es ging, teilweise wichen sie sogar weiter nach Osten aus, um unter dem schützenden Laubdach bleiben zu können. Als die

Sonne mit ihrem Aufstieg begann, kamen sie bereits am Campanula Creek an, der sich von Süden nach Norden schlängelte und dem sie auf ihrer Reise nach West Yellowstone früher oder später sowieso begegnet wären. Clint beschloss, die Überquerung nicht weiter hinauszuzögern, sondern es im bewaldeten Gebiet zu wagen.

Karen warf einen Blick auf den schnell dahinfließenden Fluss und stöhnte auf. »Nicht schon wieder! Nehmen diese Flüsse denn niemals ein Ende?«

Clints Mundwinkel bog sich nach oben. »Doch. Irgendwann schon. Aber wenn wir nicht meilenweite Umwege machen wollen, sollten wir ihn lieber hier überqueren.«

An ihre zerschundenen Füße denkend, nickte sie. »In Ordnung. Wie kommen wir rüber? Er sieht irgendwie gefährlicher aus als der Gray-Dingsda gestern.«

»Grayling Creek. Er hat eindeutig eine stärkere Strömung. Aber gemeinsam werden wir es schaffen. Am besten teste ich erst einmal eine Stelle, bevor du hinterherkommst, okay?«

Karen blieb zwar nicht gerne alleine am Ufer zurück, aber es brachte auch nichts, wenn sie gleich beim ersten Versuch unterging und Clint sie retten musste. So stand sie an der abfallenden Böschung und beobachtete, wie Clint, den Rucksack, die Decke und seine Waffe über dem Kopf tragend, beinahe brusthoch im Wasser versank. Bei ihr wäre das dann wohl schon die Kopfhöhe. Sollte Clint noch etwas tiefer sinken, würde sie schwimmen müssen. Ihr grauste vor dieser Vorstellung. Sie ging schon nicht gerne ins Schwimmbad, wie wäre es dann erst, in einem reißenden Fluss mit wer weiß was für Getier und Pflanzen schwimmen zu müssen? Karen atmete auf, als Clint sicher das andere Ufer erreicht hatte und dort Rucksack und Decke ablegte, bevor er zu ihr zurückwatete. Unglaublicherweise grinste er schon wieder, als er bei ihr ankam. Karen beobachtete ihn entgeistert.

Er kämpfte sich durch einen kalten, gefährlichen Fluss und grinste? Irgendwann mussten sie sich wirklich mal über seine etwas ungewöhnliche Vorstellung von Vergnügen unterhalten. Ihr Herz klopfte vor Angst, als sie vorsichtig einen Schritt in den reißenden Fluss machte. Obwohl sie nur bis zu den Knien im Wasser stand, merkte sie schon die Kraft, die von ihm ausging. Daher war sie umso froher, dass Clint ihr seine Hand reichte, als sie tiefer in das eiskalte Wasser vordrang. Seine Kraft war das Einzige, was sie mehr als einmal davor rettete, einfach von der Strömung mitgerissen zu werden. Fast kam es ihr vor, als würden sich ihre Beine nur im Schneckentempo bewegen, ein Eindruck, der durch die Kälte des Wassers noch verstärkt wurde. Kurz vor dem rettenden Ufer passierte es dann. Clint hatte sie bereits losgelassen und sich umgedreht, um sich aus dem Wasser zu ziehen, als Karen auf einem glitschigen Stein ausrutschte und mit einem lauten Platschen umfiel. Ihr Kopf tauchte in das eiskalte Wasser. Kurzzeitig war sie vor Schreck wie gelähmt.

Dann setzte ihr Überlebenswille ein und sie strampelte mit den Beinen, um wieder Boden unter die Füße zu bekommen. Doch das war nicht so einfach. Die starke Strömung bewirkte, dass sie fast horizontal im Wasser lag, ein schlechter Ausgangspunkt, um sich aufzurichten. Trotz des Wasserrauschens hörte sie Clints Ausruf, konnte jedoch nicht verstehen, was er sagte. Sie blickte sich nach ihm um und bemerkte schockiert, dass sie bereits ein gutes Stück abgetrieben worden war. An den Bewegungen seines Mundes konnte sie erkennen, dass Clint ihr irgendetwas zurief, aber sie verstand ihn nicht. Mit hektischen Bewegungen versuchte sie an Land zu schwimmen, aber sie merkte bald, dass ihre Kraft dafür nicht ausreichte.

Clint fluchte ausdauernd, während er beobachtete, wie Karen mit den Wassermassen kämpfte. Gleichzeitig überlief ihn ein eisiger Schauer, als er daran dachte, dass er sie verlieren könnte. Einfach so. Dafür brauchte es noch nicht einmal Mörder. Ohne weiter darüber nachzudenken, warf Clint seine Pistole neben den Rucksack und sprintete an Land hinter Karen her. Seine Arme und Beine pumpten, während er ihr langsam näher kam. Anscheinend hatte er die Kraft des Wassers in ihrer Auswirkung auf eine kleine Person wie Karen doch ein bisschen unterschätzt. Jetzt hatte er sie eingeholt. Er konnte deutlich die Panik in ihren Augen sehen, als sie sich abmühte, das rettende Ufer zu erreichen. Mit einem letzten Spurt überholte er sie und sprang vor ihr in das Wasser. Sekunden später prallte sie gegen ihn. Erst wehrte sie sich, aber als sie ihn erkannte, wurde sie ganz schlaff und ließ sich von ihm an Land bringen. Mit einigen kräftigen Stößen brachte er sie aus der größten Strömung in die etwas ruhigere Zone am Ufer. Er stand auf, hob Karen auf seine Arme und stapfte mit ihr an Land. Dort legte er sie vorsichtig auf das Gras und ließ sich daneben fallen. Eine Weile waren nur noch ihre heftigen Atemzüge zu hören. Schließlich beugte sich Clint über sie. Ihre Augen waren geschlossen, ihre Lippen leicht bläulich.

»Wie geht es dir?«

Langsam hoben sich ihre Lider.

»Bis auf den Umstand, dass ich fast ertrunken wäre, meine Ohren voll Wasser sind, meine Kleidung klitschnass ist und ich fast erfriere, eigentlich ganz gut.«

Clint lächelte. »Du hast mir einen ganz schönen Schrecken eingejagt. Hast du versucht, Fische zu fangen?«

Karen blitzte ihn böse an. »Haha.« Sie schloss wieder die Augen und erschauerte. »Habe ich dir übrigens erzählt, dass ich nicht besonders gut schwimmen kann?«

Clint blickte sie liebevoll an. »Nein, aber das ist mir eben auch aufgefallen. Bevor du so einen Stunt noch einmal machst, werde ich dir erst einmal schwimmen beibringen, sowie wir in Sicherheit sind.«

Da war er wieder, dieser Hinweis auf die Zukunft. Karen schlug die Augen auf. Clint lehnte dicht über ihr, seine sherryfarbenen Augen blickten sie besorgt an.

»Küss mich.«

Clint zögerte erst, doch dann senkte er seine warmen Lippen auf ihren kalten Mund.

XXXI

Es war ein liebevoller, zärtlicher Kuss, der Karen nach ihrem unfreiwilligen Bad in dem eiskalten Fluss von innen erwärmte. Clints riesige Hände legten sich um ihr Gesicht. Mit den Daumen strich er sanft über ihre Wangenknochen, während er den Kuss weiter vertiefte. Ein enges Band schien um seine Brust zu liegen, sein Herz pochte fast schmerzhaft, während er in Karen förmlich versank. Ihre Arme legten sich wie von selbst um seinen Hals, um ihn noch dichter an sich zu ziehen. Bei ihm bekam sie all die Wärme, Zuwendung und Liebe, die sie brauchte. Ihr stockte der Atem. Liebe? Sie wusste, dass Clint sie mochte und begehrte. Aber wie kam sie auf die Idee, dass er sie lieben könnte? Karen öffnete die Augen und blickte geradewegs in seine. Dort, in der Tiefe seiner Augen, waren seine Gefühle für sie deutlich zu sehen und auch die Unsicherheit, die dadurch in ihm entstanden war. Diese Erkenntnis beglückte sie mehr, als sie es sich eingestehen wollte. Dieser großartige, starke, unabhängige Mann liebte sie! Und das ohne Bedingungen zu stellen und ohne Vorteile zu erwarten. Im Gegenteil, bisher war ihm durch seine Bekanntschaft mit ihr nur Unheil geschehen. Er hatte seinen geliebten Beruf als SEAL aufgegeben, nachdem er sie in Costa Rica gerettet hatte, und jetzt schwebte er hier ihretwegen in Lebensgefahr. Paul hatte nie etwas nur für sie getan, die meiste Zeit hatte er gefordert, dass sie sich ihm anpasste. Und sie hatte es getan, denn sie hatte ein schlechtes Gewissen gehabt, weil sie beruflich erfolgreicher war als er und weil sie ihn, wie sie jetzt merkte, nie wirklich von ganzem Herzen geliebt hatte. Paul! Ihre Augen weiteten sich erschreckt.

Clint bemerkte die Veränderung in ihr und hob den Kopf. »Was ist?«

»Ich hatte ganz unsere Verfolger vergessen. Sollten wir nicht weitergehen?«

Widerstrebend richtete sich Clint langsam auf. »Ja, vermutlich schon.«

Wachsam sah er sich nach allen Seiten um. Wie hatte es ihm passieren können, dass er sämtliche Vorsichtsmaßnahmen einfach so vergaß? Diese Frau verdrehte ihm wirklich den Kopf. Mit Leichtigkeit erhob er sich und biss die Zähne zusammen, als ein scharfer Schmerz durch sein verletztes Bein fuhr. Anscheinend war das Laufen für die Verletzung nicht besonders gut gewesen, aber die Alternative, Karen einfach sich selbst zu überlassen, war undenkbar. Was machte ein bisschen Schmerz, wenn dafür diese Frau noch am Leben war? Überhaupt nichts. Den Schmerz konsequent ignorierend, half er Karen auf die Füße.

Nachdem sein warmer Körper nicht mehr auf ihr lag, bemerkte sie wieder, wie kalt ihr war. Ein Schauer nach dem anderen überlief sie. Ihre Zähne begannen laut zu klappern. Zum Schutz kreuzte sie ihre Arme über ihrer Brust, aber auch das half nichts gegen die Eiseskälte, die von ihr Besitz ergriffen hatte. Clint blickte sie besorgt an. Solange sie in diesem Zustand war, konnten sie nicht weitergehen. Vor allem musste sie schnellstens aus ihren nassen Kleidern heraus und warm gerubbelt werden. Aufmerksam blickte er sich um. Wenn er nur eine Stelle finden könnte, an der sie einigermaßen geschützt wären. Ein kleiner Hügel in der Nähe sah recht viel versprechend aus. Vielleicht konnten sie dort für einige Zeit einen Unterschlupf finden. Kurz entschlossen nahm er Karens Hand und zog sie hinter sich her zurück zu der

Stelle, an der Rucksack, Decke und Pistole lagen. Er spürte ihr Zittern durch seinen Arm, das besiegelte seinen Plan. Auf keinen Fall konnte er zulassen, dass sie in diesem Zustand durch den Wald lief, vor allem nicht bei diesen relativ niedrigen Temperaturen. Durch die tief hängende Wolkendecke war es nach dem gestrigen Regen nicht mehr richtig warm geworden, ein Wetter, bei dem man sich leicht eine Erkältung holen konnte, erst recht, wenn man nasse Kleidung trug und gerade ein Bad in einem kalten Fluss genommen hatte. Clint machte das nicht so viel aus, in seinen Jahren als SEAL hatte er oft genug stundenlang im Wasser gelegen oder war mehrere Tage in feuchter Kleidung herumgelaufen. Ganz zu schweigen von dem Training in der Arktis. Bei der Erinnerung daran wurde ihm jetzt noch kalt.

Schnell setzte er den Rucksack auf und schob die Pistole in seinen Hosenbund. Die Decke nahm er gefaltet in eine Hand.

»He, g-g-g-gib mir d-d-d-die Decke!« Durch ihre klappernden Zähne konnte man sie kaum verstehen.

Clint lächelte sie entschuldigend an. »Tut mir Leid, wenn du dir jetzt die Decke umwickelst, ist sie sofort genauso nass wie du. Erst müssen wir die nasse Kleidung loswerden, dann packe ich dich höchstpersönlich ein, okay?«

Karen musste einsehen, dass er Recht hatte, doch ihr Blick blieb wie gebannt an der einladenden Decke hängen.

Clint schüttelte den Kopf, legte ihr die Arme um den Körper und hielt sie kurz an sich gepresst. Er küsste ihren tropfnassen Scheitel und schob sie dann entschieden von sich. »Komm jetzt, ich finde uns ein Versteck und dann kannst du dich aufwärmen.«

Wärme klang sehr verlockend, aber sie wusste nicht, ob sie überhaupt noch einen Schritt mit ihren vor Kälte steifen Beinen gehen konnte. Mühsam setzte sie einen Fuß vor den anderen, immer hinter Clint her, der anscheinend genau wusste, wohin er wollte. Karen war es egal, wohin sie gingen, solange es nur ein warmer und trockener Ort war.

Sie war so in ihr Elend vertieft, dass sie kaum wahrnahm, wie Clint sie in ein dunkles Dickicht am Fuße eines Hügels führte. Es war fast wie eine kleine Höhle, nur dass die Wände nicht aus Stein waren, sondern aus Vegetation. Als Karen hineinkroch, merkte sie sofort, dass die Luft wärmer war als draußen. Mit Clints zusätzlicher Körperwärme wurde es richtig kuschelig. Jetzt musste sie nur noch die nasse Kleidung loswerden und sich in die Decke hüllen. Dann würde sie sich vielleicht wieder wie ein Mensch fühlen und nicht mehr wie ein Eisklotz. Clint hatte anscheinend die gleiche Idee. Er warf die Decke auf den Boden und griff mit beiden Händen nach dem Verschluss ihrer Hose.

Der Knopf war bereits geöffnet, als Karen ihre Arme so weit unter Kontrolle hatte, dass sie seine Hand wegschlagen konnte. »Was machst du da?«

Clint griff erneut nach ihr. »Wonach sieht es denn aus? Ich helfe dir, dich auszuziehen.«

»Das kann ich auch alleine!«

Clint wurde ungeduldig. »Ich weiß, aber zu zweit geht es schneller. Zier dich nicht so und fang schon mal oben an, während ich mich um deine Hose und Schuhe kümmere.«

Karen war viel zu kalt, um sich noch lange mit Clint zu streiten, vor allem wenn er auch noch Recht hatte. Mit zitternden Fingern griff sie nach dem Bündchen ihres T-Shirts und zog es hoch. Clint zog ihren Reißverschluss herunter und streifte die Hose über ihre Hüften. Durch die Nässe klebte sie an ihren Beinen und musste von ihm Zentimeter für Zentimeter heruntergezogen werden. Seine warmen Hände streiften dabei immer wieder ihre nackten Schenkel. Karen war sich ihrer relativen Nacktheit sehr bewusst, vor allem, dass Clint ihre Problemzonen genau vor Augen hatte. Wie gerne wäre sie jetzt groß und schlank, mit festen Schenkeln und glatter Haut. Ungeduldig machte sie sich klar, dass es jetzt wichtiger war, warm und trocken zu werden, als über ihre Kleidergröße zu jammern. Wünsche würden sie jetzt auch nicht weiterbringen, so viel stand fest. Also blieb sie stumm, als Clint ihre Schuhe auszog und die nasse Hose vorsichtig über ihre wunden Füße zog. Schließlich stand sie nur in ihrer Unterwäsche vor ihm, das durchweichte T-Shirt in den Händen, als könnte es ihre Blößen irgendwie verdecken.

Clint blickte hoch und grinste sie an. »Du hast Gänsehaut.«

Karen schnaubte. »Was denkst du denn, was passiert, wenn ich hier fast nackt in der Wildnis stehe?«

Clints Blick erhitzte sich. »Nun, ich könnte mir da so einiges vorstellen, aber im Moment müssen wir dich erst mal warm kriegen.« Damit nahm er die nassen Sachen und hängte sie über einen Ast. »Zieh die Unterwäsche auch noch aus.« Als keine Antwort kam, blickte er sich um.

Karen sah ihn mit großen Augen an. »Was?« Ihre Stimme klang schwach.

»Ich sagte, du sollst die Unterwäsche auch noch ausziehen.«

»Warum?«

Clint zog die Augenbrauen hoch. »Weil sie auch nass ist?«

Karen biss sich auf die Lippe. Im Grunde hatte er Recht, aber sie mochte nicht nackt neben ihm sitzen, wenn er vollständig angezogen war.

Clint nahm ihr die Entscheidung aus der Hand. »Du bekommst die Decke erst, wenn du keinen nassen Faden mehr am Leib trägst.«

Das gab den Ausschlag, Karen wünschte sich die Wärme der Decke mehr als alles andere.

»Dreh dich um.«

Clint verdrehte die Augen, gehorchte aber. Während sie sich ihrer Dessous entledigte, setzte er den Rucksack ab und stellte ihn auf den Boden. Ihre abgehackten Bewegungen aus den Augenwinkeln beobachtend, hob er die Decke auf und breitete sie aus. Er drehte sich um und hielt sie vor sich, um Karen nicht noch weiter in Verlegenheit zu bringen. Schnell wickelte er sie darin ein. Karens ekstatisches Seufzen ließ ihn wünschen, sie wären an einem anderen Ort. Energisch schob er den Gedanken beiseite. Erst einmal musste Karen wieder warm werden, und dann waren da ja auch noch ihre Verfolger, auf die sie achten mussten.

Karen zog die Decke fest um sich, ihre angenehme Wärme voll ausschöpfend. Sie spürte, wie Clint hinter sie trat und ihre Haare aus der Decke zog, doch sie war zu sehr damit beschäftigt aufzutauen, um sich groß darum zu kümmern.

Sie riss die Augen auf, als sie ein leises Plätschern hörte. »Was tust du da?«

Clint lachte. »Ich wringe deine Haare aus, damit die Decke nicht so nass wird.«

Mit einem Lächeln schloss sie die Augen. Es war schön, wenn sich jemand um einen kümmerte.

»Leg dich ruhig einen Moment hin, wir gehen erst weiter, wenn du wieder richtig aufgewärmt bist.«

Wortlos gehorchte Karen. Seufzend streckte sie sich auf dem weichen Boden aus. Der Ausflug ins Wasser hatte sie viel Kraft gekostet, wie sie jetzt merkte. Fast sofort dämmerte sie ein, nur ein gelegentliches Zittern verhinderte, dass sie ganz einschlief. Clint beobachtete sie und vergaß dabei den Rucksack in seinen Händen. Egal, ob Karen durch einen Dschungel gewandert oder in einen Fluss gestürzt war, sie wirkte immer anziehend auf ihn. Es schien, als blickte er durch alle äußeren Schichten direkt auf den Menschen Karen, und was er dort sah, war alles, was er sich je erträumt hatte. Ein weiteres Zittern riss ihn aus seinen Gedanken. Scheinbar war ihr immer noch kalt. Entschlossen knöpfte er sein Hemd auf und streifte es ab. Seine Schuhe und die Hose folgten in

Sekundenschnelle. Bei den Boxershorts zögerte er kurz, zuckte dann aber mit den Schultern und zog auch sie aus. Er legte alles ebenfalls zum Trocknen aus und näherte sich Karen. Ihre Lippen waren immer noch bläulich, ihre Augenbrauen im Halbschlaf zusammengezogen. Clint zog eine Seite der Decke hoch, was ein protestierendes Murmeln von Karen auslöste. Schnell schlüpfte er darunter und steckte die Ecke unter sich fest. Verschlafen öffnete Karen die Augen und blickte ihn verwirrt an.

»Schsch, ist schon gut, ich will dich nur wärmen.« Und das tat er. Von seinem Körper ging eine unbeschreibliche Hitze aus, die Karen magisch anzog. Sie kroch so dicht an ihn heran, dass man bald nicht mehr erkennen konnte, wo der eine Körper endete und der andere begann. Karen stieß ein zufriedenes Schnurren aus. Langsam drang die Wärme in ihre kalten Knochen vor, das Zittern ließ nach. Sie entspannte sich und passte sich damit noch besser Clints Form an. Clint dagegen war überhaupt nicht entspannt. Er biss die Zähne zusammen und bemühte sich, seine Berührungen unpersönlich wirken zu lassen. Seine Arme waren um sie geschlungen, seine Hände lagen auf ihrem Rücken. Karens Vorderseite war an seine gepresst, ihr Gesicht in seiner Brust vergraben. Jeder Atemzug setzte ihn einer Tortur aus. Ihr warmer Atem fuhr neckend durch sein Brusthaar und strich über seine Brustwarzen. Ihre großen weichen Brüste drückten sich verlockend an ihn. Seine schmerzende Erektion pochte gegen ihren weichen Bauch, ihr Schenkel hatte sich zwischen seine Beine geschoben. Jedes Mal, wenn er es gerade geschafft hatte, sich so weit zu beruhigen, dass er nicht den Drang verspürte, sich sofort in ihr zu vergraben, seufzte sie auf. Gott, er liebte diese kleinen Töne von ihr. Oder sie versuchte, sich noch näher an ihn zu drängen. Er musste seine ganze Kraft zusammennehmen, um nicht einfach die Situation auszunutzen, ein Stück tiefer zu rutschen und seinen harten

Schaft in sie zu schieben. Langsam und gleichmäßig. Dann würde er ihn wieder ein Stück herausziehen und noch einmal von vorn beginnen. Tonlos stöhnte Clint, auf seiner Stirn bildeten sich Schweißtropfen. Das Beste wäre es, Karen jetzt zu wecken und so schnell wie möglich diese intime Situation zu beenden. Aber er schaffte es nicht. Seit über vier Jahren hatte er jetzt davon geträumt, so mit ihr zusammen zu sein. Natürlich nicht unbedingt in einem Wald und mit einer Gruppe mordlüsterner Verfolger auf ihren Fersen. Aber eigentlich waren die Umstände egal, er wollte sie immer und überall. Das war sein Problem. Es war nicht geklärt, ob es überhaupt jemals ein Immer geben würde. Verschiedene Horrorszenarien gingen ihm durch den Kopf: Sie wurden von der Bruderschaft des Lichts gefunden und getötet; Karen hätte noch einen Unfall, und er würde sie dadurch verlieren, selbst aber weiterleben; oder sie entkamen, die Verbrecher wurden verhaftet, Karen kehrte nach Washington zurück und wollte nichts mehr von ihm wissen. Von diesen drei Möglichkeiten war die einzig akzeptable die letzte, denn so würde Karen immerhin überleben, auch wenn es ihm das Herz brechen würde. Diese Überlegungen halfen ihm, sein Blut etwas abzukühlen.

Langsam erwachte Karen aus ihrem traumlosen Schlummer. Sie war herrlich warm, sie wurde sogar richtiggehend »getoastet«. Und irgendetwas kitzelte an ihrer Nase.

Immer noch halb im Schlaf, rieb sie darüber. »Autsch.«

Erschrocken riss sie die Augen auf. Jetzt sah sie auch, was sie gekitzelt hatte: Brusthaare. Wie kam sie in die Nähe einer Männerbrust? Ihr Blick schnellte nach oben.

Clint beobachtete sie amüsiert. Vorsichtig taxierte sie ihren Zustand. Sie war warm und nackt. Und Clint war noch viel wärmer als sie und genauso nackt, wenn sie den Druck an ihrem Bauch richtig deutete. Sie lag so dicht an ihm, wie es nur ging, und ihr Bein war zwischen seine haarigen Schenkel geschoben. Eine tiefe Röte kroch in ihre Wangen.

»Bist du jetzt warm genug?« Clints tiefe, raue Stimme vibrierte in seiner Brust. So konnte Karen nicht nur hören, sondern auch noch spüren, was er sagte. Hitze bildete sich in ihrem Bauch, ihre Brüste spannten sich an.

»Ja.« Ihre Stimme klang atemlos. Tief holte sie Luft und drückte sich damit noch näher an Clint. Sofort versuchte sie ein Stück abzurücken, aber Clints Arme und die Decke verhinderten dies. »Dann sollten wir jetzt wohl aufbrechen?«

Clint nickte, rührte sich aber nicht. »Ja.« Sein Blick wanderte über ihr Gesicht, ihren Hals hinunter und verschwand unter der Decke.

Karen kochte inzwischen. Sie hatte das dringende Bedürfnis, die Decke abzuwerfen und sich so etwas Kühlung zu verschaffen. Aber das wäre im Moment wohl nicht so ratsam, vor allem nicht unter Clints intensivem Blick, der sich in sie zu bohren schien. Unruhig rutschte Karen herum, stoppte aber sofort, als sie die Regung an ihrem Bauch bemerkte. Unsicher sah sie zu Clint auf. Seine Augen strahlten eine Erregung aus, die ihr den Atem raubte. Wie hypnotisiert konnte sie ihren Blick nicht von ihm abwenden. So sah sie auch, wie seine Augen sich verdunkelten, als er sich schließlich vorbeugte und sanft mit seiner Zunge den Umriss ihres Mundes nachfuhr. Karen erschauerte unwillkürlich. Ihr Atem beschleunigte sich, fuhr über seine Brust. Clints Hand wanderte von ihrem Rücken zum Hinterkopf. Seine rauen Fingerkuppen fuhren dabei über ihr empfindliches Rückgrat und verursachten eine Gänsehaut. Karen fühlte es mehr, als dass sie sein Lächeln sah. Das war ihr Untergang. Ihre Hand vergrub sich in seinem Brusthaar, als sie seinen Kuss erwiderte. Clint stöhnte auf und zog sie noch näher an sich, soweit das überhaupt noch möglich war. Karen lockerte ihren Griff und strich über seine flachen Brustwarzen. Reflexartig schob Clint seine Hüfte vor.

Verlangen durchrieselte Karen. Mit den Fingern neckte sie erneut die kleinen harten Punkte und erfreute sich an Clints Reaktion. Sie fragte sich, wie sie jemals hatte denken können, dass Clint Hunter hart und kalt war. Man musste nur wissen, wie man ihn anzufassen hatte. Dieser Gedanke löste ein Kichern bei ihr aus. Hart war er wirklich, zumindest im Moment, aber kalt war er ganz und gar nicht. Im Gegenteil, er verbrannte sie geradezu.

Clint hob den Kopf und blickte sie an. »Was gibt es da zu lachen?«

Karen grinste ihn an. »Nichts.«

Clint grunzte. »Ich befinde mich hier gerade in einer der leidenschaftlichsten Begegnungen meines Lebens, und meine Partnerin lacht. Wirklich großartig.«

»Nicht über dich. Wirklich.«

»Das will ich auch hoffen. Aber da du anscheinend noch genug Atem zum Lachen hast, sollte ich vielleicht einen Gang zulegen.« Ohne ihr die Gelegenheit zu einer Erwiderung zu geben, senkte er seinen Mund erneut auf ihre Lippen. Diesmal blieb ihr wirklich die Luft weg.

XXXII

Clint verschlang ihren Mund, bis sie nicht mehr wusste, wo oben und unten war. Dann ging er dazu über, an ihrem Hals zu knabbern, an ihren Ohren, ihren Schultern. Seine Hände wanderten von ihrem Kopf über ihren Nacken, die Schultern, die Arme hinunter bis zu den Rippen. Dort hielten sie kurz unter ihren schweren Brüsten inne. Mit den Daumen strich er leicht über ihre sensible Haut, bis sie meinte, schreien zu müssen. Da das unklug gewesen wäre, begnügte sie sich damit, in seine Brust zu beißen. Sie merkte, wie er zusammenzuckte, aber seine Begierde wurde dadurch nur noch größer. Sie konnte es an ihrem Bauch fühlen, wo sein heißer Schaft immer drängender an sie stieß. Ihre Hand löste sich aus seinen Brusthaaren und schob sich zwischen ihren Körpern herunter. Dabei erregte sie nicht nur ihn, sondern auch sich selbst, bis sie meinte, keine Sekunde länger ohne ihn in ihrem Körper aushalten zu können. Sie erschauerte heftig, als sie sich ihren Weg nach unten bahnte. Seine Hände begrüßten sie und wanderten dann weiter nach oben, über ihre Brüste. Karen bog ihr Rückgrat nach innen, um sich fester in seine großen Hände zu pressen. Endlich hatte sie ihr Ziel erreicht und umschloss mit ihren Fingern seine eisenharte Erektion. Clint stieß zischend seinen Atem aus. Sein Schaft zuckte in ihren Händen, als hätte er ein Eigenleben. Himmel, wenn sie so weitermachten, würde er innerhalb von Sekunden explodieren! Er presste seine Zähne zusammen und hielt ganz still. Was natürlich nicht für Karen galt, sie hatte etwas Faszinierendes entdeckt und war nicht bereit, es so schnell und ohne weitere Experimente aufzugeben. Mit ihren Fingerspitzen prüfte sie seine Beschaffenheit, fühlte den Tropfen Feuchtigkeit, der an der Spitze austrat, umfasste die empfindlichen Hoden. Nie im Leben war sie derart erregt gewesen. Gleichzeitig wollte sie die Erfahrung so lange auskosten, wie es ging. Dass sie dabei Clint fast um den Verstand brachte, entging ihr völlig.

Sein Atem kam rau und schwer, als er schließlich entschied, dass Karen gestoppt werden musste, bevor ein Unglück geschah. Er rollte sich herum, bis er auf ihr lag, sein Gesicht über ihrem, sein Glied in die Spalte zwischen ihren Beinen gepresst. Mit verhangenen braunen Augen blickte sie zu ihm hoch, ihre Zunge fuhr über ihre plötzlich trockenen Lippen.

»Lass mich das machen.« Clint flüsterte es ihr rau zu. Sein Mund legte sich auf ihren, seine Hände umfassten ihr Gesicht und hielten es in Position, während er sie küsste, als hinge sein Leben davon ab. Vielleicht tat es das ja auch. Er würde sterben, wenn er noch länger darauf warten musste, eins mit ihr zu werden. Mit Lippen und Händen wanderte er langsam ihren Körper hinab, knetete ihre Brüste, saugte an ihnen, spielte mit ihren steifen Brustwarzen, bis sie leise Schreie ausstieß.

Mit einer Hand griff Clint nach oben und legte sie auf ihren Mund. »Pst. Wir dürfen nicht so viel Lärm machen.«

Irgendwie war es noch erregender, leise sein zu müssen. Karen öffnete den Mund und Clint schob einen Finger hinein. Sofort saugte sie daran, genauso wie er es mit ihren Brüsten tat. Clints Erektion verhärtete sich noch einmal und bohrte sich tiefer zwischen ihre Schenkel. Seine andere Hand verließ ihre weiche Brust und strich nach unten, über Karens zuckende Bauchmuskeln, über das lockige Haarbüschel, bis seine Finger ihr Ziel erreicht hatten. Befriedigt stellte er fest, dass sie heiß und feucht war, drängend folgten ihre Hüften den Bewegungen seiner Finger. Langsam öffnete sie ihre Schenkel, sodass sie weit offen unter ihm lag. Das Blut dröhnte in Clints Ohren, während er sie weiter streichelte, mit einem Finger in sie eintauchte. Karen stöhnte und saugte heftiger an seinem Finger. Um ihn nicht zu verlieren, zog Clint ihn vorsichtshalber aus ihrem Mund und ließ ihn langsam ihren Körper hinunterwandern, eine feuchte Spur hinterlassend. An ihren Brüsten angekommen, umkreiste er erst die eine, dann die andere Brustwarze und beobachtete fasziniert, wie sie sich noch höher aufrichteten, um seine Berührung bettelten. Er kam dieser Aufforderung natürlich nur zu gern nach, während er zwischen ihren Schenkeln nun zwei Finger in sie hineinschob. Wieder hob Karen die Hüften, die Bewegung eine eindeutige Aufforderung.

»Karen, darf ich?«

Langsam öffneten sich ihre Augen. Am liebsten hätte sie sofort zugestimmt, doch sie wusste, sie musste erst noch etwas fragen. »Hast du ein Kondom?«

Clint grinste sie an. »Ja.«

Karen zog die Augenbrauen hoch. »Hast du etwa immer eins dabei?«

Clint schüttelte den Kopf. »Nein. Ich hatte nur gedacht, dass wir vielleicht in Bozeman …« Er brach errötend ab. Wenn er es so sagte, hörte sich das ziemlich berechnend an. »Ich wollte einfach auf alles vorbereitet sein, falls …«

Karen unterbrach ihn. »Ich verstehe schon.«

»Es tut mir Leid.«

»Aber wieso denn, du hast damit schließlich den Tag gerettet.«

Ungläubig blickte er in Karens lächelnde Augen. »Habe ich?«

Karen bewegte die Hüften, und seine Finger tauchten wieder in sie ein.

Sie stöhnte. »Eindeutig.«

Clint lachte leise. »Einen Moment, ich muss nur kurz meine Jeans wiederfinden.«

Widerstrebend löste er sich von ihr und beugte sich dorthin, wo er seine Kleidung abgelegt hatte. Er fand das eingepackte Kondom in seiner Hosentasche, tropfend nass wie alles andere auch.

»Gut, dass die Dinger wasserfest sind.« Damit löste er einen weiteren Heiterkeitsausbruch bei Karen aus. Rasch öffnete er die Folie und streifte das Kondom über.

Karens Blick war inzwischen genau dorthin gefallen, und ihr Lachen erstarb. Er war wirklich außerordentlich gut gebaut. Überall. Ihr Blick wanderte an ihm hoch und traf schließlich auf seine ungewöhnlichen Augen. Er fing ihren Blick ein und hielt ihn lange Zeit. Mit einem Ruck entfernte er das letzte Stück Decke, das sie trennte. Schließlich begab er sich auf eine optische Reise über ihren Körper. Er nahm ihre fülligen Brüste mit den rosigen Spitzen, den flachen Bauch, das Dreieck dunkelblonder Locken und schließlich ihre Weiblichkeit in sich auf. Karen versuchte ihre Beine zusammenzudrücken, aber da er immer noch zwischen ihnen kniete, war das nicht möglich. So konnte sie nur hilflos beobachten, wie Clint sie genau betrachtete, nichts entging seinem hungrigen Blick. Erstaunlicherweise verstärkte das allerdings nur ihre eigene Erregung, sodass sie schon kurz vor dem Orgasmus war, bevor Clint sie überhaupt berührte. Langsam legte er sich wieder auf sie, sein harter Schaft fand ohne Probleme ihren Eingang. Leicht und mühelos glitt er in sie, als hätte er endlich seinen Heimathafen gefunden. Clints Augen verdunkelten sich, als er sich langsam in ihr bewegte. Seine Hände fanden ihre Brüste, genauso wie sein heißer Mund. Karen bäumte sich auf und zog ihn so noch tiefer in sich. Gemeinsam stöhnten sie auf. Als er es nicht mehr aushielt, beschleunigte Clint seine Stöße, während er weiterhin ihre Brüste liebkoste. Die Zuckungen in Karens Unterleib trieben ihn nur zu einem noch schnelleren Tempo an. Karen zog die Knie an, um ihn noch tiefer in sich zu ziehen. Clints Hände verließen kurz ihre verlockenden Brüste, um ihre Unterschenkel über seine Schultern zu ziehen. Damit gab es kein Hindernis mehr, und er tauchte so tief in sie ein, wie es ging. Karen stieß einen erschrockenen Seufzer aus, presste sich dann aber noch enger an ihn. Niemals in ihrem Leben hatte sie so etwas erlebt. Es war, als würde Clint ihren ganzen Körper ausfüllen, ein Teil von ihr werden. Noch einmal bewegte er sich schneller, eine Hand zupfte an ihrer Brustwarze, während die andere ihre Klitoris stimulierte. Karen erschauerte, ihre Finger krallten sich in sein kurzes Haar und zogen seinen Kopf zu ihrer Brust. Clint gehorchte nur zu gerne. Er knabberte an ihrem Nippel, saugte daran, bis sie ihren Höhepunkt erreichte. Wild zuckend zog sie ihn mit sich in den Orgasmus. Wieder und wieder stieß er in sie, seine Gefühle voll auskostend. Schließlich löste er ihre Beine von seinen Schultern und sackte erschöpft auf ihr zusammen.

Nach einer Weile hob Clint den Kopf und blickte in Karens braune Augen. Ein Lächeln breitete sich langsam in seinem Gesicht aus.

»Leben wir noch?« Karens Stimme wackelte verdächtig.

»Ich denke schon. Eigentlich fühle ich mich im Moment sogar sehr lebendig.« Sanft küsste er ihre Lippen. »Lebendiger als seit vier langen Jahren. Dafür danke ich dir.«

Karens Herz klopfte freudig. Strahlend lächelte sie ihn an. »Vielleicht könnten wir …«

Mit einer schnellen Handbewegung brachte Clint sie zum Schweigen. Angestrengt lauschend blickte er zum Eingang ihres Unterschlupfs.

»Was …?«

Schnell legte Clint einen Finger auf ihren Mund, während er mit der anderen Hand seine Pistole griff. Mit einem deutlich hörbaren Klicken entsicherte er sie.

Karen lag erstarrt unter ihm, ihre Augen angstvoll aufgerissen. Ein raschelndes Geräusch ertönte. Irgendjemand hatte ihr Versteck entdeckt! Und sie lagen hier nackt und hilflos auf dem Boden, noch nicht einmal ein Felsen, hinter dem sie sich verstecken konnten, war in Sicht. Andererseits, wenn sie schon sterben musste, dann war dies hier wohl die beste Situation, von Clints muskulösem Körper umgeben und immer noch mit ihm verbunden. Unwillkürlich zogen sich ihre inneren Muskeln zusammen. Als Antwort darauf zuckte Clint in ihr, seinen Blick hielt er weiterhin unverwandt auf den Eingang gerichtet. Sein Finger strich sanft über ihre Lippen. Karen hauchte einen Kuss darauf. Sie hätte sich jetzt gerne an ihn geklammert, doch sie wusste, dass es fatal sein könnte, wenn sie ihn körperlich behinderte. Wieder ertönte ein Knacken, diesmal wesentlich näher. Es klang, als wäre der Eindringling jetzt direkt vor ihrem schützenden Gebüsch. Clints Blick wich kurz von den Zweigen zu Karens Gesicht, den Eingang weiterhin aus den Augenwinkeln im Blick. Ihre Lippen bewegten sich tonlos. Doch er verstand sie auch so.

Ich liebe dich.

Sein Herz hüpfte vor Freude, während er gleichzeitig verfluchte, diesen Moment nicht besser auskosten zu können. Seine Augen leuchteten, als er ihr als Antwort zunickte. Hoffentlich verstand sie ihn. Damit wandte er wieder seine ganze Aufmerksamkeit der drohenden Gefahr zu. Die sie verbergenden Zweige bewegten sich leicht. Clints Körper spannte sich an, die Pistole hob sich. Der erste Mensch, der durch diesen Vorhang kroch, war so gut wie tot. Und die danach auch. Zumindest die ersten sechs. Sollten noch mehr kommen oder jemand von außen mit einem Maschinengewehr durch das Laub schießen, dann hatten sie keine Chance. Vielleicht konnte er Karen zunächst mit seinem Körper schützen, aber es war nur eine Frage der Zeit, bis jemand seine Leiche beiseite schieben und dann Karen erledigen würde. Clint biss grimmig die Zähne zusammen. Er würde ihnen den Kampf seines Lebens bieten, so viel war sicher. Da! Ein Kopf schob sich durch den Eingang.

Clint stutzte, dann fing er an zu lachen. Karen betrachtete mit offenem Mund den Wapiti-Hirsch, der neugierig ihr Liebesnest erkundete. Seine Nasenlöcher bebten, als er an ihrer nassen Kleidung schnupperte. Ein Grinsen überzog Karens Gesicht. Ein Hirsch! Und sie hatte schon gedacht, ihr letztes Stündlein hätte geschlagen. Endlich gab sie dem Verlangen nach, ihre Arme um Clints heißen Körper zu schlingen. Sie lebten! Eine Weile hielt sie ihn einfach nur fest und lauschte seinem Lachen. Es klang, als hätte er seit Jahren nicht mehr richtig gelacht, der Schrecken hatte sich also fast gelohnt. Plötzlich erinnerte sie sich daran, dass sie ihm ihre Liebe gestanden hatte, als sie dachte, dass sie beide sterben würden. Sie hatte es auch so gemeint. Hätte sie allerdings gewusst, dass sie überleben würden, hätte sie es für sich behalten. Zumindest hätte sie es jetzt nicht gesagt, wahrscheinlich aber nie. Es konnte einfach nichts Gutes dabei herauskommen.

Clint legte vorsichtig die Waffe beiseite und blickte auf Karens abgewandtes Gesicht. Sein Gelächter war dem Hirsch wohl unheimlich gewesen, jedenfalls hatte er schnell kehrtgemacht und war im Unterholz verschwunden. Jetzt waren sie also wieder ganz allein, ihre Körper immer noch miteinander verbunden. Durch den Adrenalinstoß war er bereits wieder halb erigiert, das Zucken in Karens weicher Höhle tat ein Übriges. Sinnend betrachtete er Karens gerötetes Gesicht. Sie liebte ihn. Es könnte sein, dass sie es nur aus der Gefahr des Moments heraus gesagt hatte, aber daran glaubte er nicht. Karen war kein Mensch, der so etwas leichtfertig sagte, schon gar nicht nach der Erfahrung mit ihrem Ehemann.

Seine Hände umfassten sanft ihren Kopf und drehten ihn herum, damit sie ihn ansehen musste. »Bist du in Ordnung?«

Zögernd trafen ihre Augen seine. Die Röte in ihren Wangen vertiefte sich. »Ja. Und du?«

Clint grinste. »Habe mich nie besser gefühlt.« Er beugte seine Hüfte und war mit einem Stoß wieder tief in ihr.

Karens Augen weiteten sich. »Du kannst doch nicht …«

Clints Augen funkelten teuflisch. »Oh doch, wie du gerade merkst, kann ich.« Er seufzte. »Aber leider müssen wir jetzt aufbrechen. Das war eben ein bisschen zu dicht für meinen Geschmack.«

Karen konnte ihm nur aus vollem Herzen zustimmen. Trotzdem entwich ihr ein protestierender Laut, als er sich aus ihr zurückzog.

Clint legte seine Stirn an ihre. »Ich weiß. Aber es ist so schon zu gefährlich, so lange mit dem Kondom in dir zu bleiben.« Damit zog er sich endgültig aus ihr zurück.

Er ballte die Hände zu Fäusten, um dem Verlangen zu widerstehen, sich sofort wieder in ihr zu vergraben. Doch das konnte er sich nicht leisten. Bereits das erste Mal war aus sicherheitstechnischer Sicht eine absolute Dummheit gewesen. In seiner Zeit als SEAL wäre er dafür unehrenhaft entlassen worden. Mit Recht. Was hatte er sich dabei gedacht, Karen hier in dieser ungeschützten Umgebung zu lieben? Ganz einfach, er hatte überhaupt nicht gedacht! Er war völlig von seinem Verlangen gefangen gewesen, hatte keinen Gedanken mehr an ihre Sicherheit verschwendet. Karen hätte durch seine Unaufmerksamkeit tot sein können. Diese Vorstellung half ihm dabei, in kürzester Zeit vollständig bekleidet in dem kleinen Unterschlupf zu stehen. Er setzte den Rucksack auf und wartete mit seiner Pistole in der Hand draußen, während Karen sich anzog.

Karen beeilte sich. Sie wollte Clint so wenig wie möglich aufhalten, besonders nicht nach seinem Stimmungsumschwung eben. Innerhalb von Sekunden war die Freude aus seinem Gesicht gewichen, und zurückgeblieben war der Mann, den sie vor vier Jahren in Costa Rica zum ersten Mal gesehen hatte. Hart und unnahbar, doch diesmal war auch das Schuldgefühl zu sehen, das sie bereits auf der Beerdigung seines Teamkollegen bemerkt hatte. Schnell band sie ihre Schnürsenkel zu und erhob sich. Sie zuckte zusammen. Jetzt taten ihr nicht nur die Füße weh, sondern auch einige andere empfindliche Stellen ihres Körpers. Zudem klebte die immer noch feuchte Kleidung an ihrem Körper und verursachte ein unangenehmes Gefühl. Doch dagegen konnte sie jetzt nichts unternehmen. Sie hob die zerwühlte Decke auf und warf sie sich errötend über die Schulter. Nie in ihrem Leben war sie so … verlangend gewesen. Oder hatte bei einem Mann solche Gefühle ausgelöst wie bei Clint. Sollten sie sterben müssen, war sie wenigstens sicher, vorher noch einmal geliebt worden zu sein. Sowohl körperlich als auch geistig. Trotz ihrer verfahrenen Situation spielte ein leichtes Lächeln um ihre Lippen, als sie zu Clint trat. Er blickte sie kurz an, und seine Züge entspannten sich leicht. Ihre halbtrockenen Haare standen in wüsten Locken von ihrem Kopf ab, im Gesicht hatte sie einen Schmutzstreifen. Das schwarze T-Shirt klebte an ihren üppigen Kurven und ließ ihm erneut das Wasser im Mund zusammenlaufen.

Schnell drehte er sich um, die Versuchung, die von ihren lächelnden Lippen ausging, war einfach zu groß. Er drückte kurz ihre Hand, ließ sie dann aber sofort wieder los. »Bist du bereit?«

Entschlossen nickte Karen. »Ja.«

Ohne ein weiteres Wort marschierten sie los.

XXXIII

Mit versteinertem Gesichtsausdruck hob Matt seine Tasche in den Kofferraum seines Wagens. Mit beiden Händen griff er zum Kofferraumdeckel und hielt inne. Er ließ seinen Kopf zwischen den Armen hängen und fluchte tonlos. So traf Shannon ihn wenig später auf ihrem Weg zum Haupthaus an. Ruckartig blieb sie stehen. Nachdem Matt sie verlassen hatte, war sie zu aufgewühlt zum Schlafen gewesen. Tausend Gedanken waren ihr durch den Kopf geschossen, hatten sie nicht zur Ruhe kommen lassen. In ihrem weichen Bademantel hatte sie sich schließlich an den Küchentisch gesetzt und angefangen, ihren Eisvorrat zu dezimieren. Kurze Zeit später hatte es an ihrer Tür geklopft. Überzeugt, dass Matt zurückgekommen war, hatte sie die Tür aufgerissen, nur um sich ihrem Vater gegenüberzusehen.

Ein Blick auf seine ernste Miene hatte gereicht, um zu wissen, dass etwas Schlimmes passiert war. Immer noch schwirrten die Worte Clint, vermisst, Auto, Schlucht, Bruderschaft und Karen in ihrem Kopf herum. Wie konnte so etwas passieren? Erst Shane letztes Jahr, und jetzt Clint. Was war bloß los mit ihrer Familie?

Ihr erster Impuls war, zu Matts Hütte hinüberzulaufen und ihm von den Geschehnissen zu berichten. Leise hatte sie an seine Tür geklopft, aber es hatte niemand aufgemacht. Verwirrt und seltsam enttäuscht war sie wieder in ihre eigene Hütte zurückgekehrt. Wo war er gewesen? Hatte er einfach zu tief geschlafen oder noch einen Spaziergang gemacht? Kopfschüttelnd überquerte sie den Parkplatz.

Alles in ihr drängte danach, sich in seine Arme zu werfen, von ihm zu hören, dass alles gut ausgehen würde. Hinter Matt blieb sie stehen. Plötzlich war sie unsicher. Was, wenn er ihren gemeinsamen Abend bereute?

Entschieden straffte sie die Schultern. Dann war das sein Pech, sie hatte jetzt andere Sorgen. »Guten Morgen. Was machst du da?«

Matt zuckte zusammen, bevor er sich wieder in der Gewalt hatte. Langsam drehte er sich um. Mit einem Knall fiel der Kofferraumdeckel herunter. Erneut zuckte er zusammen. Verdammt, was war nur heute mit ihm los? Schließlich stand nur eine Frau vor ihm, kein Erschießungskommando.

Er bemühte sich um ein Lächeln, aber es wollte ihm keins gelingen. »Guten Morgen. Ich reise ab.«

Shannon blickte ihn ungläubig an. Ihr Herz zog sich zusammen. »Du reist ab? Einfach so? Ohne mir Bescheid zu sagen?« Ihre Verletztheit klang in ihrer Stimme durch.

»Ich wollte nur meine Tasche in den Wagen packen, danach wäre ich dann zu dir gekommen.«

Langsam wurde Shannon sauer. Hatte sie es nur geträumt, dass sie sich gestern auf alle möglichen und unmöglichen Arten geliebt hatten? Dass sie ihm näher gekommen war als je zuvor einem anderen Menschen? »Soso, danach wärst du gekommen. Soll ich dir das wirklich glauben?«

Seine graublauen Augen blickten sie ernst an. Bedauern klang in seiner Stimme durch. »Ja, das sollst du.«

Shannon nickte und rieb sich mit den Händen über die Arme. Wenn er wirklich meinte, jetzt abreisen zu müssen, konnte sie nichts dagegen tun. Trotzdem schmerzte es wie eine offene Wunde.

»In Ordnung. Hast du gehört, dass mein Bruder Clint verschwunden ist?«, fragte sie und schluckte. Sie konnte es nicht über sich bringen zu sagen, dass er vielleicht schon tot war.

»Ja.«

Entsetzt blickte sie ihn an. Hatte sie sich so in ihm getäuscht? War er am Ende doch ein egoistischer Mistkerl, der nur auf sein Vergnügen bedacht war und jetzt, nachdem er es bekommen hatte, das Weite suchte? Sie konnte es sich einfach nicht vorstellen. »Das ist alles, was dir dazu einfällt?«

Auch Matts Gemüt erhitzte sich. »Nein, es tut mir Leid, okay? Ich muss dringend einen Job erledigen, der keinen Aufschub duldet. Ich wäre wirklich gerne noch länger hier geblieben, aber es geht nicht.« Seine Stimme wurde sanfter. »Ich würde dich gerne wiedersehen.«

Shannon schüttelte ungläubig den Kopf. Ihre Menschenkenntnis hatte scheinbar einen Tiefpunkt erreicht. Wie hatte ihr entgehen können, dass Matt sich überhaupt nicht für ihre Gefühle, sondern nur für ihren Körper interessierte?

»Du willst in genau dem Moment verschwinden, wo ich dich vielleicht bräuchte, seltsamerweise genau nach der Nacht, wo du bekommen hast, was du wolltest.« Sie blickte ihn aufgebracht an. »Das ist ein bisschen zu viel Zufall für meinen Geschmack.«

»Zufälle passieren.« Dass Shannon denken konnte, er würde sich einfach aus dem Staub machen, ging ihm wirklich gegen den Strich. Aber er konnte ihr die Wahrheit nicht sagen, auch wenn er dadurch vielleicht die Beziehung zerstörte, die sie gerade erst begonnen hatten. »Hör zu, Shannon. Ich muss wirklich dringend los. Was sagst du dazu, wenn ich in ein paar Tagen, nachdem ich den Job erledigt habe, wieder hierher zurückkomme, und wir reden über alles?«

Mit anderen Worten: nachdem die Probleme beseitigt waren, würde er wiederkommen und ihre Beziehung fortsetzen. Es war ihm völlig egal, dass ihr Bruder und Karen in Lebensgefahr schwebten. So viel also zu der Tiefe seiner Gefühle für sie.

Shannon sah rot. »Was für eine dringende Aufgabe kann ein Versicherungsvertreter haben, die wichtiger ist als zwei Menschenleben?«

Matt biss die Zähne zusammen. Sie hatte ja Recht, aber das konnte er ihr nicht sagen. »Keine, aber wenn ich nicht fahre, wird mich das meinen Job kosten.«

Unwillkürlich wich Shannon einen Schritt zurück. Ihr Herz zerbrach in tausend Teile. »Ich glaube, ich kenne dich überhaupt nicht. Ich hätte nie gedacht, dass du so egoistisch sein kannst. So kalt und unloyal.«

Der letzte Vorwurf packte ihn. Er rückte so dicht an sie heran, dass sich ihre Nasenspitzen fast berührten. Sein heißer Atem streifte sie. »Du hast Recht, du kennst mich überhaupt nicht! Woher willst du wissen, dass ich keine Loyalität besitze?«

Shannon blickte ihn mit großen Augen an. Seine Augen blickten wütend und ... verletzt? Konnte es sein, dass sie ihn doch falsch beurteilte?

Doch so schnell gab Shannon nicht klein bei. »Okay, vielleicht bist du loyal, aber anscheinend nicht mir und meiner Familie gegenüber.«

Knurrend umfasste Matt ihre Arme. Diese Frau machte ihn noch wahnsinnig. Wie konnte sie nach dem, was sie gestern zusammen erlebt hatten, derart schnell das Schlimmste von ihm annehmen? Hatte sie denn nicht bemerkt, dass er sich ihr mehr geöffnet hatte als jeder anderen Frau vor ihr?

»Gerade deiner Familie gilt im Moment meine Loyalität, deshalb fahre ich ja auch los.« Damit schob er sie von sich. Mit ein paar Schritten war er bei der Fahrertür und riss sie auf. Die Tür protestierte quietschend gegen seinen Kraftaufwand. Doch dieses eine Mal war ihm das völlig egal. Wütend schob er den Schlüssel in den Anlasser und drehte ihn herum. Mit einem leisen Schnurren erwachte der Motor zum Leben. Gerade als er rückwärts losfahren wollte, legte sich eine Hand auf seine Tür.

»Moment mal. Wie meintest du das eben?«

Matt blickte Shannon nicht an. Zu sehr schmerzte ihr Misstrauen. »Vergiss es.«

Doch so einfach ließ sie sich nicht abfertigen. Ihre Hand griff durch das offene Fenster und packte ihn am Kinn. Widerstrebend drehte er seinen Kopf zu ihr herum und blickte sie an.

Ihre dunklen Augen bohrten sich in seine. Und er erkannte den Schmerz in ihnen.

»Wohin fährst du jetzt, Matt?«

Er schloss die Augen und wünschte sich, irgendwo anders zu sein. Doch als er sie wieder öffnete, stand er immer noch mit laufendem Motor auf dem Parkplatz der Diamond Bar Ranch und Shannon war immer noch neben dem Auto, ihre kleinen Finger an seinem Kinn, die schwarzen Augen funkelnd. Seufzend gestand er sich ein, dass er verloren hatte. Natürlich könnte er jetzt einfach wegfahren, aber dazu war ihm Shannon einfach zu wichtig. Solange es noch eine kleine Möglichkeit gab, dass sie ihm verzeihen und mit ihm zusammen sein wollte, konnte er sich einfach nicht abwenden. »Ich hatte vor, Clint und Karen zu suchen.«

Shannon blickte ihn ungläubig an. Damit hatte sie nicht gerechnet. »Du? Allein?«

Wie schaffte sie es bloß immer, ihn in kürzester Zeit absolut wütend zu machen? Noch nie hatte jemand seine Fähigkeiten angezweifelt.

»Ja, ich. Allein.« Das Nachäffen half ihm auch nicht. Der Stachel saß einfach zu tief.

»Aber wieso denkst du, dass du sie finden könntest, geschweige denn retten?« Sie machte eine umfassende Handbewegung. »Du bist ein Versicherungsvertreter, nicht Rambo!« Und sie war sehr froh darüber, denn sie mochte gerade Matts ruhige und freundliche Art. Zumindest hatte sie sie bisher gemocht. Jetzt war sie sich da nicht mehr so sicher.

»Und du denkst, ich tauge zu nichts anderem, als von Haustür zu Haustür zu fahren und Versicherungen zu verkaufen?« Matt merkte, wie sich seine Muskeln anspannten. Hatte Clint am Ende doch Recht damit gehabt, dass Shannon nur auf ihre Helden stand und einen Versicherungsvertreter zu langweilig fand?

»Nein, das habe ich überhaupt nicht gesagt …«

Matt unterbrach sie. »Aber gemeint. Vielen Dank auch.« Er konnte sich nicht erinnern, wann er das letzte Mal so wütend gewesen war. Konnte auch Shannon nur das Äußere sehen und erkannte nicht, was in einem Menschen lag? Er hatte gedacht, als Schriftstellerin würde sie tiefer blicken. Enttäuscht wandte er sich ab und legte den Rückwärtsgang ein. Vorsichtig trat er auf das Gaspedal, schließlich hing Shannon noch halb im Wagen und er wollte sie nicht verletzen. Auch wenn sie ihn noch so sehr verletzt hatte.

Shannon erkannte an Matts hartem Gesichtsausdruck, dass sie zu weit gegangen war. Sie fuhr sich mit der Hand über das Gesicht. Was war nur mit ihr los? Sie lief doch sonst nicht durch die Gegend und beleidigte ihr nahe stehende Menschen, schon gar nicht, wenn diese ihr gerade ihre Hilfe angeboten hatten. Sie musste doch unter mehr Druck stehen, als sie bisher gedacht hatte.

»Matt, warte!«

Ungeduldig blickte er sie an.

»Entschuldige, ich wollte dich nicht beleidigen. Aber wie gedenkst du sie zu finden?«

Matts Augen blickten distanziert. »Ich habe mir von deinem Vater eine Karte geben lassen und werde versuchen, ihnen den Weg abzuschneiden.«

Er zeigte auf den Beifahrersitz, auf dem eine aufgeklappte Karte lag.

»Und woher weißt du, wohin Clint und Karen unterwegs sind? Ich dachte, sie wären einfach verschwunden?«

Matt zuckte mit den Schultern. Er hatte wirklich keine Zeit, mit Shannon zu diskutieren. Jede Minute, die er verlor, konnte den Tod von Clint und Karen bedeuten.

»Erfahrung.« Sowie das Wort heraus war, hätte er sich ohrfeigen können. Toll, Matt, posaune doch bitte heraus, dass du keine Versicherungen verkaufst!

Natürlich sprang Shannon sofort darauf an. Verwirrt blickte sie ihn an. »Erfahrung? Müssen Versicherungsvertreter öfter mal vermisste Personen suchen?«

Ihr Misstrauen war spürbar. Verdammt! Matt seufzte. Er konnte es ebenso gut gleich hinter sich bringen. Wenn er noch etwas erreichen wollte, musste er bald losfahren, die Zeit lief ihm davon. »Nein, Versicherungsvertreter nicht. Aber SEALs hin und wieder schon.«

Abrupt ließ Shannon sein Gesicht los und stolperte zurück. In ihren ausdrucksvollen schwarzen Augen war der Schock deutlich sichtbar. Dicht gefolgt von maßloser Wut. War das jetzt Matts Art, sich wieder bei ihr einzuschmeicheln? Dachte er, sie würde ihn weiter sehen wollen, wenn er vorgab, ein SEAL zu sein? Und sie hatte ihm vertraut, mit ihrem Körper und ihren Gefühlen.

Ihre leise Stimme war heiser vor Ärger. »Willst du mir damit sagen, dass du ein SEAL bist? Wie praktisch, da du doch genau weißt, dass ich sie bewundere und Bücher über sie schreibe. Denkst du, damit kannst du bei mir punkten?«

Matt wurde heiß und kalt. Nie in seinem Leben war er so sauer gewesen. Er stieß die Tür auf, stieg aus und baute sich vor Shannon auf. »Nein, das denke ich nicht. Ich sage nur, wie es ist. Und ich werde mich dafür bestimmt nicht rechtfertigen.«

Dachte er, damit könne er sie überzeugen?

»Ach nein, wahrscheinlich, weil du es gar nicht kannst!«

Matt ballte die Hände zu Fäusten, um sie nicht um Shannons starrsinnigen Hals zu legen. Er hatte damit gerechnet, dass Shannon sauer sein würde, wenn sie die Wahrheit erführe, nicht aber, dass sie ihm gar nicht glauben würde. Obwohl er das nach seinen Erfahrungen als »Marc« hätte voraussehen können.

Er stieß einen tiefen Seufzer aus. »Glaub mir, ich kann. Aber während wir hier streiten, sind Clint und Karen in Lebensgefahr. Können wir diese Diskussion vielleicht ein anderes Mal fortsetzen?«

Shannon biss sich auf die Lippe. Matt hatte Recht. Es gab jetzt wirklich Wichtigeres als seinen Vertrauensbruch. Trotzdem konnte sie ihn so nicht fahren lassen. »Ich kann dir nicht mehr vertrauen. Woher soll ich wissen, dass du auch wirklich ein SEAL bist und nicht ein ganz normaler Versicherungsvertreter oder einer von der Bruderschaft?« Bei dem Gedanken wurde sie kalkweiß.

Matts Stimme wurde sanfter. »Keine Angst, ich sage die Wahrheit. Um ehrlich zu sein, kennen wir uns auch schon länger als diese paar Tage. Ich bin Marc.«

Shannons Lippen öffneten und schlossen sich dann wieder. Sie war sprachlos. Zumindest für einen Moment. Hatte sie eben richtig gehört? »Du bist Marc? Mein Marc?«

Matt nickte. »Mein Marc« hörte sich schon nicht schlecht an.

»Das glaube ich nicht!« Der Schock ließ das Blut in ihr Gesicht zurückkehren. Wie konnte er es wagen, jetzt auch noch Marcs Namen mit hineinzuziehen?

»Glaub es ruhig. Jedenfalls bin ich keine 80-jährige, lilahaarige Oma aus Florida.«

Shannon wurde weiß wie ein Bettlaken. Sie taumelte zurück.

Matt verfolgte sie. »Und du glaubst nicht, wie viele Nächte ich von Schokoladensirup geträumt habe.«

Shannon stützte sich am Auto ab und atmete tief durch. Okay, vielleicht war Matt wirklich Marc, aber wer sagte, dass er deshalb auch ein SEAL sein musste? Vielleicht hatte er sie sowohl als Matt als auch als Marc belogen. Gleich zwei Freunde auf einmal zu verlieren, war zu viel. Ihr Hals zog sich vor Kummer zusammen und erschwerte ihr das Sprechen. »Mal angenommen, ich würde dir glauben ...« Matt schnaubte. »... wie heißt du nun wirklich, Marc oder Matt? Oder vielleicht völlig anders?«

»Mein Name ist Matt, Matt Colter.« Zum Beweis zückte er seinen Führerschein. »Hier, damit du mir glaubst.«

Eingehend betrachtete Shannon den Ausweis. Das Bild zeigte einen etwas jüngeren Matt, noch ohne Narbe, aber er war es eindeutig. Zumindest kannte sie jetzt seinen richtigen Namen.

»Hast du denn auch irgendetwas, das deine Behauptung unterstützt, ein SEAL zu sein?«

Matt zog eine Grimasse. Jetzt ging das schon wieder los!

»Ich denke, diese Diskussion hatten wir schon einmal. Ich habe keine Beweisstücke, jedenfalls keine, die man sich nicht auch woanders besorgen könnte. Und selbst wenn ich sie hätte, würde ich sie bestimmt nicht bei mir tragen. Du wirst mir schon vertrauen müssen.«

»Und genau das kann ich nicht mehr.«

Matt blickte sie traurig an. Im Grunde verstand er sie, aber das half auch nicht gegen die Enttäuschung, die sich in ihm ausbreitete. »Das ist schade.« Dann richtete er sich auf. »Ich fahre jetzt. Geh bitte aus dem Weg, damit ich dich nicht verletze.«

Das war ihm schon gelungen. Shannon kam sich missbraucht vor, benutzt und weggeworfen. Sie konnte nicht glauben, dass sie wirklich mit ihm geschlafen hatte, mit einem Fremden, einem Betrüger. Es war unglaublich, in welcher kurzen Zeit sie tiefe Gefühle sowohl für Marc als auch für Matt entwickelt hatte. Diese rissen jetzt in ihrem Innern tiefe Wunden, als sie zusah, wie Matt sich umdrehte und zum Wagen zurückkehrte. Tränen füllten ihre Augen. Ihre Kehle war wie zugeschnürt. Verdammt, warum hatte sie sich in diesen Lügner verlieben müssen?

XXXIV

Matt stieg langsam wieder in sein Auto und ließ den Motor an. Er spürte jedes seiner 34 Lebensjahre in diesem Moment. Sein schlechtes Gewissen lastete schwer auf seiner Brust. Er war daran schuld, dass Shannon jetzt diesen verlorenen Ausdruck im Gesicht hatte, dass ihre Illusionen geplatzt waren. Was hätte er darum gegeben, alles rückgängig zu machen, aber das war jetzt nicht mehr möglich. Das Einzige, was er jetzt noch machen konnte, war, so schnell, wie es ging, zu verschwinden, damit der Heilungsprozess bei ihnen beiden einsetzen konnte. Vielleicht würde sie ihn dann irgendwann nicht mehr hassen. Langsam fuhr Matt rückwärts, dann bremste er scharf ab. Shannon hatte sich genau hinter dem Auto aufgebaut, ihre Hände ausgestreckt.

Fluchend lehnte er sich aus dem Fenster. »Was tust du denn da?«

Entschlossen riss Shannon die Beifahrertür auf. Sie würde ihn nicht so einfach entkommen lassen. »Ich komme mit.«

Entgeistert blickte er sie an. »Das kannst du nicht machen!« Er würde es nicht ertragen können, wenn sie verletzt würde.

»Du siehst es doch.« Um nichts in der Welt würde sie Matt einfach wegfahren lassen.

»Steig sofort aus dem Wagen.« Jetzt benutzte er seine beste Kommandostimme.

Shannon lehnte sich mit verschränkten Armen zurück. Nicht umsonst war sie mit drei älteren Brüdern aufgewachsen. »Sehr beeindruckend. Wenn du mich nicht mitnimmst, werde ich alleine auf die Suche gehen.«

Das brachte Matt zum Verstummen. Verzweifelt betrachtete er ihre entschlossene Miene. Ohne Zweifel meinte sie genau, was sie sagte.

Also versuchte er es mit Vernunft: »Bitte, Shannon, diese Männer sind gefährlich. Ich möchte nicht, dass du verletzt wirst.«

Shannons Miene wurde weicher. Dann jedoch zogen sich ihre Augenbrauen zusammen. »Guter Versuch. Aber soviel ich weiß, bist du genauso gefährdet wie ich, wenn du versuchst, Clint zu finden.« Mein Gott, alleine die Vorstellung, in welche Gefahr er sich begab …

»Aber ich habe dir doch gesagt …«

Shannon unterbrach ihn. »Du kannst mir viel erzählen.« Sie winkte ab. »Egal, ich werde jedenfalls nicht hier sitzen und Däumchen drehen, während mein Bruder in Gefahr ist.« Sie stieß die Tür auf und schwang ihre Beine nach draußen.

Matt packte sie am Arm. »Wo willst du denn jetzt hin?«

Shannon blickte ihn ungeduldig an. »Nicht, dass es dich etwas angeht, aber ich werde mir einen Rucksack packen und dann mit meinem Pferd auf die Suche gehen.«

Matt schnaubte. War sie verrückt geworden? »Du willst mit einem Pferd losziehen? Wie willst du sie da jemals finden?«

»Jedenfalls eher, als wenn ich mit dem Auto auf der Straße langfahre, oder glaubst du, sie werden da einfach rumspazieren?«

»Nein, das dachte ich nicht. Ich wollte nur bis zu einem Parkplatz fahren und dann zu Fuß losgehen.«

Shannon legte den Kopf schräg. Vielleicht wusste er doch, was er tat. »Könnte klappen. Aber mit Pferden kommt man schneller voran.« Irgendetwas musste sie tun, um Clint zu helfen, sonst würde sie noch verrückt werden. Wenn sie es nicht schon war.

»Und fällt mehr auf.«

Ein schwaches Lächeln huschte über ihr Gesicht. »Auch das. Aber ich habe eine Geheimwaffe.«

»Und die wäre?«

»Devil.«

»Der Teufel?«

»Clints Pferd. Wenn Clint irgendwo da draußen ist, findet Devil ihn. Wir haben es schon öfter erlebt, dass er ausgerissen ist und Clint irgendwo auf der Ranch aufgespürt hat. Einmal ist er sogar nach West Yellowstone gelaufen.«

Ein Pferd als Suchhund? Matt zuckte die Schultern. Wenn es funktionierte, sollte es ihm recht sein. Schnell warf er seine Pläne um. Er stieg aus dem Auto und warf die Tür zu. Unter Shannons verwirrten Blicken nahm er seine Tasche wieder aus dem Kofferraum. »Gehen wir.« Er warf sich die Tasche über die Schulter und ergriff ihren Arm.

Von seiner Aktion überrascht, ließ sie sich von ihm mitziehen. Als es ihr zu bunt wurde, stemmte sie ihre Hacken in den Kies. »Was hast du denn jetzt vor?«

Matt blickte sie ruhig an. »Wir probieren deine Methode aus.«

»Aber hattest du nicht gesagt, du wolltest nie wieder auf ein Pferd steigen?«

Unbehaglich zuckte Matt die Schultern. »In dringenden Notfällen mache ich eine Ausnahme.« Sich zu ihr herumdrehend, ergriff er ihre Schultern. »Bist du sicher, dass du nicht lieber hier bleiben willst? Es könnte wirklich sehr gefährlich werden.«

Forschend blickte sie in seine Augen. Seine Besorgnis war nicht gespielt. Er mochte der größte Lügner aller Zeiten sein, aber sie glaubte nicht, dass er ihr jetzt etwas vorlog oder auch sein Verlangen gestern nur vorgetäuscht hatte. Bei dem Gedanken machte sich wieder ein Gefühl des Verlustes in ihr breit. Sie straffte die Schultern. »Ich bin sicher.«

Innerhalb einer halben Stunde hatten sie alles Notwendige in Satteltaschen verpackt, die Pferde gesattelt und waren unterwegs. Ihrer Tarnung als Reittouristen folgend, ritten sie über kleine Wege im waldigen Hinterland entlang des Highway 191. Sie hatten überlegt, mit einem Pferdeanhänger ein Stück des Weges zu fahren, aber das wäre zu auffällig gewesen, sollte die Ranch oder die Straße von der Bruderschaft des Lichts bewacht sein. George war mit der Nachricht zu ihnen in den Stall gekommen, dass unter dem Wrack von Clints Auto noch eine Leiche gefunden worden war. Nach einer ersten Schrecksekunde registrierten sie dankbar, dass es sich anscheinend um einen der Terroristen handelte, nicht um Clint oder Karen. Aber wenn er unter dem Wagen gelegen hatte, hieß das auch, dass die Verfolger sehr dicht an ihnen dran sein mussten. In unmittelbarer Nähe der Wracks waren einige Spuren gefunden worden, auch auf der gegenüberliegenden Seite des Flusses, aber zumindest noch keine Leichen oder Indizien dafür, dass sie zu Karen und Clint aufgeschlossen hatten. Was natürlich nicht hieß, dass sie nicht schon längst in der Hand der Verbrecher sein konnten oder sogar tot. Matt schüttelte den Kopf. Denk positiv! Als wenn er das in dieser Situation könnte. Erst recht nicht, wenn er vor sich Shannon reiten sah, ihren schlanken, athletischen Körper, der sanft im Rhythmus des Pferdes mitschwang. Sie hatten eine Art Waffenstillstand geschlossen, nur durch ihr Ziel, Clint und Karen zu finden, vereint. Shannon sprach nur noch mit ihm, wenn es absolut nötig war, und dann in einem kühlen, sachlichen Tonfall, der ihn mit den Zähnen knirschen ließ. Wohin war das feurige Wesen der letzten Nacht verschwunden? Hatte er es mit seiner Täuschung getötet? Oder könnte sie eventuell ihren Ärger vergessen und ihm seine Lügen vergeben? Nichts von dem half ihm im Moment dabei, sich zu konzentrieren, daher schob er sämtliche Gedanken beiseite und konzentrierte sich auf seine Aufgabe, sich in Clint hineinzuversetzen und einen möglichen Weg vorauszuberechnen.

Devil war mit einem Seil an Morning Glorys Sattel festgebunden. Shannon hoffte, dass der temperamentvolle Hengst sich nur dieses eine Mal vernünftig benehmen würde. Sie fragte sich, ob er verstanden hatte, dass sie auf der Suche nach seinem Herrn waren. Jedenfalls hatte er aufmerksam die Ohren aufgestellt und verhielt sich erstaunlich ruhig. Der Hengst sollte keine Spur aufnehmen, wie ein Hund es tat, sondern einfach nur melden, wenn sie irgendwann in der Nähe von Clint waren. Und danach, wenn sie sie gefunden hatten, als Transportmittel für Clint und Karen dienen. Sofern sie keine schwereren Verletzungen davongetragen hatten. Gott, hoffentlich ging es ihrem Bruder gut! Sie fragte sich jetzt schon zum hundertsten Mal, wie Clint überhaupt in die Sache verwickelt worden war, woher er Karen kannte. Vermutlich wusste Matt mehr darüber, aber sie würde sich eher die Zunge abbeißen, als ihn danach zu fragen. Und selbst wenn sie ihn fragen würde, woher sollte sie wissen, dass er diesmal die Wahrheit sagte?

Nein, jegliches Vertrauen, das sie vorher in ihn gehabt hatte, war mit seinen Lügen verschwunden. Im Moment gingen sie miteinander um wie Fremde. Aber jedes Mal, wenn sie ihn ansah, erinnerte sie sich der schönen Stunden, die sie zusammen in ihrer Hütte verbracht hatten. Das war auch der Grund, warum sie vor ihm ritt, so musste sie ihn zumindest nicht die ganze Zeit anschauen. Sollte er vom Pferd fallen, würde er sich vermutlich melden. Hoffte sie zumindest. Denn egal, was er auch getan hatte, mochte sie ihn doch nicht verletzt sehen.

Gegen Mittag überquerten sie an einer geeigneten Stelle die Straße und tauchten in das Gebiet des Yellowstone National Park ein. Matt schwang sich vom Pferd und beobachtete eine Weile den Verkehr auf dem 191, bevor er sie schließlich herüberwinkte. Er war sich ziemlich sicher, dass niemand sie bemerkt hatte, doch vorsichtshalber hatte er seine Hand unter sein weites Hemd geschoben, um leichten Zugang zu seiner Pistole zu haben. Shannon hatte ihn im Vorbeireiten angestarrt, doch darauf konnte er jetzt keine Rücksicht nehmen. Er musste sich voll auf seine Aufgabe konzentrieren, sonst übersah er hinterher noch einen oder mehrere der Feinde und brachte sie damit in eine gefährliche Situation. Und das wollte er um jeden Preis verhindern. Er konnte seine Männer auf einer Mission in Gefahr bringen, weil er wusste, dass sie darauf vorbereitet waren und genau wussten, was sie taten. Shannon jedoch war Schriftstellerin, er bezweifelte, dass sie wusste, worauf sie sich einließ. Sie hatte wahrscheinlich nur eine theoretische Vorstellung davon, was es hieß, sich in Todesgefahr zu begeben. Er bewunderte ihren Mut und ihre Bereitschaft, sich in Gefahr zu begeben, um ihrem Bruder zu helfen. Gleichzeitig verfluchte er ihre Dickköpfigkeit. Jetzt musste er nicht nur für seine eigene Sicherheit sorgen, sondern auch noch für ihre. Aber das war ihm wesentlich lieber, als wenn sie alleine losritt und vielleicht auch noch in die Fänge der Bruderschaft geriet. Allein der Gedanke daran bewirkte bei ihm einen Schweißausbruch. Bei Clint hatte er wenigstens die Hoffnung, dass er sich irgendwie wehren konnte, aber Shannon …

Die Kiefer fest zusammengepresst, schwang er sich erneut in den Sattel. Sie sollten sich wirklich langsam beeilen, es würde im Dunkeln bestimmt ungemütlich werden. Außerdem wollte er Clint und Karen so schnell wie möglich finden, damit dieser ganze Spuk ein Ende hatte.

Shannon wartete ungeduldig, bis Matt fest im Sattel saß. Dann konnte sie nicht mehr schweigen. »Bist du etwa bewaffnet?«

Matt blickte sie mit hochgezogenen Augenbrauen an. »Ja.«

»Hast du denn einen Waffenschein?«

Er verdrehte die Augen. »Ja. Außerdem habe ich von der Regierung die Erlaubnis, sämtliche Arten von Waffen mitzuführen. Mit Ausnahme eines Raketenwerfers, dafür brauchte ich wohl eine Ausnahmegenehmigung. Aber da der sowieso nicht in meine Tasche gepasst hätte ...« Er zuckte die Schultern.

Verwirrt blickte Shannon ihn an. Machte er jetzt Witze, oder meinte er das ernst? Hatte er sich so in seine Fantasien verrannt, dass er inzwischen selbst daran glaubte? Oder konnte es sein, dass er wirklich ein SEAL war? Entschieden schüttelte sie den Kopf. Das glaubte sie erst, wenn sie Beweise dafür sah. Aber das war jetzt sowieso unwichtig.

»Hast du zufällig mehr als eine Pistole bei dir?«

Misstrauisch sah er sie an. »Wieso?«

»Dann könntest du mir eine abgeben.«

Eine Augenbraue hob sich. »Du kannst schießen?«

Shannon ärgerte sich über seine Skepsis. »Ja. Ich habe als Kind zusammen mit meinen Brüdern schießen gelernt.«

»Worauf?«

»Meistens auf Dosen.«

»Hast du schon mal auf einen Menschen geschossen?«

Shannon wurde blass. »Nein.« Entschlossen presste sie die Lippen zusammen. »Aber ich könnte es, wenn mein Leben oder das eines Menschen, der mir etwas bedeutet, bedroht ist.«

Matt betrachtete sie aufmerksam. Dann nickte er. Es würde ihr nicht gefallen, aber sie würde es tun, sollte es notwendig sein. Er griff in die Satteltasche und zog nach einigem Suchen einen kleinen Revolver und die dazugehörige Munition hervor. Vorsichtig trieb er Flower an, bis sie direkt neben Shannons Pferd stand. Gott sei Dank war die Stute bis auf den Vorfall mit dem Handy wirklich lammfromm. Vorsichtshalber hatte er diesmal sein Mobiltelefon auf Vibrationsalarm gestellt, um einem weiteren unfreiwilligen Abgang vorzubeugen. Er legte die Waffe auf Shannons ausgestreckte Hand. Dabei berührten seine Fingerkuppen ihre Handfläche. Hitze schoss von seinem Arm durch seinen gesamten Körper. Verdammt, es gab doch nichts Unangenehmeres, als mit einer Erektion zu reiten! Während er die Hand langsam zurückzog, forschte er in Shannons Augen nach einem Echo seiner Gefühle. Und es war da, zumindest bis sie es unterdrückte.

Shannon biss die Zähne zusammen und zählte bis zehn. Himmel, wenn bereits eine so unschuldige Berührung eine halbe Kernschmelze bei ihr verursachte, wie sollte sie ihm da je widerstehen? Vor allem mit der deutlichen Erinnerung an den gestrigen Abend. Ein Schauder überlief sie, als sie sich an den Moment erinnerte, in dem er das erste Mal in sie eingedrungen war. Das war nicht bloß Sex gewesen, sondern eine tiefere Vereinigung, als hätten sie ihr ganzes Leben nur auf diesen Moment gewartet. Eine Art Nachhausekommen. Dabei war ihr der Gedanke durch den Kopf geschossen: Endlich. Wo bist du so lange gewesen? Und Matts Körper hatte darauf geantwortet: Ich habe dich gesucht. Jetzt, wo ich dich gefunden habe, lasse ich dich bestimmt nicht wieder gehen. Shannon schnaubte. Ja, sicher! Wahrscheinlich war wieder ihre überschäumende Fantasie mit ihr durchgegangen und sie hatte sich alles nur eingebildet, genau wie die Gefühle in Matts Augen. Wenn er mehr als bloßes Verlangen für sie gefühlt hätte, hätte er ihr erst erzählt, wer er wirklich war, bevor er mit ihr schlief. Ein wirklich deprimierender Gedanke, den sie aber bestimmt in einem ihrer Bücher verwenden konnte. Damit schlüpfte sie nahtlos in diese Halbwelt, in der ihre Geschichten sich in ihrem Kopf entfalteten. Am Anfang war nur eine Grundidee, die sie dann nach und nach ausschmückte, bis ein ganzer Handlungsablauf daraus wurde. Tief in Gedanken versunken, ritt sie durch die Landschaft, automatisch die richtigen Bewegungen ausführend. Sie würde sich hinterher nicht mehr daran erinnern, was in dieser Zeit um sie herum passiert war, weil sie vor ihrem inneren Auge ganz andere Dinge sah.

So merkte sie es auch erst nicht, als Matt sie nach einer ganzen Weile ansprach. Er musste erst neben sie reiten und eine Hand auf ihren Arm legen, bevor sie ihn überhaupt wahrnahm. Erschrocken fuhr sie zusammen.

»... gut?«

Verwirrt blickte sie ihn an.

»Ich fragte, ob es dir nicht gut geht.«

»Doch, doch, natürlich. Tut mir Leid, ich war gerade in Gedanken woanders.«

Matt grinste schief. »Das habe ich bemerkt. Ich versuche schon seit fünf Minuten, mit dir Kontakt aufzunehmen.«

Shannon errötete. »Das glaube ich nicht!«

»Okay, nicht fünf, aber zwei bestimmt.«

»Was wolltest du denn von mir?«

Matts Augen erwärmten sich. »Das ist eine gute Frage. Aber im Moment wollte ich nur wissen, ob wir die Pferde vielleicht wässern sollten?«

»Wässern? Ach so, du meinst tränken.« Lachend blickte Shannon auf die Uhr. Erschrocken sah sie Matt an. Wo war die ganze Zeit geblieben? Es war ihr schon öfter passiert, dass sie im Bus geträumt und deswegen ihre Haltestelle verpasst hatte, aber fast eine Stunde? Das war absolut verantwortungslos, besonders in der derzeitigen Situation.

Finster blickte sie auf einen kleinen Bach, der in unmittelbarer Nähe vorbeifloss. »Wo sind wir?«

Matt hielt ihr seine Karte hin und tippte mit einem Finger auf ihren derzeitigen Standort. »Hier. Wir sind schon mitten im Madison Valley. Wir müssen jetzt versuchen, einen Weg zu finden, der an den Wiesenflachen vorbeiführt. Clint wird es genauso machen. Und ich fürchte, die Bruderschaft wird sich auch schon eine geeignete Stelle für einen Hinterhalt ausgesucht haben.«

Shannon durchlief bei seinen Worten ein kalter Schauer. Sie konnte sich nicht vorstellen, wie manche Menschen einfach jemanden töteten, es sogar kaltblütig planten. Natürlich bezog sich das nicht auf Soldaten, sie hatten ihre Befehle auszuführen und handelten nicht aus eigenen Interessen. Sie könnte nicht Bücher über SEALs schreiben, wenn sie davon nicht überzeugt wäre.

Schweigend ritten sie den Rest des Weges bis zum Bach. Dort stiegen sie ab und ließen die Pferde trinken und grasen, während sie sich in das frische Gras am Ufer fallen ließen.

Stöhnend streckte sich Matt im Gras aus. »Ich bin ganz verkrampft.«

Shannon lächelte. »Das kommt, weil du beim Reiten nicht locker bist. Wenn du mit den Bewegungen des Pferdes mitgehst, anstatt dich dagegenzustemmen, dürftest du eigentlich keine Probleme haben.« Unter Matts heißem Blick wurde ihr warm. Schnell richtete sie ihre Aufmerksamkeit auf die Pferde, die ein Stück entfernt friedlich grasten. Sie hatten sie an einen Baum gebunden, damit Devil nicht auf die Idee kam, einfach zu verschwinden.

Matt legte einen Finger unter ihr Kinn und drehte ihr Gesicht zu ihm zurück. »Zur Not könntest du ja noch einmal deine Massagetechniken anwenden, die haben Wunder gewirkt.«

Shannon hätte sehr gerne noch einmal ihre Finger auf seinen Körper gelegt, aber sie schüttelte den Kopf. »Diesmal wirst du wohl leiden müssen.«

Matts enttäuschtes Seufzen ging ihr durch und durch. Aber wenn sie ihm jetzt nachgab, wäre keins ihrer Probleme gelöst. Im Gegenteil, wenn sich ihre Gefühle für ihn noch vertieften, würde es nur noch mehr schmerzen, ihn nie wiederzusehen. Jedenfalls wusste sie jetzt ohne jeden Zweifel, dass sie nicht für One-Night-Stands geeignet war. Sonst hätte sie das Ganze einfach als Erfahrung abtun können und wäre von Matts Täuschung nicht so betroffen gewesen. Sie würde jetzt auch nicht neben ihm sitzen und sich wünschen, dort weiterzumachen, wo sie gestern Abend aufgehört hatten.

Entschieden löste sie sich aus ihren Gedanken. »Wenn du angeblich ein SEAL bist, hast du doch sicher einen Spitznamen?«

Matts Mund verzog sich bei dem Wort »angeblich«. »Mad.«

Verwirrt blickte Shannon ihn an. »Matt als Spitzname für Matt? Das verstehe ich nicht.«

»Mad, mit ›d‹.«

»Wie einfallsreich.«

Matt grinste. »Ja, und vor allem passend.«

»Du glaubst wirklich, dass ich dir das abnehme?«

Matt wurde ernst. »Tu, was du willst. Wenn du mir nicht glauben willst, kann ich dich sowieso nicht davon überzeugen.«

Ihre dunklen Augen sahen ihn unsicher an. »Ich will ja … aber ich weiß nicht, ob ich es kann. Ich komme einfach nicht darüber hinweg, dass du mich von Anfang an angelogen hast. Mit allem.«

Matts Miene wurde sanfter. »Ich habe dich nur bei sehr wenigen Dingen getäuscht. In den E-Mails habe ich dich sogar gar nicht angelogen.«

»Aber du hast gesagt, du heißt Marc!«

»Nein, ich habe mit M. für Matt unterschrieben. Und als du unbedingt einen Namen haben wolltest, habe ich geschrieben, dass du mich Marc nennen kannst. Ich habe nie behauptet, dass das mein wirklicher Name wäre.« Als sie protestieren wollte, nahm er ihre Hand. »Alles, was ich in den E-Mails geschrieben habe, war echt.«

Shannon wollte ihm so gern glauben, aber sie würde mit ihrer endgültigen Meinung so lange warten, bis sie seine Angaben nachgeprüft hatte. Wie gerne würde sie ihm alles glauben, was er sagte. Doch sie musste sich und ihre Gefühle jetzt einfach dadurch schützen, dass sie ihn nicht mehr an sich herankommen ließ. So schwer das auch war.

XXXV

Mühsam rappelte Shannon sich auf und folgte Matt zu den Pferden. Schweigend lösten sie die Zügel vom Baum und schwangen sich in die Sättel.

»In welche Richtung wollen wir jetzt?«

Matt deutete über den Bach, ohne sie dabei anzublicken. »Dort lang.«

Shannons Stute folgte mit Devil im Schlepptau. Vorsichtig suchten sich die Pferde ihren Weg in dem steinigen Flussbett.

Misstrauisch beäugte er Flowers zurückgelegte Ohren. »Wenn du mich hier reinwirfst, mache ich Pferdewurst aus dir.«

Shannon hörte seine gemurmelten Worte. Ungewollt lachte sie auf.

Matt drehte sich vorsichtig zu ihr um. »Das fändest du wohl lustig, oder?«

Grinsend nickte sie. »Allerdings. Es geht doch nichts über ein erfrischendes Bad in einem Bach.«

Matt verzog den Mund. »Ich weiß nicht, ich könnte mir da doch etwas Besseres vorstellen.«

Womit sie sofort wieder beim Thema waren. Er konnte sich einiges vorstellen, was er gerne mit Shannon machen würde, aber durch ihre vorherige Unterhaltung war ihm klar geworden, dass einfach zu vieles zwischen ihnen stand, um jemals eine weiter gehende Beziehung zu ermöglichen. Zumindest aus Shannons Sicht. Das Einzige, was er jetzt noch machen konnte, war, sich zurückzuziehen und zu versuchen, mit halbwegs intaktem Herzen aus der ganzen Sache herauszukommen. Wann war es überhaupt eine Angelegenheit des Herzens geworden? Bisher hatte er jede Beziehung beendet, bevor sich überhaupt größere Gefühle entwickeln konnten. Bei seinem Job war es wahrscheinlich auch eine gute Entscheidung gewesen. Aber er musste zugeben, dass er bisher nie auch nur ansatzweise so für eine Frau empfunden hatte. Mit Shannon war alles anders. Erhebend, aber auch beängstigend. Es war wohl gut, dass Shannon die Sache beendet hatte, bevor er noch tiefer hineingezogen wurde. Doch warum verursachte dann der bloße Gedanke, Shannon bald nie wieder sehen oder berühren zu können, einen solchen Druck in seinem Brustkorb?

Special Agent Cranton hatte ein Problem: Wie sollte er in einem solch riesigen Waldgebiet zwei Menschen finden? Vor allem, wenn er nicht genau wusste, in welche Richtung sie gegangen waren. Sie hatten ein paar Spuren gefunden, aber durch den ausdauernden Regen von letzter Nacht konnte man nicht mehr viel davon erkennen. Es schien, als wäre eine größere Gruppe durch den Wald gegangen. Aber ob die Spuren von gestern oder vorgestern waren, konnte man schlecht erkennen. Und selbst wenn man davon ausging, dass sie von den Männern verursacht worden waren, die Dr. Lombard verfolgten, dann hieß das noch lange nicht, dass sie und Hunter ebenfalls diesen Weg genommen hatten. Zurzeit hatte er jeden verfügbaren Mann angewiesen, die Umgebung abzusuchen, den Spuren zu folgen, auf den Straßen zu patrouillieren. Gestern war die Wissenschaftlerin anscheinend noch am Leben gewesen, aber inzwischen war so viel Zeit vergangen, dass er nur noch raten konnte, was im Wald passiert war. Das Einzige, was er noch veranlassen konnte, war der Einsatz eines Hubschraubers. Vielleicht hätten sie Glück und konnten damit entweder die Flüchtigen oder die Verfolger entdecken. Eine vage Hoffnung nur, aber immer noch besser, als herumzusitzen und Däumchen zu drehen, während einige Kilometer weiter vielleicht gerade der Regierung liebste Waffenexpertin ermordet wurde. Diese Vorstellung bewirkte, dass Cranton sofort einen Hubschrauber anforderte, um die Gegend abzufliegen.

Langsam und vorsichtig suchte Clint ihnen einen Weg durch die Waldreste am Rande des Madison Valley. Hin und wieder ließ er Karen in einem Gebüsch zurück und erkundete erst einmal die vor ihnen liegende Strecke. Dann kehrte er zu ihr zurück, und sie setzten ihren Weg fort. Die teilweise verbrannten Bäume boten nicht mehr viel Schutz, und es waren einige Umwege nötig, um stets eine relativ gute Deckung zu haben.

»Was machen wir, wenn es nur noch Wiese gibt?«

Clint drehte sich zu Karen um. Sie sah völlig erschöpft aus, aber sie hatte noch nicht ein Mal gejammert. Doch er wusste, dass sie bald eine Pause einlegen mussten, um ihre Kraft nicht völlig zu erschöpfen. Er musste nur noch einen geeigneten Platz dafür finden.

»Dann müssen wir uns irgendwo verstecken und erst im Dunkeln weitergehen.«

Karen wurde noch blasser. Sie fand alles im Hellen schon beängstigend genug, im Dunkeln würde sie vor Angst wahrscheinlich vergehen.

»Aber da können wir doch gar nicht sehen, ob uns jemand folgt?«

»Wir werden aber auch nicht gesehen. Außerdem bin ich es gewohnt, im Dunkeln zu operieren. Kein Problem.«

Kein Problem. Clint hatte gut reden. Sie vermied es sogar in der Stadt, nach Sonnenuntergang hinauszugehen. Und da gab es keine Pflanzen, Krabbelviecher und

Fleisch fressenden Tiere. Jedenfalls keine mit vier Beinen. Aber solange Clint bei ihr war, machte sie sich keine wirklichen Sorgen darüber. Es war erstaunlich, wie gut dieser große, schweigsame Mann für ihren Seelenfrieden war. Eigentlich musste sie schon lange völlig hysterisch durch die Gegend rennen, stattdessen gab es sogar Momente, in denen sie froh war, hier zu sein, mit ihm. Von dem grandiosen Sex einmal ganz zu schweigen. Errötend erinnerte sie sich daran, wie sie sich hatte gehen lassen und gierig immer mehr verlangt hatte.

Clint hatte sehr gerne gehorcht. Er blickte sie jetzt forschend an und lächelte, als er ihre Gedanken erriet. »Darauf müssen wir aber leider verzichten. Diesmal lasse ich mich durch nichts ablenken.« Hoffte er zumindest.

Aber es war schwer, Karens glänzende Augen, den lächelnden Mund und ihren vollen Körper zu ignorieren. Er schloss kurz die Augen und brachte sich wieder in die Gewalt. Sein selbstironisches Lächeln berührte Karen tief. Sie wollte auf keinen Fall, dass er sich ihretwegen Vorwürfe machte. Schließlich hatte sie sich auch auf ihn gestürzt, als wäre sie am Verhungern.

Clints Finger strichen sanft über ihre Wange. »Oder vielleicht doch.« Karen wurde warm.

Seine Hand fiel herunter und ballte sich zur Faust, während er das heiße Verlangen, das ihn überschwemmte, zu unterdrücken versuchte. Später, schwor er sich. »Komm, wir müssen weiter. Wir haben noch einen weiten Weg vor uns.«

Seufzend lief Karen weiter hinter ihm her, ihren Blick auf den Boden gerichtet, um mögliche Stolperfallen frühzeitig zu entdecken. So merkte sie es auch nicht, als er plötzlich stehen blieb. Sie lief direkt in ihn hinein.

»Uff.« Sie rückte einen Schritt von ihm ab und rieb ihre schmerzende Nase, die auf den Rucksack getroffen war. »Was …?«

Seine erhobene Hand brachte sie zum Schweigen. Unbehaglich sah sie sich um. Was war los? Sah er etwas?

Hörte er etwas? Plötzlich packte er ihre Hand und rannte los, zurück in den tieferen Schutz der Bäume. Karen konnte ihm kaum folgen, nur ihre Angst, schutzlos zurückgelassen zu werden, trieb sie an. Vergessen waren ihre Schmerzen, Hunger und Durst, sie dachte nur noch daran, wie es wäre, all dies nicht mehr zu fühlen, nie mehr, weil sie tot war. Dann hörte sie es auch. Ein dröhnendes Geräusch lag in der Luft. Verwirrt lief sie langsamer und blieb schließlich stehen. Fluchend kam Clint zurück, schubste sie unter einen Busch und warf sich auf sie. Die Luft entwich ihrer Lunge, als sein muskulöser Körper den ihren zu Boden drückte. Ihre Wange lag auf dem feuchten Waldboden, ihre langen Haare hatten sich wieder aus ihrem Zopf gelöst und hingen in ihr Gesicht. Trotzdem blieb sie bewegungslos liegen, bis sie das Geräusch erkannte. Hubschrauber!

Sie strampelte, bis Clint ein wenig zur Seite rückte. »Warum verstecken wir uns? Wenn das FBI uns sieht, dann können sie Hilfe schicken!« Ihre Stimme war nur ein Flüstern.

»Wer sagt, dass der Hubschrauber vom FBI ist?«

Der Gedanke war Karen noch gar nicht gekommen. Ihre Augen weiteten sich. »Und wenn doch?«

Clint zuckte die Schultern. »Ich gehe lieber kein Risiko ein. Ist es nicht das FBI, dann sind wir so gut wie tot, wenn wir uns zu erkennen geben.«

Enttäuschung machte sich in ihr breit, aber sie nickte. Clint legte seine große Hand auf ihre Schulter und drückte sie tröstend, während sie darauf warteten, dass sich das Geräusch des Hubschraubers entfernte.

Schließlich setzte er sich auf und zog Karen mit sich. »Alles in Ordnung?« Mit den Fingern entfernte er einige Schmutzstreifen aus ihrem Gesicht.

Karen nickte stumm. »Es tut mir Leid, es war einfach zu gefährlich.«

Karen seufzte. »Ich weiß. Es wäre nur so schön gewesen, endlich hier herauszukommen.« Sehnsüchtig blickte sie in die Ferne. »Eine heiße Dusche, frische Kleidung, nicht mehr ständig über die Schulter gucken müssen ...«

»Du wirst all das bald bekommen. Nach meinen Berechnungen müssten wir spätestens morgen Mittag wieder auf der Ranch sein.«

Das kam Karen noch ziemlich lang vor, aber sie sagte nichts dazu. Es half ja nichts, es würde eben dauern, so lange es dauerte. Wenn sie lebendig ankamen, war es ihr beinahe egal, wie lange sie für den Weg brauchten.

Schweigend machten sie sich wieder auf den Weg, den Himmel ständig nach dem Hubschrauber absuchend. Bald kamen sie an den Rand des Waldes, vor ihnen erstreckte sich ein riesiges, nur von einzelnen Baumgruppen durchbrochenes, grasbewachsenes Tal. Zu wenig Schutz, um bei Tageslicht weiterzulaufen. Sorgfältig suchte Clint mit den Augen die Gegend ab, konnte aber keinen Hinweis auf ihre Verfolger oder eine Abfanggruppe finden. Zufrieden zog er sich wieder zurück und suchte ihnen einen Unterschlupf, in dem sie sich bis zum Einbruch der Nacht verstecken konnten. Nach kurzer Zeit wurde er fündig. Unter der Wurzel eines umgestürzten Baumes lag eine Mulde, in die gerade so zwei Menschen passten. Umgeben von der ausladenden Baumwurzel, Zweigen und Blattwerk junger Bäume und Büsche, waren sie gut geschützt.

Erleichtert ließ Karen sich auf der Decke nieder. Es tat gut, wieder ihre Schuhe ausziehen zu können. Angewidert betrachtete sie die riesigen, blutigen Blasen und Abschürfungen an ihren Füßen. Mit Grausen erinnerte sie sich an die Zeit, die es nach Costa Rica gedauert hatte, bis ihre Füße vollständig geheilt waren. Monatelang war sie nur in Gesundheitslatschen herumgelaufen, bevor sie wenigstens wieder Turnschuhe tragen konnte. Erst lange Zeit später hatte sie das erste Mal wieder Pumps getragen. Genau das stand ihr auch jetzt wieder bevor.

Denk positiv, Karen. Du lebst noch, und Clint auch. Wenn sie nur noch ein bisschen durchhielt, konnte sie sich bald daranmachen, die Scherben ihres Lebens wieder aufzusammeln. Ihre Arbeit wartete auf sie, ebenso wie ihr Haus. Sie wusste noch nicht, ob sie weiter darin wohnen wollte, schließlich hatte sie es mit Paul geteilt. Vielleicht suchte sie sich am Rande der Stadt ein eigenes kleines Haus, nur für sich alleine. Der Gedanke war gleichzeitig beängstigend und aufregend. Verstohlen blickte sie zu Clint, der neben ihr kauerte und im Rucksack wühlte. Vielleicht konnte Clint sie dort besuchen kommen. Sofort schob sie die Idee beiseite. Sie sollte wirklich nicht über so etwas nachdenken. Es war klar, dass sie alleine nach Washington zurückkehren würde und Clint hier auf der Ranch blieb. Es wäre besser, sie würde sich damit abfinden. Lieber ein schmerzhaftes Ende als Schmerzen ohne Ende. Das abgeänderte Sprichwort passte perfekt auf ihre Situation.

Energisch schüttelte sie alles von sich ab und konzentrierte sich nur noch auf das Hier und Jetzt. Clint reichte ihr ein letztes Stück von ihren kostbaren Sandwichs. Ab jetzt mussten sie entweder hungern oder sich Nahrung suchen. Nun ja, eine Diät konnte ihr sicher nicht schaden. Obwohl sie schon gemerkt hatte, dass ihre Hose in den letzten Tagen durch die Anstrengung, die Aufregung und in letzter Zeit auch Nahrungsmangel weiter geworden war. Allerdings wäre ihr im Moment ein saftiges Steak lieber als ein paar Pfunde weniger. Seufzend biss sie in das nicht mehr ganz so frische Sandwich. Auch einen Zwieback hätte sie mit Genuss gegessen, wenn er alles gewesen wäre, was sie hätte. Clint hatte seinen Teil bereits verspeist und trank aus der Thermoskanne, die sie an einem Fluss mit Wasser gefüllt hatten, als der Tee ausgetrunken war. Fasziniert betrachtete sie seinen beim Schlucken auf und ab hüpfenden Adamsapfel. Ihr Blick glitt von dort aus in den Ausschnitt seines Baumwollhemdes, das er bis zur Brustmitte aufgeknöpft hatte, als es mittags wärmer wurde.

»Wenn du mich weiter so anguckst, vergesse ich meine guten Vorsätze.«

Karen blickte erschrocken auf und traf dabei auf Clints warme, sherryfarbene Augen. Er hatte ganz leise gesprochen, eine Art Flüstern, nur völlig tonlos. Automatisch passte sie ihre Lautstärke seiner an. »Tut mir Leid. Das war ein Reflex.«

Sein Mund verzog sich zu einem halben Lächeln. »Ich muss dir wohl nicht sagen, welcher Reflex dadurch bei mir ausgelöst wird.«

Errötend schüttelte Karen den Kopf.

»Aber das kann warten, bis wir in Sicherheit sind. Warum schläfst du nicht ein bisschen, ich halte Wache.«

Wieder schüttelte Karen den Kopf. »Ich denke nicht, dass ich jetzt schlafen kann, vielleicht später.«

»In Ordnung. Dann ruh dich einfach aus, damit du neue Kräfte sammelst, bis wir wieder aufbrechen.«

Gehorsam legte sie sich auf die Decke zurück und nutzte den Rucksack als Kopfstütze. Einige Minuten lang blickte sie auf den Himmel aus Blättern über ihr, dann hielt sie die Stille nicht mehr aus. »Kann ich dich etwas fragen?«

Belustigt blickte Clint sie an. »Das hast du doch gerade schon getan.«

Karen blieb ernst. »Etwas Privates.«

Clint stöhnte. »Ich habe gerade ein eindeutiges Déjàvu-Erlebnis.« Vor vier Jahren hatten sie genauso in einer kleinen Mulde gesessen, gewartet und Karen hatte ihn ausgehorcht. Dieser Erinnerung folgte sofort ein Bild von Ghost, wie er ausgesehen hatte, als er gestorben war. Clint schluckte gegen den Druck in seiner Kehle an. Seine Stimme klang rau. »Was willst du wissen?«

»Warum hast du die SEALs verlassen?«

Clint stöhnte innerlich auf. So etwas hatte er schon befürchtet. Er hatte bisher mit niemandem darüber gesprochen, er wusste nicht, ob er es mit Karen konnte. Aber nach dem, was sie heute Morgen erlebt hatten, stand es ihr wohl zu, so viel wie möglich über ihn zu erfahren.

»Ich weiß nicht, ob ich das so einfach erklären kann. Es kamen mehrere Faktoren zusammen. Der wichtigste Grund war wahrscheinlich der, dass ich, obwohl ich mich gerade auf dem Höhepunkt meiner körperlichen und mentalen Fähigkeiten befand, in den Innendienst befördert werden sollte. In meiner Karriere bin ich einfach immer zu schnell befördert worden und war als Captain eigentlich schon fast überqualifiziert, ein SEAL-Team zu leiten. Matt wird es übrigens bald genauso gehen, da wir Swim-Buddys waren und in einem Team, war er in seinen Auszeichnungen immer nur kurz hinter mir. Nach dieser misslungenen Operation, entschuldige, hat mir niemand die Schuld an den Geschehnissen gegeben. Trotzdem wäre ich danach in den Innendienst versetzt worden. Wahrscheinlich ist es nichts Schlechtes, für die Ausbildung der neuen SEALs zuständig zu sein, aber zu dem Zeitpunkt war ich einfach noch nicht dazu bereit. Ein weiterer Punkt war, dass ich mich dafür verantwortlich fühlte, was mit Ghost passiert ist.« Er hob die Hand, als sie unterbrechen wollte. »Auf rationaler Ebene weiß ich, dass es nicht meine Schuld war, aber meine Gefühle sagen mir etwas anderes. Außerdem war ich auf der Mission irgendwie abgelenkt. Mir gingen tausend Dinge durch den Kopf, die nicht unmittelbar etwas mit den Geschehnissen zu tun hatten. Das war mir bis dahin noch nie passiert, und ich fragte mich, ob es vielleicht ein Zeichen dafür war, dass ich den Job bereits zu lange ausübte. Und nicht zuletzt hattest auch du damit zu tun.«

Karen öffnete den Mund und klappte ihn geräuschvoll wieder zu.

Clint lächelte reumütig. »Auch von dir habe ich mich ablenken lassen. Ein weiteres Novum für mich. Du warst nicht nur die zu befreiende Zivilperson, sondern auch noch verheiratet. Was mich aber beides nicht davon abgehalten hatte, darüber nachzudenken, wie es wäre, dich zu berühren.«

Karen räusperte sich. »Das hast du aber gut versteckt.«

Clint grinste. »Wenigstens eine SEAL-Eigenschaft, die nicht völlig daneben war an dem Tag. Reicht dir das als Erklärung?«

Karen nickte. »Ja. Danke, dass du es mir erzählt hast.«

»Vielleicht war es auch gut, es mal loszuwerden. Wenn wir wieder auf der Ranch sind, werde ich mal genauer darüber nachdenken, was ich mit dem Rest meines Lebens anfangen werde.« Sein Lächeln war verlockend. »Du darfst dann auch gerne deine Meinung dazu äußern.«

Karen lächelte unverbindlich und wechselte schnell das Thema. »Ich hätte noch eine Frage, wenn ich darf.« Clint gab ihr ein Zeichen fortzufahren. »Matt nennt dich nicht Clint, sondern irgendwie anders. Ast oder so ähnlich. Warum?«

Clint lachte. »East. Das ist mein alter SEAL-Spitzname. Fast vom ersten Tag an ist er an mir hängen geblieben.«

Karen war verwirrt. »Osten? Was bedeutet das?«

Clints Lachen verstärkte sich noch.

»Nicht Osten. East wie bei Eastwood – Clint Eastwood.«

»Oh. Jetzt kapier ich's. Obwohl du ihm nicht wirklich ähnlich siehst.«

Clint lächelte sie an. »Ich hoffe, du bist deshalb nicht enttäuscht.«

»Nein, keineswegs.«

XXXVI

Zu Karens Erleichterung lächelte Clint nur über ihre prompte Erwiderung und wechselte das Thema. »Warum hast du dich mit deinen Problemen eigentlich nicht an deine Familie gewandt?«

Karens Lächeln verging.

»Ich sollte jetzt wahrscheinlich sagen, dass ich sie nicht in Gefahr bringen wollte, was bis zu einem gewissen Punkt auch stimmt. Aber die Wahrheit ist, sie hätten die Situation überhaupt nicht verstanden.«

»Du meinst, sie hätten dir nicht geholfen?«

»Doch, sie hätten mich schon aufgenommen, es gehört sich schließlich so. Aber im Endeffekt hätten sie mir die Schuld an dem Ganzen gegeben, mir erklärt, dass sie ja schon immer gewusst hätten, dass Paul nichts taugte, und meine Arbeit mal wieder schlecht gemacht.«

Clint strich über ihre Hand. »Das tut mir Leid.«

»Danke. Aber ich bin es schon gewohnt. Seit ich denken kann, war eigentlich immer alles falsch, was ich gemacht habe. Oder nicht wichtig genug, um es überhaupt zur Kenntnis zu nehmen. Ich will mich auch nicht beschweren. Ich hatte trotzdem ein gutes Leben, auch wenn ich mir hin und wieder mehr Unterstützung gewünscht hätte. Vielleicht war es auch ganz gut so, so habe ich früh gelernt, mich nur auf mich selbst zu verlassen und meinen eigenen Weg zu gehen, egal was jemand anders dazu gesagt hat.«

Clint lächelte sie an. »Mir gefällt jedenfalls, was aus dir geworden ist.«

Karen errötete. Sie war es nicht gewohnt, gelobt zu werden. Paul war kein Mensch gewesen, der oft etwas Positives über sie zu sagen hatte. Meist hatte er entweder geschwiegen oder eine negative Bemerkung gemacht. Erstaunlich, dass sie ihrer Familie entkommen war, nur um dann gleich wieder bei jemandem zu landen, der sie auch nicht wirklich zu schätzen wusste. Kein Wunder, dass sie sich fast ausschließlich ihrer Arbeit gewidmet hatte.

Sie schüttelte den Kopf und drückte Clints Hand. »Du kennst mich doch gar nicht richtig.«

»Ich weiß alles, was wichtig ist. Den Rest können wir dann später austauschen, wenn wir das hier überstanden haben.«

Karen wurde warm. Später. Was würde sie dafür geben, dass es wirklich ein Später gäbe. Selbst wenn sie ihren Verfolgern entkamen, sah sie noch nicht, wie sich eine richtige Beziehung zwischen ihnen entwickeln konnte. Die Gefühle waren da, aber es gab so vieles, was eine Beziehung schwierig, wenn nicht gar unmöglich machte. Aber es brachte nichts, jetzt darüber nachzugrübeln. Das Wichtigste war jetzt, dass sowohl sie als auch Clint am Leben blieben. Alles andere konnte warten. Musste warten, schließlich waren sie noch lange nicht außer Gefahr. Doch darüber wollte sie jetzt auf keinen Fall nachdenken. »Wie geht es deinem Bein?«

Clint blickte auf sein Bein hinunter, als hätte er es lange nicht mehr gesehen. Dann zuckte er die Schultern. »Okay.«

Wenn Clint das sagte, hieß es wahrscheinlich, dass es höllisch wehtat, aber er nicht daran sterben würde. Entschlossen setzte sie sich auf und griff sich den Rucksack.

»Was tust du da?« Irritiert blickte er sie an.

Karen ließ sich davon nicht beirren und wühlte sich durch den Inhalt des Rucksacks. »Ich suche natürlich die Salbe.«

»Das ist aber nicht …« Er brach ab, als er Karens entschlossene Miene sah. Wenn sie ihn unbedingt verarzten wollte, würde er sich nicht dagegen wehren. Amüsiert beobachtete er, wie sich ihre Stirn konzentriert in Falten legte, während sie versuchte, die Tube zu ertasten. Sie blickte ihn merkwürdig an, als ihre Finger sich um einen Gegenstand legten, den sie nicht einordnen konnte. Vorsichtig zog sie ihre Hand heraus und blickte hinunter. Sämtliche Farbe verließ ihr Gesicht.

Clint setzte sich alarmiert auf. »Was ist?«

Ohne ein Wort hielt Karen ihm ihre Hand hin. Clint blickte darauf und fing lautlos an zu lachen. Karen jonglierte den Gegenstand von einer Hand zur anderen und warf ihm die Handgranate dann zu.

Clint fing sie auf und kontrollierte kurz, ob der Sicherungsstift noch vorhanden war, bevor er sie neben sich legte. »Alles in Ordnung, sie ist nicht scharf.«

Karen blickte ihn ungehalten an. »Das ist mir inzwischen auch klar. Ich hatte nur nicht erwartet, so etwas in meinem Rucksack zu finden.«

Clint grinste sie an. »Tut mir Leid, ich hatte ganz vergessen, dir Bescheid zu sagen. Ich habe noch ein paar von Matts Mitbringseln eingepackt, bevor wir losgefahren sind.« Er wurde ernst. »Ich wollte ein wenig zusätzliche Sicherheit dabeihaben, auch wenn wir vom FBI eskortiert wurden. Wie wir gesehen haben, war der Gedanke gar nicht so schlecht.«

Karen hatte sich inzwischen wieder gefasst. Natürlich hatte sie im Rahmen ihrer Ausbildung auch schon mit Handgranaten zu tun gehabt. Aber in den letzten Jahren beschäftigte sie sich doch eher mit Computermodellen von größeren Waffensystemen. Ein Großteil ihrer Arbeit fand am Rechner statt, für die praktische Ausführung ihrer Pläne hatte sie mehrere Mitarbeiter. Erst bei den Tests hatte sie eine wirkliche Waffe vor Augen. Ihre Reaktion auf die Handgranate war ihr jetzt peinlich. Sie war nur froh, dass sie nicht auch noch aufgeschrien hatte. Clint dagegen behandelte die Granate, als hätte er sie oft und ohne zu zögern benutzt. Gerne hätte sie mehr über seine

Arbeit als SEAL erfahren, aber sie wusste, dass ein Großteil davon geheim war. Außerdem war jetzt nicht der richtige Zeitpunkt dafür. Draußen versuchten wer weiß wie viele Männer, sie zu finden und dann zu töten. Es war wohl besser, wenn sie sich möglichst still verhielten und auf Geräusche achteten. Sie hatte den Schreck mit dem Wapiti von vorhin noch nicht vergessen. Wahrscheinlich hatte sie jetzt einige graue Haare mehr. Aber bevor sie sich wieder hinlegte, würde sie diese vermaledeite Salbe finden und Clint auf seinen Oberschenkel reiben.

Verbissen setzte sie ihre Suche fort, bis sie endlich fündig wurde. Warum hatte sie nicht gleich in ihrer Kosmetiktüte nachgeschaut? Triumphierend hielt sie sie hoch. »Ich hab sie!« Fragend blickte sie Clint an. »Warum hast du denn immer noch deine Hose an? So kann ich dich doch nicht eincremen.«

Clint wurde schon allein bei der Vorstellung warm. »Das mache ich lieber selbst, das ist sicherer.«

Karen blickte ihn erschrocken an. »Habe ich dir gestern etwa wehgetan?«

Clints Mund verzog sich zu einem schmerzlichen Lächeln. »Nein, im Gegenteil. Ich scheine kein bisschen Selbstbeherrschung zu haben, was dich betrifft. Es ist sicherer, wenn du im Moment nicht in meine Nähe kommst.«

Karen durchlief es heiß, doch sie reichte ihm nur die Salbe und drehte sich dann um. Sie beschäftigte sich damit, den Rucksack zu schließen und als Kopfkissen auf die Decke zurückzulegen, während sie viel lieber ihre Hände auf Clints warme Haut gelegt hätte. Doch sie wusste, dass Clint Recht hatte. Jedes Mal, wenn sie sich berührten, explodierten ihre Gefühle und sie waren für alles andere blind. So ignorierte sie das ratschende Geräusch seines Reißverschlusses und legte sich mit dem Rücken zu ihm auf die Decke. Leider war ihre Vorstellung mindestens genauso erotisch wie die Wirklichkeit. Um sich davon abzuhalten, nach Clint zu greifen, ballte sie ihre Hände zu Fäusten. Sie hörte seinen scharfen Atemzug und wandte sich schließlich doch um. Ihr Blick wanderte schnell von seiner Hüfte zu seinem verletzten Oberschenkel. Die Prellung war inzwischen fast schwarz angelaufen, das Bein geschwollen.

Wie konnte Clint mit so einer schweren Verletzung überhaupt noch laufen? Anscheinend hatte sie die Frage laut gestellt, denn er antwortete ihr. »Weil ich es muss.«

Tiefe Linien zu beiden Seiten seines Mundes verrieten die Stärke seiner Schmerzen. Vorsichtig verteilte er die Salbe auf dem Bluterguss. Er atmete auf, als die kühlende Salbe ihm eine leichte Linderung verschaffte. Lautes Atmen ließ ihn zu Karen blicken. Ihre Augen waren starr auf seine Verletzung gerichtet, ihr sonst so weicher Mund angespannt.

»Karen?« Seine große Hand schob sich unter ihr Kinn und hob es an, bis ihre Augen sich trafen. Der Schmerz in ihren traf ihn direkt in der Magengrube. »Es ist in Ordnung. Ich hatte schon wesentlich schlimmere Verletzungen, diese hier ist nur unangenehm.« Es sah nicht so aus, als würde seine Versicherung irgendwie helfen. Ihr Gesicht entspannte sich nicht. »Wenn wir wieder auf der Ranch sind, werden wir beide erst einmal ein paar Tage in Liegestühlen verbringen und uns von vorne bis hinten bedienen lassen. Was sagst du dazu?« Mit Schrecken sah er ihre Augen feucht werden. Irgendetwas schien er falsch zu machen. Er fühlte sich hilflos, ein Gefühl, das er nicht kannte und auch überhaupt nicht mochte. »Karen, bitte sag etwas.«

Karen schniefte einmal und brachte sich dann mühsam wieder unter Kontrolle. »Könntest du mich einfach nur festhalten, bitte?«

Erst wollte er ablehnen, erkannte dann aber, dass sie kurz vor einem Zusammenbruch stand. Bisher hatte sie sich so gut gehalten, wenn sie jetzt etwas Körperkontakt brauchte, dann würde er ihn ihr geben. Egal was es ihn kostete. Schnell zog er seine Jeans wieder hoch und knöpfte sie zu. Besser jegliche Versuchung von vornherein ausschließen. Danach zog er Karen zwischen seine Beine, mit dem Rücken zu ihm, und umfing mit seinen Armen ihren Oberkörper. Seufzend lehnte sie sich zurück und entspannte sich. Clint senkte sein Kinn auf ihren Kopf und verstärkte seine Umarmung.

»Danke.« Karens Murmeln war kaum noch zu verstehen. Kurze Zeit später war sie eingeschlafen. Clint zog seine Pistole zu sich heran, um sie im Notfall schnell greifen zu können. Zufrieden lauschte er ihren tiefen, ruhigen Atemzügen und machte sich daran, ihren wohlverdienten Schlaf zu bewachen.

Der Hubschrauber war auch über Matt und Shannon hinweggeflogen, und auch sie hatten sich in den Schutz der Bäume zurückgezogen. Matt hatte ein Fernglas aus seiner Satteltasche gezogen und den Hubschrauber eine Zeit lang beobachtet. Auf der Seite stand der Name einer örtlichen Firma für Rundflüge. Jedenfalls hatte Shannon das gesagt, als er sie gefragt hatte. Er persönlich tippte auf das FBI, aber es konnte sich genauso gut wirklich um Touristen handeln, oder die Bruderschaft des Lichts hatte ihn gemietet. Jedenfalls würde er kein Risiko eingehen und sich zu erkennen geben, solange er sich nicht sicher war. Wundersamerweise hinterfragte Shannon seine Entscheidung nicht, sondern folgte ihm sofort in den Schutz der Bäume. Es schien, als hätten sie zumindest für den Rest dieser Mission Frieden geschlossen. Matt war froh darüber, wurde er so doch wenigstens nicht die ganze Zeit von seinem Bedauern und schlechtem Gewissen abgelenkt.

Bisher hatten sie noch keine Spur von Clint und Karen oder den Terroristen entdeckt. Natürlich konnte es immer sein, dass jemand im Wald in einiger Entfernung zu ihnen vorbeigegangen war, aber Matt glaubte nicht daran. Nach seinen Berechnungen müsste Clint immer noch vor ihnen sein, also geradewegs auf sie zukommen. Dabei hatte er eingerechnet, dass Clint sich Karens Tempo anpassen müsste. Sollte einer oder beide verletzt sein, würde sich die Zeit dementsprechend verlängern. Und ihre Chance, den Verfolgern zu entkommen, verkleinern. Verdammt, er war noch nie besonders geduldig gewesen, aber diese Situation machte ihn einfach wahnsinnig! Vor langer Zeit hatte er gelernt, seine Ungeduld zu zügeln und seine Energie in andere, produktivere Bahnen zu lenken. Das machte er auch jetzt. Immer wieder konsultierte er die Karte und überprüfte, ob er den Weg nahm, den auch Clint wählen würde. Sofern Clint sich in den letzten vier Jahren nicht extrem geändert hatte, war Matt sich ziemlich sicher, immer noch genau zu wissen, wie Clint dachte, welchen Weg er wählen würde. So zögerte er auch nicht, als sie am Rand des Madison Valley ankamen. Er folgte dem Baumbestand auf der am weitesten von der Straße entfernt liegenden Seite des Tales, bis sie schließlich nur noch sonnenbeschienene Wiese vor sich hatten. Im Laufe des Tages waren die Wolkenbänke verschwunden, und vom strahlend blauen Himmel schien eine heiße, hochsommerliche Sonne herab. Schon vor Stunden hatte Matt sein warmes Baumwollhemd ausgezogen und über die Satteltasche gehängt und war im schwarzen T-Shirt weitergeritten. Ihr Glück war, dass sie die meiste Zeit unter dem dichten Blätterdach der Bäume entlanggeritten waren, ohne Schutz wären sie wahrscheinlich schon gekocht worden. Auch Shannon hatte die oberste Schicht abgelegt und ritt nun in einem engen blauen Top hinter ihm. Matt war froh, dass er sie nicht die ganze Zeit angucken musste, sonst wäre er wahrscheinlich verrückt geworden.

Dass es Shannon genauso gehen könnte, wäre ihm nie in den Sinn gekommen. Doch sie hatte jetzt seit Stunden immer seinen muskulösen Rücken vor sich, den das enge

T-Shirt auch noch besonders zur Geltung brachte. Und sein auf und ab wippendes wohl geformtes Hinterteil erinnerte sie viel zu sehr an den gestrigen Abend, als sie ihre Beine darum gewickelt hatte, ihre Finger die Härte der Muskeln dort kennen gelernt und genossen hatten. So war sie froh, als Matt sein Pferd anhielt und abstieg. Shannon glitt ebenfalls vom Pferd und zog Morning Glory und Devil hinter sich her. Neben Matt stehend, blickte sie über die ruhige Wiese. In der Ferne sah man einige Bisons grasen, Vögel zwitscherten über ihren Köpfen in den Zweigen der Bäume. Das Bild wirkte dermaßen friedlich, dass man sich kaum vorstellen konnte, dass irgendwo in diesem Gebiet Männer unterwegs waren, die jemanden umbringen wollten.

Shannon wandte sich an Matt, in dessen vernarbter Wange ein Muskel zuckte. »Was machen wir jetzt?«

Die Kälte in Matts graublauen Augen ließ sie zurückzucken. Woran dachte er gerade? Langsam kehrte die Wärme in seinen Blick zurück. Es gelang ihm sogar ein schwaches Lächeln. »Wir suchen uns jetzt ein nettes Plätzchen und warten, bis es dunkel wird.«

»Was passiert, wenn es dann dunkel ist?«

Matt verzog den Mund. »Dann wird uns Clint mithilfe von Devil hoffentlich direkt in die Arme laufen.«

Shannon schaute ihn skeptisch an, sagte aber nichts. In kürzester Zeit hatten sie unter dem dichten, schützenden Blätterdach eines Baumes ein provisorisches Lager aufgebaut. Dort waren sie nur dann sichtbar, wenn tatsächlich jemand direkt an ihnen vorbeilief. Er vertraute darauf, dass es nicht im Sinne der Bruderschaft war, durch die Gegend zu laufen und unbeteiligte Touristen zu ermorden. Für den Fall, dass er sich irrte, hatte er seine Waffe immer in Reichweite. Shannon auch, wie er anerkennend feststellte. Auf Decken, gegen die Sättel gestützt, genossen sie die Ruhe und die warme Luft.

In diesem Moment konnte sich Shannon nicht vorstellen, dass es woanders weniger friedlich war. Vielleicht schon hundert Meter von ihnen entfernt. »Glaubst du, es geht ihnen gut?«

Shannons Frage überraschte Matt nicht besonders. Er machte sich Sorgen um seinen Freund, aber bei ihr war es der Bruder, der in Todesgefahr schwebte. Und vor allem wusste sie nicht wie er, dass Clint ein toptrainierter Soldat war, der eine solche Situation unter normalen Umständen eigentlich ohne Probleme lösen konnte. Aber da er nicht nur für sich selbst verantwortlich war, sondern auch noch für eine Zivilistin, wurde die Aufgabe schon schwieriger.

Er mochte Shannon nicht belügen, aber auch nicht zu sehr verunsichern, deshalb wählte er seine Antwort mit Bedacht. »Das kann dir im Moment niemand sagen, aber nach den Spuren, die gefunden wurden, würde ich sagen, dass sie zumindest einen gewissen Vorsprung vor ihren Verfolgern hatten. Und wenn sie den genutzt haben, und ich denke, das hat Clint getan, dann ist es durchaus möglich, dass sie uns bald gesund und munter über den Weg laufen.«

Shannon war ihm dankbar für seine Zuversicht, auch wenn sie nicht nachvollziehen konnte, wo er sie hernahm. Doch sie musste jetzt positiv denken, es würde Clint und Karen überhaupt nicht helfen, wenn sie vor Sorgen verging.

Entschieden setzte sie sich auf. »Wie wäre es mit einem Snack?«

XXXVII

Vorsichtig bahnte sich Clint einen Weg zurück zu ihrem Unterschlupf. Als die Dämmerung einsetzte, hatte er Karen dort zurückgelassen, um den Weg für ihren Ausflug nach Einbruch der Dunkelheit zu erkunden. Seine Waffe hatte er bei ihr gelassen, damit sie sich zur Not verteidigen konnte. Im Moment brauchte er sie auch nicht, denn er hatte nicht vor, jemanden anzugreifen. Es war eine reine Aufklärungsmission, die Dämmerung seine Tarnung. Lautlos kroch er eine halbe Stunde später zurück und ahmte den Schrei einer Eule nach, damit Karen wusste, wer da in ihr Nest eindrang, und ihn nicht aus Versehen erschoss.

Karen atmete erleichtert auf, als sich Clints dunkler Schopf durch die Blätter schob. Trotz der Pistole war sie sich absolut schutzlos vorgekommen, nur mit ein paar Zweigen und Blättern vor Mördern geschützt. Am liebsten hätte sie Clint zurückgehalten, als er verkündet hatte, dass er einen Erkundungsgang absolvieren wollte. Doch sie wollte ihm nicht noch mehr zur Last fallen, als sie es ohnehin schon tat. Clint konnte jetzt kein zitterndes und jammerndes Anhängsel gebrauchen, er musste sich auf seine Aufgabe konzentrieren, sie beide heil hier herauszubringen. Ihr graute davor, völlig ungeschützt eine scheinbar endlos große Wiese zu überqueren, wo sie jederzeit entdeckt werden konnten. Vor allem weil in dieser Nacht zu allem Überfluss auch noch der Mond ein klares, helles Licht zur Erde warf. Zwar waren sie beide dunkel gekleidet, wahrscheinlich würden sie aber trotzdem auffallen wie bunte Hunde. Vor allem ihre blonden Haare und ihre helle Haut wären vermutlich kilometerweit sichtbar. Darauf sprach sie Clint an, als er sich neben ihr niederließ.

»Darüber habe ich auch schon nachgedacht. Eigentlich müsste es genügen, wenn du dir die Decke über den Kopf legst und das Gesicht immer im Schatten hältst. Außer, du möchtest dich lieber vorher mit Dreck bemalen?«

Automatisch verzog Karen den Mund. »Wenn es nicht sein muss, würde ich gerne darauf verzichten. Aber wenn du meinst, es ist notwendig ...«

Erneut bewunderte Clint Karens Bereitschaft, alles zu tun, was nötig war, um zu überleben. »Nein, ich denke nicht. Außerdem können wir das zur Not auch noch unterwegs erledigen.« Auffordernd hielt er ihr die Thermoskanne hin. »Am besten trinken wir jetzt noch einmal etwas. Ich weiß nicht, wann wir das nächste Mal dazu kommen werden.«

Gehorsam nahm Karen einen großen Schluck von dem abgestandenen Flusswasser. Normalerweise hätte sie ihn wahrscheinlich gar nicht herunterbekommen, aber jetzt trank sie gleich einen zweiten hinterher. In der Not fraß der Teufel auch Fliegen. Angewidert verzog sie den Mund. Nein, das musste nun wirklich nicht sein. Sie reichte Clint die Kanne. Dieser trank ohne zu zögern. Wahrscheinlich hatte er sich als SEAL schon von ganz anderen Dingen ernährt. Karen riss sich zusammen. In kritischen Situationen neigte sie dazu, über völlig abwegige und belanglose Dinge nachzudenken, nur um nicht daran denken zu müssen, was vor ihr lag. Aber im Moment half ihr das nicht weiter. Ihr Herz klopfte rasend, ihre Handflächen waren schweißnass. Schmerzhaft krampfte sich ihr Magen zusammen. Unruhig wackelte sie mit den Beinen, bis Clint seine Hand darauf legte.

»Ganz ruhig. Wir werden das schaffen. Zusammen.«

Hätte sie ihn nicht sowieso schon geliebt, in diesem Moment wäre sie ihm vollkommen verfallen. Die drohenden Tränen herunterschluckend, beugte sie sich vor und legte ihre Hände um sein Gesicht. »Vielen Dank für alles.« Sachte drückte sie einen zitternden Kuss auf seine warmen Lippen.

Clint bekämpfte ein überwältigendes Bedürfnis, sie in seine Arme zu ziehen und einfach ganz fest an sich zu drücken. Aber das musste warten, bis sie in Sicherheit waren. Sanft schob er sie auf Armeslänge von sich und blickte eindringlich in ihre braunen Augen. Die unvergessenen Tränen, die er dort sah, zerrten an seinem Herzen. Nie wieder würde sie in so eine Situation kommen, schwor er sich. Und wenn er dafür den Rest seines Lebens Tag und Nacht über sie wachen musste, dann war es eben so. Er drückte noch einmal einen festen Kuss auf ihren Mund und zog sie dann mit sich nach oben. Es herrschte inzwischen fast völlige Dunkelheit, nur der Mond spendete ein fahles Licht. Wortlos hob Clint die Decke vom Boden auf und reichte sie Karen, während er den Rucksack aufsetzte und ein letztes Mal seine Waffe überprüfte. Die Handgranate deponierte er in seiner Hemdtasche. Was gäbe er jetzt für seine bewährte Kampfweste mit den unzähligen Taschen und vor allem den vielen nützlichen Utensilien darin. Aber als SEAL hatte er gelernt, mit dem auszukommen, was gerade zur Hand war, und wenn es nur ein Klappmesser war. Dankbar dafür, dass er wenigstens noch seine Pistole hatte, führte er Karen vorsichtig aus ihrem Versteck. Er trat als Erster heraus und gab ihr ein Zeichen zu warten, während er mit allen Sinnen die Umgebung prüfte. Erst als er sich überzeugt hatte, dass niemand in der Nähe war, ließ er Karen heraustreten. In die dunkle Decke gewickelt, konnte man sie in der Dunkelheit kaum erkennen. Seine dunkle Hautfarbe machte auch ihn schwer erkennbar. Eigentlich musste ihre Tarnung ausreichen, um sicher über die offene Wiese zu gelangen. Doch erst einmal mussten sie sich einen Weg durch den Wald suchen, in den sie sich zum Schutz zurückgezogen hatten. Mehr als einmal zuckte er zusammen, als Karen auf einen Stock trat und er krachend zerbrach. Er wusste, sie bemühte sich, doch er konnte nur hoffen, dass ihre Verfolger taub oder sehr weit weg waren. In der Stille des Waldes klang das Brechen eines Astes wie ein Kanonenschuss. Vielleicht kam es ihm auch nur so vor, weil er es gewohnt war, von seinen Teamgefährten keinen Laut zu hören, wenn sie in Gefahr schwebten, entdeckt zu werden. Aber diese Maßstäbe konnte er natürlich bei Karen nicht anwenden. So blieb er stumm und versuchte so schnell wie möglich die Wiese zu erreichen, in der Hoffnung, dass das weiche Gras ihre Schritte dämpfte. Er sah bereits eine Lichtung vor sich, als Karen an seinem Hemd zupfte. Sich umwendend, brachte er sein Ohr an ihre Lippen.

»Könnte ich wohl … ich müsste …«

In jeder anderen Situation hätte er die Komik der Situation zu schätzen gewusst, doch Karen hatte sich gerade die ungünstigste Stelle ausgesucht.

Gründlich blickte er sich um, bis er auf ein hohes Gebüsch deutete. »Beeil dich und versuch möglichst leise zu sein.« Er hätte schwören können, dass Karen errötete, bevor sie sich hastig umwandte und verschwand, aber in der Dunkelheit war das schwer zu sagen. Diese Geschichte würden sie noch ihren Enkelkindern erzählen.

Wow! Enkelkinder? Griff er da den Ereignissen nicht ein bisschen voraus? Jedenfalls konnte er sich gut vorstellen, wie Karen später mal in einem Schaukelstuhl wippte, ein Enkelkind auf dem Schoß, und ihm oder ihr Geschichten aus ihrem Leben erzählte. Er unterdrückte ein Lachen und blickte auf die Büsche, hinter denen Karen verschwunden war. Wie lange brauchte sie denn …? Plötzlich setzten seine Instinkte mit Macht wieder ein, und er spürte, dass sie nicht mehr alleine waren. Es war wie eine Veränderung in der Luft, eine Stille, die vorher nicht da gewesen war. Shit! Er ließ sich zu Boden fallen und zog dabei seine Waffe. Langsam kroch er auf die

Stelle zu, an der er Karen das letzte Mal gesehen hatte. Wieso hatte er ihr auch erlaubt, sich zu entfernen? Egal, jetzt war es nur wichtig, sie aus jeglicher Gefahr, in der sie schweben mochte, zu befreien. Er hatte sich fast bis zum Gebüsch vorgearbeitet, als plötzlich eine Stimme ertönte.

»Bleiben Sie, wo Sie sind, und lassen Sie die Waffe fallen, sonst werden Sie Ihre kleine Freundin hier nicht mehr lebend wiedersehen.«

Clint überlief es erst kalt, dann heiß. Eine ungeheure Wut kam in ihm auf. Wenn irgendjemand Karen auch nur ein Haar krümmte ... Um sie nicht weiter zu gefährden, streckte er die Arme aus und warf die Waffe neben sich ins Gras. Er war natürlich in einer denkbar ungünstigen Position, was seine persönliche Sicherheit anging, aber alles, woran er denken konnte, war Karen. Ein Paar ehemals schicker, jetzt aber ruinierter Lederschuhe geriet in sein Blickfeld. Langsam blickte er auf. Sein Magen zog sich zusammen, als er instinktiv erkannte, dass dieser Mann kein leichter Gegner sein würde. Nicht, weil er eine tödliche kleine Pistole auf ihn richtete, sondern weil er eine absolute Kälte und Gewissenlosigkeit ausstrahlte. Das war kein Mann, der davor zurückschreckte, Frauen oder Kinder umzubringen, wenn sie ihm im Weg waren. Fieberhaft suchte Clint nach einem Ausweg, doch er fand keinen. Noch nicht. Langsam richtete Clint sich auf, bis er im feuchten Gras saß, den Blick keine Sekunde von seinem Gegner abwendend. Dieser taxierte ihn genauso, versuchte ihn einzuschätzen. Clint fällte eine Entscheidung. Seine Schultern sackten besiegt nach vorne, den Blick hielt er gesenkt.

»Wer sind Sie?«

Clint bemühte sich, seiner Stimme einen überzeugend demütigen Klang zu geben, als er antwortete. »Ich arbeite auf der Ranch. Bitte, lassen Sie uns gehen.«

Ein hässliches Lachen ertönte. »Das glaube ich kaum. Wir haben uns nicht so viel Mühe gegeben, Dr. Lombard zu finden, um sie dann einfach wieder laufen zu lassen. Nein, tut mir Leid.«

Clint unterdrückte ein Schnauben. Wenn diesem Menschen jemals etwas Leid getan hatte, dann hieß er Egon. Die Zähne zusammenbeißend, beobachtete er, wie ein Bär von einem Mann Karen halb auf die kleine Lichtung trug.

Sein Arm war um ihre Mitte geschlungen, eine Hand über ihren Mund gepresst. Plötzlich schrie er auf. »Autsch! Dieses Biest hat mich gebissen!« Anstatt sie jedoch loszulassen, wie sie es vielleicht gehofft hatte, drückte er sie mit seinem riesigen Arm noch enger an sich, seine Hand grub sich schmerzhaft in ihr weiches Fleisch.

Panisch strampelte sie mit ihren Beinen, konnte sich jedoch nicht befreien. Da ihr die Luft abgedrückt wurde, hatte sich ihre Energie bald erschöpft und sie hing halb bewusstlos in seinem Arm. Clint ballte die Hände zu Fäusten, um nicht aufzuspringen und sich auf den Riesen zu stürzen. Er kannte einige Arten, einen Menschen nur mit seinen Händen zu töten. Ebenso schnell ließ er diesen Gedanken wieder fallen. Es würde weder ihm noch Karen helfen, wenn er jetzt unüberlegt handelte und erschossen wurde.

»Was wollen Sie von uns?« Diesmal war ein leicht entsetzter Klang in seiner Stimme.

»Wenn Sie das nicht wissen, was machen Sie dann überhaupt hier mit Karen Lombard?«

»Ich sollte sie nur nach Bozeman fahren, mehr weiß ich nicht. Ich will auch gar nicht mehr wissen. Was haben Sie mit uns vor?«

Karen regte sich bei seinen Worten wieder und schoss ihm einen ungläubigen Blick zu.

Er erwiderte ihn und versuchte ihr damit eine Mitteilung zu senden: Vertrau mir.

Scheinbar kam sie an, denn sie erschlaffte wieder in den Armen des Mannes.

Erneut ließ der Mann ein kaltes Lachen hören. »Tja, da haben Sie wohl Pech gehabt. Wie sagt man? Mitgefangen – mitgehangen.«

»Hängen? Sie wollen uns hängen?« Clint war richtig stolz auf den schrillen Ton in seiner Stimme.

Der Mann schüttelte den Kopf. »Nein, das wäre zu einfach. Ein bisschen Spaß wollen wir ja auch noch haben.«

Clint ignorierte die Kälte, die sein Rückgrat entlangkroch, und spielte seine Rolle als ahnungsloser Cowboy weiter. »Wenn ich ... wenn ich versprechen würde, niemandem etwas zu sagen, würden Sie mich dann gehen lassen?«

Das entlockte Karen einen protestierenden Laut, was die ganze Vorstellung noch wesentlich realistischer machte. Der Mann tat, als würde er darüber nachdenken. Aber Clint war natürlich genauso wie dem Gegenüber klar, dass er das gar nicht konnte. Wenn sie ihr Theaterstück weiterspielten, fand Clint vielleicht einen Angriffspunkt.

»Mal sehen, vielleicht, nachdem wir uns um Miss Karen hier gekümmert haben. Ach ja, ich vergaß. Mrs Karen. Hat sie eigentlich für Sie schon die Beine breit gemacht? Ich habe mich jetzt schon einige Zeit damit beschäftigt, wie es wohl sein wird, sie ordentlich zu ficken. Ich kann mir nämlich nicht vorstellen, dass ein so rassiges Weib mit so einer Niete wie Paul Lombard viel Spaß dabei hatte.«

Mit hilfloser Wut beobachtete Clint, wie er zu Karen ging und grob ihre Brust betatschte.

»Habe ich Recht?«

Karen antwortete mit einem kräftigen Tritt gegen sein Knie. Es war wirklich zu bedauerlich, dass sie nicht höher gezielt hatte. Clint hätte zu gerne gesehen, wie dieses arrogante Arschloch vor Schmerzen in die Knie sank. So hatte sie ihn leider nur wütend gemacht. Er holte aus und schlug ihr kräftig ins Gesicht. Im Nu war Clint auf den Beinen, bis ihm seine Rolle wieder einfiel und er zurücksank. Wenn er dieses Schwein ohne Waffe erwischte, würde er ihn mit bloßen Händen auseinander reißen. Doch leider musste er sich im Moment damit begnügen, auf seine Gelegenheit zu warten. Die kam jedoch leider nicht. Im Gegenteil, seine Tarnung flog auf, als Paul Lombard auf die Lichtung gestolpert kam.

Als er Karen entdeckte, legte sich ein befriedigtes Grinsen auf sein Gesicht. »Also hatte ich doch Recht. Und wer ist nun dieser mysteriöse Mann?«

»Ein Ranch-Arbeiter.«

Paul ging auf Clint zu, um ihn besser erkennen zu können. »So? Ich hätte nicht gedacht, dass Karen sich mit so etwas abgibt. Sie dachte doch schon immer, sie wäre etwas Besseres.« Inzwischen stand er direkt vor Clint, der sich bemühte, sein Gesicht im Dunkeln zu halten. »Wo sind denn die Taschenlampen? Ich kann ja kaum meine Hand vor Augen sehen.«

Ein weiterer Mann trat zwischen den Bäumen hervor, ähnlich gebaut wie derjenige, der Karen immer noch festhielt. »Hier ist eine.« Seine Stimme klang, als würde er sie selten benutzen.

Ohne ein Wort des Dankes nahm Paul sie und knipste sie an. Clint schloss die Augen, als der grelle Strahl ihn blendete.

Obwohl es bereits vier Jahre her war, erkannte Paul Lombard ihn sofort. »Hey, das ist doch dieser Typ aus Washington. Der Navy-SEAL, der damals Karens Entführung versaut hat.«

Der Anführer trat zu ihnen. »Sind Sie sicher?«

Paul plusterte sich auf. »He, natürlich bin ich sicher. Ich kann mich zwar nicht mehr an den Namen erinnern, aber ein Gesicht vergesse ich nie. Schon gar nicht, wenn dieser Bastard die Schuld daran trägt, dass ich es noch vier Jahre mit meiner lieben Frau aushalten musste.«

Der Mann musterte Clint eindringlich. »Was sagen Sie dazu?«

Clint ließ die Maske fallen und richtete sich auf. »Es war einen Versuch wert.« Er zuckte die Schultern. »Kann ich jetzt gehen?«

Erstaunt blickte der Mann ihn an, dann fing er an zu lachen. »Es ist zu schade, dass Sie sterben müssen. Ich denke, wir hätten uns gut verstanden. So von Profi zu Profi.« Er winkte den letzten Mann heran. »Verschnür ihn gut, ich möchte nicht, dass er irgendwelche Tricks versucht, bevor ich nicht mit der lieblichen Mrs Lombard fertig bin.« Während er beobachtete, wie Clint zu einem Paket verschnürt wurde, fügte er noch hinzu: »Und wenn Sie schön brav sind, lasse ich Sie vielleicht auch noch mal ran, nachdem meine Männer ihren Schuss hatten. Sozusagen als Henkersmahlzeit.«

Clint knirschte mit den Zähnen, um diesem Schwein nicht zu sagen, wo er sich seine Henkersmahlzeit hinschieben konnte. Es würde Karen nicht helfen, wenn er sich jetzt wehrte, er musste seine Chance nutzen, wenn die Taschenlampe nicht mehr auf ihn gerichtet war und sich die gesamte Aufmerksamkeit auf etwas anderes richtete. Ihm wurde schlecht bei dem Gedanken, dass jemand anderes als er Hand an Karen legen würde. Zum Schluss durchsuchte ihn einer der Männer noch nach Waffen. Natürlich fanden sie die Handgranate und das Messer in seinem Stiefel. Aber sie übersahen das zweite Messer, das in seinen Gürtel eingearbeitet war. Jetzt musste er nur irgendwie drankommen, trotz der auf den Rücken gefesselten Hände. Schon prickelten seine Arme, weil das Seil zu fest geschnürt war. Den Blick weiterhin auf Karen gerichtet, wartete er darauf, dass er endlich in der Dunkelheit alleine gelassen wurde.

Karen war wie gelähmt vor Angst. Sie hatte gerade die Decke abgelegt, um sich hinter einem Busch zu erleichtern, als sich ohne jede Vorwarnung zwei Arme um sie geschlungen hatten und ihr die Luft abdrückten. Sie versuchte sich zu wehren, konnte aber nicht verhindern, dass sie wie ein Paket zurück zur Lichtung geschleppt wurde. Ihre einzige Hoffnung, dass Clint vielleicht entkommen wäre und sie retten würde, zerschlug sich, als sie ihn dort im Gras hocken sah. Verwundert verfolgte sie seine Imitation eines einfachen Ranch-Arbeiters. Gerade als sie dachte, es könnte vielleicht sogar klappen, griff ihr plötzlich dieser eklige Kerl an die Brust und löste damit eine Reflexreaktion bei ihr aus. Wenn sie darüber nachgedacht hätte, hätte sie wahrscheinlich stillgehalten, aber ihre Instinkte waren einfach zu stark. Als Folge davon pochte ihr Schädel. Sie hatte sich auf die Zunge gebissen und erkannte noch deutlicher, in welch hoffnungsloser Situation sie war. Bis Paul aufgetaucht war, hatte sie immer noch gehofft, dass sie irgendwie entkommen konnten. Aber natürlich hatte er Clint erkannt, und sie hatten ihn daraufhin wie einen Truthahn verschnürt. Es war schon schlimm genug, seinen eigenen Tod vor Augen zu haben, aber zu wissen, dass ein geliebter Mensch ebenfalls sterben würde, war noch viel schlimmer. Zu dem Schuldgefühl kam die ständig steigende Panik, als sie hörte, was die Bruderschaft anscheinend für sie geplant hatte.

XXXVIII

Karen versuchte die Panik zu bekämpfen. Sie musste eine Möglichkeit finden, wie sie die Absichten der Bruderschaft verhindern oder zumindest aufschieben konnte, bis entweder Clint sich befreite oder irgendjemand zu Hilfe kam. Wer das sein sollte, nachts, mitten im Wald, wusste sie nicht.

Aber sie war nicht bereit, einfach still ihren Tod hinzunehmen. So konzentrierte sie sich auf ihren verräterischen Ehemann. »Warum tust du das, Paul?«

Anscheinend hatte er Lust auf ein Plauderstündchen, denn er schlenderte zu ihr herüber. Der riesige Mann hielt sie immer noch umklammert, doch wenigstens bekam sie inzwischen wieder Luft. Klugerweise blieb Paul in gebührendem Abstand zu ihr stehen, wäre er näher gekommen, hätte sie ihm garantiert einen Tritt verpasst. Sie konnte sich immer noch nicht vorstellen, dass dies der Mann sein sollte, mit dem sie neun Jahre ihres Lebens verbracht hatte. War alles nur eine Lüge gewesen? Anscheinend, denn jetzt blickte er sie mit offener Verachtung und Feindseligkeit an.

»Nun, damit ich endlich das Leben führen kann, das mir zusteht. Erst wenn du tot bist, habe ich endlich meine Freiheit. Und mein Geschäft mit der Bruderschaft sah nun einmal vor, dass du zu gegebener Zeit erledigt wirst.«

Karen bemühte sich, ihren Schmerz zu verbergen, den seine Worte verursachten. Er klang überhaupt nicht wie der Paul, den sie damals kennen gelernt hatte. Aber gab es diesen Paul überhaupt?

»Und was genau beinhaltet das Geschäft?«

Paul lachte. »Das möchtest du wohl gerne wissen, was? Aber da du sowieso nicht mehr lange zu leben hast, kann ich es dir genauso gut erzählen.« Mit der Taschenlampe leuchtete er ihr ins Gesicht. »Hörst du auch zu?« Ohne eine Antwort abzuwarten, fuhr er fort. »Die Mitglieder der Bruderschaft hatten ein Interesse an deiner Arbeit und sprachen mich deshalb an, als sie mich in deiner Gesellschaft sahen. Das war damals, ganz zu Anfang unserer Beziehung. Sie boten mir Geld dafür, dass ich unsere Beziehung weiter vorantrieb, um so an Informationen über deine Arbeit zu kommen.«

Karen blickte ihn verwirrt an. »Aber ich habe dir doch nie etwas erzählt!«

Pauls Mund verzog sich. »Stimmt. Du hast mich nie genug geliebt, um mir etwas über deine geheiligte und ach so wichtige Arbeit zu erzählen.«

Karen zuckte schuldbewusst zusammen. Da hatte er Recht, sie hatte ihn wirklich nie richtig geliebt, und sie hätte ihm selbst dann nichts über ihre Arbeit erzählt, wenn sie es gedurft hätte.

»Aber das brauchtest du auch gar nicht. Ich habe eine andere Möglichkeit gefunden, die Informationen zu bekommen.« Hämisch lächelte er sie an. »Du willst jetzt bestimmt wissen, wie ich das gemacht habe, oder?«

Stumm nickte sie.

»In Ordnung, dann werde ich es dir verraten. Eigentlich war es sogar geradezu lächerlich einfach. Dank des tollen Timings deiner Weisheitszähne war es überhaupt nicht schwierig, an die Informationen zu kommen. Wir brauchten nur die Betäubungsspritze ein wenig zu modifizieren, und schon hast du uns alles erzählt, was wir wissen wollten. Und der Clou daran war, dass du dich danach an überhaupt nichts mehr erinnert hast. Eigentlich hätten wir alles mit dir machen können, was wir wollten.«

Karen wurde übel. »Dr. Freeman hängt da also auch mit drin?«

Paul grinste sie an. »Erinnerst du dich, wie ich ihn dir empfohlen habe?«

Karen schluckte hart. Sie hatte den Zahnarzt sympathisch gefunden und war froh gewesen, die schweren Eingriffe ohne große Schmerzen überstanden zu haben. Dabei war es ihnen die ganze Zeit nur um ihre Arbeit gegangen. Hilflos blickte sie zu Clint hinüber, konnte in der Dunkelheit aber nur seinen Umriss erkennen. Was gäbe sie jetzt dafür, seine Arme um sich zu spüren, seine Stärke in sich aufzunehmen. Stattdessen hing sie hier im Griff dieses Verbrechers.

»Und was hättest du gemacht, wenn ich keine Weisheitszähne bekommen hätte?«

»Nun, dann hättest du eben irgendwo so starke Schmerzen bekommen, dass dringend eine Operation erforderlich gewesen wäre.«

Karen wurde eiskalt. Also konnte sie von Glück sagen, dass sie Probleme mit ihren Zähnen gehabt hatte, sonst wäre sie womöglich aufgeschnitten worden, obwohl ihr überhaupt nichts fehlte. Aber darüber durfte sie jetzt nicht nachdenken.

»Du glaubst doch nicht, dass die Codes euch noch etwas nützen werden? Die Regierung hat nach meinem Verschwinden garantiert alle wichtigen Zugangsdaten geändert.«

Paul zuckte mit den Schultern. »Das ist mir egal, ich habe mein Geld dafür bekommen. Jetzt werde ich nur noch zusehen, dass ich dich endlich loswerde. Dann mache ich eine lange Reise und vernasche dabei das eine oder andere junge und vor allem schlanke Ding.«

Dieser letzte Seitenhieb verfehlte sein Ziel völlig, da Karen wie gebannt beobachtete, wie der Anführer der Gruppe auf sie zukam.

»Ich muss mich jetzt mal in diese rührende Unterhaltung einmischen. Es stimmt schon, dass die Codes bereits geändert sind, aber wir haben mithilfe Ihrer Passwörter bereits seit langem Zugriff auf die Pläne. Wir brauchten sie nur noch auf CD-ROM zu kopieren und aus dem Pentagon zu schmuggeln.«

Karen blickte ihn ungläubig an. »Das glaube ich nicht. Niemand, der nicht an dem Projekt arbeitet, kommt überhaupt in die Nähe meines Labors.«

Der Mann grinste. »Genau. Deshalb war es ja auch so ungemein praktisch, dass meine kleine Freundin Gina die Stelle als ihre Assistentin bekommen hat. Für sie war es keine Schwierigkeit, die Daten aus Ihrem Computer zu ziehen und nach draußen zu bringen.« Er legte eine Kunstpause ein. »Und da wir nun ja alle Daten hatten, konnten wir uns Ihre schicke Waffe selbst bauen. Wir haben sie noch ein bisschen abgewandelt, sodass sie nicht nur zur Verteidigung, sondern auch zum Angriff verwendet werden kann.«

Leichenblass starrte Karen ihn an. »Oh, mein Gott.«

Ihr Flüstern löste bei ihm einen Lachanfall aus. »Ich glaube nicht, dass Gott etwas damit zu tun hat.« Er kratzte sich am Kopf. »Obwohl er wahrscheinlich eine Zeit lang ziemlich überlastet sein wird, wenn wir die Waffe zünden.«

»Sie wollen doch nicht wirklich Hunderttausende, wenn nicht Millionen Menschen umbringen!«

»Warum nicht? Lassen Sie sich einfach überraschen.« Er schlug sich vor die Stirn. »Ach, ich vergaß. Sie weilen dann ja leider nicht mehr unter uns. Zu schade, dann hätten Sie endlich einmal gesehen, wozu Ihre Entwürfe taugen.«

Karen schloss die Augen. Dieser Mann war wahnsinnig! Die ganze Bruderschaft des Lichts war irre. Sie mussten irgendetwas tun, um die Terroristen aufzuhalten. Nicht nur, um ihr Leben zu retten, sondern auch das unzähliger anderer.

Urplötzlich wurde sie schlaff. Der Mann, der sie hielt, hatte nicht damit gerechnet, daher rutschte sie durch seinen Arm hindurch zu Boden. Noch bevor er sich von seiner Verwirrung erholt hatte, trat Karen ihm mit aller

Kraft in die Weichteile. Ein hohes Quietschen drang aus seiner Kehle. Sie wartete nicht ab, um den durchschlagenden Effekt zu beobachten, sondern nahm sich gleich den eiskalten Anführer der Bande vor. Sie sprang ihn mit einer Wucht an, die ihn umwarf. Bevor sie die Situation jedoch ausnutzen konnte, hatte er sich von der Überraschung erholt und versetzte ihr einen Schlag gegen die Schläfe. Benommen blieb sie auf ihm liegen.

Unsanft befreite sich Packard von ihr und richtete sich auf. Er blickte auf seinen Mann, der sich immer noch am Boden wälzte. »Kein schlechter Versuch. Aber leider nicht besonders gut durchdacht. Ich habe noch weitere Männer in der Umgebung stationiert. Sie könnten also gar nicht entkommen, auch wenn Sie uns überwältigen sollten.«

Karen regte sich nicht.

Clint hatte sofort erkannt, was Karen bezweckte, und hätte ihr am liebsten zugerufen, es nicht zu tun. Selbst wenn sie ihren Wärter und den Anführer überwältigt hätte, waren da immer noch Paul Lombard und der vierte Mann. Auch er hatte eine Pistole, genau genommen sogar zwei, denn Clints Waffe hatte er auch eingesteckt. Besorgt sah er, dass Karen sich nach dem Schlag gegen die Schläfe nicht mehr rührte. Sein erster Impuls war, sofort zu ihr zu rennen und sicherzustellen, dass es ihr gut ging. Doch er konnte nichts tun, seine Fesseln hatte er noch nicht lösen können. Hoffentlich war sie nicht ernsthaft verletzt. Mit einem gezielten Schlag gegen die Schläfe konnte man einen Menschen töten, tatsächlich hatte er selbst ihn schon mehrfach angewendet. Verbissen versuchte er, mit seinen tauben Fingern den Gürtel so weit zu drehen, dass er an die Messerklinge kam. Ungünstigerweise war die Gürtelschnalle zu groß für die Schlaufen seiner Jeans, sodass er sämtliche Schlaufen mit der Schnalle abreißen musste. Sein Drang, Karens Angreifer zur Strecke zu bringen, war so groß, dass er verbissen weiter mit dem störrischen Stoff kämpfte. Die Angst, zu spät zu kommen, ließ Schweißperlen auf seine Stirn treten. Jetzt konnte er sich vorstellen, wie sein Bruder Shane sich gefühlt hatte, als Autumns gewalttätiger und verrückter Exfreund sie entführt hatte. Kein Wunder, dass er losgelaufen war und nicht auf Clint gewartet hatte. Und wie man gesehen hatte, war die Entscheidung ja auch richtig gewesen. Hätte er gewartet, bis Clint im Park ankam, wären sie höchstwahrscheinlich zu spät gekommen. Selbst so hatte der Bastard ihr noch schwere Schnittverletzungen zugefügt, bevor er gestorben war. Es war erstaunlich, wie gut die beiden die ganze Tortur überstanden hatten. Er wünschte sich für Karen und sich auch solch ein Happy End. Doch bisher sah es nicht so gut aus. Vor allem nicht, als sich Packard jetzt Karen ernsthaft zuwandte.

»Leuchte hierher, du Idiot, nicht auf deinen dämlichen Bruder! Er ist doch selbst schuld, wenn er sich so von einer Frau übertölpeln lässt.« Der Lichtstrahl erfasste Karen. Packard ging neben ihr in die Hocke und betrachtete sie. »Ah, Dr. Lombard, Sie wollen sich doch hier nicht einfach tot stellen, oder?« Brutal ohrfeigte er sie.

Das erweckte Karen aus ihrer Ohnmacht. Sofort ging sie in Abwehrstellung, die Arme vor dem Kopf gekreuzt und die Beine an die Brust gezogen.

»Wie nett, dass Sie noch bei uns sind. Wir wollen ja schließlich noch unseren Spaß haben, bevor Sie uns verlassen.«

Anscheinend fand er das sehr erheiternd, doch Karen konnte seine Freude nicht teilen. Ihr Kopf dröhnte. Wenn sie die Augen öffnete, drehte sich alles und ihr war übel. Wahrscheinlich hatte sie eine Gehirnerschütterung, überlegte sie. Sofort schob sie diesen Gedanken beiseite. Es war völlig egal, ob sie verletzt war, sie musste weiterkämpfen, sonst wären sie beide verloren. Sie konnte nicht erkennen, ob Clint noch im Gras lag, ihr Blick war einfach zu verschwommen. Aber diesen widerlichen Packard konnte sie neben sich sehen. Wie bereits zuvor ging sie in Angriffsstellung: Ihre Beine streckend, trat sie Packard mit aller Kraft gegen die Brust. Natürlich war sie momentan nicht stark genug, um wirklichen Schaden anzurichten. Dafür folgte die Strafe sofort. Diesmal landete seine Hand nicht im Gesicht, sondern auf ihrer Brust, dort, wo es besonders wehtat. Vor Schmerzen fast blind, krümmte sie sich wieder zusammen.

»Oh ja, sehr viel Spaß. Ich mag es, wenn Frauen Feuer haben. Macht die ganze Sache spannender, als wenn sie einfach nur wie ein toter Fisch daliegen.«

Paul Lombard wurde die ganze Angelegenheit langsam zu widerlich. »Können wir sie nicht jetzt einfach umlegen und dann aus diesem verdammten Wald heraus?«

Unter Packards eiskaltem Blick zuckte er zusammen.

»Nur Geduld, Paul, zu Ihnen kommen wir auch noch.«

Paul wusste nicht, ob er den Klang dieser Worte mochte. Am besten hielt er sich so weit wie möglich im Hintergrund und verschwand so schnell es ging. Das hatte er ja eigentlich auch vorgehabt, als er völlig unerwartet Stimmen gehört und sich schnell im Gebüsch verkrochen hatte, während Karen und dieser SEAL in geringer Entfernung vorbeischlichen. Nach kurzem Zögern, ob er sie einfach ignorieren oder Packard Bescheid geben sollte, siegte der Wunsch, Karen bald ein für alle Mal los zu sein. Jetzt fragte er sich, ob die Entscheidung richtig gewesen war. Noch nie hatte er Gewalttätigkeit gut vertragen, was ja auch ein Grund dafür war, dass er es der Bruderschaft überlassen hatte, seine Frau zu töten. Aber er hätte nie gedacht, dass so etwas dabei herauskam. Schwer schluckend beobachtete er, wie Packard Karen heftig kniff, nur um sie stöhnen zu hören. Widerlich. Nach der Beule in Packards Hose zu urteilen, die man im grellen Licht der Taschenlampe gut erkennen konnte, erregte ihn das Ganze sogar. Angewidert zog sich Paul Lombard an den Rand der Lichtung zurück.

Währenddessen hatte Clint seinen Gürtel so weit gedreht, dass seine Fingerspitzen den Griff oder vielleicht auch die Schneide des Messers berührten. Genau konnte er das nicht sagen, denn er hatte schon lange kein Gefühl mehr in seinen Händen. Einen Teil seiner Aufmerksamkeit auf seine Aufgabe gerichtet, beobachtete er, wie Karen den Mann erneut angriff. Er bewunderte ihren Mut und ihren Kampfeswillen, aber die Gefahr, die sie dabei einging, ließ ihn ein Stoßgebet zum Himmel schicken. Verdammt, warum ging das auch nicht schneller mit den Fesseln! Machtlos musste er zusehen, wie Packard Karen schlug und kniff, während er ihr gleichzeitig erzählte, was er alles mit ihr machen würde. Clints Blut begann zu kochen, seine Finger zitterten. Seine Frau war in Gefahr! Sämtliche animalischen Instinkte in ihm drängten ihn dazu, sie zu beschützen, gegen jeden Gegner zu verteidigen. Ein dumpfes, lautloses Grollen entstieg seiner Kehle. Hätte er jetzt das Maschinengewehr in der Hand gehabt, er hätte ohne zu zögern alle dort, wo sie standen, niedergemäht. Jeglicher Rest von Zivilisation fiel von ihm ab, als er sich zu dem wandelte, was schon sein Name sagte: Jäger.

Karen versuchte sich, so gut es ging, gegen die grabschenden Hände zu wehren. Sie war zu sehr geschwächt, um noch viel Gegenwehr zu leisten. Sie rollte sich zusammen, doch Packard drückte ein Knie in ihren Unterleib und hielt mit einer Hand ihre Schulter auf dem Boden.

Mit seiner freien Hand griff er ihre Brust und drückte zu. Karen strampelte, konnte ihn aber nicht abschütteln. Gerade noch rechtzeitig rettete er seinen Intimbereich vor einem Ellbogenstoß. Zur Strafe kniff er in ihre Brustwarze. Karens Schmerzensschrei besänftigte ihn ein wenig. »Anscheinend willst du es auf die harte Tour. Das ist mir auch recht. Chuck, Pete, haltet sie fest.«

»Nein!« Karen setzte sich mit allem, was sie hatte, zur Wehr, aber es reichte nicht. Innerhalb von Sekunden hatten die beiden Riesen sie auf den Boden gepresst, ihre

Arme und Beine gespreizt. Das Einzige, was sie noch bewegen konnte, war ihr Kopf.

»Das ist jetzt wirklich genug!«

Sie hätte nie gedacht, dass sie noch einmal froh sein würde, Pauls Stimme zu hören. Tränen traten in ihre Augen. Ängstlich beobachtete sie, wie Packard sich langsam von ihr löste und aufstand.

»Sie haben Recht, Paul, mehr als genug.« Bedächtig zog er eine Pistole aus seiner Jackentasche und richtete sie auf Karen. Sie hätte sich jetzt nicht rühren können, selbst wenn sie nicht von den beiden Brüdern festgehalten worden wäre. Nach einem letzten Blick auf Clints Umrisse im Dunkeln schloss Karen die Augen. Sie wollte im Moment ihres Todes lieber etwas Angenehmes vor Augen haben, also stellte sie sich Clint vor, wie er sie anlächelte, seinen intensiven Blick, als sie sich geliebt hatten.

Sie zuckte zusammen, als der Schuss ertönte.

XXXIX

Matt brachte fluchend sein Pferd zum Stehen. Das war eindeutig ein Schuss gewesen. An Shannons weit aufgerissenen Augen konnte er erkennen, dass sie der gleichen Meinung war.

»Ich vermute, es ist nicht gerade Jagdsaison, oder?«

Stumm schüttelte Shannon den Kopf. Mein Gott, was war, wenn gerade in diesem Moment Clint ermordet worden war? Ein eisiger Schauer lief über ihr Rückgrat. Das konnte nicht sein!

Matt stieg ab und reichte Shannon seine Zügel. »Warte hier auf mich. Der Schuss war ganz in der Nähe, und ich möchte mich ein wenig umsehen.«

Widerwillig nahm Shannon die Zügel. »Aber das ist doch viel zu gefährlich! Du könntest erschossen werden!«

Matts Zähne blitzten im Mondlicht auf. »Ich weiß, was ich tue, vertrau mir.« Mit einer Hand drückte er ihren Schenkel. »Warte hier, und wenn ich in einer halben Stunde nicht zurück bin, dann benutz mein Handy und hol Hilfe.« Er zog es hinten aus der Gürteltasche und reichte es ihr.

»Aber …«

Doch Matt war bereits in der sie umgebenden Dunkelheit verschwunden.

»Sei vorsichtig.« Ihr Flüstern hörte nur noch sie selbst.

Matt schätzte, dass er einige Hundert Meter von der Stelle entfernt war, an der der Schuss abgefeuert worden war. Trotzdem hatte er eine ganz gute Vorstellung von der Richtung, aus der er gekommen war. In der Ferne sah er zwischen den Bäumen einen Lichtstrahl aufblitzen. Durch das ständige Training war er in ausgezeichneter Verfassung und bewältigte die Strecke in weniger als einer Minute. Seine Pistole im Anschlag, tauchte er lautlos in den Wald ein.

Clint war vor Schreck das Herz stehen geblieben und es hämmerte jetzt wieder los. Karen lebte noch! Dafür hatte Paul Lombard ein sauberes rundes Loch zwischen den Augen. Weit aufgerissen und blicklos starrten sie in den dunklen Nachthimmel. Seine Arme und Beine weit von sich gestreckt, lag er nur wenige Zentimeter von Karen entfernt. Durch die Nähe war sie über und über mit Blut bespritzt, das hinten aus seinem Kopf zusammen mit der Kugel ausgetreten war. Doch davon schien sie noch nichts bemerkt zu haben. Ihre Augen blieben weiterhin geschlossen, und Clint fragte sich, ob sie gnädigerweise in Ohnmacht gefallen war.

Dem war aber nicht so. Mit fest zusammengepressten Lidern führte Karen eine Bestandsaufnahme an ihrem Körper durch. Aber sie spürte keinen reißenden Schmerz, und einen Moment lang fragte sie sich, ob sie bereits tot war. Doch sie fühlte noch ihre schmerzenden Arme und Beine, wo sie von den Verbrechern festgehalten wurde. Außerdem spürte sie die kalte Nachtluft auf ihrem Körper. Langsam öffnete sie die Augen. Packard stand weiterhin mit der Pistole in der Hand vor ihr, aber sie war nicht mehr auf ihren Körper gerichtet, sondern zeigte zu Boden. Er sah sie auch nicht an, sondern blickte auf etwas neben ihr. Sie wandte den Kopf und blickte direkt auf Paul. Was tat er dort auf dem Boden? Dann bemerkte sie die dünne Blutspur, die aus einer Stirnwunde floss. Karen stieß einen erstickten Schrei aus und wandte den Kopf ab.

Packard fand das sehr erheiternd. »Eine Waffenexpertin, die keine Toten sehen mag. Wie überaus passend.« Er steckte die Waffe wieder ein. »Nun, nachdem wir diese kleine Angelegenheit erledigt haben, können wir uns ja wieder dem angenehmen Teil zuwenden.« Seine hellen Augen fuhren über Karens blutigen Körper. »Sehr interessant, ich habe es noch nie mit jemandem getrieben, der mit Blut bespritzt war. Ich merke schon, ich habe etwas verpasst in meinem Leben. Aber das kann ich ja jetzt nachholen.«

Entsetzt blickte Karen an sich herunter. Als sie das Blut auf sich sah, würgte sie. Hätte sie etwas im Magen gehabt, es wäre direkt auf den Schuhen von Packard gelandet.

Doch er lachte nur. »Empfindlich auch noch. Aber keine Angst, das vergeht, wenn ich erst mal richtig anfange.«

Karen wandte den Kopf ab. Sie war furchtbar wütend auf Paul gewesen, auf das, was er ihr angetan hatte. Aber sie hatte nicht seinen Tod gewollt. Niemand hatte es verdient, so zu sterben. Das einzig Positive, was sie an der Situation erkennen konnte, war, dass Clint noch am Leben war. Sie fühlte seinen Blick auf sich, auch wenn sie ihn in der Dunkelheit nicht richtig sehen konnte. Sie sah etwas aufblitzen, aber nur für einen kurzen Moment. Wahrscheinlich war es nur eine Täuschung gewesen. Weiter konnte sie nicht darüber nachgrübeln, denn im nächsten Moment nahm Packard ihr gesamtes Denken ein. Er kniete sich vor sie und blickte grinsend auf sie hinunter.

Die Finger seiner freien Hand umspielten ihre Brüste, kneteten sie, bis Karen ein Wimmern ausstieß. »Ja, das gefällt dir, nicht wahr?« Seine Hand bewegte sich nach unten. »Mal sehen, wie es dir gefällt, wenn ich ganz tief in dich eindringe …«

Karen glaubte nicht, es ertragen zu können, wenn er wirklich irgendeinen Teil von sich in sie hineinstecken sollte. Kurz vor einer alles verzehrenden Panikattacke, blickte sie zu Clint. Doch da war niemand mehr. Karen riss die Augen auf. Wo war er? Hektisch blickte sie um sich, konnte ihn aber nirgends entdecken. Er würde sie doch sicher nicht in dieser Situation alleine lassen … Oder doch? Entschieden unterdrückte sie ihre Zweifel. Jetzt wäre ein guter Zeitpunkt für eine Rettung, Clint!

Als hätte er sie gehört, erschien Clint in genau diesem Moment neben Packard und versetzte ihm einen Nackenschlag, der sein Genick brach und ihn von ihr herunter durch die Luft katapultierte. Bevor die beiden Helfer reagieren konnten, hatte er auch sie kaltgemacht. Mit dumpfen Lauten fielen sie auf sie. Hektisch versuchte Karen sich zu befreien, doch da stand Clint auch schon über ihr und hievte die schweren Körper von ihr herunter. Ohne einen weiteren Blick auf sie zu verschwenden, hockte er sich neben Karen und zog sie in seine Arme. Erst hielt sie sich steif, doch dann sank sie in seine wärmende Umarmung. Harte Schluchzer drangen aus ihrer Kehle, während sie sich an ihn klammerte, als wäre er ihr einziger Halt in dieser Welt.

Clint strich beruhigend über ihre Haare. »Es tut mir so Leid.«

Immer heftiger weinte sie, ihre Finger krallten sich in sein Hemd.

»Schsch. Jetzt ist alles wieder gut. Keiner wird dir etwas tun. Du bist in Sicherheit.«

Sein beruhigendes Gemurmel schien langsam zu ihr durchzudringen. Etwas ruhiger ließ sie den Kopf auf seine Brust sinken, während stille Tränen über ihre Wangen liefen.

»Es tut mir Leid.«

Karen hörte das jetzt schon zum zweiten Mal. Sie blickte mit tränenfeuchten Augen zu ihm auf. »Was tut dir Leid? Du hast mich doch gerettet!«

In Clints Gesicht hatten sich tiefe Linien eingegraben, sein Mund war eine schmale Linie. »Ja, aber zu spät. Du hättest nichts von dem durchmachen müssen, wenn ich etwas schneller gewesen wäre.«

Karen erschauderte. »Erinnere mich nicht daran.« Sie spürte, wie Clint zusammenzuckte. »Ich habe gesehen, wie sie dich verschnürt haben. Es ist ein Wunder, dass du da überhaupt rechtzeitig herausgekommen bist.«

Dankbar drückte Clint sie an sich. »Ich bin ja auch froh dafür, aber ich hätte vorher besser darauf achten müssen, dass uns niemand bemerkt ...«

Karen unterbrach ihn. »Du wirst jetzt aber nicht wieder mit Schuldgefühlen anfangen, oder? Wenn es danach geht, habe ich auch einiges beizutragen. Ich hätte dich gar nicht erst kontaktieren und damit in Gefahr bringen dürfen.« Sie schluckte. »Ich hätte es mir nie verziehen, wenn dir etwas passiert wäre.« Ein Schauder durchlief sie.

Clints tiefe Stimme vibrierte durch ihren Körper. »Es ist ja nichts passiert. Wir sind in Sicherheit.«

Karens Kopf ruckte hoch. »Woher weißt du das? Packard hat doch etwas von weiteren Männern gesagt.« Wild blickte sie um sich.

Anstatt ihr zu antworten, stieß Clint einen leisen Pfiff aus. Sofort trat eine dunkle Gestalt aus dem Gebüsch hervor. Karen zuckte zusammen. Hektisch den Kopf hin und her drehend, suchte sie einen Ausweg.

Clint fluchte, als er ihre Panik bemerkte. »Es ist alles in Ordnung. Das ist nur Matt.«

Karen blickte ihn erstaunt an. »Matt? Wie kommt denn Matt hierher?«

»Das ist eine lange Geschichte, die ich euch gerne erzählen werde, aber vielleicht sollten wir langsam zusehen, dass wir verschwinden, falls noch mehr von den Typen in der Gegend sind.«

Matts tiefe Stimme ließ Karen erneut aufschluchzen. Ratlos sahen sich die beiden Freunde an. Clint schob sie vorsichtig von sich und schlüpfte aus seinem Baumwollhemd. Fürsorglich schob er ihre Arme hinein und knöpfte es dann von oben bis unten zu, damit sie wenigstens nicht mehr ihre blutverschmierte Kleidung sehen musste.

Karen blickte zu Boden. Es war wirklich erstaunlich, die gesamte Tortur hindurch hatte sie die Schuhe anbehalten. Schnell schlug sie sich die Hand vor den Mund, um nicht in hysterisches Gekicher auszubrechen. Ihre Augen füllten sich wieder mit Tränen. Verdammt, sie hasste es zu weinen. Und vor allem gab es eigentlich überhaupt keinen Grund mehr dafür, sie waren frei, und sie waren mehr oder weniger gesund. In wenigen Stunden bereits konnten sie auf der Ranch sein und ...

Ein lautes Knacken ließ alle drei herumfahren. Clint und Matt gingen mit fast identischen Bewegungen sofort in Abwehrstellung, direkt zwischen Karen und der potenziellen Gefahr. Der Gedanke, dass sie beide bereit waren, ihr Leben zu geben, um sie zu schützen, wärmte sie, auch wenn sie sich sofort wieder Sorgen um sie machte. Krachend kam ein riesiger Körper durch das Unterholz, direkt auf Clint zu.

Dieser trat nicht etwa zur Seite, sondern grinste von einem Ohr zum anderen. »Devil, du alter Teufel, was machst du denn hier?«

Bevor Matt zu einer Erklärung ansetzen konnte, kam schon Shannon auf die Lichtung gestürmt. »Tut mir Leid, ich konnte ihn einfach nicht mehr halten. Er hat Morning Glory und mich einfach mitgezogen. Ich konnte nur noch die Leine kappen.« Schwer atmend blickte sie sich um. »Clint!« Ihr Schrei hätte Tote geweckt. Sie rannte auf ihn zu und warf ihre Arme um ihn.

Clint, der nicht damit gerechnet hatte, stolperte einen Schritt zurück, bevor er sich fing.

Shannon gab ihm einen schmatzenden Kuss auf die Wange und hielt ihn dann auf Armeslänge von sich. »Geht es dir gut?«

»Ja, natürlich.«

Sein Gesichtsausdruck sagte wohl etwas anderes, denn sie hakte nach. »Wirklich? Und wo ist Karen?« Sie sah sich suchend um und entdeckte sie.

»Ah, da bist du ja.« Dann bemerkte sie das Blut in ihrem Gesicht und auf dem Hemd. »Oh mein Gott, bist du verletzt?«

Bevor Karen antworten konnte, schaltete sich Matt ein. »Nein, das Blut ist von dem da.« Er zeigte auf die Stelle, wo Paul lag.

Shannon schlug sich eine Hand vor den Mund. »Ist er tot?«

Matt zuckte die Schultern. »Scheint so.«

Shannon blickte sich genauer um. Bei dem Anblick der anderen Körper zuckte sie zusammen. »Und was ist mit den anderen Männern?«

Matt ging zu ihnen: Die beiden Männer, die Karen am Boden gehalten hatten, waren noch am Leben, würden aber in nächster Zeit nicht aufwachen. Packard dagegen war tot.

»Dieser hat bekommen, was er verdient hat. Die anderen beiden leben noch. Ein schöner Schlag übrigens.« Er wandte sich an Clint. »Ich hoffe, du hast noch genug von dem Seil übrig gelassen, im Gebüsch liegen auch noch ein paar Leute.«

Clint zog die Augenbrauen hoch. »Hört sich an, als wärst du fleißig gewesen.«

Matt grinste. »Na ja, ich musste doch sicherstellen, dass dir niemand in den Rücken fällt.«

»Danke.«

Matt nickte. »Kein Problem. Dann werde ich jetzt erst mal Cranton anrufen und dann die Typen aus den Büschen holen.«

Shannon reichte ihm wortlos sein Mobiltelefon. Das Gespräch war kurz und unangenehm. Nachdem Matt die genauen Koordinaten von seiner GPS-Uhr abgelesen und übermittelt hatte, beendete er das Telefonat.

»Soll ich dir helfen?«

Matt blickte Shannon kurz an.

»Nein, lass mal, das schaffe ich schon. Vielleicht kümmerst du dich um Karen, während Clint die Kerle fesselt?« Damit verschwand er im Unterholz.

Die beiden Frauen blickten sich an.

»Sind wir jetzt plötzlich nutzlos geworden?« Shannons Stimme war ungläubig.

»Scheint so.« Karen ließ sich vorsichtig wieder auf dem Boden nieder. »Aber in diesem Fall bin ich sogar ganz dankbar, dass ich einfach nur hier sitzen kann.«

Shannon blickte sie mitfühlend an. »Kann ich dir irgendwie helfen?«

Karen schüttelte den Kopf. »Nein, danke. Ich brauche nur ein bisschen Ruhe, dann geht es schon wieder.«

Shannon betrachtete nachdenklich Karens Gesicht. »Warte hier, ich bin gleich wieder zurück.«

Kurze Zeit später kam sie mit einer Wasserflasche und einem kleinen Lappen zurück. »Ich vermute mal, du möchtest das Zeug auf deinem Gesicht gerne loswerden.«

Karen schauderte. »Auf jeden Fall! Vielen Dank.« Sie schrubbte sich, bis ihre Haut brannte. »Habe ich alles erwischt?«

»Ja. Wer war der Typ eigentlich?«

Karen schluckte schwer. »Mein Ehemann.«

Shannon blickte sie mit offenem Mund an. Geräuschvoll schloss sie ihn. »Dein Mann?«, fragte Shannon ungläubig.

Karen nickte: »Ja.«

»Das tut mir Leid. Hat er versucht, dich zu retten?«

Karen lachte bitter. »Nein, er wollte lediglich, dass ich sofort getötet werde und die ganzen Männer nicht noch ihren Spaß mit mir hatten.«

»O Gott! Haben sie …?«

Karen schüttelte den Kopf. »Nein, aber es war knapp. Zum Glück konnte sich Clint doch noch befreien und mir helfen. Und Matt war dann ja auch sofort da.«

Shannon beobachtete mit gerunzelter Stirn, wie Matt einen Klotz von einem Mann mit Leichtigkeit über der Schulter aus dem Gebüsch trug und unsanft auf die Lichtung fallen ließ.

»Ja, als wir den Schuss hörten, ist er sofort losgerannt. Völlig unvernünftig, der Kerl, sich einfach so in Gefahr zu begeben!«

Karen blickte sie merkwürdig an, sagte aber nichts dazu.

XL

Etwa eine halbe Stunde später näherte sich der Lichtung ein Hubschrauber. Ein starker Suchscheinwerfer erleuchtete die Nacht. Langsam glitt er über die Menschengruppe, bevor der Helikopter zur offenen Wiese hin abschwenkte. Die Motoren dröhnten noch einmal auf, während er langsam zu Boden sank. Noch bevor die Rotorblätter zum Stillstand gekommen waren, sprang ein Trupp dunkel gekleideter Personen heraus und lief geduckt auf den Wald zu. Auf ihren schwarzen Westen war der Schriftzug »FBI« deutlich sichtbar.

»Die Kavallerie ist da.« Matts trockene Bemerkung war überflüssig, denn schließlich standen die anderen drei direkt neben ihm. Clint ließ widerstrebend Karens Hand los, die er die ganze Zeit gehalten hatte, nachdem sie mit dem Fesseln der Männer fertig geworden waren.

»Dann werde ich mal mit ihnen reden. Ich hoffe, wir können dann bald von hier verschwinden.« Er entfernte sich raschen Schrittes.

»Gut, dann lasst uns mal alles zusammenpacken. Hattet ihr noch irgendetwas bei euch?«

Karen nickte. »Ja, einen Rucksack. Sie haben ihn Clint, bevor sie ihn fesselten, zusammen mit seiner Pistole und der Handgranate abgenommen. Er müsste irgendwo hier in der Nähe sein. Wo die Waffen sind, weiß ich nicht.«

Wenig später fanden sie den Rucksack unter einem Busch. Matt schlang ihn sich über die Schulter und blickte Karen an. »Noch etwas?«

»Nein.«

Matt fühlte sich unbehaglich. Karen hatte Schlimmes durchgemacht, und er sollte ihr eigentlich seinen Beistand anbieten, aber er wusste nicht wie. Wahrscheinlich würde sie sich in der Gegenwart einer Frau auch viel wohler fühlen. Shannon kümmerte sich jedoch um die Pferde, die durch den Lärm und die vielen Menschen unruhig waren.

»Wie geht es Ihnen?«

Karen blickte ihn mit ihren großen braunen Augen an. »Ganz gut, denke ich.« Mit zitternden Fingern strich sie eine Haarsträhne zurück. »Körperlich bin ich bis auf ein paar blaue Flecken und kaputte Füße gesund. Allerdings wird es wohl noch eine ganze Weile dauern, bis ich die Geschehnisse verarbeitet habe.«

Matt drückte mitfühlend ihre Hand. »Das kann ich mir vorstellen. Es tut mir Leid, dass ich Ihnen nicht eher helfen konnte.«

Karen schüttelte bereits den Kopf. »So ein Unsinn, Sie sind genau zum richtigen Zeitpunkt gekommen. Woher wusste Clint eigentlich, dass Sie da waren?«

»Ich habe ihm ein Zeichen gegeben, nachdem ich die Männer außer Gefecht gesetzt hatte. So wusste er, dass er eingreifen konnte, ohne befürchten zu müssen, von hinten angegriffen zu werden.«

»Sehen Sie, Sie waren genau pünktlich dort. Etwas früher und Sie wären auf mehr und vor allem wachsamere Männer getroffen. Was hätten Sie alleine gegen so viele ausrichten können?«

Matt grinste sie schief an. »Nun, ich denke, das hätte ich schon hinbekommen.«

Karen lächelte schwach. »Stimmt, beinahe hätte ich vergessen, wer oder besser was Sie sind.« Sie blickte sich um. »Weiß Shannon es inzwischen?«

Zu ihrer Überraschung verdüsterte sich seine Miene.

»Ich habe ihr gesagt, dass ich ein SEAL bin, aber sie glaubt mir nicht.« Zu seinem Schuldgefühl gesellte sich

Verletztheit. »Sie hält mich für einen Betrüger, der sich für einen SEAL ausgibt.«

Erstaunt musterte sie ihn. »Aber warum sollte sie das tun?«

Matt wurde rot. »Nun, ich habe meine Tarnung wohl etwas zu lange beibehalten, da kann ich es ihr nicht verdenken, dass sie mir nicht mehr glaubt.«

»Soll ich mal mit ihr reden?«

Matt überlegte kurz und schüttelte dann den Kopf. »Nein. Ich denke, es ist besser, wenn wir die ganze Angelegenheit ruhen lassen. Morgen werde ich vermutlich sowieso wieder abreisen.« Sein Herz zog sich jetzt schon schmerzhaft bei dem Gedanken zusammen, Shannon danach nie wiederzusehen, keine E-Mails mehr mit ihr auszutauschen. Wie eine öde Wüste streckte sich sein Privatleben vor ihm aus. Der Vorteil allerdings war, dass er sich so auch weiterhin hundertprozentig auf seinen Job konzentrieren konnte. Doch plötzlich war ihm das nicht mehr genug, er wollte mehr in seinem Leben. Den Kopf schüttelnd, schob er den Gedanken beiseite. Sein Lächeln war traurig, als er Karen wieder anblickte.

Karen konnte seinen Kummer gut nachvollziehen, sie machte gerade die gleiche Erfahrung durch. Nicht mehr lange und sie musste sich von Clint trennen.

Abrupt schüttelte sie die drohende Melancholie ab. Sie legte ihre Arme um Matt und zog ihn kurz an sich. »Vielen Dank für alles. Es war wirklich schön, Sie wiederzusehen, auch wenn die Umstände genauso unerfreulich waren wie beim letzten Mal.«

Matts Lächeln wurde wieder fröhlicher. »Ich habe mich auch gefreut.« Er küsste ihre Wange und trat einen Schritt zurück. »Sie sind wirklich eine tolle Frau.«

Karen lächelte errötend. »Danke. Und Sie sind ein toller Mann und ein sehr guter Freund. Shannon wird das sicher auch erkennen.«

Matts Lächeln verschwand. Wenn es doch so wäre! So

aber nickte er nur und machte sich dann auf den Weg zu Clint und Agent Cranton.

Shannon hatte das Gespräch beobachtet und fühlte nun eine gewisse Eifersucht und Irritation in sich aufkommen. Worüber hatten die beiden geredet? Und wieso umarmte Karen einen wildfremden Mann? Okay, wahrscheinlich war alles ganz harmlos und sie hatte sich nur bedankt oder verabschiedet oder etwas Ähnliches. Aber es zeigte ihr ganz deutlich, dass sie erstens Matt immer noch als »ihren« Matt betrachtete und zweitens Matt wirklich ein sehr netter Mensch war. Seufzend strich sie Flower über die bebende Flanke. Wenn er sie bloß nicht angelogen hätte! Sehnsüchtig blickte sie Matts kraftvoller Gestalt nach, als er sich einen Weg durch die Agenten bahnte. Die Selbstsicherheit, mit der er das tat, ließ sie wieder darüber grübeln, ob er nun ein Versicherungsvertreter oder etwas anderes war. Was, wenn er wirklich ein SEAL war? Sie hatte ihn schon sehr gemocht, als sie dachte, er sei ein Vertreter. Aber ein Mitglied der Eliteeinheit der Navy war ein Mensch, den man für seine Aufgabe und die Opfer, die er brachte, respektieren musste. Und gleichzeitig überkam sie wieder die gleiche Angst, die sie verspürt hatte, als sie dachte, Marc wäre auf einer Mission und könnte verletzt oder gar getötet werden. Nein, es war eindeutig besser, sich so weit wie möglich von Matt fern zu halten, bevor er ihr so wichtig war, dass sie alles andere vergaß. Ruckartig drehte sie sich um und kümmerte sich konzentriert um die Pferde.

Matt warf einen Blick auf Shannons steifen Rücken, während er neben Clint stand und seinen Erklärungen lauschte. Karen und Clint hatten eine wahre Odyssee erlebt, während er sich mit Shannon vergnügt hatte.

Jetzt bekam er anscheinend die Strafe dafür, indem Shannon ihn so gut es ging ignorierte. Er hatte es wohl verdient.

»Warum haben Sie sich denn nicht zu erkennen gegeben, als wir mit dem Hubschrauber die Gegend abgeflogen sind?«

Clint verzog den Mund. »Woher sollten wir wissen, dass Sie das waren? Es stand schließlich nicht drauf.«

Cranton räusperte sich. »Nun ja. Das Büro in Bozeman war nicht mit einem eigenen Hubschrauber ausgestattet, deshalb mussten wir einen mieten.« Er deutete auf den Lichtstrahl, der durch die Bäume drang. »Dieser hier wurde erst heute Abend eingeflogen.«

»Wenn das jetzt alles war, können wir dann aufbrechen? Ich muss auf die Ranch zurück.«

Cranton blickte ihn ungläubig an. »Auf die Ranch? Das geht nicht, erst müssen Sie und Dr. Lombard mit nach Bozeman kommen, damit wir Ihre Aussagen aufnehmen können.«

Clint trat dicht an Cranton heran. Seine Stimme hatte er drohend gesenkt. »Nun hören Sie mir einmal gut zu. Ich muss gar nichts tun, genauso wenig wie Karen Lombard. Falls Sie es noch nicht bemerkt haben sollten: wir waren hier die Opfer, nicht die Täter. Karen ist verletzt und hat in den letzten Tagen Traumatisches erlebt. Sie braucht Pflege und Ruhe, keine stundenlangen Verhöre. Verstanden?«

Der sonst so arrogante Agent räusperte sich erneut und trat unsicher einen Schritt zurück. »Ja, ja, natürlich. Aber der Präsident ...«

Matt unterbrach ihn. »Der Präsident, übrigens auch mein Vorgesetzter, hat sicher nichts dagegen, wenn die Verhöre um ein oder zwei Tage verschoben werden.« Er deutete auf Karen. »Schauen Sie sich die Frau gut an, Cranton, sie ist völlig am Ende ihrer Kräfte. Ich weiß ja nicht, ob Sie verheiratet sind, aber was würden Sie machen, wenn Ihre Frau von einer Klippe gedrängt worden wäre, tagelang durch einen Wald gejagt, dann geschlagen, gedemütigt und fast vergewaltigt worden wäre?«

Cranton errötete. Er blickte Clint an. »In Ordnung. Wir fliegen Sie und Dr. Lombard nach West Yellowstone ins Krankenhaus und danach können Sie zur Ranch fahren. Aber spätestens morgen brauche ich dann unbedingt eine Aussage von Mrs Lombard.«

Clint nickte knapp und drehte sich ohne ein Wort um. Sich einen Weg durch die Agenten bahnend, hatte er nur noch Augen für Karen.

Ganz alleine stand sie auf der Lichtung, die Arme zum Schutz um sich geschlungen, die Augen blicklos. In Rekordzeit war er bei ihr und zog sie an sich. Ihr Körper passte sich ganz natürlich dem seinen an, mit einem tiefen Seufzer legte sie ihren Kopf an seine Brust und schloss ihre brennenden Augen.

»Wir fliegen gleich mit dem Hubschrauber nach West Yellowstone in die Klinik, und nach einem kurzen Check fahren wir nach Hause.« Clints tiefe, raue Stimme vibrierte in seiner Brust.

Ein herrliches Gefühl. Trotzdem schlug Karen die Augen auf, als die Bedeutung seiner Worte bei ihr ankam. »Nach Hause?«

Clint strich ihre zerzausten und dreckigen Haare aus ihrer Stirn. »Zur Ranch. Dort werden wir dich in ein sauberes, weiches Bett stecken und dann kannst du so lange schlafen, wie du möchtest.«

Das klang herrlich. Sicher gab es irgendwo einen Haken. »Was ist mit Cranton?«

Clints Miene verhärtete sich. »Der wird warten, bis du so weit bist.«

Ein leichtes Lächeln umspielte Karens Mund. In Clints Gegenwart kam sie sich immer so umsorgt und beschützt vor. So geliebt. »Das klingt gut. Danke, Clint.«

Clint beugte sich hinunter und küsste sie sanft auf den Mund. »Komm jetzt, je schneller wir hier wegkommen, desto eher sind wir im Bett.« Karens erschrockenen Blick richtig deutend, stellte er klar: »In getrennten Betten. Du brauchst keine Angst zu haben.«

Karen legte ihre Hand auf seine Wange. »Ich habe keine Angst, es ist nur …« Sie schluckte. »Ich weiß nicht, ob ich jetzt schon bereit bin …«

Clint unterbrach sie. »Das hatte ich auch nicht angenommen.« Er küsste ihre Handfläche. »Ich werde auf dich warten.« Als sie etwas sagen wollte, hielt er seine Finger vor ihren Mund. »Jetzt nicht. Wir haben später noch genug Zeit für uns. Der Hubschrauber wartet.«

Widerspruchslos ließ Karen sich zum Helikopter ziehen. Dort ließ sie sich neben Clint auf eine Bank sinken, hielt seine Hand ganz fest in ihrer und schloss die Augen. Sie war bereits eingeschlafen, noch bevor sich der Hubschrauber vollständig in die Luft erhoben hatte. Liebevoll blickte Clint auf ihr geschundenes Gesicht nieder. Dafür, dass sie so viel durchgemacht hatte, hielt sie sich wirklich erstaunlich gut. Und ab jetzt würde er dafür sorgen, dass sie immer in Sicherheit war – bei ihm.

Matt und Shannon kehrten mit den Pferden zur Ranch zurück. Diesmal allerdings auf dem befestigten Weg, der genau zur Straße führte. Sie brauchten dabei auch keine Angst zu haben, erneut auf Mitglieder der Bruderschaft zu stoßen, denn das FBI hatte Straßensperren errichtet und kontrollierte jedes Auto. Außerdem warteten auf der Straße zwei Pferdeanhänger von der Ranch auf sie, die sie und die Pferde sicher und vor allem schnell zur Ranch transportierten. Shannon saß stumm neben Matt im Truck, ihr Gesicht dem Fenster zugewandt, ihre Hände im Schoß gefaltet. Sie spürte immer wieder Matts Blick auf sich, reagierte aber nicht darauf. Ihre

Gedanken und Gefühle waren völlig durcheinander. Sie musste erst mit sich selbst ins Reine kommen, bevor sie sich wieder mit ihm auseinander setzen konnte. Matt schien ihre Entscheidung zu verstehen und respektieren, denn er sprach sie nicht an, bis sie auf der Ranch ankamen.

Obwohl es mitten in der Nacht war, wimmelte es vor dem Haus nur so von Menschen, als sie schließlich in der Auffahrt anhielten. Im Nu war der Wagen umringt. Shannon traten Tränen in die Augen, als sie erkannte, dass ihre ganzen Geschwister aus allen Ecken der USA angereist waren. Bevor der Motor verstummt war, wurden bereits die Türen des Trucks aufgerissen.

»Shannon!« Ihr Bruder Jay, Detective in San Francisco, hob sie aus dem Wagen und wirbelte sie herum.

Mit einem atemlosen Lachen bat sie ihn, sie wieder abzusetzen.

Er zog sie in seine Arme und küsste sie auf die Stirn. Dann schob er sie von sich. »Was machst du bloß für Sachen? Als Dad erzählte, du wärest losgeritten, um Clint zu suchen …«, er warf einen düsteren Blick auf Matt, der ebenfalls ausgestiegen war, »… noch dazu mit einem Fremden, ist mir das Herz stehen geblieben. Was hast du dir dabei gedacht? Du bist Schriftstellerin und nicht Wonder Woman, um Himmels willen.«

Shannon lächelte schwach. »Es ist auch schön, dich wiederzusehen, Jay.« Das besänftigte ihn etwas. »Übrigens hat dieser Fremde da Clint und Karen aus einer sehr brenzligen Situation befreit, also wäre ein wenig Dankbarkeit wohl angebracht.« Sie blickte dabei nicht zu Matt hin.

Diesem war allerdings die Aufmerksamkeit, die sie auf ihn gelenkt hatte, sehr unangenehm. »Das hätte Clint auch alleine geschafft, ich bin ihm nur etwas zur Hand gegangen.«

Neugierig blickten ihn die verschiedenen Mitglieder der Familie Hunter an, ein Zustand, den er nicht besonders schätzte. Am liebsten wäre er einfach verschwunden, hätte sich im Schütze der Nacht davongeschlichen.

Doch das ging nicht, denn in diesem Moment ergriff ein kleines Energiebündel von einer Frau seine beiden Hände. »Wenn das so ist, sollten wir uns wohl ordentlich dafür bedanken.« Sie stellte sich auf die Zehenspitzen, umfasste seinen Kopf und zog ihn herunter, sodass sie ihm einen Kuss auf den Mund drücken konnte. »Vielen Dank, dass Sie meinem Bruder geholfen haben.«

George Hunter mischte sich ein, während Matt noch mit weiten Augen von der Frau zu Shannon blickte. »Das reicht, Chloe. Lasst die beiden doch erst einmal zu Atem kommen.« Er wandte sich an Matt. »Entschuldigen Sie das Benehmen meiner Tochter, sie hatte schon immer ein wenig mehr Energie, als gut für sie war.«

Matt räusperte sich. »Kein Problem.«

George ergriff seine Hand. »Ich denke, ich spreche im Namen meiner gesamten Familie, wenn ich Ihnen für Ihre Hilfe danke.«

Alle Umstehenden stimmten zu.

»Danke.«

George nickte. Weil er sich noch gut daran erinnerte, wie er sich gefühlt hatte, wenn er von einer Mission gekommen war, gab er Matt die Möglichkeit, sich zurückzuziehen. »Möchtet ihr etwas essen?«

Während Shannon nickte, lehnte Matt ab. »Danke, aber ich wollte mich erst etwas frisch machen und dann später noch einmal mit Clint sprechen. Wird er aus dem Krankenhaus abgeholt?«

»Ja. Shane und Autumn sind schon losgefahren.«

Georges Frau mischte sich ein. »Geht es den beiden wirklich gut?«

Shannon ersparte ihm eine Antwort. »Ja, Mom, das habe ich doch schon am Telefon gesagt. Nur ein paar Prellungen.« Damit hatte sie die Tatsachen etwas beschönigt, aber Matt widersprach ihr nicht. Ihr Blick sagte ihm, dass sie Karen die Möglichkeit lassen wollte, selbst zu bestimmen, was sie wie und wann erzählte.

Fast unmerklich nickte er ihr zu. Tief tauchten ihre Blicke ineinander, für einige Sekunden gab es nur noch sie beide. Dann brach der Kontakt ab, und Shannon wurde von einem Familienmitglied zum nächsten gereicht. Matt kam sich wie ein Eindringling bei einer Familienfeier vor. Bei der ersten sich bietenden Gelegenheit zog er sich in die dunkle Nacht zurück und ging langsam zu seiner Hütte.

XLI

Der Hubschrauber erreichte West Yellowstone innerhalb weniger Minuten. Es war merkwürdig, wie nahe sie die ganze Zeit der Zivilisation gewesen waren. Anderthalb Tage lang waren sie durch urwüchsigen Wald gelaufen, jetzt kam es Karen vor wie eine Ewigkeit. Die Lichter der Stadt waren ein ungewohnter Anblick und nicht so willkommen, wie sie es zuvor gedacht hatte. Clint hatte sie sanft aus ihrem Schlummer geweckt, als sie zur Landung ansetzten, und nun blickte sie aus müden Augen auf die kleine Klinik. Mit Unbehagen erinnerte sie sich ihrer langen Krankenhausaufenthalte in den letzten vier Jahren. Die Schmerzen, die Gerüche, die Geräusche. Ein heftiger Schauder durchlief sie.

Clint drückte tröstend ihre Hand. »Ich werde die ganze Zeit bei dir bleiben, wenn du das möchtest.«

Karen blickte ihn dankbar an. »Das wäre schön. Ich mag Krankenhäuser nicht besonders.«

Clint nickte. Das konnte er durchaus nachvollziehen, er selbst war nach einigen Verletzungen während seiner Militärzeit auch nicht gerade scharf darauf.

Zusammen kletterten sie aus dem Hubschrauber und gingen über die Wiese zum Eingang des kleinen Gebäudes. Im grellen Licht der Aufnahme gaben sie einer Schwester ihre Daten, bevor sie in ein Behandlungszimmer geführt wurden. Zuerst wurde Karen untersucht, ihre Kratzer und wunden Füße wurden gereinigt, desinfiziert und verbunden, während Clint hinter einem Vorhang wartete. Danach wurde sie in einen Rollstuhl gesetzt, um ihre Füße nicht weiter zu belasten, während Clints Stirnverletzung gesäubert und genäht und auch seine Prellung behandelt und verbunden wurde. Ein Termin für eine Röntgenaufnahme seines Oberschenkels wurde für den nächsten Tag festgelegt. Damit waren sie entlassen. Froh, die Sachc endlich hinter sich zu haben, schob Clint Karen im Rollstuhl auf den Klinikflur.

Noch bevor sie mehr als drei Schritte gegangen waren, sprangen Autumn und Shane von ihren Stühlen auf, die an der Wand des Flurs aufgestellt waren. Clint konnte ein Lächeln nicht unterdrücken, als er ihre zerknitterte Kleidung, die ungekämmten Haare und ihre besorgten Mienen wahrnahm.

Während Shane Clint heftig umarmte, blieb Autumn wie angewurzelt mit offenem Mund stehen. Ihre grünen Augen hingen wie gebannt an Clint. »Wow, er kann lächeln!« Sie wandte sich an Karen. »Wie haben Sie das geschafft?« Dann errötete sie. »Tut mir Leid, wo sind meine Manieren geblieben? Ich bin Autumn Howard, und das ist Shane, Clints Bruder.«

Karen lächelte. »Hallo, ich bin Karen Lombard. Und ich fürchte, ich habe nicht allzu viel mit dem Lächeln zu tun, denn als ich es das erste Mal gesehen habe, wurden wir gerade von bewaffneten Männern gejagt, Kugeln pfiffen ums Auto, und auch sonst sah es so aus, als würden wir die nächsten Minuten nicht überleben.« Sie zuckte die Schultern.

Clint legte eine Hand auf ihre Schulter, die andere reichte er Autumn. »Adrenalin. Danke, dass ihr gekommen seid.«

Shane blickte ihn ernst an. »Kein Problem. Wir wären auch früher gekommen, wenn du uns nur Bescheid gesagt hättest. So wie du damals uns geholfen hast.«

Clint verzog den Mund. »Ich dachte, ich hätte alles unter Kontrolle. War leider, wie sich gezeigt hat, eine Fehleinschätzung. Glücklicherweise waren wir nicht ganz allein, mein Freund Matt war auch da, und Shannon hat sich ebenfalls sehr gut geschlagen.«

»Dieser Matt, ist er auch …«

Clint nickte.

»Na ja, dann war er sicher geübter in diesen Dingen als ich.« Shane seufzte. »Jetzt können wir es ja sowieso nicht mehr ändern. Wie wäre es, wenn wir jetzt zur Ranch fahren?«

Karen und Clint stimmten diesem Vorschlag aus ganzem Herzen zu.

Das Auto war direkt vor dem Eingang geparkt, sodass sie lediglich den Rollstuhl bis vor die Wagentür schieben mussten. Dort hob Shane Karen kurzerhand aus dem Stuhl ins Auto, während Clint zur anderen Seite humpelte und dort einstieg. Dass er nicht dagegen protestierte, dass Shane sich um Karen kümmerte, zeigte den anderen, dass er größere Schmerzen hatte, als er zugab. Er streckte sein verletztes Bein auf dem Rücksitz so weit es ging aus, griff nach Karens Hand und schloss dann die Augen. Sie betrachtete ihn traurig, wieder drohten ihre Tränen zu kommen, doch sie kämpfte sie entschlossen zurück. Wenn sie zurück in Washington war, hatte sie noch genug Zeit zu trauern. Sie würde sich nicht ihre restlichen Tage oder Stunden mit Clint verderben.

Autumn blickte auf die verschränkten Hände der beiden und lächelte Shane dann an. Dieser wackelte mit den Augenbrauen und griff seinerseits nach ihrer Hand. Er hauchte einen Kuss darauf, bevor er sich wieder auf das Fahren konzentrierte. Autumn wurde warm, wie immer, wenn sie in Shanes Nähe war. Noch vor einem Jahr hätte sie nicht gedacht, dass sie jemals so glücklich sein würde. Sie hatte eine tolle Arbeit als Rangerin im Arches National Park, ein wunderschönes kleines Haus am Rande von Moab und nicht zuletzt einen wunderbaren Mann an ihrer Seite. Viel besser konnte das Leben eigentlich gar nicht werden, ein deutlicher Kontrast zu der

Angst und dem Terror, mit denen sie hierher in den Westen gekommen war.

Clint öffnete die Augen erst wieder, als sie in die Auffahrt der Ranch einbogen. Am liebsten hätte er sich sofort mit Karen in seine Hütte zurückgezogen, aber wie er es bereits befürchtet hatte, war die gesamte Familie versammelt, um sie willkommen zu heißen. Seufzend erkannte er, dass es noch einige Zeit dauern würde, bevor er sich endlich in sein weiches Bett legen konnte. Sein Bein schmerzte höllisch. Es schien so, als hätte sein Körper erst, nachdem die Gefahr vorüber war, der Verletzung erlaubt, den gesamten Schmerz abzustrahlen. Wenn er nicht bald aus seiner Jeans herauskam, würde das Bein so geschwollen sein, dass er die Jeans fürs Ausziehen auseinander schneiden müsste. Doch noch mehr Gedanken machte er sich um Karen. Sie brauchte dringend Ruhe und Geborgenheit, um mit dem Heilungsprozess beginnen zu können. Er glaubte nicht, dass er ihr viel dabei helfen konnte. Aber er würde tun, was immer nötig war, um sie wieder frei von der Angst, dem Gefühl grabschender Männerhände auf ihrem Körper zu sehen. Er ballte die Hand zur Faust, als er sich an seine ohnmächtige Wut erinnerte, zusehen zu müssen, was ihr angetan wurde, ohne ihr helfen zu können.

Ein Stöhnen unterdrückend, schwang er sich aus dem Auto. Sofort war er von seiner Familie umgeben, die ihn drückte und herzte, bis er sich schließlich befreien konnte. Shane stand derweil wartend neben Karen. Auch sie wurde von der Familie begrüßt, allerdings weit weniger überschwänglich. Durchaus verständlich, war sie doch dafür verantwortlich, dass Clint überhaupt erst in Gefahr geraten war.

Shane drückte ihr aufmunternd ihre Schulter. »Keine Angst, wir sind nicht immer so, nur wenn ein Familienmitglied in Gefahr war.« Er beugte sich vertraulich vor. »Sie hätten sehen sollen, wie sie Autumn und mich umsorgt haben, nachdem wir aus dem Krankenhaus entlassen waren. Nach ein paar Tagen sind wir dann abgehauen, um unsere Ruhe zu haben.«

Karen lächelte ihn an. »So lange werde ich wohl gar nicht hier sein.«

Bevor Shane antworten konnte, war Clint schon bei ihnen. Mit beiden Händen wehrte er seine Familie ab. »Wir werden euch alles morgen berichten, versprochen. Aber jetzt müssen wir uns wirklich ausruhen.« Er blickte Shane an. »Könntest du?«

»Kein Problem. Wohin?«

»Zu meiner Hütte.«

Ohne Mühe hob Shane Karen auf seine Arme und trug sie zu Clints Hütte. Dort angekommen, wartete er darauf, dass Clint die Tür öffnete, bevor er Karen direkt zum Bett trug. Vorsichtig ließ er sie darauf nieder.

»Danke.«

Shane lächelte sie an. »Gern geschehen. Erholen Sie sich gut.« Damit war er bereits wieder verschwunden.

Clint und Karen blickten sich schweigend an. Jetzt, wo sie endlich allein waren, wusste keiner von ihnen, was er dem anderen sagen sollte.

Schließlich räusperte sich Karen. »Ich denke, ich werde erst einmal ins Bad gehen. Am liebsten würde ich eine heiße Dusche nehmen, aber das würden mir die Verbände wohl übel nehmen.«

Clint nickte. »Warte hier, ich bringe dir eine Schüssel mit heißem Wasser und einen Waschlappen, dann kannst du dich wenigstens um die Verbände herum waschen.« Damit war er schon im Badezimmer verschwunden.

Karen lauschte mit geschlossenen Augen den Geräuschen, die er veranstaltete, während er die Utensilien zusammensuchte. Sie war dermaßen müde, sie konnte kaum noch den Kopf heben, als er schließlich zurückkam. Als er ihre Hand berührte, zuckte sie zusammen.

Sofort ließ er sie los und rückte ab. »Ich habe dir alles auf den Nachttisch gestellt, wenn du noch etwas brauchst, ruf mich einfach, okay?« Damit erhob er sich schwerfällig und humpelte ins Badezimmer zurück. Dort lehnte er sich mit dem Rücken gegen die geschlossene Tür und schloss die Augen. Verdammt, am liebsten würde er Karen in seine Arme ziehen und sie einfach nur halten, jegliche Erinnerung an andere Berührungen in ihr auslöschen. Er wollte mit dem Waschlappen über ihre Haut fahren, bis sie sich von innen und außen gereinigt fühlte, alles, was ihr angetan worden war, einfach wegspülen. Doch das ging nicht, solange Karen es nicht selbst wollte. So wusch er sich am Waschbecken, fluchte lautlos, als er mit seinem verletzten Oberschenkel an die Kante stieß, putzte die Zähne und war innerhalb von wenigen Minuten wieder bei Karen. Reglos lag sie im Bett, in einer Hand den tropfenden Waschlappen, die andere in ihr T-Shirt gekrampft. Sie schlief so fest, dass sie es gar nicht merkte, als Clint ihr den Lappen aus der Hand nahm und ihn vorsichtig ins Wasser tauchte. Erst als er damit ihr Gesicht wusch, gab sie protestierende Laute von sich.

»Schsch. Ich bin es nur. Schlaf ruhig weiter, ich kümmere mich um dich.«

Ihre Augen öffneten sich kurz, schlossen sich aber sofort wieder, nachdem sie Clint erkannt hatte. »Hmmm.«

Clint nahm ihr Gemurmel als Zustimmung und fuhr mit dem Waschen fort. Gründlich säuberte er ihren Hals bis zum Ausschnitt seines Hemdes, das sie immer noch trug, von allen Blutspuren und sonstigem Schmutz, der sich auf ihrer Tour durch den Wald dort angesammelt hatte. Das Hemd war ebenfalls voll mit getrocknetem Blut und Dreck. Damit konnte sie auf keinen Fall schlafen. Kurz entschlossen stand er auf und holte aus seiner Kommode ein frisches T-Shirt. Er zog Karen in eine sitzende Stellung, sodass er ihr das Hemd über den Kopf ziehen konnte.

»Was machst du da?« Eine panische Note lag in ihrer Stimme.

»Ich wollte dir nur etwas Bequemeres anziehen. Schlaf weiter.« Er öffnete den obersten Knopf und hob den

Saum des Hemdes hoch. Als er Karens steifen Rücken bemerkte, zögerte er. »Komm schon, Karen. Ich bin es, Clint. Du kannst mir vertrauen.«

Langsam entspannte sie sich wieder, auch wenn es ihr schwer fiel. »Ich weiß. Es ist nur …«

»Ich verstehe das, aber es ist wirklich besser, wenn du mein dreckiges Hemd loswirst. Danach kannst du dann weiterschlafen. Du bist hier in Sicherheit.« Vorsichtig schob er das Hemd zusammen mit ihrem T-Shirt über ihr geschundenes Gesicht und warf es dann zur Seite. Ein Blick auf Karens Oberkörper ließ ihn wieder zum Waschlappen greifen.

Karen blickte ihn mit großen Augen an, sagte aber nichts. Bei der ersten Berührung mit dem Lappen zuckte sie zusammen. Clint blickte in ihre Augen, während er mit sanften Bewegungen über ihren Körper fuhr und die Reste des Blutes abwusch. Langsam wich die Spannung aus Karens Gliedern, ihre Hände krallten sich nicht mehr in die Bettdecke.

Unerwartet füllten sich ihre Augen mit Tränen. Sie legte ihre Hand auf Clints. »Danke.«

Lächelnd küsste Clint ihre Stirn. »Das Vergnügen ist ganz meinerseits.« Er legte den Waschlappen zur Seite und zog ihr vorsichtig das frische T-Shirt über. »So, schon fertig.« Mit geschickten Fingern löste er den Gürtel von ihrer Taille. Bevor er ihre Hose herunterzog legte er die Bettdecke über sie, sodass sie ausreichend bedeckt war. Die völlig ruinierte Hose warf er sofort in den Müll, dann wühlte er im Rucksack, bis er ihre Ersatzunterwäsche entdeckte. Diese reichte er ihr und drehte sich dann um, während sie sie anzog. Danach fuhr er mit dem Waschlappen noch ein paar Mal über ihre Beine, um wenigstens den gröbsten Schmutz zu entfernen. Als er damit fertig war, zog er die Bettdecke über sie und steckte sie um sie herum fest.

»Besser?«

Karen nickte mit geschlossenen Augen. »Viel besser. Danke.«

Mit einem Finger strich Clint über ihren Wangenknochen. »Dann schlaf jetzt.«

Schon halb im Schlaf, griff sie nach seiner Hand. »Und was ist mit dir?«

»Ich wollte noch kurz mit Matt reden und vielleicht auch noch mit meinem Vater, aber das dauert nicht lange.«

Ihr Griff wurde fester. »Aber …«

»Keine Angst, du bist hier in Sicherheit. Ich bleibe noch bei dir, bis du eingeschlafen bist.« Er küsste sie sanft auf den Mund. »Schlaf schön.«

Es dauerte nicht lange und Karen war fest eingeschlafen. Lautlos erhob sich Clint und schlich aus der Hütte.

Matt hatte scheinbar schon auf ihn gewartet, denn er öffnete seine Tür, bevor Clint überhaupt klopfen konnte. »Da bist du ja. Wie bist du dem Rummel entkommen?«

Clint grinste. »Hat dich meine Familie erschreckt?«

Matt zuckte unbehaglich mit den Schultern.

»Sie sind nicht immer so, sie waren nur froh, uns lebend wiederzusehen. Du wirst sehen, morgen hat sich das wieder gelegt.«

»Das werde ich wohl nicht mitbekommen, ich reise morgen früh ab.«

Clint zog die Augenbrauen hoch. »Morgen schon? Ich dachte, deine Besprechung wäre erst in einer Woche?«

Matt lief ruhelos im Zimmer auf und ab. »Ist sie auch, aber ich denke, es ist besser, wenn ich gleich losfahre, dann habe ich mehr Zeit und muss nicht so hetzen. Außerdem störe ich dann nicht bei eurem Familientreffen.«

Clint runzelte die Stirn. »Das ist Unsinn, und das weißt du auch. Also, was ist wirklich los?«

Matt ließ sich seufzend auf das Sofa fallen. »Es geht um Shannon. Sie ist sauer auf mich, weil ich sie angelogen habe.« Als Clint sich ihm gegenüber in den Sessel setzte, fuhr er fort. »Heute Morgen wollte ich losfahren, um euch zu suchen, Shannon hat mich dabei erwischt. Ich habe versucht, ihr klar zu machen, dass ein dringender Job meine sofortige Aufmerksamkeit erfordern würde. Sie war ziemlich erregt und hat mir vorgeworfen, dass Menschenleben wichtiger wären als Versicherungen. Und noch einiges andere, was ich jetzt nicht wiederholen möchte. Ein Wort ergab das andere, und schließlich ist mir herausgerutscht, dass ich ein SEAL bin.«

Clint blickte Matt erstaunt an. »Herausgerutscht?«

Matt wurde rot. »Mehr oder weniger. Vielleicht wollte ich auch, dass sie endlich weiß, wer ich wirklich bin.« Er atmete tief durch. »Sie glaubt mir nicht, Clint. Also habe ich auch gleich noch gestanden, ›Marc‹ zu sein. Jetzt denkt sie, wir wären beide Lügner.«

Clint kratzte sich an seinem stoppeligen Kinn. »Eines verstehe ich nicht: warum sollte Shannon dermaßen von dir enttäuscht sein? Ihr kennt euch ja kaum.«

Diesmal wurde Matt tomatenrot. »Nun ja, in der Zwischenzeit sind wir uns etwas näher gekommen.«

Clint blickte seinen Freund scharf an. »Ich frage lieber nicht, wie viel näher.«

Matt räusperte sich. »Besser nicht.« Eine Weile schwiegen sie beide. »Ich habe allerdings nur meine Tarnung verraten, deine ist noch intakt.«

Clint nickte. »Danke. Obwohl ich nicht weiß, ob das Ganze jetzt überhaupt noch einen Sinn macht. Ich kann ja auch nicht von Karen verlangen, dass sie meinetwegen immer lügt.«

Matt lächelte. »Dann bleibt sie also hier?«

»Das weiß ich noch nicht, aber ich hoffe, dass sie mit mir zusammenbleibt. Wo das sein wird, ist eigentlich unwichtig.«

Matts Lächeln vertiefte sich. »Na dann, herzlichen Glückwunsch.« Seine Augen verdunkelten sich. »Wenigstens einer von uns hat Glück in der Liebe.«

Clint blickte ihn erstaunt an. »Dann war es also etwas Ernsteres mit Shannon?«

Matt nickte langsam. »Ich hätte es zwar selbst kaum für möglich gehalten, aber ja. Zumindest von meiner Seite aus.«

»Und obwohl sie das weiß, ist sie immer noch sauer auf dich?«

Matt vermied Clints Blick. »Ich habe es ihr nicht gesagt. Es war zu neu für mich, und dann seid ihr verschwunden und meine Täuschung ist aufgeflogen. Danach hätte sie es nicht mehr hören wollen.«

»Wenn du meinst ... Soll ich vielleicht mal mit ihr reden?«

Matt schüttelte den Kopf. »Nein. Das Beste wird sein, wenn ich einfach verschwinde. So hat sie Zeit, sich darüber klar zu werden, was sie will und ob sie mir verzeihen kann. Wenn sie mich erreichen will, hat sie ja meine E-Mail-Adresse.«

Clint war von dieser Methode nicht überzeugt, wollte sich aber auch nicht in Matts Angelegenheiten mischen. »Wenn du meinst. Ich hoffe jedenfalls, dass du meine Schwester nicht unglücklich gemacht hast, sonst muss ich dir am Ende doch noch einen Kinnhaken verpassen.«

Matt lachte unfroh. »Ich fürchte eher, ich habe mich selbst unglücklich gemacht. Du brauchst da also gar nicht nachzuhelfen.«

»In Ordnung.« Ein Themawechsel war jetzt wohl angebracht. »Tut mir übrigens Leid mit deinen Waffen. Ich hoffe, du bekommst in Coronado keinen Ärger.«

»Kein Problem. Cranton hat sie beschlagnahmt und schickt sie mir dann zurück, wenn sie nicht mehr als Beweismittel gebraucht werden. Übrigens habe ich eben noch einmal mit Cranton telefoniert. Er sagt, durch unsere vorläufigen Aussagen ist schon ein Durchsuchungsbefehl für das Anwesen der Bruderschaft des Lichts erwirkt worden. Sie wollen noch heute Nacht damit starten.«

Clint nickte grimmig. »Gut, sollen sie die Schweine ordentlich ausräuchern. Ich möchte nicht, dass Karen noch einmal in Gefahr gerät.«

»Ich denke nicht, dass sie noch gefährdet ist, jetzt wo ihr Mann tot ist und das FBI Bescheid weiß. Sie hätten nichts mehr von ihrem Tod.«

»Hoffen wir es.« Clint blickte auf seine Uhr. »Ich gehe jetzt wohl besser, ich möchte Karen nicht so lange alleine lassen.«

»Das kann ich verstehen.«

Neben der Tür blieb Clint noch einmal stehen. »Falls wir uns morgen nicht mehr sehen sollten, möchte ich dir noch einmal für alles danken, was du für uns getan hast. Du bist der Beste, Mad.«

Matt grinste. »Das weiß ich doch. Aber ich bin mir ziemlich sicher, dass du für mich das Gleiche getan hättest.«

Clint nickte. »Immer.«

Nach einem kurzen, aber herzlichen Händedruck verschwand Clint in der Dunkelheit, während Matt weiter seinen trübsinnigen Gedanken nachhing. Was Shannon jetzt wohl tat? Schlief sie schon? Oder war sie noch mit ihrer Familie zusammen? Würde sie ihn vermissen, wenn er morgen abreiste? Oder würde sie froh sein, ihn nicht mehr sehen zu müssen? So wie sie auf ihn reagiert hatte, glaubte er nicht, dass sie ihn so schnell wieder vergessen würde. Lange Zeit stand er unter dem harten Strahl der Dusche, tief in seine Gedanken versunken.

XLII

Clint kehrte mit einem Lächeln in seine Hütte zurück. Matt und Shannon, wer hätte das gedacht? Hoffentlich klärten sich die Missverständnisse noch auf. Er schaltete nur im Wohnzimmer ein kleines Licht an und ging dann ins dunkle Schlafzimmer, um nach Karen zu sehen. Nur ihr Kopf guckte unter der Decke hervor, ihre zerzausten Locken auf dem Kissen ausgebreitet. Vorsichtig strich Clint darüber. Morgen mussten sie ihr unbedingt die Haare waschen, es hingen immer noch Reste von getrocknetem Blut, Laub und Erde darin. Aber jetzt war es wichtiger, dass sie schlief und sich von den Strapazen der vergangenen Tage erholte.

Clint wollte gerade wieder aus dem Zimmer schleichen, als er bemerkte, dass sie zitterte. In gleichmäßigen Abständen lief ein Beben durch ihren Körper, das sie von Kopf bis Fuß erfasste. Ohne lange zu zögern, zog Clint seine Schuhe und Jeans aus, wechselte sein T-Shirt und kroch unter die Bettdecke. Beruhigend auf sie einmurmelnd, zog er Karen in seine Arme und drückte sie eng an sich, wie er es auch im Wald getan hatte. Er empfand die Barrieren aus Kleidung als störend, wusste aber, dass sie für Karen ein Schutz waren. Er würde ihr so viel Zeit geben, wie sie brauchte, um körperliche Nähe wieder genießen zu können. Sie hatten ja Zeit. Mit diesem beruhigenden Gedanken schlief er ein.

Am nächsten Morgen klopfte Matt an Shannons Hüttentür. Sollte sie noch schlafen, würde er ihr einen Zettel hinterlassen, auch wenn er sich danach verzehrte, sie noch einmal zu sehen. Vielleicht zum letzten Mal.

Shannon war schon wach, wenn auch noch nicht lange, denn sie trug noch ihr kurzes Nachthemd, als sie die Tür aufriss. Ihre langen Haare hingen wirr um ihren Kopf herum, ihre Augenlider waren schwer. Das änderte sich schlagartig, als sie Matt vor sich stehen sah. Ihre Augen weiteten sich alarmiert. »Matt, was tust du denn hier?«

»Ich wollte mich verabschieden, ich reise ab.«

Shannons Mund öffnete sich mehrere Male, ohne dass ein Ton herauskam. »Jetzt schon?«

Matt nickte. »Ja, meine Aufgabe hier ist erledigt, und ich werde in ein paar Tagen in Virginia erwartet. Kann ich kurz hereinkommen?«

Zögernd stieß sie die Tür weiter auf und winkte ihn herein.

»Danke.« Er stellte seine Tasche neben der Tür ab. Sein Blick blieb an der Wand hängen, an der er Shannon das erste Mal geliebt hatte. War das wirklich erst etwas über einen Tag her? Ihm kam es wie eine Ewigkeit vor, in der er sie nicht hatte halten und küssen dürfen. Er wandte sich zu Shannon um, die ihn beobachtet hatte. Ihre dunklen Augen und die verletzliche Linie ihres Mundes zeigten ihm, dass sie sich ebenfalls an die Ereignisse erinnerte.

»Shannon …«

Weiter kam er nicht, denn sie hob die Hand. »Bitte, Matt, mach es nicht schlimmer, als es schon ist.«

Sein Mund verzog sich zu einer schmalen Linie, in seiner vernarbten Wange zuckte ein Muskel. »Wie du willst. Lass mich aber bitte noch sagen, dass es gute Gründe dafür gab, hier in der Tarnung als Versicherungsvertreter anzukommen, und dass es mir sehr Leid tut, dass ich dich verletzt habe. Das wollte ich nicht.«

Shannon nickte, sagte aber nichts.

Matt seufzte. Es war sinnlos, Shannon würde ihm seine Täuschung nie verzeihen. »Also, dann mach es gut. Bitte grüße den Rest deiner Familie von mir, ich wollte sie nicht wecken.«

Shannon folgte ihm zur Tür. Ein dicker Kloß saß in ihrer Kehle und hinderte sie daran, das zu sagen, was sie eigentlich wollte. *Bleib bei mir.* Doch so räusperte sie sich ein paar Mal und dann kam etwas ganz anderes heraus. »Das werde ich tun.« Aber es musste auch noch etwas anderes gesagt werden. »Vielen Dank, dass du Clint und Karen geholfen hast. Auch wenn es wirklich sehr unvorsichtig von dir war, so loszustürmen. Du hättest verletzt werden können!«

Matt blickte sie prüfend an. »Und das hätte dich gestört?«

Shannon fuhr wütend auf. »Natürlich! Für wen hältst du mich eigentlich?«

Matt strich mit einem Finger über ihr Kinn. »Für eine wunderschöne, liebevolle und in den richtigen Momenten leidenschaftliche Frau. Leider bist du manchmal auch unglaublich störrisch.«

Shannon war sprachlos. Nicht nur seine Worte, sondern vor allem sein liebevoller Blick ließen ihren Entschluss wanken, nicht noch einmal auf ihn hereinzufallen. Ihr Blick wanderte automatisch zu seinem Mund, eine unbewusste Einladung, die Matt sich nicht entgehen ließ. Mit einem Ruck zog er sie an seine Brust, seine Lippen legten sich fordernd auf ihre. Mit einem sehnsüchtigen Laut schlang Shannon ihre Arme um seinen Hals und zog ihn näher an sich. Eine seiner Hände legte sich um ihren Hinterkopf, die andere umfasste ihren Po und drückte sie an sich. Automatisch rieb Shannon sich an seiner Erektion.

Minuten später löste sich Matt von ihr und blickte sie schwer atmend an. »Entschuldige, das war nicht geplant.« Dann betrachtete er sie eindringlich. »Aber da ja offensichtlich immer noch etwas zwischen uns ist, wäre es möglich, dass du mir vielleicht doch noch verzeihst?«

Shannon zitterte. »Matt, ich …« Ihre Stimme versagte.

»Ich verstehe schon.« Er hob seine Tasche auf, öffnete die Tür und trat hinaus. »Wenn du es dir noch einmal anders überlegen solltest, du hast ja meine E-Mail-Adresse.« Damit zog er die Tür hinter sich zu und lief zu seinem Auto. Er musste so schnell wie möglich hier weg, bevor er vor Shannon auf die Knie sank und sie anflehte, ihm eine zweite Chance zu geben. Röhrend schoss sein Wagen die Einfahrt hinunter, nur ein Ziel vor Augen: weg von hier.

Karen erwachte mit einem Ruck. Starke Arme umschlangen sie, sie konnte sich nicht rühren! Panisch versuchte sie sich zu befreien, doch es gelang ihr nicht. Stattdessen wurde sie noch enger an den harten, warmen Körper gezogen.

»Es ist alles in Ordnung, du bist in Sicherheit.« Clints verschlafene Stimme klang rau. Aber sie half Karen dabei, ihre instinktive Reaktion zu unterdrücken und still in seiner Umarmung liegen zu bleiben. Clint bemerkte ihre Unruhe und stützte sich auf einen Ellenbogen. »Wenn du möchtest, lasse ich dich sofort los.«

Ein Schauder überlief Karens Rücken. »Nein.« Sie holte tief Luft. »Nein, ich mag es, wenn du mich berührst, ich fühle mich so geborgen, beschützt …«

»Geliebt?«

Clints ruhige Frage sandte einen Pfeil direkt in ihr Herz. Ihr Mund fühlte sich plötzlich zu trocken an für eine Erwiderung.

»Denn das wirst du.«

Karen fühlte das Pochen seines Herzens, das leichte Zittern seiner Hände. Plötzlich empfand sie den dringenden Wunsch, Clints Gesicht zu sehen. Langsam drehte sie sich herum, bis sie ihm in die schwerlidrigen Augen blicken konnte. Was sie in den sherryfarbenen Tiefen sah, ließ sie erschauern. Wenn sie es vorher nicht für möglich gehalten hatte, dass Clint sie lieben könnte, konnte sie der Wahrheit nun nicht mehr entgehen. Clint Hunter liebte sie! Röte stieg in ihre Wangen, während sich dieser Moment bis in alle Ewigkeit in ihr Gedächtnis einbrannte. Sein Blick, seine Hand, die langsam auf ihrem Rücken Kreise zog, die leichte Röte, die sein Gesicht überzog.

Sein Mund verzog sich zu einem leichten Lächeln. »Lass mich jetzt bitte nicht so hängen, ich habe noch nie einer Frau gesagt, dass ich sie liebe.«

Karen traten Tränen in die Augen. Ihre Kehle war wie zugeschnürt.

»Hey, ich habe das nicht gesagt, um dich traurig zu machen!« Er strich vorsichtig mit seinen Fingern über ihr Haar.

Karen schüttelte den Kopf. »Nein, es ist nur ...«, sie produzierte ein zittriges Lächeln, »... es ist nur im Moment alles so viel auf einmal. So kompliziert.«

Clint legte einen Finger auf ihre Lippen. »Eigentlich ist es ganz einfach. Liebe ist bedingungslos. Und sie richtet sich auch nicht danach, ob es gerade passt oder nicht, sie passiert einfach.«

Karen nickte langsam. »Das habe ich auch in den letzten Tagen festgestellt.«

Clints Lächeln war schöner als alles, was sie jemals gesehen hatte. Wie gebannt blickte sie auf seinen Mund.

Clint beugte sich vor und strich sanft mit seinen Lippen über ihre. Danach zog er sich zurück. »Wir stehen jetzt besser auf, bevor ich etwas tue, das ich später bereuen werde.« Damit schwang er seine Beine aus dem Bett und stand auf. Er schnitt eine Grimasse, als der Schmerz durch seinen Oberschenkel schoss. Nur auf Karen fixiert, hatte er seine Verletzung ganz vergessen. Vorsichtig humpelte er zu seinem Schrank und suchte sich eine weitere Hose heraus, seine Jeans würde er nur mit Mühe über das geschwollene Bein bekommen. Langsam zog er das Hosenbein nach oben und seufzte erleichtert auf, als er damit fertig war. Wahrscheinlich sollte er heute wirklich noch einmal zum Krankenhaus fahren und es röntgen lassen, falls doch sein Knochen beeinträchtigt war. Aber Karen war jetzt wichtiger. Auf einen Arm gestützt lag sie noch im Bett und beobachtete ihn mitfühlend.

Um sie von sich abzulenken, machte er ihr einen Vorschlag. »Was hältst du davon, wenn wir dir die Haare waschen? Wir könnten einen Stuhl vor das Waschbecken stellen, dann kannst du dabei sitzen.«

Karen fasste in ihre Haare und zog ihre Hand mit angewidertem Gesichtsausdruck wieder zurück. »Eine wirklich gute Idee.« Sie schlug die Bettdecke zur Seite und schwang ihre Beine aus dem Bett.

Clint war mit zwei langen Schritten bei ihr. »Du bleibst hier schön sitzen, bis ich alles aufgebaut habe, und dann hole ich dich.«

»Aber dein Bein …«

Er unterbrach ihren Einwand. »Damit bin ich schon meilenweit durch den Wald gelaufen, da werden die paar Meter mehr auch nichts ausmachen. Versprichst du, sitzen zu bleiben?«

Karen wollte erst protestieren, entschied dann aber, dass es sich nicht lohnte, darüber zu streiten. Sie wollte ihre Zeit auf der Ranch genießen, solange es noch ging. »In Ordnung.«

Clint lächelte sie an, bevor er losging und einen Stuhl, Handtücher und Shampoo am Waschbecken aufstellte. »Alles bereit, Madame.«

Damit hob er sie auf seine Arme und trug sie langsam zum Badezimmer. Karen sah ihm an, dass jeder Schritt schmerzte, aber sie kannte ihn gut genug, um zu wissen, dass ein Protest überhaupt nichts nützen würde. Außerdem war sie dankbar, nicht mit ihren schmerzenden Füßen laufen zu müssen. Clint setzte sie vorsichtig ab und erhob sich dann mit fest zusammengepressten Kiefern.

»Danke.« Karen betrachtete ihn besorgt.

Sein Gesicht war blass, tiefe Furchen hatten sich um Augen und Mund herum gebildet. War das erst jetzt geschehen oder im Laufe der letzten beiden Tage und ihr war es vorher bloß noch nicht aufgefallen?

Clint hatte den Stuhl seitlich vor das Waschbecken gestellt, sodass die Lehne nicht im Weg war. Er bog ihren Kopf nach hinten und ließ angenehm warmes Wasser über ihre Haare laufen. Ein paar Minuten lang spülte er die Haare einfach nur aus, bis kein Blut und Schmutz mehr herauslief, dann rieb er sanft das Shampoo hinein. Seine langen Finger massierten ihre Kopfhaut, bis Karen vor Zufriedenheit schnurrte. Im gleichen Maße, wie sie sich entspannte, verlor auch Clints Miene ihre Anspannung. Noch stundenlang hätte er so weitermachen können, aber irgendwann entschied er, dass es für den Moment genug war, und spülte den Schaum aus ihren Haaren. Schließlich wickelte er das Handtuch im Turbanstil um ihren Kopf und bedeutete ihr, sich aufzusetzen. Mit dem Handtuch rubbelte er die Haare, bis sie etwas trockener waren, dann warf er es zur Seite und griff nach der Bürste, die er vorher aus ihrem Kosmetikbeutel geholt hatte. Karen schloss die Augen, als er mit langen Zügen durch ihr wirres Haar fuhr. Sie hätte nicht gedacht, dass es dermaßen beruhigend sein konnte, sich von einem Mann bei der Körperpflege helfen zu lassen. Schon gar nicht nach ihren gestrigen Erlebnissen. Sie wusste nicht, wie sie auf andere Männer reagieren würde, aber zu Clint hatte sie scheinbar ein so starkes Band, dass selbst die Grausamkeiten des Vortages verblassten, wenn er sie berührte. Clint hatte ihr viel mehr gegeben als einfach nur eine Haarwäsche. Er hatte ihr klar gemacht, dass sie immer noch Freude fühlen konnte, wenn sie angefasst wurde, dass ihr Leben trotz der Geschehnisse weiterging. Und vor allem hatte er ihr damit gezeigt, dass er sie berühren wollte, auch noch nach dem, was passiert war.

»Geht es dir gut?«

Clints Frage riss sie aus ihren Gedanken. Dankbar lächelte sie ihn an. »Dank dir sehr gut sogar. Ich kann mich nicht erinnern, wann mir das letzte Mal jemand die Haare gewaschen und gekämmt hat, außer meinem Frisör natürlich.«

Clint legte die Bürste beiseite und fuhr ein paar Mal mit seinen Fingern durch ihre Haare. »Leider habe ich keinen Föhn hier, ich trockne meine Stoppeln immer an der Luft. Aber ich könnte Shannon fragen, ob sie uns ihren leiht.«

Karen winkte ab. »Ach, das ist nicht nötig, sie sind ja schon fast trocken. Der Rest trocknet auch so.«

»Gut, dann wirst du dich jetzt auf dem Sofa ausruhen, während ich uns ein Frühstück mache.« Ohne sie zu Wort kommen zu lassen, schob er seine Arme unter ihre Knie und hinter ihren Rücken und trug sie ins Wohnzimmer.

»Aber ich kann doch nicht den ganzen Tag nur herumsitzen und nichts tun.«

Clint blickte vom Kühlschrank auf. »Oh doch, das wirst du. Und ich persönlich werde darauf achten, dass du nicht einmal deine Füße auf den Boden setzt. Also, entspann dich und genieß den Tag.« Damit wandte er sich wieder der Aufgabe zu, ein Frühstück zuzubereiten.

Karen beobachtete ihn eine Weile und seufzte dann leise. Warum konnte das Leben nicht immer so sein? Sie wünschte sich eine Zeitblase, in der sie immer so bei Clint sein konnte, während sich die Welt um sie herum weiterdrehte. Doch leider würde sie wohl nur ein paar Tage halten, dann würde sie unweigerlich zerplatzen, und sie müsste wieder in ihre Welt zurück.

Als sie kurze Zeit später beim Frühstück saßen, klopfte es an der Tür. Karen zuckte heftig zusammen, ihr Messer fiel klirrend auf den Teller.

Clints große Hand schob sich über ihre und drückte sie beruhigend. »Alles in Ordnung. Das wird meine Mutter sein, ich hatte sie gebeten, etwas zum Anziehen für dich zu besorgen. Oder vielleicht Mad, der sich verabschieden will.«

Es war seine Mutter. In einer Hand hatte sie eine randvolle Tüte mit Kleidungsstücken, in der anderen einen Teller mit frischen Muffins. Diesen reichte sie Clint, während sie in die Hütte trat.

»Guten Morgen! Ich hoffe, ich störe nicht gerade. Die Muffins sind von Martha, sie scheint Angst zu haben, dass ihr vom Fleisch fallt.« Angela ging zu Karen und hielt ihr die Tüte hin. »Ich habe ein bisschen in diversen Kleiderschränken gewühlt und ein paar Sachen herausgesucht, die Ihnen passen müssten. Vor allem Röcke, da ist es ja egal, ob sie etwas länger oder kürzer sind. Suchen Sie sich einfach etwas aus.«

Karen nahm zögernd die Tüte entgegen. »Vielen Dank. Es ist sehr nett von Ihnen, dass Sie sich solche Mühe für mich gemacht haben, obwohl Ihr Sohn meinetwegen in Gefahr war und verletzt wurde.«

Angela stützte die Hände in die Hüften und starrte Karen an. »Was ist denn das für ein Unsinn? Ich gebe nur denen die Schuld, die sie auch wirklich tragen: diese elenden Verbrecher! Und ich freue mich, dass ich Söhne großgezogen habe, die bereit sind, für das zu kämpfen, was sie für richtig halten. Natürlich wäre es mir lieber, sie würden nie in Gefahr geraten, aber ich fände es schlimm, wenn sie vor ihr davonlaufen würden, anstatt sie zu bekämpfen.«

Karen blickte sie mit offenem Mund an, während Clint seine Mutter anlächelte und einen Arm um sie legte.

»Danke, Mom.«

Angelas Augen wurden feucht, während sie ihren ältesten Sohn anblickte. »Wir hatten wirklich Angst um dich. Um euch. Macht so etwas bitte nicht noch einmal, ja?«

Clint drückte ihr einen Kuss auf die Stirn. »Jawohl, Ma'am.«

Angela nickte und richtete sich auf. »In Ordnung. Dann will ich euch jetzt nicht länger stören.« Und damit war sie auch schon wieder verschwunden.

XLIII

Der Anruf kam, als Clint gerade das Geschirr spülte. Karen hatte sich einen langen, schlichten Rock und eine helle Bluse angezogen und es sich auf dem Sofa bequem gemacht. Sie blätterte gerade müßig in einer Zeitschrift über Rinderzucht, als das schrille Klingeln des Telefons sie aus ihren Gedanken riss.

Clint trocknete seine nassen Hände an einem Geschirrtuch und nahm den Hörer auf. »Hunter.« Er lauschte einen Augenblick seinem Gesprächspartner, dann richteten sich seine Augen auf Karen. Sie setzte sich aufrechter hin und blickte ihn unruhig an. »Ja, Dad, stell ihn durch.« Er hielt Karen den Hörer hin. »Für dich. Der Präsident.«

Karen konnte seinen Gesichtsausdruck nicht deuten, auf jeden Fall war die Leichtigkeit verschwunden, die sie in den letzten Stunden geteilt hatten. Sie fragte ihn nicht, welchen Präsidenten er meinte, sie kannte nur einen: den Präsidenten der Vereinigten Staaten von Amerika.

»Hier ist Karen Lombard.«

Clint versuchte nicht, so zu tun, als lauschte er nicht ihrer Seite des Gesprächs. Er verschränkte die Arme über der Brust und lehnte sich gegen den Küchentisch, während seine Augen sich in Karens bohrten.

»Ja, mir geht es gut. Vielen Dank, Mr President.« Wieder gab es eine Pause, in der sie zuhörte. »Ja, genau. Clint Hunter und Matt Colter. Ohne sie wäre ich jetzt tot.« Pause. »Ja, ich werde es ihm ausrichten.« Pause. »Aber … aber ich dachte, ich könnte …« Pause. »Ja, ich verstehe.« Pause. »Natürlich, Sir. Auf Wiederhören.« Sie beendete das Gespräch und legte den Telefonhörer vorsichtig auf den Couchtisch, bevor sie Clint ansah. Die Schatten waren in ihre Augen zurückgekehrt, ihr Mund zu einer unglücklichen Linie verzogen.

Als sie nichts sagte, verlor Clint die Geduld. »Nun?«

»Ich muss abreisen. Sofort. Agent Cranton ist bereits unterwegs und fliegt mit mir zurück nach Washington.«

Innerlich zuckte Clint zusammen. Er hatte so etwas schon befürchtet. »Denken sie nicht, dass du vielleicht ein oder zwei Tage Ruhe verdient hättest, nach dem, was du durchgemacht hast?«

Karen zuckte die Schultern. »Im Prinzip schon, aber es sind bestimmte Umstände aufgetreten, die meine sofortige Rückkehr erfordern. Außerdem brauchen sie dringend meine Aussage, um eine Anklage gegen die Mitglieder der Bruderschaft des Lichts anzufertigen.« Sie blickte ihn bittend an. »Versteh doch, ich *muss* zurück, auch wenn ich es nicht will. Du wirst das in deiner Zeit als SEAL doch auch schon erlebt haben, oder?«

Damit nahm sie ihm jegliche Möglichkeit, dagegen anzukämpfen. Mit Pflicht kannte er sich aus.

»Dann komme ich mit.«

Karen blickte ihn erschrocken an. »Nein.« Sie rieb ihren schmerzenden Kopf. »Nein, ich werde dich nicht noch weiter von deiner Arbeit abhalten. Du wirst hier gebraucht und ich in Washington.« Damit erhob sie sich und zuckte zusammen.

Clint war sofort bei ihr. »Du sollst doch nicht gehen.« Er hob sie auf seine Arme. »Wo wolltest du hin?«

Karen legte ihren Kopf an seine Schulter. »Ich wollte meine Sachen packen, dann noch einmal ins Bad.«

Clint trug sie ins Bad und setzte sie auf den Stuhl, der immer noch dort stand. Er drückte ihr ihren Kosmetikbeutel in die Hand. »So. Mach du dich hier fertig, ich suche in der Zwischenzeit deinen Kram zusammen.« Damit verschwand er wieder und ließ Karen allein.

Karen schlug die Hände vor das Gesicht und sank in sich zusammen. Mein Gott, wie konnte sie ihn verlassen, nach dem, was sie zusammen erlebt hatten? Jetzt, wo er ihr seine Liebe gestanden hatte? Aber sie musste zurück, ihr Job und ihr Land verlangten es von ihr. Ein riesiger Druck lastete auf ihrer Brust, sie konnte kaum atmen, während sie sich ein wenig herrichtete. Mehr als einmal stiegen ihr Tränen in die Augen und sie konnte sie nur mit Mühe zurückdrängen. Als Clint einige Minuten später zurückkam, hatte sie sich halbwegs gefasst, auch wenn sie bleich war und ihre Hände zitterten. Vielleicht würde er es ja nicht merken.

Sie reichte ihm den Beutel. »Den kannst du schon mit in den Rucksack packen, ich muss noch …« Ihre Stimme verklang.

Clint verstand den Hinweis und zog sich hastig zurück.

Später trug er sie dann wieder zum Sofa zurück und ließ sich neben ihr nieder. Er nahm ihre Hände in seine und blickte sie eindringlich an. Karen wusste, was jetzt kam, und wappnete sich innerlich gegen ihre Gefühle.

»Karen …«

Es klopfte an der Tür. Fluchend erhob Clint sich, humpelte zur Tür und riss sie auf.

Special Agent Cranton sprang hastig zurück und griff automatisch nach seiner Waffe, bevor er sich wieder unter Kontrolle brachte. »Hunter. Ist Dr. Lombard fertig?«

Unter Clints wütendem Blick trat er noch einen Schritt zurück. Clint brachte einfach keinen Ton heraus. Innerhalb von Minuten war sein gerade erst gefundenes Glück schon wieder ins Wanken geraten, und er wusste nicht, was er tun konnte, um die Entwicklung aufzuhalten. Es gab keinen Feind, den er bekämpfen konnte. Karen hatte sich entschieden zu gehen, und zum Teil bewunderte er sie auch für ihr Pflichtgefühl. Andererseits begriff er nicht, warum sie ihm nicht erlaubte mitzukommen oder ihm versprach zurückzukommen, sobald die Angelegenheit erledigt war. Vielleicht waren ihre Gefühle für ihn doch nicht so tief, wie er angenommen hatte? Unsinn. Sie versuchte zwar, es zu verbergen, aber er konnte deutlich sehen, dass sie genauso litt wie er.

»Ja, ich bin fertig. Clint, würdest du …?«

Ruckartig drehte er sich um und stapfte zum Sofa zurück. Der Schmerz in seinem Herzen hatte den in seinem Bein verdrängt, sein ganzer Körper war wie betäubt. Wortlos hob er sie hoch und trug sie zur Tür.

Er blickte Cranton an und deutete mit dem Kopf zu dem Rucksack, der neben der Tür stand. »Das ist das Gepäck.« Damit ging er hinaus und überließ es dem Agenten, sich darum zu kümmern.

Auf der Einfahrt wartete ein FBI-Fahrzeug mit laufendem Motor, hinter dem Steuer saß ein weiterer Agent.

Clint setzte Karen vorsichtig auf den Rücksitz und hockte sich dann vor sie auf den Boden. Seine Hände umfassten ihre. »Was meinst du, wie lange dauert es, die Angelegenheit zu regeln?«

»Ich weiß es nicht.«

»Wann sehe ich dich wieder?«

Karen schluckte hart, zwang sich aber, in seine Augen zu blicken. »Ich glaube nicht, dass es gut wäre, wenn wir uns wiedersehen würden.«

Clint zuckte zurück, als hätte sie ihn geschlagen. »Sag das noch einmal!«

Karen befeuchtete ihre trockenen Lippen. »Ich denke nicht …«

Clint unterbrach sie. »Genug! Das reicht!« Er atmete tief durch. »Du denkst nicht, dass wir hier vielleicht etwas Besonderes hatten? Dass es sich lohnt zu sehen, wohin es uns führen wird?«

»Doch, das denke ich. Aber ich weiß auch, dass ich nach Washington gehöre und du hierher! Es ist besser, es jetzt gleich zu beenden, solange wir noch können.«

Clints Gesicht versteinerte sich. »So einfach ist das also für dich?«

Karen brach das Herz, als sie sah, wie er seine Gefühle langsam tief in sich verschloss. Tränen tropften auf ihre im Schoß verkrampften Hände.

»Nein, so schwer.« Mit einer letzten Anstrengung zog sie die Autotür zu, während Clint zögernd zurücktrat.

Agent Cranton hatte sich von ihnen unbemerkt auf den Beifahrersitz geschwungen und gab dem Fahrer nun ein Zeichen loszufahren. Nicht ohne Mitgefühl blickte er durch den Rückspiegel auf die einsame Figur, die im Staub der Auffahrt zurückblieb.

Eine Woche war vergangen, seit Matt und Karen am gleichen Tag verschwunden waren. Während Shannon wie besessen Tag und Nacht an ihrem neuesten Buch schrieb und so ihre Gefühle ausdrückte, hatte Clint seinen Kummer und seine Wut fest in sich verschlossen. Äußerlich war er wieder wie zu der Zeit, bevor Karen aufgetaucht war. Er lächelte nie und behielt seine Gedanken strikt für sich. Doch einen Unterschied gab es: Vorher war er selten schlecht gelaunt gewesen, jetzt jedoch immerzu. Alle machten einen möglichst weiten Bogen um ihn und sprachen ihn nur an, wenn es gar nicht anders ging. Nach und nach waren die Familienmitglieder wieder abgereist, bis nur noch Shane und Autumn übrig waren, die sich für eine ganze Woche von ihren Pflichten als Ranger im Arches National Park hatten befreien lassen. Doch jetzt rückte auch ihre Abreise näher, und Shane hielt Clints schlechte Laune einfach nicht mehr aus. Kurz entschlossen folgte er seinem Bruder in den Stall.

Während er darauf wartete, dass sich seine Augen dem Halbdunkel im Gebäude anpassten, überlegte er, wie er Clint helfen konnte. In den ganzen 33 Jahren, die er ihn nun kannte, hatte er seinen Bruder noch nie in einer solchen Stimmung erlebt. Nicht einmal zu der Zeit, als er vor vier Jahren überraschend auf die Ranch zurückgekommen und dort geblieben war. Was, wie er erst seit letztem Jahr wusste, mit seinem Ausstieg aus dem SEAL-Team zusammengehangen hatte. Aber selbst damals war er nur in sich gekehrt gewesen und hatte nicht diese große Wut und Verzweiflung ausgestrahlt. Langsam ging er durch den dämmerigen Stall zu Devils Box. Er wusste genau, dass er Clint dort finden würde. Hierher zog er sich in jeder freien Minute zurück, seit Karen abgereist war. Karen ... Konnte es damit etwas zu tun haben? Er hatte sie nur in den wenigen Minuten vom Krankenhaus bis zu Clints Hütte gesehen, aber jetzt, wo er darüber nachdachte, fiel ihm auf, dass sich Clint in ihrer Gegenwart anders benommen hatte als sonst. Offener, liebevoller. Er hatte sogar gelächelt!

Zögernd schob er die Tür der Box auf und schaute hinein. In einer Ecke saß sein ältester Bruder, ein Bein hatte er angewinkelt und die Arme darauf gestützt. Auf seinem Gesicht lag ein so trauriger Ausdruck, dass Shane am liebsten rückwärts wieder hinausgegangen wäre. Aber das konnte er nicht tun. Clint wurde von innen heraus aufgefressen, und es würde ihm nicht helfen, wenn jeder darüber hinwegsah. So setzte er sich neben seinen Bruder, der inzwischen wieder seine übliche ausdruckslose Maske übergestreift hatte. Clint blickte ihn nicht an und ignorierte ihn auch sonst.

»Was ist los, Clint?«

Erst reagierte er nicht, dann seufzte er. »Nichts. Lass mich in Ruhe.«

»Das habe ich jetzt schon eine ganze Woche getan, aber deine Laune scheint nur immer schlechter zu werden. Also dachte ich, ich versuche mal eine andere Methode.« Das brachte ihm einen finsteren Blick ein.

»Lass es.«

Shane erwiderte den Blick. »Das kann ich nicht. Du bist mein Bruder und ich mache mir Sorgen um dich. So wie der Rest der Familie. Wir möchten dir helfen, aber das können wir nicht, wenn du dich abkapselst und uns nicht an deinem Leben teilhaben lässt.« Shane stieß frustriert die Luft aus. »Wir haben über vier Jahre lang still gehalten, während du dich immer weiter entfernt hast. Vielleicht ist das auch dein gutes Recht, aber nicht, wenn du deine Laune an unschuldigen Leuten auslässt.«

Clint blickte ihn an, sagte aber nichts.

Also wagte Shane einen Schuss ins Blaue. »Ist es wegen Karen?«

Clints sherryfarbene Augen verdunkelten sich, ein Mundwinkel zog sich nach unten, bevor er sich wieder im Griff hatte. *Treffer!*

»Halt dich da raus, Shane.«

»Das kann ich nicht. Vielleicht kann ich dir helfen, wenn du mir sagst, worum es geht.«

Clint lachte unfroh auf. »Das glaube ich kaum.«

Shane zuckte die Schultern. »Aber ich könnte es versuchen.«

»Kannst du Karen dazu bringen, unserer Beziehung eine Chance zu geben? Kannst du sie hierher zurückbringen oder mir erlauben, zu ihr nach Washington zu fahren?«

Shane blickte ihn erstaunt an. »Nein, das kann ich nicht.«

Clint grunzte.

»Aber du kannst es.«

Als Clint ihn einfach nur anschaute, wurde es ihm zu viel. »Himmel, Clint! Ich hätte nicht gedacht, dass du einer von der Sorte bist, die einfach ein Nein akzeptieren, ohne vorher alles Menschenmögliche probiert zu haben.«

»Wenn sie mit mir zusammen sein wollte, hätte sie nicht gesagt, dass wir es beenden sollten. Sie hat sich seitdem nicht mehr gemeldet, außer als sie Mom die Kleidung zurückgeschickt hat. Gewaschen und gebügelt.«

Shane runzelte die Stirn. »Bist du ganz sicher, dass sie keine Beziehung zwischen euch will?«

Clint blickte Shane mit vor Kummer dunklen Augen an. »Das ist es ja, was mich auffrisst. Noch vor einer Woche hätte ich geschworen, dass uns nichts mehr trennen könnte. Aber eine halbe Stunde später war sie einfach weg. Als wäre sie nie da gewesen.« Ganz leise fügte er hinzu: »Außer, dass sie mein Herz mitgenommen hat.«

»Ein Grund mehr, nicht einfach aufzugeben. Ich hatte dir ja mal erzählt, wie Autumn und ich uns kennen gelernt haben. Natürlich war die Situation eine etwas andere, aber durch ihre Erlebnisse mit ihrem Exfreund hat sie automatisch jeden Mann, der versucht hat, sich ihr zu nähern, zurückgestoßen. Wenn ich irgendwann aufgegeben, die Leine gelockert hätte, dann wären wir jetzt nicht da, wo wir sind. Wahrscheinlich hätte sie mich mein Leben lang immer auf Abstand gehalten.« Sein Blick wurde sanft. »Was wir alles verpasst hätten ...«

Clint war nachdenklich geworden. »Karen sagte: ›Ich gehöre nach Washington, du hierher‹, als sie wegfuhr. Glaubst du, sie hat mich etwa nur wegen der Entfernung aufgegeben?«

Shane zuckte die Schultern. »Keine Ahnung. Es könnte auch sein, dass sie erst einmal alleine sein wollte, nach dem, was sie erlebt hat. Aber du wirst es nie erfahren, wenn du hier die ganze Zeit in einer Pferdebox sitzt oder deine Mitmenschen anfunkelst.«

Clint stemmte sich in die Höhe. »Du hast Recht, es wird Zeit, dass ich etwas unternehme.« Entschlossen ging er auf die Tür zu.

»Was hast du vor?«

»Das weiß ich noch nicht, aber Karen wird bemerken, dass sie mich nicht so einfach loswird, wie sie sich das vielleicht gedacht hat.«

Er ließ einen grinsenden Shane im Stall zurück.

Die nächsten Tage waren von einer ständigen Betriebsamkeit erfüllt. Tausend Dinge mussten noch erledigt werden, aber Clint trieb sich und alle anderen unbarmherzig an. Schließlich war alles geschafft und Clint würde am nächsten Tag zur Ostküste fliegen. Von Matt wusste er, dass Shannon immer noch nicht darüber hinweggekommen war, angelogen worden zu sein. Da er zum großen Teil die Schuld an der ganzen Situation trug, klopfte er am Abend vor seiner Abreise an ihre Tür. Shannon öffnete sie einen Spaltbreit, bevor sie sie ganz aufzog. Clint erschrak, als er sie genauer anschaute. Ihre langen, dunklen Haare hingen ihr wirr ins fahle Gesicht, unter ihren Augen hatte sie dunkle Ringe, ihre Lippen waren blutleer.

»Himmel, Shannon, was ist denn mit dir passiert? Arbeitest du wieder zu viel?«

Shannon schob eine zitternde Hand durch ihr Haar. »Vermutlich. Ich hatte gerade eine kreative Phase, die musste ich einfach ausnutzen.« Sie deutete auf das Sofa. »Setz dich.«

Clint setzte sich und betrachtete das unaufgeräumte Wohnzimmer. Diesmal hatte es Shannon anscheinend wirklich erwischt, wenn sie noch nicht einmal mehr die Zeit fand, ein wenig sauber zu machen.

»Dann fährst du also morgen los?«

Clint nickte. »Ja.«

»Wirst du dableiben?«

»Das weiß ich noch nicht, das hängt ganz von Karen ab.«

Shannons Mundwinkel zogen sich nach unten. »Die Glückliche, einen Mann zu finden, der alles für sie tun würde.«

Clint räusperte sich. »Du hattest so jemanden auch in deiner Reichweite, aber du hast ihn weggeschickt.«

Shannon brauste auf. »Er hat mich angelogen!«

»Ja, aber das hat er nur getan, um jemand anderen zu schützen.«

Shannon blickte ihn ungläubig an. »Und wen?«

Clint zog eine Grimasse. »Mich. Und Karen.«

Verwirrt ließ Shannon sich in einen Sessel sinken. »Was hattest du denn mit Matt Colter zu tun? Und Karen?«

»Matt war mein Swim-Buddy bei den SEALs. Und Karen haben wir auf einer Mission kennen gelernt. Vor vier Jahren.«

Shannon war schon wieder aufgesprungen. »Fängst du jetzt auch noch damit an? Wirklich, Clint …«

Clint hob die Hand. »Shannon, beruhige dich und setz dich wieder hin.« Er schwieg, bis sie wieder saß. »Ich bin dein Bruder, und du weißt, dass du mir vertrauen kannst, oder?«

Shannon nickte.

»Gut. Ich war zehn Jahre lang ein Navy-SEAL, bis vor vier Jahren, um genau zu sein. Matt und ich sind zusammen durch die Ausbildung gegangen und haben danach im gleichen Team gearbeitet.« Er holte tief Luft. »Ich war es, der ihn gebeten hat, sich auf deinen E-Mail-Aufruf zu melden, damit du nicht an einen Spinner gerätst. Und er konnte dir nicht seinen richtigen Namen sagen, damit du ihn nicht mit mir in Verbindung bringst, sollte ich den Namen einmal erwähnt haben. Und das wäre auch alles gewesen, wenn nicht Karen plötzlich in Coronado aufgetaucht wäre und mich gesucht hätte. Matt hat sie hierher geschickt und ist dann hinterhergekommen, um mir zu helfen, sie zu schützen. Wir haben alles geheim gehalten, um euch nicht in Gefahr zu bringen. Du siehst also, eigentlich ist es meine Schuld und nicht Matts.«

Shannon blickte ihn benommen an. Tausend Gedanken schossen gleichzeitig durch ihren Kopf. »Du bist ein SEAL.«

Clint lächelte. »In den letzten vier Jahren war ich ein Rancher.«

»Aber warum hast du niemandem etwas davon erzählt? Glaubst du nicht, dass uns das interessiert hätte?«

Clint zuckte zusammen. »Doch, aber ich konnte nicht darüber reden. Und um ehrlich zu sein, ich wollte auch nicht darüber reden. Wenn wir uns das nächste Mal sehen, werde ich dir erzählen warum. Ehrenwort.«

Shannon zögerte, doch dann nickte sie. »In Ordnung.«

Clint erhob sich, ging zu ihr hinüber und küsste sie auf die wirren Haare. »Ach ja, außer Dad, Shane und Autumn weiß noch niemand in der Familie Bescheid, es wäre schön, wenn du es so lange für dich behalten könntest, bis ich die Möglichkeit hatte, eine Familienbeichte abzulegen.«

Shannon brachte ihn zur Tür. »Eigentlich sollte ich Mom auf dich hetzen.«

Clint stöhnte. »Aber das wirst du nicht tun.«

»Nein, obwohl du es verdient hättest.«

»Ich weiß. Und Shannon …«

»Ja?«

»Versuch Matts Standpunkt zu verstehen. Es war wirklich nicht seine Schuld.«

Shannon antwortete nicht. Clint seufzte, gab ihr noch einen Kuss und verschwand dann in der Dunkelheit. Shannon stand noch lange auf der Veranda und starrte blicklos in die Nacht hinaus.

XLIV

Eine Woche später stand Shannon auf der Straße vor Matts Haus in San Diego, in einer Hand einen Koffer, in der anderen ihre Laptoptasche. Nach ihrem Gespräch mit Clint waren ihre Gedanken und Gefühle in heillosem Aufruhr. Auch in den darauf folgenden Tagen wusste sie nicht, was sie unternehmen sollte. Im Nachhinein konnte sie sich gar nicht mehr erklären, warum sie so wütend auf Matt gewesen war. Ja, er hatte sie getäuscht und angelogen, aber anscheinend hatte er ja einen Grund dafür gehabt. Warum war sie damals nicht bereit gewesen, ihm zuzuhören? Wo war ihr Grundsatz geblieben, erst einmal das Beste von den Menschen anzunehmen? Hatte ihre lange und oft auch einsame Zeit als bekannte Autorin sie dazu gebracht, zunächst an allem zu zweifeln? Als Schriftstellerin war sie häufig von Leuten umgeben, die etwas von ihr wollten, sei es ein Stück vom Ruhm, Hilfe bei der Veröffentlichung eigener Manuskripte oder schlicht Geld. Falsche Freunde lauerten an allen Ecken. Aber selbst die wenigen Menschen, mit denen sie noch Kontakt hatte, behandelten sie oft anders als vor ihrem Erfolg. So hatte sie es sich angewöhnt, immer einen gewissen Abstand zu halten. Das war ihr bei Matt aber nicht gelungen. Bereits als sie ihn das erste Mal traf, war er mit seinem Lächeln und seiner lockeren, freundlichen Art unter ihre Haut geschlüpft und hatte sich dort in den folgenden Tagen eingenistet. Und wenn sie daran dachte, was sie an dem einen Abend getrieben hatten … sie wurde jetzt noch rot bei dem Gedanken.

Es war einfach alles viel zu schnell gegangen. Die ganze Nacht hatte sie wach gelegen, von Sorgen um Clint gequält und über die Intensität ihrer Gefühle für Matt geschockt. Verständlicherweise war sie dann nicht in der besten Stimmung gewesen, als sie entdeckt hatte, dass Matt sich für seine Abreise vorbereitete. Selbst jetzt zuckte sie noch zusammen, als sie daran dachte, wie sie ihn beschimpft hatte, dass er nur an seine Arbeit dächte und nicht an Menschen. Natürlich war der Vorwurf völlig absurd gewesen. Wenn Matt wirklich ein Versicherungsvertreter gewesen wäre, hätte er das Recht gehabt abzureisen, wann er wollte. Sie waren ja keinerlei Verpflichtungen eingegangen. Außerdem hätte er dann Clint nur oberflächlich gekannt und keinerlei Veranlassung gehabt, ihm helfen zu wollen. Und als Matt ihr dann erzählt hatte, dass er eigentlich ein SEAL und »ihr« Marc war, hatte es in ihrem Gehirn einen Kurzschluss gegeben, und sie war auf ihn losgegangen wie eine Furie.

Es sprach für seinen Charakter, dass er sie nicht einfach kurzerhand gefesselt und geknebelt zurückgelassen, sondern sie sogar auf die Suche mitgenommen hatte, eine weitere Person, für deren Sicherheit er sorgen musste. Sie vermisste ihn, und sie vermisste auch Marc. Mehr als einmal hatte sie in den letzten Tagen eine E-Mail angefangen, um ihm die Gründe für ihr Benehmen und ihre Gefühle zu erklären. Aber sie hatte sie nie abgeschickt. Was war, wenn er sie zwar bekam, aber einfach nicht beantwortete? Wenn sie ihn zu sehr durch ihre Ablehnung verletzt hatte? An dem Morgen, an dem er sich von ihr verabschiedet hatte, hatte er zwar gesagt, sie solle sich bei ihm melden, wenn sie es sich anders überlegte. Aber was war, wenn *er* es sich in der Zwischenzeit anders überlegt hatte? Nein, es war besser, wenn sie ihm persönlich gegenübertrat. Das war sie ihm schuldig, und auch sich selbst.

Sie holte tief Luft, reckte die Schultern und stieg dann die drei Stufen zur Veranda hinauf, die die gesamte Vorderfront seines kleinen Hauses einnahm. Entschlossen drückte sie auf die Klingel. Im Innern ertönte ein lauter Gong. Ihr Herz klopfte wild, ihre schweißnassen Finger umklammerten den Griff ihrer Tasche. Aufgeregt fragte sie sich, wie sich ihr Leben in den nächsten Minuten verändern würde. Es dauerte einige Zeit, bis sie bemerkte, dass niemand zur Tür kam. Noch einmal drückte sie auf die Klingel. Doch auch diesmal blieb die Tür geschlossen. Enttäuscht trat sie zurück. Dann rief sie sich zur Ordnung. Es war mitten am Tag, es war doch ganz logisch, dass Matt zu dieser Zeit nicht zu Hause war. Wenigstens war er nicht auf einer Mission. Jedenfalls hatte Clint ihr davon nichts gesagt, als sie ihn morgens angerufen hatte, um die Adresse zu erfragen. Natürlich könnte es sein, dass er ganz kurzfristig abberufen wurde, aber sie würde erst einmal hier warten und sehen, ob er nach Hause kam. Abends konnte sie sich dann immer noch ein Hotelzimmer nehmen, wenn er nicht auftauchen sollte.

Hoffentlich ging es ihm gut. Unruhig stellte sie den Koffer neben die Haustür und setzte sich dann auf die gemütliche Hollywoodschaukel, die am Dach der Veranda befestigt war. Ihren Laptop nahm sie auf ihren Schoß, doch sie merkte schnell, dass sie jetzt nicht arbeiten konnte. Was war, wenn Matt gerade jetzt zu einem Auftrag gerufen wurde und dabei verletzt oder gar getötet wurde? Dann würde er nie erfahren, dass es ihr Leid tat und dass sie ihn liebte. Ruckartig setzte Shannon sich auf. Mein Gott, sie liebte ihn! Wenn dies einer ihrer Romane wäre, würde sie schreiben: »Natürlich liebst du ihn, das war doch schon von Anfang an klar!« In ihrer Geschichte gäbe es auch garantiert ein Happy End, doch im wirklichen Leben sah es oft anders aus. Nun, sie würde alles dafür geben, um auch eines zu bekommen. Wenn Matt das nicht wollte, dann war das sein Pech. Zufrieden legte sie sich auf der Schaukel zurück, streifte die Schuhe ab und zog die Knie an. In ihrem Kopf malte sie sich verschiedene Szenarien von Matts Rückkehr aus, bis ihr schließlich die Augen zufielen.

Matt war noch in genau der gleichen schlechten Stimmung wie auf dem Stützpunkt, als er in der Abenddämmerung die Stufen zu seinem Haus hinaufstieg. Genau genommen hatte er schon seit Wochen, seit er von der Diamond Bar Ranch weggefahren war, nur noch schlechte Laune. Die Sitzungen im FBI-Hauptquartier in Quantico hatten auch nicht gerade zu einer Verbesserung beigetragen. Er hasste Bürokraten! Es war wieder einmal überhaupt nichts dabei herausgekommen, außer Streitereien darüber, wer die größte Kompetenz auf welchem Gebiet hatte. Doch das war nur das Beiwerk seiner schlechten Laune. Eigentlich gab es nur einen Grund dafür: Shannon. In den letzten Wochen hatte er ständig sein E-Mail-Programm aufgerufen, aber nie war eine Nachricht von ihr dabei gewesen. Nachdem er sich von ihr verabschiedet hatte, war er eigentlich noch recht zuversichtlich gewesen, dass sie sich irgendwann melden würde. Auch sie musste bei ihrem letzten Kuss erkannt haben, wie gut sie zusammenpassten. Sowohl körperlich als auch geistig, wenn man von den E-Mails und den Unterhaltungen ausging, die sie auf der Ranch geführt hatten. Auch seine Teamkollegen hatten gemerkt, dass etwas nicht mit ihm stimmte, und machten einen weiten Bogen um ihn. Er musste wirklich aufhören, sie dafür zu bestrafen, dass er frustriert war. Heute hatte er sogar zwei Trainingseinheiten eingelegt, was auch der Grund dafür war, dass er erst so spät und völlig verschwitzt und ausgelaugt nach Hause kam.

Kaum hatte er die oberste Stufe betreten, als seine Instinkte Alarm schlugen. Vorsichtig blickte er sich um, sah aber keine unmittelbare Bedrohung. Dann blieb sein Blick an der Hauswand hängen. Irgendetwas stand dort, in der Dämmerung kaum zu erkennen. Ein Koffer! Wer würde einen Koffer vor seine Tür stellen? Langsam drehte er seinen Kopf nach links. Zuerst glaubte er eine Sinnestäuschung vor sich zu haben. Konnte es wirklich Shannon sein, die dort in seiner Schaukel lag und friedlich schlief? Alles in ihm drängte danach, sie in seine Arme zu ziehen und für immer festzuhalten. Doch sein Verstand sagte ihm, dass es klüger wäre, sich erst anzuhören, weshalb sie gekommen war, damit er nicht noch einmal sein Herz verlor. Und diesmal behielt sein Kopf die Oberhand.

Ohne sich zu bemühen leise zu sein, ließ er seine Tasche auf den Boden fallen, verschränkte die Arme vor der Brust und lehnte sich an einen Geländerpfosten. Sehnsüchtig strich sein Blick über Shannons Körper, während sie langsam erwachte. Sie war dünner geworden, blasser, und ihre Augen lagen tief in den Höhlen. Bestürzt fragte er sich, ob sie krank gewesen war und sich deshalb nicht gemeldet hatte. Aber das hätte ihm Clint wohl erzählt. Sie hatten einige Male telefoniert, doch Matt hatte absichtlich nicht nach Shannon gefragt und auch Clint hatte sie von sich aus nicht erwähnt. Seinen Gesichtsausdruck hielt er sorgfältig neutral, während sich Shannon langsam aufsetzte und ihre langen Haare aus ihren Augen strich.

»Matt.«

»Shannon.«

Ihr Herz hämmerte, während ihr Blick langsam über ihn strich, von seinen dreckigen Turnschuhen über die verbeulten Shorts bis hin zu seinem ausgefransten Muskelshirt. Wahrscheinlich hatte er eben Sport getrieben, der Schweiß ließ seine Kleidung an den ausgeprägten Muskeln kleben. Als sie ihm ins Gesicht blickte, sank ihre Hoffnung. Kein einziges Gefühl war ihm anzusehen, weder Ärger noch Freude über ihr Auftauchen. Nach seiner Haltung zu urteilen, hatte er auch nicht vor, ihr die Sache leichter zu machen. Aber das war auch nicht seine Aufgabe. Diesmal würde sie den ersten Schritt tun müssen. Doch wie sollte sie anfangen?

»Wie geht es dir?« Ein *toller* Anfang! Richtig originell.

»Gut. Und dir?«

Immerhin hatte er geantwortet.

»Auch gut.« Sie schüttelte den Kopf. »Nein, das ist nicht wahr. Es geht mir überhaupt nicht gut.«

Matts Arme sanken zu seinen Seiten. »Bist du etwa krank?«

Das hörte sich eindeutig besorgt an. Ein gutes Zeichen.

»Nein. Zumindest nicht so, wie du meinst.« Unruhig stand sie auf. »Ich kann nicht mehr schlafen, nicht essen, mich auf nichts mehr konzentrieren. Sogar mein Schreiben leidet darunter. Alles eindeutige Symptome.«

Matt trat einen Schritt auf sie zu, berührte sie aber nicht. »Symptome wofür?«

Jetzt war wieder etwas Leben in ihn zurückgekehrt. Das gab ihr Hoffnung.

»Dass etwas in meinem Leben fehlt.«

Matts Augen wurden wärmer. »Und was, glaubst du, fehlt dir?«

Shannon setzte alles auf eine Karte. »Du, Matt. Seit du mich verlassen hast, ist alles in meinem Leben nur noch grau. Es gibt keine Farben mehr, keine Freude.«

Matt zog eine Augenbraue hoch. »Ich habe dich nicht verlassen, du hast mich weggeschickt.«

Shannon schluckte. »Ja, ich weiß. Und es tut mir Leid. Ich bin einfach mit meinen Gefühlen nicht fertig geworden. Ich vertraue nicht so schnell, und als ich dann erfuhr, dass du mich belogen hast ... Das hat mich sehr verletzt. Sowohl Marc als auch Matt Coleburn waren Menschen, die mir viel bedeutet haben, und zu erfahren, dass sie gar nicht wirklich existierten, war ein Schock für mich.«

»Shannon ...«

Sie hielt eine Hand hoch. »Nein, lass mich bitte ausreden. Ich hätte dich nicht dermaßen anfahren und beleidigen dürfen. Und vor allem hätte ich dir die Möglichkeit zu einer Erklärung geben müssen. Aber in dem Moment war ich nicht in der Lage zuzuhören. Es tut mir

Leid, Matt. Wirklich.« Ihre Augen hatten einen feuchten Schimmer, als sie ihn ansah.

»Bist du jetzt fertig?«

Shannon zuckte zusammen, dann straffte sie die Schultern. »Ja.«

»Gut. Dann kann ich dir ja jetzt sagen, dass es meine Schuld war. Ich hätte dich niemals anlügen dürfen und vor allem hätte ich nicht mit dir schlafen dürfen, wo ich doch genau wusste, dass ich dich die ganze Zeit belog. Du hattest ein Recht darauf, sauer zu sein. Ich verstehe das, und ich habe es auch damals verstanden. Es wäre nur schön gewesen, wenn du mir irgendwann die Möglichkeit gegeben hättest, dir das auch zu sagen.«

Shannon lief rot an, während sie gleichzeitig versuchte, ihre Tränen herunterzuschlucken. »Die hast du ja jetzt.«

Matts Mund verzog sich zu einem Lächeln. »Ja, die habe ich.«

Damit packte er sie und warf sie über seine Schulter.

»Hey, was soll das denn?« Mit ihren Händen trommelte sie auf seinen Rücken.

»Ich versuche nur zu verhindern, dass du wieder davonläufst, bevor ich dir alles gesagt habe.«

Shannon gab den Kampf auf. »Ich hatte nicht vor wegzulaufen, ich bin doch gerade erst gekommen.«

»Dann ist es ja gut.« Er zog seinen Hausschlüssel aus seiner Hosentasche und schloss die Tür auf, während er gleichzeitig mit einer Hand Shannon über seiner Schulter hielt. Mit dem Fuß stieß er sie weit auf und trug Shannon hinein.

»Halt, warte mal, mein Laptop liegt noch draußen!«

»Dein Koffer auch.«

»Ja, aber da ist nur Kleidung drin, auf dem Laptop sind meine Bücher.«

Er ließ sie auf seine Couch fallen. »Bleib schön da sitzen.« Damit war er bereits verschwunden. Sie hatte kaum Luft geholt, da stand er schon wieder im Zimmer, ihren Koffer und Computer in der Hand. Ohne sie aus den Augen zu lassen, stellte er den Koffer auf den Boden und legte die Laptoptasche auf einen Tisch. »Möchtest du etwas trinken, während wir uns unterhalten?«

Shannons volle Lippen verzogen sich zu einem Lächeln. »Willst du jetzt wirklich reden?«

Matts Augen strahlten in einem graublauen Feuer, während er langsam auf sie zukam. »Nein, aber wir werden miteinander reden.« Er stand dicht vor ihr. Seine Hand griff in ihr Haar, wickelte die langen Strähnen darum. »Später.« Sein Arm legte sich um ihre Taille und zog sie an seinen Körper.

Shannon genoss mit geschlossenen Augen das Gefühl, ihm wieder so nahe zu sein. Wie von selbst passte sich ihr Körper dem seinen an, als wären sie zwei Hälften eines Ganzen, endlich wieder vereint.

»Öffne deine Augen, Shannon.« Ohne zu zögern gehorchte sie seinem Befehl. »Diesmal sollst du keinen Zweifel haben, wer dich in den Armen hält. Ich bin es, Matt Colter.«

Lächelnd versank sie in seinem heißen Kuss.

Lange Zeit später stützte sich Matt auf seinen Ellbogen und blickte auf Shannon hinunter. Ihre Augen waren geschlossen, ihr Haar auf dem Kopfkissen ausgebreitet.

»Wir bessern uns.«

»Hm?« Langsam schlug sie die Augen auf.

»Diesmal haben wir es sogar bis ins Bett geschafft.«

Röte stieg in ihre Wangen, als sie sich an ihre Odyssee durch das Treppenhaus erinnerte. »Aber nur knapp.«

Matt lachte zufrieden.

»Na ja, wir haben ja noch eine Menge Zeit zum Üben.« Er wurde ernst. »Das haben wir doch, oder?«

Shannon betrachtete eingehend sein Gesicht. »Das hoffe ich doch.«

Matts Finger fuhren über ihr Gesicht, zeichneten zärtlich ihren Mund nach, die Nase, die Augenbrauen. »Wie lange kannst du bleiben?« Er richtete sich plötzlich auf. »Wo lebst du eigentlich? Ich glaube nicht, dass du mir das jemals erzählt hast.« Hoffentlich war es nicht zu weit weg.

Shannon zuckte die Schultern. »Im letzten Jahr habe ich in San Francisco in der Nähe von Jay gewohnt. Aber im Prinzip ist es ganz egal, wo ich wohne, ich kann überall arbeiten, wo mein Laptop ist.«

Matt blinzelte. »Dann muss ich ihn wohl hier festketten, damit du für immer hier bleibst.«

Shannons Lächeln raubte ihm den Atem.

»Das brauchst du gar nicht, denn hier ist etwas, was mir viel wichtiger ist als mein Laptop.«

»Und das wäre?«

»Du.« Wenn sie nicht vorher schon sicher gewesen wäre, dass sie das Richtige tat, Matts glückliches Gesicht hätte sie restlos überzeugt. In dem folgenden Kuss besiegelten sie ihre gemeinsame Zukunft.

XLV

Karen trat aus dem kühlen Gebäude auf den kochenden Asphalt. Washington erlebte gerade eine ausdauernde Hitzewelle, jeden Tag an die 40°C im Schatten und kein Ende in Sicht. Seufzend suchte sie in ihrer riesigen Umhängetasche nach ihrer Sonnenbrille. Ein notwendiges Utensil nach den Vorfällen in Montana. Sie litt unter Schlafstörungen und ständigen Kopfschmerzen, seit sie an die Ostküste zurückgekehrt war. Ihr Arzt hatte ihr versichert, dass keine körperlichen Ursachen dafür vorlagen, und riet ihr, eine Traumaberatung aufzusuchen. Karen vermutete allerdings, dass ihre Beschwerden einen ganz anderen Ursprung hatten. Um Clint zu vergessen, hatte sie sich in ihre Arbeit vergraben und oft bis nachts an ihrem Computer gesessen. Wenn sie dann im Bett lag, wanderten ihre Gedanken unweigerlich zu ihren Tagen auf der Diamond Bar Ranch zurück. Sie bemühte sich, die Sehnsucht zu unterdrücken, verlor aber jede Nacht den Kampf ein wenig mehr. Neuerdings begann auch ihre Arbeit unter ihrem Privatleben, vielmehr dem Mangel daran, zu leiden. So etwas war ihr noch nie passiert, und es erschreckte sie zutiefst.

Vorsichtig einen mit gepolsterten Sandalen bekleideten Fuß vor den anderen setzend, überquerte sie langsam den gepflasterten Vorplatz des Pentagon. Ihr luftiges Sommerkleid klebte bereits nach wenigen Schritten an ihrer Haut, ebenso wie die Haarfransen, die aus ihrem Zopf entkommen waren. Sie sehnte sich nach dem Herbst, wenn die Temperaturen auf ein angenehmes Maß sinken und die Blätter an den Bäumen in einer unendlichen Vielfalt von Rottönen erglühen würden. Es war immer ihre liebste Jahreszeit an der Ostküste gewesen, doch dieses Jahr konnte sie selbst dafür keine richtige Begeisterung aufbringen.

Eine Woche nach den Ereignissen im Yellowstone Park war Pauls Leichnam zur Beerdigung freigegeben worden. Sie hatte seiner Familie Bescheid gegeben und sich dann in ihrer Arbeit vergraben. Er war ohne ihre Beteiligung beerdigt worden. Sie konnte sich einfach nicht dazu durchringen, an seinem Grab zu stehen und zu trauern. Sie trauerte um einen Paul, den es anscheinend nie gegeben hatte, der neun Jahre lang ihr Leben geteilt hatte, die guten und die schlechten Zeiten. Wie hatte sie nicht bemerken können, dass er sie überhaupt nicht liebte, sie sogar verabscheute? War sie so auf sich konzentriert gewesen, dass ihr das entgangen war? Ein schrecklicher Gedanke.

Wenige Schritte von dem U-Bahn-Eingang entfernt blickte sie auf und entdeckte einen Mann in weißer Uniform, der mit dem Rücken zu ihr an einem Poller lehnte. Abrupt blieb sie stehen, ihren Blick starr auf den Mann gerichtet. *Clint!* Mit einem Schlag setzte ihr Herz wieder ein. So ein Unsinn, sie war hier vor dem Pentagon, da gab es jede Menge Soldaten der Navy. Außerdem war Clint schon seit vier Jahren nicht mehr beim Militär. Vermutlich hatte er noch eine Uniform, aber er zog sie bestimmt nicht mehr an, schon gar nicht in dieser Hitze. Den Kopf schüttelnd, setzte sie ihren Weg langsam fort. Obwohl sie es besser wusste, blieb ihr Blick doch weiterhin an der breitschultrigen Figur hängen. Wenn er sich doch nur umdrehen würde!

Als hätte er ihre Worte gehört, wandte der Mann sich um und blickte sie direkt an. Es war Clint! Aber wie konnte das sein? Er war doch in Montana und nicht hier in Washington. Wahrscheinlich war es eine Fata Morgana, oder sie hatte einen Hitzschlag und fantasierte. Wie angewurzelt blieb sie stehen, während die Gestalt langsam auf sie zukam. Gierig sog sie Clints männliche Züge in sich auf. Wenn es nur eine Fantasie war, wollte sie wenigstens so viel wie möglich davon haben. Dann war er nur noch zwei Schritte von ihr entfernt. Seine sherryfarbenen Augen bohrten sich in ihre, sein Mund lächelte nicht.

»Hallo, Karen.«

Ihr Herz schlug schneller, als sie seine raue Stimme hörte.

»Clint?« Bei ihrer Frage hob sich ein Mundwinkel.

»Wer sonst? Denkst du, ich habe irgendwo noch einen Zwilling versteckt?«

»Nein, natürlich nicht. Aber was tust du hier?«

»Ich habe auf dich gewartet.«

»Nein, ich meinte hier in Washington.«

Er zog eine Augenbraue hoch. »Ich bin deinetwegen hier. Oder glaubst du, ich reise nur zum Spaß durch das ganze Land?«

Karen schüttelte verwirrt den Kopf. »Aber *warum* bist du hier?«

Prüfend betrachtete er sie. »Glaubst du immer noch, wir können nicht zusammen sein?«

Karen schluckte. »Ja.« Ihr Herz brach bei dem Wort.

Clints Miene verhärtete sich wieder. »Warum?«

»Das hatte ich dir doch schon auf der Ranch gesagt. Ich bin hier und du bist in Montana …«

»Falsch. Wie du siehst, bin ich auch hier.«

Trauer füllte ihre Augen. »Ja, aber doch nur für kurze Zeit.«

»Wer sagt das?«

Verwirrt blickte Karen ihn an. »Warum tust du das, Clint? Du hast alles nur noch schlimmer gemacht dadurch, dass du hergekommen bist. Es wäre besser gewesen, wenn wir uns nicht wiedergesehen hätten.«

Clint trat so nahe an sie heran, dass sie seine Hitze spüren konnte. »Schlimmer? Ich kann mir nichts Schlimmeres vorstellen, als auf der Ranch zu sein und zu wissen, dass du hier bist und ich nicht mit dir reden kann, dich nicht berühren kann.« Sein raues Flüstern ließ all die Gefühle wieder hervorbrechen, die sie unterdrückt hatte.

Tränen stiegen in ihre Augen. »Ich auch nicht.«

Ihr Geständnis ließ seine Miene sanfter werden.

»Und warum waren wir dann so lange getrennt?«

»Weil es nicht anders geht. Ich habe meine Arbeit hier und du deine auf der Ranch. Die Entfernung ist einfach zu weit für eine Beziehung.«

Clint schüttelte schon den Kopf. »Irrtum.«

»Ich könnte eine Fernbeziehung nicht ertragen, das wäre uns beiden gegenüber nicht fair.«

»Davon habe ich auch nicht gesprochen. Was hältst du davon, wenn ich an die Ostküste komme?«

Karens Augen weiteten sich. »Was würdest du denn hier tun?«

Clint deutete auf seine Uniform. »Ich habe meine Pensionierung rückgängig gemacht.«

Karen blickte ihn erschreckt an. »Heißt das, du wirst wieder auf Kampfeinsätze geschickt?«

Clint lachte. »Nein, dafür bin ich jetzt doch schon ein wenig zu alt und vor allem aus der Übung. Ich fange nächsten Monat auf dem Stützpunkt in Little Creek, Virginia, als Ausbilder an.«

»Wirklich?«

»Wirklich. Natürlich muss ich mich erst einmal wieder in allen Bereichen auf den neuesten Stand bringen, aber ich denke, ich kann den jungen SEAL-Anwärtern einiges beibringen.«

Karen wagte kaum, der Freude nachzugeben. »Wie hast du das so schnell hinbekommen?«

»Ich habe ein paar Beziehungen spielen lassen und dazu noch das Glück gehabt, dass gerade neue Ausbilder gesucht wurden. Erwähnte ich, dass der Präsident eine sehr angenehme Telefonstimme hat?«

Karen lachte. »Angeber.« Sie wurde wieder ernst. »Du hast das doch nicht alles meinetwegen gemacht, oder?«

Clint blickte sie an, als wären ihr zwei Köpfe gewachsen. »Natürlich habe ich das für dich, für uns, arrangiert. Weshalb sollte ich wohl sonst an die Ostküste kommen?«

Karen schwankte leicht, dann ließ sie sich wenig elegant auf einer niedrigen Mauer nieder.

Clint ging neben ihr in die Hocke und blickte sie besorgt an. »Geht es dir nicht gut?«

Karen schloss die Augen und atmete ein paar Mal tief durch. Dann öffnete sie sie wieder. »Ich fürchte, das war alles ein bisschen viel für mich.«

»Karen ...«

»Ja?«

»Wäre es möglich, dass du mir jetzt sagst, dass ich nicht alles umsonst gemacht habe?«

Die Unsicherheit in seiner Stimme und seinen Augen zeigte ihr, dass es für ihn doch nicht so einfach gewesen war, wie er es vorher dargestellt hatte. Sie legte ihre Hände um sein Gesicht und blickte ihm tief in die Augen. »Wenn du wissen willst, ob ich mich freue, dass du hier bist ...« Clint hielt den Atem an. »... ich könnte mir nichts Schöneres vorstellen, als dich immer um mich zu haben. Ich bin überwältigt. Bist du sicher, dass du die Ranch aufgeben willst? Schließlich kennen wir uns theoretisch erst ein paar Tage.«

Clints Lächeln ließ sie alles um sich herum vergessen.

»Die Ranch wird immer da sein. Ich habe einen Ersatzmann engagiert, der mich dort vertritt. Und ich dachte, wir könnten vielleicht hin und wieder unseren Urlaub dort verbringen. Was hältst du davon?«

»Das klingt gut. Du hast alles geplant, oder?«

Sein Lächeln wurde gefährlich. »Ja. Wohnst du noch in deinem Haus?«

Karens Gesicht verzog sich. »Nein, ich konnte es einfach nicht über mich bringen. Ich habe einfach ein paar Sachen gepackt und bin in ein Hotel gezogen.«

Clint drückte ihre Hand. »Dann hast du dir also noch keine feste Unterkunft gesucht?«

»Nein. Ich hatte es schon seit Wochen vor, aber ich bin nie dazu gekommen.«

»Das trifft sich gut. Was hältst du davon, wenn wir uns etwas zusammen suchen, irgendwo in der Mitte zwischen Washington und Little Creek?« Als Karen schwieg, redete er schnell weiter. »Ich weiß, die Strecke ist ziemlich weit, um sie jeden Tag zu fahren, aber immerhin könnten wir so abends immer zusammen sein.«

Karen blickte ihn mit großen Augen stumm an.

Clint trat mental einen Schritt zurück. »Bin ich zu schnell für dich? Ich möchte dich wirklich nicht drängen.« Er lachte und schüttelte den Kopf. »Jedenfalls nicht allzu sehr.«

»Du hast mich überwältigt. Natürlich würde ich gerne mit dir zusammenziehen, und wenn wir in der Nähe von Richmond wohnen würden, könnte ich immer mit dem Zug nach Washington fahren. Kein Problem.«

Clint blickte in ihr strahlendes Gesicht. »Heißt das, du sagst ja?«

Karen warf die Arme um seinen Nacken und zog ihn dicht an sich. »Ja.«

Clint hielt sie fest an sich gedrückt, zum ersten Mal komplett sprachlos. Sein Mund strich sanft über ihre Lippen. Ein enges Band umschnürte seine Brust, sein Hals wurde eng. Sie wollte wirklich mit ihm zusammen sein! Er hatte zwar mit großem Optimismus ihr gemeinsames Leben vorausgeplant, aber tief in ihm hatte eine schreckliche Angst gesteckt, dass sie ihn wegschicken könnte. Nur langsam löste sich dieses Gefühl jetzt auf.

Karen blickte zu ihm auf und lächelte ihn an. »Weißt du, wenn du jetzt nicht gekommen wärst, hätte ich bestimmt irgendwann ein Flugzeug bestiegen und wäre nach Montana gekommen. Ich habe nämlich in den letzten Wochen festgestellt, dass ich zwar einen sehr interessanten Job habe, dieser aber nicht das Zusammensein mit einem geliebten Menschen ersetzen kann.«

Clints Augen leuchteten. »Ist das so?«

»Ja.«

»Komisch, mir ging es genauso.« Seine Stirn berührte ihre. »Ich liebe dich, Karen.«

»Ich weiß.« Sie lachte über seinen Gesichtsausdruck. »Und ich liebe dich.«

Der anschließende Kuss war Zeichen ihrer Sehnsucht nacheinander.

Clint schob sie ein Stück von sich. »Wie weit, sagtest du, ist dein Hotel entfernt?«

Karen lachte. »Nicht weit.«

Einige Stunden später lagen sie eng umschlungen in ihrem Hotelbett. Karens Kopf ruhte auf Clints Schulter, ihre Finger strichen sanft über seine Brust. Er fing sie mit seiner Hand ein und führte sie zu seinem Mund. Er küsste ihre Handfläche.

»Was ist eigentlich aus dem Prozess gegen die Bruderschaft des Lichts geworden?«

Karen verzog den Mund. »Nicht viel. Als die Männer vom FBI bei ihrem Unterschlupf ankamen, fanden sie nur noch einige unwichtige Helfer vor. Die Drahtzieher waren bereits untergetaucht. Man vermutet, dass sie gewisse Informanten in Regierungskreisen haben und vorher gewarnt wurden.« Sie seufzte. »Dafür wurde auf dem Gelände ein Prototyp meines Waffensystems sichergestellt. Wahrscheinlich haben sie ihn in der Kürze der Zeit nicht mitnehmen können. Aber das heißt natürlich nicht, dass sie die Pläne auch dort gelassen haben. Sämtliche Regierungsagenturen sind weiterhin auf der Suche nach den Anführern und Hinweisen auf das Waffensystem.«

Clint stützte sich auf einen Ellbogen und blickte sie besorgt an. »Das gefällt mir nicht. Was passiert, wenn sie es weiter auf dich abgesehen haben?«

Karen schüttelte den Kopf. »Das ist eher unwahrscheinlich. Es wird davon ausgegangen, dass ein Großteil des Mordplans an mir von Paul ausging. Und da er nun tot ist …« Sie zuckte die Schultern. »Ich habe meine Aussagen gemacht, also würde es für sie auch nichts bringen, mich kaltzustellen.«

»Und Rache?«

»Ich denke, die Kerle haben im Moment andere Sorgen.« Karen lächelte Clint an. »Außerdem habe ich ja jetzt einen professionellen Beschützer an meiner Seite, da kann mir gar nichts passieren.«

Da er immer noch nicht überzeugt wirkte, beugte sie sich über ihn und küsste ihn. »Lass es ruhen, wir können im Moment sowieso nichts dagegen tun. Wir müssen einfach darauf vertrauen, dass die Anführer der Bruderschaft bald gefunden werden.«

Clint grunzte nur. »Und hast du Schwierigkeiten bekommen, weil sie die Codes für dein Waffensystem indirekt von dir bekommen haben?« Er war bereit, es mit jedem aufzunehmen, der Karen die Schuld an der ganzen Angelegenheit gab.

»Nein, nicht wirklich. Aber ab sofort muss mich jedes Mal jemand begleiten, wenn ich zu einem Arzt gehe, um sicherzustellen, dass so etwas nicht wieder passiert.«

Clint lächelte sie an. »Na, das ist ja nicht so tragisch. Wenn ich Zeit habe, begleite ich dich gerne. Ich denke, dass meine Sicherheitsstufe ausreichen müsste.«

Karen lachte. »Du hast da doch bestimmt einen Hintergedanken!«

Clints wölfisches Grinsen war Antwort genug.

Epilog

Shannon saß wie immer mit ihrem Laptop am Schreibtisch im Gästezimmer von Matts Haus, als er nach Hause kam. Immer zwei Stufen auf einmal nehmend, rannte er die Treppe hinauf und stoppte nicht, bis er ihren Raum erreicht hatte und sie dort sitzen sah. Auch das war inzwischen zur Routine geworden. Irgendwie hatte er immer noch Angst, sie könnte eines Tages einfach verschwunden sein. Dabei war das völlig idiotisch. Sie waren immer noch so glücklich wie an dem Tag, an dem sie plötzlich auf der Schaukel vor seinem Haus gesessen hatte. Es war sogar erstaunlich einfach gewesen, ihre beiden Leben unter einen Hut zu bringen. Bisher klappte ihr Zusammenleben reibungslos.

Eine Weile stand er einfach in der Tür und betrachtete Shannons gesenkten Kopf, ihre schlanken Finger, die nur so über die Tastatur flogen, ihre konzentrierte Miene. Zuerst war er erschrocken gewesen über das tiefe Gefühl der Liebe, das ihn jedes Mal überkam, wenn er sie sah oder nur an sie dachte. Doch inzwischen hatte er sich daran gewöhnt.

Shannon musste seine Anwesenheit gefühlt haben, denn sie unterbrach ihre Arbeit und blickte auf. Ein Lächeln überzog ihr Gesicht, als sie seine breitschultrige Gestalt in der Tür stehen sah. »Hi! Wie war dein Tag?«

Erstaunlicherweise war das alles, was sie ihn bisher jemals über seine Arbeit als SEAL gefragt hatte. Sie hatte nicht versucht, ihn über alle möglichen Aspekte auszufragen, wie er zu Anfang befürchtet hatte. Dafür liebte er sie fast noch mehr.

»Selber hi. Gut, und wie geht dein Buch voran?«

Shannon grinste. »Sehr gut, ich experimentiere gerade mit Schokoladensirup ...«

Wie eine Schockwelle lief das Verlangen durch seinen Körper. Mit glitzernden Augen pirschte er sich an sie heran. »Soll ich dir dabei helfen?«

Shannon wehrte ihn mit beiden Händen ab. »Nein, danke. Ich habe eine sehr gute Fantasie, außerdem kann ich zur Not ja immer noch auf die eine Nacht zurückgreifen, in der wir ...«

Weiter kam sie nicht. Matt hatte sie aus ihrem Stuhl herausgezogen, bevor sie blinzeln konnte. Er presste sie an seinen Körper, während sie ihre Beine um seine Hüfte schlang. Sein Mund senkte sich leidenschaftlich auf ihren, und er küsste sie, bis sie beide um Atem rangen.

»Wow, ich denke, jetzt habe ich wieder genug Material zum Weiterschreiben.«

Matt lachte. »Und dabei dachte ich, wir würden heute feiern.«

Neugierig blickte sie ihn an. »Was gibt es denn zu feiern?«

»Genau heute vor zwei Monaten standst du vor meiner Tür.«

Shannon lächelte. »Wirklich? Ist das schon so lange her? Mir kommt es vor, als wäre es gestern gewesen.«

»Ich hoffe jedenfalls, dass es noch lange so weitergeht, mindestens bis in alle Ewigkeit.« Matts graublaue Augen bohrten sich in ihre. »Wie denkst du darüber?«

Das Herz hüpfte in ihrer Brust, während sie ihm einen Kuss gab. »Genauso. Ich bin wirklich sehr glücklich hier mit dir.«

Lachfältchen bildeten sich um seine Augen. »Und ich erst. Und da du die letzten Monate so brav warst, habe ich auch eine Überraschung für dich.«

Shannon rückte von ihm ab. »Wirklich? Was für eine?« Neugierig blickte sie ihn an.

»Ich habe für dich eine Erlaubnis besorgt, dass du den Stützpunkt in Coronado besichtigen darfst. Die Trainingsplätze, die Schulungsräume ...« Weiter kam er nicht, denn Shannon stieß einen lauten Jubelschrei aus und bedeckte sein Gesicht mit vielen schmatzenden Küssen.

Schließlich hielt er sie auf Armeslänge von sich. »Stopp, das reicht. Du bringst mich ja um!«

Shannon wurde rot. »Tut mir Leid.« Ernster fuhr sie fort: »Ich freue mich riesig darüber, aber ich hoffe, du weißt, dass ich nicht mit dir zusammen bin, weil ich mir dadurch irgendwelche Vorteile erhoffe.«

»Ja, das weiß ich.«

Shannon strich über die Narbe auf seiner Wange. »Habe ich dir schon gesagt, dass ich dich liebe?«

Matts Lächeln verursachte ein Kribbeln in ihrem Bauch.

»Nein, aber ich habe es mir gedacht.« Matts Blick sagte so deutlich wie Worte, dass er sie auch liebte.

»Dann ist es ja gut.«

Matt zog eine Augenbraue hoch. »Wenn du gar nicht auf die Basis willst, kann ich den Termin ja rückgängig machen.«

Shannon boxte ihn empört an den Arm. »Das würdest du nicht wagen!«

Matts Lachen dröhnte durch das Haus, während Shannon ihn für seine Frechheit bestrafte.

Clint lag mit hinter dem Kopf verschränkten Armen auf dem Bett und beobachtete interessiert, wie Karen vor dem Spiegel Make-up auflegte. Er persönlich hielt es zwar für überflüssig, ihre schöne Haut zu verdecken, aber sie war nicht davon abzubringen. Karen begegnete seinem Blick im Spiegel und lächelte. Nur mit einem kleinen Stück der Bettdecke bedeckt, bewirkte sein Anblick bei ihr bereits wieder eine mittlere Kernschmelze, dabei war sie gerade erst aus seinen Armen entkommen, um sich endlich auf den Besuch vorzubereiten, der bald eintreffen würde. Noch immer brannten seine leidenschaftlichen Küsse auf ihren Lippen, füllte sein Geschmack ihren Mund. Ihre Hand stoppte auf halbem Wege zu ihren Haaren, ihre Augen waren wie gebannt auf ihn gerichtet.

»Wenn du mich weiter so anguckst, garantiere ich für nichts.«

Hastig senkte sie den Blick. Sie musste sich wirklich beeilen, wenn sie noch rechtzeitig fertig werden wollte. Auch wenn sie sich noch so sehr danach sehnte, zu ihm ins Bett zu kriechen. Hitze bildete sich in ihrem Körper. Ihre Hand zitterte, als sie die Bürste langsam durch ihre Haare zog. Sie zuckte zusammen, als Clint ihre nackten Schultern berührte. Erschrocken flog ihr Blick im Spiegel zu seinem Gesicht. Sie würde sich wohl nie daran gewöhnen, dass er sich völlig lautlos anschleichen konnte. Seine sherryfarbenen Augen brannten vor Verlangen, als er sie im Spiegel ausgiebig betrachtete. Lediglich ein dünnes Unterkleid bedeckte ihre üppigen Formen, ihre helle Haut schimmerte verführerisch. Seine Finger wanderten über ihre Schulter, zogen den dünnen Spagettiträger mit sich, bis er an ihrem Arm herunterrutschte und die verführerische Schwellung ihrer Brust freigab.

Schnell griff Karen danach und stoppte die Bewegung des Kleides, bevor sie gänzlich entblößt wurde. »Was machst du denn da? Dafür haben wir jetzt wirklich keine Zeit!«

Clint grinste sie an. »Wenn du das noch fragen musst, mache ich wohl etwas falsch.« Sein Mund war dicht an ihrem Ohr.

Ein Schauder überlief sie, Gänsehaut überzog ihre Arme. Karen zuckte zusammen, als seine heiße Zunge an ihrem Ohrläppchen entlangfuhr. Sie ließ ihr Unterkleid los, um mit der Hand ihr Ohr zu bedecken.

»Oh nein, das wirst du nicht tun. Du weißt doch, dass unser Besuch jeden Moment kommen kann!«

Clint nutzte seine Chance und ließ seine Hand in ihren Ausschnitt gleiten. »Wieso, es kommt doch nur meine Familie, die können ruhig ein bisschen warten.«

Karen stöhnte und schloss die Augen. »Vergiss nicht meine Familie. Und die werden bestimmt nicht verstehen, warum nichts vorbereitet ist, nur weil wir nicht die Finger voneinander lassen konnten.«

Clints Mund wanderte über ihren Nacken, eine Spur aus Küssen hinterlassend. »Können wir das nicht?«

Karen seufzte lautlos. Sie konnte Clint einfach nicht widerstehen. Er brauchte sie nur mit seinen gefühlvollen Augen anblicken und sein tödliches Lächeln aufblitzen lassen und schon war sie verloren. Absolut willenlos. So wie jetzt, als er sie problemlos von ihrem Hocker hochhob, sich selbst darauf setzte und Karen auf seinem Schoß mit dem Gesicht zum Spiegel positionierte. Sie spürte seine heiße Haut an ihrem Rücken, seine großen Hände lagen auf ihren Rippen, direkt unter ihren Brüsten. Benommen blickte sie ihr Spiegelbild an, ihre geröteten Wangen, ihren halb nackten Körper, den Kontrast zwischen Clints gebräunter und ihrer helleren Haut. Unter ihrem nur mit einem kleinen Slip bekleideten Po konnte sie seine Erregung fühlen. Seine nackte Erregung: Er hatte sich nicht die Mühe gemacht, sich zu bekleiden, als er aus dem Bett gestiegen war. Langsam wanderten Clints schwielige Hände höher, bis sie ihre Brüste bedeckten. Karen schluckte hart. Es war geradezu sündhaft erotisch, seine Berührung nicht nur zu fühlen, sondern auch noch im Spiegel zu sehen. Auch Clint war dagegen nicht immun, wie sie an seinen harten, schnellen Atemzügen erkennen konnte.

Unerträglich langsam zog er ihr Unterkleid nach unten, bis nichts mehr zwischen seinen Händen und ihrer Haut war. Wie gebannt blickte er auf das Spiegelbild ihrer geschwollenen Brüste, dann schaute er nach oben, Ihre Blicke verhakten sich ineinander. In ihren Augen fand er, was er gesucht hatte. Hastig entfernte er ihren Slip und vergrub sich mit einem Stoß in voller Länge in ihr. Gemeinsam stöhnten sie auf, ihre Körper im Einklang miteinander. Karen beugte sich vor, ihre Hände auf die Platte des Schminktisches gestützt, ihre Augen weiterhin auf den Spiegel gerichtet. Ihr Unterkleid bauschte sich um ihre Hüften, lediglich ein rosiger Hauch bedeckte ihre nackte Haut. Und Clints große Hände. Sie spielten mit ihren steifen Brustwarzen, umrundeten sie, zupften daran, trieben sie langsam aber sicher in den Wahnsinn. Langsam hob sie ihren Körper von seinem Schaft, nur um sich dann wieder auf ihn zu senken. Clint stöhnte auf, sein heißer Blick strich wie eine Liebkosung über ihren erhitzten Körper.

Als sie sich wieder aufrichten wollte, hielt er sie auf sich fest. »Nicht, noch mehr halte ich nicht aus!«

Seine rauhe Stimme durchrieselte sie. Ebenso wie seine Worte. Ihre inneren Muskeln zogen sich zusammen und entlockten ihm ein weiteres Stöhnen. Seine Beherrschung brach. Mit einer Hand hob er sie an und sieß in sie. In ihrem Nacken verteilte er kleine Bisse, seine freie Hand liebkoste ihre Brust. In völligem Einklang bewegten sie sich, bis sie schließlich gemeinsam den Höhepunkt erreichten. Mit geschlossenen Augen lag Karen anschließend in Clints Armen, zu kraftlos, um sich zu bewegen. Schließlich gelang es ihr, die Augen zu öffnen. Sein Blick ruhte liebevoll auf ihr, sein Mund war zu einem kleinen Lächeln verzogen.

»Ich liebe dich.«

Glücklich drehte Karen ihren Oberkörper und küsste ihn. »Und ich liebe dich. Ich hätte nie gedacht, dass das Leben so schön sein kann.«

Clint lauschte, dann grinste er sie an. »Ich will ja deinen Tag nicht verderben, aber ich glaube, eben ist draußen ein Auto vorgefahren.«

Der Schreck katapultierte Karen von seinem Schoß. Ihre großen braunen Augen waren weit aufgerissen. »Bist du sicher?«

Als Clint nickte, blickte sie an sich hinunter. »Guck mich an, ich bin doch überhaupt noch nicht fertig!«

Clints heißer Blick wanderte über sie. »Nicht? Dann sollten wir wohl noch einmal von vorne anfangen …«

Karen schlug seine Hand, die wieder nach ihr greifen wollte, zur Seite. »Du weißt genau, dass ich das nicht meinte. Du solltest dich vielleicht auch mal anziehen, oder willst du nackt zur Tür gehen?«

Clint grinste breit. »Kein Problem. Geh du nur ruhig ins Bad, ich kümmere mich schon um unsere Gäste.« Genießerisch blickte er ihrem schwingenden Hinterteil nach. Sie hatte Recht, das Leben konnte wirklich nicht mehr besser werden. Ein interessanter Job, eine tolle Frau, ein schönes Haus, was wollte man mehr.

Die Türglocke ertönte. Seufzend zog er sich seine Jeans an und fuhr einmal kurz mit den Händen über seine Haare. Mehr konnte er in der kurzen Zeit nicht für sein Aussehen tun. Immer zwei Stufen auf einmal nehmend, sprintete er die Treppe hinunter und riss die Tür auf. Vor ihm standen Karens Eltern und Geschwister und blickten ihn mit offenen Mündern an. Ihre Blicke wanderten über seine nackten Füße, die offene Jeans, den nackten Oberkörper zu seinem geröteten Gesicht und den verstrubbelten Haaren.

Clint grinste. »Hallo, ich bin Clint. Kommt doch rein.«

Glossar

SEAL	Sea, Air, Land, Spezialeinheit der US Navy
NavSpecWarCom	Naval Special Warfare Command, Coronado, California, Zentrale der SEAL-Einheiten
UDT	Underwater Demolition Team, Vorläufer der SEALs
XO	Executive Officer, Ausführender Offizier, Zweiter in der Befehlsfolge nach dem CO
CO	Commanding Officer, Kommandierender Offizier
BUD/S	Basic Underwater Demolition / SEAL-Training
Swim-Buddy	Teampartner beim BUD/S
Black Hawk	Helikopter, der gerne vom Militär benutzt wird, weil er besonders leise und schnell ist.